KB164801

찬란한 종착역

앙투안 볼로딘
Antoine Volodine, 1950–

앙투안 볼로딘은 1950년에 프랑스에서 태어났다. 러시아 문학을
가르치고 번역했으며, 프랑스어로 글을 쓴다. 40여 편에 이르는
소설을 통해 문학적 평행 우주 '포스트엑조티시즘'을 구현했다.
『미미한 천사들』(1999)로 베플레르 상과 리브르 앵테르 상을,
『찬란한 종착역』(2014)으로 메디시스 상을 받았다.

TERMINUS RADIEUX
by Antoine Volodine

앙투안 볼로딘

찬란한 종착역

워크룸 프레스

일러두기

이 책은 앙투안 볼로딘(Antoine Volodine)의 『찬란한 종착역 (Terminus radieux)』(파리: 쇠유 출판사[Éditions du Seuil], 2014)을 한국어로 번역한 것이다.

본문의 주는 모두 옮긴이 주다.

원문에서 이탤릭체로 강조된 부분은 방점으로, 산세리프체로 처리된 부분은 고딕체로 구분했다.

차례

1부
콜호스

1

• 바람이 다시금 풀 가까이 불어와 무심한 힘으로 풀들을
어루만지고, 사이좋게 눕히며 그 위에 저도 윙윙대며 누웠다가,
여러 차례 훑고 지나갔고, 바람이 제 할 일을 끝내자 풀들의
향기가, 향쑥과 흰쑥과 쓴쑥의 냄새가 되살아났다.

하늘은 얇게 옻칠한 듯한 구름으로 덮여 있었다. 바로
뒤에서 보이지 않는 태양이 빛났다. 올려다보면 눈이 부셨다.

크로나우에르의 발치에서 죽어 가는 여자가 신음했다.

"엘리." 그녀가 한숨처럼 내뱉었다.

그녀는 뭔가 말하려는 것처럼 입술을 달싹였지만, 아무 말
하지 않았다.

"걱정하지 마, 바시아." 그가 속삭였다.

여자의 이름은 바실리사 마라시빌리였다.

그녀는 서른 살이었다.

두 달 전, 그녀는 경쾌한 걸음으로, 춤추는 걸음으로 수도
오르비즈의 거리를 누볐고, 그녀가 지나갈 때 뒤돌아보지 않는
이는 드물었다. 어여쁜 평등주의 투사인 그 모습이 마음을
달아오르게 했기 때문이다. 상황은 나빴다. 남자들은 그런 얼굴을
바라보고, 생기와 신성함이 가득한 그런 몸매를 스쳐 지나갈
필요가 있었다. 그들은 미소를 짓고, 전선에서 목숨을 잃기 위해
교외로 떠났다.

• 두 달 전: 영원. 오르비즈의 함락이 발표되었고 집단 탈출과
미래의 전무(全無)함이 뒤를 이었다. 도심지들에는 복수의
피가 흘렀다. 지상의 다른 모든 곳에서처럼 야만인들이 권력을
도로 탈취했다. 바실리사 마라시빌리는 며칠간 파르티잔 한
무리와 함께 떠돌았고, 그 후 저항 세력은 흩어졌고, 그러다가
맥이 끊겼다. 이후 그녀는 함께 재난을 맞이한 두 동지,
크로나우에르와 일류센코와 같이 정복자들이 내린 봉쇄를
피하는 데 성공하여 공백 구역에 들어갔다. 우스꽝스러운
담장이 출입을 금하고 있었다. 그녀는 떨지도 않고 담을 넘었다.
결코 다른 쪽은 되돌아보지 않을 생각이었다. 돌이킬 수 없는

모험이었고, 세 사람 다 그 사실을 알았다. 그들은 완전히 맑은 정신으로, 그렇게 함으로써 오르비즈의 절망을 함께한다는 것을, 오르비즈와 함께 최후의 악몽 속으로 빠져든다는 것을 잘 알고서 안으로 들어갔다. 길이 고통스러우리라는 것, 그 역시 알고 있었다. 그들은 누구도 만나지 못할 것이며 스스로의 힘에, 최초의 화상을 입기 전까지 남아 있을 스스로의 힘에 기대야 하리라. 공백 구역에는 탈주병도 적도 머무르지 않았다. 그곳의 방사능량은 어마어마했고, 그 수치는 몇십 년 동안 줄지 않았으며 침입자에게 핵으로 인한 죽음뿐 그 무엇도 약속하지 않았다. 두 번째 담장의 철조망 밑을 기어서 지난 다음, 그들은 남동쪽으로 멀어지기 시작했다. 동물 없는 숲, 스텝, 폐허가 된 도시, 황량한 도로, 풀이 무성한 철도, 그들이 가로지르는 풍경은 불안을 일으키지는 않았다. 세상은 감지할 수 없는 방식으로 진동했고 고요했다. 원자력발전소들조차, 그곳에서 일어난 광기의 폭발로 아대륙이 거주 불가능한 상태가 되었음에도, 이따금 시커메지고 늘 고요한 그곳의 원자로들도 무해해 보였고, 그들은 종종 도전하듯 그런 곳을 야영 장소로 골랐다.

그들은 총 스물아홉 날을 걸어왔다. 방사능 노출의 결과는 매우 빠르게 느껴졌다. 불쾌감, 쇠약함, 삶에 대한 혐오, 구토와 설사는 말할 것도 없었다. 건강 악화는 가속화되었고 최근 15일은 끔찍했다. 그들은 계속해서 나아갔으나, 밤이 되어 땅에 누우면 이미 죽은 것은 아닌지 서로에게 물었다. 그들의 이런 물음은 농담이 아니었다. 그들에겐 답을 낼 만한 근거가 없었다.

바실리사 마라시빌리는 간신히 목숨만 붙었다고 볼 수 있는 상태에 빠졌다. 기력이 쇠진하여 얼굴에 주름이 생기고, 방사능 낙진이 그 신체조직을 공격했다. 그녀는 점점 말하는 게 힘겨워졌다. 이제는 더 이상 말할 수 없었다.

• 크로나우에르는 그녀의 위로 몸을 숙이고 손으로 이마를 짚었다. 어떻게 그녀를 달랠지 알 수 없었다. 그는 그녀의 눈썹 끝에 맺힌 땀을 약간 찍어 내고, 열 오른 피부에 달라붙은 검은 머리 타래를 정리하는 데 열중했다. 그의 손가락 사이에 머리카락 몇 올이 남았다. 그녀는 머리카락이 빠지고 있었다.

12

그는 일어서서 다시 풍경을 살펴보았다.

전망은 어딘지 영원 같은 면이 있었다. 하늘의 광대함이 초원의 광대함을 내려다보고 있었다. 그들은 작은 언덕 위에 있어서 멀리까지 보였다. 한 줄기 철도가 풍경을 둘로 갈랐다. 대지는 옛날에는 밀이 무성했으나, 시간이 흐르며 선사시대의 곡물과 돌연변이 볏과 풀들이 자라는 미개지로 돌아갔다. 크로나우에르가 몸을 숨기고 있는 언덕 아래 장소로부터 400미터 떨어진 곳에서, 철길이 옛 소프호스[1]의 잔해를 따라 나 있었다. 50년 전 공동체 마을의 심장부였던 농장 부지에서는 농업 설비들이 세월의 풍파를 겪고 있었다. 공동 숙소, 돼지우리, 창고 등은 무너져 주저앉아 있었다. 핵 발전소와 거대한 대문만이 멀쩡했다. 웅장한 기둥 위에는 여전히 상징이 남아 있고 '붉은 별'이라는 이름이 보였다. 소규모 발전소에도 같은 이름이 적혀 있었고, 반쯤 지워졌지만 아직 알아볼 수 있었다. 주거용 대형 건물들 주변에는 안뜰과 통행로가 그리는 기하학적 문양의 잔해가 남아 있었다. 독보리와 덤불의 물결이 원래의 아스팔트 층을 무너뜨리고야 말았다.

• 조금 전, 기차 한 대가 지평선 끝에 나타났다. 너무나 괴상한 일이라 그들은 처음에는 죽기 직전의 집단 착란이라고 여겼다가, 꿈이 아님을 확인했다. 신중을 기하기 위해 그들은 풀숲에 숨었다. 바실리사 마라시빌리는 바스락대는 풀줄기 침대에 누워 있었다. 기차는 느린 속도로 초원을 미끄러지며, 북쪽에서 와서 어딘지 모를 제 목적지로 곧장 향하고 있었으나, 진로를 계속 나아가지 않고 별이 그려진 대문 조금 앞, 소프호스가 번영하던 시절에는 가금류 사육장이 있었을 건물 위치에 멈췄다.

기차는 부두에 도달하는 배처럼 금속성 소음을 조금도 내지 않고 제동을 걸었고, 디젤엔진은 한참 동안 소리 죽인 헐떡임을 내뱉었다. 화물열차나 군사나 죄수 수송차량이 분명해 보였다. 기관차 한 대, 차량 네 대, 창문이 없고 낡고 지저분한. 시간이

---

1. 소련의 사회주의적 기업 성격의 대규모 국영농장. 이 책의 「옮긴이의 글」 참조.

지나갔다, 3분, 5분, 몇 분 더. 아무도 나타나지 않았다. 기관사의 모습은 보이지 않았다.

스텝 위의 하늘은 반짝였다. 균일하고 찬란하게 회색인 궁륭. 구름과 따스한 공기와 풀은 이 세상의 인간들에겐 어디에도 자리가 없다는 사실을 증언했으나, 그럼에도 자연과 그 널리 퍼지는 힘과 그 아름다움의 찬가를 노래하고 폐를 가득 채우고 싶은 마음이 들게 했다. 때때로 까마귀 떼가 그 뒤로 타이가[2]가 시작되는 어두운 띠 위를 날았다. 까마귀 떼는 북동쪽으로 가, 스텝보다 인간을 더 꺼리는 듯한 검은 나무들의 세계 위로 사라졌다.

• 숲, 크로나우에르는 생각했다. 잠깐 산책하는 거라면 괜찮다, 언저리에만 머무르는 거라면. 하지만 일단 안으로 깊이 들어가면 북동쪽이고 남서쪽이고 없다. 방향은 더 이상 존재하지 않고, 늑대와 곰과 버섯의 세계를 상대해야 하며, 벗어날 수도 없다. 길을 빗나가지 않고 몇백 킬로미터를 걸어간들 마찬가지다. 벌써 그는 초입에 늘어선 나무들을 상상해 보았고, 곧이어 어두컴컴한 울창함을, 30-40년 전 천수를 다하고 쓰러져 이끼투성이로 시커멓지만 여전히 썩지 않고 버티는 죽은 전나무들이 눈에 선했다. 그의 부모는 수용소에서 탈주했고, 그 안, 타이가 속에서 길을 잃었으며, 그곳에서 사라졌다. 숲을 떠올릴 때마다 그는 알지 못했던 그 남자와 그 여자의 비극적인 광경을 결부시키지 않을 수 없었다. 부모를 생각할 나이가 되었을 때부터, 그는 그들을 방랑하는 부부의 모습으로, 결코 살아 있지도 죽지도 않은 것으로 상상했다. 헤매는 모습으로. 그들과 같은 실수를 저지르지 마, 그는 여전히 생각했다. 타이가, 그곳은 피난처가, 죽음이나 수용소의 대안이 될 수 없다. 그곳은 인간이 아무것도 할 수 없는 광막함이다. 그림자와 나쁜 만남들만이 있을 뿐이다. 짐승이 되지 않고서는 그 안에서 살 수 없다.

그는 잠시 후에야 그 영상을 떨칠 수 있었다. 그리고 그는 불어오는 바람에 또 한 차례 일렁이는 스텝으로 돌아왔다.

---

2. 북반구의 냉대기후 지역에 나타나는 상록침엽수림.

멈춰 선 기차와 세상 위의 구름 끼고 무한한 하늘이 도로 눈에 들어왔다.

디젤엔진의 소음은 이제 들리지 않았다.

그는 눈꺼풀을 찡그렸다.

다시금, 죽어 가는 여자가 신음했다.

• 너무 덥고 너무 길어 계절에 맞지 않는 펠트 외투, 지나치게 큰 장화, 이미 머리칼이 더 자라지 않는 짧게 민 머리의 크로나우에르는 우리 중 다수와 닮았다. 내 말은, 언뜻 보아 죽은 자, 혹은 작은 승리도 거둔 적 없이 도주 중인 내전의 군인, 기진맥진하고 험악한, 기력이 다했음이 뚜렷한 사내로 보인다는 것이다.

그는 시선이 닿는 범위를 피하려고 쭈그리고 앉았다. 볏과 식물들은 그의 어깨까지 왔으나, 자세를 낮추자 머리 위까지 뒤덮었다. 그는 어린 시절을 고아원에서 보냈고, 고아원은 초원과 먼 도심지에 있었으므로, 논리적으로 지금 자신을 둘러싼 식물들의 이름을 몰라야 자연스러웠다. 그런데 한 여자가 그에게 식물학의 기초 지식을 전해 주었다. 식물 분류법에 정통한 여자였다. 그리하여 그 죽은 연인에 대한 추억으로, 그는 스텝의 풀들에 호기심 어린 시선을 주고, 이삭이 있는지, 잎이 갸름한지 불룩한지, 알뿌리나 땅속줄기가 자라는지 관심 있게 확인했다. 검토한 다음에는 이름을 붙였다. 그의 곁에서 거대오그롱트, 크보이나 덤불, 자바쿨리안, 셉탕트린, 공산주의자들의성녀, 불임여우, 알두스가 바람에 흔들리며 속삭였다.[3]

이제 그는 500미터도 채 떨어지지 않은 언덕 아래 사정이 어떻게 돌아가는지 염탐한다. 크게 부산스럽지는 않다. 기관사는 마침내 기관차 — 제2소비에트연방 초기에 제조된 물건이다 — 출입 통로로 나와, 사다리를 내려와서 풀밭을 20미터 정도 걷고는 바닥에 드러누웠다. 그러고는 곧장 잠들거나 기절한 게 분명했다.

---

3. 모두 가상의 식물 이름이며, 의미를 파악하기 어려운 조어와 각 형태소에 의미가 있는 이름이 섞여 있다. 한눈에 의미를 알 수 있는 이름들만 한국어로 옮겼다.

그 후 열차의 문이 하나씩 빠끔히 열렸다.

두 번째와 세 번째 차량에서 군인들이 나왔다. 헐벗은 차림의 보병들, 걸음걸이와 몸짓이 취했거나 중병 환자 같은 이들이었다. 크로나우에르가 세어 보니 네 명이었다. 그들은 비틀거리며 몇 걸음을 떼었다가 돌아와 나무 문에 등을 기대고, 머리를 건들거리거나 구름을 향해 젖힌 채로 있었다. 절제된 움직임, 대화라곤 전혀 없다. 그 후 그들은 담배 한 대를 나눠 피웠다. 담배가 다 타자, 세 사람은 도로 각자의 열차 칸으로 기어 올라갔다. 네 번째 사내는 저만치 떨어져서 볼일을 보았다. 그는 거대한 쓴쑥 다발을 헤치고 20미터쯤 길을 내려갔다. 그는 식물에 완전히 파묻혔다. 그 뒤로는 다시 나타나지 않았다.

기차는 '붉은 별'의 폐허 앞에 정지한 것 같았다. 그곳이 중요한 철도 기착지이거나 원래부터 승객을 태우거나 내리기로 했던 역이라도 되는 것처럼. 기관차의 엔진은 멎었고, 기관사가 이내 다시 시동을 걸 것 같은 기색은 전혀 보이지 않았다.

"어쩌면 저들도 연료가 다 떨어졌나 보군." 갑자기 일류센코가 말했다.

• 일류센코, 크로나우에르, 바실리사 마라시빌리는 사이좋은 삼인조였으며, 오래되고 갈라놓을 수 없는 동지애 비슷한 공고한 유대로 맺어져 있었다. 그렇지만 공백 구역으로 함께 들어와 죽음을 향한 공동의 행진을 시작했을 때, 그들은 서로 안 지 며칠밖에 되지 않았었다. 좀 더 자세히 말하면, 일류센코와 바실리사 마라시빌리에게 크로나우에르는 새로운 인물이었다. 오르비즈가 몰락하는 상황 속에서 24시간은 1년에, 며칠은 족히 10년에 맞먹는 시간이었음은 확실하다. 그렇기에 귀환 불가능을 나타내는 철조망 경계선을 슬그머니 넘었을 때, 그들은 모든 것을 공유하며 오래 함께 살아온 셈이었다. 기쁨과 슬픔, 믿음, 환멸, 그리고 평등주의를 위한 투쟁을. 오르비즈의 최후의 보루들이 적에게 넘어가고 그들 셋은 아직도 싸울 마음이 있는 생존자들을 받아들이는 소규모 후방 부대에 남았다. 유감스럽게도 그들의 지휘관은 제정신이 아니었고, 일주일간의 은닉 후 부대는 합류했을 때 바랐던 모습이 더 이상 아니었다. 그들의 부대는

장차 저항군이 될 씨앗이 아니라, 자살 성향의 광신자에 의해 무(無)로 내몰리는 갈피 잃은 탈주병들의 무리에 가까웠다. 지휘관은 진심으로 악마의 힘과 외계인과 자살 작전에 동시에 의지해 오르비즈를 재탈환하려 했다. 그들은 아무런 전략도 없이, 전혀 이치에 닿지 않는 엄격한 규율에 복종하여 오르비즈 주변을 돌았다. 지휘관은 부조리한 명령을 내리고, 부하들을 자살 공격에 내보냈으나 희생자라곤 민간인과 그들 자신밖에 나오지 않았다. 그리하여 그가 명령에 불복하는 병사에게 권총을 겨누자, 반란군이 그를 무장 해제시키고 쏘아 죽인 후 저마다 제 갈 길로 떠났다. 우두머리를 쏘아야만 했던 순간 크로나우에르와 바실리사 마라시빌리와 일류셴코는 회피하지 않았으나, 정의를 실현시킨 다음 그들은 미래를 단념하고 방사능에 오염된 무인 지대, 공백 구역, 적으로부터도 모든 희망으로부터도 멀리 떨어진 곳으로 향했다.

• 일류셴코. 볕에 그은 40대인 그는 우리 모두와 마찬가지로 어린 시절부터 당에 충성스러웠으며, 콤소몰[4] 당원으로서의 열의도 대단하여 떠오르는 해를 바탕으로 낫과 망치와 소총이 교차하는 상징을 목덜미에 문신으로 새겼을 정도였다. 이 상징을 그의 피부에 새긴 장인은 열정은 그에 못지않았으나 기술은 서툴렀던 게 분명했다. 문신은 프롤레타리아혁명을 의미하는 것처럼 보이지 않고, 일종의 거미가 뚜렷하게 돋보이는 불분명한 덩어리로만 보였기 때문이다. 일류셴코는 이 엉망진창인 그림을 몸에 새기고 다닐 수밖에 없었으나, 셔츠 목깃이나 스카프 주름으로 가렸다. 그는 자본주의 세계에 대한 백과사전에서 타란튤라와 혐오스러운 거미줄로 된 펑크 문신의 복사판을 본 적 있었고, 그것이 200년 전 완전히 사라진 세계의 이미지였음에도 네오파시스트 허무주의를 그리워하는 자로 보이고 싶지는 않았다. 그는 중키에 다부진 근육질이며, 쓸데없는 말을 싫어하고 싸우는 법을 잘 아는 사내였다. 예전에는 트럭 운전수로 일했고,

---

4. 1918년 소련에서 조직된 공산주의청년동맹. 「옮긴이의 글」참조.

도로 청소부를 거쳐, 오르비즈의 운명이 악화일로를 걷게 되자 유명한 제9사단에서 처음에는 정비사로, 다음에는 전차병으로 3년간 싸웠다. 그리고 오르비즈 시가 사라진 지금 그는 누더기 차림이고 의기소침했는데, 그 점에서는 이 지역과 세상 다른 곳의 모든 이들과 똑같았다.

"쌍안경 좀 줘." 크로나우에르가 손을 뻗으며 말했다.

쌍안경은 괴로운 무력 항쟁 사건 이후 지휘관에게서 탈취한 것이었다. 렌즈를 긁어 인간 신체의 부산물을 제거해야만 했다. 노르스름한 파편을, 말라붙은 피를.

렌즈를 눈에 대고 보자 크로나우에르는 코에 닿은 그 물체에서 여전히 부상 입은 육체들과 군사적 광기의 기억이 스며 나온다고 느꼈다. 전경에 보이는 기차는 흐릿한 색을 띠었다. 위장용 녹색, 먼지 같은 갈색, 칙칙하게 녹슨 색. 초점 조절 톱니바퀴가 망가졌기에 얼굴들에 초점을 맞출 수 없었고, 어차피 지금으로서는 누구의 얼굴도 눈에 띄지 않았다. 다시 누구의 모습도 보이지 않게 되었다. 거대오그롱트와 크보이나 한복판에 누워 있거나 앉아 있던 이들은 일어서지 않았다. 다른 이들은 고개도 들지 않아 문틀 안으로 보이지도 않았다. 객차의 그림자 속에 다리 한 쌍이 보였지만, 그게 전부였다.

"저들이 경유가 바닥난 거라면, 어디 가서 구하려는지 궁금하군." 일류셴코가 크로나우에르 곁에 쭈그려 앉으며 말했다. "소프호스에도 남지 않았을 것 같은데."

크로나우에르의 오른쪽 다리께에서 죽어 가는 여자가 신음했다.

쌍안경 너머로, 기차 주변에서 풀들이, 퇴화된 호밀이 또 한 차례 일렁이다가 잠잠해졌다. 희끄무레한 깃털 한 무더기가 나름의 생명을 지닌 듯 여전히 저 혼자 움직였다. 공산주의자들의성녀들.

"쳇, 놈들이 무슨 생각인지 어떻게 알겠어." 크로나우에르가 말했다.

일류셴코는 알 수 없다는 몸짓을 했다. 그는 고개를 젓고는 바닥에 앉아 낮은 곳에서 일어나는 일에는 더 이상 눈길을 주지 않았다.

18

• 그들은 긴 잎사귀와 줄기 틈에 몸을 숨긴 채 잠시 가만히 있었다. 밤에 서리가 내리기 시작한 후라 개중에는 노르스름하게, 심지어 거무스름하게 변한 것도 있었다. 15미터쯤 떨어진 곳에서 향이 짙은 풀 한 무더기가 향기를 풍겼다. 보르니생크미제르군, 크로나우에르는 생각했다. 부랄레얌과 생크르가 섞여 있었다. 조금 더 가까운 곳에는 박하향사르비에트가 있었다.

이들 향기에 기운이 나서, 죽어 가는 여자는 팔꿈치로 버티고 몸을 일으켜 크로나우에르의 종아리를 건드렸다.

"그들이 기차에서 나왔어?" 그녀가 물었다.

바실리사 마라시빌리는 용감한 아가씨였고, 동료들은 일주일도 더 전부터 번갈아 가며 그녀를 업고 다녀야 했음에도 병자를 떠맡아 짐이 된다고는 전혀 느끼지 않았다. 그녀는 강인하게 고통을 견뎠고 군소리 없이 시련을 받아들였다. 가령 정신 나간 사령관을 제거해야 했을 때, 그녀는 아무 말 없이 총살 집행대에 끼었다. 핵 사고로 앞으로 1만 년은 거주 불능 상태가 된 세계에 발을 디뎠을 때도, 그녀는 씩씩하게 불운을 견뎌 냈다. 그녀가 그들에게 닥쳐올 끔찍한 일들을 늘어놓는 소리는 결코 듣지 못했다. 그리고 그 후, 방사능의 첫 타격으로 몸이 약해졌을 때도, 그녀는 불평하지 않았다. 그러기는커녕, 셋 다 육체적으로나 정신적으로나 무너지고 있으며 파멸을 향해 나아가고 있다는 사실이 확실해졌을 때, 그녀는 그들, 크로나우에르와 일류셴코와 함께 웃었다. 두 동료는 모든 것을, 패배조차, 머지않은 그들의 종말조차 비극으로 받아들이길 거부하는 그녀의 태도를 높이 샀고, 드러내지는 않았지만 깊은 애정을 느꼈다. 그녀는 천성적으로 명랑했고, 30년간 어떤 상황에서든 그렇게, 고집스러움과 냉소적인 초연함으로 살아왔다. 중등교육을 마친 후 그녀는 수도의 어느 술집에서 몇 년간 일했고, 그 후엔 도적단에 들어갔고, 그러다가 오르비즈를 살리기 위해 싸우는 암늑대 연대에 입대하기로 결심했다. 그리고 지금 그녀는 아팠고, 피를 토했으며 더 이상 힘이 없었다.

크로나우에르는 쌍안경을 내려놓고 그녀의 손과 손목을 어루만졌다.

"이따금 한 명씩 나와. 풀숲으로 들어가 볼일을 보지.

때로는 돌아오는 모습이 보여. 풀숲에 계속 머무를 때도 있고. 뭘 하는지는 잘 모르겠군."

"어떤 자들이지?" 바실리사 마라시빌리가 물었다.

"잘 모르겠는걸." 크로노우에르가 대답했다.

"기관차 하나에 객차 네 대가 있어." 일류셴코가 설명했다. "유형수 아니면 군인 들이야. 아니면 둘이 섞여 있거나. 지금은 거의 아무도 안 보여. 저들은 기다리고 있어."

죽어 가는 여자는 도로 누웠다. 눈을 뜨지 않은 채였다.

"왜?" 그녀가 물었다.

"왜 기다리냐는 말이야?" 크로노우에르가 물었다.

"응. 문을 열었다면, 왜 나갈 때를 기다리는 걸까?" 바실리사가 말했다.

"모르겠어. 이상하군." 크로노우에르가 말했다.

"어쩌면 나는 잠들어서 꿈을 꾸고 있나 봐." 죽어 가는 여자는 생각에 잠겼다.

"그래." 크로노우에르가 지친 목소리로 말했다.

그는 전에도 그녀가 헛소리를 중얼대는 걸 들은 적이 있었고, 열에 들떠 나오는 듯한 그 말들로 보아 다시 그 착란 상태로 빠져들고 있다고 여겼다.

"응." 바실리사 마라시빌리가 한숨을 쉬었다. "아니면 잠든 건 그들이고 우리가 그들의 꿈을 보고 있든가."

향기로운 풀 냄새가 또 한 차례 강렬하게 풍겨 왔다.

"그럴지도 모르겠군." 일류셴코가 연민을 느끼며 동조했다.

"흠." 크로노우에르는 중얼거렸다.

"어쩌면 우리가 보는 건 그들의 꿈일지 몰라." 바실리사 마라시빌리가 거듭 말했다.

"그럴까?" 일류셴코가 말했다.

"응. 아마 우리는 셋 다 이미 죽었고, 우리가 보는 건 그들의 꿈일지 모르지."

그리고 그녀는 조용해졌고, 그들도 마찬가지였다.

• 하늘. 침묵. 일렁이는 풀들. 풀들의 소리. 풀들이 살랑이는 소리. 모브가르드, 슈그다, 일곱리걷기, 에페르니엘,

20

늙은포로, 사크브리유, 뤼스맹고트, 빠른출혈, 생트발리양,
토끼주둥이발리양, 바보딸기, 이글리차의 속삭임. 오딜리데푸앙,
그랑드오딜, 대머리격자, 칼브그리에트의 서걱거림.
폐허활보자의 단조로운 휘파람. 풀들의 색은 다양했고 저마다
바람에 흔들리거나 굽히는 방식이 달랐다. 어떤 풀들은 버텼다.
어떤 풀들은 유연하게 축 늘어져 바람이 지나가길 기다렸다가 제
모습을 되찾았다. 풀들, 그 수동적인 움직임, 그 저항의 소리.
    시간이 흘렀다.
    시간은 느긋하게 흘렀지만, 흘렀다.

• 오후 네 시경 바실리사 마라시빌리의 상태가 악화되었다.
그녀의 두 손은 경련하듯 떨리고, 초췌한 얼굴은 땀방울로
뒤덮이고, 도드라진 광대뼈의 피부는 창백했다. 이제는 눈꺼풀을
들어 올리려는 노력마저 하지 못했다. 턱에는 마른 피딱지가 붙어
있었다. 반쯤 열린 입에서 새어 나오는 숨결에서 악취가 풍겼다.
알아들을 수 있는 말이라곤 한마디도 하지 못했다.
    크로나우에르는 죽어 가는 여자의 입술에 끈질기게
내려앉는 파리를 쫓았다. 그는 바실리사 마라시빌리를 돌보며,
소맷자락으로 바실리사 마라시빌리의 이마에서 배어나는
죽음의 이슬을 닦아 주고, 손가락 끝으로 그녀의 눈 밑과 머리
뿌리와 크고 솜털이 보송보송한 귀 주변을 쓸었다. 그는 지난 몇
주 동안 그들을 묶어 주었던 감정을 떠올렸다. 거의 처음부터
연애로 변화할 만큼 모호한 강력한 동지애, 혹은 그렇다기보다는
세 사람의 수다스럽지 않은 강력한 연대, 거기에 용기와
헌신과 애정이 더해진 것이었다. 육체적이고 성적인 면에서,
크로나우에르와 일류셴코가 바실리사 마라시빌리에게 품은
사랑은 아무런 구체적 결실도 맺지 못했다. 그녀는 자신의 애정을
두 사람 모두에게 분배하는 듯했다. 둘 중 누구와도 성적인 면이
중심이 되는 관계를 맺지 않겠다는 암묵적이지만 공공연한
의지가 있었다. 셋 다 그 작은 무리 안에서 커플이 생기면 여러
문제가 발생할 것임을 알았다. 그리고 그들 모두 쇠약하고
피로해진 상태가 되었기에, 그 위험은 신속하고 간단하게 저절로
사라졌다. 그들은 결국 형제자매 같은 사이가 되었다. 친밀함과

21

접촉을 두려워하지 않으며, 그렇다고 근친상간적이거나 로맨틱한 요소가 발생할 여지도 두려워하지 않는.

그는 그녀의 손가락을 찾아 아프지 않게 주의하며 꼭 쥐었다. 그녀의 손은 더럽고, 축축하고 비정상적으로 뜨거웠다.

"물을 먹여야 해." 일류셴코가 말했다.

"내 물은 이제 없어." 크로나우에르는 고갯짓으로 며칠간 수통 구실을 했던 병을 가리켰다.

"나도 없어." 일류셴코가 말했다. "여기 도착했을 때 우리가 다 마셨잖아."

"소프호스 어딘가에서 분명 물을 찾을 수 있을 줄만 알았지." 크로나우에르가 후회했다.

"우린 얼간이였어." 일류셴코가 말했다.

"맞아, 우린 얼간이였어." 크로나우에르가 인정했다.

• 침묵.

광활한 하늘.

풀들. 광활하게 펼쳐진 풀밭, 그리고 지평선 위 동쪽으로는 숲의 언저리. 나무들 위로, 얼마나 떨어진 곳에서 나는지 알 수 없는 가느다란 회색 연기가 피어올랐다. 연기는 곧게 솟아올라 구름 속으로 녹아들었다.

"그들에게 가야 할까 봐." 크로나우에르가 제안했다.

"누굴 말하는 거야?" 일류셴코가 물었다.

"기차에 탄 놈들." 크로나우에르가 말했다. "그들에겐 분명 물이 있을 거야."

"놈들은 군인이야." 일류셴코가 말했다.

"부상당한 여자가 있다고 말하면 어떨까, 어쩌면 물통을 채워 줄 거야."

"우린 그들이 어떤 분파 소속인지도 모르잖아." 일류셴코가 반대했다. "놈들이 부상당한 여자에게 신경이나 쓸 것 같아. 물을 주기는커녕 총이나 쏘겠지."

"글쎄." 크로나우에르가 말했다. "적이 아닐지도 모르잖아."

"그야 모르지. 반혁명주의자들일 수도 있어."

"아니면 미치광이들이거나."

"그래, 그럴 수도 있지. 미치광이들. 게다가 놈들은 여자라면 못 본 지 오래되었을 거야. 근처에 여자가 있다는 말은 안 하는 게 좋아."

● 침묵. 하늘. 오후 다섯 시가 되어 가고 있었다. 구름이 엷어졌지만, 이제는 눈이 부시지 않았다. 구름 뒤에서 태양이 창백한 햇빛을 던졌다. 벌써 10월이었다. 얼마 안 있어 날이 저물 터였다.

"저쪽의 연기 말이야, 봤어?" 크로나우에르가 물었다.

그는 검지로 나무 위편의 연한 흔적을 가리켰다. 일류셴코는 그가 가리키는 방향을 보려고 몸을 조금 일으켰다.

"마을이군." 그는 진단을 내렸다. "아니면 저 혼자 타는 불이거나."

"마을일 가능성이 높아." 크로나우에르가 말했다.

"가까운 곳은 아니야." 일류셴코가 말했다.

"밤이 되기 전에 숲까지 갈 수 있어." 크로나우에르가 말했다.

"빨리 걸어야 할걸." 일류셴코가 지적했다.

"그런 다음, 내일 아침에 마을로 도움을 청하러 갈 거야." 크로나우에르가 말했다.

일류셴코는 어깨를 으쓱했다.

"일단 나무들 속으로 들어가면 방향을 알 방도가 없어져. 길을 잃을 수도 있어."

"저 숲에 들어가는 게 겁나진 않아." 크로나우에르는 거짓말을 했다. "어떻게든 길을 찾을 거야."

"저긴 타이가가 시작되는 곳이야." 일류셴코가 반대했다. "처음 몇 킬로미터는 그다지 울창하지 않을지 모르지만, 그 후로는 사방으로 뻗어 있지. 마을에 도착할 확률은 10분의 1밖에 안 돼."

"위험을 무릅써야지. 다른 방도가 없어." 크로나우에르가 말했다.

"기차가 다시 출발할 때까지 기다릴 수도 있잖아." 일류셴코가 제안했다.

"그랬다가 다시 출발하지 않으면?"

죽어 가는 여자가 신음했다. 그녀는 뭔가 말하려 했다. 크로나우에르는 그녀의 입술에 입맞춤할 듯이 몸을 숙였다. 그는 그 입술을 주의 깊게 바라보았다. 소리가 났다. 그는 전혀 알아듣지 못했다.

그는 그녀의 이마에 입을 맞추고, 손을 내밀어 몹시 축축한 이마를 한 번 더 닦아 주었다. 콧구멍으로 그녀가 풍기는 퇴락의 냄새가 들어오고, 손바닥에는 얼굴의 비정상적인 열기가 느껴졌다.

"바시아," 그가 속삭였다. "걱정할 것 없어. 군인들은 우릴 못 봤어. 풀 틈에 있으면 우린 안전해. 난 물을 찾으러 다녀올게. 괜찮아질 거야."

한 줄기 바람이 불었다. 풀들이 떨리며 누웠다. 바람의 숨결은 바실리사 마라시빌리 위를 지나가며, 바실리사 마라시빌리를 조금 편케 해 주고, 바실리사 마라시빌리를 어루만지고, 숨 쉬도록 해 주었다.

"마을이 있어. 난 거기에 가. 물을 가지고 돌아올게." 크로나우에르가 말했다.

바실리사 마라시빌리는 더 이상 말하려 애쓰지 않았다. 의식을 잃은 듯했다.

15분 동안 크로나우에르는 그녀의 곁에 웅크리고 있었다. 그녀의 손을 잡고, 아름답고 기운찬 젊은 여자의 얼굴이었으나 이제는 스러져 가는 그 얼굴을 바라보았다. 핏자국으로 입술은 지저분하고, 뺨 아래에는 튼 자국이 생겼다.

그는 그녀를 두고 가기 힘들었다. 그들 셋 모두 이미 스스로를 죽었다고 여겼지만, 그는 그녀가 가장 걱정이었다.

• 일류셴코는 다시 쌍안경을 들고 있었다. 그는 철도의 상황을 다시 한번 살폈다. 반쯤 일어서서, 머리를 억센 포스말므케르 다발 뒤에 숨긴 채 그는 2분 정도 가만히 있었다.

"그들은 밤을 지낼 준비를 하고 있어." 마침내 그가 말했다. "모든 객차 문이 열렸어. 스무 명 정도 보이는군. 군인들, 포로들. 예닐곱 명이 '붉은 별' 터를 조사 중이야. 물이나 땔감을 찾는 거겠지. 모닥불을 피우려는 거야."

24

"그렇군, 자, 난 갈게." 크로나우에르가 말했다.

"조심하게." 일류센코가 말했다. "객차 지붕에 보초를 하나 세워 놨어. 처음엔 협곡으로 걸어가. 그다음부턴 혹 자네를 본다 해도 너무 멀어서 쏠 수 없을 테니까."

"무엇 하러 나를 쏘겠어?"

"군인들이니까. 그들은 언제나 주어진 명령에 반드시 복종해야 하지. 정상적인 사람이라면 이 주변에 있을 수 없다는 걸 그들은 알아. 틀림없이 적이나 탈영병을 보면 발포하라는 명을 들었을 거야."

"딴은 그럴듯한 소리로군." 크로나우에르가 대꾸했다. "아직 소총이 있다면, 우리도 똑같이 할 테니까."

• 협곡을 건넌 후, 크로나우에르는 숲을 향해 걸음을 재촉했고 피로해서 다리가 흐느적거렸음에도 속도를 늦추지 않았다. 이제 그의 뒤쪽으로 보이는 풍경이 변했다. 움직이지 않는 열차와 소프호스는 더 이상 보이지 않았다. 일류센코와 바실리사 마라시빌리가 숨어 있는 언덕도 보이지 않았다. 숲의 시작을 알리는 멀리 보이는 검은 선을 제외하면, 길잡이 삼을 만한 건 전혀 없었다. 해는 사라졌고, 어쨌거나 크로나우에르는 하늘을 지도 삼아 방향을 찾는 법을 몰랐다. 농부나 모피 사냥꾼이 아는 그런 지식은 그에게 없었다.

허리까지, 때로 어깨까지 식물의 바다에 잠겨, 그는 힘을 아끼지 않고 나아갔다. 몸이 쑤셨지만 그는 그 사실을 받아들이지 않았다. 첫 2킬로미터 동안은 보초병의 혹시 모를 사격을 피해야 한다는 생각에 멈추지 않았고, 그다음에는 숨을 돌리기 위한 10초 내지 12초 이상은 쉬지 않았다. 그는 전적으로 목표에 몰두해 있었다. 밤이 오기 전에 숲 언저리에 도달하여, 다음 날 해가 뜨자마자 거기를 지나 나무들 사이를 곧바로 나아가 숲을 벗어나 마을에 가닿고 싶었다. 단순한 목표였다. 명확하고 단순한 행동이었다. 그의 완수 여부에 바실리사 마라시빌리의 목숨이 달려 있었다.

때때로 그는 습지를 디뎠다. 그러면 멈춰 서서 근처에 물을 마시고 자기 물병과 바실리사 마라시빌리의 허리띠에

달려 있던 물병을 채울 만한 샘이나 연못이 있나 보았다. 땅은
축축했고 가끔 진흙탕이었지만, 구할 수 있는 물은 어디에도
없었다. 그는 1–2분가량 눈에 불을 켜고 샘 가까이에 흔히
자라는 아르가망슈와 가난한자들의구르굴 덤불 틈을 뒤졌다.
랑슬로트와 쓴나무껍질의 연한 줄기 틈새를 벌려 보기도 했지만
헛수고였다. 그런 다음, 짧은 욕설을 내뱉으며 그는 걸음을
계속했다.

종아리에, 무릎에, 허벅지에 걸리는 풀들. 세련된귀부인,
르그리넬, 깃털달린죽은파, 환희의광녀를 제외하면 여간해선
꺾이지 않는 풀들. 질기고, 유연하고, 난폭한 풀들. 조금만
건드려도 물러나는 풀들, 비틀린싹, 예민가시덤불, 마즈다하르,
장엄한숨결, 순례자진흙코, 문둥이어미처럼. 어떻게 해도 발에
짓눌리지 않는 풀들. 토르슈포티어나 떠돌이들의싸움처럼
강렬하고 불쾌한 냄새를 풍기는 풀들, 혹은 방울모양당그처럼
구역질 나는 악취를 풍기는 풀들. 넘기 힘든 산울타리 같은 풀들.
밤이 오면 향기를 발하는 풀들. 자극적인 수액을 내는 풀들.
빛의디아즈나 신성한디아즈처럼 독한 수액을 내는 풀들. 짙은
녹색, 에메랄드빛 녹색, 연두색, 방물장수테르바베르 같은 은녹색,
협곡테르바베르 같은 동록색. 씨앗들, 흐릿한 녹색, 환한 녹색,
이삭들. 꽃은 전혀 없다. 오직 칙칙함과 결핍만을 연상시키는
풀들. 기운 없는 부드러운 풀들. 여름 동안보다는 벌레가 적지만,
그래도 메뚜기와 파리가 윙윙거리는 넓은 면적들.

이 전진의 소리. 바스락대는 난폭함. 호의라곤 전혀 보이지
않는 식물들 한복판을 강행하여 나아가는 한 사내. 땅 위에서
잠자는 대신 스텝을 가로지르는 사내. 풀들의 침묵을 깨는 사내.

간혹 높이 보이는 까마귀들. 대여섯 마리, 종종 그보다 적은
수가, 숲을 향해 난다. 언제나 북동쪽이나 동쪽을 향하여, 마치
그쪽이 가능한 유일한 방향이라는 듯. 이따금 하늘 아래 그들의
새된 울음소리. 마치 동물들끼리의 일말의 연대감이나, 마술적인
전통을 지키려는 마음에서, 땅에서 길을 잃은 인간에게 유용한
정보나 경고를 전하려는 듯이. 크로나우에르의 발걸음은 그들이
지나가는 것을 보려 늦춰지지조차 않았다. 그는 고개를 들었으나,
걸음을 늦추진 않았다.

26

• 크로나우에르는 나아갔다, 몸은 임무를 완수하려는 노력에 집중되고, 정신은 여기저기 떠도는 채. 그의 안에서 잠들기 전처럼 여러 층위의 의식이 녹아들어, 서로 충돌하지 않으며 뒤섞였다. 무슨 일이 있더라도 마을에 도달해야 한다는 생각이 강박이 되어 있었고 그는 사뭇 영화 같은 장면으로 자기 모습을 보았는데, 거기선 그의 주변에 모인 마을 주민들이 그의 얘기를 듣고 물과 식량을 챙겨 '붉은 별' 소프호스로 서둘러 떠났다. 동시에 언덕에서 곤경에 처한 바실리사 마라시빌리와 일류셴코의 모습도 계속 보였다. 철도 근처에서 야영하는 군인들의 눈에 띄지 않기 위해 그들은 풀숲에 누워 조용히 있어야만 한다. 그런데 다른 장면들도 거기에 섞여 들었다. 지난 몇 주 동안 세 사람 사이에서 피어난 애정 어린 우애의 순간들, 모닥불가에서, 황폐한 길들을 따라, 텅 빈 도시들 한가운데서, 스텝 한복판을 한없이 걷는 동안. 그 긴 행군의 이모저모들.

소총과 실탄과의 결별. 그것들은 더 이상 아무런 쓸모가 없을 거라 여겨 어느 죽은 도시의 빵집 화덕에 숨겨 두었다.

별이 총총한 밤을 가르는 차가운 빗방울들.

멀리 보이는 야생화된 암소 두 마리.

옷을 벗은 후 굳이 벗은 몸을 가리지 않고, 불그레한 물빛의 연못으로 몸을 씻으러 가는 바실리사 마라시빌리. 이윽고 연못가 둑에 아른거리는 바실리사 마라시빌리의 몸 냄새, 땀 대신 진흙 냄새로 변한.

녹에 갉아먹힌 금지와 위험 표지판들. 빨간색과 검은색으로 둘러쳐진 해골 그림 위, 죽기 전에 짙은 점액 흔적을 남긴 달팽이들.

마지막 비스킷을 찾아 배낭을 뒤지지만 찾지 못하는 일류셴코.

바실리사 마라시빌리의 치아, 그들의 여정 초반에 그는 자기 혀로 그 잇새를 파고드는 상상을 자주 했다.

일류셴코와 바실리사 마라시빌리의 속닥거림.

길 한복판의 뱀 허물.

그들이 방사능에 피폭되었다는, 구워지고 이미 죽었다는, 원자로 아래에서 분해되고 있다는 생각.

27

쐐기풀에 묻혀 사라지는 철도.

멀리, 생명 없고 거부감 드는 마을들.

무너진 원자력발전소 근처에서의 휴식, 사방이 탁 트여 있는데도 기름 냄새가 나던 곳, 양 기름인지 곰 기름인지를 두고 그들이 하던 논의.

그러고 보니 나쁜 냄새를 풍기던 건 우리였어, 그는 문득 깨달았다.

그는 걸음을 멈추고 뒤편의 하늘이 숲 위의 하늘보다 밝은 것을 보았다. 스텝은 무한히, 물결치며, 벨벳처럼, 다양한 색조의 노랑과 초록에 공산주의자들의성녀와 반짝이드로글로스 다발이 있음을 알리는 하얀 점들과 함께 펼쳐져 있었다.

그는 숨을 골랐다. 폐 속 가득 광활함을 들이마셨다.

너는 스텝에 있어, 크로나우에르는 생각했다. 여기서 최후를 맞는 건 아쉽지 않은 일이지. 이곳은 아름다워. 즐겨야 해. 스텝에서 죽는 기회가 누구나에게 오는 건 아니니까.

• 스텝. 그는 도시에서 어린 시절을 보냈고, 다 함께 감자 수확하는 날을 소풍으로 치면 모를까, 그가 있던 고아원에서 시골로 소풍 가는 일은 거의 없었다. 그가 아는 것은 도시 경관이 거의 다였다. 그의 기준 세계에는 넓은 대로, 안뜰, 회색 건물 들이 설치되어 있고 가스 새는 냄새가 났다. 그럼에도 학교에서 넘치게 접한 영화와 책 덕분에 그는 푸른 하늘 아래 평평하게 펼쳐진 초원들을 떠돌고 유랑하고 여행할 수 있었다. 스키타이족, 아바르족, 페체네그족, 타타르족, 붉은기병대와 함께, 그리고 물론 오르비즈의 모든 아이들이 그 업적을 익히 아는 키예프 왕국의 전설적인 러시아 영웅들, 일리야 무로메츠, 알료샤 포포비치와 그들의 일당, 호적수, 동지 모두와 나란히. 결국 스텝은 그에게 수도의 거리들만큼이나 친숙하고 필수적인 장소가 되었다. 그리고 한참 후, 어른이 되어 그는 이리나 에첸구엔과 사랑에 빠졌다. 그리하여 오르비즈의 고아들에게는 물론 주민들에게도 소중한 이 웅장한 서사시적 기마행렬의 바탕에, 이 잊지 못할 여인은 식물학에 대한 열정을 심어 주었다. 이리나 에첸구엔 역시 우리 모두가 그러듯, 몇천 년의

역사와 결부된 러시아 영웅서사시와 초원의 이미지들을 사랑했다. 스키타이 제국부터 제2소비에트연방까지, 그 도중의 칭기즈칸이 거느린 말들의 천둥소리와 차파예프 군함의 따닥거리는 기관총들까지. 그러나 무엇보다도 그녀는 과학 팀의 일원으로 작물이 아닌 화본과 식물과 일반적인 야생 풀의 명명법을 연구하고 있었다. 크로나우에르에겐 그녀만 한 학술적 지식이 없었으므로, 그녀의 복잡한 분류 작업을 도와주기엔 역부족이었지만, 그래도 풀들을 이름 없는 식물 무더기와는 다르게 보는 법을 배웠다. 그의 머릿속엔 몇백 개의 이름들이, 함께 살면서 그녀가 찬찬히 완성해 가는 것을 보았고, 그녀와 함께 검토했고, 포스트엑조티시즘의 한없는 신도송이라도 되는 양 함께 낭독했던 목록들이 들어 있었다.

그들은 10년간 결혼 생활을 했다. 이리나 에첸구옌은 오랜 병 끝에, 반혁명주의 공격 중에 죽었다. 그녀는 병원에서 링거를 맞고 있었다. 반혁명주의자들은 그녀가 다른 암 환자 열 명과 함께 쉬고 있던 공동 병실에 쳐들어와, 관과 주삿바늘을 뽑고 의료 장비를 전부 부순 다음 여자들을 강간했다. 이미 시체 같은 몰골의 여자들도 예외가 아니었다. 그들은 개의 머리를 한 적의 무리였고, 인간에 의한 인간 착취의 광신자들이었다. 그런 후 그들은 그곳을 떠났으나, 가기 전에 이리나 에첸구옌을 죽였다.

• 말랑기요트, 말베네, 아슈랑, 작은영광의포로, 버드나무브네즈. 도망치는아씨, 마스카라트, 네시의미녀, 피튀텐, 두스리외즈 혹은 자정의잔느.

• 까마귀 한 쌍이 울음소리를 내지 않고 매우 낮게 그의 머리 바로 위를 지나갔다. 하늘은 좀 전보다 훨씬 눈부심이 덜했다. 저녁이 다가왔다. 기온이 낮아졌고 이따금 매서운 바람이 불었다. 숲의 검은 선은 한결 가까워져, 이제는 추상적인 표시로 보이지 않았다. 벌써부터 숲을 이루는 나무와 가지와 그 다양한 크기와 굵기가 눈에 들어왔다. 숲에 닿기까지 아직 2킬로미터를 더 가야 했다.

괜찮아, 그는 생각했다. 밤이 되기 전에 충분히 갈 수 있어.

29

그는 여러 차례 비틀거렸고 한 번 더 쉬었다. 1분, 그는 생각했다, 딱 1분만.

방금 전까지 마을이 있을 가능성을 보여 주던 연기는 사라졌다. 이제 그에겐 아무런 길잡이도 없었다. 오직 그의 앞에 있는 첫 번째 낙엽송들의 거무스름한 덩어리뿐.

그는 탈진에서 오는 현기증이 사라지도록 눈을 감았다. 눈꺼풀 뒤에서 불안정한 회색 구름층이 빙빙 돌기 시작했지만, 그의 생각을 사로잡은 것은 무엇보다 숲의 검은색이었다.

젠장, 크로나우에르, 겁을 먹은 건 아니겠지! 그는 스스로를 꾸짖었다. 네 부모가 타이가에서 죽었다, 그래서 어쨌단 거야? 아직 타이가는 멀었고, 그건 그냥 좀 울창한 숲일 뿐이야, 고작 몇 킬로미터 정도겠지. 두세 시간만 걸으면, 마을과 농부들이 있는 들판이 나오는 거야. 정신 차려! 첫 번째 어려움을 만났다고 주저하지 마! 네 사소한 불편함은 오르비즈를 덮친 아포칼립스에 비하면 아무것도 아니라고!

• 그는 서른아홉 살이었다. 그는 오르비즈에서 태어났다. 그가 받은 교육은 전부 노동자와 농민 코뮌의 운명에 대한 것이었다.

그의 세계관을 비추는 빛은 프롤레타리아 윤리였다. 희생, 이타심, 투쟁. 그리고 우리 모두가 그러듯, 당연히 그도 세계혁명의 퇴보와 실패로 괴로워했다. 부유한 이들과 그들의 마피아들이 어떻게 노동계급의 신뢰를 얻는 데 성공했는지 우리는 도저히 이해할 수 없었다. 그리고 불행의 주인들이 지구 곳곳에서 승리를 거두고 우리 중 마지막으로 남은 이들을 쓸어버리기 직전이라는 사실을 목도했을 때, 분노에 앞서 우리를 사로잡은 것은 망연자실이었다. 인류의 잘못된 선택에 대해 자문해 보아도 우리에겐 설명할 방도가 없었다. 마르크스주의적 낙관주의 때문에 우리는 인간의 유전적 유산에서 심각한 결함들의 증거를, 어리석은 자기 파괴의 유혹을, 포식자들 앞에서의 마조히스트적인 수동성을, 그리고 어쩌면 무엇보다 중요할 집산주의에 대한 근본적 부적격함을 보지 못했다. 우리는 마음속으로 그렇게 생각했지만, 공식 이론이 어깨를 으쓱하며 이 가설들을 일소했으므로, 우리는 동지들끼리라도 이 주제를 꺼내지 않았다. 동지들끼리의 농담에서라도.

　　고등학교 이후 크로나우에르의 지식 성취는 대강
이루어졌고 누락된 부분이 많았는데, 혼란과 패배 때문에 학업을
중단해야 했던 오르비즈의 많은 젊은이들이 마찬가지였다.
세계적인 상황이 평등주의에 그렇게 적대적이지 않았다면,
그는 훈련 기간이 그리 길지 않아도 되고 군인과는 관계없는
평온한 직업을 택했을 것이다. 그는 추상적인 것에는 그다지
이끌리지 않았다. 물론 책을 좋아하고 지역 도서관에서 기꺼이
소설을 빌려 보긴 했지만, 그가 대출한 책들의 목록을 살펴보면
정치학 고전을 제외하면 그가 해롭지 않은 모험 이야기와 가장
전통적인 포스트엑조티시즘의 소품을 선호한다는 사실이 쉽게
드러날 것이다. 몇 시간 동안 앉아 고요히 독서하는 것도 싫지는
않았지만, 마음 깊은 곳에선 그는 영혼의 복잡한 구조와 마주하는
것이 편치 않았고, 행동을 좋아했다. 그 한 예는 그의 인생을
사실상 완전히 뒤바꿔 놓았다. 콤소몰에서 그에게 당 간부 학교에
들어가라고 제안했을 때, 그는 제안을 거절하고 실전 부대에
편입시켜 달라고 청했다. 훈련 첫해를 마치자 그는 정치 교관의
부차적 책무를 맡게 되었지만, 선전 임무는 마음에 들지 않았다.
그는 적이나 배반자와 직접 대면하길 바랐다. 오르비즈는
위험에 처해 있었다. 그에겐 집회에서 분위기를 열광시켜 군사적
폭력을 불러일으키는 것보다 직접 군사적 폭력에 의지하는 게
더 어울리는 듯했다. 그랬기에 내전의 시작은 그에게 조금도
문제가 되지 않았다. 그는 즉시 정규군에 입대했고, 관습을 벗어난
방법으로 적을 괴롭히는 비밀조직들과 함께 일하게 되었다.
이후 그는 특별정보부에 배치되었다. 민간인으로 돌아와 별
특별한 기능 없는 노동자로, 때로는 건설 현장에서, 때로는 식품
산업에서 일했던 평온한 기간을 제외하면, 그가 여기저기서 싸운
지도 15년이 되었다. 그는 한 번도 부상을 입지 않았다. 창창한
전성기였다. 그건 그렇지만, 그는 너무나 많은 죽음을 보았고,
너무나 많은 패배를 목격했고, 남아 있던 희망의 대부분을 잃었다.

• 그는 다시 걷기 시작했다. 꾸준한 속도를 유지할 수가 없었다.
아직도 숲 가장자리까지 남은 2킬로미터가 끝없이 뻗어 있는

듯 여겨졌다. 계속 가, 크로나우에르, 생각하지 말고 가, 얼마나 왔는지 헤아리지 말고, 얼마나 남았는지 셈하지 말고, 아무것도 계산하지 마…! 오직 네 발걸음에만 귀를 기울이고, 하늘을 보지 말고, 팔팔한 상태인 것처럼 그렇게 쭉 가란 말이야!

들판은 이미 해 질 녘의 회보랏빛을 떠었다.

그는 눈에 간신히 보이는 봉분 하나를 피하기 위해 비스듬히 돌아갔다. 스텝에는 그런 봉분이 청동기시대부터 몇천 기나 있었다. 그가 가는 길에 서 있는 무너져 내린 보잘것없는 봉분, 고작 평등주의의 붕괴와 최초의 유목민들 시대와 똑같은 빈곤함이라는 결과를 위해, 덧없이 낭비된 목숨들과 헛되이 흘러온 몇천 년의 상징. 이제 그는 산토끼호밀밭 가에서 비틀거렸다. 산토끼호밀은 30년 전 들에 나타난 변종으로, 수도 근교에서 경작했는데 거기서 얻은 밀가루는 마분지 맛이 났다. 그는 흉한 갈색의 말라붙은 이삭들 한복판으로 들어섰다가, 빠져나왔다. 그는 술 취한 사람처럼 비틀거렸다. 별안간 그의 다리가, 다리에서 기운이 훅 빠졌다. 그는 갈지자로 10미터를 더 가다가 바닥에 무릎을 꿇고 쓰러졌다.

쳇, 별거 아냐. 피로가 밀려왔을 뿐이지. 그는 몸을 일으키려고 애쓰며 생각했다.

그는 일어설 수가 없었다. 근육이 말을 듣지 않았다. 목덜미에 경련이 일고, 온몸의 관절이 불타는 듯했다. 그는 크게 숨을 몰아쉬었다.

아직도 네가 살아 있다고 여기는군. 별안간 한 목소리가 말했다. 그의 머릿속에서 들려오지만 낯선 목소리였다.

"뭐야!" 그는 투덜거렸다. "대체 무슨….."

그는 파리나 말벌을 쫓는 것처럼 손을 휘저었다. 그는 녹초가 되어 무릎을 꿇고 있었다. 그리고 그 목소리.

아직도 네가 살아 있는 줄 알지만, 끝장이야. 넌 흔적에 불과해. 네 시체는 축축한 땅 어딘가에서 벌써 썩어 가고 넌 끝장났다는 걸 모르고 있지. 네 머릿속에서 움직이는 건 죽음 이후의 시시한 일들일 뿐이야. 고집 부리지 마. 쓰러진 자리에 누워 까마귀들이 네 장례를 치러 주길 기다리라고.

그러다, 나타났을 때만큼이나 갑작스럽게 목소리는 떠났다.

32

완전히, 기억 속에 아무런 흔적도 남기지 않고, 아예 들린 적 없었던 것처럼 사라졌다. 다시금 그는 혼자가 되었다. 그르렁대는 가쁜 숨소리와, 육체적 고통, 탈진과 함께.

심하게 피곤했던 거야, 그는 생각했다. 심각할 거 없어. 밤이 오기까지 30분은, 45분은 남았겠지. 누워야겠다. 굶주림과 탈수 때문에 그래. 누워서 지나가길 기다려야지. 어차피 다리가 말을 듣지 않으니까.

그는 누웠다. 눈을 뜨자, 머리 위로 하늘이 다시 빙빙 돌기 시작했다. 구역질과 싸우기 위해 눈을 감았다. 바람에 흔들린 풀들이 그를 스쳤다. 그는 풀들에게 귀를 기울였다.

가짜독보리, 웃는뿌리, 로부시카, 솔리벤, 이러다 지나갈 거야. 잠깐 기절하더라도, 괜찮아지겠지. 그런 다음 정신을 차릴 테고 어둠이 너무 짙지 않으면 나무 밑으로, 첫 번째 나무들 가장자리로 가서 잠을 자고, 새벽이 오면 숲에 들어가야지. 정신 차려, 크로나우에르! 내일은 마을에 닿을 거고, 그러기만 하면 모든 일이 잘될 거야. 어지럽지만 괜찮아지겠지.

내일. 마을에 가면. 모든 게 잘되겠지.

• 암캐양털, 도로글로스. 로부시카뒤사바티에, 깡패종자솔리벤, 향기나는솔리벤.

2.

• 창고 안의 온도는 내려가지 않았다. 결코 내려가는 법이
없었다. 철판 벽은 언제고, 밖에서 돌이 얼어붙어 쪼개지는
겨울에도 따뜻했고, 게다가 은은하고 지속적인 빛을 발산해
난방과 조명 시설이 전혀 필요 없었다.

'찬란한 종착역' 콜호스[5]에 에너지를 공급하던 원자로에
화재가 난 이후, 창고는 처리사들이 이 지역에서 모아 오는
방사능오염물을 저장하는 용도로 쓰였다. 창고는 거대하고 흉한
건물로, 엄청난 양의 폐기물을 보관할 수 있었고, 작은 발전소의
불타는 잔해 바로 위에 건설되었다. 처리사들은 기존에 있던
구조물을 이용해 위험한 폐기물들을 보관하고 파묻어 제거하는
일을 한곳에서 처리하는 게 현명하다고 보았다. 건물 한복판에는
수직갱이 있었다. 영원히 없애고 싶은 것은 그 속으로 들어갔다.

갱은 원자로 자체에 의해 파였다. 주변의 모든 것을
증발시킨 후, 원자로는 미쳐 날뛰며 땅속으로 파고들기 시작했다.
창고를 설계했던 팀의 유일한 생존자인 엔지니어 바르구진은
구멍이 일정하고 수직이며 깊이 약 2킬로미터에 달한다고
단언했다. 그의 말에 따르면, 구덩이 바닥에서 원자로는 진행을
멈췄다. 여전히 미쳤지만 움직임을 멈춘 채, 원자로는 더 이상
글자 그대로 대지의 배 속까지 파고들려 하지는 않았다. 높은
곳으로부터 받는 먹이를 집어삼키는 것으로 만족했다.

• 실제로 원자로는 매달 먹이를 받았다. 수직갱을 덮는 묵직한
덮개를 벗긴 후, 지난 한두 계절 동안 버려진 잡동사니 일부를
둘레돌 너머로 떨어뜨렸다. 다급할 것 없고, 끔찍한 방사성핵종에
겁먹지 않는다는 것을 보이기 위해서였다. 탁자와 의자, 텔레비전
수상기, 타르에 뒤덮인 소와 목부의 시체들, 트랙터 엔진, 결정적
시기에 교실에서 피하지 못한 탄화된 교사들, 컴퓨터, 빛을
발하는 까마귀, 두더지, 암사슴, 늑대, 다람쥐의 사체들, 겉보기엔
멀쩡하지만 흔들어 보면 불꽃이 무더기로 이는 옷가지, 쉼 없이

---

5. 소련의 집단농장. 「옮긴이의 글」참조.

끓어오르는 치약이 든 부푼 치약 튜브, 알비노 개와 고양이, 내면의 불 때문에 계속해서 부글대는 녹아 붙은 철 덩어리, 한밤중에도 햇빛을 가득 받은 것처럼 빛나는, 개시도 하지 않은 새 수확탈곡기, 갈퀴, 호미, 도끼, 박피기, 민요 가락보다 감마선이 더 많이 흘러나오는 아코디언, 흑단 판자처럼 보이는 소나무 판자, 연회장이 소개(疏開)될 때 피하지 못한, 나들이옷 차림에 표창장을 쥔 손이 미라화된 초과 노동 달성 수상자들. 책장이 밤낮 저절로 넘어가는 회계장부. 곁에 아무도 없는데 구리 동전이 짤랑대며 뒤집히는 현금 통의 돈. 구렁 속으로 던지는 것은 이런 것들이었다.

이 작업을 주관하는 이는 우드굴 할머니였다. 그녀는 마음대로 갱을 여는 날을 정하고 즉석에서 꾸린 처리반에 갱에 먹이로 줄 물건들을 정해 주었다. 우드굴 할머니는 또한 구렁 위로 몸을 굽히고 원자로에 말을 걸어 달랠 줄 아는 유일한 인물이었다.

몸을 수그리고 있으면, 깊은 곳에서 불어오는 미미한 바람이 얼굴에 정통으로 닿았다. 그녀는 그 감촉에 아랑곳하지 않고 독백을 계속했다. 아무런 소리도 들리지 않았다. 물건이나 시체가 2천 미터 추락하여 목적지에 닿아 부서지는 소리조차 들리지 않았다. 우드굴 할머니의 목소리는 메아리 없이 갱의 미스터리한 암흑 속으로 파고들었다. 노파를 돕는 콜호스 주민들은 그녀가 이 열렬한 마술을 끝마칠 때까지 곁에서 얌전히 기다렸다. 그들은 존재의 종말에 다다른 좀비 무리 같았다. 이따금 있는 보충병들을 제외하면, 이 말 없는 남자들이 '찬란한 종착역'에 아직 살아 있는 주요 남성 인구였고, 한 손으로 꼽을 만한 수였다. 엔지니어 바르구진, 외팔이 상이군인 아바자예프, 트랙터 운전사 모르고비안이 그들이었다.

• 우드굴 할머니에 대해 몇 마디 설명하고 넘어가자. 과학으로 설명 불가한 그녀의 강건함에 대해. 그녀의 신념, 영광과 그늘을 거쳐 온 여정에 대해. 그리고 영원히 그러할, 지극히 건강한 80대 노인 같은 용모에 대해.

100년 전, 그녀는 처리사로서의 기나긴 이력을

시작했다. 당시 그녀는 서른두 살이었고, 간호조무사였으며, 제2소비에트연방이 최초의 심각한 와해를 겪고 있을 무렵 공산주의를 향한 인류의 진일보에 몸 바치겠다는 꿈을 꾸었다. 그리하여 원자력발전소 인근으로 투입되는 자살 부대에 등록했다. 원자력발전소들에서 사고나 폭발이 연달아 일어나던 시기였다. 모든 생산 시설과 도시 구역과 콜호스가 저마다 자치적일 수 있도록 수천 기의 원자력발전소를 지었던 것을 기억한다. 그런데 온갖 안전 조치와 규정이 있었음에도 사고가 줄을 이었고 거주 가능한 지역은 줄어들었다. 물론 깨끗하고 견고하다던 그 발전소 모델을 구상한 자들은 총살당했으나, 그런다고 문제가 해결되지는 않았다. 막대한 지역들이 소개되고 폐허로 남았다. 그렇지 않아도 외부의 공격으로 크게 주춤하던 공산주의를 향한 승리의 행진은 그 기세가 한층 더 꺾여야 했다. 우드굴 할머니가 자원했을 때, 처리사들은 사회 균형의 기반을 지탱하는 기둥이 되었다. 그럼에도 이 고귀한 임무를 맡겠다는 지원자들이 모집 사무소로 앞다투어 몰리지는 않았다. 오직 영웅들만 지원했다. 오직 열광적인 이상주의자 젊은이들, 혹은 불굴의 볼셰비키적 턱을 악물고 두려움을 삼키는 한결같은 늙은 투사들뿐이었다.

우드굴 할머니는 첫 번째 작업장에서 헌신적으로 일했고, 뒤이어 다른 곳들에서도 일했다. 자신이 목숨을 바치고 있음을, 공동체의 미래 행복을 위해 건강과 생명을 내놓고 있음을 그녀는 알았다. 자기 자녀들과 손주들의 찬란한 앞날을 위해, 아니 남의 자녀와 손주라는 말이 옳을 텐데, 방사능의 영향으로 불임이 된다는 경고를 받았기 때문이다. 그녀는 주민 소개를 돕고, 트럭에 피난민들의 재산을 싣고, 히스테릭해진 이들을 진정시키고, 약탈자들을 체포하고 즉결 처분이 필요할 때면 거들었으며, 접근 불가능한 탱크 주변, 제멋대로인 노심 근접한 곳에 방호벽과 차폐막을 세우는 데 참여했다. 무시무시하고 위험한 일이었다. 그러나 빠르게 쓰러진 다른 남녀 영웅들과 달리, 그녀는 계속해서 살아 있었다.

그녀의 신체조직은 반복된 핵분열성 물질 노출에 긍정적으로 반응했다. 이온화방사선이 그 몸에 있을지 모를

36

병들거나 암으로 발전할 세포를 죄다 파괴했다. 물론 방사능 때문에 어둠 속에서 은은한 광채를 발하게 되었지만, 무엇보다도 그녀의 몸에서 노화 진행이 중단되었고, 우드굴 할머니가 내심 느끼기로는 영원히 멈춘 것 같았다. 이러한 현상에는 좋은 점만 있지는 않았고, 특히 당국의 관심을 끌게 되어, 그들은 유감스러운 기색을 감추지 않고 왜 죽지 않느냐고 거듭 질문했다. 당은 그녀가 처리사 동지들과 함께 무덤으로 가지 않는다는 사실을 받아들일 수 없었다. 징계안이 논의되었고, 불합리하고 가증스러운 처사라는 판단하에 유예되긴 했으나 그녀의 기록에 남아 오점이 되었다. 그때부터 그녀의 고난은 끝이 없었다. 언론에서는 그녀를 칭송하고 이례적으로 헌신적이고 용기 있는 모범적인 소비에트 여성으로 떠받들었으나, 그녀가 마술처럼 건강하다는 사실은 굳이 언급하지 않았다.

• 처음에 우드굴 할머니는 받으라는 생리학 검사들을 불평 않고 받았지만, 5–6년이 지나자 지긋지긋해졌고, 가능한 한 빨리 과학에 육체를 제공하라는 명에 그다지 열성적으로 협조하지 않는 듯했다. 소환되었을 때도 내킬 때만 응했다. 영문을 알지 못한 채, 그녀는 의학의 영역에서는 물론 평범한 민간인의 생활이라는 영역에서도 확실히 배제되었다. 그녀는 자신이 신뢰할 수 없는 인물로서 감시받고 있음을 알았고, 당의 영예 사례로 선전될 자격이 없다고 판정되었음을 깨달았다. 우주비행사, 대하소설 작가, 텔레비전 스타 들이 거의 자동적으로 그랬듯 말이다. 그녀는 광채에도, 불멸에도 불평하지 않았고, 그녀가 겪는 정치적 부당함에도 아무 말 하지 않았다. 자아비판을 작성하라면 작성했고, 지역 회합에도 계속 참석하고, 그럴 일이 생기면 언제나 기꺼이 처리사로 작업에 동참했다. 그녀에겐 규율 의식이 있었고 당을 거스를 만큼 잘났다는 척을 하지 않았다.

　　몇십 년이 흘렀다. 당국은 변화하고, 저희들끼리 선출하고, 노화했다가 다시 젊어졌으나 그녀에 대한 평가를 바꾸지 않았고, 세대를 거치면서 그녀의 불멸성이 고의든 아니든 근면한 대중에 대한 모독이라 보게 되었다. 당국은 그녀의 체질적인 노선 이탈에서 눈을 떼지 않았다. 하지만 그 눈의 시선이 양면적이었다는 점은 짚고 넘어가야 한다. 원자의 예측 불가능한 분노와 맞서 싸우는 그 이례적인 능력은 부정할 수 없었다. 당국은 그녀의 대체 불가능한 경력에 자주 도움을 청했고, 소규모 위원회에서 그녀에게 마땅히 받아야 할 칭호와 메달을 수여했다. '원자의 용맹한 투사', '붉은 영웅', '영예로운 해결사', '대담무쌍한 붉은 최고참', '베테랑', '붉은 큰누이' 등이었다. 그녀는 침대 머리맡에 증서들을 핀으로 꽂아 두었지만, 그것들을 내세우는 일은 거의 혹은 전혀 없었다. 그녀가 사는 건물에서 그녀는 이름 없는 평범한 사람일 뿐이었다. 그녀는 줄 앞에 끼어들려고 가게에서 장애인 증명서를 내보이는 그런 부류가 아니었다.

그렇게 한 세기가 흘렀다. 쉼 없이 사고 난 원자로에 접근하고, 보호되지 않는 장갑을 낀 채 연료봉을 뒤적거리고, 아름답지만 음침한 들판을 건너 유령 도시에 들어가고, 공동 묘혈을 파고, 약탈자들을 총살하며 보낸 한 세기였다. 그녀는 팀과 함께 열심히 일했고 팀 일원들은 몇 주 만에 차례로 쓰러져 죽어 갔다. 침묵이 압도하고 타 죽은 새들이 여기저기 널린 장소에서, 그녀는 급하게 대강 준비한 장례식에 참석했고, 수도로 돌아오면 장중한 예식 속에 행진하며 보통은 죽은 자들에게 수여되는 훈장을 받았다. 그런 다음 평범한 일상을 이어 갔다. 동네 종합병원의 일자리로 돌아갔다. 위험한 물질과 싸우느라 휴가를 자주 신청한 탓에 승진은 어려웠고 그녀는 여전히 간호조무사였다. 1급이기는 했지만, 그래도 간호조무사에 불과했던 것이다. 그리고 일할 때면 그녀는 또다시 당과 그 기관들의 의심을 견디고, 굴욕적인 절차에 응하고, 1천 번째로 자서전을 고쳐 쓰고, 자아비판을 처음부터 재검토해야 했고, 그것도 모자라 의학 아카데미의 소환에 불려 나가 발생학 전문가, 외계인 전문가, 특별 노동자 위원회 앞에서 자신의 체질적이고 사상적인 상태를 증명해야 했으며, 그들은 스스럼없이 그녀가 죽음을 상대로 프티부르주아적인 이기주의를 보인다고, 심지어 마법을 부린다고 비난했다.

그녀는 이 끝없는 반복에 끝을 냈다.

어느 날, 충동적인 결정을 내렸다.

아주 외떨어진 작업장에 자원하고, 거기서 아예 돌아오지

않을 작정을 했다. 폐쇄된 지방으로 떠나기로 한 것인데,
군사시설에서 통제 불능의 사고가 난 결과, 50년 전부터 이미
격리구역이던 곳이었다. 농산물 업체 몇 군데와 수용소 몇
곳에는 극소수의 인간 활동이 아직 남아 있긴 했지만, 도시인구
밀집 지역은 아주 작은 곳이라도 다 소개되었다. 게다가 마침
'붉은 별' 소프호스에서 핵 발전소에 긴급 위기 상황이 닥쳤다는
기별을 해 온 참이었고, 그 구조 요청 메시지에는 근처의 '찬란한
종착역' 콜호스도 곤란한 상황이라는 언급이 있었다. 그 지방은
제2소비에트연방에 병합된 이후 군사기밀로 유지되어 오던
곳이어서, 지도에 의지할 수 없었다. '붉은 별'은 광활한 숲과
'레바니도보'라는 장소 근처에 물음표로 표시되어 있었지만,
'찬란한 종착역'의 위치를 알리는 표시는 어디에도 없었다.

• 우드굴 할머니와 작업반은 버스를 타고 갔지만 버스는 그 지방
경계선 앞에서 멈췄고, 그 뒤로는 모두 사이드카를 받아 타고
재난 지역까지 가야 했다. 도로는 나 있었지만, 차도 사람도
다니지 않았고, 방사능 공포 때문에 운전사들은 예정보다
200킬로미터나 앞서 회차하려 했다.
　　우드굴 할머니의 동료들은 만장일치로 그녀를
작업반장으로 선출했다. 그들은 오르비즈에서 그토록 유명한
인물의 지시에 따르게 되어 자부심을 느꼈다. 당에서 그녀의
공적을 공식적으로 인정하길 그토록 꺼렸음에도, 오르비즈의
대중은 진심으로 그녀를 존경했고 그녀가 죽지 않는다고
유감을 품지도 않았기 때문이다. 그녀에겐 현장에서 구할
수 있는 인원으로 처리반을 꾸리는 뛰어난 재주가 있었다.
그녀와 함께한 서른 명 남짓한 과학자, 소방관, 엔지니어 들이
소프호스와 콜호스의 무시무시하게 끓어오르는 냉각수 수조
속에서 분투하고 융해된 원자로와 씨름할 각오가 되어 있었다.
다들 척수가 시커먼 마시멜로처럼 늘어질 때까지 있는 힘껏
버티겠다고 맹세했다.
　　그들은 사이드카를 타고 텅 빈 도로를 달렸고, 사이드카의
연료가 떨어지자 걸어서 숲을 지나 레바니도보까지 갔으며,
거기서 두 팀으로 나뉘었다.

우드굴 할머니는 '찬란한 종착역' 콜호스로 갔고, 그곳의
수장이 그녀의 첫 남편이었던 솔로비예이라는 자라는 사실에
놀람과 기쁨에 사로잡혔다. 그녀가 깊이 사랑했으나 90년
전 비극적으로 헤어졌던 동지였다. 솔로비예이는 그녀만큼
공식적인 프롤레타리아 의무를 존중하는 시민은 아니었고,
평등주의에 충실하긴 하지만 평등주의에 대한 자기만의 견해가
있어 누구의 판단도 허용치 않는 윤리적 수정안을 적용했다.
한마디로, 그는 당에 등을 돌린 지 오래였다. 한없이 긴 투옥과
방랑을 거친 후, 그는 마침내 이 변방의 구석에 정착하여
오르비즈의 제도권과 권력과는 아주 느슨한 관계를 유지하는
자치 공동체의 일원으로 살았다.

솔로비예이와 재회하여 그와 함께 둘의 사라진 청춘을
추억하는 기쁨에 빠져 있으면서도, 우드굴 할머니는 과학자들이
예비 조처를 취하고, 앞으로 수천 년간의 피해를 추산하고, '붉은
별'과 '찬란한 종착역'의 생존자들이 모인 총회 자리에서 상황을
설명하도록 했다. 그런 다음 작업반은 전력을 다해 일하기
시작했다. 솔로비예이는 그들이 숲을 가로질러 한쪽에서 다른
쪽으로 가장 빨리 오가도록 자신만이 아는 지름길로 인도했다. 두
농업 단지는 그리 넓지 않은 타이가를 사이에 두었는데, 신중하지
않으면 길을 잃기 십상이었다.

'붉은 별' 소프호스는 사흘 만에 비워졌다. 발전소의 노심이
탱크 밖에서 불타고 있었으나 중대한 작동 문제는 보이지
않았으므로, 소방관들은 시설을 그대로 놔두고, 몇 년 후에
다시 와서 가장 위험한 폐기물만 수거할 것을 권했다. 외양간과
돼지우리 문이 열리고, 가축과 가금류는 너른 스텝으로 몰아가
죽게 했으며, 살아남은 소프호스 주민과 처리사 들은 '찬란한
종착역'으로 후퇴했다. 이곳의 원자로는 이미 땅속 깊이 파고드는
중이었다. 우드굴 할머니는 창고 계획안을 승인하고, 기운이
남은 남녀를 동원하여 건설을 시작했으며, 오염 제거의 초안을
잡았다. 동원할 수 있는 일손이 적다는 점을 고려했을 때, 그녀가
보기엔 400년에서 500년은 걸릴 것 같았다. 그런 다음 죽어 가는
작업반 동료들을 최선을 다해 돌보았다. 과학자들이 가장 먼저
떠났고, 엔지니어들이 바로 뒤를 이었다. 소방관들은 일주일을

더 버텼으나 그들 역시 너덜너덜해져, 치명적인 암과 화상으로 온몸이 무너져 죽었다. 역시 방사능에 면역된 듯한 엔지니어 바르구진을 제외하면, 작업반 모두가 열광적이고 끔찍한 고통 속에 스러졌다.

석 달 동안, 15일에 한 번씩 그녀는 당에 보고서를 보냈고, 보고서에 몇 개 안 남은, 아직 작동하는 온도계와 측정기구의 데이터를 기록하고 처리 진행 상황과 그녀가 내다본 단기와 중기 전망을 적었다. 솔로비예이가 일러 주는 대로 그린 도식화된 지도에, 요오드 정제를 삼키고 방사능 방호복으로 무장하지 않는 한 감히 들어와서는 안 될 넓은 반경을 표시했다. 보고서 말미에는 죽어서 시체를 수직갱에 던져 넣은 농민, 전문가, 비전문가의 철저한 목록을 첨부했다. 아직 실험적이긴 했지만 갱의 처리 기능이 이미 가동되었기 때문이다. 추신으로 그녀는 계급투쟁이 정통적인 방식으로 벌어진 적 없는 '찬란한 종착역' 같은 곳에서, 우리가 소중히 여기는 평등주의적 기조에서 전반적으로 벗어나지 않으면서 이데올로기적 규범을 회복하기 위해 취해야 할 전략에 대해 물었다. 답신은 한 번도 오지 않았다. 그러다가 우체부가 숲 한복판에서 갑상선 문제를 일으켜 낙엽송 아래 영원히 누워 있게 되었고, 그것으로 레바니도보와의 서신 왕래는 완전히 끊겼다.

그리하여 우드굴 할머니는 매 순간 당의 결정을 따르지 않고 자기 인생을 살기 시작했다. 위계와 최고 지도자들과 이처럼 급작스레 단절되자 그녀는 불안에 휩싸였고, 몇 달간은 악몽에 시달리고 약간 정신이 혼란해지기까지 했다. 갑자기 모든 것이 비관적으로 보였다. 그러다가 솔로비예이가 다정하게 옆에 있어 준 덕에 그녀는 의심과 불안한 상념을 성공적으로 극복했다.

사실 서신이 두절되었을 때 당은 이번에야말로 그녀도 치명적인 입자들의 집중 폭격에 무릎 꿇었다는 결론을 내렸다. 과거에 보여 준 수없이 많은 사상적 올곧음의 증거 덕분에 누구도 그녀가 변절했거나 불멸을 이용해 그 외딴 지방에서 사상적 일탈의 길을 걸으리라고는 의심치 않았다. 그 이름은 물질의 광란과 투쟁한 프롤레타리아 순교자 명단에 올라갔고, 그녀에겐 아직 받지 못한 드문 메달 중 하나인 '프롤레타리아 판테온의 선구자' 사후 훈장이 수여되었다. 그리고 그 지방으로 통하는 최후의 입구들에 철조망을 쳐서 폐쇄하고 그 지역이 인간 생존에 부적합하다는 판정을 내렸다.

• '찬란한 종착역' 콜호스는 농업 시설이라기보다 산적단 소굴에 가까웠고, 사상적 관점에서 보면 완전한 탈선이 벌어지고 있었는데, 이는 우드굴 할머니가 상상했던 망명 생활과는 거리가 멀었다. 그럼에도 그녀의 청춘의 충동들은 그 과격함, 격렬함, 젊은이들이 현실 세계를 볼 때의 만족할 줄 모르는 시선과 함께 깨어날 준비가 되어 있었다. 세계혁명의 승리에 이바지하고 싶다는 소망 이외에도, 마음 깊은 곳에 그녀는 모험 영화 같은 운명을 살고 싶다는 어린애 같은 욕망을 간직하고 있었다. 그리고 솔로비예이야말로 그 결정체였다. 모든 법과의 단절, 예측 불가능함, 사랑, 금지된 것을, 다른 곳을, 미탐험된 꿈의 공간을, 마술적 현실을 향한 과격한 전환. 그는 그녀를 굽어보며 지지, 동조, 통찰력과 아나키스트적 비순응주의를 아낌없이 쏟았다. 그녀가 변절이나 고통 없이 당과 거리를 둘 수 있게 도왔다. 그녀가 평온해지기까지는 몇 달이 걸렸다. 하지만 첫날부터 그는 그녀가 '찬란한 종착역' 콜호스라는 마법의 건물의 부족한 한 조각, 먼 옛날 잃어버렸으며 돌아오기까지 평생을 기다렸고, 마침내 되찾아서 너무도 행복한 한 조각이라는 듯 그녀를 환영했다.

솔로비예이는 그녀 인생에서 중요한 유일한 남자였다. 그녀는 쿤구르투그의 처리 작업장에서 그를 알게 되었고, 당시 그녀는 36세의 한창 빛나는 아름다운 여자였으며, 방사능에 대한 기적적인 저항력으로 이미 당국의 주목을 받고 있었다. 그곳은 깊은 산중의 완전히 고립된 장소였고, 근처에 작은 호수가 있었는데 사고 이후 호수의 물은 미지근한 수은처럼 변했다. 그 이후 몇 주 동안 처리사들은 그 둘만 빼고 모두 죽었다. 우드굴 할머니와 마찬가지로 솔로비예이도 중성자의 광란에 영향을 받지 않는 신체 구조였는데, 자신이 생과 사와 수면의 경계를 영구히 넘나들어 온 볼셰비키 샤먼과 마법사 혈통의 후손이기 때문이라고 그는 당당히 설명했다. 이 도발적인 설명은 당국에겐 전혀 달갑지 않았고, 그가 조롱 섞인 웃음과

관료주의와 그 관리들에 대한 모욕적인 의견을 곁들였기에
더더욱 거슬렸다. 그녀는 앞서 말한 호수인 테레홀의 반짝이는
호숫가를 따라 밤 산책을 한 뒤 그에게 푹 빠졌고, 그가 지나치게
아나키스트적이어서 콤소몰에 들어가지 못하는 인물이었음에도,
5개년 계획에 대한 그의 의견이나 공산주의에 대한 그의 지구적
관점을 바꾸려 하는 일 없이, 그를 있는 그대로 사랑했다.
쿤구르투그를 떠난 후 둘은 헤어졌지만 계속해서 연락을
주고받았고, 마침내 그녀는 그와 함께하기 위해 그가 사는 작은
지방 도시 아바칸으로 갔다.

　　아바칸에서 둘은 사이좋게 살았고 정치적 관점 차이도
그녀가 아이를 갖지 못한다는 사실도 아무런 문제가 되지 않았다.
소비에트[6]에 정식 등록을 하지는 않았지만 그들은 서로를 남편과
아내로 여겼다. 둘은 농아학교에서 함께, 그녀는 돌봄 담당으로,
그는 지도자로 일했다. 일이 생기면, 그들을 필요로 하는 원자력
사고 현장을 찾아갔다. 그들은 불행과의 싸움 최전선에 선 나무랄
데 없는 한 쌍의 시민이었다. 그럼에도 탁월한 건강 때문에
그들은 감시가 필요한 인물로 낙인찍혔고, 당연히 그 감시의
주체는 의료 연구 기관만은 아니었다. 특별 회기에서 몇 차례씩
자서전을 재집필하면, 우드굴 할머니는 늘 아무 문제 없었지만,
솔로비예이는 상황을 악화시킬 뿐이었다. 솔로비예이는 혁명가일
뿐 아니라 시인임을 자부했고, 그렇기에 머릿속에 떠오르는
대로 무엇이든 당당히 대놓고 말할 권리가 있다고 여겼다. 살기
위해 거짓말을 써야 한다는 생각만으로도 그는 격분했다. 그는
자아비판에 난해한 나라(narrat),[7] 아포칼립스에 대한 성찰,
성(性)과 꿈에 대한 정치적으로 올바르지 못한 견해를 섞어 넣어
엉망으로 썼다. 공식 진술서에, 오직 샤먼과 마법에 능통한 이와
마법사와 꿈 점술의 계승자만이 계급투쟁을 담당하고 도시와
시골을 자유롭게 유랑하는 시대가 오리라는 자신의 소망을
늘어놓았다. 솔로비예이와 당국의 관계는 악화일로로 치달았다.

---

6. 소련의 노동자, 농민, 병사 대표 들의 평의회 기관명.
「옮긴이의 글」참조.
7. 앙투안 볼로딘이 고안한 문학 장르. 「옮긴이의 글」참조.

함께 산 지 4년이 지나, 당에서는 우드굴 할머니에게 동반자와
헤어지라고 권고했고, 그녀는 거부했다.

그러다 솔로비예이가 흔적도 없이 사라졌다. 우드굴
할머니는 즉시 자신이 아는 행정과 경찰 기관이란 기관을 전부
찾아다니며 수색에 들어갔다. 돌아온 답이라곤 솔로비예이
본인이 생존 신호를 보일 때까지 기다리라는 것이었는데,
거기에는 그가 귀찮은 변명 없이 그녀와 헤어지려고 그런
것 아니냐는 속뜻이 담겨 있었다. 2년 동안 그녀는 기관들을
들볶았다. 사적인 자리에 불려 가 자서전을 재집필하게 되면 그
기회를 이용해 관리들에게 남편에 대해 무슨 소식 없냐고 물었다.
답변은 다양했고, 가끔은 퉁명스럽고 가끔은 동정적이었지만,
한마디로 쓸 만한 정보라곤 하나도 듣지 못했다. 솔로비예이는
증발했다. 솔로비예이는 어딘가로 가 버렸다. 이후 91년 동안
그녀는 그에 대해 전혀 알 수 없었다.

그랬기에, 각자 너무나 긴 세월을 홀로 보내고 난 지금,
그녀는 운명이 안겨 준 선물에 까다롭게 굴 생각은 없었다.
그녀와 마찬가지로 솔로비예이도 신체적으로나 정신적으로나
어마어마하게 변했고, 그녀와 공유하지 못한 한 세기 동안의
추억이라는 짐을 지고 있었지만, 이상한 사람이 되었다고
그를 나무랄 생각은 없었다. 그를 다시 만난 순간부터 그녀는
그와 함께 행복해지기 위해, 이름부터 전복적인 냄새가 나는
이 콜호스에서, 뭐든지 할 작정이었다. 과거에 사랑했던 이를
되찾았고, 다시 사랑하겠다고 결심했으며, 그 밖에 정말로 중요한
건 없었다. 그가 꺼림칙하고 정신이 이상한 독선적인 마법사
같은 존재로 변했다는 사실조차 별 상관 없었다. 이제 그녀는
마을의 일상 곳곳에 스민, 그곳이 프롤레타리아적 정상 상태와
얼마나 동떨어졌는지를 드러내는 부적절함에 신경 쓰지 않았다.
어떤 관점에서 보면 자신도 더 이상 오르비즈의 정상적인 세계에
속하지 않음을 그녀 스스로도 잘 알았다. 감마선에 저항하는 체질
때문에 자신이 오래전부터 괴물들의 영역에 속하게 되었음을.
그러므로 그녀가 레바니도보에 정착한 것은, 그리고 그곳의 별난
주민들 중 하나와, '찬란한 종착역'의 수장과 어울린다는 것은
지극히 타당한 결과였다. 또 하나의 괴물과.

44

• 그때부터 우드굴 할머니를 만나러 찾아가야 할 곳은 콜호스의 창고가 되었다. 그녀는 그곳을 거처로 삼고 거의 나가지 않았다. 개인 공간을 마련하고, 트랙터 운전사 모르고비안이 납을 벗겨내 좀 유연하게 한 묵직한 오염 차단 덮개를 쳐 두었다. 몸단장을 하거나, 혼자 해결해야 할 다양한 긴급한 용무가 생기면 그녀는 그 뒤에 틀어박혔다. 원자로에 할 말을 준비하거나, 레닌주의 고전을 읽거나, 배변을 하는 일 등이었다. 그 밖의 시간에는 잡동사니 한가운데 있는 걸 좋아했는데, 잡동사니의 양은 거의 줄지 않았다. 콜호스 주민과 그 지방의 자발적인 고철 수집가 몇 명이 계속해서 모아 오기 때문이었다. 1천 년의 후반이 되기 전까지 그 지역의 오염물 잔해를 완전히 처리하기 위해 그녀의 지시를 따라서였다.

그녀는 어떤 폐기물이 가장 위험한지 알아보는 데 가이거계수기를 사용하기를 포기했는데, 무엇에든 날뛰는 바람에 재난 초반 이후 사용하지 않게 되었기 때문이다. 그녀는 분진의 냄새를 맡고 자기 본능을 따랐다. 이제는 오염 제거 절차를 따르지 않았다. 더미와 산으로 쌓인 폐기물을 관리하고, 수직갱의 열림과 닫힘을 감독하고, 심연에 물건들을 던져 넣고, 원자로에 말을 걸었다. 원자로에게 과거의 열정을, 50년 전 당에서 새로운 경제 혹은 사회 정책을 내놓았을 때 그녀를 괴롭혔던 의심을 이야기했다. 하지만 당장 사로잡힌 고민도 털어놓았다. 솔로비예이의 광기의 발작, 딸들에 대한 과도한 사랑, 마지막으로 남은 콜호스 주민들의 신체적 쇠락, 화장실 물을 넘치게 하는 누수 등이었다. 그녀는 원자로와 이렇게 속내를 털어놓고 신뢰하는 관계를 유지했다.

솔로비예이는 그녀에게 핵폐기물 관리 말고도 자신의 기록 보관소라 이름 붙인 것의 관리를 맡겼는데, 실상은 손으로 쓴 노트들이 든 궤짝 몇 개였다. 수용소에 대한 증언, 감옥에서 읽은 성명문, 당과 그 미래에 대한 비판적 연구, 서사시 노래 필사본, 흑마술 비법, 전쟁 이야기, 꿈 이야기, 이에 더해 그가 난해하고 극도로 기묘한 심란한 시들을 녹음해 놓은 왁스 실린더가 다량 있었다.

이는 전부 우드굴 할머니가 가장 좋아하는 안락의자

가까이 뒤죽박죽 쌓여 있었고, 처리 작업이 일단락되면 그녀는 솔로비예이의 기억들을 보존하는 데 몰두했다. 때때로 어떤 글은 지독하게 반혁명적인 색채를 띠어 그녀는 목소리를 높이며 분개했고, 그럴 때면 갑자기 까탈스러운 볼셰비즘의 억양이 섞였다. 또 어떤 때는 다른 독기 어린 페이지에서 시적인 폭력에 휩싸임을 느꼈고, 그럴 때 그녀는 초등학교 때 받은 교육을, 그녀 안에 새겨져 이러저러한 이야기나 사상적 선택을 선호하거나 싫어하도록 좌우한 엄정한 원칙들을 잊고 말았다. 모두 잊은 채 연애소설에 푹 빠진 소녀 독자처럼 만족스러운 한숨을 쉬었다. 솔로비예이의 산문이라면 무엇이 되었든 그녀는 깊은 애정을 느꼈고, 분류해서 정리한다는 구실로 언제고 깊이 빠져들었지만, 사실은 결코 제대로 정리하지 못했다. 그녀는 생의 끝에 솔로비예이와 완전히 결속되어 완전한 공모자가 되길 바랐고, 그래서 그녀가 보기엔 비도덕적이고 대부분 마르크스·레닌주의라고는 털끝만치도 담기지 않은 그 저작들을 읽고, 또 읽고, 혹은 듣기를 두려워하지 않았다. 인생의 다른 시기였다면 그 수상한 저작들을 무해한 서류 더미 밑에, 방사능에 오염된 『소비에트 대백과』 전집 밑에, 문예지 밑에, 수의학 교본 밑에, 정당 동조자들의 총서 밑에, 농업 소설 밑에 감추기 바빴을 것이다. 하지만 지금 여기서, 그녀는 굳이 애쓰지 않았다. 이제는 당국이나 수도나 기관의 조사관들에게 괴롭힘 당할 일이 없음을 알았다. 그녀 자신의 마음속 내부 검열 위원회로 말할 것 같으면, 그 존재는 점점 희미해졌다.

힘닿는 데까지 우드굴 할머니의 방사능폐기물 분류와 처리를 돕는 엔지니어 바르구진에겐 솔로비예이의 기록이 담긴 궤짝에 손댈 권한이 없었다. 나중에 알게 되겠지만, 바르구진은 그의 사위인데도 말이다. 그는 콜호스에서 고장 난 것들을 수리하고, 원자로에 먹이로 던질 예정인 물건들을 운반하고 쌓았으나, 솔로비예이의 개인적인 회고록을 뒤지는 건 허락받지 못했고, 우드굴 할머니가 조심스레 그것을 뒤적이는 데 몰두한 모습을 보면 창고 밖으로 나가 담배 한 대를 피웠다.

• 그날 아침, 우드굴 할머니는 갑자기 잠에서 깼고, 즉시 기분이

나쁘리라는 걸 알았다.

　　그녀는 노동절 축제에서 혁명파 노동자와 왈츠를 추는 꿈을 꾸었는데, 춤을 춘 뒤에 그와 무엇을 했는지가 기억나지 않았다. 설상가상으로 그녀는 축제에서 자기가 젊은 볼셰비키 여인이었는지 아니면 지금의 노파 모습이었는지 분간할 수 없었다. 그 점을 잊은 것이 몹시 신경 쓰였는데, 후자라면 꿈의 뒷부분이 전자일 경우와는 다를 수밖에 없고, 그녀를 다정하게 품에 안고 아코디언 소리에 맞춰 어지러워서 춤을 그만두어야 할 때까지 그녀를 빙글빙글 돌린 그 영웅적인 노동자와 꿈같은 연애를 했기를 내심 바랐기 때문이다. 여전히 춤 상대의 웃는 얼굴이 기억났고, 눈을 감으면 잠깐 동안은 행복하게 되살릴 수 있었지만, 이내 그 얼굴은 지워지고 대신 살아 있는 그 무엇과도 전혀 닮지 않은 전형적인 콤소몰의 얼굴이 나타났다. 꿈속 신나는 사건들이 사라진 것도 모자라, 하룻밤의 연인이 그렇게 형편없이 돌변하다니 정말 분통 터지는 일이었다.

　　그녀는 눈을 뜨고 저주의 말을 줄줄이 내뱉어, 그 서슬에 마르크스주의 고전들조차 혼쭐이 났다.

　　그런 다음 밤 동안 머물렀던 안락의자에서 일어나, 계속 욕설을 중얼거리며 무슨 일이라도 날 때까지 화장실에 들어박히기로 했다. 사실 거기서 일어나는 일은 대개 명상뿐이었는데, 대변이든 소변이든 배출되는 일은 극히 드물었기 때문이다. 근 30-40년간 우드굴 할머니는 구운 밀가루 한 숟갈, 비스킷 한 개 정도를 깨작대는 게 고작이었고, 거의 마시지도 않고 제대로 식사하는 일이 결코 없었다. 그 결과, 소화기관 말단이 거의 움츠러들고 퇴화되고 말았다.

　　밖에는 해가 떴다. 햇살이 지붕 바로 밑의 통풍구를 거쳐 새어 들어왔다. 농기구 더미 위에 번쩍이는 새 톱날이 달린 써레가 있었다. 새로 들어온 물건 중 하나로 사용한 적 없는 새것이었다. 우드굴 할머니는 그것을 급하게 구렁에 내던질 마음은 없었는데, 거기서 발산되는 방사선이 톱날 주위를 맴도는 파리들을 곧장 태워 죽였기 때문이다. 죽을 때마다 짧게 탁탁 소리가 났다. 파리가 늘 짜증스러웠던 우드굴 할머니는 놈들이 까맣게 타는 소리를 들을 때마다 약간 만족을 느꼈다.

47

아침 여덟 시는 됐을 것이다.

석면시멘트로 된 둥근 천장 아래 반사되는 햇빛을 감상하려고 고개를 들다가, 우드굴 할머니는 우유 양동이에 걸려 비틀거렸다. 양동이는 비어 있었고 바닥에 시끄럽게 긁히며 넘어졌다. 우드굴 할머니는 분통을 터뜨렸다.

"이놈의 것이 왜 내 발치에 있는 거야? 어제는 없었는데. 엔지니어 녀석이 가져온 게 분명해. 하필 걸리적거리는 데에 둘 건 뭐야, 멍청한 녀석!"

그녀는 엔지니어가 근처에 있는지 보려고 잡동사니의 미궁을 살펴보았지만, 창고는 고요하고 지금은 아무도 일하는 사람이 없었다.

"바르구진!" 그녀는 고함쳤다. "어이, 바르구진!"

대답이 없었으므로 더 부르지 않았다. 소리를 지르고 나자 마음이 가라앉았다.

"그 멍청한 자식이 여긴 없군." 그녀는 중얼거렸다. "야단맞을 일이 있을 때면 절대 없다니까. 밖에서 빈둥거리고 있겠지."

그녀는 발로 양동이를 멀찍이 밀쳤다가, 폐기물 더미 위로 던졌다. 양동이는 텔레비전 수상기, 베개 두 개와 깃털 이불 사이에 자리 잡았다.

그녀는 멈춰 서서 베개들을 살펴보았다. 후광 모양의 땀자국이 보였다. 정확히 어디에서 온 것인지 기억나지 않았다. '붉은 별'의 공동 숙소였나, 숲속 외딴 이즈바[8]였나, '찬란한 종착역' 농장의 벽장이었나? 5–6초 동안 기억을 뒤졌지만, 생각나지 않았다. 누가 저기서 자면서 땀을 흘렸는지 알 게 뭐람, 그녀는 생각했다. 그리고 바르구진과 그의 게으름 문제로 되돌아갔다.

"방사능을 너무 많이 흡입해서 죽었는지도 모르지." 그녀는 말했다.

방사능 고철 더미 두 무더기 사이의 통로 한복판에 서서, 그녀는 다시 구시렁거렸다.

---

8. 통나무를 수평으로 쌓아 올린 러시아 전통 목조 주택.

"처음도 아니긴 하지. 녀석은 새로운 세대니까, 툭하면 죽는단 말이야."

• 실제로 바르구진은 일반 상식으로는 죽음이라 칭하는 상태에 자주 빠졌다. 숨을 쉬지 않고, 육체는 시체 같은 자세를 취하기 시작하고, 특히 심장과 뇌가 작동을 멈췄다. 눈꺼풀 아래 시선은 생기 없고, 동공은 무엇에도 반응하지 않았다. 살갗은 비위 상하는 밀랍 같은 빛을 띠었다. 우드굴 할머니는 몇 시간 동안 그를 흔들고, 햇빛이 있을 때는 햇빛에, 달이 떴을 때는 달빛에 노출시킨 다음, 매우 무거운 물과 매우 죽은 물로 차례로 이마를 문지르고, 미간에 매우 살아 있는 물을 부어야 했다. 음유시인이 노래하는 이야기 속에서처럼 말이다. 그 치료법이 효험이 있어 바르구진은 정상적인 혈색을 되찾았다. 그는 도로 일어나, 그녀에게 고마워하고 콜호스의 수리 작업실로 느릿느릿 돌아갔다. 그 역시 신체 조직이 방사능에 의해 이로운 쪽으로 뒤바뀌었고, 방사성핵종에도 저항력이 있었는데, 그의 저항력은 우드굴 할머니와 솔로비예이처럼 불멸의 문턱에 설 만한 성질의 것은 아니었다. 바르구진은 허약했고 언제나 죽음 가까이 있었다. 우드굴 할머니의 응급조치가 아니었다면 그는 오래전에 다른 독성 물질과 농기구들과 함께 갱에나 던져 넣어야 할 잔해로 변했을 것이다.

• 몸단장을 약간 한 뒤, 우드굴 할머니는 좋아하는 안락의자로 돌아와 앉았다. 곁에는 솔로비예이가 수집한 신문 더미가 있었다. 그가 노동 수용소에 있는 동안 세계혁명의 전선에서 무슨 일이 일어났었는지 알아보기 위해서였다. 아바칸을 떠난 이후 그는 노동 수용소에 있었던 것이다. 처음에는 45년간 쭉, 이후에는 조건부 석방, 험한 지방으로 추방, 다시 체포, 특별 구역으로 송환 등을 번갈아 겪는 혼란스러운 삶이었고, 타이가에서 신비주의 강도단, 샤먼, 탈주범, 거지들과 함께 떠돌던 시기도 있었다. 그는 몸을 사리려는 시도라곤 전혀 하지 않아 계속해서 철창 안으로 되돌아갔고 총살대 앞까지 간 적도 있었는데, 당과의 심각한 불화 때문인지, 상급자와의 주먹다짐이나 관리들과의 부적절한

난투 등 그의 까다로운 성격과 관련된 다양하고 사소한 사건 때문인지는 몰랐다.

그녀는 맨 위의 신문을 집어 들고 헤드라인을 더듬더듬 읽기 시작했다. 신문은 지난 세기의 것이었지만, 소식은 고무적이었다.

혁명은 모든 전선에서 우세를 점했고 전투 횟수가 늘어났다. 현재 제2소비에트연방은 지구 대부분의 영역으로 확장되었다. 멀리 떨어진 몇 대륙에는 호전적인 자본주의자들이 모인 고립 지대가 아직 남아 있고, 국내의 핵 위기로 세계 인구의 생존이 불투명해졌다는 점을 물론 부인할 순 없지만, 적어도 군사적인 면에서 상황은 호전되었다.

"좋아." 그녀는 말했다. "예상대로 우리는 완전한 승리를 향해 가고 있어. 조금만 인내하면 되는 일이야. 그저 시간문제지."

그녀는 만족하여 헤드라인을 떠나 안쪽 면 기사에 빠져들었다. 기상예보를 찾아 인쇄된 정보를 '찬란한 종착역' 위의 실제 하늘과 비교해 보고, 역시 언론은 헛소리투성이라는 결론을 내렸다.

• 솔로비예이가 옆문으로 창고에 들어와 직선으로 이동하기 아예 불가능한 폐기물 더미들 사이를 이리저리 누볐다. 미로는 아니지만, 이곳은 중심에 있는 수직갱에 직접 접근을 막는 구조로 설계된 느낌이었다. 솔로비예이는 잡다한 무더기에 시선을 주고, 착유기 여러 대, 우유 통, 산업용 교유기(攪乳器), 구식 수동 교유기, 치즈 선반, 아연 반죽기 등을 알아보았다. 전부 멀쩡해 보였다. 전부 깨끗하고 멀쩡했지만, 근접한 주변에 치명적인 입자 폭풍을 흩뿌리고 있었다.

그는 이 지역에 많았지만 지금은 멸종된 암소들을 생각했고, 생활의 대부분을 그 거대한 반추동물들과 그들의 똥과 파리 떼, 음메 하는 울음소리와 부푼 젖통과 함께했던 남녀 콜호스 주민들을 생각했다. 그들 역시 사라졌다. 그는 암소들이 성찰할 가치가 있는 존재인지, 그들을 돌보던 남녀는 영웅으로 죽었는지 아닌지 자문했다. 그의 이런 의문에는 빈정거림은 없었으나, 감정도 없었는데, 그런 의문은 전혀 그를 괴롭히지 않았기 때문이다. 그는 영웅주의가 아닌 다른 가치들을 바탕으로 스스로의 존재를 구축했고, 콜호스의 지도자가 된 이후로는 흑마술이며 꿈의 세계와 평행 세계로의 침입을 우선시해 왔다. 그 평행 세계에는 살아 있는 동시에 죽은 자들, 빼어난 딸들, 동물과 불꽃이 살고 있었다. 거기에 영웅주의와 암소가 차지할 자리는 없었다.

그는 걸음을 계속했다. 우드굴 할머니는 화장실을 가리는 덮개와 멀지 않은 곳에, 좋아하는 안락의자에 앉아 낮은 소리로 80년 전 뉴스가 실린 신문을 읽으며 파이프를 피우고 있었다. 솔로비예이의 발걸음은 육중하여 모르고 지나칠 수 없었고, 그가 걸으면 중세 기사가 지나가는 것처럼 주변이 울렸지만, 우드굴 할머니는 못 들은 척했다.

그녀는 그가 다가가도 눈길조차 들지 않았다.

"뭘 하고 있는 거야, 신문을 읽다니?" 콜호스의 지도자는 짐짓 화난 척했다. "내 전집을 정리하기 시작한 줄 알았는데. 벌써 시들해진 거야?"

우드굴 할머니는 한숨을 쉬며 쇄골을 들썩이고 신문을 더미에 내려놓았다. 종이는 손이 닿자마자 바스라졌다. 셀룰로스 조각들이 그녀의 검은 원피스에 흩날렸다. 그녀는 조각들을 털어 내고 말했다.

"당신 산문들은 내겐 너무 어려워." 그녀는 고개를 저으며 말했다. "어떻게 손대야 할지 모르겠어. 어찌나 역작인지. 날짜도 적혀 있지 않잖아. 도저히 분류를 못 하겠어."

"오래된 신문을 읽는다고 일이 진척되는 건 아닐 텐데." 솔로비예이가 지적했다.

"그렇긴 하지." 우드굴 할머니가 대답했다.

솔로비예이는 그녀에게 다가가 다정하게 목덜미를 어루만졌다. 열광과 용기의 시대에 여러 해 동안 일상을 함께했다가, 100년 동안 잃었던 이에게 걸맞은 태도로.

그녀는 그를 올려다보며 미소를 지었다. 그녀의 잿빛 눈은 각막 백반에 덮여 홍채가 뿌옇게 흐려졌지만, 그 중심은 반짝였다.

"왁스 실린더부터 시작해 보면 어때?" 솔로비예이가 권했다.

"말로 되어 있으니까. 눈이 피로하지 않을 거야. 그건 내가
트랜스[9]에 빠져 있을 때, 내가 불 속을 걷거나 현실의 문이나
죽음의 문턱을 넘어섰을 때 했던 말들이야. 난 저세상에서 그걸
녹음했지. 그건 정리하기가 그렇게 복잡하지 않아."

"나도 당신 녹음을 잠시 들어 봤지." 우드굴 할머니가
대꾸했다. "광인이 절규하는 비현실적인 외침이야. 맘에
안 들어. 그런 건 파괴해야 해. 만일 당에 발각되면, 당신은
정신분열증이라고 또 수용소나 유배지에 처박힐걸."

"그래, 그렇지." 솔로비예이가 말했다.

"다 듣고 나면, 원자로에 던져 줄 것들과 함께 둘 거야."
우드굴 할머니가 말을 이었다.

"없애지 마." 솔로비예이가 항의했다. "내가 트랜스 상태일
때 했던 말들이야. 이제껏 한 번도 지상의 언어로 번역된 적 없어.
귀중한 증언이야. 나중에 쓸데가 있을 거야."

"어디에 쓸모가 있겠어?" 우드굴 할머니가 반박했다.

"그건 지상에 누가 남아 있느냐에 달렸지."

"우린 이런 미친 소리를 들으려고 혁명을 한 게 아냐."
우드굴 할머니가 말했다. "아무도 이런 걸 이해할 수 없어. 이건
사상적인 방해 공작, 그런 거야. 당신 왁스 실린더에 번호를
매기기는 하겠지만, 그다음에는 구덩이로 보낼 거야. 원자로가
알아서 처리하겠지."

"좋아할지도 모르지." 솔로비예이가 웃으며 말했다. "그런
독자들을 위해 집필된 거기도 하니까."

우드굴 할머니는 불만스러운 듯이 뭐라 중얼거렸다. 이
사람은 뭐든 농담으로 받아들인다니까, 자기 딸들만 빼고 말이야.
언제 원자로에게 그 얘기를 해야겠어.

"이렇게 말해 두지. 위원회가 이걸 발견한다면, 당신 형기가
엄중 체제로 15년이나 20년은 추가될걸. 적게 잡아도 말이야."

"그럴까? 온갖 훈장을 받고, 쉽게 설득당하는 착한 콤소몰
애송이들 팀을 거느린 당신이 위원장이라도?"

---

9. 외부와의 접촉을 끊고 깊은 명상에 빠져 특수한 희열을
느끼는 상태.

52

"내가 위원장이라면, 당신은 총살형을 면하지 못할걸."

우드굴 할머니가 다정하게 비웃었다.

그리고 계속 뒷머리를 애무하는 그의 손길 아래 그녀는 흥얼거리기 시작했다.

둘 사이의 다정함이 손에 잡힐 듯했다.

• 둘은 몇 분간 창고 안에서 찰싹 붙어 있었다. 바르구진은 나타나지 않아, 그들은 둘뿐이라는 걸 잘 알았고 서로 애정 표현을 하는 데 거리낌이 없었다.

우드굴 할머니는 다시 기분이 좋아졌다. 솔로비예이의 애정 어린 손길을 받으며, 그녀는 다시금 왈츠의 흥분, 아코디언과 해 뜰 때까지 그녀를 도취시켰던 모범적인 노동자의 몽상에 잠겼다. 한편 솔로비예이는 느긋이 늘어져 있었다. 아침은 막 시작되었을 뿐이고, 날은 맑고, 창고는 방사능과 햇볕의 따스함이 합쳐진 효과로 기분 좋게 웅웅거렸으며, 솔로비예이 자신은 오랜 벗과의 거의 움직임 없는 춤에 빠져 있었다. 사랑의 춤이 다 그렇듯 그 춤은 마술적이었으나, 실제 성적 교류는 포함되지 않았는데, 그 점에 대해서는 어떤 불만도 없었다. 그는 약간의 낭만주의에 몸을 맡기고 육체를 폭발시키는 대신 이미지 속으로 들어갔다. 다른 이들과의 많은 경험이 있었고 자신이 한창때이며 거친 남자로서의 인생의 끝과는 한참 멀었다고 여기면서도, 그는 거의 육체적인 면이 없는 이 관계를 받아들였다. 진정 매우 깊고 매우 아름다운 관계였기 때문에 받아들인 것이었다.

"하나 들어 볼까?" 그가 돌연 물었다.

우드굴 할머니는 황홀경에서 깨어났다.

"뭘 들어? 왁스 실린더?"

"그래, 어떤지 한번 들어 보기나 하는 게 어때?"

그는 포옹을 풀고 우드굴 할머니가 축음기를 둔 벽장을 열었다.

축음기는 스프링 장치로 되어 있었다. 솔로비예이는 신문 더미 위에 축음기를 놓고 핸들을 더 이상 돌아가지 않을 때까지 돌린 후, 기록 보관 상자들 속에서 아무거나 하나를 꺼냈다.

"뭘 골랐어?" 우드굴 할머니가 물었다.

"안 봤어." 솔로비에이가 검은 실린더를 홈에 끼우며 대답했다. "고르지 않아. 여긴 제목도 날짜도 전혀 없는걸. 검은 공간에서 솟구치는 목소리지. 과거이면서 현재에도 속해. 미래에도 그렇고. 이건 귀가 아니라 배 속으로 들어야 해."

그는 바늘을 집어 들어 왁스 위에 얹었다.

"그것 봐." 우드굴 할머니가 투덜거렸다. "당신 스스로도 그게 현재이자 현재가 아니라고 말하잖아. 내가 그걸 어떻게 정리하겠어?"

바늘이 잠시 쉭쉭대더니, 목소리가 흘러나왔다. 기묘하고, 뒤틀리고, 과연 이해할 수 없고 갈피를 잡을 수 없는 중간계에서 솟아나는 듯한 목소리였다.

• 그때에 그는 얼굴 앞에 숨겨 두었던 칼을 지닌 그림자였고, 칼을 지닌 그림자에 지나지 않았고, 때로는 검고 때로는 어두운 단 하나의 그림자였으며, 잉걸불이 움직일 때마다 그의 얼굴이 음험하게 번뜩일 때면, 그는 목구멍에서 소리를 쥐어짜고 주변에 그의 신봉자들이 있다고 상상했으며, 가늘디가는 칼날에 남은 용기를 집결시켜, 자신이 낼 수 있는 가장 거만한 낮은 음역으로, 풍부하지만 믿기 어려운 음역으로 한숨을 요란하게 울리며, 육중한 파동으로 최후의 저주를 내뱉으며, 꺼져 버린 별들보다 더 미약한 음들을 혀끝으로 웅얼대며, 또한 자신의 흩어진 딸들을 생각하며, 그를 저버린 딸들을 생각하며, 영원히 그에게서 멀어지고 사라진 잃어버린 고귀한 딸들을 생각하며, 복수하는 새로운 속삭임의 방식들을 되는대로 만들어 내며, 살해하는 단어와 살해하는 문장들로 이루어진 속삭임들을 고안해 내며, 자신의 짧은 생과 짧은 웃음들과 죽은 자들과 딸들의 추억으로 스스로를 감싸며, 딸들이 그에게 겪게 해 주겠다고 약속했던 미래들을 생각하며, 남아 있는 헛된 거짓말을 칼날에 응축시켜, 왜냐하면 그에겐 입 밖으로 나오는 말들로 딸들과 이야기할 기회도 그들과 지성적인 거리를 두고 소통할 기회도 결코 없었으므로, 날카로운 쇠에 그것을 응축시켜, 지평선에 대한 갑작스럽고 오만한 갈망으로도 경악으로도 쓰러지지 않으려 애쓰며, 애지중지할 기회도 지킬 기회도 심지어 재빨리 알아챌 기회도 결코 없었던 사랑하는 딸들을 생각하며, 두 철책 혹은

두 전쟁 사이에서, 두 검은 부재 사이에서, 고개를 들어 자기 단검의 느릿한 춤과 그 칼끝의 느릿한 춤에 동참하며, 온통 그늘진 고개를 소리 없이 들며, 꺼진 그림자를 다시 한번 감추며, 그리고 그가 어떤 순간에도 불행을 막아 줄 수 없었던 딸들의 파국적인 운명을 다시금 생각하며, 행복을 알았더라도 그와는 한 조각도 나누지 않았던 딸들을 생각하며, 대리로라도 그들의 행복의 떨림을 가까이할 수 없었던 딸들을 생각하며, 고통스러운 무지의 연설을, 이미 죽은 말들의 죽은 흐름을 투덜거리며, 분노하지 않고 이미 오래전 꺼져 버린 장광설을 투덜거리며, 그는 무턱대고 대정맥을 찾으며 말했다. "오라!" 그런 뒤, 이미 완전히 너덜너덜한 채, 그는 그를 따라오는 그 못지않게 찢어진 이미지, 날카로운 철 뒤에 숨어 있던 이미지를 향해 몸을 돌렸고, 그들의 시선이 마주쳤고, 불길함이라곤 전혀 느끼지 않는 척하고 싶었고 이제는 무엇을 더듬더듬 말하고 어떻게 결말을 지어야 할지 모르는 척하고 싶었으므로, 그는 다시금 말했으나, 주변의 그 무엇도 그의 불분명한 헐떡임을 알아듣지 못했다. "내일이든 어제든, 어떤 이유로도 죽음은 없다!" 그리고 그는 딸들에 대해 약간 더 말하고 사라졌다.

• 바늘이 밀랍의 녹음되지 않은 부분에 도달해 불쾌하게 끽끽거리자 솔로비예이는 장치를 멈췄다. 우드굴 할머니는 입을 비쭉거렸지만, 콜호스의 지도자는 의기양양한 표정을 지었다.

"마음에 들었어?" 그가 물었다.

"내가 보기엔 사회주의리얼리즘과 너무 동떨어졌어." 그녀는 한숨을 쉬었다. "그저 좀 도착적인 시적인 객설에, 프티부르주아적인 공상에 불과해. 불길한 수수께끼 같아. 도무지 이해할 수가 없어."

"이해해야 할 건 하나도 없어." 솔로비예이가 말했다.

우드굴 할머니의 얼굴이 어두워졌다.

"계급 구분선이 나와 있지 않아. 프롤레타리아는 싫어할걸."

솔로비예이는 왁스 실린더를 상자에 도로 담고 있었다.

"조금 더 들어 볼까?" 그가 제안했다.

"흠." 우드굴 할머니는 난색을 표했다.

"원자로에 던져 주기 전에 말이야."

"진심으로 좋아서 그러겠다는 건 아냐." 우드굴 할머니가 짚고 넘어갔다.

둘은 눈싸움을 했다. 솔로비예이는 눈썹을 과장되게 찡그리며 미소를 지었다. 그는 몇십 초 동안 계속 익살을 부렸고, 그제야 우드굴 할머니는 마음이 풀렸다.

"나는 의무를 다하는 것뿐이야." 그녀가 항의했다.

"자, 하나 더 틀어 볼게." 솔로비예이가 말했다. "그런 다음 콜호스로 돌아갈 거야."

"마음대로 해." 우드굴 할머니가 또 한숨을 쉬었다.

• 그는 종종 그러듯 가죽과 구리의 가면을 쓰고 있었고, 끔찍한 새의 머리를 벗더니, 연기가 잦아들자 불 때문에 거의 1천 년간 머물러야 했던 벽돌에서 빠져나왔다. 그의 팔을 따라 수은이 시끄럽게 흘렀다. 그는 반영(反影)을 마주하고 있는 이들에게 고개를 숙이고, 목소리를 가다듬지 않은 채 죽은 필경사에게 말했다. "가라. 몇 세기 동안 다른 누구도 네게 불러 준 적 없는 것을 쓰라." 떨어지면서, 수은은 그의 숨결보다 더 요란한 소리를 냈다. 필경사는 움직이지 않았다. 1-2년 동안 그는 그가 거느린 그 서기가 여자라는 인상을 받았으나, 그 인상은 사라졌다. 그리하여 그는 불타는 벽의 조각들로 필경사를 위협하며 다시금, 하지만 이번에는 암호화된 언어로 외치며 말했다. "가라! 하데프 카카인! 호딤!" 그리고 필경사가 아무것도 쓰지 않았으므로, 그는 뒤꿈치로 그를 짓뭉개고 그 유해 옆에 쭈그리고 앉았다.

3.

• 날이 밝았다. 크로나우에르는 정신을 차리고 일어섰다. 외투의 거친 천에 축축한 흙과 풀 부스러기가 묻어 있었다. 로부시카와 솔리벤의 풀 오라기. 으스러진 부다르디안 이삭. 식물성 조각들 위로 개미들도 기어갔다. 일고여덟 마리였다.

밤새 그의 기운은 그다지 회복되지 않았고 그는 개미들을 쫓으려다가 균형을 잃었다. 멜빵에 짊어진 빈 물병들이 거북했다. 병들이 서로 부딪쳤다. 그는 비틀거리며 2미터를 가다가 어느 정도 균형을 되찾았다. 숨을 고르기가 힘들었다.

두개골 아래서 격통이 일었다.

구름은 프러시안블루 색조를 띠었다.

그는 첫 번째 나무들로부터 300미터 떨어져, 부드럽게 떨며 그의 다리에 스치는 파르스름한 부다르디안 무리 한복판에 우뚝 서 있었다.

모든 것이 푸르고, 모든 것이 일렁거렸다.

그의 몸에는 무엇보다도 음식과 물이 필요했다. 혀를 움직이고 침을 삼켜 보아도 그의 메마른 입술 뒤에는 침이 거의 없었다. 그는 기침을 했다. 기침 때문에 목구멍 안쪽의 숨 막히고 찢어지는 통증이 한층 심해졌다.

그는 지척의 숲을 향해 100여 걸음 나아갔다. 어지러워서 걸음을 늦춰야 했다. 그는 멈춰 섰다.

그는 러시아와 몽골어로 욕을 했다. 덤으로 독일어로도.

"빌어먹을, 크로나우에르, 썩어 빠진 약골 같으니, 술주정뱅이처럼 비틀거리다니 무슨 짓거리야…? 숲을 향해 걸어가. 숲을 통과해서 어제 오후 연기를 내던 마을을 찾는 거야. 불가능한 일을 해내라는 게 아니잖아. 그 마을에 도착하면 시골뜨기 농부들에게 죽과 음식을 좀 달라고 구걸해. 물병을 채워. 그런 다음 철길로 돌아가. 그게 무슨 엄청난 업적도 아니잖아."

잔잔한 아침 산들바람이 약간 싸늘하게 불며, 여름의 끝과 죽음을 준비하는 식물들의 냄새를 실어 왔다.

이제 막 뜬 태양은 구름의 장막 뒤로 사라졌다. 기온은 가을다웠다. 크로나우에르와 숲 언저리 사이에 아직 펼쳐진

퇴화된 메밀 밭 어딘가에서 새들이 지저귀었다. 이미 거의
멸종된 종에 속하는, 아직 살아남은 스텝 연작류의 일종이었다.
크로나우에르는 잠시 그 소리에 귀를 기울였고, 곧 새들은
잠잠해졌다. 그들은 누군가의 존재를 알아채고 풀밭 한복판에
가만히 숨어 입을 다물었다.

　5분 후, 그는 도랑을 건너 숲에 들어갔다.

• 초목은 빽빽하지 않고, 나무와 나무 사이에는 방해물이 거의
없었다. 간간이 쓰러진 낙엽송이나 검은 진흙 밭이 있었지만,
대체로 아무것도 없었다. 그는 신속하게 나무줄기 사이를 깊숙이
헤치고 들어갔다. 빛이 약해지고, 땅을 뒤덮은 죽은 침엽들
때문에 갈색과 붉은색을 띠었다. 그는 지평선에서 전날 연기가
보였던 지점을 기억해 두었고, 그쪽, 있을지 없을지 모를 그
마을이 그가 향하는 방향이었다. 머릿속에 다른 생각은 전혀
없었다.

　숲에는 무거운 침묵이 깔려 있었다. 크로나우에르의
발자국. 숨죽인 소음, 울림 없는 사박거림. 버섯 몇 개.
꾀꼬리버섯, 말불버섯, 작은회색버섯, 끈적버섯.

　그는 몇 시간 동안의 지루한 강행군을 각오했으나,
1킬로미터쯤 가다 왼쪽에서 지하 무덤 입구 비스무레한 구조물을
보고 다가갔다. 샘물이 고인 분수였다. 수반에는 돌 지붕이
덮여 있었다. 물은 넉넉하지 않아, 화산암의 오목한 바닥에 몇
컵 정도의 양이 있을 뿐이었다. 물에는 이끼가 거의 없고 맑아
보였다. 수반 바닥에는 에메랄드그린의 고사리가 뿌리를 내리고
그 구불구불한 잎을 불안하고 화려하게 펼치고 있었다.

　구조물 맞은편에, 죽은 것처럼 보이는 젊은 여자가 바닥에
앉아 있었다.

　크로나우에르는 물 위로 몸을 굽히고 우선 짐승처럼 물을
핥아 가며 마셨다. 물은 차가웠다. 그는 지나치게 많이 마시지
않으려 자제하며 고개를 들었지만, 곧 유혹에 굴복하여 다시
마셨다.

　다음으로 그는 끈에 달아 여기까지 목에 짊어지고 온 물병
두 개에 물을 채우려 해 보았다. 수반이 너무 얕아 물병을 담글

수가 없었다. 병 주둥이로 들어가는 물은 거의 없었다. 그는
3분간 씨름하며, 병을 이쪽저쪽으로 돌려 보았지만 헛수고였다.
물은 좁은 틈으로 흘러나왔는데, 그 밑에는 용기를 받칠 도리가
없었다. 수반에 가득 찬 물은 넘쳐서 자연스레 흘러 땅속으로
돌아갔는데, 물줄기가 매우 가늘고 지금은 수반도 반이나 비어
있었다. 그는 물병을 다시 목에 걸고 손바닥으로 물을 떠서 더
마셨다.

• 수반에 떨어지는 물방울들의 투명한 노래.
    물의 맛. 희미하게 느껴지는 토탄의 향, 조금 쌉쌀한 규토의
향. 투명함과 영원의 느낌. 그것을 느낄 수 있다는 기분, 아직
죽지 않았다는 기분.
    숲의 침묵.
    분수에서 몇백 미터 떨어진 곳에서, 딱따구리가 나무껍질을
거세게 쪼는 소리.
    그 후, 다시, 정적.

• 크로나우에르는 분수에 등을 기댄 아가씨 쪽으로 몸을 돌리고
그녀를 관찰했다. 키가 작고, 머리는 어린애 머리보다 클까
말까 했고, 실제로 사춘기를 겨우 벗어난 것 같았다. 미동 없는
눈꺼풀과 힘없이 늘어진 자세로 보아 이미 이승을 하직한 듯했다.
옷은 낡고, 진흙 얼룩이 묻고 여기저기 찢겨 있었다. 바지에 군화,
군용 셔츠 차림이었는데 셔츠 윗부분이 벌어져 있었다. 가슴팍이
드러나고 왼쪽 유방이 젖꼭지까지 들여다보였다. 진주처럼 뽀얀
피부, 갈색에 가까운 색이 짙은 유륜. 호리호리한 몸매를 보고는
예상하기 어려운 꽤 풍만한 가슴이었다. 크로나우에르는 손을
내밀었다. 그는 옷깃을 붙잡고 조금 잡아당겨 원치 않게 드러난
속살을 가려 주었다. 손목에 숨결이 느껴졌다. 여자는 숨을 쉬고
있었다. 시체라고만 생각했는데, 그녀는 숨을 쉬었다.
    그녀의 용모에선 시베리아계 혈통이, 어디선가 나타나
타이가의 틈샛길들을 유랑하다가 다시 어딘지 모를 곳으로
떠난 조상들의 기억이 드러났으나, 옷차림과 창백한 피부
때문에 전체적으로 보면 우익과의 새로운 전투에 참가하기

위해 20세기에서 여행해 온 중국 여인처럼 보였다. 흑옥처럼 새카만 머리칼이 얼굴을 감쌌다. 양 갈래로 땋아 내린 머리칼 때문에 한층 앳된 티가 났다. 땋은 머리채는 반쯤 흐트러지고 지저분했다. 이런 유의 얼굴이 늘 그렇듯, 매우 평범하면서도 몹시 아름답다고 할 수 있었다. 왼쪽 뺨에는 흙먼지 자국이 길게 나 있었다. 여자는 쓰러졌거나 땅바닥에서 잠이 들었다가 분수에 몸을 기대고 정신을 잃은 것이었다. 의식을 잃기 전에 무슨 일이 있었는지, 탈진과 고통을 넘어선 토라지고 딱딱한 표정을 여전히 짓고 있었다. 입은 꼭 다물고 눈썹을 찌푸리고 있었다. 강인한 성격임이 틀림없었다. 내면의 무너짐을 상대로, 밤을 상대로 끝까지 저항하고자 했었다.

그녀는 눈을 떴고, 눈앞에 어느 모로 보나 수용소에서 탈출한 무법자처럼 보이는 남자가 있는 것을 보고 옷깃에 손을 갖다 댔다. 마치 깨어나자마자 해야 할 첫 번째 조치가 낯선 자의 시선으로부터 젖가슴을 가리는 것이라는 듯. 그녀는 손가락으로 옷자락을 움켜쥐어 홱 여미고는, 팔을 내리고 바닥을 짚어 몸을 지탱하려 했다. 다리를 굽히고 이제 일어서려고 했다. 힘에 부쳤다. 그녀는 바닥에서 일어서지 못했다. 입술에서 신음이 새어 나왔다.

"왜 날 쳐다보죠?" 그녀가 갈라지는 목소리로 물었다.

그녀는 두려웠다. 똑바로 설 수가 없었고, 이 인적 없는 장소에 남자가 아무 말 없이 그녀 앞에 버티고 있었다. 얼마나 오래전부터 있었을까? 공포로 속눈썹과 입술이 떨렸다.

"나는 '붉은 별' 소프호스에서 왔습니다." 크로나우에르가 말했다.

전날부터 말을 하지 않았기에 말이 입에서 잘 나오지 않았다. 그는 자신도 기진맥진했다는 점을 최대한 빨리 설명하려 했다. 전혀 그를 겁낼 것 없다는 사실을 그녀가 깨닫도록.

"거기에 동료들이 있어요. 남자 하나와 여자 하나죠. 여자는 기력이 다했습니다. 그들은 마실 게 하나도 없어요. 내가 물병을 채우려 해 봤지만, 안 됐습니다. 좀 더 가면 분명 마을이 있나요?"

여자는 막연히 고개를 끄덕이고 도로 눈을 감았다. 짙은 갈색 눈에 입은 작았는데, 창백한 얼굴에서도 입은 한층 창백했다. 그녀는 또 한 차례 신음을 삼켰다. 어딘가가, 이마 안쪽이나 몸이 아픈 게 틀림없었고, 어쨌건 몹시 지쳐 있었다.

그녀의 고갯짓이 대답이라고 치면, 어떤 의미인지 알 수가 없었다.

• "난 반드시 그 마을에 가야 합니다." 크로나우에르가 다시 말했다. "내 동료들의 생사가 걸려 있어요."

"당신을 믿을 수 없어요." 여자가 말했다.

그녀는 눈을 감은 채로 말했다. 마치 잠자거나 죽어 가면서 말하는 것 같았다.

"'붉은 별'에는 아무도 없어요." 그녀가 말을 이었다. "그곳은 이제 존재하지 않아요. 모든 게 방사능에 오염되었죠. 아무도 거기 살지 않아요."

"잠깐만요, 내가 소프호스에 살았다고 말한 적은 없습니다." 크로나우에르가 설명했다. "그런 말이 아닙니다. 우리 셋은 철도를 따라가다 그곳에 도착했어요. 우린 그 소프호스와는 아무 관계가 없습니다."

그는 숨을 가라앉히려 말을 멈추었다. 그는 이 탈진한 여자 앞에 서 있었지만, 그 역시 몸이 좋지 않았다. 때때로 나무들이 이리저리 기울며 둘로 보였고, 위아래로 흔들렸다. 전날 밤 숲가에서 그랬던 것처럼 일종의 코마 상태에 빠질 것 같은 기분이 들었다.

그는 3–4초 동안 눈을 감았다.

• 남자 하나. 여자 하나. 우연한 한 쌍. 부랑자 몰골의 두 인물. 특히 남자 쪽은 어깨에 둘러멘 가방과 물병 때문에 더하다. 회색 타일 지붕 아래의 석조 수반. 그 장소의 습기. 서늘함. 이따금 수반으로 떨어지며 소리를 내는 물방울들. 붉은 흙. 껍질이 거무스름한, 근처의 나무들. 북쪽을 향한 면이 길게 끈끈한 녹색으로 뒤덮인 헐벗은 나무줄기들. 약간 뿌연 부드러운 빛. 눈을 감고, 두 다리로 버티고 서 있지만 종종 휘청거리며, 현기증과 싸우는 중인 남자. 눈을 감고, 분수 밑에 축 늘어진 여자. 몇 초 동안 들리는 소리라곤 둘의 숨소리뿐이다. 그 몇 초

동안, 그 외엔 아무것도 없다. 숲은 고요하다. 숨소리는 거칠다. 그러다 좀 전의 딱따구리가 탐색 작업을 재개한다. 쪼는 소리와 그 메아리가 분수 주변 공간에 가득하다.

• 크로나우에르는 다시 눈을 떴다. 낙엽송들은 여전히 기우뚱했지만, 그는 신경 쓰지 않으려 애썼다.

"숲을 지나면 분명 마을이 있습니까?" 그가 물었다.

"뭐라고요?" 여자는 여전히 눈을 감은 채 물었다.

"마을 말입니다, 숲 너머에. 있습니까?"

"그래요. 콜호스가 있어요. 레바니도보."

"먼가요?" 크로나우에르가 물었다.

여자는 모호한 손짓을 했다. 그 손은 방향도 거리도 나타내지 않았다.

"나는 꼭 거기에 가야 합니다." 크로나우에르가 말했다.

"멀지는 않아요. 다만 오래된 숲을 통과해서 가야 하죠." 여자가 경고했다.

그녀는 머뭇거리다가 말을 이었다.

"늪지, 집채만 한 개미집들. 사방에 쓰러진 나무들. 늘어진 이끼 장막. 길은 없어요."

그녀는 눈을 반쯤 뜬 참이었다. 크로나우에르는 그녀와 눈이 마주쳤다. 총명하고 불신에 찬, 반짝이는 갈색 돌 두 개. 약간 길게 찢어진 눈매였다. 지치고 흙이 묻어 흉해지고, 더러운 머리카락에 둘러싸인 그 얼굴에서 눈은 아름다움이 집약된 부위였다.

그녀는 자신에 대한 크로나우에르의 관심을 알아채고, 둘 사이의 특별한 공모는 원치 않았으므로, 재빨리 그의 뒤쪽 한 지점에 시선을 고정했다. 나무줄기 위의 벗겨진 자국에.

"잘 모르면 길을 잃어요." 그녀가 말을 이었다.

"그럼 당신은요? 길을 압니까?" 크로나우에르가 물었다.

"그럼요." 그녀가 재빨리 말했다. "난 거기 사는걸요. 내 남편은 콜호스의 트랙터 운전사예요."

"마을로 돌아가는 거라면, 함께 가면 되겠군요." 크로나우에르가 제안했다. "그러면 나도 길을 잃지 않겠죠."

"난 걸을 수가 없어요. 그럴 상태가 아니에요. 발작을 했거든요."

"무슨 발작요?" 크로나우에르가 물었다.

여자는 잠시 대답이 없었다. 그러다가 숨을 깊이 들이쉬었다.

"그럼 당신은, 당신은 누구죠?" 그녀가 물었다.

"크로나우에르입니다. 난 붉은군대에 있었습니다."

"오르비즈에서 왔나요?"

"그래요. 오르비즈는 무너졌습니다. 파시스트들이 이겼어요. 우리는 버틸 수 있는 데까지 싸우려 애썼지만, 이제 끝났습니다."

"오르비즈가 무너졌다고요?"

"그럼요. 잘 알 텐데요. 놈들은 여러 해 동안 우릴 둘러싸고 괴롭혔죠. 우리가 최후의 보루였습니다. 이제는 아무것도 남지 않았어요. 완전한 대학살이었죠. 설마 여기서는 그 소식을 모른다는 건 아니겠죠."

"우린 고립되어 있어요. 방사능 때문에 라디오가 나오지 않거든요. 우리는 다른 세상과 단절되었어요."

"아무리 그래도." 크로나우에르가 말했다. "오르비즈의 종말. 대학살. 우리들의 종말. 어떻게 그걸 모를 수가 있습니까?"

"우리는 다른 세상에 살고 있어요." 여자가 말했다 "레바니도보는, 다른 세상이에요."

• 침묵이 흘렀다. 크로나우에르가 급히 마셨던 물이 배 속에서 꾸륵거렸고, 주변에 내려앉은 정적 속에 그는 부끄러웠다. 그는 소리를 감추려고 억지로 말을 꺼냈다.

"당신이 내게 길을 안내해 주면 되겠군요." 그는 급히 말했다.

여자는 대꾸하지 않았다. 크로나우에르는 배 속의 꾸르륵 소리가 계속 날 것 같은 감각을 느꼈다. 내장에서 나는 혐오스러운 소리를 가리기 위해, 그는 쓸데없는 말을 짜냈다.

"난 길을 잃고 싶지 않습니다. 늪지가 있고 길은 없다고 했죠. 그런 곳을 혼자 헤매고 싶지는 않군요. 당신과 함께라면 그렇지 않겠죠."

그는 힘주어 이 말을 했고, 여자는 곧바로 그가 뭔가 숨기고 있음을 깨달았다. 그의 말은 거짓말 같았다. 꾸며 낸 태도로 보였다. 그녀는 다시 그가 두려워지기 시작했다. 남자이고, 나쁜 의도에 좌우되는 거친 군인이며, 폭력과 더러운 성적 요구와 비열한 살인을 능히 저지를 수 있다는 점에서.

"어쨌든 나는 걸을 수가 없어요." 그녀가 되뇌었다.

"내가 업고 가면 됩니다." 크로나우에르가 제안했다.

"날 해칠 생각 말아요." 그녀가 경고했다. "나는 콜호스의 지도자 솔로비에이의 딸이에요. 나를 해친다면, 그가 당신의 뒤를 쫓을 거예요. 당신의 꿈속, 당신의 꿈 뒤, 당신의 죽음 속까지도 들어가겠죠. 죽어서도 당신은 그를 피할 수 없어요."

"내가 왜 당신을 해치겠습니까?" 크로나우에르가 반박했다.

"그에겐 그런 힘이 있어요." 여자는 말을 이었다. "엄청난 힘이 있다고요. 당신은 끔찍하게 괴로울 테고 그 괴로움은 지속될 거예요. 그가 마음만 먹는다면 1천 년, 2천 년, 그보다 더 오래갈지도 모르죠. 결코 끝나지 않을걸요."

다시 한번 크로나우에르는 그녀와 짧게 눈이 마주쳤다. 그녀의 눈에는 격분이, 고뇌 어린 격분이 떠올라 있었다. 그는 그녀가 자신에게 겁먹었다는 생각에 깜짝 놀라 고개를 저었다.

"날 해치지 말아요." 그녀가 날카롭게 되풀이했다.

"당신을 업고 가겠다는 것뿐입니다. 당신은 내게 길을 알려 주고 나는 레바니도보까지 당신을 업고 간다, 그게 전부입니다. 해치고 말고 할 게 없어요."

그들은 잠시 움직이지 않고 그대로 있었다. 둘 다 어떤 동작을 취해야 다음 에피소드로 넘어갈지 몰랐기 때문이다.

"왜 나를 해치겠느냐고 묻는 건가요?" 솔로비에이의 딸이 말했다. "정말 쓸데없는 질문이군요. 남자는 모두 여자를 해치려고 해요. 그게 그들의 특성이죠."

"난 아닙니다." 크로나우에르가 방어적으로 말했다.

"남자가 지상에 존재하는 이유가 그거죠." 솔로비에이의 딸이 철학적으로 말했다. "원해서든 아니든, 그들은 그렇게 해요. 그게 천성이라고 말하죠. 남자들은 자제할 줄을 몰라요. 게다가 그걸 사랑이라고 부르죠."

64

• 사미야 슈미트는 솔로비예이의 셋째 딸이었다. 그녀는 누군지 모르는 어머니에게서 태어났다.

역시 레바니도보에서 태어났고 어머니를 모르는 두 언니처럼, 그녀도 '찬란한 종착역' 콜호스에서 거의 평생을 살았다. 레바니도보의 학교에서 초등교육을 받았는데, '붉은 별' 소프호스에서 소를 치던 여자가 암이 치명적으로 악화되기 전까지 교사 역할을 맡았다. 여러 해 동안 그 여성은 마지막 남은 힘을 다하여 마을의 세 소녀에게 알고 있는 전부를 전달하려고 애썼다. 읽기, 산수, 마르크스·레닌주의의 기초, 역사적 유물론의 눈높이 설명, 그 외에도 물론 수의학과 가축 위생의 실질적인 지식까지. 그 후, 이미 예정되었지만 알 수 없는 생리학적 변덕 때문에 연기되었던 운명에 따라, 그녀는 시커멓게 그을린 말 못 하는 인형으로 변했다. 그리하여 솔로비예이는 자신의 마법의 재주를 부려 다음 학기에 그녀의 빈자리를 채울 사람을 찾았다.

캄캄한 달밤, 그는 콜호스의 작은 발전소의 노심 불꽃들을 불러냈고, 불을 통해 죽음 속으로 들어갔다. '찬란한 종착역'에서 혼자 틀어박히고 싶을 때면 으레 하던 습관이었다. 불 너머에 도달하면 그는 교사를 찾으러 나섰다. 그의 요구 조건은 두 가지였다. 첫 번째, 그가 찾는 교사는 봉급이나 위험수당에 대한 질문 없이 레바니도보에서 근무하는 데 동의해야 했다. 두 번째로, 어느덧 거의 성숙한 여인이 된 세 학생에게 수업 중에 음란한 눈길을 주지 말아야 했다. 꿈의 재들을 뒤적이다가, 그는 전직 정치 지도원이었다가 노동자 협동조합 관리자가 되었고 이후 부패 혐의로 총살당한 인물을 발굴해 냈다. 지루하게 어슬렁거리던 암흑 속을 떠나게 되어 그저 행복했던 그 남자는 — 줄리어스 토그뵈드라는 이름이었다 — 일자리에 응해 레바니도보 학교에서 근무를 시작했으며, 학생들의 학업 수준을 어느 정도 향상시켰다. 그러나 세 학기가 끝날 무렵 그는 세 딸 중 맏이인 한코를 음탕한 눈으로 쳐다보기 시작했고, 솔로비예이는 손을 써야만 했다.

솔로비예이는 학생들의 아버지이자 콜호스의 지도자로서 그를 질책하고, 삽으로 후려갈겨 때려눕힌 다음 우드굴 할머니의 창고 안 수직갱으로 끌고 갔다. 그날은 갱을 여는 날이 아니었지만 우드굴 할머니는 아무 문제 없이 그에게 무거운 뚜껑을 열게 했다. 교사는 2킬로미터 깊이에서 여정을 마감했고, 그가 원자로와 음란한 관계를 맺었는지 아닌지는 추측만 할 수 있을 뿐이었다. 우드굴 할머니는 원자로와 대화할 때 그 화제는 꺼내지 않았는데, 마땅히 사적인 문제라고 생각했기 때문이다.

이 불쾌한 경험 이후에도 학교는 계속되었지만, 솔로비예이의 딸들은 독학을 권고받았다. 그들은 아침에 학교에 가서 게으르게 두서없이 함께 공부했다. 소녀들은 책을 많이 읽었는데, '인민의 집' 도서관에는 선전용 팸플릿과 경제학과 문학 고전이 폭넓게 구비되어 있었기 때문이다. 오르비즈의 주요 남녀 소설가가 전부 있었다. 엘렌 도크스, 에르도간 마야요, 마리아 크월, 베레나 노드스트랜드, 그 외에도 많은 작가들이. 소녀들은 기술서보다 이러한 작품들을 더 즐겨 읽었다. 그들의 아버지는 시인들의 허무주의적 헛소리와 픽션의 비극적인 무용함을 주의하라고 경고한 바 있었다. 이러한 경고에도 그들은 포스트엑조티시즘의 걸작들을 탐닉했다. 스스로도 글을 쓴다는 자부심을 지닌 솔로비예이가 작가로서의 예민함을 비평적 공정함보다 앞세워서 한 소리임을 그들은 잘 알았다.

때때로 누군가 어른이 그들의 불확실한 교육을 보충해 주러 와서 이야기를 들려주거나 경험담을 나눴다. 어른들은 지식을 전달하는 데는 재주가 별로 없었고, 교육에 대해서는 전혀 아는 바 없고 얼마 안 되는 학생에게 맞춰 수업 계획표를 짠다는 생각은 하지도 못했으나, 진지하게 성의를 보였다. 그들은 자신들이 맞서 싸웠던 세상이 어땠는지 최선을 다해 설명했다. 어떤 날은 우드굴 할머니가 소녀들에게 콜호스의 소총 다루는 법을 알려 주고, 총살대 조직하는 방법을 설명했으며, 또 어떤 때는 자신이 참가했던 처리 작업, 처리반원들의 고통스러운 죽음, 당 때문에 치렀던 고충, 의학 위원회가 그녀의 불멸의 메커니즘을 연구하기 위해 사람들이 보는 앞에서 그녀를 진찰했기 때문에 겪었던 마찰 이야기를 했다. 엔지니어 바르구진은 전기와 핵 설비, 누전, 원자들의 광란에 대해 이야기하고, 자신의 실신과 죽음의 문턱을 넘었다가 매우 무거운 물과 매우 죽은 물과 매우 살아 있는 물로 치료받고 소생한 경험을 회상했다. 그는 학생들의 얼굴을 쳐다보지 않으려 안간힘을 썼는데, 솔로비예이에게 부적절한 행실로 지적받아 때 이르게 수직갱 바닥에서 생을 마감할까 두려웠기 때문이다. 외팔이 아바자예프는 칠판 앞에서 손짓 발짓을 섞어 자신이 오른팔을 잃었을 때의 복잡한 정황을 거듭 설명했다. 그 불운은 그가 군에 들어갔을 때 일어났는데, 그는 어떤 때는 영웅적인 행위 때문이라고, 어떤 때는 자본주의 앞잡이들의 기습 공격 때문이라고, 또 어떤 때는 지주와의 드잡이질 때문이라고 이유를 대길 좋아했다. 하지만 솔로비예이의 말로는 그저 뇌막염에 걸렸다가 제대로 치료받지 못했기 때문이었다. 자신이 팔을 잃은 이유를 신나게 설명하고 나면, 아바자예프는 주제를 바꿔 배수로 청소하는 법, 방사능오염 물질을 수레에 실어 나르는 법, 두더지굴에 연기 피우는 법을 가르쳐 주었다. 레바니도보에서 그를 능가할 자가 없는 세 가지 특기였다. 트랙터 운전사 모르고비안도 수업을 했다. 그는 과묵한 사람이었지만, 그래도 참여했다. 마을에 멀쩡한 트랙터는 더 이상 남아 있지 않았으므로, 그는 콜호스의 벌통과 닭장을 담당했다. 그는 칠판에 벌통의 구조도를 그리고 분필로 조류독감의 증상들을 베껴 적었다. 그 역시 세 학생을 바라보지 않으려고 애썼다. 세월이 흐르면서 그들은 점점 더 구애하거나 결혼하기 좋은 아름다운 처녀로 커 갔던 것이다.

다른 임시 교사들도 가끔 학생들 앞에 얼굴을 비쳤다. 주로 방사능을 견디지 못하고 죽은 우드굴 할머니의 옛날 처리반 동료나, 숲이나 들판에서 죽은 콜호스 주민이었는데, 무덤도 없이 내버려진 데 불만을 품고 있었다. 그들은 교실에 들어와 의자들을 뒤집고 말을 하려 했지만, 소녀들은 그들을 몰아냈다.

솔로비예이로 말하자면 딸들의 교육을 보충하기 위해 학교에 찾아오는 일은 결코 없었다. 그는 딸들의 꿈속을 방문하는 편을 좋아했다. 불을 통과하든, 육체와 영혼이 검은 공간으로 들어가든, 샤머니즘의 하늘을 힘차게 날아가든, 무슨 방법으로든 그는 어느 밤이면 그들의 깊은 잠 속에 도달해 노크도 하지 않고 입성했다. 그는 계몽적인 설교를 하거나 쉭쉭대는 목소리로 자작시들을 낭송했지만, 무엇보다도 그 기회를 이용해 딸들의 의식의 뒤편, 환상, 은밀한 욕망 구석구석을 탐험했다. 그는

남자들이 딸들에게 해악을 끼칠 수 있다는 생각에 사로잡혀
있었고, 연인의 추잡한 짓거리로부터 스스로를 지키기에는 너무
어리다고 생각하여 딸들을 감시했다. 딸들은 솔로비에이를
존경했고 애정이 없는 건 아니었으나, 초경을 치른 날부터 이러한
난입을, 이 강압적이고 부자연스러운 침입을 싫어하기 시작했고,
아침이면 속으로건 드러내 놓고건 그가 자신들 안에 나타났고,
사생활을 침범했고, 강제로 들어와 그들의 무의식과 인격 전반의
비밀스러운 수수께끼들을 탐구했음을 기억했다. 그들은 그가
자신들 안에서 즐긴 여행을 기억했다. 그 기억에 그들은 혐오를
느꼈고, 하찮거나 일시적인 일이라 받아들이고 싶지 않았으며,
잠에서 깨어나면 사라지는 수많은 꿈의 인상들로 치부할 수는
없었다. 그들은 그를 용서할 수 없었다. 다음 날 아침, 등굣길에서
아버지를 만나면 그들은 인사조차 하지 않았고 토라진 티를
확연히 드러냈다.

• 사미야 슈미트는 지금 서른한 살이었다. 그녀는 12년
전에 학교를 그만두었다. 제대로 된 대학 교육을 받은 것은
아니었지만, 농업공학의 거의 모든 분야에 실질적인 지식이
있었을 뿐 아니라 경제학, 수용소의 역사, 실전 의학에도 이론적
기초 지식이 있었는데, 마리아 크월의 소설들을 제외하면 딱히
읽을 것이 없었던 탓에 '인민의 집' 도서관에 있는 지식 보급용
책자를 하나하나 다 탐독했기 때문이다. 콜호스의 지도자는
외부에서 필요할 경우를 대비하여 우수한 성적으로 학업을
마쳤다는 수료증을 수여했다. 하지만 그녀는 레바니도보에
남았고 트랙터 운전사 모르고비안과 결혼했다.

• 그녀와 모르고비안의 결혼은 불행까지는 아니었지만, 그렇다고
그녀가 행복해졌다고 할 수는 없었다. 모르고비안은 그녀를
두려워했고 따라서 얌전하게 처신했다. 그녀는 그에게 동물적인
공포를 일으켰다. 한편으로는 그녀가 콜호스 수장의 딸이기
때문이고, 다른 한편으로는 그녀가 독선적인 성격에 그로서는
이해할 수 없는 지적이고 감정적인 욕구를 지녔기 때문이다.
결정적으로 그는 그녀가 사로잡히는 광기의 발작 때문에 공포에

질렸다. 그럴 때면 그녀는 전속력으로 집 안과 콜호스의 중앙로를 뛰어다녔는데, 발이 땅에 닿지도 않을 정도였고 줄곧 극히 거칠고 기묘한 저주의 말을 중얼거렸다. 이런 상태로 이리 뛰고 저리 뛰다가 결국은 숲속으로 며칠이고 사라졌다. 첫 번째 발작은 그들의 짧은 밀월이 끝나기도 전에 일어났다. 모르고비안은 공포와 슬픔으로 마비되었다. 그때부터 그는 그녀를 멀리하고, 숲 언저리에서 죽은 동물들을 모으거나 닭장 철망을 수리하면서 가능한 한 오랜 시간을 보냈다. 혹은 아시아 말벌과 싸워야 한다는 구실로 벌통 옆에서 몇 주씩 야영을 하기도 했다.

솔로비예이는 이 결혼이 파국을 맞자 기뻐했다. 그는 애초부터 둘의 결혼을 받아들이지 못했고, 게다가 사미야 슈미트의 정신적 혼란에서 주된 원인을 담당하는 게 그였다. 사실 그는 밤마다 그녀를 방문하여 그녀의 꿈 이곳저곳을 당당히 계속 누비고 다녔고, 이는 그녀에게 심각한 정신적 불균형과 특히 밤낮으로 외부의 힘에 사로잡혔다는 느낌을 불러일으켰다. 솔로비예이는 자신의 마법적인 침입 행위가 일으킨 재난은 신경 쓰지 않았다. 그러기는커녕 그는 이혼 절차를 진행하라고 그녀를 독촉했다. 그는 콜호스의 소비에트 의회에서 거쳐야 할 공식 절차를 단순화해 주겠다고 제안했다. 하지만 그녀는 거절했다. 그런 모든 일에도 불구하고 모르고비안은 그녀에게 잘 맞았다. 그녀는 그의 과묵함과 남자로서의 희미한 존재감, 겁에 질려 그녀를 탐하지 않는 태도를 고맙게 여겼다. 그녀는 그를 남편으로 가졌고 그보다 나은 사람은 없을 것임을 알았다. 게다가 마리아 크월과 소니아 벨라스케스의 영향으로 그녀는 남성을 혐오하게 되었는데, 이 남자는 귀찮게 굴지 않았다.

• 지금 사미야 슈미트는 크로나우에르의 등에 올라타, 그에게 꼭 달라붙어 마을로 업혀 가고 있었다. 팔로는 그의 목을 두르고 다리는 그의 허리 위로 구부리고 있었다. 크로나우에르는 그럭저럭 그녀를 짊어졌다. 어떤 때는 발목을 잡고, 어떤 때는 팔을 엇갈려 종아리를 감쌌다. 사미야 슈미트는 처음에는 이 낯선 남자와 가까이 접촉한다는 게 내키지 않았고, 그에게 찰싹 붙어 뒤엉키고 싶은 마음은 전혀 없었다. 처음에는 그의 도움을

거부하고 일어섰으며, 걸음을 떼기 시작하자 꼿꼿이 서 있으려고 무진 애를 썼다. 처음 100미터는 고행이었다. 그녀는 비틀거렸고, 넘어지지 않으려고 계속해서 크로나우에르에게 매달렸다. 그러다가 넘어졌고, 그는 등에 업히라고 그녀를 설득했다.

그녀는 어린아이 몸무게에 불과한 아담한 여자였지만 크로나우에르에게는 벅찬 짐이었다. 한 걸음마다 신선한 물이 주었던 회복 효과는 사라졌고 그의 몸은 굶주림으로 약해진 상태였다. 며칠째 먹지를 못했다. 고통스레 500미터쯤 가고 나자 그는 속도가 느려지며 무게에 짓눌려 휘청거리기 시작했다. 그는 숨을 몰아쉬었다. 이마와 겨드랑이에서 땀이 흘렀다.

"멈춰요." 사미야 슈미트가 갑자기 퉁명스레 말했다. "이렇게 해서는 멀리 못 가요. 영원히 레바니도보에 도착하지 못할걸요."

"멀지 않다고 했잖습니까." 크로나우에르가 고집을 피웠다.

"우린 오래된 숲을 지나야 해요." 사미야 슈미트가 그 점을 일깨웠다.

그는 그녀를 땅바닥에 내려놓았다. 그녀는 후들후들 떨며 그의 곁에 서 있다가, 구역질이 치솟아 낙엽송에 몸을 기대고 토했다. 크로나우에르는 꺽꺽대는 그녀를 지켜보았다. 얼굴에 땀이 솟아 커다란 방울로 떨어지는 것을 느꼈다. 그는 돌출된 바위를 발견하고 대여섯 걸음 걸어가 그 위에 앉았다.

난 다시 일어서지 못할 거야, 그는 생각했다. 힘이 하나도 없어. 우린 둘 다 숲속에서 죽겠지, 이 반쯤 죽은 여자와 나는.

사미야 슈미트는 1분쯤 허리를 굽히고 있다가 일어나 어깨를 들먹이며 크로나우에르 곁으로 왔다. 그녀는 바위의 다른 쪽 끝에 앉았다. 둘 다 호흡을 가라앉히기가 힘들었다.

"좀 있으면 괜찮아져요." 스스로를 두고 말하는 것이 분명했다. "지나갈 때까지 기다리면."

"왜 그러는 겁니까?" 크로나우에르가 물었다.

"지나갈 거예요." 그녀가 힘겹게 말했다. "좀 지나면요."

그녀는 그에게서 3미터 떨어져 앉아 있었다. 그녀는 그를 바라보며, 슬쩍 그의 눈을 탐색했다. 크로나우에르의 청회색 눈동자 속에 비열한 그늘은 없었다. 그는 그녀의 다리를 만졌고,

그녀의 가슴은 그의 어깻죽지에 짓눌리고 비비대어지고 몸은 버둥거렸으며, 그는 그녀를 떠메고 오느라 숨을 헐떡거렸다. 그런데 지금 그는 침착하게, 무엇보다도 동지애와 슬픔이 어린 기색으로 그녀를 바라보았다. 그는 광적인 성욕에 휘말려 손닿는 곳에 있는 모든 여성적인 것을 덮치고 정액을 뿌려 댈 그런 수컷 같지는 않았다. 마리아 크월의 페미니스트 작품에 묘사된 남자들처럼 말이다. 마을에서 그녀는 그런 부류의 남자를 한 번도 접한 적이 없었다. 솔로비에이를 제외하면 마을 주민 모두 코마와 뭐라 말할 수 없는 정신적이고 신체적인 탈진 사이를 끊임없이 넘나들고 있었기 때문이다. 하지만 그런 자들이 분명 존재하며 언제고 마주칠 수 있다는 것을 잘 알았고, 마리아 크월이나 소니아 벨라스케스의 선동적인 소설에서만 일어나는 일은 아니었다. 그녀는 남자들이 저지를 수 있는 추악한 짓거리를 상세히 알았다. 마리아 크월은 분노에 찬 여러 산문에서 그런 짓들을 서슴지 않고 노골적으로 묘사했다. 이 군인은 아무리 봐도 그런 발정 난 수컷 같지는 않았지만, 누가 알겠는가.

강간의 이미지가 그녀를 사로잡았다.

"한시라도 나를 해칠 생각은 말아요." 그녀는 참지 못하고 내뱉었다. "콜호스의 지도자는 그런 일을 용서할 사람이 아니에요. 나는 그의 딸이란 걸 잊지 말아요. 그는 별 볼 일 없는 콜호스의 시시한 수장이 아니에요. 그는 적어도 태음력으로 1천 813년 동안, 어쩌면 그 이상 당신을 괴롭힐 거예요. 당신이 더러운 생각을 하기 전에 경고해 두는 거예요."

크로나우에르는 어깨를 으쓱했다. 이 아가씨는 제정신이 아니야. 진작 알아차렸다면 길잡이를 부탁할 것 없이 혼자 레바니도보로 떠났을 텐데. 지금까지 그녀는 아무런 도움도 되지 않았고, 오히려 그의 여정을 힘들고 느리게만 했을 뿐이었다. 버리고 가면 어떨까? 그는 생각했다. 그러다가 마음을 다잡았다. 너무 늦었어, 크로나우에르, 좋든 싫든 이 아가씨는 이제 네 책임이야. 머리가 좀 이상하지만, 네가 그녀를 돌보기 시작했으니 끝까지 책임져. 윤리를 완전히 저버린 건 아니잖아. 그리고 그녀가 잘 따라오는지 뒤돌아보지도 않고 일어서서 혼자 가 버린다고 치자, 콜호스 사람들에게 그들 지도자의 딸을 땅에

71

쓰러진 채로 버려두고 왔다는 말을 어떻게 하겠어?

"아버님 이야기를 들려줘요." 크로나우에르가 제안했다.

"아버지에 대해 당신에게 할 말은 없어요." 사미야 슈미트가 잘라 말했다. "될 수 있으면 덜 만나는 게 당신에게 이로울걸요."

대화는 그렇게 끝났다.

한 시간가량 휴식을 취한 후 그들은 다시 길을 나섰다. 크로나우에르는 약간 기운을 차린 느낌이었다. 그는 그녀에게 다시 업히라고 했고 그녀는 아무 말 없이 승낙했다.

• 오래된 숲.

이제 장면은 어두워진다.

머리 위로 하늘은 한 조각도 보이지 않는다. 검은 나뭇가지들뿐. 검은 나뭇가지로 이뤄진 불투명한 장막들. 두텁고 묵직하고 움직이지 않는 직물.

크로나우에르는 사미야 슈미트를 업고 있다.

강렬한 냄새.

나뭇진, 썩은 물이끼, 부패 중인 나무, 늪지의 가스. 땅속 깊숙한 곳으로부터 올라오는 악취 나는 김. 나무껍질 향, 나무껍질 아래 고인 점액의 냄새, 유충들의 꿉꿉한 냄새. 버섯. 축축한 그루터기. 괴물같이 모여 있는 원숭이의자버섯, 소혀버섯, 거대한 싸리버섯, 가지 많은 이빨버섯. 구름버섯 가장자리의 악취 나는 수액.

무엇으로도 깨지지 않는 강렬한 정적.

크로나우에르의 불규칙한 발소리, 그리고 곧이어 무엇으로도 깨지지 않는 정적.

그의 군화 밑에서 부러지는 잔가지들. 간혹 풀과 양치류 밑에서 진흙이 빨아들이는 소리. 그리고 다시 무엇으로도 흐트러지지 않는 정적.

크로나우에르의 목에, 귓가에 닿는 사미야 슈미트의 숨결. 방랑과 기름기와 먼지로 냄새가 나는 크로나우에르의 머리칼에 닿는 사미야 슈미트의 헐떡임.

흔들리는 물병들과 배낭, 간간이 사미야 슈미트의 종아리와 크로나우에르의 팔꿈치에 부딪치는.

얽히고 기울어진 나무줄기들, 대부분 길게 흘러내린 공중이끼를 두르고 있다. 이끼로 뒤덮인 정체불명의 장벽들. 100여 미터를 돌아가더라도 피해 가는 게 나은 장애물들. 바닥에 점토가 가득한 거무스름한 물웅덩이에 발목까지 빠질 위험을 무릅쓰더라도.

그 이끼들의 색깔, 검은색에 가까운 단조로운 녹색. 얼굴과 어깨로 줄곧 떨쳐 내야 하는 늘어진 공중이끼의 불쾌한 질감.

매 순간 얼굴에 닿는 그 차갑고 축축한 손길.

매 순간 뭔가 악의적인 것이 도사리고 있다는 느낌.

새 한 마리, 작은 동물 한 마리 없다.

여기저기 거대한 개미집들, 겉보기에는 조용하지만 아마도 검고 우글거리는 군집이 거주하고 있을.

사미야 슈미트와 크로나우에르는 이제 한마디도 주고받지 않는다.

숲을 건너가기가 점점 더 고되어진다.

장면은 점점 더 어두워진다.

• 오래된 숲은 다른 곳과 같은 속세의 장소가 아니다. 보통 규모의 다른 숲에도, 한없이 넓고 사람들이 죽는 타이가에도 여기에 비견할 만한 장소는 없다. 끔찍하게 길고 위험한 길을 거치지 않는 한, 레바니도보와 그곳의 '찬란한 종착역' 콜호스에 도달하려면 숲을 가로지르는 수밖에 없다. 하지만 숲을 가로지른다는 것은 숲의 적대적인 나무들 아래를 헤맨다는 것, 아무런 지표도 없이, 맹목적으로 나아간다는 것, 기묘한 함정들 한복판을 힘겹게, 한정 없는 시간 동안 걸어간다는 것, 또한 곧장 나아가면서도 빙빙 도는 것, 마치 중독된 것처럼, 약에 취한 것처럼, 힘겹게 헐떡이며, 마치 스스로의 코 고는 소리와 신음 소리를 들으면서 결코 깨어나지 못하는 악몽 속에서처럼, 또한 어디에서 오는지 알 수도 없는 두려움에 짓눌리는 것, 또한 정적만큼이나 소리를 두려워하는 것, 또한 판단력을 상실하고, 결국 소리도 정적도 이해하지 못하는 것이다. 오래된 숲 한가운데 있다는 것은 더 이상 피로를 느끼지 못한다는 것, 삶과 죽음 사이를 떠도는 것, 무호흡과 헐떡임 사이, 잠과 각성

사이에 걸려 있는 것, 또한 스스로가 자기 몸의 낯선 주민이라는 것을, 제자리에 있지 않음을 깨닫는 것, 마치 진심으로 환영받지 못하지만 쫓아낼 수가 없는, 매몰차게 떼어 낼 구실만을 찾고 있는, 쫓아내거나 죽일 기회를 노리며 억지로 용인하는 끈덕진 불청객처럼.

오래된 숲은 솔로비예이에게 속한 장소다.

그곳은 솔로비예이의 세계로 들어가는 입구다.

오래된 숲속을 걸을 때, 몇백 년 묵은 전나무, 검은 낙엽송, 나무에서 떨어진 잔가지들을 밟을 때, 늘어진 이끼가 얼굴을 때리거나 어루만질 때는, 중간 세계에 있는 것이고, 그곳에는 모든 것이 강렬하게 존재하며, 그 무엇도 환영이 아니지만, 동시에 어떤 장면 내부에 갇혀 있다는, 그리고 낯선 꿈속에서, 바르도[10]에서 이동하고 있다는 불안한 감각이 들고, 그곳에서는 스스로가 낯선 존재이며, 달갑지 않은 침입자, 살지도 죽지도 않은 상태로 출구도 없이 끝나지 않는 꿈속에 있다.

알든 모르든, 당신은 솔로비예이가 절대적인 주인인 영역에 있다. 식물이 우거진 어둠 속에 움직이며, 거기서 벗어나기 위해 움직이고 생각하려 애쓰지만, 오래된 숲에서 당신은 무엇보다도 솔로비예이가 꿈으로 꾸는 존재다.

그리고 거기서, 결국 당신은 솔로비예이의 피조물에 지나지 않는다.

• 앞서 말한 내용의 확증: 마지막 1킬로미터부터 크로나우에르는 최면에 걸린 듯한 무감각 상태에 빠졌다. 그는 생각을 멈추었다. 이 정신적 내려놓음에는 육체적 편안함이 따라왔다. 그는 피로를 느끼지 않았다. 등에 업힌 사미야 슈미트는 깃털만큼의 무게도 나가지 않았다. 그는 늪지투성이 지면을 비틀거리지도 않고 나아갔고, 썩고 뒤엉킨 나뭇가지들의 방해물들을 넘고, 이끼에 뒤덮인 오래된 나무줄기의 장벽을 기어올랐다가 균형을 잃지 않으며 내려왔다. 고인 물에서 솟아나는 가스를 들이마시면서도 기절하지 않았다. 얼굴을 후려치려 드는 축축한 가시덤불을

---

10. 티베트 불교에서 말하는 죽음과 환생 사이의 중간 상태.

단번에 밀쳐 냈다. 자기 키보다 큰 개미집들을 건드리지도, 망가뜨리지도 않고 그 주민들을 화나거나 겁먹게 하지도 않고 스쳐 지나갔다. 어차피 그는 흙과 나뭇잎으로 된 그 껍질 밑에 무수한 곤충들이 바글거리는지, 혹은 그 건축물들이 사라진 문명의 유적인지 몰랐다. 근처에 살아 움직이는 것이라곤 전혀 눈에 띄지 않았기 때문이다. 그는 꿈속을 나아가듯, 자신의 몸도 사미야 슈미트의 몸도 의식하지 못하고 걸어갔다. 그는 그렇게 나아갔고, 주변에서 아침이 번졌다. 빛이 거의 없고 앞날을 빼앗긴 듯한 아침이.

그들이 양치류가 가득한 빈터로 나왔을 때, 별안간 앞에서 날카로운 휘파람 소리가 일었다. 숲이 계속되는 곳에서, 마치 낮은 나뭇가지들이 서로 얽힌 시커먼 다발에서 솟아나는 듯 들려오는 소리였다. 소리는 처음에는 맹금의 울음소리 비슷하다가 금세 날카롭게 변해 점점 더 새되어졌다. 음조의 변화는 전혀 없었다. 강도가 격해질 뿐이었다. 그 소리가 크로나우에르의 고막을 꿰뚫었다.

그는 사미야 슈미트를 내려놓았다. 손으로 귀를 막기 위해 황급히 내려놓았다는 편이 정확하겠다. 그는 인상을 썼다. 뭔가를 말하려고 외쳤지만 말소리는 쓸려 갔다.

빈터의 지면 전체에서 양치류가 흔들렸다. 마치 그것들도 자신을 유린하는 소리와 맞서 싸우려고 몸부림치는 듯했다. 하늘은 이제 땅을 짓누르는 납빛의 회색 담요였다. 하늘에선 침침한 빛만이 비쳤다. 크로나우에르에게서 몇십 미터 떨어진 빈터의 맞은편에서 숲은 빽빽하게 살아 있고 적대적인 짙은 녹색의 거대한 덩어리 형상을 띠었다. 나무들이 움직이고, 우듬지들이 서로 꼬였다가 풀렸다. 높이서든 낮게든, 나뭇가지들은 미친 듯이 흔들리기 시작했다. 바람도 비도 전혀 없었지만 그럼에도 흔들렸다. 나무들은 주변의 공기를 뒤흔들었다. 식물로서의 본성을 내버리고 동물적으로 변하여 혼란과 분노의 명령에 따르는 것 같았다. 나무 몇 그루는 저들도 휘파람 소리를 내기 시작했다.

크로나우에르는 나무들이 자신을 바라보고 있다는 확신이 들었다.

"무슨 일입니까?" 그는 사미야 슈미트를 돌아보며 물었다. "대체 이게 뭐죠?"

사미야 슈미트는 빈터 입구로 물러나 있었다. 그녀는 나무줄기에 기대고 대답했다. 토라진 표정을 짓고 있었다. 그녀는 지금 일어나는 일을 보고 싶지 않다는 듯, 고집스럽게 군화 끄트머리에 시선을 못 박고 있었다.

"아무것도 아니에요." 그녀가 마침내 대답했다. "우리는 솔로비예이의 꿈속에 있어요. 당신이 나와 함께 있는 게 불만스러운 거예요."

크로나우에르는 사미야 슈미트에게 걸어가, 질린 얼굴로 그녀를 바라보았다. 그는 계속해서 귀를 막은 채였고 말소리가 들리게 하려면 크게 말해야겠다고 생각했다.

"내가 당신과 함께 있는 게 불만이라고요?" 그는 소리쳤다.

사미야 슈미트는 어쩔 수 없다는 듯 어깨를 으쓱했다.

"내 아버지인걸요. 당신이 나를 해치는 게 싫은 거죠."

솔로비예이의 견딜 수 없는 휘파람 소리가 이어졌다.

크로나우에르는 몸을 숙였다가, 도로 일어섰다. 고통이 머리에서 꼬리뼈까지 척추를 타고 흘렀다. 예리한 음이 두개골을 파고들었다. 그는 고통을 누그러뜨리려고 쭈그리고 앉았다가, 조금도 나아지지 않았으므로 다시 일어섰다. 그는 누더기 차림의 정신 나간 체조 선수 같았다.

"아무것도 아니에요." 사미야 슈미트가 말했다. "멈출 거예요."

"정말 끔찍하군요." 크로나우에르가 신음했다.

"그래요, 끔찍하죠. 하지만 멈출 거예요." 사미야 슈미트가 약속했다.

• 그들은 따뜻한 땅바닥에, 나무뿌리에 나란히 앉았다. 그들은 소리가 멈추기를 기다렸다. 사미야 슈미트는 귀를 막지 않았다. 그녀는 짜증 난 기색이었지만 그다지 괴로워 보이지는 않았다. 어쨌든 솔로비예이의 딸이니, 그녀에겐 특별한 저항력이 있는 게 틀림없었다. 유전자로 물려받은 뭔가가. 소리든 꿈이든 다른 방법으로든, 아버지의 공격에 저항하는 면역 체계 같은 것이.

그렇게 10분이 흐르자, 휘파람은 약해지고, 나무들은 무시무시한 공격성을 드러내며 흔들리고 떨리던 것을 멈추었고, 소리 지르기를 멈추었고, 터무니없는 크기의 무리 동물처럼 행동하던 것을 멈추었다. 크로나우에르는 이미 귀에서 손을 떼었다. 머리와 척추의 고통도 즉각 사라졌다. 그럼에도 여전히 나뭇가지들이 그를 적대적으로 노려보고 있다는 느낌을 떨칠 수가 없었으며, 곧 날카로운 소리는 어딘지 모를 곳에서 들려오는 목소리로 바뀌었다.

그리고 그는 그의 얼굴, 폭풍우 아래의 걸인 새의 얼굴, 천둥에 목마른 누더기 걸친 새의 얼굴이 살고 있던 가면을 집어 들었다, 권위적이고 냉혹한 엄숙함을 실어 누군가가 읊었다.

그 목소리는 왁스와 불과 잡음 때문에 변형된 듯했고, 터널이나 어두운 관을 거쳐 밝은 데로 나오기라도 한 듯 길게 울렸다. 흉측하게 떨리면서도 흉측하게 뚜렷했고, 실제로 그 목소리는 고막이라는 장벽을 무시하고 가장 깊은 곳을, 뇌의 취약한 부위를, 기억들 아래, 설명할 수 없는 동물적인 불안과 저항감과 조상 대대로의 두려움이 숨어 있는 곳을 강타했다.

"이번에는 또 뭡니까?" 크로나우에르가 다시 물었다.

"내 아버지의 시예요." 사미야 슈미트가 부아를 숨기려고도 하지 않으며 말했다. "아버지는 시 한두 편을 읊은 다음…."

그녀는 머뭇거렸다. 그녀가 사용하려는 단어에는 성적인 함의가 있어서 몹시 거부감이 들었다.

"그다음에는?" 크로나우에르가 물었다.

"그다음에는 몸을 빼낼 거예요." 사미야 슈미트는 억양 없이 말을 맺었다. "그러면 끝이에요. 그는 우리에게서 빠져나가고 그러면 끝나죠."

• 그는 검은 기름과 불의 잔해의 악취가 풍기는 그 가면의 단단해진 피부를 쓰고, 섬광들이 천천히 그의 둘레의 토탄과 재 위로 떨어지는 동안, 천둥을 구걸하기 시작했고, 공간을 뒤흔드는 어떤 소리도 없었으므로, 그는 가장된 공손함의 자세로 몸을 숙이고 한두 시간 동안 나뭇잎들과 소금기 있는 물과 술통의 포도주로 젖은 땅을 파헤쳤고, 강력한 전기로 새싹들이 타 버린 부식토를 뒤적였고,

그렇게 오랫동안 깊디깊은 땅과 썩은 시체 같은 점액을 파헤치고 나자, 그는 일어서서 눈을, 적어도 무례하지 않은 태도를 가장하기 위해 감았던 눈을 떴다. 바뀐 것은 아무것도 없었다, 어쩌면 그 공간의 벽들이 조여들었다는 것뿐. 이전처럼, 벼락이 어둠을 가로질렀으나 그 벼락은 풍경을 점점 더 어둡게 비추었다. 그는 계속해서 정적 속에서 빌었다. 그는 원을 그리며 아주 조금 움직였고, 기분에 따라 넷씩 혹은 1천 35씩 자기 발자국을 세었는데, 그의 기분은 나빴다. 그의 눈에 보이는 것은 헛된 분노만을 일으킬 뿐이었으며, 그는 있는 힘껏 분노를 감추거나 상상에 잠겨 분노를 누그러뜨렸다. 그의 분신이 어딘가를 걷고 있으며, 그의 딸들 혹은 곁을 스쳐 갔던 아내들, 전쟁 때의 아내들이나 타이가의 연인들과 함께 있다는 상상이었다. 그는 간혹 날갯짓을 했지만, 어둠이 너무 깊어 누구도 눈치채지 못했고, 게다가 그는 그의 고독에 어떤 목격자도 없는 깊은 수렁에 도달해 있었다. 한순간 그는 딸들 생각을 더욱 강하게 하기 시작했다. 그는 천둥에게 말을 거는 대신 딸들을 불렀다. 딸들도 천둥도 그에게 대꾸하지 않았다. 결국 그는 진흙탕에 누워, 가면의 구멍을 통해 지독한 저주를 헐떡이고 사라졌다.

• 빈터와 크로나우에르의 영혼에 침입했을 때만큼이나 돌연히, 목소리의 울림이 멎었다. 갑자기 숲은 평범한 장소로 되돌아왔다. 여전히 어둡고 울창하긴 했으나 숲은 이제 전혀 환상적이지도, 마술적이지도, 무시무시하지도 않았다. 나무들은 더 이상 쳐다보거나 말하지 못했다. 솔로비예이는 그곳을 떠났다.

　　　크로나우에르는 한숨을 쉬었다. 시 낭송은 고통이 수반되지 않았지만, 불쾌한 침입으로 다가왔다. 그 문장들 밑에서, 듣기도 전부터, 악의적인 생각, 이기적이고 무법적인 잔혹함을 감지하긴 했지만, 연설의 완전히 신비주의적인 내용은 그에게 영향을 주거나 불안하게 하지 않았다. 하지만 그 말을 전달하는 방식이 혐오스러웠다. 누군가 그의 안으로 들어와, 제집처럼 행세하며 그의 사생활에 대한 일말의 존중도 없이 두개골 안을 활보하는 것을 그는 분명히 느꼈다. 그건 정신적인 동시에 신체적이었다. 말을 한 자는 그를 범했다. 시를 읊은 자는 그를 범한 후 빠져나갔다. 크로나우에르는 그 능욕으로부터 스스로를 어떻게 지킬지, 어떻게 공격을 막을지 몰랐었고, 지금은 자책감이 들었다. 스스로의 무기력함이 소름 끼치게 괴로웠고, 어떤 면으로는 죄의식과 더럽혀졌다는 기분이 동시에 들었다.

"자, 끝났어요. 이번 것은 끝났어요." 사미야 슈미트가 말했다.

그녀는 이제 낙엽송 아래 기대어 있었고, 고개를 뒤로 젖힌 채 눈을 감고 꺼져 가는 목소리로 말했다.

크로나우에르는 그녀가 속눈썹 틈새로 자신을 보고 있지 않은지 확인하고 고개를 돌렸다. 그녀가 자신의 당혹함을 눈치채지 않았으면 했다. 그는 여전히 능욕을 당했다는 생각이 들었다.

"그가 그런 짓을 자주 합니까?" 그가 물었다.

"무엇을 해요?" 사미야 슈미트가 속삭였다.

크로나우에르는 어깨를 으쓱했다.

그들은 둘 다 조용히 있었다. 말하지 않고 잊고 넘어가려는 데 몰두한 듯.

"마음이 내킬 때면 그래요." 사미야 슈미트가 한참 후 대답했다. "자기 마음이 내킬 때면 언제든 들어오고 나가죠."

그들은 몇 분간 가만히 그 생각을 곱씹다가, 크로나우에르가 사미야 슈미트를 부축해 일으켜 세우고 서로 의지하여 걷기 시작했다. 사미야 슈미트는 아직 남은 2킬로미터는 스스로 걸을 수 있다고 자신했다. 그녀는 자주 쉬어야 했다. 그녀는 나무에 몸을 기대어 숨을 골랐고, 심장이 기운을 차리거나 정상적인 리듬으로 돌아올 때까지 기다렸다. 크로나우에르도 멈춰 서서, 그 곁으로 가 혹시 기절하면 도울 준비를 했다. 그 짬을 이용해 그 역시 기운을 좀 차렸다.

그러다가 숲이 밝아졌다. 나무들 뒤로 하늘이 보였다. 그들은 동쪽으로 500미터 더 걸어갔다. 나무들 사이가 성글고, 땅은 푹신하고 깨끗했다. 크로나우에르의 눈에 난쟁이마가목, 나무딸기, 시베리아디기탈리스 덤불이 들어왔고, 곧 그들은 숲에서 나와 레바니도보와 '찬란한 종착역' 콜호스로 향하는 포장도로로 들어갔다.

조금 멀리 떨어진 도랑에서 한 남자가 뭔가에 몰두해

있었다. 사미야 슈미트는 대강 그 사람이 자기 아버지라는 말을
웅얼거린 뒤, 입을 다물었다.

4.

• 마을의 첫 번째 집에서 200미터 떨어진 곳에서, 콜호스의
수장은 도랑에 쭈그리고 앉아 버섯을 따고 있었다. 그는 큼지막한
그물버섯 하나의 밑동을 잘라 낸 참이었고, 숲을 벗어나 다가오는
두 그림자 쪽은 돌아보지도 않은 채 윤기 나는 근사한 갈색의
갓을 살펴보며 향을 들이마시고 눈을 반쯤 감은 채 만족스럽게
고개를 끄덕였다. 방사성핵종을 듬뿍 머금은 모든 농산물이
그렇듯, 감미로운 향이었을 게 틀림없었으나, 그의 만족스러운
한숨은 과장된 것이었고 거짓된 느낌이 났다. 사실 그는
수확물에는 관심이 없었고 오직 하나에만 신경이 쏠려 있었으니,
딸 사미야 슈미트가 다시 나타나기를 지켜보는 것이었다.
그녀는 48시간 동안 사라졌었고, 이제 낯선 자와 함께 돌아오고
있었다. 계절에 맞지 않는 더운 군용 외투에, 주머니는 찢어져
덜렁거리고, 허리춤에 대롱거리는 물병들을 달고, 멜빵에는 피와
흙으로 더러워진 군용 배낭 두 개를 멘 군인과. 탈영병이었다.

크로나우에르와 사미야 슈미트가 그의 곁까지 오자,
솔로비예이는 버섯을 비닐봉지에 넣고 허리를 폈다. 그는 손에
농부용 칼을 계속 쥐고 있었는데, 그것을 칼집에 넣지 않고
크로나우에르 쪽으로 슬쩍 겨누었다.

그는 키가 크고, 수염을 기르고, 덥수룩하고, 화 잘 내는
영웅 같은 투박한 얼굴이었다. 머리칼과 수염은 아직 새카매서,
사실은 우드굴 할머니와 비슷한 나이였음에도 여전히 40-50대로
보였다. 그는 크로나우에르보다 족히 머리 하나는 컸고, 체격에서
두 남자는 비교가 안 되었다. 격투 흥행사 같은 흉곽과 어깨에,
배에는 복근이 울퉁불퉁한 콜호스의 수장은 적수가 없을
것처럼 보였다. 구릿빛 도는 엷은 황갈색 홍채는 흰자가 있어야
할 자리까지 차지하고 있었는데, 보통 맹금류에게서 보이는
특성이고 마법사들에게서도 종종 보이는 눈이었다. 그 안에
빠져 죽지 않으려 안간힘을 쓰지 않고서는 그런 시선을 마주
볼 수 없고, 눈길을 피하며 초라함과 패배감을 느끼게 된다.
이 솔로비예이라는 자는 깃 없는 흰 셔츠에, 가죽 허리띠로
허리를 꼭 조이고, 허리띠에는 도끼를 걸고 있었다. 바지는

81

두터운 캔버스로 되어 있고, 거대한 검은 가죽 장화에 바짓단을 쑤셔 넣은 부분이 부풀어 있었다. 한마디로, 그는 무지크[11]와 쿨라크[12]가 등장하는 톨스토이의 이야기, 선사시대, 최초의 농촌 집산화보다 이전 배경에서 튀어나온 것 같았다.

• 도로는 솔로비예이의 뒤로 뻗어, 500미터 더 가서 레바니도보 마을의 중심 도로가 되었다. 콜호스의 시설들과 농장들은 흙길로 서로 연결되고 상당히 넓게 퍼져 있었으나, 일종의 중심부가 있었는데, 집들이 서로 마주 보고 늘어선 곳이었다. 어떤 집이 쓰러져 가고 어떤 집에 살아 있는, 혹은 적어도 일주일에 한 번 문 앞을 비질할 수 있는 주민들이 살고 있는지 한눈에 알 수 있었다. 다양한 종류의 건물이 있었는데, 1–2층짜리 작은 건물이 한두 채, 산울타리로 둘러싸인 목조 주택, 흔들리는 누옥 등이었고, 레바니도보 한복판에는 네 개의 콘크리트 기둥으로 육중한 파사드의 위엄 있는 대형 건물이 있었다. 기둥은 이오니아 양식이었고 우스꽝스러웠다. 과거에 그 건물에는 소비에트가 들어서 있었다. 박공 위에는 깃대가 고정되어 있고, 깃대에는 너덜너덜한 붉은 깃발이 걸려 있었다. 중앙로는 언덕 쪽으로 이어졌는데 언덕 위에는 거대한 창고가 서 있었다. 들판과 숲의 초록으로 둘러싸인 레바니도보는 어느 모로 보나 수도의 지령과 제국주의자들의 공격과 내전의 요동과는 동떨어진 평화롭고 자치적인 촌락이었다.

크로나우에르는 기진맥진하여 헐떡거렸고, 기절하지 않으려 안간힘을 쓰는 동시에 적의를 명백히 내보이는 콜호스의 지도자와 대면하려고 애썼다. 솔로비예이는 아무 말 없이 그 앞에 버티고 서 있었는데, 자기 딸에게는 관심이 없어 보였으며 여전히 칼을 거두지 않았다. 크로나우에르는 1초 이상 그의 시선을 버틸 수 없었고 그렇다는 것이 후회스러웠다. 잠시 머뭇거리는 동안 그는 비교적 유쾌한 모습의 마을 쪽을 바라보고, 새롭게 힘을 끌어모아 솔로비예이를 올려다보았다. 기죽지 마, 크로나우에르,

---

11. 제정러시아 때의 러시아 농민. 농노와 비슷하다.
12. 제정러시아 말기의 부농 계층, 지주.

이자는 쿨라크같이 생겼고, 눈이 최면술사 같아, 그게 어쨌다는 거지? 그저 무례한 거인일 뿐이야. 그에겐 딸 문제로 네게 싸움을 걸 까닭이 없어. 넌 네가 해야 할 일을 했고, 그녀를 업고 레바니도보까지 데려왔어. 네가 맘에 들든 안 들든, 그는 지방 유지고 곤경에 처한 여행자를 내버려 둘 수 없어. 중요한 건 그거야. 그와 논해야 할 건 그거야.

크로나우에르는 동지들이 '붉은 별' 소프호스 근처 풀밭에 누워 있는 모습을 떠올렸고, 의례적인 인사말을 생략하고, 즉 상대에게 인사하지도, 그의 환영의 말을 기다리지도 않고 단도직입으로 말했다.

"저는 남자 하나와 여자 하나를 남겨 두고 왔습니다. 소프호스 맞은편, 철도 가까운 곳입니다. 그들은 며칠 동안 아무것도 먹지도 마시지도 못했습니다. 당신의 도움이 필요합니다. 물과 먹을 것이 필요합니다. 화급합니다."

사미야 슈미트는 자기 아버지에게도 그에게도 한마디 않고 그 순간을 틈타 자리를 떴다. 크로나우에르는 즉시 그녀가 원망스러워졌다. 그녀는 개입하여, 솔로비에이에게 그들의 힘들었던 여정을 풀어놓고, 크로나우에르의 헌신적인 노력을 설명하여 두 남자의 날 선 분위기를 누그러뜨려 줄 수도 있을 것이다. 하지만 그녀는 이미 멀어졌다. 벌써 비틀대는 걸음걸이로 마을 중심부 쪽으로 걸어가고 있었다. 뒤에서 보니 엉망으로 땋은 머리채와 군대식 옷차림, 느릿한 걸음걸이 때문에 그녀는 5-6주 동안 농촌의 고된 현실을 경험하고 지친 몸으로 농업 단지로 돌아가는 중국 문화혁명 때의 지식인 처녀 같았다.

솔로비에이가 얼굴을 찌푸렸다. 그는 칼을 등 뒤의 칼집에 넣었다.

"저 역시 일주일 동안 아무것도 먹지 못했습니다." 크로나우에르가 말했다.

"말해 보게, 군인." 솔로비에이가 갑자기 물었다. "자네는 살아 있는가?"

"그럼요." 크로나우에르가 말했다.

"그렇다면 뭘 불평하는가? 살아 있다는 건, 모든 이가 누리는 건 아닐세."

그들은 이제 서로를 보지 않고 이야기했다. 마치 서로를 증오하지만, 어두워지고 목격자가 없어지기를 기다리느라 당장은 싸우지 않기로 결심한 두 사람처럼.

• 솔로비예이는 중심가로 들어서는 딸을 물끄러미 바라보았다. 그녀는 곧장 앞으로 걷지 못했고, 발걸음은 느렸다. 몸을 제대로 가누지 못하는 것 같았다.

"사미야 슈미트가 비틀거리는군." 솔로비예이가 지적했다.

"그녀는 아픕니다." 크로나우에르가 말했다.

"아, 의사신가?" 솔로비예이가 눈썹을 찡그리며 툴툴댔다. "그건 몰랐네만."

크로나우에르는 어깨를 으쓱하고 균형을 유지하려고 한 걸음 물러섰다. 이 대화는 그의 마지막 남은 힘을 앗아 가고 있었다. 눈 안쪽에서 땅이 빙빙 도는 현상이 점점 뚜렷하게 느껴지기 시작했다. 머릿속에서 반짝이는 점들이 휘몰아쳤다. 그는 자신이 정신을 잃으리라는 걸 알았다.

"사미야 슈미트에게 해를 끼치기라도 했다면," 솔로비예이가 경고했다. "자넬 뼈도 못 추리게 해 놓을 거야."

크로나우에르는 반박의 말을 하고 싶었다. 그는 콜호스의 지도자를 올려다보았다. 솔로비예이는 하늘을 등지고 서 있어, 번쩍이는 빛의 후광에 둘러싸인 것 같았다. 탈진의 별빛들이 크로나우에르의 의식 속에서 거품처럼 터지며, 망막으로 들어오는 상(像)에 튀고, 솔로비예이의 머리칼 둘레로 흘렀다. 어느 특정한 지점에 주의를 집중하지 않고, 크로나우에르는 솔로비예이의 실루엣이 앞으로 기우뚱했다가, 다가왔다가, 멀어졌다가, 흔들리는 것을 보았다. 솔로비예이는 거대했고 이제는 보이는 세상 거의 전부를 차지했다. 그는 구름과 유성들 위를 거대하게 떠다니는 것 같았다. 때때로 그는 도끼에 손을 얹었는데, 마치 어느 순간에 허리띠에서 도끼를 꺼내 그의 앞에 서 있는 군인의 머리통을 깨부술지 정하려는 듯했다. 또한 때때로 그는 입을 열고 크로나우에르에게 더 이상 들리지 않는 말을 했다. 그의 치아가 보였고, 혀가 있어야 할 곳에 불꽃이 있는 것처럼 느껴졌다.

84

그러다가 장면이 단순해졌다. 불꽃이 그에게 밀려와, 몰려들고, 그의 중심부로 모이기 시작했다. 그 외부에 존재하던 모든 것은 금세 시커메지고 암흑 속에 빠졌다.

그 강렬한 주홍색 얼룩 이외엔 아무것도 보이지 않았고, 공허가 주변의 모든 것을 삼켰다.

5—6초 동안 그런 상태였다.

그 후 암흑이 우세해지고, 붉은색이 흐려지고, 이내 아무것도 없어졌다.

• 한참 후, 몇 시간이 지난 후, 크로나우에르는 기절에서 깨어났다. 가장 먼저 눈에 들어온 것은 최근에 회칠한 천장, 금 간 곳이나 거미줄 하나 없는 깨끗한 천장이었다. 그가 있는 방은 흰색으로 칠해져 있었다. 문, 벽, 이중창의 창틀, 전부가 눈처럼 하얗거나 아주 밝은 상아색이었다. 그처럼 넘쳐 나는 흰빛 아래 있으니 눈을 뜨기가 힘들었다. 망막이 빛에 적응하느라 아팠다.

그는 옷을 그대로 입은 채 매트리스에 눕혀져 있었다. 팔꿈치로 버티고 몸을 일으켜 주위를 돌아보다가, 그는 피부에 달라붙은 누더기의 악취가 갑자기 점막을 온통 강타하는 것을 느꼈다. 패배한 전쟁의 냄새, 한뎃잠을 잔 밤들의 냄새, 무엇보다도 수없이 땀에 젖었다가 수없이 더께가 진 때의 코를 찌르는 악취. 더러운 군화도 그대로 신겨진 채였고, 그는 그 수도원 방 같은 곳에 괴상하고 악취 나는 몰골로 있었다.

그는 몸을 돌려 발로 바닥을 딛고 침대 머리판에 의지하여 일어섰다. 방이 즉시 한쪽으로 기울었다가, 다른 쪽으로 기울었다. 발밑에서 전나무 마루가 흘러갔다. 그는 도로 털썩 주저앉아 스스로의 약함을 저주했다.

멧돼지처럼 냄새를 풍기는 것도 모자라서, 계속해서 그렇게 약골처럼 있을 거야? 계집애처럼 또 기절하려는 건 아니겠지! 창문까지 가서 창문을 열어, 크로나우에르! 그래야 네 악취가 약간이라도 방에서 빠질 거 아냐!

그는 다시 일어서서 이중창 쪽으로 걸어갔다. 유리창 너머로 소비에트의 주랑과 목조 파사드 몇 개가, 레바니도보의 중앙로 위로 청회색 하늘이 보였다. 발밑에서 바닥이 표류하고,

마룻장이 무너졌다. 그는 내창의 빗장쇠 손잡이로 손을 뻗었다. 잠금장치와 싸웠으나 헛수고였다. 뭔가가 막고 있었다. 그는 빗장쇠를 들여다보고, 그것을 풀려면 정사각형 열쇠가 있어야 한다는 사실을 확인했다. 외창에는 손잡이가 없었고, 처음에 망사 가리개라고 여겼던 것은 알고 보니 촘촘한 철망이었다. 뭐야, 날 감방에 넣은 거야? 그는 궁금했다.

방이 요동쳤다. 침대와 의자 하나 말고는 방은 비어 있었다.

그는 비틀거리며 벽을 붙들었다. 불확실한 생각들이 줄지어 떠올랐다.

이 방은 뭔가, 감방인가? 나는 언제부터 여기 있었던 걸까? 무슨 죄목으로? 여기는 콜호스야, 유형지야?

• "아, 정신을 차렸네." 옆방에서 여자 목소리가 말했다.

잠시 후, 두 여자가 자물쇠에 열쇠를 꽂고 바닥에 깔린 마룻장이 삐걱대는 소리를 내며 방에 들어왔다. 둘은 키가 거의 비슷했고, 문틀을 배경으로 서 있으니 첫눈에 보기에는 가을 옷차림을 한 먼 옛날의 두 콜호스 여인 같았다. 긴 갈색 모직 치마에, 단추를 반만 채운 조끼, 그 안에는 깃이 높은 블라우스를 입었고, 블라우스에는 한 명은 새와 꽃무늬, 다른 한 명은 나선형으로 물망초와 데이지가 수놓여 있었다. 둘 다 장신구는 달고 있지 않았다. 크로나우에르는 즉각 그들이 아름답다고 여겼으나, 몸이 너무나 허약해져 판단력조차 불분명하고 막연했기 때문에 에로틱한 생각이라고는 전혀 떠오르지 않았다.

그들은 확연히 동생보다 키가 컸고 더 여성스럽기도 했다. 나란히 서 있으면 사미야 슈미트는 어린애처럼 보이리라. 셋 다 솔로비예이의 소생이지만, 누군지 모를 어머니는 다 달랐기에, 서로 거의 닮지 않았다. 그럼에도 그들의 아버지가 중앙아시아나 극동 출신이었을 시베리아 여인들에게 이끌렸던 데에서 기인하는 어떤 공통점이 있었다. 어머니들은 그들에게 아름다움과 광대뼈와 호를 그리는 매혹적인 눈썹, 치켜 올라간 갸름한 눈매를, 솔로비예이에게 유혹당하거나 겁탈 당하던 순간에 그러했을 매력을 물려주었다. 사미야 슈미트는 귀엽지만 내성적인 중국 아가씨 같은 용모였고, 흰 피부에 대체적인 한족의

특징들을 갖추었다. 하지만 크로나우에르가 그리 좋지 않은
상황에서, 숲의 어둠 속에서 그녀를 보았고 처음에는 시체로
오인할 정도였다는 점은 사실이었다. 둘째 딸 미리암 우마리크는
알타이인의 특징이 강해, 동그스름한 광대뼈에 가느다란 눈,
도톰한 입과 눈꺼풀, 우아한 타원형의 큰 얼굴을 지녔다. 피부는
아메리칸인디언 같은 구릿빛이었고, 방의 하얀빛을 받으니 거의
오렌지색으로 보였다. 그녀와 사미야 슈미트는 외모가 전혀라고
해도 좋을 만큼 닮지 않았고 그녀는 결코 중국인 같지 않았다.
사미야 슈미트가 겉보기에 의심 많고 소심하고 억눌린 것처럼
보이기까지 하는 반면, 미리암 우마리크는 광채를 발하는 듯했다.
늘어뜨린 짙은 갈색의 긴 머리는 가슴팍까지 내려왔고, 걸을 때
등을 매우 곧게 세우는데도 다리나 엉덩이를 움직일 때 관능적인
면이 있었다. 그녀의 눈은 반짝였다. 그녀는 자신의 몸짓이
남자들을, 무엇보다 크로나우에르를 자극할 수 있다는 사실을
의식하면서도, 그 점에 전혀 신경 쓰지 않았다.

    맏딸 한코 보굴리안에게는 독특한 점이 있었는데, 신체적
결점은 아니었지만 처음 보는 순간 주춤하게 하는 특징이었다.
그녀의 눈에는 흰자가 전혀 없고 양쪽이 판이하게 달랐다. 왼쪽
눈은 아버지 솔로비예이의 홍채와 똑같은 맹금 같은 황갈색이고,
오른쪽 눈은 커다란 흑요석 같았으며 그 한복판의 동공이
분간되지 않았다. 그 때문에 그녀의 시선은 기묘한 돌연변이
같았다. 그럼에도, 그 점을 제외하면 전체적으로 아시아인다운
완벽함을 지니고 있었다. 이목구비는 미리암 우마리크보다 덜
진했고, 눈꺼풀은 더 가늘고 입은 더 얄팍하며 눈매는 관자놀이
쪽으로 살짝 치켜 올라가 있었다. 우아한 자태에 피부는
야쿠트족 공주처럼 가무잡잡했고, 오만한 기질과 과묵함 역시
지닌 게 분명했다. 하지만 그건 크로나우에르가 자신의 이상한
눈동자를 보고 당혹스러워 할 것임을 알고, 그가 어떻게 생각하든
그녀는 상관없다는 것을 드러내 선수를 치려는 걸 수도 있었다.
한마디로, 미리암 우마리크가 유혹적인 여인으로 보이는 데 전혀
아랑곳하지 않았다면, 한코 보굴리안은 환상의 생물 같은 특징이
있다는 것을 전혀 아랑곳하지 않았다. 그녀는 길고 검은 머리를
어깨 뒤로 넘기고 갈래를 나눠 가늘게 땋아서 강철 왕관처럼

이마와 머리에 두르고 있었다.

• 두 여자는 크로나우에르에게 다가왔다. 그는 여전히 창문 근처 벽에 기대고 있었다. 그는 실신하지 않으려 애쓰면서 이 두 눈부신 농촌 여인이 간수일까 아닐까 궁금했다. 나를 풀어 주러 온 건가? 하지만 그가 말문을 연 건 부끄러움을 표현하기 위해서였다.

"가까이 오지 말아요." 그는 처량하게 말했다. "난 더럽고 나쁜 냄새가 납니다. 몇 주 동안 씻지도 못하고 떠돌았거든요."

그들은 네다섯 걸음 떨어진 곳에서 멈춰 섰다.

"굳이 말하지 않아도 알아요." 미리암 우마리크가 대꾸했다. "어제 오후 당신을 이리로 데려다 눕힌 게 우리니까."

그녀의 몸이 흔들리는 것 같았다. 원피스 안쪽의 복부가 움직였다. 그녀는 빈정거리는 미소를 띠었다.

그렇게 쇠약해지지 않았다면, 크로나우에르는 얼굴을 붉혔을 것이다. 피가 뺨에 쏠리려 했다.

"어디서 샤워를 하거나 좀 씻었으면 좋겠는데요." 그가 말했다.

"세면장으로 가는 길을 알려 드리죠." 미리암 우마리크가 말했다.

"잘됐군요." 크로나우에르가 말했다. "정말 고약한 냄새를 풍기고 있어서요."

"걱정할 것 없어요, 군인." 한코 보굴리안이 끼어들었다. "우린 까다롭지 않아요. 여기는 콜호스죠. 우리는 가축 냄새를 꺼리지 않아요. 동물을 돌봐야 할 때면 당연히 해야 하고요."

그녀는 여전히 감정이 드러나지 않는 얼굴로, 한쪽은 금빛이고 다른 한쪽은 까만, 흰자 없는 두 눈으로 크로나우에르를 바라보았다. 크로나우에르는 고개를 돌렸다. 그 시선에는 도저히 익숙해지지 않았고, 매력적인지 아름다운지 괴물 같은지 알 수가 없었다.

"정말 그래요, 우린 까다롭지 않죠." 미리암 우마리크가 거들었다.

"핵 발전소 사고 이후 가축들은 번식을 못 하게 되었다고 들었습니다." 크로나우에르가 지적했다. "금세 사라졌다고요. 그런데 여기에는 아직 동물이 있습니까?"

"옛날 같지 않은 건 사실이죠." 한코 보굴리안이 말했다. "하지만 우연히 암소나 양을 보살펴야 하면, 맡아서 하는 거죠."

"돼지도 있고요." 미리암 우마리크가 엉덩이를 흔들며 말했다.

"걱정 말아요, 군인." 한코 보굴리안이 말을 맺었다.

둘 중 누구도 그를 딱하게 여기는 기색은 보이지 않았다. 방사능이 양, 소, 말, 가금, 돼지, 혹은 농부와 전반적으로 이 지방 생존자에게 끼친 영향에 대해 찬찬히 생각해 볼 여유를 그에게 남기지 않은 채, 그들은 크로나우에르에게 씻으러 가자고 했다. 그가 기대고 있던 벽에서 몸을 떼지 못하고 휘청대자 미리암 우마리크가 그에게 다가와, 소매를 붙들고 그를 앞으로 잡아당겼다. 그녀는 그를 부축하지 않고, 균형을 잡도록 팔이나 어깨를 내주지도 않으면서 그를 인도했다. 어쨌든 그가 비틀댈 때마다 피하느라 비켜서긴 했어도 그의 냄새가 심하게 역겹다는 내색은 하지 않았다.

"어서 가요, 군인." 그녀가 한두 번 격려했다. "복도 끝까지만 가면 있어요. 당신은 병자가 아니에요. 좀 지쳤을 뿐이죠."

때때로 크로나우에르는 복도 벽에 몸을 기대려고 팔을 뻗었다. 무릎에 힘이 없었다. 한코 보굴리안은 두 발짝 앞서가고 있었고, 그는 너무 가까워서 만일 자신이 비틀거리다 엎어지기라도 하면 그녀도 같이 넘어질 거라는 생각이 들었다.

그들은 철문으로 잠겨 있는 세면장으로 그를 데려갔다. 문을 열고 그가 들어서도록 옆으로 비켜섰다. 여전히 복도에 선 채로, 그들은 두터운 목욕 수건과 갈아입을 옷을 둔 바구니를 가리켜 보였다. 아연으로 된 큼직한 대야도 있었는데, 나중에 거기서 누더기가 된 옷을 빨라고 했다. 마지막으로 샤워를 마친 후 쉬면서 간단한 참을, 가벼운 식사를 들게 될 거라고 한코 보굴리안이 말했다. 탈이 나지 않을 만한 거예요, 정상적인 식사를 하기 전에 몸이 회복되도록 말이죠, 라고 미리암 우마리크가 설명했다.

크로나우에르는 그들의 호의적이지 않은 시선이 쏠리는

것을 느꼈다. 그는 그들에게서 눈길을 피했다. 또 정신을 잃게 될
게 무엇보다도 걱정이었고, 그는 그들이 자신의 축 늘어지고 악취
나는 몸을 다시 들여다보기를 바라지 않았다. 실내가 그의 주변을
떠나댔다. 보일러실 문을 닮은 검고 육중한 철문, 타일이 발린
높은 벽들, 시멘트 바닥, 전부 켜진 강한 빛을 내는 조명들. 그는
이제 작은 탁자와 나무 의자 옆에 있었는데, 그 위에는 비누 하나,
브러시와 완벽하게 개켜진 옷이 담긴 바구니가 놓여 있었다.

그는 아연 대야를 지나쳐 외투를 벗고 바닥에 떨구었다.
방은 터무니없이 크고 텅 빈 느낌을 주었다. 벽 맨 아랫부분은
녹색 도기로 덮여 있었는데, 방의 유일한 장식인 그 부분을
제외하면 나머지는 전부 흰색이었다. 천장에는 커다란 곰팡이
자국들이 있었다. 왼쪽 벽에 샤워기 여덟 개가 붙어 있고,
아래에는 빨간 페인트로 칠해진 수도꼭지가 있었다. 각자 옆
사람을 방해하지 않고 몸을 씻을 수 있도록 충분히 사이가
멀었지만 칸이 나뉘어 있지는 않았다.

미리암 우마리크가 크로나우에르의 말 없는 의문을 보았다.

"구치소 샤워실이었거든요." 그녀가 설명했다. "한때는 여기
죄수들이 있었죠."

갑자기 여자들이 수다스러워졌다. 그들은 크로나우에르가
샤워하기 전에 이야기를 나누려 했다. 콜호스의 사정을 알려 주기
위해서인지, 그를 놀리기 위해서인지, 아니면 어쨌거나 자신들에
비해 그는 하찮은 존재라는 점을 강조하기 위해서인지.

"재쿨라크화 시도 이후였죠." 한코 보굴리안이 말했다.
"오래전. 우리가 태어나기 전이었어요. 콜호스가 '찬란한
종착역'이라는 새 이름을 얻기 전이었죠. '기관'에서 개입하지
않았다면, 분명 자본주의와 그에 수반되는 온갖 비열한 짓들이
돌아왔을 거예요. 이곳은 2–3년 동안 재교육 센터로 쓰였죠. 그
후에 솔로비예이가 수장이 되고 이곳은 문을 닫았어요."

미리암 우마리크가 거들었다.

"사고가 났을 때, 여긴 다시 문을 열었어요. 우드굴 할머니의
창고가 가동되기 전까지 방사능오염물을 쌓아 둘 장소가
필요했거든요."

"오염물은 사방에서 나왔죠." 한코 보굴리안이 말을 맺었다.

"어딘가에 보관해 둬야 했어요."

두 여자의 재잘거림이 세면장에 울렸고 크로나우에르는 어지러워졌다. 홍수같이 밀려드는 말이 아니라도 이미 몸이 좋지 않았다.

"우리는 계속해서 이곳을 구치소라고 불러요." 미리암 우마리크가 엉덩이를 흔들며 말했다. "하지만 요즘은 주로 마을회관으로 써요. 실제로 누가 거주하지는 않아요. 가끔 솔로비예이가 여기 와서 샤워를 하죠, 소비에트의 샤워실이 막힐 때면."

크로나우에르는 말이 멎은 틈을 타 그에게 정말로 중요한 문제를 물어보았다.

"그럼 난, 나는 죄수입니까?"

"죄수는 아니에요, 하지만 당신은 솔로비예이의 감시를 받고 있어요." 미리암 우마리크가 말했다.

"무슨 뜻입니까, 감시를 받고 있다니?"

"뭐, 별 뜻 아니에요." 한코 보굴리안이 설명했다. "그가 당신의 생사여탈권을 쥐고 있다는 것뿐, 그 이상은 아니에요."

미리암 우마리크는 한쪽 팔을 쳐들고 문틀에 기댔다. 그 동작을 하자 블라우스가 팽팽해져 풍만한 가슴이 도드라졌다.

"당신은 감시받고 있을 뿐이에요, 군인." 그녀가 말했다. "감옥에 있는 건 아니에요."

"방의 창문이 열리지 않습니다. 문은 열쇠로 잠겨 있고요."

"조심해요, 물이 펄펄 끓을 정도로 뜨거울 때가 있어요." 한코 보굴리안이 대꾸하지 않고 주의를 주었다. "찬물 꼭지를 끝까지 돌려야 해요. 이 콜호스에 넘쳐 나는 것이 하나 있다면, 뜨거운 물이죠."

"원자로 때문이에요." 미리암 우마리크가 설명했다.

• 그들이 문을 닫고 떠나자, 크로나우에르는 옷을 벗고 배관 아래 섰다. 그는 방 한가운데의 다섯 번째 샤워기 아래 서기로 했다. 한코 보굴리안의 충고에 따라, 먼저 찬물 꼭지를 끝까지 틀었고, 물은 몹시 뜨겁긴 했지만 델 정도는 아니었다. 물에서는 자갈 냄새가 강하게 났고, 요오드나 세슘이 분명한 뭔가의 뒷맛이 났다.

크로나우에르의 짧은 머리카락과 머리통은 기름때 같은 것에 절어 있어 아무리 해도 깨끗해지지 않았다. 그의 상체와 팔다리는 더러웠다. 복부 아래 달라붙어 있던 배설물 섞인 기름기 같은 것이 힘들게 떨어져 나갔다. 힘차게 몸을 문지르면서, 그는 털들이 손과 물줄기에 쏠려 나가는 것을 느꼈다. 대머리가 되고 수염이 빠지는 건 그에겐 상관없었다. 금지된 핵 구역에 머물고 무너진 여러 발전소를 피하지 않았던 것에 치러야 할 최소한의 대가임을 그는 잘 알았다. 최근에 만난 발전소는 '붉은 별' 소프호스에 있던 것, 그리고 레바니도보의 것이었다.

꼼꼼하게 문질러 닦았다고 생각했음에도 짐승 같은 냄새는 여전히 그의 주위를 떠돌았다. 돌이켜 보니 자기혐오가 그를 짓눌렀다. 그는 자신이 기절했을 때 가까이 있던 여자들을 생각했다. 미리암 우마리크, 한코 보굴리안. 그를 방에 눕히려고 만졌을 때 그들은 불쾌했을 것이 틀림없었다. 그는 또 그전에 그에게 머리를 기댔던 여자들을 생각했다. 처음에는 바실리사 마라시빌리가 그들이 스텝을 떠돌 때, 그다음에는 사미야 슈미트, 단둘이서 숲을 통과할 때. 그녀가 죽어 가는 사람처럼 등에 매달려 있을 때.

그는 비누칠을 한 번 더 하고 다시 씻었으며, 배수구로 흘러가는 물이 칙칙하지 않고 거품만 섞인 물이 되자 쏟아지는 물 아래 오랫동안 서 있었다. 되살아난 기분이었다. 물에서, 증기에서, 비누에서 새로운 힘이 전해졌다. 틀림없이 그의 몸에서 뚝뚝 흘러내리는 요오드와 플루토늄 덕이기도 하리라. 영웅서사시에서 여자 마법사가 죽은 자를 치명적인 잠에서 깨우기 위해 붓는 죽은 물과 살아 있는 물처럼.

그는 물을 잠그고 몸을 말리러 벤치 옆으로 갔다. 바닥에는 그의 외투와 누더기가 혐오스러운 더미를 이루었다. 그는 아연 대야 가장자리를 이용해 건드리지 않고 그것을 밀어내고, 재빨리 비켜났다. 그런 다음 옷을 입었다. 그는 사미야 슈미트가 남편인 트랙터 운전사 모르고비안의 옷장에서 가져온 속옷을 입고, 엔지니어 바르구진의 셔츠를 입었다. 새 바지와 새 장화는 우드굴 할머니의 창고에서 가져온 것이었다. 물론 이온화방사선 측정기가 미쳐 날뛸 정도의 방사능이 있었다. 크로나우에르는 알 도리가 없었지만, 그를 곧장 관 속으로 보낼 만한 직물을 입고 있는 거라고 누가 귀띔해 주었더라도, 그는 전혀 그렇지 않다고, 오히려 방사능 덕분에 늘 놀라운 건강을 유지해 왔다고 대꾸할 것이다. 어쩌면 원자력 유출 공해는 적의 선전에 의해 과도하게 부풀려졌으며, 지금 자신에게 중요한 건 새 신발이 발에 꼭 맞는다는 것이라고 덧붙일지도 모른다.

그리고 새 셔츠가 편하다고도. 정말로 편안했다. 그 여자들은 눈썰미가 좋았다. 모든 게 정확히 그의 치수였다.

• 세 여자. 마을에 오직 셋뿐인 여자. 우드굴 할머니를 뺀다면.
세 자매.
솔로비예이가 아버지로 추정되고, 앞서 말했듯 어머니는 알려지지 않은 세 딸.
사미야 슈미트, 막내딸, 트랙터 운전사 모르고비안과 결혼.
미리암 우마리크, 둘째 딸, 엔지니어 바르구진과 결혼.
한코 보굴리안, 세 자매 중 첫째, 과부로 추정, 떠돌이 음악가 슐로프와 결혼, 도주 중인 유형수였던 그는 레바니도보에서 고작 일주일을 보내고 사라졌으며, 다행히 그녀를 임신시키지는 않았다.

• 한코 보굴리안의 결혼 생활은 단 사흘뿐이었다. 슐로프와 첫눈에 서로 사랑에 빠진 후 서둘러 해치웠고 누가 보아도 사랑이 넘쳤던 결혼.

알돌라이 슐로프는 어느 월요일에 마을에 나타났고, 목요일, 털어 낼 만큼 먼지가 쌓였던 소비에트의 혼인 등록부에 두 젊은이는 어떤 일이 있더라도 죽을 때까지 함께하겠다는 언약을 기록했다. 콜호스의 수장으로서 솔로비예이는 그 페이지에 본인의 인장을 찍어야 했으나, 그러기에 앞서 48시간 동안 딸의 마음을 돌리려 애를 썼는데, 한마디로 그는 격하게 반대했었다. 그는 온갖 수단을 써서 그 결혼을 막겠다고 으르댔으나, 결혼은 공문서를 통해 완전히 결정되었고, 등록부가 적절한 자리로 돌아가고 나자 그는 체념하고 받아들이고 새 사위가 생겼다고 여기는 수밖에 없었다. 그러나 결혼은 그 주

일요일까지밖에 지속되지 않았다. 슐로프를 찾기 위해 조직된 수색대가 아무것도 찾지 못한 날이었다. 실질적으로는 토요일 밤부터, 슐로프는 변명도 흔적도 남기지 않고 증발했다. 한코 보굴리안은 수색대를 조직하고 중앙로의 스피커들을 이용해 부르는 소리가 근처의 들 전체에 울리도록 해 달라고 요청했고, 레바니도보는 일요일 밤까지 온종일 초조함에 사로잡혔으나, 슐로프는 나타나지 않았다. 어쩐 일인지 그의 존재는 마을에서 사라졌고, 한코 보굴리안의 인생, 적어도 그녀가 상상하지 못했던 인생에 그는 더 이상 없었다.

솔로비예이는 노고를 아끼지 않고 수색대 반장으로서 앞장섰으나, 갑자기 과부가 된 딸 때문에 상심한 표정은 보이지 않았다. 그는 한코 보굴리안의 결혼 생활은 끝났다고 선언했으며, 슐로프의 실종 문제가 입에 오르내리거나 누군가가 그 수수께끼를 꺼내면, 그는 하늘을 쳐다보며 특별히 할 말은 아무것도 없다고 했다. 하지만 여러 콜호스 주민과 그의 딸들은 실종 사건에서 그가 결정적인 역할을 했을 거라 의심했다.

'찬란한 종착역' 콜호스에 아주 잠시 머물렀음에도, 슐로프는 쉽게 잊지 못할 추억을 남겼는데, 한코 보굴리안에게만은 아니었다.

그는 방랑하는 음유시인으로, 당당한 풍채에 짙은 갈색 머리, 어린 시절부터 훈련한 빼어난 목소리를 지녔으며, 그 목소리는 가장 낮은 음부터 후음 창법으로 내는 인간이 내는 것 같지 않은 배음까지 순식간에 넘나들었다. 그는 벨티르어, 코이발어, 키질어, 카차어, 아메리카 고어, 수용소 러시아어, 올차어, 칼카어 등 여러 언어를 통달했고, 청중에 따라 적절한 방언을 택하고, 듣는 이들의 감수성과 문화에 친숙한 주인공을 접할 수 있도록 이야기도 적절히 각색했다. 그는 짐 속에 책들을 갖고 다녔고 어느 모로 보나 다정하고 총명하고 감성적인 사람임이 드러났다. 한코 보굴리안은 즉각 그의 매력에 빠졌고 그가 자기 평생의 사랑이라고 결정했다. 그녀는 항상 신중한 성격이었지만 이번에는 완전히 본능과 충동이 이끄는 대로 행동했고, 첫날밤부터 그가 머무는 '개척자의 집'을 찾아가 그에게 스스로를 맡겼다. 그녀는 알돌라이 슐로프에게 스스로를 바쳤다.

그리고 역시 그녀가 매력적이라 여겼으며 서로 색이 다른 두 눈의 아름다움에 찬사와 형용사를 아낌없이 쏟아부을 수 있던 그는, 행복하게 이 갑작스러운 열정에 뛰어들었다. 아마 나라 이 끝에서 저 끝까지 끝없이 떠도는 유랑에 지쳤기 때문이리라. 그는 곧 '찬란한 종착역'에 아예 정착할 생각을 했다. 그들이 밤마다 나누었던 달콤한 속삭임 중에는 정식으로 결혼하자는 맹세와 즉각적인 예측도 있었다. 솔로비예이가 못마땅해 했음에도 그들은 사흘 후 소비에트의 회의실에서 그 맹세를 실현시켰다. 외팔이 아바자예프, 미리암 우마리크, 사미야 슈미트가 증인이었다.

토요일 밤, 그를 일원으로 환영해 준 콜호스 주민들에게 감사하는 뜻으로 그는 음유시인의 공연 도구를 꺼내 유명하고 긴 영웅서사시를 노래했다. 일리야 무로메츠와 나이팅게일 강도 이야기[13]를 시적 산문과 음악으로 공연한 것이었다. 사실 그가 노래하는 것은 부랴트족의 전설이었지만, 청중 대부분이 러시아의 집단적 기억을 지니고 있었으므로, 그는 교묘한 솜씨를 발휘해 일리야 무로메츠의 영웅적 무훈담과 같은 요소들을 지니도록 각색했다.

레바니도보의 모든 이가 그의 각색이 독창적이고, 그의 공연이 탁월하다고 여겼다. 그의 흉통은 베이스 가수 같지 않고 마른 편이었지만, 그는 가슴에서 떨리고, 연속되고, 낮은 음들을 솟구치게 했고, 그 소리는 즉각 청중을 사로잡았다. 이어서 그는 차분하고 아름다운 곡조로, 한 번도 막히지 않고 이야기를 풀어놓았고, 대화 부분에서는 목소리를 바꿔 가며 화음 창법의 금속적인 음조에서 서정적 텍스트의 여성적인 부드러움, 기본 창법의 깊은 울림소리까지 순식간에 넘나들었다. 솔로비예이의

---

13. '일리야 무로메츠의 첫 번째 여행'이라고도 불리며 '나이팅게일'은 우크라이나어로 '솔로베이'다. '나이팅게일 강도'는 반인 반조의 괴물로, 숲에 살며 휘파람 소리로 듣는 사람과 초목을 홀리는 재주가 있었는데, 일리야 무로메츠는 그 소리에 넘어가지 않고 나이팅게일 강도를 화살로 쏘아 잡았다고 한다.

세 딸의 뺨에 눈물이 흘러내렸다. 그들이 노래와 치터[14]의 음색,
영웅서사시의 화려한 문체에 감정이 북받치는 일은 드물었는데
말이다. 상이군인 아바자예프 역시 음악에 사로잡혀 두더지
잡는 약 얼룩이 있는 작업복의 텅 빈 소매로 연신 뺨을 훔쳤다.
엔지니어 바르구진은 극도의 아름다움으로 인한 긴장을 견디지
못했다. 그날 밤 그는 또 죽었다. 우드굴 할머니는 매우 무거운
물, 매우 죽은 물, 매우 살아 있는 물로 충격 요법을 실시해야
했다. 한편 솔로비예이는 처음에는 공연에 참석하지 않겠다고
잘라 말했으나, 마음을 돌려 미드나잇 블루 셔츠에 중요한 행사
때 신는 완벽하게 윤을 낸 장화 차림으로 연회실에 들어왔다.
그는 새 사위의 맞은편에 근엄하게 앉아 처음부터 끝까지 공연을
즐기는 듯이 보였다. 그는 손으로 거대한 허벅지를 치며 박자를
맞췄고, 얼굴에는 호의적인 표정이 역력했다. 전날 밤만 해도
딸에게 젊은 신랑의 보잘것없음, 가난뱅이 음유시인이라는 신분,
먹고살기 위해 제 재능을 팔며 외지, 낚시터, 외딴 벌목 작업장
따위에서 걸식해야 하는 처지에 대해 험한 말을 퍼부었으면서도.

• 그날 밤, 그 토요일 밤, 솔로비예이는 슐로프를 가볍게 포옹한
후 아무 말 없이 물러났다. 목격자들이 말하기로는 이별의 순간
그는 상당히 너그러운 기색이었고, 아무리 봐도 기분 나쁜 얼굴은
아니었다. 그러나 자정부터 소비에트 건물 지하에서 그가 자신의
세계들이나 타인의 꿈속에 들어갈 때 내는 휘파람 소리가 났다.
한코 보굴리안은 공연이 끝난 후 침대를 데워 두기 위해 집으로
돌아가 슐로프가 곁으로 오기를 기다렸으나, 그는 오지 않았다.
슐로프는 치터를 악기 케이스에 넣어 둔 후 '개척자의 집' 앞
거리로 나가, 담배 한 대를 피우고 별이 총총한 하늘을 바라보며
몇 시간 동안의 시와 음악 여행을 마치고 지상으로 내려왔다. 그
후 그가 지상에 존재한다는 흔적 전부가 사라졌다. '개척자의 집'
앞에는 담배꽁초도 라이터도 없었으며, 한참 후 그 문제에 대해
질문을 받으면, 우드굴 할머니는 아무래도 블랙홀이 슐로프를
집어삼킨 모양이라고 궁시렁거렸는데, 그녀와 솔로비예이라면

---

14. 오스트리아, 남독일, 스위스 등지에서 쓰는 현악기.

모를까 아무도 그 말을 믿지 않았다.

한편 솔로비예이는, 레바니도보 주민 대부분이 그가 소비에트 건물의 보일러에, 대형 발전소에 사고가 난 이후 순조롭게 작동해 온 대체 발전소의 노심에 들어갔을 거라 믿었음에도, 딸들이 그가 불길을 관통해 삶도 죽음도 아닌 샤먼의 공간에 도달하여 그 어둠 속에서 슐로프의 납치와 처리를 계획했을 거라 확신했음에도, 한코 보굴리안의 남편이 말없이 떠나 놀란 척했다. 그는 일요일부터 조직된 수색 작업이 좋은 결말로 이어지도록 콜호스에서 그가 지닌 경찰력을 총동원했고, 그 이후 며칠간 정력적이고 엄밀한 조사를 이끌어 마을의 폐가들과 얼어붙고 눈 내리는 계절에도 수월하게 이동할 수 있도록 레바니도보 이곳저곳으로 통하는 지하 통로들을 수색했으나, 그의 노력은 결실을 맺지 못했고 그는 공공연히 원통함을 내보였다. 한코 보굴리안 자신이 과부가 되었음을 깨닫자, 그는 그녀의 슬픔을 동정하는 것 같았고, 심지어 언젠가는 남편이 되살아날 거라고, 다시 만나게 될 거라고, 자기가 몸소 점술을 이용해 그의 행방을 알아보겠다고까지 장담했다. 그 사건에 자신의 책임이 조금이라도 있다는 암시는 전혀 보이지 않았다. 하지만 다들 생각하기로는, 그의 책임이었다.

• 샤워를 마친 후, 크로나우에르는 구치소 복도를 걸어 자기 감방, 기절했을 때 누워 있었던 방으로 돌아갔고, 무슨 소리를 듣고 그쪽으로 가자 주방이 나왔다. 조리 기구와 찬장이 거의 없고 주방이라기보다 작은 구내식당 같은 장소였다. 두 자매는 차와 구운 밀가루 한 접시를 놓고 그를 기다리고 있었다. 그들은 그에게 세면장에 면도 용품을 놔두는 것을 잊었다고, 혹시 아직 털이 있다면 바로 옆의 작은 방에 면도칼과 대야가 있다고 말했다.

"뭐, 요즘은 잘 자라지 않아서요." 그는 대답했다.

여자들은 약간 선웃음을 지었다. 특히 미리암 우마리크는 풍성하고 윤기 흐르는 새카만 머리칼을 만족스레 쓰다듬었다.

"여기 머무르면, 더 느리게 자랄걸요." 한코 보굴리안이 예견했다.

"난 머무르지 않을 겁니다." 크로나우에르가 말했다.

한코 보굴리안은 어깨를 으쓱했다. 몇 초 후, 그녀는 그가 대체로 자유롭게 행동해도 되고 마을을 산책해도 좋지만, 오전이 가기 전까지 우드굴 할머니를 찾아가야 한다고 알렸다.

"그분은 당신이 어떻게 생겼는지 보고 싶어 해요." 미리암 우마리크가 말했다. "당신이 인민의 적이 아니란 걸 확인하고 싶은 거죠."

"우드굴 할머니는 나중에요." 크로나우에르가 구운 밀가루 한 숟갈에 목이 메며 말했다. "미안합니다. 하지만 난 콜호스 주요 인사들을 다 만나 볼 시간이 없습니다. 동료들이 철도 가까이에서 굶주림과 목마름으로 죽어 가고 있어요. 난 그리로 돌아가야 합니다. 긴급한 일이에요."

그는 즉시 떠날 기운이 있을지 자신이 없었다. 숲을 반대 방향으로, 길잡이도 없이, 등에는 식량이 든 가방을 짊어지고 손에는 물이 가득 찬 석유통을 들고 가로지를 힘이. 하지만 그 외의 행동, 여기서 빈둥거리는 일은 아예 고려 밖이었다. 잠바[15]를 잔뜩 먹고, 마을의 유일한 길을 어슬렁어슬렁 걸어가 노파와 대화를 하는 자기 모습은 상상조차 할 수 없었다. 동료들이 철도 근처에서 죽어 가고 있는 마당에.

"난 돌아가야 합니다." 그는 고집했다.

"솔로비예이가 모르고비안을 데리고 그리로 갔어요." 한코 보굴리안이 말했다.

"모르고비안?"

"사미야 슈미트의 남편이죠."

"필요한 물품을 다 가지고 갔어요." 미리암 우마리크가 말했다.

그녀는 어깨와 가슴을 출렁였다. 크로나우에르는 관심을 두지 않으려고 했지만, 그 출렁임이 신경 쓰였다.

"당신 아내에게 줄 약도요." 그녀가 덧붙였다.

---

15. '참파'라고도 하며, 주로 쌀보리의 씨앗을 타작하고 구워서 가루로 만든, 티베트와 히말라야산맥 지방의 식품. 밀이나 보리, 멥쌀가루 등을 이용하는 경우도 있다.

"내 아내가 아닙니다." 크로나우에르가 곧장 바로잡았다.

그는 무거운 짐을 던 기분이었다. 바실리사 마라시빌리와 일류셴코의 구조가 순조로이 이뤄지고 있었다. 그러니까 솔로비예이는 그들을 챙겨 준 거였다. 그는 퉁명스러운 거인이고, 매우 기분 나쁜 사람이지만, 그래도 그들을 챙겼다.

5

• 한코 보굴리안은 크로나우에르를 마을 끝, 그들이 좀 전에 나선 구치소에서 고작 200미터 떨어진 곳까지 데려갔다. 그녀는 특별한 용도가 있는 건물들의 이름을 알려 주었다. 소비에트, 미리암 우마리크의 집, 간이식당, 공산주의 협동조합, 인민 도서관, '개척자의 집'. 길 끝까지 오자 그녀는 멈춰 섰다. 길은 언덕을 올라가는 등산로 형태로 교외로 뻗어 있었다. 그녀는 팔을 쳐들어 우드굴 할머니가 관리하는 거대한 창고를 가리켰다. 드러난 맨팔의 피부는 아주 가느다란 솜털 하나 없이 몹시 창백했다. 그녀의 왼쪽 귀에 햇빛이 맴돌았고, 비쳐 보이며 아름다운 장밋빛으로 물들였다.

"난 같이 가지 않아요. 할 일이 있어요."

크로나우에르는 끄덕였다. 옆에 서 있으니 그녀의 기묘한 시선과 마주치지 않을 수 있었다.

그는 우드굴 할머니보다 한코 보굴리안 생각을 더 많이 하며 남은 길을 갔고, 창고 문턱을 넘은 순간 나이 든 여인이 그의 바로 앞에 있어서 꽤 놀랐다. 그녀는 산처럼 쌓인 고철 더미 아래에서 분주히 돌아다니고 있었는데, 별로 열의 없이 무의미한 같은 동작을 반복하고 있었다. 사실은 크로나우에르를 맞이하려고 짐짓 태도를 꾸며 낸 거였다. 그가 마을을 나왔을 때부터 길에서 보였을 것이 틀림없지만, 그녀는 창고가 빈둥거리지 말아야 할 장소임을 보여 주려 했다.

우드굴 할머니는 양손으로 허리를 짚고 일어섰지만, 그건 크로나우에르 앞에서 엄한 표정을 짓고 만만치 않은 태도를 보여 주기 위해서였고, 허리는 전혀 아프지 않았다. 감마선 노출의 유익한 작용으로 강화된 그녀의 관절들은 관절염이라곤 통 몰랐고 앞으로도 그럴 예정이었다. 말을 하기 전, 그녀는 머리부터 발끝까지 크로나우에르를 천천히 훑어보았다. 의심스러운 기색으로, 불만스럽게.

"바르구진의 셔츠를 입었군." 관찰을 마치고 그녀가 말했다.

그녀는 그 선택이 못마땅하다는 기색을 감추지 않았다.

"미리암 우마리크가 제게 빌려준 겁니다." 크로나우에르가 방어적으로 말했다. "입을 것이 하나도 없거든요."

"바르구진은 아직 죽지 않았어." 우드굴 할머니가 말했다. "내가 가장 잘 알지. 그가 죽으면 나는 되살리기 위해 물을 붓거든. 지금까지 그는 늘 살아났어. 그를 괜히 산 채로 파묻을 건 없지."

"그냥 셔츠일 뿐인걸요." 크로나우에르가 얼떨떨한 표정으로 변명했다.

"미리암 우마리크는 꽤나 미인이지." 우드굴 할머니가 지적했다.

"예." 크로나우에르는 동의했다. "그야 의문의 여지가 없죠."

"그 애는 솔로비예이의 딸이야." 우드굴 할머니가 경고조로 말했다. "한시라도 그 애를 해칠 생각은 하지 말게."

"제가 왜 그녀를 해치겠습니까?" 크로나우에르가 반박했다.

"그 애는 유부녀야." 우드굴 할머니는 계속했다. "죽지 않은 동안은 그 애가 바르구진을 두고 부정을 저지를 거란 기대는 말게."

"그런 생각은 하지도 않았습니다." 크로나우에르가 분개했다.

"그 애나 자매들에게 몹쓸 짓을 한다면, 솔로비예이가 자네를 용서하지 않을 거야."

크로나우에르는 어깨를 으쓱했다.

"그는 적어도 1천 709년 동안 자네 뒤를 쫓을 거야." 우드굴 할머니가 위협했다. "1천 709년하고도 더, 그 두 배가 될 수도 있고."

• 잠시 후, 크로나우에르의 군사적·정치적 전력, 그의 신념과 소속 계급에 대해 철저히 신문한 뒤, 우드굴 할머니는 그에게 창고를 견학시켜 주었다. 수직갱이 위치한 곳과 그 기능을 설명하고, 뚜렷한 친근함을 표하며 2킬로미터 깊이의 바닥에서 끓고 있는 원자로를 언급한 후, 그를 데리고 번쩍이는 새 폐기물 더미 몇 개를 돌아보고, 마지막으로 철저하게 그녀의 사적인 구역을 표시하는 묵직한 커튼 앞 안락의자로 돌아와 앉았다.

크로나우에르는 우드굴 할머니가 당당히 앉아 있는 주변을 둘러싼 압도적인 양의 솔로비예이의 기록들을 살펴보았다.

작은 탁자에 녹음된 실린더를 읽는 기계가 놓여 있고, 탁자 다리 사이에는 왁스나 베이클라이트로 된 실린더가 가득한 상자가 여러 개 있었다.

의견을 들려 달라는 청이 없었으므로, 크로나우에르는 잠자코 있었다.

한편 우드굴 할머니는 누그러졌고, 적어도 공격적인 어투를 피하며 말하게 되었다. 신문(訊問)을 통해 그녀는 일단 이 40대쯤 되는 젊은이가 변절이나 반역 의혹이 없는 붉은군대 소속의 병사라는 결론을 내렸다. 오르비즈 최후의 평등주의 구역들과 그 붕괴에 대해 그와 이야기를 나누다 보니, 크로나우에르의 정치적 이력이 마음에 들었다. 물론 그를 완전히 신뢰하려면 수개월에 걸친 조사와 구금이 있어야 하며, 수면 부족 상태에서 여러 차례 자서전을 쓰도록 해야 함을 알지만, 지금으로서는 굳이 옥박지를 이유가 없었다. 그는 철수 때의 일화를, 그와 동료들이 정신착란에 사로잡힌 장교를 총살했던 이야기를 상세하게 털어놓아야 했다. 그 점은 애매한 영역이고, 볼셰비키적 지성보다 무정부주의적 충동에 쉽게 넘어가는 전형적인 건달의 처신이었다. 한편 그녀는 그가 자살이나 다름없는 작전에 휘말리지 않은 점을 높이 샀고, 다른 한편 상급자에게 총을 겨누는 것이 따지고 보면 지나치게 좌파적인 행위가 아닌가 자문했다.

• 그녀는 고갯짓으로 서류들과 실린더 상자들을 가리켰다.

"이 많은 걸 보게나. 솔로비에이는 이걸 자기 전집이라고 부르지. 농담하는 거지만, 그가 애착을 지니고 있다는 걸 난 알아. 가끔 그는 이것들이 보물이라고, 세계 유일한 포스트샤먼적 시의 견본이라고도 하지. 뭐, 사실은 괴상한 것들이고, 정치적으로는 그 무엇보다 혐오스럽고 전복적이야. 타깃 독자가 없어. 독자 없는 전집이지."

크로나우에르는 관심 있는 척하며 고개를 주억거렸다. 솔로비에이와 관련된 모든 것은 대개 그를 짜증 나게 했다. 모호함과 협박으로 가득한 그에 대한 끝없는 언급들, 마치 그 지역과 콜호스 주민들이 마술적으로 그 지도자에게 복종하기라도 하는 것처럼. 게다가 그는 솔로비에이의 문학적

야망을 깎아내려 가며 그와 공모 관계를 맺으려는 듯한 우드굴 할머니의 시도를 믿지 않았다. 지금 그들 사이에 그러한 공모가 이뤄질 이유는 전혀 없었다. 우드굴 할머니는 망령 든 노인네가 아니었고, 그녀가 대화를 그쪽으로 이끌어 가는 건 그의 입에서 솔로비예이에 대한 나쁜 말을 끌어내기 위함이 틀림없었다. 그건 노파의 함정이 분명했고 그는 거기 빠지지 않을 작정이었다. 솔로비예이의 시적 위업이라면, 레바니도보에 도착하기 전에 도저히 견딜 수 없는 한 편을, 도저히 견딜 수 없고 치욕적인 한 편을 겪었던 기억이 났고, 그 경험의 기억을 우드굴 할머니에게 털어놓을 생각은 없었다.

"뭐, 언젠가는 누군가가 매력을 느끼겠지요." 그는 비꼬았다.

"머리가 제대로 붙어 있는 인간이라면 결코 그런 걸 좋아하지 않을걸." 우드굴 할머니가 말했다. "고약스러운 웅얼거림이야. 포스트엑조티시즘 작가들과 좀 비슷하지. 한때, 신비주의적 시대 때 말이야. 하지만 그보다 더 나빠. 그가 원자력 불길 속이나 죽음이나 암흑 공간을 산책할 때 녹음한 웅얼거림이지."

"그렇군요." 크로나우에르가 말했다.

우드굴 할머니는 앞치마 주머니에서 담배 용품을 꺼내기 시작했고, 편안히 앉으며 파이프에 담배 부스러기를 채워 넣었다. 침묵이 두 사람 사이와 창고 전체에 내려앉았다. 크로나우에르는 그녀 앞에서 다소 차려 자세를 유지했고, 이따금 손으로 삭발한 머리를 쓸었는데, 두피 여기저기서 돋아나는 반 밀리미터가량의 털을 쓰다듬기 위해서라기보다 태연한 척하기 위해서였다. 아무래도 머리털은 빠져서 그가 죽을 때까지 다시 나지 않을 게 분명했다.

침묵이 길어졌으므로, 크로나우에르는 죽음기를·더 가까이서 살펴보러 갔다.

그것은 구형 모델을 바탕으로 재생산하기 시작한 기계였다. 적에게 가전제품 작동을 원거리에서 무효화시킬 수 있는 무기가 있다고 갑자기 믿게 되었을 때였다. 그 근거 없는 소문으로 산업계와 대중은 패닉에 빠졌고, 그 결과로 스프링 장치나 전기가 필요 없는 동력으로 움직이는 기구들을 다시 만드는 시범 공장이 설립되었다. 소문은 빠르게 진압되었지만 이미 전기를 사용하지 않는 첫 제품들이 생산 완료되었고, 이는 우리가 제국주의를 상대로 벌였던 수렁으로 치닫는 경주 속에 우리 기술자들의 적응 능력과 우리의 기술, 말하자면 생존 기술을 입증했다. 그 시제품들은 대량 생산되지는 않았으나, 노동자계급이 우리 문화를 지속적으로 접하고 지역 기여로 한층 살찌울 수 있도록 협동조합 망을 통해 분배되었다. 그랬기에 작동되는 축음기나 거기에 없어서는 안 될 빈 실린더들은 여기저기서 찾아볼 수 있었다. 크로나우에르는 구리로 된 나팔을 만져 보고, 진동판의 막을 어루만지고, 바늘을 살펴보다가, 자세히 들여다보려고 실린더가 가득 담긴 상자에서 하나를 집어 들었다.

그는 등에서 우드굴 할머니의 적의가 느껴져 뒤를 돌아보았다. 그녀가 입에서 파이프를 뗐다.

"실린더에 뭐라고 적혔는지 못 봤나?" 그녀는 얼음장 같은 목소리로 물었다.

크로나우에르는 실린더를 돌려 보았고, 처음에는 아무런 표시도 없는 듯했으나 단면에 회색 글자로 뭔가 적힌 것을 발견했다. 빛에 비춰 보아야 읽을 수 있었다. 슬레이트에 흑연으로 남긴 흔적처럼.

"글자가 여러 개 있군요. I A V A M E A C."

"약자일세." 우드굴 할머니의 말은 별 도움이 되지 않았다.

"저는 해독하지 못하겠는데요."

우드굴 할머니는 크로나우에르 쪽으로 담배 연기 한 줄기를 내뿜었다. 별안간 있는 대로 찌푸리고 쌀쌀맞은 얼굴을 했다.

"자넨 그리 똑똑하지 못하군, 군인."

"그렇습니다."

"그건 '산 자, 죽은 자, 개는 금지'[16]라는 뜻이야."

그녀는 음산한 공격성을 담아, 마치 그가 뭔가 부인할 수 없는 죄를 저질렀으면서도 인정하길 거부하려 든다는 것처럼 그 말을 했다. 크로나우에르는 확실히 짚고 넘어가는 게 좋겠다고 판단했다.

---

16. Interdit aux vivants, aux morts et aux chiens.

"저는 어느 쪽에도 속하지 않습니다." 그가 말했다.

"그래, 그럴 테지." 우드굴 할머니가 툴툴거렸다.

몇 초 동안 둘 다 아무 말이 없었다.

"아야!" 크로나우에르가 갑자기 외쳤다.

"무슨 일인가?" 우드굴 할머니는 깜짝 놀랐다.

"아무것도 아닙니다. 진동판 바늘에 찔렸을 뿐입니다. 실린더를 축에 끼우고 어떻게 작동하는지 보고 싶었는데, 그러다가 찔렸습니다."

• 크로나우에르는 축음기 바늘에 손가락을 찔렸다.

그의 집게손가락 끝에 자그마한 핏방울이 맺혔다.

찔린 상처 하나로 모든 것이 뒤바뀐다.

잠자는 숲속의 미녀는 뾰족한 물렛가락에 찔려 100년간 움직임 없는 잠에 빠졌다.

크로나우에르는 쓰러지지 않는다, 잠들지 않는다. 동화 속 공주와 자신, 실 잣는 노파와 우드굴 할머니, 뾰족한 물렛가락과 축음기 바늘을 비교한다는 생각은 한순간도 들지 않는다. 그의 머릿속에 어린아이 동화 비슷한 생각이라고는 없고, 그는 손가락에서 번지는 핏방울을 들여다볼 뿐이다. 그는 핏방울을 쳐다보고, 입술로 가져가 빨아들인다.

혀에서 느껴지는 피의 맛. 샤워할 때 그랬듯, 거기서도 세슘과 요오드의 뒷맛이 난다.

크로나우에르는 솔로비예이에게 속한 물건, 솔로비예이에 대한 기억의 일부인 물건, 솔로비예이의 목소리를 퍼뜨리는 물건, 솔로비예이의 시들, 솔로비예이의 추억과 과장된 외침, 솔로비예이의 무시무시한 호통과 꿈을 높은 소리로 말하는 마술적인 기계에 피를 흘렸다.

아주 작은 상처로 모든 것이 뒤바뀐다.

크로나우에르는 집게손가락 살점에서 가벼운 무감각함을, 희미한 통증을 느낀다. 새 핏방울 하나가 손가락 끝에 돋아나고, 그는 그것이 맺히게 두었다가 다시금 핥지만, 이미 모든 것이 뒤바뀐다.

크로나우에르는 그 변화를 눈치채지 못한다, 그는 말없이 우드굴 할머니를 마주 보고, 그녀는 적대적으로, 역시 말없이 그를 관찰한다.

그는 산 자들, 개들, 죽은 자들을 생각하며, 이상하게도 자신이 어느 부류에 속하는지 자문하고, 역시 이상하게도, 대답할 수 없음을 느낀다.

어쨌거나 실린더에 적힌 그 금지는 내겐 전혀 해당되지 않아, 그는 결론지을 수밖에 없다.

그는 틀렸다. 자신이 산 자도, 죽은 자도, 개도 아님을 인정하면서도, 그는 솔로비예이의 죽음기에 피를 흘렸고 솔로비예이의 꿈들의 세계로 떨어졌다.

한 번 찔리는 것으로 충분했고, 몇 마이크로리터의 피가 한 세계에서 다른 세계로 넘어가는 가교 역할을 했다. 지금은 모든 것이 똑같고, 크로나우에르는 아무것도 알아채지 못했다.

모든 것이 똑같으나, 그는 변했다.

• 그는 방금 평행 현실로, 바르도적인 현실로, 마법적이고 중얼중얼 읊조려진 죽음으로, 현실과 마법적 악의의 중얼거림으로, 현재의 종양으로, 솔로비예이의 덫으로, 터무니없이 오래 끄는 말기로, 적어도 1천 709년하고도 더 지속되거나 그 두 배가 될지 모르는 하위 현실의 단편으로 진입했고, 입에 담을 수 없는 극장으로, 강렬한 코마 상태로, 끝없는 끝으로, 기만적으로 계속되는 제 존재로, 인위적 현실로, 있음 직하지 않은 죽음으로, 늪지 같은 현실로, 저 자신의 기억들의 재로, 저 자신의 현재의 재로, 정신착란적 회귀로, 그가 배우도 관객도 될 수 없는 소리 나는 장면들 속으로, 환한 악몽으로, 캄캄한 악몽으로, 개들과 산 자들과 죽은 자들에게 금지된 영역으로 진입했다. 그의 행보는 시작되었고 이제는 무슨 일이 있어도 끝나지 않으리라.

6.

• 한순간 정적.

우드굴 할머니는 파이프를 빨았다가, 연기를 내뱉는다. 연기의 소용돌이들이 흩어진다. 그녀는 그것들이 매우 엷은 구름이 되었다가 무(無)로 돌아가는 것을 지켜본다. 그리고 한 차례 더 짙은 연기를 내뿜는다. 우드굴 할머니가 피우는 담배는 그녀 주변에 나뭇진, 이끼 낀 돌, 질 나쁜 마리화나의 잔향을 남긴다. 소용돌이들은 아름답고 말없이 경탄받아 마땅하다.

크로나우에르는 금지된 실린더를 축음기 옆에 수직으로 놓았다. 마치 실린더를 축음기에 꽂아도 좋다는 우드굴 할머니의 명령을 기다리는 것처럼. 실린더는 기다리고, 크로나우에르 역시 기다리고 있다. 노파 앞에서 수동적으로. 그는 이제 다친 집게손가락에 입을 대고 피를 빨려고 하지 않는다. 피는 응고되었고 이제는 다음 상황이 이어지도록 우드굴 할머니가 주도하기를 기다리는 일뿐이다. 현재 크로나우에르는 그 정도로 활기가 없는데, 찔린 상처와 관련이 없지 않은 신체적이고 정신적인 무감각함 때문이다. 또한 마음속에서 우드굴 할머니에 대한 존경이 솟아났기 때문이기도 하다.

크로나우에르는 사실 우드굴 할머니 앞에서 바른 군대식 자세를 유지하고 싶다. 그는 차려 자세로 서 있지는 않지만, 그런 거나 마찬가지다. 그는 이 영웅적인 해결사에게 감명을 받았다. 조금 전, 한코 보굴리안이 그를 창고로 가는 길로 데려다주면서 우드굴 할머니에 대해 몇 마디 했고 그는 그 이름이 전혀 낯설지 않다고 여겼다. 갑자기 그는 자신이 만나러 가는 노파가 제2소비에트연방의 가장 용감한 인물 중 하나이자, 메달에 짓눌릴 지경이며 수많은 교훈적 이야기에 등장해 조명받은 전설적인 생존자임을 깨달았다. 그는 그녀가 죽은 지 100년도 넘었다고 생각했는데, 미디어에서 그녀를 너무도 과거의 명물처럼 다루었고, 그녀가 너무도 자주 과거 시제로 언급되었기 때문이다. 그런데 그가 오르비즈에서 가장 존경스러운 평등주의의 신들 중 하나를 만나게 되리라는 말을 들은 것이었다. 그랬기에, 그 신이 그에게 아무렇게나 반말을 했어도, 그녀에게 존댓말을 하지 않는다는 건 생각조차 할 수 없었다. 그가 지금 그녀 앞에서 어른에게 불려간 얌전한 아이처럼 서 있는 것도 그 때문이다.

소용돌이들이 일어났다가 흩어진다.

높은 곳에서 파리 한 마리가 방사능에 오염된 써레 톱날 사이를 무모하게 지나다가, 전기가 방전되는 듯한 소리와 함께 죽어 고꾸라진다.

우드굴 할머니의 담배 연기가 흩어지자, 창고에서는 고철, 불탄 옷가지, 노파의 땀 냄새가 난다.

두 번째 파리가 써레 톱날 주변을 헤맨다. 또 한 번 전기 방전 소리가 난다. 정적 속에, 곤충이 즉시 숯덩이가 되면서 나는 소리가 너무 커서 크로나우에르는 어디에서 나는지 보려고 고개를 든다.

"파리들이야." 우드굴 할머니가 말한다. "거미들은 살아남지 못했지만, 파리들은 살았지. 이 점에 대해서도 소위 전문가라는 것들은 틀렸어."

크로나우에르는 동의한다.

"어렸을 때 난 학자들을 존경했지. 하지만 오래 살고 보니 그들이 헛소리만 늘어놓을 때도 많다는 걸 알게 됐어." 우드굴 할머니가 덧붙인다.

• 대화는 활기 비슷한 것을 되찾고, 우드굴 할머니는 크로나우에르와 처음 만났을 때 했던 신상에 대한 질문을 계속한다. 그녀는 오르비즈가 무너지기 직전까지의 수도의 일상생활에 대해 묻는다. 그리고 이리나 에첸구엔과의 결혼 생활에 대해 이야기하도록 시킨다. 그는 그녀의 이야기를 하기가 힘들다. 개의 머리를 한 파시스트들이 병원에서 죽어 가던 그녀를 습격해 강간하고 살해했음을 알았을 때의 고통, 그 고통은 여전히 강렬하다. 현재 그 고통은 여러 층 아래 묻혀 있으나, 생생하고 영원히 거기에 있다. 심술궂거나 거북한 질문을 하는 것만으로 그 고통이 모든 것의 표면으로 솟아오른다. 우드굴 할머니는 그 고통을 약간 파헤치고는, 이리나 에첸구엔이 목록을 작성했던 풀들에 흥미를 보인다. 그녀는 크로나우에르에게 자신이 아는

스텝의 풀들과 비교해 보겠다며 야생 풀 이름 몇 개를 대 보라고 한다. 크로나우에르는 두세 개를 대고 이내 그만둔다. 이리나 에첸구엔의 추억을 배반하고 있다는 불합리한 기분이 든다. 불합리하고 무엇보다 몹시 불쾌한. 뭔가 순수한 것을 악의적이고 불순한 재판관 앞에서 언급하는 것 같다.

"더 이상은 조금도 기억나지 않습니다." 그는 거짓말한다.

"원 참." 우드굴 할머니가 항의한다.

온통 주름진 그 얼굴이 불만스러운 매정함으로 일그러진다. 그녀는 파이프를 든 손으로 격분을 숨기지 못하고 손짓한다.

"자네는 정직하지 못하군, 크로나우에르." 그녀가 지적한다. "인민 법정에 나와 있는 거라면 자넨 군중의 반감을 살 게야."

"어떤 군중 말입니까…? 무슨 말씀이십니까?"

"프롤레타리아 앞에서는 언제나 진실을 전달하려고 애쓰게." 우드굴 할머니가 말한다.

설교조이며 위협적인 목소리.

위험하다는 예감과 피로 때문에, 크로나우에르는 굴복한다. 그는 자신이 솔로비예이의 감시를 받고 있음을 떠올린다. 게다가 이 소비에트 영웅주의의 대표자가 아무렇지도 않게 그를 인민재판에 세우겠다고 위협하고 있다. 그녀는 비공식적으로 두서없이 신문을 진행하지만, 면담하는 동안 그를 궁지로 몰고 있다. 마치 그녀가 그를 조사 중이고 그에게 뭔가 질책받을 만한 것, 침착함을 충분히 잃으면 결국 털어놓고 말 것이 있다는 것처럼.

"곱슬발드람, 암늑대인간, 중국열쇠, 크리젤뒤마르샹, 탈마진, 옹크루아." 그가 말한다.

그는 차려 자세를 유지 중이다. 손가락 살점이 다시 쑤시기 시작했다.

우드굴 할머니는 파이프 연기 뒤로 숨는다. 입이 기나긴 몇 초 동안 움직인다. 그 짧은 목록을 들은 후 그것이 자신의 혀와 100세 노인다운 홀쭉한 뺨 사이에 가져온 효과를 물리적으로 음미하는 듯.

"좋아. 그것 보게, 군인. 아까는 아무것도 기억나지 않는다고 하더니."

"생각이 나다 말다 합니다." 크로나우에르가 비참하게 해명한다. "스텝을 헤치고 걷느라 쇠약해졌습니다."

"스텝만 걸었던 건 아닌 것 같은데. 숲속에서도 걸었지."

"아, 아주 오래는 아닙니다." 크로나우에르가 정정한다.

"하지만 숲속에서 사미야 슈미트를 해칠 시간은 있었지." 우드굴 할머니가 갑자기 공격한다.

"저는 사미야 슈미트를 해치지 않았습니다." 크로나우에르는 변명한다. "저는 그녀를 업고 왔습니다. 그녀는 걸을 수가 없었거든요."

"솔로비예이의 주장은 그렇지 않은데." 노파가 집요하게 따진다.

크로나우에르는 몇 초를 흘려보낸다. 콜호스 구역에 들어온 이후, 그의 안에서 검고 짙은 그림자처럼 맴돌던 이 비난이 다시 시작된다.

"왜 그렇게 주장하는지 모르겠습니다." 마침내 그가 말한다.

"뭐, 자네와 사미야 슈미트가 오래된 숲을 지나온 건 사실이잖은가?"

"그렇습니다." 크로나우에르가 말한다.

"오래된 숲에서, 그는 자네가 사미야 슈미트에게 몹쓸 짓을 하는 걸 보았네."

"그는 거기 있지도 않았습니다." 크로나우에르는 확신 없이 반박한다.

문득 그는 자신이 공격해야 하는 대상은 솔로비예이의 증언이 아니라 그 비난의 부조리함임을 깨닫는다. 솔로비예이가 오래된 숲에 있었는지 없었는지는 중요하지 않다. 게다가 그의 휘파람 같은 목소리는 한순간 분명 거기 있었다. 휘파람 같고 날카롭게, 마술적이고, 상처를 입히며. 그가 열렬하게 말해야 하는 것, 그가 반복해서 말해야 하는 것은 진실이다. 솔로비예이가 지어낸 말도, 사미야 슈미트의 침묵도 걱정하지 말고 연거푸 부인해야 한다. 사미야 슈미트는 실제로 있었던 일을 말해 줄 수도 있었다. 일어나지 않았던 일도. 그랬다면 일이 쉬웠을 것이다.

그리하여 그는 하려던 말을 끝맺으려 하나, 우드굴

할머니는 그럴 기회를 주지 않는다.

"아, 있었어, 거기 있었고말고." 그녀는 의기양양하게
말한다. "그는 언제나 동시에 여러 장소에 있지. 실제로는 꿈에
있든 현실에 있든, 그는 늘 반은 타이가에 있거든. 그리고 거기서
그는 자넬 봤지."

우드굴 할머니는 노인의 만족스러운 웃음을 조금 지었고,
입술을 우물거리며 뭔가 생각하다가 결국 큰 소리로 입 밖에 낸다.

"자네는 이해하지 못할 걸세."

크로나우에르는 주저한다. 그는 왕좌에 앉듯 낡은
안락의자에 앉은 이 전설적인 영웅을, 신문들과 추억이 든
상자들과 검은 왁스 실린더들과 전율을 느낄 정도로 전복적이라
여기는 종이 다발에 둘러싸인 이 지칠 줄 모르는 노파를
바라본다. 그녀는 침의 거품 섞인 쩍쩍거림 외엔 아무런 소리도
내지 않고 입을 우물거린다. 그리고 별안간 그는 모든 것이
바뀌었음을, 자신이 다른 쪽으로 넘어왔음을, 이 노파와 그녀가
물 만난 고기처럼 편하게 느끼는 불확실한 세계들 쪽으로,
콜호스의 지도자와 그 정신 나간 사미야 슈미트가 숲에서 나쁜
짓을 당했다는 소문을 퍼뜨리는 쪽으로 넘어왔음을 깨닫는다.

솔로비예이의 중상모략을 의심 없이 받아들이는 이 노파
앞에서, 그에겐 설득력 있는 증거랄 게 전혀 없다. 그는 그녀가
솔로비예이와 완전히 공모했다고, 신체적이고 정신적으로
솔로비예이와 결속되어 있다고 추측한다. 사리분별에 맞는
논거로 자기변호를 해 봐야 소용없다. 그녀에게 기대할 수 있는
건 편파성, 악의 어린 공격, 동정 없는 태도뿐이다.

그리하여 그는 시선을 떨구고, 상상으로 혈관을 타고
손가락의 상처 밑에서 고동치는 피를 따라가며, 입을 다문다.

우드굴 할머니는 아무 말 없이 입을 우물거린다.

크로나우에르는 그녀가 아까의 비난을 계속하거나, 대화를
지금까지 나오지 않았던 주제로 이끌거나, 가도 좋다고 말하길
기다린다. 그는 기나긴 1분을 기다리고, 그 1분이 지나자 조금
짧은 2분을 더 흘려보낸다. 그런 뒤, 그는 아무 말 없이 창고
출구로 향한다.

• 그러자 우드굴 할머니는 안락의자 옆에 놓인 기계 위로 몸을 숙이고 조금 전 크로나우에르가 손댔던 실린더를 꽂는다. 크로나우에르가 나가기 전 포스트샤머니즘의 중얼거림을 듣게 하려는 의도가 명백하다. 개들과 산 자들과 죽은 자들에게 금지된 포스트샤머니즘의 시를 그가 정통으로 맞도록. 그녀는 크로나우에르에게 작별 인사를 하지 않았지만, 그것은 창고 출구까지 그를 배웅하는 그녀 나름의 방식이자, 그에 대해 동일하게 부정적인, 매우 부정적인 평가를 내렸다는, 콜호스의 수장과 동일한 의견이라는 것을 알리는 나름의 방식이었다. 사소한 일에 대한 짧은 신문 한 번만으로, 이 엉터리 군인은 본성을 드러냈다. 자기 아내가 자본주의 광신자들에게 강간당하도록 놔두고, 최후의 기회를 잡아 보려는 지휘관을 재판도 없이 총살하고, 동지들을 스텝 한복판에 버려두며, 숲속에서 사미야 슈미트를 해친 형편없는 녀석이다.

크로나우에르는 창고 문턱에 마비된 듯 서 있다. 갑자기 그는 콜호스 수장의 밀랍 같고 쉭쉭대는 녹음된 목소리에 둘러싸인다. 그 목소리는 오래된 숲에서 휘파람처럼 울릴 때같이 새된 소리는 아니지만, 그를 마비시킨다. 그는 귀를 막지 않고, 몸이 굳은 채 듣는다.

단어에 확실하게 이상한 점은 전혀 없지만, 그 단어들이 불러일으키는 이미지는 미완의 살인, 막연한 잔혹함과 불안함의 감각으로 이어질 뿐이다. 말하는 이의 의도를 파악할 수 없고 누가 말하는지조차 이해할 수 없다. 뭔가 불안하고 적대적인 것이 크로나우에르의 의식 밑으로 곧장 날아 들어온다. 숲에서처럼, 하지만 덜 강압적인 난폭함으로, 낯선 문장들이 그의 안에 불법 침입해, 일단 들어오고 나서는 숨어 있을지 펼쳐질지에 대해 그의 의견 따위는 묻지 않는다.

어떻게 된 거야, 크로나우에르? 그는 생각한다. 왜 이 정신 나간 소리에 타격을 입는 거지? 이건 난해한 산문의 조각들, 농부 시인의 괴상한 낭독에 지나지 않아. 너와 관련 있다고 생각할 것 없어, 크로나우에르.

하지만 그는 햇볕과 방사능으로 따스해진 문에 기대어, 왼쪽 집게손가락에 이미 말라붙은 핏방울을 바라보며, 고통의 찡그림에 가깝게 얼굴을 찌푸리고, 계속 귀를 기울인다.

• 그를 만류하던 무리를 무시하며, 그는 방에서 가장 불타는 벽까지
물러났고, 거기까지 가자 그의 감방 동료들과 수하들이 거의 목격한
적 없는 동요 상태에 빠졌다. 불타거나 쓰러질 때는 석화된 것처럼
모든 동작을 그만둬야 한다고 늘 설교하던 그였다. 그는 장광설을
늘어놓기 시작했고, 누군가 그의 말을 듣거나 이해할 것을 저어하여
용암에 더 바싹 달라붙었고 그만이 아는 언어와 힘을 지닌 검고
무한정한 새의 모습이 되었다. 신빙성 없는 몇 안 되는 증인이
몇 년이라 추정하고, 육신으로 그것을 헤아릴 수 있기에 더 믿을
만한 그의 배우자들이 몇 세기라 단언하는 얼마 동안, 그는 어둠
속 세계들을, 죽지도 살아 있지도 않은 세계들을 구축했고, 그런
다음 대다수의 지탄에 아랑곳하지 않고 그곳들에 거주했다. 그
땅들에 주민이 생기도록, 그는 어려움 없이 자신의 권위를 발휘한
어렴풋이 인간 같은 쓰레기들을 되는대로 던져 넣고, 결혼식의
춤들과 그 뒤에 이어진 성교의 결과로 나온 딸들도 던져 넣었다.
젊은 시절 그를 도취시켰던 절대 자유주의 사상에 경의를 표하는
뜻에서, 그는 만나는 여자들에게 마술사로서의 특권을 남용하지
않으려 애썼지만, 요컨대 대개는 그들에게 접근했고, 뚫고 들어가
사랑했으며, 그다음에는 예외 없이 저버리고, 타이가의 외딴
지방들이나 심지어 죽음 너머에 있는 회랑들에서까지 다른 여자들을
불러왔다. 종종 그는 집단 수용소의 지옥으로도 그들을 찾으러
갔는데, 그는 수감자로서는 물론 주인으로서도 그곳에 드나들곤
했다. 편재(遍在)와 다시(多時)성은 오래전부터 그의 운명과
결부되어 있었고, 그는 그 운명이 저주받지 않도록 조심했는데,
퇴락과 소멸에 개의치 않고 마음대로 떠돌아다니겠다고, 또
기회가 닿는 대로 다정하게 혹은 악랄하게 지껄이겠다고 결심했기
때문이다. 그는 캄캄한 하늘 높이 날거나 점점 더 기름기가 돌고
시커메지는 땅을 육중하게 디뎠다. 이따금 무한히 산다는 전망이
그를 아프게 했고, 그러면 그는 화염 속으로 돌아가, 누구도 들은 적
없는 시적 연설을 늘어놓거나 입을 다물고, 혹은 모두가 죽어 있는
새로운 장면들을 불러일으켰다. 그 영원한 회귀 중 한번은 그의 감방
동료들과 수하들이 그에게 손짓을 하고, 다들 가소롭다는 것을 아는

도움을 형식적으로 제안했는데, 이에 그는 그들에게 손으로 가벼운 문장을, 이해하는 이가 거의 없는 문장을 말했고, 그런 후 그의 등이 불타오르고 그는 사라졌다.

7

● 이제 크로나우에르는 오염된 폐기물을 보관하는 건물이
서 있는 언덕에서 내려오고 있었다. 그는 서두르지 않았다.
한편으로는 마을에서 무엇을 할지 뚜렷이 떠오르는 게 없었기
때문이고, 다른 한편으로는 다리가 말을 잘 듣지 않았기
때문이다. 콜호스 구치소에서 보낸 하룻밤의 긴 잠은 그의
기력이 완전히 회복되기에는 충분치 않았다. 매 순간 근육들이
스텝을 걸어왔던 고난을 일깨웠고, 오래된 숲에서 보낸 마지막의
고통스러운 시간들은 말할 것도 없었다. 게다가 그의 신체는 마을
사방에 떠다니거나 진동하는 방사성핵종들에 적응하는 데 아직
어려움을 겪고 있었다.

계속 걸으면서, 그는 '찬란한 종착역' 지도자의 기이한
역작을 곱씹었다. 그것은 암암리에 그의 안에서, 그의
머릿속에서, 그의 의식 아래에서, 심지어 그의 뼛속 골수 깊은
곳에서까지 뒤틀리고 있었다. 그는 그것들이 몸의 모호한
부위들을 오고 가는 것을 느꼈다. 쳇, 마치 최면술사의 주문
같잖아, 그는 생각했다. 네 약함을 이용해 널 마비시키는 거지. 네
내부로 들어오기에 맞서 싸울 수조차 없는 거야.

그는 생각 속에서 솔로비예이를 간절히 몰아내고 싶었다.
그러나 레바니도보의 중앙로로 들어서면서도 그는 어두운
영원과 해독 불가능한 존재 규칙의 세계들의 이미지를 여전히
떨쳐 버리지 못했다. 다시금 그는 끽끽거리는 바늘 소리를
들었고, 다시금 축음기의 진동판은 솔로비예이 목소리의 악의
어린 억양에 고분고분 따르며 떨렸다. 그 역시, 본의 아니게
자신이 그 목소리에 복종했었음을 인정했다. 그 목소리는
불쾌했으나, 그는 공손에 가까운 태도로 귀를 기울였고, 지금
그 목소리는 그의 안에 들어와 언제까지고 맴돌고 있으며,
그가 그것을 떨쳐 버리지 못하는 것은 무엇보다도 그 존재를
받아들였기 때문이다. 이제부터 그 목소리가 네 골수와 꿈속에
깃들리라는 건 아니겠지, 그런 생각은 마, 크로나우에르! 그는
투덜거렸다. 하지만 아무도 그에게 대꾸하지 않았고, 걸음을 계속
떼면서 그는 말이 없었다.

• 그는 텅 빈 거리에서 망설였다. 자기 방으로 돌아가고 싶지도, 구치소 안을 서성이고 싶지도 않았고 레바니도보에서 딱히 할 일도 없었지만, 동시에 뭔가 소일거리를 찾지 않으면 밥벌레, 막무가내인 피난민, 혹은 공동의 행복을 이룩하는 데 참여하지 못하는 소외된 인간으로 취급받을 위험이 있다는 걸 잘 알았다. 그는 걸음을 늦추고는 시간을 벌기 위해 공산주의 협동조합의 닫힌 문 앞에 잠시 멈춰 섰다가 마음을 돌린 듯 계속 걸었다. 아무도 눈에 띄지 않았다. 할 일은 아무것도 보이지 않았다. 그는 '개척자의 집'을 지나고, 인민 도서관을 지나쳤다. 오른쪽으로 사미야 슈미트와 모르고비안이 사는 작은 건물, 소비에트, 미리암 우마리크와 바르구진의 집이 연달아 있었다. 그가 소비에트 건물 근처까지 가 되돌아갈까 생각하는데 미리암 우마리크가 집에서 나와 그를 향해 왔다.

그녀는 경쾌하고 유연하게 몸을 살랑살랑 흔들었고, 스스로 의식하는지 아닌지는 모르겠지만 태도 전체가 유혹적이었다. 그녀는 발걸음에 춤추는 듯한 기운을 곁들이며 몸을 움직였다. 어딘지 동물적이고, 몹시 관능적인, 혼례식 춤으로의 초대, 육체적인 공모로의 초대. 본인이 바라든 바라지 않든, 다가가서 만지고 싶다는 욕망이 들게 했다. 그 머리카락은 너무나 짙고 윤기가 흘러 반사되는 햇빛이 정수리에서 왼쪽 뺨까지 눈부신 작은 폭포를 이루며 가슴 윗부분까지 이어졌다. 리넨 블라우스는 앞섶이 열려 있지 않았지만, 한 걸음마다 부드럽게 흔들리는 풍만한 가슴이 쉽게 눈에 들어왔다.

크로나우에르의 눈길이 그녀에게 멎었다가, 반 초 후 곧장 떨어졌다. 그녀가 햇빛을 등지고 걸어오고 있어서 반짝임에 눈이 불편했지만, 무엇보다도 그는 그녀에게 끌리는 것처럼 보이지 않으려 애를 썼다. 실은 남자의 본성에 의해 이끌리면서도.

그는 그녀의 몸매가 매력적이라고 생각하고 싶지 않았고, 그녀를 유혹 가능한 탐나는 대상으로 보거나 자기 안에서 그 욕망의 생각에 수반되는 음탕한 이미지들이 불어나게 하고 싶지 않았다.

그는 그런 이미지들을 거부했다. 한편으로는 오르비즈에서 모든 성적인 표현을 부도덕한 방탕함과 연관 짓는 프롤레타리아

교육을 받았기 때문이었다. 다른 한편으로는, 사미야 슈미트처럼 그도 마리아 크월의 저작을 여러 권 읽었는데 그 작품들은 남성의 충동을 비난하고 그것을 너무나 추악하고 불쾌한 색채로 그려 냈기 때문이었다. 마지막으로 그는 우드굴 할머니가 했던 미리암 우마리크가 유부녀라는 경고를 새기고 있었다.

희미한 어지러움이 그에게 계속 남아 있었고 그는 자신에 대해, 자신이 레바니도보에서 겪고 있는 일에 대해 생각을 짜 맞춰 보려고 노력했다. 그러니까 뭐야, 크로나우에르, 그는 생각했다. 네가 불장난을 즐기려고 레바니도보에 온 건 아니잖아. 누가 보면 네가 여기 정착했고 일류셴코와 바실리사 마라시빌리가 철길 근처에서 널 기다린다는 걸 잊은 줄 알겠군. 그거야말로 정말 중요한 일인데.

그런데 풀밭 한가운데서, 탈진하여 오도 가도 못 하고, 숨을 죽인 채 군인들의 눈에 띄지 않기 위해 눕거나 웅크리고 있어야만 하는 곤경에 처한 동지들의 모습이 그에겐 벌써 잘 떠오르지 않았다. 벌써 그는 그들로부터 너무 멀리 떨어졌다. 그들을 떠올리려면 노력을 기울여야 했고, 그나마 추상적인 이미지, 감정적 유대가 희미해진 이미지뿐이었다. 그는 풍경을 가로지르는 철도와 폐허가 된 '붉은 별' 소프호스를 기억했으나, 두 친구의 추억은 힘겹게 가물거렸다. 마치 이미 과거로 넘어간 역사에 속하는 것 같았다. 그 느낌은 솔로비에이와 모르고비안이 그들을 보살피고, 회복시키고 치료할 물품을 챙겨 그곳으로 떠났다는 사실 때문에 한층 더했다. 솔로비에이와 모르고비안이 대신 임무를 맡았으니, 머지않아 틀림없이 일류셴코와 바실리사 마라시빌리도 레바니도보에 받아들여지리라.

그렇고말고, 그는 처량하게 생각했다. 그런 거야.

찔린 부위에서 느껴지는 손의 통증이 규칙적으로 반복되며, 미리암 우마리크의 존재가 바실리사 마라시빌리의 부재보다 더 중요한 세계로 그가 빠져들었다는 사실을 주지시켰다.

그러다가 그의 내면에서 뭔가가 불쑥 솟아오르며 그를 일깨웠다. 잘 알고 있잖아, 크로나우에르, 네가 날건달 짓이나 하려고 여기 있는 게 아니라는 걸. 내일이나 모레 넌 떠날 거야. 솔로비에이가 바실리사 마라시빌리와 일류셴코를 콜호스에 데려오면, 셋이서 함께 떠나는 거야. '찬란한 종착역'은 네 세상이 아니야. 게다가 여기엔 너에게 적대적이고 널 감시하는 질투심 많은 아버지가 있잖아, 그와 딸들이 어떤 관계인지 상상조차 할 수 없지만. 그 미리암 우마리크는 너와 아무런 상관이 없어. 발정 난 황소처럼 그녀가 나막신 굽을 울리며 다가오는 걸 굳이 쳐다볼 필요조차 없다고.

"당신이 필요해요, 크로나우에르." 미리암 우마리크가 말했다. "크로나우에르라고 불러도 되겠죠?"

• 그녀는 그에게 부탁할 일이 있었다. 그녀의 집 바로 앞에 소화전이 있는데 물이 뚝뚝 흐르기 시작했다. 남편인 엔지니어 바르구진이 필요한 연장들을 도로로 옮겨 왔고, 직접 수리하려 했는데, 집으로 들어가더니 뭐라 불분명한 말을 내뱉고는 쓰러졌다. 그의 실신은 아직까지는 죽음 같지는 않고, 그녀는 아직 세 가지 물로 그를 되살려 달라고 우드굴 할머니를 부르지 않았다. 매우 무거운 물, 매우 죽은 물, 매우 살아 있는 물로.

"내가 우드굴 할머니에게 가서 알려 드릴까요?" 크로나우에르가 물었다.

미리암 우마리크는 활짝 미소를 띠고 아니라는 몸짓을 했는데, 그 바람에 엉덩이가 살랑거리고 어깨까지 상반신 전체가 흔들렸다.

바르구진의 일은 급할 것이 없었다. 그건 사소한 위험에 불과했다. 그가 해 주길 바라는 것, 그녀가 부탁하려는 것은 소화전을 고쳐 달라는 것이었다. 배관에 대해 자세히 알지 못해도 그 정도는 충분히 고칠 수 있을 터였다.

"뭐, 그러죠." 크로나우에르가 대답했다. "밸브를 조이기만 하면 되는걸요. 너트 두세 개를 풀었다가 다시 조이면 됩니다."

미리암 우마리크가 자신을 시험하려 한다는 직감이 들었다. 어쩌면 '찬란한 종착역'에서 그가 콜호스 경제활동에 편입될 수 있는 인물인지 알아보려는지도 몰랐다. 예를 들어 잡역부나 환경미화원, 수도 일꾼으로.

그는 소화전 쪽으로 가서 엔지니어 바르구진이 가져다 놓은 장비를 풀려고 몸을 구부렸다. 멍키스패너 하나, 파이프렌치 여러 개, 드라이버 두 개, 망치 하나, 커다란 검은색 고무 링 여러 개, 전부 천 조각에 대강 싸여 있었다. 연장을 만지는 동안, 그는 손가락의 작은 상처가 도로 터져 집게손가락을 타고 피가 흐르는 것을 알아차렸다. 살 속의 쑤시는 통증이 심해졌다.

"피가 나잖아요?" 미리암 우마리크가 몸을 숙이고 그를 굽어보며 물었다.

"아무것도 아닙니다." 그는 말했다. "축음기에 찔렸을 뿐이에요."

미리암 우마리크는 얼굴을 찌푸렸다. 그녀는 크로나우에르와 아주 가까이 있었다. 그녀에게선 청결한 냄새, 노동자의 비누 냄새가 났고, 바르구진의 침 냄새도 났는데, 그를 침대까지 끌고 갈 때 치마에 흘린 것이었다.

"솔로비예이의 축음기요?" 그녀가 물었다.

"예."

"그걸 갖고 장난쳐선 안 됐는데." 그녀가 갑자기 과장된 몸짓을 했다. "무슨 생각이었죠? 얌전히 있을 수 없었어요? 그렇게 어리석지는 않을 줄 알았는데요. 우리 아버지의 물건들을 건드리면 안 된다는 것쯤 알았어야죠."

그녀는 진심으로 경악한 것 같았다.

"난 그놈의 축음기를 제대로 건드리지도 않았습니다." 크로나우에르는 변명했다. "진동판 가까이 손을 뻗었을 뿐이에요. 그런데 성질이 고약한 동물처럼 날 찌르더군요."

"그건 보통 물건이 아니에요." 미리암 우마리크가 말했다. "경솔하게 손대선 안 된다고요. 너무 위험해요. 그건 솔로비예이의 일부죠. 누군가 그걸 탈취하려 한다는 걸 알면 그는 화를 낼 거고, 1천 년 동안 그에게 시달려요."

"저런, 1천 년이라니." 크로나우에르가 쓸쓸하게 말했다.

"1천 826년하고도 더요." 미리암 우마리크가 꼭 집어 말했다.

그는 조급한 몸짓을 했다. 솔로비예이의 편재와, 계속해서 언급되는 막대한 숫자로 셈해진 무시무시한 마법적 협박들에 짜증이 났다. 그는 분연히 일어섰다. 딸 앞에서 콜호스의 수장에게 저주를 퍼붓고 싶었다. 그는 손에 들고 있던 멍키스패너를 놓쳤다. 갑작스러운 자세 변화 때문에 심한 현기증이 일었다. 번쩍이는 점들이 눈앞에 날아다녔다. 그는 비틀거리다가 소화전에 몸을 기댔다. 덮개의 빨간 페인트가 손 밑에서 벗겨졌다. 그는 미리암 우마리크 쪽으로 몸을 돌리고 그녀를 쏘아보았다. 이번에는 조금 전 그녀가 그에게 다가왔을 때보다 더 오래였으나, 그의 눈에는 그녀가 분명하게 보이지 않았다. 그는 현기증과 구토와 싸우려고 애썼다. 지금은 햇빛이 미리암 우마리크를 정면에서 비췄다. 별무리 한복판에서 그에게 미소 짓는 그녀가, 크고 새하얀 치아가, 도톰한 입이, 지나치게 크다 싶은 앞니가 보였고, 동시에 색채들이 흐릿해지며 그는 세상이 발밑에서 무너지는 것을 느꼈다.

"이봐요, 크로나우에르, 왜 그래요?" 미리암 우마리크가 외쳤다.

그는 대답 대신 손을 흔들었다. 입을 열었지만 말을 할 수가 없었다.

"바르구진과 똑같은 짓을 하려는 건 아니죠?" 미리암 우마리크가 물었다.

"무슨 짓?" 크로나우에르가 웅얼거렸다.

바르구진, 그는 재빨리 생각했다. 미리암 우마리크의 남편. 그녀는 과부가 아니다. 우드굴 할머니가 내게 경고했지. 특히 그녀 곁에 얼쩡거리지 말 것. 특히 솔로비예이를 화나게 하지 말 것. 특히 그의 딸들에게 아무런 해코지도 하지 말 것.

1천 년, 그는 생각했다. 1천 826년 혹은 그보다 더.

어둠이 그에게 밀려들었고, 그의 시점에서 본다면, 그는 사라졌다.

8

● 크로나우에르는 오랫동안, 몇 시간 혹은 하루 혹은 이틀 혹은 그보다 오래 의식을 잃었고, 대략 말하자면 그 때문에 그는 솔로비예이와 모르고비안이 '찬란한 종착역'에 돌아오는 것을 보지 못했다.

스파르타식 침대에서 깨어났을 때, 크로나우에르는 기시감이 들었다. 그에게선 이제 더러운 방랑자의 냄새가 풍기지 않았지만, 이번에도 딸들이 의식 없이 무겁게 축 처진 그를 들어다 옮겨 감방 같은 방에 눕혔고, 그 생각에 그는 수치스러웠다. 문은 열쇠로 잠겨 있지 않고, 건물은 비어 있어 그는 샤워를 하러 갔다. 그런 다음 거리로 나갔고 그때부터 콜호스에서 그의 피난민의 삶이 시작되었다.

그것은 규칙적이고 평범한 삶이었고, 한코 보굴리안과 미리암 우마리크가 확실하게 정해 놓은 리듬을 따랐다. 그들은 그가 자리를 잡도록 도와주었으나 마음껏 행동하도록 놔두기도 했다. 그는 두 여자를 자주 만났고 사미야 슈미트는 그리 자주 보지 못했다. 그녀는 그를 피했으며 일주일에 며칠씩 오후를 보내는 인민 도서관에서만 말을 걸었는데, 그것도 그가 지난번에 빌린 책을 반납하지 않고 새 책을 대출하는 일이 없도록 확인할 때뿐이었다. 둘의 대화는 빈약했다. 그가 도서관에 비거주 독자로 등록한 이후, 그녀는 주로 마리아 크월과 그 아류 작가들, 로자 울프, 소니아 벨라스케스, 그 외에 덜 유명하지만 훨씬 더 신랄한 작가들의 소설이나 풍자문을 권했다. 그녀를 거스르고 싶지 않았기에 그는 항상 그녀의 추천을 받아들였다. 고독한 방에서, 그는 자신이라면 고르지 않았을 그런 것밖에는 읽을거리가 없는 것을 퍽 불만스러워하며 그 책들을 읽었다. 그의 취향은 사회주의리얼리즘이나 포스트아포칼립스나 역사적인 픽션, 혹은 시시한 감상적인 이야기였기 때문이다. 그럼에도 기왕 눈앞에 페미니스트 작품들이 들이밀어졌으니 그는 좋은 쪽으로 받아들이고, 수컷의 폭력성, 모든 성관계의 우스꽝스러운 동물성, 남녀 관계에서 체계적으로 실시된 강간, 여성의 육체에 어떻게든 오점이 남기 때문에 유희적이고 애정 어린 성적 행위란 불가능함에 대해 고분고분 복습했다.

　낮 동안 그는 어떤 때는 아바자예프를, 또 어떤 때는 바르구진이나 모르고비안을 거들고, 솔로비에이의 딸들이 도움을 청하면 그들을 도울 때도 있었으나, 그런 일은 드물었다. 콜호스의 일에 전문 경험은 필요 없었고 그는 청소와 정비 같은 기본적인 일만 맡았다. 농작물 생산은 전혀 진행 중이 아니었고 동물은 어디에도 없었다. 공산주의 협동조합에 밀가루, 야크 버터, 페미컨[17] 만드는 재료나 완성된 페미컨 덩이들까지 구비된 것을 보고 크로나우에르가 놀라자, 모르고비안은 침울해지며 대상 행렬이 음력 주기에 맞춰 지나간다는 둥 모호한 변명을 늘어놓다가, 제 말에 대한 자신감을 완전히 잃고 이해할 수 있는 얘기라곤 전혀 없이 점차 입을 다물고 말았다. 같은 질문을 받자 미리암 우마리크는 어깨를 으쓱하고, 도발적인 태도로 오르비즈에서 '찬란한 종착역'의 적합성을 확인하고 협동조합 공급자 목록을 조사하라고 파견된 사람이냐고 물었다. 잠시 후, 크로나우에르와 신뢰하면서도 무람없는 관계를 맺게 된 외팔이 아바자예프가 온전한 팔로 손짓하며 화제를 돌리라고 했다. 크로나우에르는 다시는 콜호스의 식량과 천연 재화 공급처에 대해 의문을 제기하지 않았다. 그리고 콜호스가 돌아가는 사정에서 이상해 보이는 점에 대해 파고들려 하지도 않았다. 한편으로는 수상쩍게 캐묻는 자로 보이고 싶지 않았고, 다른 한편으로는 그가 알 바 아니었기 때문이다. 그는 이제 말썽 없이 레바니도보에 정착하고만 싶었다. 스텝으로 돌아가 봐야 아무런 의미가 없었기 때문이다.

　동지 없이, 바실리사 마라시빌리 없이, 일류셴코 없이는 죽음으로 돌아가는 것일 뿐.

　그는 '붉은 별' 소프호스로 떠난 구조대가 성과 없이 돌아왔음을 알게 되었다. 솔로비에이와 모르고비안은 풀밭을 오랫동안 뒤졌으나 아무것도 찾지 못하고 빈손으로 레바니도보에 돌아왔다. 일류셴코도 바실리사 마라시빌리도

---

17. 말린 고기와 베리류를 지방에 섞어 굳힌, 아메리칸인디언에게서 유래한 고칼로리의 저장 식품.

메시지를 남겨 두지 않았고, 기차도 사라진 것으로 보아 그들은 십중팔구 군인들과 함께 기차에 탄 듯했다. 그 소식에 크로나우에르는 며칠간 낙심했었다. 자신이 아무것도 할 수 없다는 것을 알면서도, 그는 어쩌면 바실리사 마라시빌리가 강간당했을지 모르며, 만일 죽지 않았다면 난폭한 군인들의 성적 환상을 채우는 노예가 되었으리라는 생각으로 괴로워했다. 이따금 더 행복한 모험을, 강제당하지 않은 출발을 상상하기도 했는데, 그럴 때면 바실리사 마라시빌리와 일류셴코가 살아남는 길이었다고 여기는 한, 자신이 아무 해명 없이 뒤에 남겨진 것에 화가 나진 않았다. 그래도 바실리사 마라시빌리를 떠올리면 가슴이 꽉 메는 건 마찬가지였지만.

'붉은 별'로 떠났던 구조대가 소득 없이 돌아온 이야기는 장본인들이 아니라 한코 보굴리안이 종합해서 들려준 것이었다. 그들이 마을에 돌아왔을 때 크로나우에르는 여전히 의식을 잃은 상태였고, 그가 깨어나자마자 한코 보굴리안이 서둘러 달려와 사태를 요약해 주었는데, 잃어버린 동지들을 더 이상 걱정하지 말라는 뜻도 없지 않았다. 그는 고통도 놀라움도 토로하지 않고, 구구절절한 사족 없이 자신은 운명이 안겨 준 그 시련을 받아들였으며, 지금부터는 맡겨 주는 임무를 완수함으로써 콜호스의 일원이 되겠다는 뜻을 밝혔다. 그렇지만 더 자세히 알고 싶은 소망에서 가끔 몇 가지 상세한 점을 다시 묻곤 했다. 미리암 우마리크는 기꺼이 그와 수다를 떨었으나, 중요한 것은 아무것도 모른다고 털어놓았다. 모르고비안은 직접 구조대에 참여했으면서도 그 일에 대해서는 세 문장 이상 말하는 법이 없었다. 솔로비예이와 그가 풀밭을 뒤지고 철도 주변을 뒤졌다, 재와 야영의 흔적을 보았다, 하지만 그 밖엔 아무것도 없었다는 말만 되풀이했다. 크로나우에르가 집요하게 물으면 그는 부루퉁해졌다. 콜호스의 수장 쪽은, 크로나우에르가 그와 마주치는 일은 드물었고 그것도 언제나 먼 발치에서였다. 그들은 인사도 하지 않고 서로 지나쳤으며, 그를 불러 세워 '붉은 별'에서 무엇을 보았느냐고 묻는 일은 당연히 몹시 무례한 짓이었으리라. 솔로비예이와 대화를 시작한다는 건 생각조차 할 수 없었는데, 그는 우드굴 할머니보다 훨씬 더 음침한 적의를 보였기 때문이다.

• 간단히 말해, 그는 기절했다가, 정신을 차렸고, 지금은 레바니도보에서 다양한 수준으로 살아 있거나 죽은 주민들의 밀접한 무리에, 확실히 파악하기 어려운 지위로 소속되어 있었다. 왜냐하면 그는 여전히 자신이 콜호스에서 어떤 존재인지 몰랐기 때문이다. 가석방 상태의 수감자인지, 불청객인지, 동정이라기보다 의무감에서 마지못해 받아들여진 피난민인지, 아니면 이미 레바니도보 공동체의 온전한 일원인지. 수장인 솔로비예이의 감시가 그를 짓눌렀고, 마을을 둘러싼 숲은 다른 곳으로, 며칠밖에 살아남을 수 없다는 것을 아는 거주 불능 지역으로 떠날 생각을 꺾었다. 신체적으로, 그는 오르비즈에서의 군인 시절에 넘쳤던 에너지를 회복하지 못했으며, 건강이 온전치 못하고 허약한 기분이라 자주 기절하는 바르구진과 비슷하다고 느꼈다. 우드굴 할머니의 헌신적인 치료가 아니었다면 바르구진은 오래전에 최후의 상태로 수직갱의 언저리를 넘어가, 2킬로미터 깊이에서 원자로의 뜨거운 환대와 조우했으리라. 또한 정신적인 면에서는 혼란으로 괴로워하기 시작했고, 정신은 항상 흐릿한 기억, 기나긴 꿈, 현재 겪는 일을 한 번 혹은 여러 번 이미 겪었다는 확신으로 불안했다. 이러한 기능장애는 일상적인 삶에서는 그다지 불편하지 않았으나, 그는 결국 우울해지고 말았다. 과도한 방사능 때문에 심각한 퇴행성 질병에 걸린 것은 아닌지, 혹은 솔로비예이가 못된 장난을 치려고 그를 사로잡아, 꼭두각시처럼 조종하다가 정신 나간 백치 상태로 스텝이나 땅속 깊은 곳으로 보내려는 건지 고민이었기 때문이다.

• 몇 주 전부터 그는 죽은 자들이나 콜호스의 몸이 성치 못한 생존자들, 존재하지 않는 남편들, 사라진 소프호스 주민들의 옷을 가져다 입고 지냈다. 그는 치수가 맞는 그 옷들이 완벽하게 편안했다. 도착했을 때 입었던 옷가지는 한참 전에 깨끗이 빨아 말려 방 안의 상자에 넣어 두었는데, 그는 그 상자를 닫고 다시는 열지 않았다. 외투는 특히 빨기 힘들었다. 안감이 조각조각 타졌다. 그는 시간을 들여 도로 꿰매고 서툰 솜씨로 주머니, 오른쪽 옷자락, 옷깃을 기웠다. 나머지 누더기들도 마찬가지였다. 그는 최선을 다해 수선하고 보강했다. 그렇게

함으로써 혹시 콜호스에서 빌린 옷가지를 돌려 달라는 요청을
받으면 원래의 자기 옷을 다시 입을 수 있도록 했다. 하지만
마음 깊은 곳에서는 그런 요구는 절대 없을 것임을 알았다.
'찬란한 종착역'은 오르비즈의 집산주의 규범과는 일치하지
않는 사상적 기반에서 돌아갔지만, 재화의 분배라는 면에서
보면 결과는 똑같았다. 소유에 대한 멸시가 제2소비에트연방
전체에서 그랬던 것처럼 레바니도보를 지배했다. 그곳은 당이
사라진, 당이 더 이상 존재하지 않는 장소였으나, 자본주의와
재산가들을 복구시킨다는 생각은 누구에게도 떠오르지 않는 게
분명했고, 게다가 '찬란한 종착역'에서 자본주의가 어떤 모습일지,
노동계급을 억압하기 위해 어떤 자산가들에게 도움을 청할 수
있을지는 좀 생각해 볼 문제였다. 어쨌거나 만일 기적적으로 적이
방사능의 위험을 무릅쓰고 레바니도보에 와서 저들의 야만적인
정책을 적용하려 든다면, 엄청나게 과격한 반대에 부닥쳐 정책
기획자와 하수인들은 신속하게 다른 위험한 폐기물과 나란히
수직갱으로 향하게 될 터였다.

• 햇살이 그를 어루만지는 동안, 크로나우에르는 콜호스에
대해, 그의 콜호스 임시 거주에 대해, 확정적으로 바뀔 듯한
임시 상태에 대해, 그리고 거기서 그에게 기이하고, 곡해되거나
이해할 수 없게 여겨지는 모든 것에 대해 생각했다. 그는 미리암
우마리크의 집 앞에 있는 소화전 옆에 또 한 번 쭈그리고 앉아
있었다. 누수가 말썽이라 크로나우에르가 했던 수리는 며칠밖에
가지 못했고, 고무 패킹이 느슨해지면서 전부 다시 고쳐야
했다. 바르구진은 이 문제에 관심을 보이지 않았으며 자기 집
앞의 물웅덩이가 커지고 있는데도 다시 제대로 고치는 일을
크로나우에르에게 맡겼다.
　　지금 크로나우에르는 소화전 덮개 밑에서 물이 숙숙대는
소리를 듣고 있었고, 문제를 해결하려 애쓰는 대신 손을 놓고
졸린 것처럼 가만히 있었다.
　　육중한 문이 닫히는 소리에 그는 깜짝 놀랐다.
솔로비예이의 맏딸 한코 보굴리안이 소비에트 건물에서 막 나온
참이었다. 그곳은 그녀 아버지의 거처이기도 했다.

그녀는 그를 향해 걸어왔다.

그녀의 공주 같은 얼굴이 햇빛 아래 빛나며, 그 어느 때보다도 야쿠트족 같고 그 어느 때보다도 마법사처럼 보였다. 머리 모양이 바뀌어, 두 갈래로 길게 땋은 검은 머리를 이제는 왕관처럼 이마에 두르고 있지 않았다. 몇 주 전부터 크로나우에르는 그녀를 똑바로 바라볼 수 있게 되었다. 더 이상 처음에 그랬던 것처럼 양쪽 색이 다른 눈이 거북하지 않았고, 오히려 그 경이롭고도 마음을 움직이는 두 눈에 빠져들고 싶었다. 마리아 크월의 저작을 읽고 몹시 당혹했으면서도, 그는 한코 보굴리안이 자기 곁에 누워, 보석 같은 홍채의, 때로는 흑마노 같고, 때로는 깊은 곳에서 불꽃이 춤추는 호랑이 눈 같은 한쪽 눈이 빛나고, 사랑의 피로함으로 부드러워진 얼굴을 자기 쪽으로 향하는 상상을 자제하지 않았다. 그는 그 장면을 상상하거나 기억했다. 어슴푸레함 속에서 그녀는 전혀 해독할 수 없는, 어쩌면 애정 어리고 어쩌면 악의에 찼을 마법적인 말들을 중얼거렸다. 그것은 꿈인지 생시인지 알 수 없는, 혹은 솔로비에이가 그가 잘 때나 의식을 잃은 동안 의식 아래 심술궂게 주입한 거짓 기억이 아닐지 의심되는 장면 중 하나였다. 알고 싶었으나 그 점을 확실히 해 두겠다고 한코 보굴리안에게 물어볼 수는 없었다. 이따금 그는 공모의 흔적을 찾아낼 생각으로 그녀를 뜯어보았고, 그녀 눈의 촉촉함, 손의 움직임, 그에게 다가오는 태도 등을 관찰하며 말 없는 질문을 던졌다. 그러나 그런 행동에는 주저함이 따랐고 그는 아무런 답도 얻지 못했다. 동생들과 함께 있을 때든 레바니도보의 텅 빈 중앙로에 있을 때든, 한코 보굴리안은 초연함을 유지했고 냉정한 딱딱함에서 벗어나지 않았다.

그녀는 그에게서 세 발짝 떨어진 곳에 섰다.

"당신은 다른 곳으로 옮겨질 거예요." 그녀가 알렸다.

"하지만 내 감방에 익숙해졌는데요." 그가 농담을 했다.

"지금 자는 방에는 난방이 되지 않아요. 곧 추워질 거예요. 다른 방으로 옮겨 드리죠. 거기엔 잘 작동하는 라디에이터가 있어요. 샤워에 쓰이는 것과 같은 보일러예요."

"좋습니다."

그는 그녀의 호랑이 같은 눈을 바라보았다. 이미 그는 그 안에 뛰어들어 다른 삶을 살고 있었다.

• 그는 허리를 굽히고서 물이 어디서 새는지 보기 위해 손으로 배관 뒤를 더듬었다. 간간이, 뭔가 단단한 것과 닿으면 축음기 바늘에 손가락이 찔렸던 일이 생각났고, 한순간 바늘이 다시 살점을 뚫고 들어와 불태우는 듯한 느낌이 들었다. 상처는 흉터조차 남지 않았다. 하지만 그런 순간이면 짧은 고통이 전기 충격처럼 손 전체를 관통했다. 손이 금속 돌출부에 걸리자 그는 잠시 몸서리쳤다. 그는 꾹 참았다. 한코 보굴리안 앞에서 솔로비예이의 축음기 이야기를 한 번 더 늘어놓고 싶지 않았다. 그러나 그녀는 그의 어깨 떨림을 눈치챘다.

"왜 그러죠?" 그녀가 물었다.

"아무것도 아닙니다. 벌레가 물었나 봐요. 개미나 거미가."

"거미는 다 사라졌어요."

"그건 별로 아쉽지 않군요." 크로나우에르가 배관을 계속 점검하며 말했다.

물이 그의 손가락 사이에 방울방울 맺혔다. 내가 어떻게 할 수 있는 게 아니군. 그는 생각했다. 패킹 문제도 아니야. 죔쇠가 우그러졌어. 전부 분해해서 조립 기술자에게 가져가거나, 차라리 우드굴 할머니의 잡동사니 창고에서 대체할 만한 걸 찾는 게 낫겠어. 교체용 소화전. 있을지 모르겠군. 내겐 너무 벅찬 일이야.

한코 보굴리안은 빛의 후광에 둘러싸여 있었고, 여전히 무시하는 태도로 자신을 대하고 있음을 느끼면서도 그는 명랑한 미소를 지으며 그녀를 바라보았다. 한참 전부터 그는 그녀가 미리암 우마리크보다 훨씬 더 예쁘다는 것을 깨달았으며, 지금은 당황하지 않고 그녀의 서로 다른 두 눈을 마주할 수 있음을 알기에, 거북함 없이 그녀를 똑바로 쳐다보았다.

그들은 잠시 거미, 스텝, 미즈기르 혹은 마즈기르라는 이름의 거대한 스텝 거미가 방사능으로 몇 달 만에 싹 사라졌다가, 어째서인지 몰라도 크로나우에르가 레바니도보에 도착한 다음 날 솔로비예이와 모르고비안의 원정길에 돌아다니더라는 얘기를 나누었다.

한 차례 더, 한코 보굴리안은 사건의 공식 버전처럼 들리는 이야기를, 크로나우에르가 이미 여러 사람으로부터 들었으며 거의 변함없는 단어로 묘사된, 앞뒤가 들어맞고 조화로운 이야기를 늘어놓았다. 철길 근처에 도착한 솔로비예이와 모르고비안은 '붉은 별' 소프호스를 내려다보는 언덕을 샅샅이 살폈다. 그들은 소리쳐 부르고, 풀밭을 뒤지고, 풀들과 거기 남은 사람이 지나간 흔적을 살펴보았다. 아무도 없었다. 철로에서 몇 미터 떨어진 곳에 군인들이 남긴 야영의 흔적 외에는 아무런 단서도 없었다. 그들은 오랫동안 주변을 탐색했다. 혹시 크로나우에르의 동지들이 강간당하거나 처형당한 후 내버려졌을지 몰라서였다. 그들은 버려진 소프호스 안을 찾아보았고, 멀리 떨어진 건물들과 원자력 발전기가 노심에서 튀어나온 불타는 덩어리들에 둘러싸여 아직도 진동하는 장소까지 빼놓지 않았다. 그러나 아무것도 없었다. 시체도, 범죄 현장이라 짐작할 만한 독보리들이 꺾인 곳조차 없었다.

"군인들이 함께 기차에 타자고 권했을지도 몰라요. 승낙했다면, 지금쯤 그들은 멀리 있겠죠."

"난 믿을 수 없습니다." 크로나우에르가 대꾸했다.

대화가 이 지점에 달하면 그가 늘 내뱉는 문장이었다.

"메시지라도 남겼을 테죠." 그가 말을 이었다.

"아무것도 남기지 않았어요." 한코 보굴리안이 말했다.

"내게 메시지를 남겼을 겁니다." 크로나우에르는 생각에 빠졌다. "글자로든 뭐로든. 그들은 날 기다리고 있었습니다. 내가 돌아오리라는 걸 알고 있었어요."

둘은 잠시 생각에 잠겨 가만히 있었다. 레바니도보 한가운데, 선 채로 서로 마주 보며.

"바실리사 마라시빌리는 죽어 가고 있었습니다." 크로나우에르는 말을 이었다. "움직일 수 있는 상태가 아니었어요. 멀리 갈 수 없었습니다."

"솔로비예이는 그게 당신 운명이라고 했어요." 한코 보굴리안이 말했다.

"내 운명이라니, 뭐가 말입니까?" 크로나우에르가 물었다.

"곁에 죽어 가는 여자들이 있는 것."

크로나우에르는 어깨를 으쓱했다.

"그가 뭘 안다고." 그는 중얼거렸다. "내 인생에 대해 뭘 안다고."

"나는 몰라요." 한코 보굴리안이 약간 머뭇거리며 말했다. "어쩌면 불꽃 속에서 봤겠죠."

그는 한코 보굴리안의 황갈색 눈에서 연민의 빛을 읽으려 했고, 그러면서 어디에도 비할 바 없는 그 색에 다시 한번 경탄했으나, 아무것도 읽어 내지 못하고 바로 고개를 돌렸다.

"무슨 불꽃 말입니까?" 그는 투덜거렸다. 확신 없이, 대꾸를 기대하지 않고.

• 자신의 눈에 행여 무례함이 보일까 싶어 한코 보굴리안의 홀리는 듯한 시선을 감히 다시 마주할 수 없었기에, 그는 이제는 완전히 외워 버린 풍경 쪽을 바라보았다. 마을의 중앙로는 숲을 향한 도로로 이어졌다가 첫 번째 전나무들이 있는 곳에서 중단되었다. 거기서부터는 차가 지나갈 수 없는 숲길이었는데, 크로나우에르가 오래된 숲에서 나올 때 지나왔고 무슨 일이 있어도 반대 방향으로는 갈 생각이 없는 길이었다. 늪지, 어두운 침묵, 분노에 휩싸인 나무들, 거대한 개미집들이 있는 곳으로는. 레바니도보는 사방이 막힌 지역이었고 크로나우에르는 '붉은 별' 소프호스와 철길과 스텝이 있는 장소를 상상하려면 정확히 어느 방향을 바라봐야 할지 더 이상 알 수 없었다. 나머지 다른 방향들에 대해서는, 모르고비안이 숲 너머는 없다고, 낙엽송 숲은 끝없이 펼쳐져 있다고, 만일 누군가 불운하게도 그 안에 발을 들인다면 무턱대고 앞으로 나아가다가 비극적으로 점점 더 타이가 깊숙이 들어갈 수밖에 없다고 넌지시 흘린 바 있었다.

크로나우에르는 콜호스를 둘러싼 거무스름한 선에 오래 눈길을 주지 않고 완전히 노란 초원과 멀리 떨어진 폐허가 된 농장들을 흘끗 응시하다가, 아바자에프의 양봉장을 발견했고 아바자에프가 골짜기 쪽으로, 두 줄로 늘어선 벌통 사이를 걸어가는 것을 보았다. 주민들과 개들과 가축이 사라졌어도, 레바니도보는 그럭저럭 정상적으로 돌아가고 있었다.

"그 바실리사 마라시빌리라는 사람, 잘 알았나요?" 한코 보굴리안이 그의 생각을 끊었다. "연인 사이였어요?"

"우린 함께 싸웠습니다." 크로나우에르가 말했다. "함께 도망쳤고요."

"잤나요? 같이 자기도 했어요?" 한코 보굴리안이 물었다.

"글쎄, 기억나지 않습니다." 크로나우에르는 얼굴을 붉혔다. "어쩌면 한두 번. 그런 적 없을지도 모르고요."

"두 사람이 같이 잤다면, 그녀는 당신 아내였군요." 한코 보굴리안이 결론지었다. "하지만 같이 잔 적이 없다면, 누구죠?"

"모르겠습니다." 크로나우에르가 말했다.

둘은 잠시 말이 없었다. 그들은 자신들에 대해, 결혼에 대해, 마리아 크월과 그 신봉자들이 묘사하는 대로의 성교와 현실에서 벌어지는 성교에 대해, 바실리사 마라시빌리에 대해, 확실히 크로나우에르의 아내였던 이리나 에첸구옌에 대해, 아주 짧은 기간이었지만 확실히 한코 보굴리안의 남편이었던 슐로프에 대해 생각했다.

"내가 떠났을 때 그녀는 상태가 몹시 나빴습니다." 크로나우에르가 말했다.

그는 바실리사 마라시빌리의 이미지를 다시 한번 불러내고 싶었다. 그가 버려두고 왔을 때의 모습을, 감정과 슬픔을 드러내지 않으려 기를 쓰면서 품고 왔던, 바실리사 마라시빌리의 마지막 이미지를.

"알겠죠, 솔로비예이의 말이 바로 그거예요. 곁에 죽어 가는 여자를 두는 것이 당신의 특성이란 것." 한코 보굴리안이 지적했다. "당신 곁엔 언제나 상태가 나쁜 여자가 있죠. 죽었거나 죽어 가는."

"설마." 크로나우에르는 부인했다.

"그는 당신의 여자들은 모두 당신 곁에서 죽을 거라고 말해요. 한 명 한 명. 먼저 스텝에서 바실리사 마라시빌리가 그랬죠. 숲에서는 발작 중이던 사미야 슈미트가. 오르비즈에서는 이리나 에첸구옌이. 분명 다른 여자들도 있었고 앞으로도 많이 그러겠죠."

"사미야 슈미트 이야기는 왜 나옵니까?" 크로나우에르가 화를 냈다. "그녀는 결코 내 아내가 아니었는데요. 어쨌거나 죽지도 않았고요."

"어떻게 알겠어요." 한코 보굴리안이 말했다.

"어떻게 알겠냐니, 무슨 소리에요?" 크로나우에르는
계속 화를 냈다. "그녀는 숲 한가운데 의식을 잃고 있었습니다.
난 그녀를 업어서 마을로 데려왔죠. 우리 사이엔 아무 일도
없었습니다. 그녀는 멀쩡하고 안전하게 집으로 돌아갔어요."

"솔로비예이의 말은 그렇지 않은데요." 한코 보굴리안이
지적했다.

"솔로비예이에게 묻지 말고, 그녀에게 직접 물어보면
되잖습니까?"

"물어봤죠, 당연히."

"그래서, 뭐라고 하던가요?"

"아무 말 하지 않았어요. 그 애는 이제 거의 말을 하지
않아요. 당신과 함께 숲에서 돌아온 이후로 거의 입을 열지
않아요."

• "이봐요, 크로나우에르. 당신은 선택해서가 아니라 우연히 여기
온 거예요." 한코 보굴리안이 말했다. "당신은 우리의 손님이에요.
우린 당신 의견을 묻지 않아요. 그리고 만일 내 의견을 묻는다면,
솔로비예이에 대해 말하기 전에 입단속을 단단히 하는 편이 좋을
거예요."

"왜죠?" 크로나우에르가 물었다. "그가 나를 감시하기
때문에요…? 우리 얘기를 듣고 있습니까? 지금 우리 말을 듣고
있나요?"

"어쩌면요, 예. 어쨌거나 듣고 있어요."

"난 믿지 않습니다. 게다가 만일 듣고 있더라도, 난 조금도
상관없습니다."

"그는 당신을 좋아하지 않아요." 한코 보굴리안이 말했다.

"흠." 크로나우에르가 항의했다.

"그래요, 당신을 전혀 좋아하지 않아요." 한코 보굴리안이
강조했다.

2부
수용소 찬가

9

• 바실리사 마라시빌리는 크로나우에르가 멀어진 순간 눈을
감았다. 그녀는 15분 후 아무 말 없이 눈을 떴고, 그러고는 이제
그녀의 마지막이었으므로, 다시는 눈을 뜨지 않았다.

일류센코는 수마와 싸워야 했다. 그가 완전히 잠들지
않은 것은 지금 숲을 향해, 혹시 모를 구조를 향해 걸어가고
있는 크로나우에르와의 연대감 때문이 컸고, 언덕 아래쪽
군인들을 감시하다 놓칠까 두려워서는 아니었다. 그는 바실리사
마라시빌리 곁으로 돌아가 그녀가 숨 쉬는 것을 지켜보았다.
그녀의 곁에 누워 아무것도 남지 않을 때까지 아무 생각도 하지
않으려는 충동을 물리치느라 그는 무릎을 꿇은 고통스러운
자세를 유지하려 했다. 지금 그녀는 평온해 보였지만, 임박한
죽음의 그늘이 얼굴에 서려 있었다. 회색 이슬 한 방울이
지저분한 피부에, 뺨에 덕지덕지 붙은 딱지들 틈에 맺혔다.
메마른 입술에선 핏기가 가셨다. '붉은 별' 앞에 도착했을 때
그녀는 토했었다. 누더기가 된 전투복에서 악취가 났다.

30분이 흘렀다.

30분이 지나가 버렸다.

하늘이 어두워졌다. 불어오던 바람이 잦아들었다. 풀들은
썩어 갈 위험에 처한 줄기의 냄새를 발하며 누르스름한 녹색으로
미동도 없었다. 크로나우에르는 숲 쪽으로 사라졌다.

"그는 가는 중이야, 돌아올 거야." 일류센코는 바실리사
마라시빌리의 질문에 대답이라도 하듯 낮게 중얼거렸다.

그녀는 움직이지 않았다. 일류센코는 한숨을 쉬었다. 그가
돌아오면 좋겠군, 그는 생각했다.

셋이 함께하던 방랑의 끝이었다. 폐허가 된 발전소들,
굶주림, 목마름, 감마선의 고요한 폭격, 바실리사 마라시빌리의
공평한 사랑 곁에 함께한 방황과 유령도시들에서의 야영
이후. 그들은 이제 갈라놓을 수 없는 작은 무리가 아니었다.
크로나우에르는 떠났고, 곧 타이가 깊이 들어갈 것이며, 나무들
아래에서 아사할 위험에 처해 있었다. 뒤에 남은 둘, 바실리사
마라시빌리와 일류센코 자신은 더 이상 활동하는 무리라 할 수

없음이 명백했다. 탈진이 둘을 갈라놓고 있었다. 그들은 이제 거의 말도 주고받지 않았다. 노출된 지형에 숨어 꼼짝 않고, 군사들이 떠나거나 가능성 희박한 구조를 기다려야만 하는 처지의 그들은 더 이상 서로를 위로할 상태도 아니었다.

바실리사 마라시빌리가 삶에서 죽음으로 건너가면, 그때까지 그들을 그토록 단단히 결속시켰던 서로 돕는다는 생각마저 무너지리라.

• 아래편에서, 군인들은 거의 움직이지 않았고, 그나마도 방사능이나 병에 기운을 모조리 빼앗긴 양 항상 느릿하게 움직였다. 몸을 지탱할 곳 없이 서 있는 것조차 버거워 했다. 그들은 시종 움직임을 멈추고 넘어지지 않으려고 손을 뻗어 객차나 동료를 붙들었으며, 2–3분 동안 꼭 기절하기 직전처럼 노인 같은 자세로 호흡을 가다듬었다. 어떤 이들은 다리의 휘청거림을 이기지 못해 쓰러졌고, 풀밭에 흩어진 꼴이 죽은 것 같았다. 또 어떤 자들은 엄청나게 쇠약해져서인지 그만큼 엄청난 무기력 때문인지 기차 밖으로 나가지 않았다. 그들은 그저 바닥에 앉아 다리를 늘어뜨리고 얼굴을 하늘로 쳐든 채 햇빛을 받으며 눈을 감고 있었다. 이와 대조적으로 가장 부지런한 이들은 과도하게 활동적이었다. 그들은 소규모 파견대를 이루더니 자갈 위에 모닥불을 피우기 위한 나뭇조각과 판자를 모았다. 그들 중 누구도 남에게 말을 걸지 않는 것 같았다. 기초적인 물자 조달 임무를 완수하는 데 말은 불필요하다고 여기기 때문인지, 아니면 각자 무뚝뚝한, 혹은 비극적인, 어쨌거나 깨지지 않는 고독 속에 침잠해 있기를 즐기기 때문인지.

쌍안경 렌즈의 반사광이 저격수의 관심을 끌까 두려웠기에, 일류셴코는 풀들의 불규칙한 줄무늬 너머로 맨눈으로 그들을 관찰했다. 제복은 누덕누덕하고, 계급장도 달려 있지 않아 현역군인이라기보다 전쟁 포로에 어울리는 모습이었다. 원래 어느 부대 출신인지 알아낼 수가 없었다. 그들이 무슨 이유로 '붉은 별' 소프호스 근처에 숙영하게 되었는지는 완전히 수수께끼였다. 그들은 기차에서 거의 벗어나지 않았고 폐허가 된 농장을 탐험하러 가는 자가 하나도 없었다. 모든 전투 구역과 멀리 떨어져 있는데도 그들은 열차 밖에 소총을 다발로 세워 두었고, 요컨대 어느 정도 군사적 논리를 따르고 있었다. 두 사내가 열차 양쪽 끝에 자리를 잡고 있었는데, 금세 잠들긴 했지만, 한 사람은 선로 사이, 다른 한 사람은 기관차에 기대어 보초를 서고 있었다. 이따금 둘 중 하나가 잠에서 깨어 먼저 풍경에서, 다음에는 제 소총에서 뭔가를 확인하더니 다시 잠들었다.

여러 가설들. 일류셴코는 그런 생각들을 떨칠 수가 없었다. 그자들의 정체. 존재의 이유. 그들의 근본. 파르티잔 부대 하나가 공백 구역에서 오르비즈에서 하던 일을 계속하며, 배반자들을 추격하는 것인가…? 아니면 오르비즈에서 떨어져 나온 자유 군단…? 아니면 우리처럼 절망에 빠져 군을 저버린 탈영병들인가…? 더 이상 갈 곳 없는 반란자들…? 적군에 가담하려는 자들…? 자본주의로 회귀하려는 파르티잔들? 아니면 도적단…? 방사능에 오염되어 자포자기한 무리가, 더 이상 잃을 것도 없다고 마음먹고는 정직과 동지애라는 오르비즈의 이상을 내버리고 생의 최후 몇 주를 약탈과 범죄로 보내려는 것인가…? 위험한가? 위험하지 않은가?

그들은 계속해서 맴도는 이 답 없는 의문들로 조금 전까지 망설였다. 군인들을 만나러 갈 것인가, 계속 숨어 있을 것인가? 이제 생각해 보니, 크로나우에르는 이리나 에첸구옌이 겪었던 지옥의 장면을, 개의 머리를 한 날뛰는 살인자 무리가 병원을 둘러쌌던 장면을 다시 떠올렸을 게 틀림없었다. 그 악몽. 그는 단 한 번, 어느 밤 불가에서 비밀을 털어놓는 어조로 여전히 고통으로 괴로워하는 티를 내지 않으려 조심스레 말을 골라 가며 이야기한 적이 있었다. 그의 이야기는 끔찍한 부분들을 자세히 묘사하지 않았지만, 바실리사 마라시빌리는 점차 침울해졌다. 그녀는 이리나 에첸구옌에게 자신을 이입했던 게 틀림없었고, 크로나우에르가 입을 다물자 아무 말도 덧붙이지 않았다. 한편 일류셴코 자신은 그런 잔혹한 일을 가까이서 경험한 적은 없으나, '붉은 별' 앞에 숙영하는 저 좀비 여단을 경계할 만큼은 집단행동에 대해 잘 알았다. 겉으로는 평온해 보일지라도, 수컷 무리는 뭐가 되었든 별안간 이성을 잃고 공격적이 될 수 있었다.

느릿느릿하게 움직이는 저 군인들이라고 다를 것 없었다. 게다가 지금은 오르비즈의 등대가 세계를 비추지도, 오르비즈 최후의 파르티잔들이 모인 작은 지역을 비추지도 않았다. 온갖 야만 행위가 되돌아올 것이다. 우리가 권력을 쥐었던 짧은 몇 세기 동안 미처 제거하지 못했던 모든 것이. 살인자와 강간마들의 윤리가 우리의 윤리를 대체할 것이다. 선조 때의 잔혹성은 더 이상 금기가 아닐 것이며, 제2소비에트연방이 도래하기 이전의 추악했던 시기처럼 다시금 인류는 최초의 혈거인 상태로 퇴보하리라. 관념론자들은 오래전부터 불평등과 부당함을 설파하던 이들 주변에 모여들 것이다. 용병 시인들은 지배자들의 문명을 찬양할 것이다. 군내는 더 이상 통제되지 않을 것이다. 우매함과 피의 춤이 되돌아오리라.

• 지는 해의 마지막 빛이 지평선 너머로 사라졌다. 밤이 푸르게 물들기 시작했다. 일류센코는 낮의 마지막 몇 분 동안 언덕 아래 불가에 자리 잡은 군인들을 관찰하고 또 관찰했다. 표정 없고 회색인 그들의 죽지도 살지도 않은 얼굴을 뚫어져라 살펴보았지만 헛수고였다. 이제 그는 쌍안경을 사용했다. 이제 렌즈의 반사광으로 위치가 발각될 위험이 없어진 것이다. 그는 더러운 머리카락의 얼굴들, 누더기 군복을 입은 몸들을 불안하게 살폈다. 입술을 읽어서 무슨 말을 하는지 알아보려는 시도는 하지 않았는데, 그들은 거의 말이 없었기 때문이다. 그러다가, 조사해 보아도 아무것도 알아낸 게 없었으므로, 그는 키 큰 풀들의 커튼 뒤에 몸을 웅크리고 쓸모없는 쌍안경은 목에 매달리도록 내려놓았다.

• 밤이 내려앉았다.
　　바실리사 마라시빌리는 들릴 듯 말 듯 신음했다. 목소리가 너무나 약해 1미터 남짓한 데까지 들리는 것이 고작이었다.
　　그러다가 일류센코와 그녀 둘 다 잠이 들었다. 일류센코는 선잠이 들었다가 소스라쳐 눈을 떴다. 하늘은 어두웠고 달 없이 구름들이 지나갔다. 드물게 보이는 별들은 베일 뒤에서 빛나며 아무것도 비추지 않았다. 밤은 스텝을 축축하게 했다. 풀들과

땅은 제 가을 향기를, 부패와 때 이른 결빙으로 죽은 곤충들이
가득한 향을 한껏 발산했다. 일류센코는 주위의 알 수 없는
사락거림에 귀를 기울였다. 여기서는 메뚜기가 최후의 경련을
하고 저기서는 이름 모를 뿌리와 뿌리줄기들이 겨울을 맞이해
움츠러드는 소리일지 몰랐다. 그가 정말로 신경 쓰는 것은 단
하나였다. 바실리사 마라시빌리의 숨소리가 계속 들리는 것.
언덕 아래, 군인들은 움직이지 않았다. 선로 옆의 모닥불은 이제
불그레한 빛이 없었다. 일류센코는 최대한 오래 바짝 경계하고
있으려 애쓰다가, 눈을 감고 밤의 수런거림을 분석해 보았다.
그러다가 모든 노력을 포기하고 잠에 빠졌다.

　　그렇게 밤이 지나갔다. 엷은 안개와 함께 아침이 왔고, 곧
안개가 걷혔다.

● 하늘은 청회색이고 해는 나지 않았다. 한나절 내내 그
상태였다.

　　바실리사 마라시빌리의 상태는 그대로였다. 그녀는
아무것도 청하지 않고, 불평도 하지 않고, 고통스러워하는
것 같지 않았으며, 규칙적으로 거의 소리도 없이 호흡했다.
일류센코는 꼼짝 않고 모로 누워 시간을 흘려보냈다. 그는 맥박이
여전히 뛰는지 확인하기 위해 그녀의 손목을 살며시 만지거나
목의 혈관에 손을 댔고, 축축한 이마를 닦아 주기도 했다.
한참 후, 오후가 시작될 무렵 그는 다시 언덕 아래서 야영하는
이들에게 관심을 돌렸다. 그는 새벽빛으로 그들이 여전히 그
자리에 있는 것을 확인했었고, 그 후 완전히 무관심해진 것처럼
바실리사 마라시빌리의 곁에 도로 누웠었다. 지금, 얼굴을 감추고
뾰족한 풀들, 차가운 줄기와 날카로운 잎 가장자리에 닿아 피부가
따끔거리는 채, 그는 망보기 임무를 재개했다.

　　보초병들은 교체되어 있었다. 바뀐 이들은 무장하지 않은
다른 자들이었고, 그것을 보고 일류센코는 아마 기차에는 두
부류의 승객이 실려 있을 거라 생각했다. 군인과 민간인, 구분
없이 똑같이 패배한 전쟁의 누더기 군복을 입은. 그러다 그
생각도 사라졌다. 아무런 결과로도 이어지지 않는 생각이었다.
어느 쪽이든 적대적일 수 있었다. 어제와 마찬가지로, 그는

저 사내들이 무엇을 기다리는지 알아내지 못했다. 그들은
꺼진 모닥불을 둘러싸고 풀밭에 널브러져 있었으며, 낮의
빛으로 활력을 얻었을 텐데도 대부분 빈둥거리거나 줄곧 잠을
잤다. 몇몇은 소프호스 구역으로 들어가 대단히 무기력하게
서성거렸다. 이따금 폐건물에 들어가 쓸 만해 보이는 물건이나
나뭇조각, 부서진 판자 따위를 간신히 끌어내고는, 기력이 다해
바닥에 주저앉아 움직이지 않고 한두 시간을 쉬고서야 조심조심
새로운 목표물을 찾아 떠났다.

• 낮은 그런 식으로 지나갔다, 느릿느릿, 아무런 집단적 행동도
확실한 활동도 없이. 오후 늦게 일류셴코는 현기증을 느꼈다.
그는 철도 주변이나 소프호스에서 일어나는 일을 지켜보길
그만두고 바실리사 마라시빌리 곁에 누웠다. 그들 위로 높이,
비보다는 그늘이 실린 구름이 흘러갔다. 정적 속에 한 시간
두 시간 시간이 흘렀다. 풀들의 살랑임 속에, 객차나 기관차
근처에서 몹시 드물게 나는 대화의 울림 몇 마디 속에. 그러다
황혼이 다가왔다.

바실리사 마라시빌리는 의식을 되찾지 못했다. 일류셴코는
다정하게 그녀의 얼굴을, 목 윗부분을, 손을 어루만졌지만,
그녀에게 죽음의 그림을 그려 넣은, 땀이 흘러 여기저기 골이
파인 흙먼지 얼룩을 닦아 내려는 시도는 포기했다. 황혼이
짙어지자 그녀의 눈꺼풀 가장자리와 콧구멍 아래, 입술 언저리에
핏방울이 맺혔다. 그녀의 호흡은 이제 평온하지 않았다.
불규칙하고 거친 숨소리 외엔 아무런 소리도 내지 않았다. 무의식
중에선지 아니면 아직 세상을 단편적으로나마 인식할 수 있는지,
그녀는 일류셴코의 손을 꽉 쥐었고 그는 그 손을 놓지 않았다.
밤이 반쯤 지날 동안 그녀의 임종의 고통은 이렇다 할 변화를
보이지 않았다. 일류셴코는 찢어지는 마음으로 그녀에게 꼭 붙어
앉아 있었고, 그녀를 굽어보며 어둠 속에서 그녀가 생의 마지막
순간을 지나가는 것을 지켜보았다.

• 어둠 속에서, 구름 사이에 흩어진 한 줌 남짓한 별들 아래에서,
낮의 온기를 빠르게 잃은 땅 위에서, 옛날에는 아마 경작된

140

땅이었을 것이나 핵 재난 이후 이름 없는 풀들의 구분할 수 없는 바다가 되어 버린 곳 한가운데서, 군인들의 목소리와 그들의 이상한 기차 가까이에서, 버려진 '붉은 별' 소프호스와 그 폐허와 통제 불능의 작은 원자로 근처에서, 일류셴코는 바실리사 마라시빌리가 생의 마지막 순간을 지나가는 것을 보았다. 마치 감상과 고통을 즐기는 어떤 가학적인 운명이 강요하는 듯, 고통은 오래 끌었다. 마침내, 새벽이 오기 직전 바실리사 마라시빌리는 최후의 한숨을 내쉬었다. 그녀의 몸은 뻣뻣하게 굳었다가 다시 풀렸고, 일류셴코는 그녀와 깍지를 끼고 있던 손가락을 풀고 그녀의 팔을 자연스럽고 평온한 자세로 몸과 나란히 놓아주었다. 그런 후 한 시간 동안 쓰러져 있었다. 슬픔에는 폐쇄되고, 오직 기초적인 감각들, 밤과 풀들의 축축함과 드물고 미세한 어둠의 갈라짐과 자신과 바실리사 마라시빌리의 몸이 내뿜는 악취에만 열린 채.

• 하늘은 쉬이 밝아질 기미가 보이지 않았다. 공기는 더욱 싸늘해졌다. 일류셴코의 다리에 쥐가 났다. 그는 일어서서 팔다리를 움직였다. 관절들이 쑤셨다. 그는 80 노인의 체조 같은 동작으로 몸을 덥혔다. 지평선에 반달이 막 떠올랐으나, 스텝에 보잘것없는 빛을 비출 뿐이었다. 그는 어찌 됐든, 보초들이 잠들지만 않았다면 지금이야말로 자신의 위치를 알아낼 절호의 기회라고 여겼는데, 그를 제외하고 반경 몇 킬로미터에 걸친 모든 것이 돌처럼 단단히 굳어 있었기 때문이다. 그는 노리쇠 당기는 소리를, 격발음을 기다렸으나 아무 일도 일어나지 않았고, 달은 사라졌다. 그리고 잘하는 짓인지 아닌지 자문하지조차 않고, 그는 바실리사 마라시빌리의 상반신을 일으켜 철도 쪽으로 끌고 가기 시작했다.

　　해가 저문 후 군인들은 불을 피웠고 몇몇이 불가에 앉아 밤을 보내고 있었다. 불은 이제 꺼졌지만, 일류셴코는 지난 몇 시간 동안 언덕 위에서 뚫어지게 보고 있었기에 정확한 위치를 알았고, 게다가 아직 재 속에서 아른거리는 작고 붉은 점이 길잡이가 되었다. 그는 눈에 띄지 않으려는 주의를 조금도 기울이지 않고 비탈을 내려갔다. 오직 넘어지지 않고 바실리사 마라시빌리의 시신을 불경스럽게 다루지 않겠다는 일념뿐이었다.

잉걸불에서 15미터 떨어진 곳까지 갔을 때, 불 근처에서 뒤죽박죽으로 선잠을 자던 군인 중 하나가 무기력에서 깨어나, 손전등을 켜고 일류셴코 쪽으로 빛을 비추었다. 그는 빛 속에 그대로 멈춰 섰다. 눈이 부시고, 더럽고, 말 없는, 스텝의 기묘한 방랑자의 모습으로, 유일한 짐으로 여자 시신을 든 채. 군인은 무슨 일이냐, 누구냐는 물음 없이, 환영의 말이나 자는 이들 틈에 자리를 잡으라는 권유도 없이 손전등을 껐다.

밤은 아직 끝나지 않았고 차가웠다. 일류셴코는 30분간 한 발짝도 움직이지 않았다. 손전등 불빛 때문에 잠시 보이지 않게 된 망막이 흑과 백을 분간하는 능력을 되찾기까지의 시간이었다. 불가에 모인 군인들 누구도 한마디도 하지 않았고, 잠자면서 코를 골지 않았으므로, 일류셴코의 머릿속엔 그들도 역시 바실리사 마라시빌리처럼 살아남지 못한 게 아닌가 하는 생각이 스쳤다. 그는 죽은 자가 흉하게 땅에 부딪치지 않도록 주의하며 음울한 짐을 바닥에 내려놓고, 불가로 다가가 재에 바싹 다가앉아서 나뭇조각으로 불씨를 들쑤셨다. 작은 판자 밑에서 불꽃이 붉은색과 금색으로 탁탁 튀었으나, 불은 되살아나지 않았고 무익한 노력을 거듭한 끝에 일류셴코는 그만두었다. 손조차 녹이지 못했다.

그때 손전등을 든 군인이 말을 걸었다. 남은 불꽃들이 그의 어깨를, 열에 들뜨고 지친 눈을, 굳은 얼굴을 비추다가 빛은 도로 사그라들고 그의 목소리만 들렸다.

"우린 사람 고기는 먹지 않아." 그가 말했다.

"아." 일류셴코는 말했다.

목구멍과 혀가 메말라 있었다. 모음이 잘 발음되지 않고, 쉭쉭대는 소리로 났으며, 그는 기침을 했다. 군인은 그에게 수통을 내밀었다. 일류셴코는 물이 점막에 충분히 스며들 때까지 기다렸다가 삼켰다. 물은 식초 같은 맛이 났다. 숨이 막히거나 경련으로 위가 마비되지 않도록 그는 조심스레 씹어 삼켰다.

"마르크스·레닌주의가 그것을 금하지." 군인이 수통을 돌려받으며 말했다.

"무엇을 금하는데?" 일류센코가 물었다.

"사람 고기를 먹는 것."

"잘 알고 있지."

"그렇다면 왜 저걸 가져왔지?" 군인이 물었다.

일류센코는 마침내 어디서 오해가 비롯되었는지 알아챘지만, 너무 피로해서 언짢지조차 않았다.

"저 여자를 처리하는 걸 도와줬으면 하는데. 스텝에 그대로 둬서 까마귀와 쥐 들의 먹이가 되게 하고 싶지는 않거든."

그는 다시금 발작적인 기침을 했다. 그가 얼마나 심한 탈수 상태인지 모르는 말 상대는 다시 물을 권하지는 않았다.

"우린 몇 주 동안 아무것도 먹지 못했지만, 사람 고기는 절대 먹지 않을 거야." 그가 고집스레 말했다.

일류센코의 신체가 그에게 제 옆에 쓰러지라는 명을 내렸다. 눈꺼풀은 무겁게 감기고, 심장은 깊이 잠든 상태처럼 박동했다. 몸이 늘어지며 그에게 더 이상 싸우지 말라고 청했다. 바실리사 마라시빌리를 잃은 고통조차 희미해졌다. 돌연 그는 아무 생각도 하지 않게 되었다. 불에 탄 판자들의 냄새와 따스함과 빛의 부재를 느낄 뿐.

• 날이 밝자, 몸이 굳은 군인들이 기지개를 켜며 하품했다. 그들은 몹시 흐느적대며 일어서서 걷기 시작했다. 몇몇은 멀찍이 가서 빈약한 볼일을 보았고, 몇몇은 몸을 뻗고 있으려고 객차에 올랐다. 여전히 땅에서 잠든 채, 태양이 나타나 몸을 데워 주길 기다리며 느린 숨을 쉬는 이들도 있었다.

그들은 일류센코에게 물을 주고 페미컨 조각을 나눠 먹었다. 여명이 비칠 때까지 기다려서야 비로소 그들의 목소리를 들을 수 있었다. 그들은 이것저것 두서없이 얘기했다. 오르비즈의 종말에 대해, 평등주의에 대해, 자살했거나 총살해야만 했던 장교들에 대해, 끝없는 기차 여행을 끝내고자 하는 그들의 소망에 대해. 그들은 한 달 전부터 방사능오염 구역들을 드나들었으나, 안식처로 보이는 곳을 전혀 찾지 못했다. 빙빙 맴도는 기분이었다. 그들의 목적지는 노동 수용소로, 그곳은 철도 지도에 나와 있지 않았지만 소문을 들어 존재는 알고 있었다.

143

방황의 행복한 결말이라 여기는 그곳을 찾아 그들은 철도망 전체를 누볐다. 수용소에 가면 그들은 돌봄을 받게 될 것이고 마침내 자유로워질 거라고, 한 사람이 주장했다. 그들의 눈빛과 말은 제정신이 아닌 것 같았다. 그들은 바실리사 마라시빌리에 대해서도 얘기했다. 손전등을 갖고 있던, 군인들이 일주일 동안 지휘관으로 선출한 자가 포식동물로부터 안전하도록 그녀를 핵 발전기가 있는 곳에 안치하라고 제안했다. 방사능이 포식동물들을 없앴고, 앞으로도 영원토록 없애 줄 거라고 그는 말했다. 군인 여럿이 동의했다. 그야 확실하지, 그들 중 하나가 말했다.

일류셴코는 쉽게 설득되었다. 그는 바실리사 마라시빌리를 매장할 생각은 추호도 없었다. 그녀를 원자로 옆에 홀로 둔다는 것은 느린 형식의 화장이었고, 어쨌거나 흙 속에서, 짐승과 지렁이와 지네와 애벌레 사이에서 부패하는 것보다 훨씬 바람직했다.

10

• 보병 다섯 명이 바실리사 마라시빌리를 고장 난 원자로까지 옮기는 작업에 자원했다. 그들은 거의 형제 같은 태도로, 어쨌거나 주의를 기울여 자세를 취해 그녀를 붙들었고, 기관차를 빙 돌고 선로를 건너 다들 비틀거리는 가운데 키 큰 풀밭과 가시덤불을 지나, 소프호스의 작은 핵 발전소를 목표로 나아갔다. 그들은 무너진 관리소 건물들, 아직도 분뇨 냄새가 나는 옛 돼지우리, 사람 냄새라곤 전혀 나지 않는 공동주택 두 채를 지나, 한때는 아스팔트가 깔려 있던 작은 길로 접어들어 발전소 문 앞에 이르렀다. 군인들은 바실리사 마라시빌리를 문턱에 내려놓았고, 그들의 선행은 거기까지면 족하다고 여기고는 일류셴코를 시신 곁에 남기고 '붉은 별'의 정문과 선로 쪽으로 돌아갔다.

• 건물의 문은 닫혔지만 잠겨 있지는 않았다. 일류셴코는 발끝으로 문가에 쌓인 흙을 긁어내고, 걸쇠를 누르고 패널을 잡아당겨 열고 안으로 들어갔다. 그곳은 기계 통제실로, 다양한 크기의 배관, 모니터, 조절기, 계량기가 있었다. 옆에서 탱크를 둘러싼 콘크리트가 폭발하고 그 결과 핵융합 폐수가 벽 사이로 세차게 뿜어져 나왔을 때, 방 전체가 불타고 심한 손상을 입었었다. 하지만 이후 분출이 가라앉았고, 몇십 년이 지난 지금 방은 오래전 망가지고 불이 났지만 이제는 총체적 수리를 기다리는 기계실처럼 보였다. 기적적이게도 시커멓게 그을린 천장 한가운데 전등 두 개가 아직 작동했다. 이 기적은 영웅적인 처리반원들의 업적이었다. 폭발 직후 그들은 탱크의 최후 가동을 시도하기 위해 임시 전력 공급을 복구하는 데 성공했고, 불 끄는 것을 잊은 채 죽었던 것이다.

　　전등 아래 등받이 없는 의자 두 개가 있고, 의자에 두 남자가 앉아 있었다.

　　한 사람은 위풍당당한 체격에 텁수룩한 50대쯤의 거인이었으며, 일류셴코의 눈에는 러시아 영웅서사시에서 튀어나왔거나, 1천 년 동안 변함없는 외모와 생활양식을 고수해 온 농부들이 등장하는 톨스토이의 우화 속 인물 같아 보였다.

그는 양가죽 외투를 어깨에 둘렀고, 무지크들이 입는 짙푸른 색 셔츠는 티 한 점 없고 주름 없이 비단 같았으며, 회색 서지 천으로 된 바지는 윗부분은 부풀고 바짓단은 광을 낸 장화 안으로 들어가 있었는데, 어깨에 소총을 걸머지고 검은 가죽으로 된 폭 넓은 허리띠에 산적들이 쓰는 도끼를 달고 있지 않았다면, 평온한 이야기 속, 러시아나 시베리아의 영원히 변치 않는 어느 마을, 하루하루 살아가며 세월의 흐름과 파란만장함을 비껴가, 몽골의 침입이며 농노제며 집산주의를 전혀 모르는 곳에 바로 들어가도 좋을 정도였다. 하지만 그 무기들 때문에, 또 무엇보다도 1초 이상 견딜 수 없는 최면을 거는 노란 눈빛, 저세상으로 가는 창문을 여는 쏟아지는 황금빛 불 때문에, 그에겐 뭐라 설명할 수 없는 극도로 불안한 분위기가 감돌았다. 물론 그는 솔로비예이였다. 그는 미리암 우마리크와 한코 보굴리안이 기절한 크로나우에르의 보살핌을 맡자마자 '붉은 별' 소프호스로 향했고, 이른 아침에 원자로가 있는 건물에 도착했었다.

솔로비예이는 왼쪽에 모르고비안을 거느리고 있었다. 일류셴코는 그가 허약하고, 동행자를 몹시 두려워하며 전반적으로 보잘것없는 인물이라는 것을 즉각 느꼈다.

일류셴코는 이 만남을 대비하지 못한 터라 일단 아무 말 없이 눈을 깜빡이며 뇌가 지친 나머지 장난을 치는 게 아닌지, 탱크에서 발산되는 방사선을 너무 심하게 쬔 결과, 정신착란을 겪기 시작한 것은 아닌지 의아해했다.

아마 내가 꿈을 꾸고 있거나 죽어 가는 모양이군, 그는 생각했다.

그는 문 쪽으로 돌아섰다. 바실리사 마라시빌리가 문턱 앞에 누워 있었다. 그녀를 여기까지 운반해 온 군인들은 돌아갔다.

어쩌면 내가 이미 죽었는지도 모르고, 그는 생각했다.

• "아, 잘됐군." 거구의 무지크가 굵은 목소리로 말했다. "딸과 같이 왔군."

"내 딸이 아닙니다." 일류셴코는 반박했다. "바실리사 마라시빌리입니다."

"자네 아내인가?" 거구의 무지크가 물었다.

일류셴코는 뭐라 대꾸해야 할지 몰랐다. 이런 질문은 부적절한 것 같았다.

"그녀는 죽었습니다." 그가 말했다.

거구의 무지크는 턱짓으로 끄덕였다. 그의 시선을 마주할 수 없었기에, 일류셴코는 검은 수염에 뒤덮인 그의 입을 바라보았다. 수염은 가짜가 아니었다. 이 지방에 산다면, 이 사내는 사람을 죽이기 전에 털이 빠지게 하는 방사능과 모종의 계약이라도 맺은 게 틀림없었다.

"내게는 아내건 딸이건 매한가지라네." 솔로비예이가 기묘하게 자랑스러운 투로 말했다. "그녀를 이리 데려오게, 정말로 죽었는지 볼 테니."

일류셴코는 반발했다. 그는 결코 명령에 순순히 따르는 사람이 아니었다.

"그런데 당신은 누구십니까?" 그가 물었다.

상대는 교활한 농부 같은 미소를 짓고, 실팍한 허벅지에 얹고 있던 손을 들어 막연하게 뒤쪽을 가리켰다.

"저쪽에 콜호스가 있지. 우린 자급자족하며 산다네. 내가 지도자고. 그러는 자네의 이름은 일류셴코가 맞겠지?"

일류셴코는 고개를 끄덕였다.

"크로나우에르와 이야기를 나누었습니까?" 그가 물었다.

거구의 무지크는 인상을 찡그렸다. 뭐라고 대답할지 도움을 청하듯, 그는 대화를 지켜보고 있는, 고개를 수그리고 말없이 겁에 질린 신경쇠약의 남자 쪽을 보았다.

"그 크로나우에르라는 작자는 단단히 대가를 치르게 될 걸세." 그는 투덜거렸다.

"그가 무슨 짓을 했습니까?" 일류셴코는 놀랐다.

"내 딸과 놀아났지." 거구의 무지크가 퉁명스레 말했다.

정신적으로 탈진했음에도, 일류셴코는 그렇게 말도 안 되는 일을 믿을 수 없었다.

"어떤 딸요?" 그는 분개하며 물었다.

"모르고비안의 아내." 무지크는 못마땅함을 감추지 않고 동료를 가리켰다.

지목을 당하자, 모르고비안은 소스라쳐 놀라며 불분명한

말 몇 마디를 중얼거렸다. 그는 태연한 척하기 위해 모자를 벗어 만지작거렸다. 머리카락이 없고 여러 군데 흉터가 난 그의 머리가 보였다. 그의 머리는 석방되기까지 15년만 기다리면 되는 제크[18] 같았다.

"그 말은 믿을 수 없습니다." 일류센코가 말했다.

"그녀의 이름이 바실리사 마라시빌리라고 했나?" 거구의 무지크가 화제를 바꿔 물었다.

일류센코는 마뜩잖게 고개를 끄덕였다.

"이리로 데려오게, 아까도 말했지만." 거구의 무지크가 명령했다. 일류센코는 건물에서 나가 바실리사 마라시빌리를 안으로 끌고 왔다. 그는 앉아 있는 두 남자 앞에 그녀를 두었다. 사냥꾼들 앞에 사냥감을 내놓는 기분이었고, 너무나 혐오스럽고 화가 나서 서 있을 수가 없었으므로 그는 바실리사 마라시빌리의 곁에 붙어 앉아 그녀의 팔을, 옆구리를, 얼굴을 어루만지며, 거기 있는 사람들에겐 더 이상 개의치 않고 그녀와 한 몸이 되기만을 바랐다. 그는 그녀에게서 나는 스텝과 땅의 냄새, 더러운 옷과 죽은 살 냄새를 들이마셨고, 우정과 공감에서, 또 그에게 명령을 해 대는 두 콜호스 주민에 대한 적의에서, 그녀를 시체로 여기길 거부했다.

바시아, 그는 생각했다.

• 일류센코와 바실리사 마라시빌리는 오르비즈의 몰락 이전 세포 회합에서 여러 번 만났었고, 그들이 최후로 오르비즈를 방어하려는 파르티잔 부대에 들어갔을 때, 둘 사이에는 이미 우정 어린 유대가 있었다. 작은 승리, 아주 사소한 전투의 승리에 대한 가망조차 전혀 없이 오직 명예를 위한 싸움이었다. 그들이 속한 그룹은 몇 시간 만에 전멸당했다. 어느 날 밤, 전선이 돌파당하고 자신만만한 적이 다음 날 공격을 앞두고 조용히 쉬고 있는 동안, 그들은 폭격당한 어느 집에 살짝 들어가 멀쩡한 침대에 누워 사랑을 나누었다. 서투르고 불안하게, 어쨌거나 살날이 몇 시간밖에 남지 않았고 몸뚱이가 어떻게 되든 상관없다고 여기며.

---

18. 굴라크(소련 강제수용소)의 수용자.

다음 날 아침 그들은 둘 다 소규모 후위 부대에 들어갔는데, 죽기 전까지 적을 집요하게 물고 늘어질 생각이 가득한 생존자들이 모인 가망성 낮은 분대였다. 그들이 크로나우에르를 알게 된 것은 거기에서였다. 그리고 바실리사 마라시빌리가 그를 조금 좋아하게 되었던 것은 사실이지만, 이후 셋 다 내전의 소용돌이에 휘말렸고, 애정의 삼각관계를 명확히 할 시간이 그들에겐 없었다. 지휘관은 그들을 터무니없는 자살 작전으로, 특히 다른 태양계의 공산주의 생명체들과의 연합으로 이끌어 가려 했으며, 텔레파시를 통해 그들로부터 메시지를 받았다고 주장했다. 이미 이야기한 바 있듯, 그들은 그를 총살시키고 벗어날 수밖에 없었다. 그 후 그들은 타이가를 따라 도주에 나섰고, 도시와 마을과 산업과 농업 중심지들이 드문드문 있는 스텝을 돌아다녔는데, 그 대부분이 거의 동시에 터진 원자력발전소들의 사고로 대륙 하나만큼이나 광활한 지역이 거주 불가능하게 되었고, 그 후 버림받은 곳들이었다. 그들의 뒤에선 적이 자본주의를 복구시키려 하며, 깨끗이 다시 시작하기 위해 대량 학살에 들어갔으나, 인간 생존에 부적당한 그런 구역에는 아무것도 두려워할 게 없었다. 앞으로, 죽음을 향해, 서로 도우며 나아갈 뿐이었다. 바실리사 마라시빌리가 정말로 약해진 것은 그들의 여정 마지막 한 주 때부터였다. 굶주림과 방사능으로 인한 피로를 가장 잘 버텼던 크로나우에르가 자주 그녀를 업었지만, 일류셴코도 종종 교대했다. 그들은 공동의 최후를 향해 계속해서 전진했다. 크로나우에르와 일류셴코 두 사람에게, 바실리사 마라시빌리는 그저 우연히 함께하게 된 동행이 아닌 소중한 누이에 가까웠다. 지극히 소중한 작은 동지였다.

그리고 별안간 일류셴코는 자신이 그녀를 여기에 버려두고 간다는 것을, 사랑하고 존중했던 소중한 이 여인을 핵 사고가 일어났었고 몇 세기가 지나도 파괴적이고 가혹한 고요한 분출이 계속될 이 방에 두고 가려는 것을 깨달았다. 물론 그전에도 생각했던 일이지만, 돌연 그는 그 의미를 온전히 인식했다. 여기서, 벽이 온통 그을린 엉망진창인 기계실에서, 바실리사 마라시빌리의 무한한 고독이 시작되리라.

바실리사 마라시빌리의 무한한 고독.

그런데 이 현실 같지 않은 두 콜호스 주민의 존재가
일류셴코가 그녀의 곁에서 추모에 잠기지 못하게 하고, 그녀의
머리맡에서 마음속으로나 낮은 소리로 이별이나 위로의 말을
하지 못하게 방해했다. 그는 그녀에게 좀 더 이야기를 하고
스스로의 고통을 토로하고 싶었다. 그리고 지금은 둘 사이에서
전부가 흩어졌다. 그들을 아직 연결하는 반쯤 지워진 몇 개의
이미지가 기억 속에 고착될 것이며, 너무 빨리 빛바래지
않으리라고 확신하기 위해서는 평온함이 필요했다. 그에겐
시간과 부재, 빈 공간이 필요했다. 솔로비예이와 모르고비안은 이
비애의 순간에 끼어들 아무런 이유가 없었다. 그들은 그의 애도에
철저한 외부인이었다. 그들에게 그곳을 떠나라고 요구해야
했다. 나가라고, 예의라는 게 있으면 여기 버티고 있지 말아
달라고 요청해야 했다. 이건 사적인 장례식의 자리이고, 고인과
그 자신만의 일이며 그들은 당연히 배제되는 거라고 설명하면
된다. 그래, 그랬다. 그는 일어서서 그들에게 자리를 피해 밖에서
기다려 달라고 단호히 청할 것이다. 그런 다음, 필요하다면 하던
얘기를 마저 이어 가면 되는 일이다.

• 일류셴코가 품고 있는 생각에는 아랑곳없이 솔로비예이는
멜빵에 찬 가방을 뒤적이고 있었다. 그는 가방에서 기름종이로 싼
짙은 갈색 페미컨 한 덩이를 꺼냈다. 그는 바실리사 마라시빌리의
시신 너머로 꾸러미를 일류셴코에게 건넸다.
    "이거면 스텝에서 몇 주는 버틸 걸세." 그는 말했다.
"군인들과 함께 남서쪽으로 가게나. 철도를 따라서. 어딘가에
정착하게 될 걸세. 먼 길이지만, 사람은 언제나 어딘가에 도착해
자리를 잡게 되는 거지."
    일류셴코는 일어섰고, 허를 찔린 나머지 아무 말 없이
거구의 무지크가 내민 선물을 받았다. 페미컨은 상당한 양이었다.
족히 3킬로는 되었다.
    "그럼 바실리사 마라시빌리는요?" 그는 물었다.
    "내가 살펴보지. 내가 돌보겠네. 이 여자는 아슬아슬한
상태야. 더 멀리는 못 가네."
    "그야 그렇죠, 죽었으니까."

"죽은 것도 산 것도 아니네. 그렇기 때문에 구할 수 있는 거야. 그 점에서부터 그녀에게 손을 쓰려는 걸세."

그때까지 초조해하면서도 아무 말 없던 모르고비안이, 왜 하필 그 순간인지는 모르겠지만 입을 열었다.

"우리가 되살릴 수 있소." 그가 웅얼거렸다.

일류센코의 더러운 탈영병 외투에는 크고 빈 주머니가 있었다. 그는 주머니 속에 페미컨 덩어리를 쑤셔 넣는 중이었다. 그러다 동작을 멈추고 눈을 들어 방금 말한 이를 쳐다보았다. 보잘것없는 체구에 간수와 감방 반장과 타협할 줄 알며 신체적 위협과 다툼보다는 합의를 추구하는 제크의 눈 같은 회피적인 시선과 마주쳤다. 그러나 그 눈에는 방탕한 기운이, 호색함에 대한 음산한 확신이 뚜렷이 어려 있었다. 이제 그는 자신이 바실리사 마라시빌리를 방사능에 영향 받지 않는 마을 주민들이 아닌, 변태적이고 자랑스러워하기까지 하는 두 시체 애호가 앞에 데려왔다는 느낌이 들었다.

"당신들이 이 여자에게 손대게 놔두지 않겠습니다." 그가 말했다.

솔로비예이는 팔을 뻗어 모르고비안이 또 다른 헛소리를 늘어놓지 못하게 막았다.

"모르고비안의 말이 옳아. 우리는 그녀를 되살릴 수 있지. 하지만 힘든 일이야."

"난 그녀의 곁을 지킬 겁니다." 일류센코가 말했다. "당신들에게 그녀를 맡길 이유가 전혀 없어요. 믿을 수가 없어요. 당신들이 누구인지 전혀 모른다고요. 콜호스 얘기가 무슨 말인지도 모르고."

솔로비예이는 앉아 있던 의자에서 엉덩이를 떼고 일어섰다. 긴 외투가 어깨에서 흘러내리지 않도록 주의해가며, 그는 바실리사 마라시빌리의 시신을 넘어 일류센코 바로 옆으로 성큼 다가섰다. 그 자체로는 전혀 공격적인 태도가 아니었지만 그렇다고 중립적인 태도라 볼 수도 없었다. 분명 그의 손은 도끼머리 부분을 만지작거리는 게 아니라 펼친 채 두툼한 허벅지 양쪽에 무해하게 늘어져 있었지만, 그의 온몸이 위험스러운 덩어리였다. 그는 몸싸움이 일어날 경우 3초도 안

되어 자신이 우위를 점할 것임을 분명히 밝혀 두고 있었다. 그는
체구가 거대했고, 방의 강렬한 전구 하나가 뒤에서 그의 머리를
비추었으므로 후광이 생겨 환상 속의 생물 같은 분위기를 풍겼다.
일류셴코가 기죽은 것처럼 보이고 싶지 않아 똑바로 눈을 들자
텁수룩하고 육식동물 같으며 조롱 어린 그의 얼굴이 즉각 눈에
들어왔다. 그 얼굴은 부숭부숭하며 눈이 멀 듯한, 꿈틀거리지조차
않는 무시무시한 불꽃 속에 지속되었다. 다음으로 그의 호랑이
같은 노란 눈, 호의라곤 전혀 어리지 않은 최면술사의 홍채와
마주쳤고, 그는 그 시선에 맞섰다.

이 콜호스 수장 따위는 두렵지 않아, 그는 이렇게
생각하면서도 자신이 없었다. 이자는 톨스토이 시대의 쿨라크에
지나지 않아. 집산화되지 않은 시골 촌놈이 감마선 때문에
타락하고 돌아 버린 게지. 이자가 산다는 콜호스는 있지도 않은
걸지도 몰라. 제 망상 속에 사는 놈이야.

일류셴코는 2초간 솔로비예이의 시선을 견뎠고, 대결은
그의 패배로 끝났다. 솔로비예이는 눈 하나 깜짝이지 않았고
일류셴코는 해로운 빛의 물결이 자신을 뚫고 들어와 골수까지
침범하여 의지를 몽땅 앗아 간 느낌이었다. 어지러운 구토감이
치밀어 올랐고, 기절하거나 토하게 되는 것 아닌가 하는
생각이 들었으나, 무엇보다도 그는 마음 깊은 곳에서 자신이
무기력해지고 있으며 무력하고 패배했다는 사실을 깨달았다.
완벽한 비유는 아니지만, 아마 점액 속에서 꼼짝 못 하게
된 파리가 제 안에 자신을 영양분으로 변화시킬 소화액이
주입되었다는 사실을 깨달았을 때의 성찰이 그러할 것이다.

"콜호스의 이야기는 나의 이야기다." 솔로비예이가 힘차고
쉭쉭대는 목소리로 마침내 말을 시작했다. "그건 나와 관련되어
있지. 콜호스는 내 꿈이고, 내가 원하는 만큼 오래 지속될
걸세. 그것은 내가 존재하는 한 지속될 것이고, 그 점에 대해
난 누구에게도 설명할 필요가 없지. 자네의 딸은 내가 보호해
주겠네. 자네는 그녀가 여기 있으면서, 점점 더 검어지고 점점 더
죽어 가길 바라나? 자네가 원하는 게 뭔가? 그녀가 피폭되며 점점
더 홀로이고 끔찍해지는 것?"

일류셴코는 뭐라 대꾸할지 알 수 없었다. 그는 자신을

마비시키는 금빛 액체가 자기 외부의 것인지 아닌지 알아내려고 정신적으로 몸부림쳤다. 혼란스러운 속생각들이 그의 기억 지하에서 한 음절도 알아들을 수 없는 마술적 언어로 속삭였다. 총체적으로 그는 세상에 대한 감각을 잃어 갔다. 그는 솔로비예이의 질문을 간신히 들었다. 솔로비예이가 대신 대답했다.

"물론 그러길 바라진 않겠지. 자네는 그녀가 계속 살아 있길 바라지만, 그러기 위해서 무엇을 해야 하는지 몰라. 그러니, 여기 미친 원자로에 그녀를 맡기느니 내게 맡기게. 내가 그녀를 되살려 콜호스로 데려가지. '찬란한 종착역'으로. 콜호스의 이름일세. 그렇게 해야만 해. 그녀를 위해 그보다 나은 일은 없어."

그 순간 일류셴코는 눈부신 전등으로부터 눈을 가리려는 듯 오른팔을 힘겹게 눈앞으로 들었고, 아무 말 없이 비틀거리다가 의식을 잃었다. 돌로 변한 것처럼 선 채였고 솔로비예이의 발치에 쓰러지진 않았으나, 이미 의식은 거의 남지 않았다.

"그렇고말고요." 모르고비안이 끼어들었다. "그보다 나은 일은 없을 겁니다. 우린 그렇게 해야 합니다."

"그렇고말고." 솔로비예이가 단정 지었다. "우린 그렇게 할 걸세."

• 배경에는 망가진 배관들과, 불에 그슬린 여우 꼬리 같은 전선 끝에 매달린 계량기들이 널려 있고, 제어 화면에는 전자 장비보다 식어서 굳은 용암이 더 많이 달라붙어 있고, 천장에는 시커먼 먼지가 두껍게 들러붙고, 벽은 불길로 무시무시한 청소를 당했으며, 기계실과 탱크를 가르는 콘크리트 격벽에는 깊은 균열이 여럿 나 있고, 바닥에는 밟아도 부서지지 않는 거무스름한 응고물과 불탄 파편들이 널려 있었다. 배경 막치고는 흉했다. 그러나 거슬리게 강렬한 전기 조명이 무대를 어느 정도 평범한 연극 무대처럼 물들였다. 조명 담당이 어느 포스트엑조티시즘 공연을 위해, 제1소비에트연방 종말 이후 인기 있던 어느 비극적 촌극 소품을 위해, 특수 효과 없이, 배우들은 경직된 부동자세로 서로 가까이 서 있으며, 레오노르 오스티아테기, 마리아 소어봄, 마리아 헨켈 혹은 당대의 다른 극작가들 작품의 특징인 소름

끼치는 정신적 나체 상태를 보여 주는 무대를 위해 공들여 연출한 것처럼.

종말 이후에 일어난 일들을 보여 주는 연극의 한 장면.

그리고 여기엔 네 등장인물이 있었으니, 먼저 다른 이들의 발치에서 시체처럼 뻣뻣한 연기를 하고 있는 누더기 차림의 여자, 그리고 첫 번째 대사 이후 의자를 떠나지 않은 존재감이 흐릿한 콜호스 주민, 다음으로 더럽기 짝이 없는 군용 외투를 입고, 멜빵에 배낭과 죽은 자들에게 빼앗은 쌍안경을 달고, 목에는 노동자와 농민의 진영에 속해 있음을 나타내는 거미줄 문신을 한 경직된 탈영병, 마지막으로 거구에 나들이옷을 차려입고, 무성한 수염과 머리카락이 정전기 오른 것처럼 여기저기 곤두서고, 도저히 버틸 수 없는 주술사의 노란 눈빛을 한 무지크. 서로 근본적으로 너무나 다르기에 무슨 말을 주고받을지 궁금해지는 네 배우. 그리고 실상 그들의 대화는 끝났다. 지금은 한 명의 연기자만이 주목을 받았다.

솔로비예이만이 말을 했다.

솔로비예이만이 지금 대사 있는 역을 맡았다. 그는 독백으로 구성된 극을, 그의 들러리 역할을 하는 관객들을 대상으로 하는 엄청난 말의 덩어리를 연기했다. 본질적으로 그는 꿈을 이끌어 나가고 꿈을 말했다. 죽은 자들이 사후에 그러듯, 죽은 자들이 그들 최후의 의식 있는 도정이 아직 조금이나마 실체를 갖길 바라고, 조금이나마 고독하지 않고 모험이 포함되길 바라는 희망에서 시도하듯. 대부분의 죽은 자들이 헛되이 노력하는 것처럼. 하지만 그, 솔로비예이는 성공했고, 공고하게, 영원히는 아닐지언정 언제까지나, 그것을 구축해 냈다. 그리고 여기서 그는 부끄러움이나 진실 가능성 따위에 신경 쓰지 않고 자신의 꿈을 다스렸다. 장면은 고정되었고, 진행 중인 촌극에는 더 이상 배우들의 이동이 등장하지 않았으며, 오직 그만이 말했다. 발언 시간은 이제 전적으로 그에게만 주어졌다. 그가 무대 공간의 중앙을 차지하고 있었음에도 조명은 특별히 그만을 비추지는 않았지만, 음향은 그가 독차지했다. 그는 일류셴코와 바실리사 마라시빌리를 굽어보았고, 자신의 연설이 악몽처럼 길다는 점에 무관심한 채 장황하게 늘어놓았다.

• "난 설교를 늘어놓을 생각은 없다네, 군인, 하지만 자네가 신뢰 운운하는 건 어리석은 짓이야. 신뢰가 이 일과 무슨 상관인가…? 완전히 다른 문제라네…. 내 말해 주지, 일류셴코. 자네는 이미 죽었다고 생각해도 좋아. 난 자네가 그 사실을 이미 어느 정도 알고 있다고 보네. 그러니 이런 상황에서, 이 아가씨를 두고 까다롭게 굴어 봐야 자네에게 무슨 소용인가? 자네가 이미 죽었거나 그와 비슷하다면, 죽음 속으로 기울거나 걸어 들어가고 있는 거라면, 자네의 딸에게 아무 일 없도록 날뛰어 봐야 무슨 소용인가? 그녀는 여기 방사능의 방에 있고 그 때문에, 하지만 무엇보다 내 도움을 받으면, 그녀는 약간은 존재를 회복할 수 있지. 그녀가 완전히 소생할 거라고 섣불리 장담하진 않겠지만, 적어도 존재를 조금은 회복할 거야, 그래… 그거라면… 그 정도는 내 능력이 닿지…. 한편 자네는 더 이상 그녀를 돌볼 수 없다네. 자네는 최대한 애썼지만, 이제 끝났어. 자네는 할 수 있는 만큼 했지만, 아무것도 아니었지…. 자네는 곧 군인들과 함께 떠날 거야, 그 밖에 다른 길은 없으니까, 그리고 내가 한마디 조언하자면, 그런다고 자네가 잃을 건 없을 걸세. 그들 역시 이미 죽었거나 비슷한 상태니까. 죽음에 기울어 있지만, 소멸로부터는 멀리 떨어져 있지. 내 덕분에, 특별한 방식으로, 소멸과는 동떨어져 있단 말일세…. 자네들은 모두 그 기차에 올라 떠날 거야. 어떤 목적으로, 어느 방향으로 가냐고 자네는 내게 묻겠지? 내 답해 주지…. 우리는 모두 꿈이 있지. 검은 공간 한가운데 있을 때도, 우리는 계속해서 그런 식으로, 희망과 꿈들 속에서 움직이는 법이지…. 그건 의식을 지닌 동물로서 우리의 운명인 게야… 좋든 싫든 말일세…. 생의 전에도, 특히 생의 후에도, 원하든 원치 않든 우리는 그런 식으로 꿈속에서 나아가지…. 게다가 꿈의 꿈이 우리에게 깃드는 일도 자주 있어…. 수송대의 다른 포로와 군인 들과 더불어, 자네에게도 깃들어 있는 게 있어. 시간이 흐르면 자네에게 그것이 점점 더 명확해질 걸세…. 자네들에겐 마침내 평온해질 수 있는 장소에 정착하겠다는 꿈이 있지. 자네들이 이미 죽었든 죽음을 앞두고 있거나 스러지기 직전이든, 혹은 아직 군인이든 이미 포로이든, 혹은 이미 영원히 살아 있는 시체로 변했든, 혹은 자신이 누구인지 깨닫지 못하고

155

산 자나 죽은 꼭두각시 행세를 하든 말이야. 그런 구분은
자네들에게 아무런 의미가 없고, 자네들에 대해 전혀 모르며
상관조차 하지 않는 다른 이들에겐 더더욱 그렇지…. 자네들은
마침내 억지로 실제의 자신과 다른 존재가 될 필요가 없는 장소에
정착하는 꿈을 꾸고, 마침내 수용소에 들어가 다시는 나가지 않는
꿈을 꾸지. 마침내 자네들의 노고를… 끈질김을 보답받기를….
마침내 수용소에 입소하여 외부의 무시무시한 일들로부터
보호받기를…. 그런 꿈을, 우리는 모두 어느 때엔가는 지녔지.
내 말하건대, 일류셴코, 세상만사를 다 본 내가 자네에게 말해
주겠는데, 그런 꿈을 꾸는 것은 딱히 나쁘지 않다네. 산 자들과
죽은 자들과 개들에게는 좀 이상해 보일지라도 말이야. 딱히 나쁜
게 아냐. 그리고 어쨌든 자네는 그들과 떠날 거고, 가축 수송 칸에
실려 흔들리기 시작하는 순간부터, 자네는 100퍼센트 그들과
닮게 될 거야. 그들은 더 이상 이 세상에 속하지 않고, 자네도
그렇지…. 나도 마찬가지고, 자네의 딸 바실리사 마라시빌리도….
하지만 여기서 말하는 세상이 다 같은 건 아니라네, 자네는
모르겠지만…. 어쨌든 둘 다 곧 헤어져 다시는 만나지 못하게
되지…. 뭐, 그렇기도 하고 아니기도 하지만…. 나는 내가 원할
때 내가 원하는 사람을 검은 공간이나 불꽃 속에서 볼 수 있지.
굳이 이해하려 들 건 없다네. 우리는 유사한 존재도 비교할 만한
존재도 아니니까…. 자네는 용감한 사내고, 오르비즈의 군인이며,
관대함과 오르비즈의 동지애가 몸에 배어 있지…. 나로 말할 것
같으면, 나도 한때는 그랬던 적이 있지만, 나는 일찌감치 검은
공간과 불꽃을 건너는 법을 익혔고, 그건… 그렇게 되면 모든 게
달라지지. 불꽃 속을 드나드는 법을 알고 검은 허공에서 잠들고
깨어나는 법을 알게 되면, 더 이상 오르비즈에 있을 때와 같은
존재일 수 없어…. 결말 없는 천 개의 연극, 천 개의 희극과 천
개의 비극 같은 생을 영위하게 되고, 제2소비에트연방이나
그보다 더 끔찍할지 모르는 곳에서의 초라하고 짧은 산책 같은
생과는 다르지…. 자네는 이해할 수 없고 나 또한 자네가 이해할
거라 기대하진 않는다네. 자, 그렇다면 내가 왜 이 이야기를
하고, 자네에게 뭘 바라겠나…? 딱히 바라는 건 없다네, 군인,
자네에게 아무것도 기대하지 않아. 자네가 수송대에 합류해,

모든 것을 뒤에 남겨 두고 자네 딸을 내게 맡기라는 것뿐. 이
바실리사 마라시빌리라는 여자는 이미 자네 인생에서 벗어났네.
자네가 여전히 그녀 생각을 하든 아니든, 이제 그건 전혀 상관이
없어. 그녀는 더 이상 자네 것이 아니야. 나는 아직 그녀를
잘 모르지만, 예쁘고 훌륭한 처녀에다 용감하고 사상적으로
건전하다는 건 알겠네. 방사능에 오염된 스텝으로 인한 탈진을
버티지 못했지만, 그건 그녀를 탓할 일은 아니지. 몸에 방사능이
너무나 많이 축적되어 그녀는 이미 실제 살이 아닌 것으로 이뤄져
있고, 바로 그렇기 때문에 우리는 그녀를 되살릴 수 있는 걸세….
방사능 때문에 되살릴 수 있는 거야. 적절한 지식이 있고 힘든
일을 마다하지 않는다면…. 비결은 과학인 동시에 마법이기도
하지만 본질적으로는 주로 과학일세. 예술이라고는 하지 않겠네,
그렇게 거창한 야망은 없으니까. 어쨌거나 우리가 그녀를 되살릴
수 있다고 내 장담하지… 물론 그녀는 이전과 같지는 않을
테고, 이전의 존재에 대한 개인적 기억은 전혀 없을 테고, 일단
깨어나면 그녀는 좀 나약하고 바보 같아 보이겠지만, 적어도
최소한의 생명은 돌아왔을 테니까. 그녀는 자신이 살아 있다는
걸 모르고 제대로 사유하지 못하겠지만, 잔혹하고 단순한 죽음에
비하면 엄청난 진보가 아닌. 죽은 자도 산 자도 개도 아닌,
다시금 예쁘고 훌륭한, 용감하고 사상적으로 건전한 처녀가 되는
걸세… 좋아, 그다음에는 어떻게 되는지 자네는 궁금하겠지… 내
숨김없이 말해 주지, 그녀가 회복되면 난 그녀를 모르고비안에게
줄 참이네… 모르고비안, 여기 지금 나와 함께 있는 트랙터
운전사 말일세… 모르고비안은 좋은 녀석이고, 그녀를 잘 돌봐 줄
거야. 그는 트랙터 다루는 법을 알고, 말이 많지 않고, 충실하고
다정하게 굴 줄 알지. 내 딸과 결혼한 건 녀석의 실수였어. 난
언짢았지. 그는 사미야 슈미트와 결혼했네. 결혼을 요청한 건
그 애였고, 대체로 보아 그에겐 아무 잘못이 없지만, 그래도
실수, 중대한 실수인 건 여전하지. 이미 저질러진 일이니 되돌릴
순 없지만, 난 몹시 심기가 상했다네… 모르고비안은 좋은
녀석이야, 좀 전에도 말했고 부정할 마음은 없네. 하지만 그가
내 딸 사미야 슈미트의 남은 부분과 평생을 지내기를 원치는
않아. 그 애는 그의 짝이 아니야. 그가 그 애에게 못된 짓을 많이

157

하지 않았다는 걸 난 아네, 그 애는 성관계에 반대하고…. 그는
뭐랄까, 불능에 가까우니까…. 타고나길 그런 데다가, 방사능
때문에 더하지…. 하지만 어쨌거나 이 결혼이 계속되는 건
바람직하지 않아…. 바실리사 마라시빌리의 상태가 좋아지면
우린 모든 일을 바로잡을 걸세. 사미야 슈미트는 독신으로 돌아올
테고 그 애에겐 그게 가장 좋은 일이지. 그 애는 몸이 좋지 않고
모르고비안과의 결혼으로 정신이상만 심해졌으니까. 그 애의
상태가 악화된다면 그럴 때 내가 곁에 있어 줄 걸세. 나는 그
애의 꿈속에 들어갈 수 있고, 그 애는 결코 혼자가 아닐 테니
걱정할 일은 하나도 없지. 나는 그 애의 현실과 꿈속에 마음대로
드나들 수 있다네. 그 애가 화를 내거나 말거나 난 들어갈 수가
있어. 그 애에겐 안전보장인 셈이지. 내겐 내 나름대로 그 애를
보살피는 방식이 있네. 그건 우리 둘, 그 애와 나 사이의 일이지
자네가 상관할 바는 아니라네, 일류셴코…. 누구도 상관할 일이
아니야…. 모르고비안도 마찬가지고. 바실리사 마라시빌리는,
일단 무엇과도 접하지 못하게 소비에트 건물에 둘 거라네. 건물
지하에…. 자네 동료 크로나우에르는 그녀에 대해선 까맣게 모를
테지. 모르고비안도 아직은 그녀를 보러 오지 않을 거야. 내가
그녀에게 작업을 하는 동안은 아무도 날 방해하러 오지 않을
거야…. 얼마나 걸리냐고? 그게 걱정되나? 그녀가 살아나기까지
작업 시간이 얼마나 걸리냐고…? 그거야 알 수 없지…. 내가
아는 것은 일단 존재로 돌아오면 그녀에겐 필요한 것도 없고
머리에 든 것도 거의 없으리라는 것뿐이네. 하지만 그다음부터는
우리가 레바니도보에서 그녀를 잘 보살필 거야. 그녀 걱정은
조금도 하지 말게, 일류셴코. 이 무시무시한 원자로에서 천천히
타들어 가는 대신, '찬란한 종착역'에서 우리가 그녀를 돌봐 주고,
그녀를 회복시켜 불멸로 태어난 것처럼 오래 지속시킬 테니….
잠깐 타오르다 사그라드는 건 아닐 테니, 안심하게. 그녀는
오래갈 거야. 레바니도보에선 다들 조금씩은 그렇다네, 노랫말도
있지만…. 다만 그 크로나우에르라는 작자가 있지. 그가 우리의
길에 끼어들지 말았으면 좋겠는데. 내가 그를 감시하고 있긴
하지만, 예측할 수 없는 놈인 데다가 우리는 서로 어울릴 수 없는
운명이야. 그는 결코 거기 있어서는 안 되는데도 레바니도보에

왔어. 구치소에 넣어 두지 말고 머리통을 깨부숴야 하는지도
모르겠군. 그 녀석은 마음에 안 들어. 구린내 나는 부류[19]에
속하지 않고, 정치적으로는 그다지 더럽진 않지만, 어쨌든 마음에
안 들어. 사미야 슈미트는 그와 함께 숲속에 있었는데 그 뒤로
한마디도 말을 안 해. 그는 전염성 있는 불행을 지닌 녀석이야.
만일 내 딸들에게 해코지라도 했다간 놈은 지옥을 맛보게 될
거고 그것도… 그것도 짧은 지옥은 절대 아닐 걸세…. 이보게,
자네는 1천 619년간의 혼란과 공포, 2천 401년간의 고통, 그보다
심한 걸 상상할 수 있겠나? 놈이 내 딸들에게 해코지를 하면 그런
꼴을 당하게 되는 거지…. 그가 바실리사 마라시빌리를 만나려
하고 소비에트 건물 지하로 찾아와 그녀에게 나쁜 짓을 해도
마찬가지야. 내가 보기에 그놈은 언제나 곁에 죽어 가는 여자나
죽은 여자가 있을 운명이야. 난 그의 꿈과 기억 속에서 그걸
보았다네. 바로 표면에서 알아냈고, 그리 깊이 파고들지 않아도
드러났지…. 그가 알았던 여자들은 항상 그의 곁에서 죽어 가거나
죽은 상태가 되었어. 그것 또한 그가 내 딸들 곁에 얼쩡거리지
말았으면 하는 이유라네. 일단 그 애들은 내 딸이고 다음으로
나는 그 애들이 그의 곁에서 죽어 가거나 죽는 처지가 되길
바라지 않으니까…. 어쨌든 지금으로선 말일세…. 그는 더러운
운명을 겪었고 그건 검은 공간까지 계속될 테니, 그렇지 않기를
바라 봐야 소용없어…. 끝없이 계속될 테니까…. 그건 그의 잘못은
아니고, 그가 태어나기 전에는 어땠는지, 누구에게 그 불행을
물려받았는지 봐야 알겠지만, 한마디로 그가 내 딸들과 접하는 게
나는 아주 불쾌하단 말일세…. 내가 그의 안으로 들어가 지나치게
선을 넘지 않도록 막아야겠지. 그가 콜호스에 오지 않았다면
좋았겠지만, 온 이상 피해는 이미 일어났어. 자네의 경우는
다르다네, 일류센코…. 자네는 군인들과 함께 가도록 하고,
기차로 여행하면서 그들과 함께 새로운 삶을 꾸려 가도록 하게….

---

19. 중국 문화혁명 때 노동자계급의 적으로 분류되었던
아홉 부류(지주, 부농, 반혁명주의자, 악영향을 끼치는
자, 우익, 반역자, 스파이, 주자파, 지식인) 중 지식인을
가리킨다.

그걸 삶이라고 부른다면 말이지만…. 그 비슷한 거지…. 자네는 그들과 수용소 쪽으로 갈 거고…. 시간이 꽤 걸리겠지… 500년, 2천 년…. 그리고 수용소를 찾아내더라도 거기서 자네들을 받아 줄지는 모르지…. 하지만 뭐, 지금부터는 그게 자네의 인생이 될 거라네, 일류셴코…. 무슨 일이 일어나든, 자네는 레바니도보와 내 딸들로부터 멀리 떨어져 있을 테니 내게 방해가 안 되겠지…. 그리고 바실리사 마라시빌리로부터도 아주 멀리…. 왜냐하면 말일세, 일류셴코….”

힘차지만 단조롭게, 혹은 말의 이면에 스스로 제어하기 어려운 마술적 힘이 작용하기라도 하는 듯 이따금 부적절한 억양으로, 솔로비예이는 끝없이 말을 늘어놓았다. 그는 일류셴코의 둘레에 말로 이루어진 고치를 짰는데, 일류셴코의 영혼과 육체, 그의 운명까지도 완전히 지배하려는 목적이 분명했다. 가끔씩 그는 어깨에서 시골풍 셔츠의 광택 있는 천 위로 흘러내리려는 외투를 바로하거나, 손으로 배 위에 놓인 도끼머리를 쓸었다. 무시무시한 인물을 연기한다는 자부심이 느껴졌고, 관객이 얼마 안 되는데도 그는 약간 과장된 연기를 했다.

• 일류셴코는 한 걸음 떨어진 곳에서 그를 마주한 채, 게슴츠레한 시선으로 굳어 있었다. 그의 얼굴엔 노여움도 비난도 떠오르지 않았다. 그는 마치 자유의지를 모조리 포기한 듯 팔을 곧게 내리고 몸 둘 바를 모르고 서서, 참을성 있고 심지어 공손하기까지 한 자세로 설명을 경청했다. 분명 그에겐 한마디도 대꾸할 말이 없었고, 곧 그는 누구에게도 작별 인사를 할 필요가 없는 단역배우처럼 기계실을 떠나 수용소를 찾는 방랑자로서의 새로운 존재를 시작할 것이었다.

모르고비안은 등을 둥글게 웅크리고, 고된 농사일과 어찌할 수 없는 인간관계의 복잡함에 짓눌린 농장 노동자라는 평소의 모습을 하고 있었다. 넷 중 그만이 앉아 있었다. 자기 이름이 불리는 것을 들으면, 그는 눈길을 드는 것이 고작이었고, 그것도 솔로비예이를 향해서는 분명 아니었으며, 눈꺼풀을 깜빡이며 솔로비예이가 자신과 자신의 장래 부부 생활에 대해 결정한 바에 귀를 기울인 후 이전보다 더 단단히 의자에 웅크렸다.

　　　바실리사 마라시빌리는 일류셴코와 모르고비안보다 훨씬 더 말 없는 역할을 연기했다. 그녀는 들리거나, 보이거나, 읽을 수 있는 표현을 전혀 하지 않았다. 의자들 앞에, 칙칙한 부스러기들과 에보나이트로 조각한 배설물 같은 응축된 잔재들이 여기저기 흩어진 단단한 바닥에 늘어져 있을 뿐이었다. 분명 그녀는 '찬란한 종착역'의 수장이 하는 말을 알아들을 상태가 아니었으나, 솔로비예이의 목소리는 마술적으로 그녀의 골수나 골수의 남은 부분 깊숙이 도달했을 것이 틀림없었다. 그녀는 매우, 매우 희미한 그 울림을 감지하고, 다음을 기다렸다.

11

• 일류셴코는 뒤돌아보지 않고 원자로실을 떠났다. 발걸음이
비틀거려 거의 넘어질 뻔했고, 균형을 되찾기 어려워 이리저리
흔들리며 그 자리에 1분간 멈춰 서 있었다. 지금 바실리사
마라시빌리의 시신이 있고, 그녀에게 부활 비슷한 것을 약속한
두 콜호스 주민이 있는 건물로부터 그는 고집스레 등을 돌리고
있었다. 일류셴코 자신은 자기의 길을 떠날 참이며 그녀의 시신과
그 믿기 어려운 운명, 그 불확실한 미래를 남겨 두고 왔고, 그건
가슴 아픈 일이었지만 그래도 그녀에게 뭔가 좋은 일이, 바실리사
마라시빌리에게는 결국 죽음보다 덜 비통할 일이 일어날
가능성이 있었다. 그럴 가망이 있다면 말이지만. 일류셴코는 한
번도 사후의 삶이라는 생각은 진지하게 떠올려 본 적이 없었다.
그에겐 신비주의에 끌리는 성향이 전혀 없었고, 우리 모두와
마찬가지로 그 역시 세상의 기묘한 일들을 변증법적 유물론,
인민의 적이 꾸민 범죄적 음모, 혹은 5개년 계획의 뜻밖의 탈선
등으로 설명하길 좋아했다. 하지만 기묘하든 아니든, 바실리사
마라시빌리의 앞날에 그보다 더 나은 전망은 있을 수 없었다.
콜호스의 수장이라는 자는 정말로 방사능으로 죽은 자들을
되살리는 법을 아는 듯했고, 어쨌거나 그녀를 땅에 묻는다면
시신을 공격할 벌레, 박테리아, 시체를 먹는 동물보다 더 끔찍한
짓을 할 리야 없었다.

이제 그는 다시 걷기 시작해 소프호스의 폐건물들 사이를
지나고 있었고, 핵 발전소 시설로부터 멀어지면서 죽음 이후
이어질 수 있는 존재에 대해 초보적인 의문 몇 개를 떠올려
보았다. 그 현상이 얼마나 오래 지속되는지, 그동안과 이후에
무슨 일이 일어나는지. 의문들은 너무나 혼란스러운 방식으로
제기되어 그는 답을 궁리해 보려는 생각조차 하지 않았다. 청회색
하늘 아래, 무릎이나 허벅지까지 오는 풀밭 속에서 비틀거리며,
그는 솔로비예이가 자신의 내부에 파 놓은 정신적 공백과
싸우느라 애를 먹었다. 폭포처럼 쏟아진 솔로비예이의 마취성
독백에, 그의 황금빛 시선의 영향과 연료봉 근처에 반 시간이나
머물렀던 현기증이 겹쳐졌다. 이미지들이 두서없이 그의 단기

기억 속에 떠다녔고 그는 간신히 바실리사 마라시빌리를 생각의 전경에 붙잡아 놓을 수 있었다.

그는 자신이 바실리사 마라시빌리와 작별한, 더 정확히 말하자면 그녀의 시신을 톨스토이 등장인물 같은 쿨라크와 멍청한 농업 노동자에게 넘겨준 일을 정당화시키는 논거들을 뒤적였다. 혹시 모를 후회, 무엇보다도 그녀의 죽음으로 인한 고통은 나중으로 미뤄 두었다. 의식은 맑지 못하고, 발걸음은 분명치 못한 채 그는 방향과 보폭을 바꾸었다가 멈춰 섰다. 그는 의연하지만 고통에 시달리는 표정, 전기 충격 치료를 받고 난 이의 얼굴을 하고 있었다.

그는 15분 동안 그렇게 비틀거리며 목적 없이 느리게 돼지우리 터 주변을 빙빙 돌았고, 그러다가 상태가 나아졌다.

이제 그는 좀 덜 머뭇거리는 걸음으로 철길을 향해 걸어갔다. '붉은 별' 소프호스의 옛날에는 아스팔트가 덮여 있던 길들을 걸어갔다. 발밑에서 풀이 부스러졌다. 대부분 가을을 맞아 말라붙어 있었다. 그는 풀을 짓밟으며 발자취에 건초 향이 나는 먼지를 남겼다. 덤불 속에 길을 뚫으며 가야 할 때도 있었다. 수송대는 이제 아주 가까웠다. 그는 무성히 자란 식물이 가구와 마루와 창문을 뚫고 나온, 세월이 흘러 시커메진 을씨년스러운 장방형의 거주 구역을 지나쳐, 소프호스의 정문을 지났다. 그의 위에 걸린 양철로 된 붉은 별은 본래의 색을 아주 잃은 건 아니었다. 아마 자기 자신이나 스스로의 애도가 아닌 다른 것에 측은함을 느끼고 싶었기 때문이리라. 그는 그 별이 무엇을 나타냈을지 골똘히 생각해 보고, 여전히 제자리에 있다는 점을 칭찬했다. 별은 오랫동안 저 높은 곳에 버티고 있을 터였다. 장중한 건물 정면에, 몇십 년 동안, 핵의 침묵으로 인해 파괴 행위로부터 보호받고, 자본주의와 피로 얼룩진 대도시와 대륙을 덮칠 비열함과 패배에 무심한 채. 별은 계속해서 우리를 비춰 줄 거야, 그는 생각했다. 별은 우리가 있는 장소에서, 산 자들과 죽은 자들과 개들에게 금지된 꿈과 땅에서 빛나고 또 빛날 거야. 걸으면서 그는 그렇게 스스로에게 되뇌었다. 어느 정도는 개인적이지만, 솔로비예이의 독백의 잔재가 여전히 무겁게 남은 생각들. 그 독백의 일부는 그의 의식 밑에 곧장 전달되었고 마술적인 내용은 잊혔다.

• 군인들은 느긋하게 열차 주변에서 왔다 갔다 하고 있었다. 운전사는 디젤엔진을 보호하는 금속 덮개 하나를 올려 두었다. 동료 하나가 그와 함께 측면 발판에는 오르지 않은 채, 간간이 단음절로 조언을 했다. 기관사는 열심히 급유 펌프를 손보고, 헝겊으로 뭔가를 닦아 내더니 냄새를 맡으려는 듯 엔진 앞으로 다가갔다. 두 사람은 작업복 차림이었고, 군인 같으면서 죄수 같아 보이기도 했다. 기술적 문제는 그들에게 심각한 걱정거리인 것 같지 않았고 주변을 둘러싼, 역시 군복과 죄수복의 잡종 누더기를 입은 대여섯 명의 구경꾼에게도 관심거리는 아닌 듯했다. 기관사가 덮개를 도로 닫자, 기술 자문은 그가 바닥 높이로 내려오기를 기다렸다가 담배 한 개비를 권했다. 그들은 자갈 바닥에 나란히 앉았다. 다른 군인들은 나뭇조각들을 차량 한 칸에 실었다. 지휘관은 지난밤 일류셴코에게 손전등을 들이댔던 사람이었는데, 그룹들을 돌아보며 여기저기서 형식적이지 않은 일상적 어투로 명령을 내렸다. 수송단은 출발 준비를 하는 것이 분명했다.

일류셴코는 지휘관에게 가서 그들 부대에 들어가 함께 모험을, 아니면 적어도 그들이 정한 방향으로 함께 떠나도 되겠느냐고 청했다. 그들이 아까 언급했던 수용소의 존재며, 그곳에 받아들여져 여생을 보낼 수 있으면 좋겠다는 말에, 일류셴코는 그 목적이 자신의 마음에도 들고 살면서 그 외에 바라는 것은 없을 정도라고 단언했다. 그는 주머니에서 솔로비예이에게 받은 큼직한 페미컨 덩어리를 꺼냈다.

지휘관은 외향적인 성격이 아니었지만, 페미컨을 보고는 약간 탐욕이 어린 놀라움을 감추지 못했다.

"나 혼자 독차지할 생각은 없습니다." 일류셴코는 말했다. "전우로서 같이 나누죠. 함께 떠난다면, 이걸로 한참은 버틸 수 있을 겁니다."

지휘관은 일류셴코에게 이름을 묻고 그의 군 경력, 평등주의 사상과의 관계, 군인으로서의 역량은 물론, 수용소, 전반적인 인간적 행복, 전반적인 불행에 책임이 있는 자들의 살인, 동물성, 동지애, 볼셰비즘, 샤머니즘 전반에 대한 그의 관계에 대해서도 질문을 했다. 신문을 마치자, 그는 일류셴코에게 군인의 지위를 부여할지 포로의 지위를 줘야 할지 아직 망설이면서도, 기차에 받아들이지 못할 것도 없다고 말했다.

"목에 있는 건 뭔가, 거미?" 그가 갑자기 물었다.

"망쳐서 그렇습니다." 일류셴코는 지겹다는 듯 설명했다. "펑크 문신처럼 보이겠지만, 낫과 망치입니다. 이걸 새겨 준 친구가 솜씨가 없었거든요."

"우린 아무나 아무렇게나 받아들이진 않네만." 지휘관은 망설였다. "가끔 적의 선동 분자가 나타나거든. 그런 자들은 전원을 물들이기 전에 처형해야 하지."

일류셴코는 그가 흔들리고 있음을 눈치챘다. 그는 운명에 맡기겠다는 몸짓을 했다.

"페미컨 배분을 자네에게 맡기겠네." 지휘관이 결정을 내렸다. "하루 한 조각 이상은 안 되고 정확히 균등하게 나눠야 해. 우린 오후에 떠나네. 어느 객차에 탈지 일러 주지."

• 지휘관의 이름은 움루그 바튜신이었다. 그의 인생은 꽤 혼란스럽게 시작되었다. 그의 아버지, 쇼엠 멘델손은 새였고, 어머니 바그다 돌로미데스는 이뷔르[20]였다.

쇼엠 멘델손과 바그다 돌로미데스는 산림 콤비나트[21]인 브루소바니안 콜로니에서 노동했는데, 그는 벌목 작업장 반장이었고 그녀는 목재의 수로 운송 담당이었다. 움루그 바튜신의 아버지는 새였기 때문에 상사들로부터도, 밑에 거느린 작업반의 수형자들로부터도 존중받지 못했다. 수상쩍게 넘어진 나무를 피한 적이 여러 번이었고, 간부 회의를 마치고 한밤중에 집에 돌아오다가 정체 모를 이들이 그를 막사들 사이로 끌고 가 두들겨 패서 코와 치아를 부러뜨리고, 갈비뼈를 부수고, 마지막으로 오줌을 갈긴 일이 두 차례나 있었다. 움루그 바튜신의

---

20. 볼로딘의 세계관에서 몰살당한 민족.

21. 생산과정에서 상호 보완적인 공장이나 기업을 한 지역에 모아 놓은 기업집단.

어머니 바그다 돌로미데스는 당국에 항의했고, 의사 소견서와 연골과 뼈의 파열이 분명히 드러나는 엑스레이 사진 등 객관적인 사실들을 제시했으나, 목격자와 범행 동기가 없다는 이유로 수사는 그 장소에서 으레 일어나는 술꾼들의 단순한 싸움이라는 결론으로 끝나, 항의한 보람도 없었다. 세 번째로 폭행당했을 때, 움루그 바튜신의 아버지는 끝내 일어나지 못했다.

남편을 땅에 묻은 후 바그다 돌로미데스는 콤비나트의 지옥 같은 세계를 떠나 다른 곳에서 운을 찾아보겠다고 결심했다. 타이가 속으로 달아나면 온갖 위험에 노출되겠지만 상관없었다. 그녀는 쇼엠 멘델손보다 기력과 끈기가 뛰어났고, 시련을 마주해야 할 때면 여자로서의 연약함을 던져 버릴 줄 알았으며, 노력이나 희생을 요구할 수 없는 너무 어린 나이였던 움루그 바튜신이 아니었다면 조금도 주저 없이 이미 떠났을 것이었다. 움루그 바튜신은 세 살이 되어 갔지만 허약한 편이라 1킬로미터 이상 걷는 게 쉽지 않을 터였다. 손을 잡고 끌고 간다면 어머니의 걸음을 늦출 게 분명했다. 바그다 돌로미데스는 아이를 풍만한 가슴에 끈으로 붙들어 매고 등에는 배낭을 메어 균형을 맞추었다. 배낭에는 건조식품 외에도, 감시병 하나를 술에 취하게 해 슬쩍한 권총이 들어 있었다.

그녀는 타이가가 두렵지 않았다. 타이가와의 접촉, 그 냄새, 짓누르는 어둠, 끝없음에 익숙했다. 그녀는 고아였고 그녀를 거둬 준 사람들은 숲에 둘러싸인 작은 마을에 살았는데, 주민들은 당국에서 나온 대표자들을 제외하면 대부분 사냥꾼이나 제재소, 가구 제작소, 벌목 회사 직원이었다. 이후 그녀는 브루소바니안 콜로니로 보내어져 계약서에 명시된 대로 10년은 족히 머물러야 했는데, 이번에도 그녀는 나무들과 매우 가까이, 세상이 달라지고 세상이 오직 광막함과 어스름과 야생동물들의 법칙만을 따르는 검은 경계와 매우 가까이 살았다.

콤비나트의 방벽을 넘자마자 그녀는 첫 줄에 늘어선 전나무들 틈으로 파고들어 낙엽송 숲에 닿았고, 우선 콜로니와 최대한 거리를 두는 데 주력했다. 콜로니의 영역은 사방으로 멀리 펼쳐져 있었지만 망처럼 얽힌 도로와 골목에는 상당한 빈틈이 있었다. 걷기 시작한 첫날 이후 그녀는 이런 기초 구조의 흠을 이용해 성가신 일을 피했고, 열다섯 시간 내내 단 1분도 숨을 고르기 위해 멈춰 서지 않았다. 움루그 바튜신은 칭얼대지 않고 어머니의 가슴에 꼭 붙어 있었다. 끈을 풀어서 오줌을 누일 필요가 없도록 그녀는 떠나기 전 아이에게 마실 것을 주지 않았고, 끝없이 긴 여행 동안 무슨 일이 있어도 어머니의 가슴에 꼭 붙어 있어야 한다는 것을 깨달은 아이는 끈기 있게 침묵을 지키며 가능한 한 잠을 잤다.

　개울이며 연못, 심지어 작은 호수를 건너야 하는 때도 있었고, 바그다 돌로미데스는 그 이름들을 잘 알았다. 여러 해 동안 목재의 수로 운송을 담당하며 늘 그 지역 지도를 들여다보았기 때문이다. 둘째 날, 그녀는 쿠두크 근처에서 물고기 한 마리를 잡았고, 울라칸 근처에서 또 한 마리를 잡았다. 아무도 마주치지 않았고, 개 짖는 소리도 한 번 들리지 않았다. 한여름이었고 늑대들은 남쪽으로 사냥을 떠나 있었다.

　별일 없이 열흘간 걸어 차량에 다다랐을 때 그녀는 곰에게 공격을 받았다. 곰은 10미터 높이로 앞발을 들고 서서 목구멍에서부터 으르렁대며 이빨을 드러냈고 그 의도는 의심할 여지가 없었다. 바그다 돌로미데스는 두려움은 나중으로 미뤄 두고, 냉정함을 잃지 않으며 곰을 당황케 하는 날카로운 소리로 말을 하는 동시에 배낭에 손을 넣고 권총을 꺼내 곰에게 발사했다. 상처를 입기보단 겁먹은 나머지 곰은 달아났다. 바그다 돌로미데스는 더 이상 서 있을 수 없었다. 그녀는 바닥에 주저앉아 몇 분 동안 발작적으로 숨을 쉬었다. 움루그 바튜신은 어머니의 턱 밑에서 징징거리며 훌쩍였다. 어머니에게 끈으로 묶여 있었으므로 그는 곰을 보지도 못했다.

　총소리가 고요한 숲속 멀리까지 메아리쳐, 소규모 무법자 일당의 관심을 끌었다. 다섯 명으로 이뤄진 일당은 그녀의 발자취를 발견했다. 그들은 금세 그녀를 에워싸고, 집단 강간한 다음, 자기들 무리에 들어와 그들의 근거지가 있는 무두간으로 함께 가자고 제안했다. 그곳에 가면 어린 움루그 바튜신을 안전하게 놓아두고, 그녀는 그들과 함께 재산 몰수나 지역 자본주의자들을 살해하는 습격에 나설 수 있다는 것이었다. 바그다 돌로미데스는 도적단에서 공유당하는 여자가 된다는 생각에 내키지 않았고, 게다가 그들이 평온하고 제법 안락한 곳이라며 자랑한 무두간이라는 곳에 대해 전혀 몰랐으므로, 주저하는 기색으로 몇 분간 망설였다. 그러나 밤이 닥쳐오고 움루그 바츄신이 계속 가련하게 흐느꼈으며, 범죄자에 강간범이라는 사실을 제외하면 용감한 사내들 같았으므로, 그녀는 마음을 정하고 그들을 따라갔다. 마음속으로는 도주하기에 가장 좋은 따스한 계절이었음에도 혼자서는 타이가를 지나지 못하리라는 것을, 이 사내들과의 만남이 한편으로는 하늘의 도움이었다는 것을 알고 있었다. 너무 딱하게 굽히고 들어가고 싶지 않았으므로 결코 대놓고 말할 뜻은 없었지만, 갑자기 그녀는 그들이 어린 움루그 바튜신과 자기를 구해 주었다는 생각이 들었다.

무리는 무모한 젊은이 셋과 분별을 잃지 않는 나이 지긋한 사내 둘로 이뤄져 있었다. 나이 든 이들이 지시를 내렸다. 그들은 50-60세쯤이었고, 팔에는 푸른 잉크로 새긴 서로 뒤엉킨 뱀과 철조망, 도적들이 몇백 년 동안 꿈꿔 온 천사 같은 소녀들의 얼굴 문신이 있었다. 밤이면 불가에서 그들은 젊은이들 못지않게 네안데르탈인 같고 음침한 혈기로 윤간에 동참했다. 무두간에 도착하자, 바그다 돌로미데스는 그들과 관계를 갖는 기간과 휴식기를 협상했고, 그들은 기분 좋게 수락했다. 마침내 본거지에 돌아와 줄곧 경계를 기울일 필요 없이 씻고 잠자게 되어 몹시 기뻤기 때문이다. 게다가 숲속을 여행하며 보낸 나날들 끝에 그들은 그녀를 일행으로 받아들이게 되었다.

무두간은 전형적인 도둑 마을로, 숲 한가운데의 틈새에 지어져 있었는데 나무들이 하도 빽빽하게 통나무집들을 둘러싸서 빈터라고 하기도 뭐한 곳이었다. 그곳으로 통하는 어떤 길도 뚫린 적이 없었고 주변의 협곡과 가시덤불을 아주 정확히 알지 못하면 접근이 불가능했다. 그곳에서 움루그 바튜신은 독립적인 아이로 살아가는 법을 배웠고, 소총 발사하는 법, 큰 사슴을 토막 내고 추위와 궁핍을 버티는 법을 비롯해, 늑대 울음소리를 참고 견디는 법도 배웠다. 브루소바니안 콜로니 주변에는 늑대가 드물었지만, 여기서는 매년 겨울 늑대가 집 가까이 다가와 밤이 오기만 하면 문간에 어슬렁거리거나 작은 창문가에서 쿵쿵거렸다. 집 안에서는 저녁 식사가 끝나면 등불 하나도 켜 놓지 않았다. 절약하기 위해서이기도 하고, 책을 들고 난롯가에서 밤을 지새운다는 생각은 도둑들에겐 영 낯설었기 때문이다. 하지만 바그다 돌로미데스의 집에는 책 몇 권이 있었다. 있을 법하지 않은 마을로 떠난 보람 없는 탐험기, 혹은 불가사의하게도 완전히 동떨어진 곳에서 맞닥뜨린 미지의 시체들과의 조우담. 공식 서정시 선집 이외에도, 보르디가[22] 농학 개론서 두 권과 극한 기후 상황과 심지어 사후까지의 평등주의 적용에 대한 논문 한 권이 있었는데, 아무도 관심 갖지 않을 따분한 소책자들이었지만 움루그 바튜신은 알파벳을 복습하고 새 단어 몇 개를 배울 수 있었다. 어린 움루그 바튜신은 벽 너머에서 늑대들이 긁어 대고 신음하는 소리를 들었지만 그 소리에 끄떡하지 않았다. 그는 혼자 있을 때가 많았는데, 어머니가 누군가의 상대가 되어 주러 가거나 다른 이들과 습격에 나섰기 때문이었다. 들키지 않기 위해 도적단은 본거지에서 멀리 떨어진 곳에서 활동했고, 움루그 바튜신은 무두간의 유일한 주민으로 몇 주씩 혼자서도 거뜬히 지냈다.

그러던 어느 초여름이었다. 도적단이 돌아오기를 오래 기다리다 한여름에 접어들었다. 몇 주가 흘렀다. 8주, 곧 9주가. 움루그 바튜신은 그루터기에 돋은 큼직하고 먹음직스러운 버섯을 먹었다가 두 차례 앓았으나, 며칠 설사를 하고 나서는 나아졌다. 그는 산토끼 고기, 다람쥐와 까마귀 수프를 먹었다. 나날은 끝없이 길었고 그는 결국 읽을 줄 알게 된 책들을 더듬더듬 읽으며 시간을 보냈다. 구름처럼 모여든 파리와 모기 떼 외에도 소수의 청중이 모여 그의 낭독을 들었다. 복슬복슬한 쐐기벌레 두세 마리, 개미 몇 마리, 가끔은 한참 배울 게 남은 새끼 여우들. 작은 오두막 문간에서 움루그 바튜신은 자신의 기초 지식을 복습했다. 툰드라에서 집산주의 원칙의 필요성에 대해 수업을 하고, 먹을 것이라곤 지의류뿐이고 기온이 영하 40도 아래로 떨어질 때 개인적 이익이라는 개념을 근절하는

---

22. 이탈리아의 좌익 공산주의자 아마데오 보르디가 (Amadeo Bordiga, 1889-1970)를 가리킨다.

방법을 논했다. 그의 인생에 격변이 닥친 것도 그런 강연을 하던 중이었다. 도둑들 중 가장 나이 많은 유라 삼촌이 어두운 낯빛에 숨이 차서 낙엽송 사이에서 나타나더니, 습격이 좋지 않게 끝났다고, 자위 민병대가 그들을 급습했다고, 다른 이들은 모두 죽고 바그다 돌로미데스도 죽었다고 말했다. 그리고 열흘 전부터 추격자들을 따돌리긴 했지만 무두간을 떠나야 한다고.

가장 손윗사람인 도둑에게는 책임감이 있었다. 그는 움루그 바튜신을 무척 좋아했지만, 앞으로 몇 년씩이나 달고 다닐 수는 없었다. 아이는 도둑으로서의 훈련을 아직 다 마치지 못했고, 또 한편으로 이 사내의 속 깊은 곳에는 이 아이에게 약속된 삶은 타이가와 폭력과 불법이 뒤섞인 자기 파괴적인 운명이 아닐 수 있음을 이해할 만큼의 프롤레타리아적 윤리가 남아 있었다. 그런 이유에서, 그는 아이의 기본적인 짐을 꾸려서 숲을 건너 옛날에 가족이 있던 윤키유르 근처의 연료 보급소로 데려갔다. 숲을 지나는 데 6주가 걸렸고, 나이 든 사내의 먼 친척이 사는 집 문을 두드렸을 때는 가을의 첫눈으로 길이 하얗게 덮여 있었다. 사내는 친척들에게 인사를 하고, 사정을 간략하게 설명한 뒤, 움루그 바튜신에게 작별의 말을 하고는 숲으로 돌아갔다.

그날부터 움루그 바튜신의 일상과 운명은 완전히 뒤바뀌었다. 그를 맡은 50대 부부는 둘 다 훌륭한 사람들로, 관대함과 동정심을 타고난 공산주의자였으며, 이렇게 하늘이 주신 아이의 장래를 지켜본다는 전망에 감격하면서도, 충분한 상식이 있어 아이가 그들 곁에서, 세상과 단절되어 윤키유르의 석유 보급 기지라는 극도로 제한된 세계에서 썩어 가도록 놔두진 않았다. 움루그 바튜신과의 유대가 탄탄해지자, 양아들이 툰드라의 사상과 공식적 작시법에 대한 지식이 풍부하다는 사실이 몹시 자랑스러웠던 부부는 그를 가장 가까운 도시인 소모디오크의 중학교에 기숙생으로 보냈다. 겨울이면 얼어붙은 강을 통해 윤키유르와의 300킬로미터 거리를 쉽게 오갈 수 있었다.

학교에서 움루그 바튜신은 어린 시절 겪었던 일을 보면 학업에 실패하고 불량배가 될 수 있었는데도 모범생이 되었다. 확실히 좀 거칠고 지나치게 말이 없기는 했고, 동무들은 특히 그를 다람쥐를 해체하고 늑대 울음소리를 흉내 낼 줄 알며 어머니와 도둑들이 교접하는 이야기를 하는 아이로 보았지만, 교사들은 그를 건전하고 열심히 노력하며 엄정한 과학에 관심이 많은, 보르디가의 농업 원칙에 대한 열정을 옹호하고 나설 때면 분명 답답하기도 하지만, 기본적인 변증법적 유물론의 구절들을 꽤 많이 줄줄 외울 줄 아는 학생이라고 평가했다. 누군가 그에게, 살해당한 새[鳥] 아버지, 이뷔르이며 타이가의 매춘부였던 어머니, 무법자 삼촌들, 석유 냄새를 풍기는 양부모 얘기를 하며 조롱하면, 그는 단 한 번 때렸지만 그 타격은 놀림이 즉시 멈출 정도로 셌다. 싸움질로 한 학기 동안 근신 처분을 받은 후, 그는 '개척자 소년단' 스카프를 달 수 있는 권리를 얻었고, 세월이 흘러 윗입술에 수염이 거뭇해질 무렵, 그는 콤소몰 회합에 나가기 시작했다.

모든 일이 그에겐 잘 풀렸고, 어느 여름에 배로 강을 거슬러 올라 윤키유르의 두 공산주의자 노인을 만나 포옹하면서, 그는 자신이 기술학교의 제재 관련 직업훈련학과 입학을 허가받았으니 이후에 타이가로 돌아와 경력을 쌓을 수 있을 거라 알렸다. 그들은 모두 몹시 기뻐했으며 무엇보다 양부모의 기쁨이 컸다. 그가 사회에 유익한 사람이 되고 최선을 다해 봉사할 것뿐 아니라, 윤키유르 가까이 옮겨 와 지역의 여러 작업장 중 한 곳에 일자리를 얻고, 연료 보급기지로 그들을 찾아와서 애정과 정신적이고 물질적인 지지를 쏟을 것이기 때문이었다. 부부는 늙어 가기 시작했고, 프티부르주아적이고 이기적인 일탈에 빠지지 않으려 애쓰고는 있지만 역시 움루그 바튜신을 가까이 두고 싶었으며, 가족끼리의 식사, 헤어질 때 건네는 버섯 단지, 강을 따라 보급소와 탱크 사이를 거니는 느긋한 주일 산책 등을 꿈꾸었다.

움루그 바튜신에게는 노동자로서의 평온한 삶이 정해진 것처럼 보였으나, 세계정세는 악화되었고, 다른 곳에서처럼 그 지역에서도 그 결과가 느껴졌다. 완전히 쓰러뜨렸다고 믿었던 적은 다시 힘을 길러 사방에서 튀어나왔고 이미 점점 더 파괴적인 태풍으로 돌변했다. 제2소비에트연방은 파멸을 향해 전속력으로 나아가고 있었다. 잠잠해졌던 전쟁들이 다시금 마구잡이로 터졌다. 도처에 있는 핵 발전소들은, 국가의 쇠퇴에 도움이 되고 외딴 지방들까지 완전한 에너지 자립을 이룩하게 해 주리라 기대했으나, 그 약속을 달성하지 못했다. 대부분의 발전소가 고장 났고, 오대륙에 누구도 청소할 엄두조차 내지 못하는 사라지지 않는 엄청난 흔적을 남겼다. 인류의 종말이라는 전망에 신경이 날카로워진 사람들은 집산주의에 대한 충성을 모조리 저버리고, 침울한 현재와 조금이라도 대비된다면 온갖 정치적 기괴함의 유혹에 빠졌다.

오르비즈는 구원을 요청했다. 움루그 바튜신은 모든 희생을 각오하고 오르비즈를 방어하기 위해 입대했고, 목공이나 벌목꾼이 되는 교육을 받는 대신 자원 부대와 함께 수도를 향해 떠났고, 이후 그때까지 이름조차 들어 본 적 없는 무기들을 다루는 법을 배우고, 싸우는 법과 형편없는 명령에 군말 없이 복종하는 법을 배우고, 쓰라림을 배우고, 유혈이 낭자한 패주 속에 살아남는 법을 배웠으며, 몇십 년의 저항 끝에 오르비즈가 비참하게 무너지고 그 자신도 죽임을 당하자, 방사능에 오염된 구역들을 떠돌며 다른 이들과 더 멀리 가는 법을 배웠다. 그들이 누구든 간에, 그리고 두 눈을 완전히 감기 전까지 혹은 적어도 그들을 받아 줄 수용소를 찾을 때까지, 앞으로 가야 할 길이 얼마나 멀든 간에.

• 일류셴코는 객차에 올랐고 그의 바로 뒤에서 누군가가, 분명 지휘관 움루그 바튜신이 미닫이문을 닫고 잠갔다. 에피소드의 끝이군, 일류셴코는 생각했다. 여행의 시작. 그는 오줌 냄새가 나는 바닥널에 앉았다. 그의 옆에는 가방, 소총, 탄약통 등 용구들이 있었다. 객차에는 여섯 명의 군인이 이미 앉아 있고 말없이 텅 빈 눈으로 앞을 보고 있었다. 자리는 부족하지 않았다. 높이 있는 환기구로 빛이 들어 빛도 부족하지 않았다. 바닥은 판자로 되어 있고, 정차해 있는 동안 군인들이 풀 뭉치로 문질러 청소해 두었다. 15분 지나 기관차가 출발했다. 가솔린 냄새가 열차 칸막이 틈으로 훅 끼치며 맴돌았다. 객차는 별로 흔들리지 않았다. 승차 환경은 그리 나쁘지 않았다. 일류셴코는 저녁때까지 비몽사몽에 빠졌고, 밤이 되었을 때는 완전히 암흑에 빠졌다.

172

12

다음 토요일, 아침나절에 기차는 휑한 벌판에 멈췄다. 산맥
가까이 와 있었다. 풍경은 돌투성이 산악 지대, 드문드문 선
전나무 다발, 죽은 풀로 뒤덮인 골짜기들로 나뉘었다. 하늘은
창백한 푸른색이었다. 햇빛은 없었다. 문이 열렸다. 다들
뻣뻣하게 굳어 움직이길 꺼렸다. 눈꺼풀을 들어 올리는 것조차
힘겨워 했다. 세상에 재적응하느라 15분 정도 보낸 뒤, 움루그
바튜신은 객차 안으로 머리를 들이밀고는 오후 중반에 전체
회의가 열릴 것이며, 의사일정은 임무 분담, 새 지휘관 임명,
민요가 있는 저녁 모임의 준비이고 저녁 모임 때는 페미컨을
분배할 거라고 알렸다.

　　일류셴코는 몸이 경직되지 않은 것처럼 행동하며 자갈길로
내려가, 장과 방광을 비우기 위해 선로에서 떨어진 곳으로 갔다.
그 활동은 순전히 습관에 따른 것이었다. 배변 욕구는 들지
않았고, 불쾌한 생각이지만 그 욕구 없음은 단 한 가지로밖에
설명할 수 없었다. 그가 정말로 더 이상 산 자들의 세계에,
산 자들의 생리적 욕구와 의례적 배설에 속하지 않는다는
것이었다. 그는 액체도 고체도 배출하지 않고 바지 끈을 묶고는
아예 인정하고 넘어가는 편이 나을 몇 가지 진실을 스스로에게
침울하게 들려주었다. 자신이 이미 죽었고, 솔로비예이가
자기에게 마법을 걸어 이용했으며, 다시는 바실리사
마라시빌리를 보지 못하리라는 등의 것이었다.

　　날은 맑았지만 햇볕은 그리 따뜻하지 않았다. 기차 주변에
강렬한 가솔린 냄새가 떠돌았다. 기관사는 아직 엔진을 끄지
않았다. 그는 연결 통로를 서성이며 엔진 덮개를 열지 않고
만족스러운 기색으로 부르릉거리는 소리에 귀를 기울였다.
그런 다음 기관실로 돌아가 엔진을 껐다. 그러자 들판에 정적이
깔렸고, 가솔린의 구름이 흩어지면서 숨을 쉬면 시든 디기탈리스,
얼어붙은 대지와 자갈의 냄새가 났다.

　　일류셴코는 저녁때의 모닥불을 위해 나무를 좀 내리는
일을 거들었다. 그런 후 기차 뒤로 선로를 따라 걸으면서 다리를
풀었다. 집단에 소속되고 나니 어떻게 돌아가는지 잘 이해가

갔다. 기차에는 서른두 명이 있었고, 처음에는 죄수와 군인의 두 무리로 뚜렷하게 나뉘어 있었지만 어느덧 원래의 특성을 잃고 수송대 내에서의 지위를 완전히 무시하게 되었다. 모두 단 한 가지 생각뿐이었다. 최대한 빨리, 규율이 엄격하든 아니든 수용소에 들어가, 철조망 안에서 영원히 함께하는 것.

여행 동무들과 생각을 나눠 본 결과, 일류셴코는 그가 참가한 장거리 여행에 대해 조금 더 깊이 알게 되었다. 집단 수용의 안식처를 찾는 이 철도 여정은 이미 수개월째였고, 어쩌면 헤아릴 수 없는 바르도적인 옛날부터였을지도 몰랐다. 디젤 트랙터는 결코 고장 나지 않고, 연료 공급 문제는 발생하지 않으며, 모든 것이 끝없이 되풀이되는 악몽 속처럼 기차는 밤낮으로 인간 화물을 뒤흔들고 요동치게 하고 괴롭히며 천천히 수킬로미터씩, 몇 주씩을 집어삼켰다. 정차가 있어 여정의 끔찍한 단조로움이 좀 덜했고, 휴식 시간은 보통 토요일 저녁이었다. 기차를 세우고 불가에서 하룻저녁 모임을 여는 전통이 확립되었다. 대열을 정비하고, 느슨해진 규율을 바로잡고, 지휘관이 필요하다고 여기면 수용소를 향한 우리의 최후 여행이 어떤 불멸의 사상을 바탕으로 하는지 일깨우는 기회였다. 병사들은 고분고분 지시 사항과 연설을 들었고, 최선을 다해 실행하겠다는 의지를 표했다. 하지만 그들이 무엇보다도 기대하는 것은 모임의 마무리인 공연으로, 해가 지고 불길이 얼굴들을 번들거리는 갈색으로 물들이면 그때그때 다른 이들이 즉흥 공연을 하곤 했다. 그 시간이면 재능 있는 이들이 서사시를 노래하거나, 시적이거나 희극적인 자작 일인극을 하거나, 이전 삶의 기억에 강렬하게 남은 선전문 혹은 공산주의나 포스트엑조티시즘이나 페미니즘 로망스[23]의 발췌문을 낭송했다. 관객은 찬사나 목소리를 내어 추임새를 넣었다. 마치 옛날, 한국이 아직 존재했고 우리가 여전히 미래를, 아름다움을, 죽음의 불가능함을 믿던 때, 한국의 판소리 공연 때 그랬던 것처럼.

• 덩어리에서 잘라 낸 페미컨을 꼼꼼히 균등하게 분배하고

---

23. 「옮긴이의 글」 참조.

174

난 뒤로, 일류셴코는 유명해지고 인기까지 얻었다. 움루그 바튜신은 지휘관 자리를 페드론 다르다프라는 죄수에게 넘겼고, 그는 곧바로 계급상의 임무를 떠맡아, 잠재적인 공격자가 뒤에 숨어 있을지 모를 바위 언덕들까지 안전 반경을 넓혀 보초병을 배치하고는 일류셴코에게 와서는 그가 다음 주에 지휘관직을 이어 받을 것 같다고 알렸다.

"그럴 리가요." 일류셴코가 말했다.

"다들 자네가 뛰어난 지휘관이 될 거라 생각해." 페드론 다르다프가 말했다.

"무엇 때문에 그렇게 생각합니까?" 일류셴코가 물었다.

"자네가 편애 없이 먹을 것을 분배하니까, 또 자네가 딸을 잘 돌봤기 때문이기도 하고." 페드론 다르다프가 말했다.

"내 딸이 아닙니다." 일류셴코가 정정했다. "바실리사 마라시빌리였습니다."

"자네 아내인가?"

솔로비예이, 일류셴코는 즉시 떠올렸다. 외모도 계층도 페드론 다르다프는 콜호스의 수장과 비슷한 점이 없었지만, 동일하게 딸과 아내를 근친상간적으로 혼동하는 듯했다. 그 기시감, 기청감의 느낌은 엷은 베일처럼 이내 사라지는 대신 일류셴코를 덮쳤다. 가벼운 베일은 납처럼 그를 내리눌렀다. 그 솔로비예이가 내 안에 들어와서 나를 따라다녀, 그는 생각했다. 내가 '붉은 별'의 작은 발전소에서 정신을 잃은 순간 그가 내게 제 그림자를 심어 둔 거야. 그는 상대방에게 현기증을 감추려고 이를 악물었다. 갑자기 자신이 내면으로부터 솔로비예이에게 관찰당하고 있다는 의심이 들었다. 이내 그는 이성적인 근거라곤 전혀 없는 그런 직감에 반발했다. 솔로비예이 생각은 대체 뭐야, 그는 스스로에게 타일렀다. 그런 쪽으로 흘러가선 안 돼. 마르크스·레닌주의가 그걸 금하지. 정신 나간 헛소리일 뿐이야.

그는 페드론 다르다프에게 대답하려 애썼다. 자신의 생각을 내면의 목소리에 맡기기보다 스스로의 입에서 단어가 나오는 것을 듣고 싶었다.

"그래요. 내 딸이 아니라, 아내입니다."

"뭐, 나에게는 아내든 딸이든 매한가지야." 새 지휘관이 침울한 소리로 말했다.

일류셴코는 페드론 다르다프의 눈을 들여다보았다. 황금빛 줄무늬도, 맹금류나 마법사 같은 노란 번뜩임도 전혀 없었으나, 페드론 다르다프는 솔로비예이가 핵 발전소 건물에서 말했던 이상한 문장을 단어 그대로 되풀이하고 있었다. 우연일 리가 없어, 그는 가슴이 철렁했다. 지휘관이 그 단어들을 그대로 쓴 것은 솔로비예이가 불러 주었기 때문이야. 그도 나처럼 솔로비예이에게 사로잡혀 있어. 어쩌면 '붉은 별' 소프호스를 떠난 후로 우리 모두가 솔로비예이에게 사로잡힌 껍데기인 건지도 모르지. 그 마법사 무지크가 우리가 모두 죽었다는 점을 이용하는 게 아닌지, 우리 모두가 감독과 배우들과 관객들이 단 한 사람이자 동일인인 극장 속의 꼭두각시가 아닌지 어떻게 알겠어.

그렇지 않아, 그는 또 생각했다. 사로잡힌 껍데기, 내면의 신비주의적인 극장. 죽은 자들로 장난치는 사람, 무슨 일이 일어나는지 보려고 죽은 자들을 조종하는 사람. 그런 것들은 존재할 수 없어.

일류셴코는 손으로 목덜미를, 문신 있는 곳을 쓰다듬었다. 그는 낫과 망치와, 그림을 망친 불운한 기관단총들 장식이 어디 있는지 정확히 알았다. 그는 땀을 닦는 척했으나, 사실은 단순하고 견고한 상징들에서 안심을 느끼려는 것이었다. 그는 세상의 미스터리한 사악함에 빠지지 않으려고 친숙한 구명대에 매달렸다. 인류가 수렁에 빠지지 않도록 단결한 노동자, 농민, 군인. 이거야말로 구체적인 거야, 그는 생각했다. 이건 모호한 상상, 솔로비예이의 꿈이나 뭔지 모를 다른 것이 아니거든.

마르크스·레닌주의가 아직도 있어서 다행이야, 그는 생각했다. 그렇지 않다면 우리는 끔찍하고 더러운 악몽에 빠지겠지. 계급 간에 구별을 하고, 심지어 산 자들, 죽은 자들, 개들이나 뭐, 그런 것까지 구별할 수 있을 줄 누가 알겠어.

• 밤이 되자, 일행의 안전을 지키는 보초들만 제외하고 모두가 불가에 모였다.

죄수 두 명과 군인 한 명이 그날 저녁의 공연을 맡기로 했다. 군인은 심하게 망가진 하모니카를 갖고 있었는데, 그것으로 세 개의 화음을 낼 수 있었고, 다른 연기자들은 그거면 적어도 자정까지 오케스트라 반주가 되기에 족하다고 했다. 군인의 이름은 이드푸크 소비비안이었다. 죄수들의 이름은 마티아스 부아욜과 슐리프코 아르마나지였다. 수송대에 합류하기 전 그들은 불량분자와 우파들이 있는 임시 수용소에 있었다. 그들의 수용소는 적의 공격을 받았고 그들은 기적적으로 대학살을 피했다. 마티아스 부아욜은 뛰어난 이야기꾼으로, 과거에 극단 소속이었고 발성이 완벽했으며, 특정한 대목을 노래로 낭송할 때는 노래 솜씨도 탁월했다. 슐리프코 아르마나지는 자발적으로 베이스를 맡아 독창에 반주가 되는 화음을 넣었다.

"여러분 앞에서 희비극적인 애가를 공연하겠습니다." 마티아스 부아욜이 알렸다.

잠시 동안, 나무가 타오르는 정적에 가끔 낡은 판자의 구슬픈 끽끽거림, 짧은 탁탁 소리, 우지끈 소리만 들리다가, 이드푸크 소비비안이 하모니카에 숨을 불어넣고 들이쉬기 시작했다. 화음은 애수를 띠었고 연주자는 계속 같은 순서로 반복했다. 슐리프코 아르마나지는 마티아스 부아욜이 이야기를 시작하면 후음 창법으로 보조하려고 기다렸다. 처음 몇 분은 그렇게 흘렀다.

그러다 일어서 있던 마티아스 부아욜이 독백의 첫 부분을 말했다.

그는 불 쪽을 돌아보며 말했다.

"수용소 찬가가 혀끝에서 흘러나온다, 그 혀가 어떤 혀든, 낮이나 밤의 어느 시간이든, 횡단이나 난파의 어느 순간이든."

우리는 최대한 숨소리를 죽이며 들었다.

밤은 짙었다.

밤은 춥고 짙었다.

"죽음의, 죽음의 횡단의, 죽음의 난파의 어느 순간이든." 마티아스 부아욜이 끝맺었다. "수용소 찬가는 흘러나온다."

슐리프코 아르마나지는 배음 노랫소리를 내기 시작했다. 때때로 그는 낮은 음으로 끝나는 한숨으로 쉼표를 찍고, 다시 계속했다. 그의 목구멍에서 나는 기묘한 소리는 하모니카의 빈약한 멜로디와 조화를 이뤘다.

177

"수용소를 대체할 것은 아무것도 없다." 마티아스 부아욜이 계속했다. "수용소만큼 필수적인 것은 아무것도 없다. 수용소가 자유로운 남녀들의, 혹은 적어도 그들의 동물적인 조건으로부터 충분히 자유로워져 해방, 윤리적 진보, 역사를 구축하고자 하는 남녀들의 사회가 염원할 수 있는 최고 등급의 존엄함이자 조직이라는 사실은 누구도 부인할 수 없다. 뭐라 말하거나 비난하든, 그 무엇도 결코 수용소에 필적할 수는 없을 것이니, 인류 혹은 그 유사한 것의 어떠한 집합 건축물도 수용소가 그 안에서 살고 죽는 이들에게 제공하는 운명에 비할 만한 수준의 일관성과 완벽과 평온에 결코 도달할 수 없으리라. 수용소가 난데없이 불쑥 솟아나지 않았다는 것은 모두가 안다. 그것은 우리의 긴 역사의 성과이며, 온 세대가 희생으로써 출현에 이바지한 역사의 최고 단계라 보아야 한다. 수용소는 갑자기 무(無)에서 생겨난 것이 아니며, 동물적인 어둠의 어느 부분이 몇몇 이들의 예언적인 영감으로 밝아지기 시작하고, 이후 그 여명이 다수의 관대함과 자기희생 덕분에 강렬해졌을 때, 그 결과로 나타났다. 그러므로 우리는 도중에 있다. 이 빛에 감동을 받아, 선구자들의 머나먼 후손들이 마침내 구체적으로 수용소를 빚는 데 나서고, 그들은 철조망에 손이 벗겨지고 일을 빨리 진척시키기 위해 자발적으로 식사와 수면을 마다하며 마침내 꼼꼼하게 수용소를 건설한다. 그러나 수용소의 현실에 엄청나고 감동적인 중요성을 고스란히 부여하는, 천년 건축의 성과라는 특성을 명심하지 않더라도, 모두가 수용소의 내부나 외부에 결정적이고 보편적으로 거하는 것보다 더 정당한 일은 없음을, 어떤 관점을 취하더라도 우리는 인정해야만 한다. 가장 아둔한 철학자들조차 지금은 수용소 안에 스스로를 감금하는 것이 이 지구상의 인간 여자나 인간 남자가 달성할 수 있는 가장 아름다운 자유 행위가 되었음을 인정한다."

마티아스 부아욜은 입을 다물었다. 슐리프코도 그랬다. 하모니카만이 단조로운 음악극을 계속했는데, 말이 중단되고 나니 그 소리는 아무것도 없는 음악극 같았다.

우리는 수용소를 생각했다.

우리는 모두 머릿속에 수용소의 이미지를 떠올렸다.

거기에 가기만 하면, 전부 잘되리라, 우리는 생각했다.

178

우리는 마침내 수용소 내부에 영원히 받아들여지는 막연한 희망을 품었다.

외부에서, 이 썩은 세상에서 살아야만 하기 전에 도착하기만 한다면, 우리는 생각했다.

불이 약해졌다. 우리의 지휘관이 옆에 뒹굴던 판자 하나를 붙들어 불길 가운데를 쑤시자, 불똥이 무리 지어 날렸다. 불이 살아났다. 모두가 생각에 잠겨 불꽃이 피어오르는 것을 바라보았다.

슐리프코 아르마나지가 다시 후음의 노래를 했다. 가슴을 찢는 소박한 멜로디였다. 슐리프코 아르마나지의 목소리는 여자 목소리인지 남자 목소리인지 구분하기 어려웠다. 그런 식의 특징 구분이 아예 안 되는 소리였다. 인간의 소리 같지도 살아 있는 소리 같지도 않았다. 2–3분, 어쩌면 그보다 오래, 하모니카는 슐리프코 아르마나지의 기묘한 발성과 조화를 이뤘다.

몹시 캄캄한, 별 없는 하늘.

불, 탁탁 튀는 불꽃들, 불의 타르 냄새.

헐벗은 땅. 우리 옆의 낙석 더미들. 저 너머에 산악 풍경이 펼쳐져 있다는 생각.

가까운 자갈밭에 가닿는 불의 반향.

피로로 주름진 우리들 얼굴 위로 움직이는 반사광.

슐리코프 아르마나지의 금속성의 음조.

하모니카. 세 개의 단조 화음.

마티아스 부아욜이 말을 이었다.

"특히 수용소에서 태어난 이에게, 수용소의 삶보다 더 바람직한 것은 없다. 이는 배경이나, 공기의 질 문제가 아니며, 죽기 전에 겪는 모험들의 질 문제도 아니다. 무엇보다도 이는 운명과 자신 간에 지켜져야 할 계약의 문제다. 거기에는 이상적인 사회에 대한 어떠한 앞선 시도들도 이루지 못했던 월등한 이점이 있다. 모두가 수용소에 들어가기를 요구할 수 있고 누구도 거절당하거나 나오는 일이 없어지는 순간부터, 수용소는 세상에서 유일하게 운명이 누구도 기만하지 않는 공간이 되는데, 그곳에서 운명은 우리가 기대할 권리가 있는 바와 구체적으로 일치하기 때문이다."

마티아스 부아욜은 우리를 쳐다보지 않고 자리에 앉아 손을 불 쪽으로 뻗었다.

그의 반주자들은 조용했다.

몇 분 동안 마티아스 부아욜은 추위를 좀 누그러뜨리려는 바람 외엔 아무것도 드러내지 않고 불꽃 가까이 손을 대어 녹였다.

깊숙한 밤 속에서 누군가가 이게 전부냐고, 다 끝났냐고 물었다.

"그래." 그는 말했다.

뒤이어 그는 잠들기라도 한 듯 덜 확실한 목소리로 되풀이했다.

"수용소 찬가가 혀끝에서 흘러나온다, 그 혀가 어떤 혀든, 낮이나 밤의 어느 시간이든, 횡단이나 난파의 어느 순간이든."

• 마티아스 부아욜은 아지프로[24] 극단의 배우였다. 그는 전선, 공장, 소개 구역 등 단순한 신문 기사나 라디오방송 담화로는 주민들에게 공동의 행복을 향해 나아가고 있다고, 혹은 그게 아니라도 불행의 끝을 향해 가고 있다고 설득하기에 역부족인 곳에 좋은 얘기를 전하러 다녔다. 극단의 이름은 '343'이었고 오르비즈에 헌신적이며 연극 활동을 진심으로 사랑하는 소년소녀로 구성되어 있었다. 불안정한 상황에서 공연을 올려야 함에도 아랑곳하지 않고 그들은 언제나 최선을 다했다. 그들이 공연하는 소극들은 주로 패주, 지상의 지옥, 인류의 종말이라는 주제를, 한편으로는 패배를 눈부신 승리로 탈바꿈시키는 가장 효과적인 비결을 주제로 다뤘다. 분통이 터질 정도로 어두운 대사와 상황이 이어지다가, 명랑하고 완전히 낙관적인 분위기가 전개되며, 아포칼립스를 익살극처럼 그린 이 공연을 보던 군중은 종종 포복절도했다. 그들은 치명적인 방사능으로부터 도망치고 있고, 고향은 지도에서 지워지고, 앞날에 기다리는 건 공동 묘혈뿐인데도, 마티아스 부아욜과 그의 동료들 앞에서 군중은 웃음을 터뜨렸다.

극단은 수도 당국의 인가를 받았지만, 당의 지부에서는 그들의 유머를 그리 달가워하지 않았고, 반혁명적인 저의가 숨어

---

24. agit-prop. '정치적 선동과 선전'이라는 뜻.

있다고 보았다. 피난민들이 다른 곳으로 옮겨 가기 전 기다리는 텐트촌들에서 2분기 동안 활동한 후, 당국은 극단에 자진 해산을 명했다. '343'의 설립자였고 연극 활동에 몸과 마음을 다 바쳤던 마티아스 부아욜은 이 요청을 무식한 야만인들의 요구로, 나아가 개인적인 재난으로 받아들였다. 그리고 거기서부터 그는 확실히 좀 잘못된 방향으로 나아가기 시작했는데, 사회적이고 지적인 견지에서 그랬다. 작은 극단의 단원들은 흩어졌고 누구의 소식도 들리지 않았으나, 그는 무슨 일이 있어도 '343'을 계속 유지시킬 작정이었고, 공식 기관들의 적의를 불러일으키거나 말거나 더 이상 신경도 쓰지 않았다. 그는 기숙사 언저리나 군대 텐트가 양쪽으로 늘어선 끝없는 대로를 떠돌며, 즉흥극이고 일인극이나마 계속 공연을 했다. 정신 나간 자의 독백이나 자유시로 된 포스트엑조티시즘적 숙고가 레퍼토리의 전부였다. 그는 거리의 가수와 점쟁이 가운데 섞여 들었으나, 불량분자들이 늘 그러듯 종종 붙잡혀 훈계를 들었다. 그러한 불심검문에 그는 화가 났고, 교정 위원회와의 면담에 기운이 빠졌다. 곧 그는 완전히 무너졌다. 독백 공연 중 그는 여러 차례 자살 기도를 했다. 그런 시도 하나가 성공해 그는 근처의 시체 안치소로 옮겨졌는데, 불교도들이 운영하는 그곳은 거창하게도 '모두를 위한 미래'라는 이름이었다. 밀려드는 시체들을 감당할 수 없어 손이 부족한 나머지, 불교도들은 죽은 자들이 스스로 알아서 하도록 두었다. 어딘가에서 '바르도 퇴돌'[25]을 읊었다면, 그건 멀리 떨어진 방에서였고 마티아스 부아욜에겐 아무것도 들리지 않았다. 만원인 복도에서 며칠 기다린 뒤 그는 이송되었다. 그는 우파, 자해자, 자살자, 구린내 나는 네 번째 부류의 대표자들이 있는 임시 수용소에 수감되었다. 호기를 기다리는 수밖에 별 도리가 없었다. 수용소가 이웃 도시를 폭격으로 날려 버린 적의 습격을 받자, 그는 망설이지 않고 더 나은 세상을 향해, 이상적인 수용소를 향해 출발하는 수송대에 뛰어들었다. 어디가 되었든.

---

25. 티베트 불교 님마파의 경전으로, 중간계(바르도)에서 듣고 이해하면 그 자리에서 해탈에 이른다고 한다.

13

• 덜컹덜컹, 덜컹덜컹. 기차는 천천히 나아갔다. 덜컹덜컹,
덜컹덜컹, 덜컹덜컹, 덜컹덜컹. 산악 지방을 지난 후, 철도는
도로 스텝의 단조로운 구릉지와 만났다. 늘어선 자작나무와
멀리 전나무 숲이 지평선에 솟았다가 사라졌다. 때때로 철도는
무시무시하게 적대적이고 시커먼 숲 일부를 통과하기도 했다.
몇 시간 동안 기차는 몇백 년 묵은 나무들이 빽빽하게 두 줄로
늘어선 사이에 끼어 직선으로 나아갔다. 좌우로 아직 짙푸른
풀밭이 몇 미터가량 펼쳐져 있었다. 가을의 추위에도 그 풀은
공격적인 푸름을 간직하고 있었다. 풀은 이상할 정도로 두터운
융단을 이루고 있어, 누구의 손도 닿지 않은 그 존재감이 두려울
정도였다. 바로 뒤에 낙엽송들이 서 있었다. 일류셴코는 미닫이문
틈새로 그 광경을 보았다. 나무들은 뚫을 수 없는 벽을 이루었다.
일류셴코는 동료 크로나우에르처럼 타이가에 대해 억압된
혐오를 느끼지는 않았지만, 결국 그 숲의 장막은 불길하고 인간
삶에 부적절하게 여겨졌으며, 그는 눈을 감고 몽상에 잠겼다.
빛이 달라질 때만 그는 눈을 떴다. 밤이 왔거나, 기차가 마침내
우거진 식물 속을 벗어났을 때만.

　　수송대의 정기 휴식일은 토요일로 정해져 있었지만,
기관사는 이따금 그와 상관없이 작은 마을이나 버려진 소규모
콜호스 근처에 재량껏 멈춰 섰다. 대개 너무 작아서 발전소를
갖추지 못한 곳들이었다. 그래도 주민들은 더 안전한 지역으로
피신했거나, 혹은 죽어서 모습이 보이지 않았다. 기차 문들이
활짝 열리고, 보초 하나가 첫 번째 객차 지붕에 기어 올라가고,
지휘관은 비틀거리며 선로로 내려가 바퀴에 등을 기대고 몸에
기력이 어느 정도 돌아오기를 기다렸다. 기관차 운전사는 보이지
않는데, 운전하는 동안의 긴장이 지나가고 깊은 잠에 빠진 게
틀림없었다. 군인과 죄수 들은 깨어나기까지 여러 시간이 걸리며,
하룻밤 이상이 지나야 할 때도 있었다. 충분히 힘을 되찾으면
그들은 자발적으로 임무를 나눠 맡고 볼일을 보거나, 그런 일들을
해치우러 선로를 따라 비틀거리며 걸어갔다. 폐허는 항상 아주 못
들어갈 상태는 아니었고, 그들은 불을 지필 나무나 담배, 유용한

물건을 찾기 시작했다. 이따금 책을 찾아내는 일도 있었는데, 그러면 지휘관에게 가져갔다. 지휘관은 사상적 결정권자로서의 역할을 행사하여, 대강 검토한 후 책들이 불쏘시갯감인지 네 번째 객차에 있는 순회도서관에 추가할 가치가 있는지 결정했다. 지휘관의 분류법은 완전히 자의적이어서, 도서의 문학적 가치보다는 두께와 종이 질 같은 사항을 기준으로 삼았다. 그런 식으로 일류 포스트엑조티시즘 작품들이 밤을 밝히며 불살라졌다. 마누엘라 드레게의 『풀과 골렘』, 엘렌 도크스의 『우리는 스무 살』, 페트라 킴 외의 『한국 여성의 해부』 등등이었다.

• 다음 토요일, 기차는 누옥 다섯 채가 모인 곳 근처에 섰다. 집들은 철길 가까이 황량한 풍경 속에 서 있었고, 농업적 목적은 없는 게 분명했다. 처음 보기에 그 집들의 존재는 어딘지 불가사의했는데, 페드론 다르다프가 설명을 내놓았다. 그곳에 살던 농부들은 옛날 수용소로 가는 길인 죄수들에게 빵과 물을 공급하는 일을 맡았던 게 틀림없다는 얘기였다. 과연 누옥들이 수용소 건물들로 이어지는 길에 있다는 점을 확인하고 사람들은 몹시 기뻐했으며 그 기쁨은 기분에도 드러났다. 일류셴코가 페미컨 배급을 마치자, 페드론 다르다프는 약속대로 권력 이양을 이행하여 그에게 지휘관직을 맡겼다. 성대한 절차 따위는 없이 막힘없이 진행되었다. 다수의 합의를 볼 필요조차 없었다. 일류셴코는 아무 말 없이 잠시 망설이다가, 한숨을 쉬고는 오두막 한 채를 부수어 목재들을 2번 차량으로 옮겨 다음 주와 나중까지 쓸 땔감 비축분을 늘리라고 명했다. 군인들은 소총을 다발로 세워 두거나 열차에 기대 세워 두고 죄수들과 뒤섞였고, 늘 그러듯 다들 무덤 저편의 몸짓으로 분주히 움직이기 시작했다.

　　사실상 여행에 새로운 점은 전혀 없었다. 중요하지 않은 세부 사항만 달랐을 뿐이다. 예를 들어 움루그 바튜신이 한 방에서 책을 발견해 일류셴코에게 가져와 책의 즉각적인 미래 결정을 맡겼다. 장작 더미냐 도서관이냐. 표지는 30년도 더 전에 뜯겨 나갔다. 그것은 마리아 크월의 단편 모음집으로, 매 순간 모든 페이지에서 성관계에 대한 증오를 공공연히 풀어놓기 때문에 알아보기 쉬운 작가였다. 일류셴코는 세 문단을 훑어보았는데,

욕망은 물론 애정 어린 다정함의 표현까지도 모두, 살아 있는 피조물들이 그들의 종을 끔찍하게 영속시키기 위해 서로 찢고 강간하도록 강제하는 동물적 밤의 근본적 난폭함, 고생대부터의 강압적인 어둠에 그 근원이 있다는 내용이었다. 마리아 크월은 오르가슴의 아찔한 순간에서 즉각 4~5억 년 전으로 이어지는 지름길을 보았다. 일류센코는 움루그 바튜신에게 이 책을 어떻게 해야 할지 잘 모르겠다고, 일단 갖고 있겠다고 말했다. 움루그 바튜신은 죽은 군인들의 차려에 해당하는 자세로 참을성 있게 결정을 기다리고 있었다. 사실 일류센코는 책을 불에 던져 버린다는 데 좀 부끄러움을 느꼈고, 그런 행동은 개의 머리를 한 적군들이나 하는 짓이었지만, 동시에 그는 마리아 크월의 설교를 참아 줄 수 없었고 이전에도 그랬다. 그리고 스텝에 황혼이 내려앉아 불을 피우기 위해 잔가지와 종이가 필요할 때가 오자, 결국 그는 책장들을 뜯어내 곧장 불꽃 위에 놓았다. 저녁 모임의 시작이었고, 아무도 우리의 유전적 유산에 대해 고통스러운 질문을 하지 않았으며, 개인적으로 그는 포스트엑조티시즘 문학에 대한 이런 공격에 별 후회를 느끼지 않았다.

불가에 나온 이들의 수는 지난번 축제의 밤 때보다 적었다. 움직일 수 없거나 그럴 마음이 없는 이들 여럿이 기차 안에서 쉬고 있었다. 정오쯤 지휘관에게 전달된 소식에 따르면, 그중 하나는 달아났다고 했다. 하모니카 연주자 이드푸크 소비비안이었다. 지휘관은 그를 찾으라는 명을 내리지 않았다. 어쨌거나 그 사람은 사라졌다. 그는 스스로에게 가장 무시무시한 고독을 선고한 것이다. 그리고 몇 시간 동안 그를 추적해 수송대로 데려와 결국 탈영 죄로 총살하는 것은 무의미한 짓이었다.

• 불이 오렌지빛 노란색, 금빛 노란색, 구릿빛 붉은색의 아름다운 색조를 띠고, 이따금 쉭쉭대며 밤 속으로 녹아드는 순금색 실이 휘날리자, 일류센코는 일어섰다. 그의 주변에는 스무 명 정도의 몸이 대부분은 무기력하게 늘어져 있고, 대여섯 명은 앉아 있었다. 다들 불꽃에 눈길이 못 박혀 있었다. 그들의 눈에는 똑같이 강렬한 불의 색이 반영되었다. 인간 같지 않은 노란색, 탐욕스럽고 게걸스러우며 최면을 거는 노란색,

일류셴코가 그 빛을 눈 속에서 본 것은 단 한 번, 얼마 전 '붉은 별' 소프호스에서였다.

솔로비예이, 그는 씁쓸하게 생각했다. 또 그다. 그는 내 정신에서 나갔었는데. 그 스텝의 주술사. 그가 되돌아왔다. 콜호스의 역겨운 중매쟁이, 시체 회수꾼, 사악한 그림자, 방사능에 끄떡없는 거인, 난데없이 나타난 샤먼적 권위자, 아무것도 아닌 것의 수장, 쿨라크 모습을 한 뱀파이어, 등받이 없는 의자에 앉은 기묘한 사내, 학대자, 강압적인 작자, 수상한 작자, 불안한 작자, 원자로의 피조물, 무정부주의 최면술사, 조종자, 어떤 구린내 나는 부류에 속하는지 모를 그 괴물. 그가 다시 여기 있다. 며칠 동안 잠잠했지만 깊은 곳에서 다시 튀어나왔다. 그는 불꽃 속에서 나를 본다. 그는 우리 모두를 보며 불꽃 속에서 우리를 좌지우지한다.

스치고 지나가는 상념이었지만, 일류셴코는 몇 초 지나서야 떨쳐 버릴 수 있었다. 뭐, 어차피, 그는 생각했다. 아무런 근거도 없는걸, 며칠간 흔들리고 덜컹거렸던 탓이야. 묵사발이 된 뇌에서 나온 강박적인 생각이라고. 정신적 체기, 그뿐이야.

군인 몇 명이 그의 쪽을 바라보며, 그가 연설을 할 듯한 자세였으므로 경청하겠다는 뜻을 보였다. 덕분에 그는 솔로비예이의 손아귀에서 한결 수월하게 빠져나올 수 있었다. 이제 그는 지휘관이었고, 자기 고민과 비이성적인 두려움을 마음속으로 곱씹는 것보다 훨씬 중요한 책무가 있었다. 그는 부하들에게 말을 해야 했다. 그는 헛기침을 하고 입을 열었다. 목소리는 힘들게 나왔고 그는 좀 더 권위 있게 들렸으면 하고 바랐지만, 굳이 말을 멈추고 가다듬지는 않았다. 자신의 열변이 전혀 호전적이지 않은 거친 숨결과 더불어 나왔음에도, 그는 말을 계속했다.

"군인 동지들, 죄수 동지들…! 우리는 소득 없어 보이는 원정에 나섰다… 그러나 필연적으로 우리는 목표에 다가가고 있다…! 우리의 목적은 곧 달성될 것이다… 우리는 마침내 울타리와 철조망 앞에 설 것이고 그 너머에서 휴식을 취할 것이며, 그 너머에서 우리의 생존은 온전한 의미를 지닐 것이다…. 오늘 밤까지 그래 왔던 것처럼, 단결을 유지하자…!

어떠한 경우에도 우리의 단결을 깨지 말자…! 다 함께, 우리는 무엇으로도 깨뜨릴 수 없는 형제단을 이루고 있다…. 우리의 최종적인 패배감도… 오늘날 지구상 곳곳에 난립하는 정치적 광기들도… 고요히 우리를 태우는 방사능도… 인민의 적의 음모도… 우리 운명 최후의 더러움도….”

더 이상 무슨 말을 할지 몰라, 그는 반 분간 할 말을 찾았다.

불붙은 널빤지가 탁탁 타는 소리.

검게 물드는 황혼 녘의 하늘.

무한한, 거의 평평한 스텝의 사위에서 발산되는, 썩지 않은 꽃들의 최후의 향기, 아직 썩지 않은 건초 같은 색조.

보다 가까이에서, 수송대에 따라붙는 퀴퀴함, 녹슨 철, 가솔린, 먼지, 더러운 기름, 배설물과 때의 냄새.

활활 타오르는 불.

둥글게 불을 둘러싸고 다가붙은 남자들, 내면으로는 기분 좋지만 외적으로는 허름하고 의기소침한.

종종 내리감고 있지만, 흰자위와 동공에 동시에 불꽃이 반사되는 눈이 보일 정도로는 뜬 눈꺼풀, 구릿빛 도는 노란 점 하나로 착각할 정도로.

“우리의 아름다운 형제애적 시련 속에 하나로 단결하자.” 마침내 일류셴코는 말하고 털썩 주저앉았다. “음악을 울려라…! 축제를 시작하라…!”

• 마티아스 부아욜이 일어섰고 슐리프코 아르마나지도 뒤따랐다. 그들은 토요일 저녁 전통인 공연을 준비했다. 이드푸크 소비비안과 그의 하모니카가 빠져 공연단이 음악적으로 빈약해진 탓에, 마티아스 부아욜은 자신의 낭독을 쪼개 중간 음인 서창부와 노래하는 부분이 번갈아 나오도록 했다. 슐리프코 아르마나지는 서창부 동안 후음 창법의 멜로디와 배음으로 보조하기로 했다. 줄리어스 토그뵈드라는 이름의 죄수가 구금[26]으로 노래에 반주를 넣겠다고 나섰다. 그는 두 번째 누옥의

---

26. Jew's harp. 틀에 혀 모양의 금속 조각이 끼워진 악기. 이로 악기를 물고 입으로 소리 진동을 바꾸거나 증폭시킨다.

잔해에서 굴러다니던 그 작은 악기를 찾았는데, 어떻게 쓰는지는 잘 모른다고 털어놓았다.

"상관없어." 슐리프코 아르마나지가 격려했다. "멜로디의 흐름을 놓치면, 자네가 따라잡도록 우리가 어떻게든 해 볼 테니."

"중요한 건 둘만 하게 내버려 두지 않는 거지." 일류셴코가 지적했다.

"여러분 앞에서 익살스러운 찬가를 공연하겠습니다." 마티아스 부아욜이 알렸다.

어째서인지 모르게, 왜냐하면 전혀 중요한 일이 아니었으므로, 전 지휘관 페드론 다르다프가 겉으로 보이던 무기력 상태에서 깨어나 선생님에게 질문하는 꼬마처럼 손을 들고 물었다.

"이봐, 부아욜, 익살스러운 찬가는 자네들이 지난주에 공연했던 희비극적인 애가와 다른 건가?"

마티아스 부아욜은 몇 초간 당황한 듯했는데, 마음속에서 조용하게 시작된 공연에 벌써 몰입해 있었기 때문이었다. 하지만 그는 선선히 답했다.

"아니야, 페드론 다르다프. 완전히 똑같은 거라네. 완전히 똑같은 시적 헛소리지."

뒤이어 음악적 낭독이 시작되었다.

• "자유에 심취한 모든 남자," 슐리프코 아르마나지가 서막을 노래했다. "그리고 역시 자유에 심취한 모든 여자는 머릿속에 비견할 바 없는 수용소의 이상을, 그 찬란한 절대성을 간직하고 있어야 하며, 구체적인 수용소에서 일반적으로 불쾌한 것들, 조직적인 누추함, 유감스러운 위생 상태, 밤낮 가리지 않는 끔찍한 난잡함, 수용소 우두머리들의 횡포, 간수들의 원시적인 야만성, 수감자들 간의 폭력, 개의 확성기에서 끝없이 흘러나오는 개의 설교들에 주목해선 안 된다."

그때 줄리어스 토그뵈드의 구금이 건조한 멜로디를 내기 시작했다. 너무 일렀다. 마티아스 부아욜은 줄리어스 토그뵈드가 두 개의 음으로 긴 2분간 최선을 다하도록 두었다. 그런 후 자신 없는 연주자가 풀이 죽자, 그는 잘했다는 손짓을 했다.

187

"어떤 경우," 그는 이야기꾼의 목소리로 말했다. "기차는
허허벌판에 섰는데, 예를 들어 선로 변경 장치가 기관사에게 여정상
문제를 일으켰을 때가 그렇지만, 죄수들과 제복을 입은 수송
책임자들과 기관차를 다루는 기술자들 모두가 똑같이 느끼는 여행에
대한 무관심이 그 이유일 때도 있었다. 전원이 밖으로 나갔다. 만일
이 휴식이 황혼 이후라면, 우리는 기차에서 내린 후 우리의 기억에서
퇴색되지 않고 남아 있는 특정 철도 여행의 분위기들을 다시
체험했다. 그것은 우리가 우리 자신의 존재 동안, 혹은 과거의 존재,
훨씬 이전의 존재 때, 모호한 목적지의 노선에서, 몇 세기나 이전에
다른 곳에서 경험할 기회가 있었던, 쿠스코-푸노, 이룬-리스본,
블라디보스토크-하바롭스크, 이르쿠츠크-울란바토르, 김책-홍원[27]
같은 여행이거나, 우리가 영화 관람 때 접해 우리의 근본적 감정 속에
통합시킨 것이었는데, 우리는 흑백의, 무성의, 혹은 증기 배출 소리의
리듬만이 곁들여진 훌륭한 영화들을 통해 이미 그것들을 경험했고,
종종 거기에는 우리 자신이나 우리와 비슷한 이들의 이미지,
극빈자나 건달 같은 옷차림을 한 이미지가, 우리를 짓누르는 이미지,
우리를 슬픔으로 마비시키는 이미지가 등장했는데, 왜냐하면 우리는
거기서 등장인물들의 무(無)를 향한 임박한 표류를 연상했고, 그것은
실패와 종말을 의미했고, 우리에게 이별과 최후의 전락과 종말을
알렸으며, 등장인물과 관객을 구분하지 않는 우리에게 그것은 더
이상 허구가 아니라 우리 현실의 처참한 또 한 페이지, 이미 쓰였으며
운명의 지워지지 않는 잉크로 이미 더럽혀져 우리의 과거나 미래에
아무렇게나 끼워질 한 페이지였기 때문이다."

마티아스 부아욜은 잠시 쉬었다. 숨이 가빠 고른 호흡을
되찾기까지 몇 초가 걸렸다. 곁에서 슐리프코 아르마나지가 폐를
부풀려 한숨 비슷한 소리를 내다가, 이 세상 소리 같지 않은 도와
미로만 이루어진 상승하는 탄식음을 하늘을 향해 쏘아 올렸다.

"여기서 나는," 마티아스 부아욜이 말을 맺었다. "우리 세대
전체에 영향을 주었던 유리 맥마카로프의 특정 영화들을 생각한다.
「패배 이전」, 「최초의 암늑대」, 「미리암의 여행」이 그의 작품과
그러한 주제의 대표작이다."

---

27. 김책, 홍원은 각각 북한 함경도의 시와 읍의 이름이다.

한순간의 침묵, 슐리프코 아르마나지의 배음 속삭임만이 그 침묵을 깬다.

불의 타닥거림, 때때로 불똥이 무리 지어 일어난다.

참석자 모두의 눈에 비친 불꽃의 반영, 마치 죄수들과 군인들이 솔로비예이가 상상한 죽은 걸인들인 것처럼.

풀 내음과 철길 냄새가 나는 밤.

유리 맥마카로프의 영화 속 이미지들에 대한 희미한 기억.

마티아스 부아욜은 벌써 낭독을 다시 시작했다. 반 분이 지나, 그의 목소리는 노래가 되었다.

"그리하여 우리는 밤의 공허로 나갔고, 차디찬 바람을 곧바로 맞지 않는 쪽으로 상체와 어깨를 돌린 채, 우리는 우리가 텅 빈 플랫폼에 있으며, 갑자기 솟아난 증기에 에워싸여 있다고 상상했다. 마치 사랑하는 여인에게 방금 작별을 고했고 이미 그녀의 모습이 보이지 않는 것처럼. 군인 하나가 우리에게 담배를 권했고, 우리는 한 모금씩 빨고 다음 사람에게 넘겨주었고, 서로 떨어져 쭈그리고 앉아 몇 주 동안 아무것도 든 게 없는 방광과 창자를 비우는 척했다. 그것은 의식에 불과했으며, 우리가 존재와 단절되지 않았고 아직도 육체와 기본적인 신체 작용을 지니고 있음을 보여 주는 방식이었다. 그다음으로, 속바지나 그 대신 두른 것 속을 본디대로 정리한 후, 우리는 더 수직적인 활동을 계속했다. 우리는 천천히 기차 둘레를 돌았다. 우리는 호송대를 거슬러 기관차까지 돌아왔다. 우리는 발밑에서 땅이 울리고 풀이 비명 지르는 소리, 서리 결정의 소리를 들었다."

● "휴식은 30분간이었고," 마티아스 부아욜이 노래했다. "더 길 때도 있었는데, 그럴 때면 장시간의 집합, 확성기를 통한 경고, 호루라기와 나팔 소리가 뒤따라왔다. 인원 점호는 혼란 속에 실시되었지만 폭력은 동반되지 않았다. 담당 군인들은 성과 이름을 헷갈려 가며 힘겹게, 그리고 짚고 넘어가자면 신경조차 쓰지 않고, 출석을 불렀다. 우리는 다시 기차에 올라탔고, 어쨌거나 우리 모두는 스텝 한복판에 버려져, 식량과 구조 가능성을 영원히 박탈당하고, 인적 있는 땅으로부터 1천 리나 떨어지고 넘을 수 없는 지평선의 울타리로 문명과 단절된 채 남아 있고 싶은 마음은 없었다. 누군가

빠져 있으면, 우리는 군인들에게 알렸다. 그들은 먼저 명단을 뒤적이는 데 몰두하여 서류에서 결석자를 찾고, 그런 사람은 등록되지 않았으니 존재하지 않는다고 선언했다가, 우리가 요청하는 대로 점호를 처음부터 다시 시작했다. 그러는 동안 지각자나 어설픈 도망자는 몰래 원래 그룹에 끼어들 수 있었고 수송 책임자들은 다시 한번 우리 얘기의 진실성을 의심했다. 하지만 가끔은 부재가 사실로 확인되었고, 그러면 군인들은 평소보다 더 분주하게 호송대 주변을 찾아다녔다. 군인 하나가 중간 차량 위에 올라가 탐조등을 켰다. 1-2분간의 '예열'을 마치면 탐조등이 작동하여, 크고 눈부신 붓이 밤 속에 매우 멀리까지 가는 거대한 터널을 뚫고, 언뜻 괴물 같은 형상을 한 흐릿한 자연의 장애물들, 서리로 풀이 거듭 말라죽은 언덕들을 비췄다. 지리적 상처나 썩은 토탄층이나 얼음판으로 여기저기 얼룩무늬가 있는 초원의 장방형 한 조각이 갑자기 눈에 들어왔다. 얼룩들은 결코 은빛이 아니었고, 보기 좋지 않았으며, 언제나 암회색 혹은 진갈색이었다. 때때로 강렬한 탐조등의 빛줄기가 멀리서 네발 달린 포유동물을 놀라게 했는데, 우리는 털이 긴 소라고 했지만, 남들보다 그 방면에 조예가 깊은 일행 중의 몽골인과 티베트인들은 야크라는 이름을 인정하지 않았다."

그 순간 줄리어스 토그뵈드가 정신을 차리고는 놓아 버렸던 구금을 입술 사이에 다시 물었는데, 그가 갑자기 완벽한 소리를 내는 데 성공하자 다른 두 공연자는 조용해졌다. 그들은 꼼짝하지 않고, 일렁이는 그림자와 반사광에 둘러싸여, 눈을 감고 앞뒤로 몸을 약간 흔들며 줄리어스 토그뵈드의 독주를 들었다.

줄리어스 토그뵈드의 독주.

이름 모를 풀 내음이 실린 약간의 바람.

불의 따스함.

밤이 다가옴에 따라 더 습해지는 땅.

줄리어스 토그뵈드의 독주의 끝.

• "탐조등은 움직이거나 방향을 전환시키기 어려웠다." 마티아스 부아욜이 말을 이었고, 슐리프코 아르마나지의 후음 반주가 뒤따랐다. "지붕 위의 군인이 뭔가 핸들 구조니 랙 따위가 자기가 바라고 생각하고 예상하는 대로 말을 듣지 않는다고 욕설을 퍼붓는

소리가 들렸다. 탐조등은 한 방향에만 멎어 있곤 했는데, 그곳에선 깜짝 놀란 털이 긴 소가 원기를 북돋우는 잠을 깨우고 긴 밤을 망친 그 괴상한 태양에 콧방울을 계속 들이대기도 했지만, 보통은 빛줄기가 이웃 언덕까지 도달하는 데 성공하여, 언덕 중간의 다른 소나 오래되고 무너진 목동 오두막을 비추다가, 거기서 멈춰 버리고 군인이 욕설을 퍼붓고 군화로 걷어차도 꼼짝달싹하지 않아, 결국 상관이 탐조등을 끄라고 명령하는 걸로 끝났다. 탐조등이 뒤집어져 하늘을 강렬하게 비추며, 잡다한 부품들과 치명적으로 결합하기 이전, 대공방어기의 모습으로 돌아가는 때도 있었다. 그럴 때면 군인과 죄수 할 것 없이 호송대 전체가 그 거대한 빛의 기둥 아래 입을 헤벌리고 조용해져, 구름 사이나 창공에서 나타났던 거짓말 같은 적의 폭격기들을 생각했고, 그럴 때도 하사관이나 그 비슷한 사람이 나서서 엉뚱한 짓을 끝내 줘야 했으며, 그제야, 또 한 차례 저주와 욕설을 퍼붓고 나서야 탐조등은 꺼졌다."

• 줄리어스 토그뵈드의 입술에서 피가 났다. 구금을 이 사이에 잘못 끼고 연주하다가 다친 것이다. 그럼에도 방금 독주를 마친 뒤, 그는 자신이 필수불가결한 존재이며 자기가 빠지면 공연의 교향악적인 풍취가 모조리 사라질 거라는 확신을 얻었고, 입이 고문당하는 듯 고통스러웠음에도 자기 몫을 다하겠다는 의무감이 있었다. 그는 다시 금속 악기를 앞니 사이에 물고 한 손가락으로 리드를 퉁기기 시작했다. 이제 그는 공연 시작 때보다 더 폭넓은 음계의 소리를 냈다. 그 점을 의식하고는 뿌듯함을 느꼈으며, 덕분에 불타는 듯한 입술의 아픔을 초월할 수 있었다.

슐리프코 아르마나지와 줄리어스 토그뵈드는 가사가 완전히 배제된 이중주에 들어갔는데, 구금 연주가 다시 시작되리라는 것을 깨닫고 마티아스 부아욜이 말을 멈췄기 때문이었다.

순수한 음악적 행복의 한순간이 흘러갔다.

죄수와 군인 여러 명이 상반신을 앞뒤로 가볍게 흔들었다. 선사시대 종교의 기도자들이나 현대의 미치광이들처럼. 그들은 눈도 거의 깜빡이지 않고 계속 불을 바라보았다.

약간의 바람에 불꽃이 비틀렸다.

페드론 다르다프가 불길에 판자 하나를 더 넣었다.

일류셴코가 또 하나를 더했다.

불똥들이 소용돌이치며 캄캄한 하늘로 올라갔다.

이중주가 멋졌다. 타오르는 불소리가 커지는 동안 음악은 머릿속에서 계속되었다.

불의 불규칙적인 그르렁거림.

우리 모두를 향한 불의 시선.

바람의 차가운 속삭임.

열차에서 끼치는 배설물 냄새.

마티아스 부아욜이 다시 이야기에 들어갔다. 대규모 청중 앞에서 공연하는 데 익숙한 배우의 안정되고 힘 있는 목소리로.

"사실 이 방법으로 부재자를 발견한 적은 거의 한 번도 없었다. 때때로 지각자가, 빛으로는 아무리 봐도 보이지 않지만 설사가 났다고 주장하며, 덤불 사이에 엉성한 자세로 꼼짝 않고 있다가, 몇 초간 굴욕적인 조명을 받은 후 지친 듯한 몸짓으로 옷을 도로 입는 것을 붙잡기는 했지만, 도망자는, 내가 아는 한 진짜 도망자들은 수색에서 벗어났다. 그러면 아침이 밝을 때까지 기다려야 했다. 나머지 우리들은 가축 수송 칸에 갇혀 있었고, 군인들은 그럴 때면 특히 난폭하게 미닫이문을 닫았고, 혹은 소총으로 위협당하며 철길 근처의 아무 골짜기에 다시 집합하기도 했는데, 그러면 아름다운 별빛 아래서 밤을 보낼 수 있었기에 우리는 그편을 더 좋아했다. 우리는 임시로 야영을 준비했고, 가끔은 뭉쳐서 불을 피울 만큼 마른 풀을 충분히 모아서, 불길이 너무 덧없이 사라지지 않기를 바랐으며, 잉걸불에서 불그레한 빛이 사라지면, 다시 말해 자정이 되면, 우리는 몸을 둥글게 말고 잠을 잤다."

한 1분 전부터 음악적 반주가 강렬해졌다. 줄리어스 토그뵈드는 광기에 사로잡힌 것 같았다. 그는 불 쪽을 향했다가, 연설자를 향했다가, 불을 향했다가, 연설자를 향했고, 철 리드를 쉬지 않고 진동시키는 통에 입술이 너덜너덜해졌다. 슐리프코 아르마나지도 이에 질세라 그의 리드미컬한 악절 몇 개를 계속하여, 구금 연주와 마티아스 부아욜의 말과 웅장한 조화를 이뤘다.

"새벽이 오면, 하사관 하나가 중앙 차량 위에, 날이 밝아 어젯밤보다 더 쓸모없어진 탐조등 옆으로 올라가, 쌍안경으로 멀리 둘러보았다. 우리는 모두 하나같이 그가 무슨 말을 할지에 귀를 곤두세웠고, 그는 그 사실을 알았다. 내 생각에 그는 아무것도 보지 못했고, 아무것도 발견하지 못했고, 필사적으로 달려가는 사람의 모습 같은 건 포착하지 못했지만, 교육적인 목적에서 그는 우리 머릿속에 건전한 두려움을 심어 주려 했다. '저기 있다.' 그는 힘차고 분명한 목소리로 말했다. 마치 무정부주의적 노동조합운동 회합에서 발언이라도 하는 양, 즉각적인 함성과 박수갈채와 만세를 기대하는 양. '늑대들이 바짝 쫓고 있다, 녀석은 끝장이야, 이제 달아날 도리가 없어, 늑대들이 서로 갈라섰군, 이제 가장 큰 놈이 녀석의 앞길을 막아설 거야.' 그는 계속 거짓말을 하며 곧 일어나거나 이미 일어난 공격을 묘사하고, 늑대의 털, 놈들이 서로 주고받는 심술궂은 눈빛, 구부린 등, 더러운 이빨을 묘사하고, 해체되는 과정을 묘사했다. 우리는 말없이 그 보고를 들으며 각자 아침 임무를 처리했다. 간단한 세안, 배 속 비우기, 커피 준비, 교대."

마티아스 부아욜은 조심스레 헛기침을 하고 말을 이었다.

"교대라는 말을 했는데, 교대 이야기를 하겠다. 이는 매일은 아니지만 자주 일어나는 일이었기 때문인데, 우리가 무슨 이유인가로 모두 밖에 나와 있을 때면 한층 수월했다. '교대'란 우리가 군인들 대신 호송병 역할을 맡고, 군인들이 죄수 역할을 맡는 순간을 뜻한다. 요대와 소총 몇 개를 주고받는 것뿐이었다. 그건 우리가 출발할 때부터 꿈속에서 했던 합의였고, 방랑하는 동안 과도하게 득을 보는 이가 아무도 없도록 하기 위해서였으며, 우리는 현실에서는 물론 꿈속에서도 실수 없이 이행했다.

'이 음울한 사례가 본보기가 되길 바란다.' 그러는 동안 하사관은 말을 계속했다. '탈출 시도는 모두 파멸로 이어진다. 우리의 집단에서 달아나는 건 늑대 아가리로 뛰어드는 일이다. 함께 있을 때도 충분한 공포와 고통의 끔찍한 순간들을 혼자서 맞이하는 것이다. 탈주에 미래는 없다. 누가 뭐라든, 수용소를 대체할 수 있는 것은 아무것도 없으며, 수용소만큼 필수적이고 유익한 것은 아무것도 없다.' 그는 여전히 의기양양한 연설자의 어조였으나, 이미 우리는 말하는 자가 누구인지 확실히 알지 못했다. 탈주자에 대해 거짓말을 늘어놓은 하사관인지, 아니면 죄수 대표가 자신의 높은 지위를 이용해 우리에게 이야기를 하거나, 훈계를 하거나, 흰소리를 늘어놓는 건지.

• 자정이 지났다. 마티아스 부아욜의 목소리가 줄어들며 마지막 멜로디만 남았다가, 줄리어스 토그뵈드가 다친 입에서 피가 흐르는 구금을 떼었고, 슐리프코 아르마나지도 화음을 내던 것을 중단하고 갑자기 몹시 낮은 목소리로 바꾸어 4-5초간 계속하다가, 마침내 마지막 한숨을 내쉬며 끝맺었다.

그 뒤로 한 시간이 지났다. 불가를 떠나 열차의 더러운 나무 바닥에 눕거나 얼어붙은 땅 위에서 떨고 싶은 사람은 아무도 없었다.

지휘관으로서 일류셴코는 뭔가 말할 때라고 여기고, 세 공연자에게 보충을 요청했다.

"마무리를 지어야지." 그는 그들 쪽을 보며 말했다.

여전히 탁탁 튀는 불가에서 아직 사색이나 무(無)에 완전히 빠지지 않은 이들 틈에서 짧은 찬성의 움직임이 일었다.

• 마티아스 부아욜은 불 맞은편에 앉아 있다가 지휘관이 이야기하자 말없이 도로 일어섰다. 세 공연자에겐 좋은 자리가 마련되어 있었다. 슐리프코 아르마다지와 줄리어스 토그뵈드가 부산스레 다시 반주를 넣을 채비를 했지만, 그는 손짓으로 그들을 만류했다. 장식음 없이 한목소리로 마무리할 생각이었다.

그는 머릿속으로 무슨 이야기를 할지 준비하느라 반 분 정도 보낸 뒤 입을 열었다. 그가 낮은 목소리로 말했다.

"수용소가 삶이 살아가는 고생을 할 가치가 있는 가공의 장소가 아닌 유일한 장소라는 사실을 모르는 이는 아무도 없다. 어쩌면 살아 있다는 자각이 그곳에서는 남들과 더불어 행동한다는 자각 덕분에, 집단적 생존의 노력 속에서 충실해지기 때문일 것이다. 그 노력은 분명 헛되고 괴로우나, 철조망 저편에서 찾을 수 없는 고귀함이 어려 있다. 또한 살아 있다는 자각이 마침내 주위에서 계급이 전면 철폐된 것을 보고 충족되기 때문이기도 하다. 다른 곳, 외부에서는 거기에 필적하는 감정이 발생하려면 재난의 시기나 전쟁을 기다려야 한다. 수용소에서는 천재지변이 연달아 일어나거나 폭탄이 빗발치지 않아도 주민들이 상부상조와 숙명론적 우애를 꽃피운다. 수용소가 세상의 나머지 부분을 이루는 지역보다 더 불편하지만 우애가 더 넘친다는 사실을 모르는 이는 아무도 없다. 수용소의 한복판에서든 변두리에서든, 그곳에서 집단 살해나 대학살이나 정치적, 종교적, 인종적 불관용을 선동하는 사상가는 아무도 없다. 수용소에서 살인자들은 절대적으로 필요한 경우에만, 혹은 욕망이나 정념에 휩싸여, 혹은 새 칼을 시험해 볼 때만 행동에 나서며, 결코 외부에서 발생하듯 하찮고 혐오스러운 이유로 일을 저지르지 않는다. 총괄적인 접근 방식으로 분석하든 반대로 매우 상세한 접근 방식으로 분석하든, 수용소는 그곳에 모인 이들에게 장점만을 선사하며, 그런 이유에서 아직도 수용소 외부에 사는 불행한 이들 다수는 무슨 수를 써서라도 그곳에 접근하려 애쓰고, 항상 수용소 꿈을 꾸며 그들보다 앞서 들어갈 수 있었던 이들을 질투한다. 수용소 내에 수용소 반대자는 드물고, 불평등한 미개함 속에 고여 있거나 타락한 철조망 밖에서의 생존 방식을 옹호하는 그들의 논증은 지리멸렬하다. 수용소를 떠나야 한다고 호소하는 수용소 이론가들은 극소수인데, 그들은 수용소를 비난하거나 수용소 체제의 철폐를 꿈꾸거나, 철조망 저편을 향해 더 넓은 출입구를 내고 수용소를 외부의 영역들과 통합하길 권장한다. 정신병원 창문으로부터 나오는 그들의 발언은 들렸으나 아무런 지지도 얻지 못한다. 박수갈채가 터지긴 하지만, 대개 그것은 그들이 보여 준 유머와 우스꽝스레 찡그린 얼굴에 화답하기 위해서다. 그들의 정신 나간 망상을 진지하게 받아들이려면 확실히 그들만큼 제정신이 아니어야 할 것이다. 요컨대, 수용소에서는 이성을 부여받은 인간이라면 아무도 담장 안에서 꽃핀 사회의 인간적인 우월함에 의문을 제기하지 않으며, 몇 세기에 걸친 감옥의 경험과 수용소의 개발, 그 철학, 그 내면적이고 근원적인 논리에서 이뤄진 지속적인 개선을 아무도 감히 부정하지 않는다. 그런 것이다."

14

• 그다음 주 중반, 기관차가 여러 차례 기적을 울려 모두를, 혹은 적어도 아직 이 세상에 속한 이들 모두를 깨웠고, 기차는 급제동을 걸었다. 정오가 한참 지났다. 태양은 온기 없이 빛났다. 우리 중 몇몇은 투덜거리며 무슨 일인지 궁금해 했고, 기차가 움직이지 않는다는 것을 느끼고 문으로 향했다. 문은 잠겨 있지 않았다. 출발할 때, 일류셴코는 죄수들이 수감된 차량들을 잠갔어야 하는 일을 잊었거나 잊은 척했다. 햇빛을 쬐는 지친 머리들은 15분간 빛에 눈부셔 했다. 그들은 몸을 쭉 뻗었고, 그 동작에 으레 따라붙는 하품과 신음을 했지만, 한참 동안 아무도 밖에 나갈 만한 몸 상태가 아니었다.

　기차 위에서 까마귀들이 까악까악거렸다. 한때 정신없던 스텝은 다시금 인간의 것이 아닌 그 속삭임으로 가득했다. 철로 가까이 어린 전나무 여섯 그루가, 나무가 드문 풍경 한가운데 저희끼리 모여 있었다. 그것들은 그 지역의 온갖 동물상이 모여드는 집합 장소 역할을 하는 게 분명했다. 나뭇가지 위에서는 모습을 드러내지 않은 채 방울새가 지저귀고, 줄기 사이에서는 날쥐들이 역시 모습을 감추고 울기 시작했다. 덤벙대는 메뚜기 한 마리가 지휘관이 아직 누워 있는 차량 안까지 날아왔다. 그는 아직 꽤 남았지만 줄어들고 있는 페미컨에 보탤 요량으로 메뚜기를 잡으려고 손을 뻗었다. 마르크스·레닌주의가 사람 고기를 먹는 것을 금했는지는 몰라도, 곤충 고기에 대해서는 언급한 적 없고, 있더라도 논의의 대상이 되거나 대중에게 보급된 적 없는 외전에서 그랬을 것이다. 일류셴코의 움직임은 느렸다. 메뚜기는 거뜬히 적에게서 벗어났다.

　기관사가 기관실에서 내려와 도랑의 풀 위로 뛰어내렸다. 그의 이름은 누마크 아샤리에프였다. 두 번째 운전사가 측면 발판 위로 나와 난간에 팔꿈치를 괴고 담배에 불을 붙였다. 그의 이름은 하드조볼 뮌츠베르크였다.

　기관차에서 몇 미터 떨어져, 두 침목 사이에 거지 하나가 책상다리로 앉아 있었다. 그는 중얼거리며 가끔가다 좀 짜증 난 듯, 산속의 무속 제단에서 가져온 것이 분명한 찢어진 헝겊

조각과 리본들로 만든 외투를 어깨 위로 끌어올렸다. 리본들이 옛날에는 다채로운 색이었지만 여러 해 동안 바깥에 노출되어 색이 바랜 탓에, 외투는 갈색 도는 혀 다발 두어 개처럼 보였다. 이 외투가 흘러내리면 상반신의 연한 피부가 드러나고, 덩달아 걸인의 셔츠와 흉곽에 난 구멍들을 틀어막은 듯한 지저분한 면 붕대도 보였다.

"어이!" 누마크 아샤리예프가 불렀다. "죽고 싶어, 더러운 늙은이?"

거지는 흐릿한 시선으로 그를 보았다.

"내가 겉으로 보이는 것만큼 그렇게 늙진 않았는데." 그가 말했다.

"귀먹은 건 아닌 게 틀림없군, 그럼 죽고 싶은 거야, 뭐야?" 기관사가 재차 물었다.

"죽고 싶냐고 물어보네, 이 친구가." 거지가 중얼거렸다. "그것도 질문이라고 하는 거야?"

누마크 아샤리예프는 어깨를 으쓱했다. 그는 고개를 돌려 하드조빌 뮌츠베르크와 기가 막히다는 눈빛을 주고받았다.

"기차가 다가오는데 철길 한복판에 가만히 앉아 있다니. 들이받아 달라는 거야?"

"기적 소리 못 들었어?" 하드조빌 뮌츠베르크가 난간에서 끼어들었다.

"기적 소리라, 그런 소리라면 지겹게 들었지." 거지가 다시 한번 외투라 부르기도 뭐한 그 옷을 어깨로 끌어올리며 대꾸했다.

그때 군인 하나가 와서 거지를 일으키려고 소총으로 가슴팍을 쿡 찔렀다. 거지가 꿈쩍하지 않는 것을 보고 그는 더 이상 위협하려 들지 않고 말했다.

"대장에게 이 녀석 일을 맡겨야 해. 이대로 재판도 없이 총살할 수는 없지."

"이 친구는 날 총살하고 싶다네." 거지는 혼잣말로 중얼거렸지만, 잘 들리도록 목소리를 높였다. "대체 어디까지 떨어진 건가, 참 나! 어떻게 돼먹은 세상이야!"

• 무모한 거지는 오후 중간쯤 일류셴코에게 신문을 받았다.

죄수 여럿과 군인 몇이 선로 한가운데, 거지가 앉아 있는
바로 그 장소에서 벌어지는 신문에 참석했다. 특권을
남용하여 자의적으로, 즉 독단적으로 신문을 진행하고 싶지는
않았으므로, 일류셴코는 청중을 동원하기 위해 페미컨 특별
배급을 실시하기로 했다. 한 사람당 한 조각뿐이었지만 출석한
자들만 받을 권리가 있었다. 그것만으로도 약간의 참석자를
끌어모으기에 충분했다. 각자 대충 아무렇게나 앉아 3그램도 안
될 게 틀림없는 한 입 분량을 엄숙하게 씹었다. 자신도 약간의
먹을 것을 입에 넣기 전에, 일류셴코는 신문하려는 사내에게도
권했다. 그는 거절했다.

　　"됐어요, 먹는 습관을 버렸거든요." 그가 말했다. "배가 아플
뿐이죠. 일단 경련이 시작되면 한 달은 가거든요."

　　그의 목소리는 배우나 거리의 가수처럼 안정적이었다. 약간
쉬었지만, 안정된 소리였다. 그는 아무런 어려움 없이 질문에
답했고, 시간이 흐르는 동안 자신의 이야기를 들려주었다.

　　그의 이름은 알돌라이 슐로프였다.

• 알돌라이 슐로프가 태어난 지방은 그가 나기 2년 전 연료봉이
담긴 수조에서 화재가 발생했던 곳이었다. 불길은 크지 않았지만,
화재 진압을 시도했던 팀들은 며칠 만에 투입됐던 사람들과
그들의 척수가 녹아내리는 것을 목도했고, 전문가들이 탱크에서
나오는 치명적인 방사능 유출량은 앞으로 몇십 년이 지나면
저절로 감소할 거라 보았으므로, 현장을 그대로 놔두었다.
거대한 피난민 행렬이 서쪽을 향해, 피폭자들이 수도 오르비즈가
있다고 생각한 전설의 서쪽으로 걷기 시작했고, 어린 알돌라이
슐로프도 거기 끼어 있었으나, 너무나 심한 아수라장과 공황
속에 대탈출 사흘 이후 그의 부모는 그를 잃어버렸다. 그가 수천
명의 낯선 사람들 틈에서 몇 시간 헤맨 끝에, 어느 정육업자
부부가 그를 거두었고, 그들은 그를 키웠다기보다 살찌웠는데,
결코 공공연히 밝히지는 않았지만 그들의 명백한 목적은 기근에
대비해 그를 곁에 두려는 것이었다. 기근은 일어나지 않았고,
그들은 그를 처분하려던 생각을 접고 1년 후 그를 '열한 번째
시간 형제회'라는 이름의 자선단체에 맡겼는데, 그들의 구호

목적 역시 애타심보다는 식인 의도가 컸다. 여섯 살에 그는
마침내 형제회를 탈출하는 데 성공했다. 그들은 그를 학대하지는
않았지만 푸줏간으로 갈 동물처럼 보았고, 그가 토실토실해지는
것을 보며 기뻐했다. 행운은 그의 편이었다. 보그로비츠크
남쪽에서 전투가 일어난 이후, 그는 불길에 휩싸인 동네에 홀로
남겨졌다. 형제회는 그들의 열한 번째 시간이 당도한 것을 보고
자기들이 제물이 되기보다는 잠재적인 진수성찬을 바치는 편을
택해 그를 운명에 맡겨 두었던 것이다. 오르비즈에서 온 분대가
화염 한복판에 도달했을 때, 군인들은 어린 소년을 발견하고
구해 냈다. 병원에 잠시 머무르며 가벼운 화상을 치료받은 후,
알돌라이 슐로프는 당 부속 고아원에 맡겨졌다. 그는 안전과 살
곳과 보호를 보장받았고, 무엇보다도 탁월한 지적 역량에 걸맞은
교육을 받았다. 기초과학과 혁명 지식의 기본 이외에도, 그의
언어와 음악 재능이 고려되었다. 열다섯 살에 그는 벨티르어,
코이발어, 키질어, 카차어, 아메리카 고어, 수용소 러시아어,
올차어, 칼카어를 통달했고, 벌써 아시아식 치터, 차트칸, 야탁,
고쟁을 완벽하게 연주했으며, 가끔 이길[28]을 잡고 지극히
매혹적인 소리를 뽑아냈는데, 그가 배음 창법으로 전통곡이나
자작곡을 부르며 반주로 쓸 때는 한층 더 아름다웠다. 그의
목소리는 가장 낮은 음에서 가장 높은 음까지 넘나들었고, 발음이
훌륭했으므로 그가 공연하는 긴 무속 제의나 서정 서사시를 듣는
것은, 스텝풍으로 하든 타이가풍으로 하든 바위 사막 풍으로
하든, 황홀한 경험이었다. 머지않아 그는 학교를 떠나 인생의
길을 선택할 나이가 되었고, 그를 길러 주었고 때때로 그를 불러
공연을 부탁하는 학교와 교류를 계속하는 동시에, 거리로 나가
도시에서 도시로, 마을에서 마을로 돌아다니기로, 여기저기
흩어져 있는 소박한 노동자, 농민, 빈곤층 관객이 자신의 재능을
누리게 하기로 결심했다. 여러 해 동안 그는 그렇게 수도와,
생태 재난과 방사능의 침묵으로 만신창이가 된 지방들로 가는
길을 오가며 시간을 보냈다. 그의 음악을 듣는 군중이 만원이든
누더기를 걸친 무리에 불과하든, 그는 언제나 열렬한 박수갈채를

---

28. 러시아 투바의 민속 찰현악기.

199

받았다. 여러 벽지 마을에서 그에게 공식 음악가로 머물러
달라고 제안하며, 현물로 사례 지급, 공동 식당 무제한 이용,
고요한 평화를 약속했다. 여자들은 그의 곁을 맴돌았고 그는
종종 프롤레타리아적 금욕을 깨고 그들의 접근을 받아들였다.
그러면서도 그는 어디에도 정착하지 않았다. 항상 돌아다니며
자신의 노래를 다른 곳들로 실어 가는 편이 더 좋았고, 그 때문에
연애 관계를 끝내야 한다 해도 그는 이별의 슬픔을 견디고 발목을
잡히지 않았다. 그러다가 그는 방사능에 오염된 오래된 지방,
뚫고 들어갈 수 없는 숲들의 고장으로 더욱 깊숙이 들어갔는데,
계속해서 공연을 해도 청중이 될 만한 인간이나 그 유사한
존재들은 점점 드물어졌다. 그러던 어느 날 그는 '찬란한 종착역'
콜호스에 이르렀고, 거기서 그의 인생은 완전히 뒤바뀌었다.

　　"그 콜호스 이야기는 이미 들은 적 있어." 일류셴코가
끼어들었다. "난 그 수장을 만났었지."

　　"저런, 그 수장을 만났다고요?" 슐로프가 놀랐다.

　　"그래." 일류셴코가 말했다. "마음에 안 드는 작자였어."

　　"솔로비예이? 황금빛 눈에, 허리띠에 도끼를 찬 거구의
무지크 말입니까?"

　　"맞아." 일류셴코가 말했다. "그가 내 아내의 장례식에
끼어들었어. 내게 페미컨 한 덩이를 주고 나를 농락했지. 마음에
안 드는 작자였어."

　　슐로프는 얼굴을 찌푸리고 담배 한 대를 청했다.

　　이등 기관사 하드조볼 뮌츠베르크가 담배 한 대를 건네고
불을 붙여 주었다. 그는 죽은 자의 주머니에서 찾아낸 붉은군대
정찰병의 묵직한 라이터를 갖고 있었다.

　　떨리는 스텝.

　　태양의 마지막 햇살.

　　기차 바퀴의 고철 냄새.

　　멎어 있는데도 계속 가솔린 냄새를 풍기는 디젤엔진.

　　높은 곳의 맹금 울음소리.

　　거의 얼음장 같은 바람의 웅웅거림, 이후 소강, 이후 두 번째
바람, 이후 주변 스텝의 고요함.

　　슐로프, 일류셴코, 하드조볼 뮌츠베르크, 움루그 바튜신,

누마크 아샤리예프와 몇몇 다른 죄수나 군인의 입술에서 새어
나오는 연기.

　　한참 동안의 정적.

• "지금 당장 떠나지는 않는다." 일류센코가 결정했다. "여기서
야영한다."

　　모든 책임을 진 지휘관으로서, 그는 보초를 세우고,
모닥불을 준비하고, 살아남지 못한 이들을 기차 칸에서 빼내
시체를 적당히 떨어진 곳에 옮겨 놓으라는 지시를 내렸다.
그리하여 페드론 다르다프, 바부르 말론, 더글러스 플래너건을
전나무들 뒤로 옮기고, 독수리들을 유인해 그들의 조장(鳥葬)이
빨리 진행되도록 유해에 필요한 절개를 했다.

　　그 후 신문이 재개되었다.

　　새로운 승객들이 무기력에서 깨어나, 자갈길로 내려와
알돌라이 슐로프가 관심의 중심인 회합이 열리는 자리에 끼었다.
이제는 기관차 앞에 군중이 제법 모였다. 사람들은 무기력했지만,
그가 하는 말을 들을 준비가 되어 있었다. 몇몇은 도랑에 뒹굴며
슐로프와 일류센코에게서 등을 돌리고 있었지만, 대부분은
무모한 거지가 풀어놓는 이야기를 듣고 머릿속에서 이미지를
떠올리려고 기다렸다.

　　알돌라이 슐로프는 담배 한 대를 더 청했다. 그는 눈을
감지는 않았지만 꿈꾸는 듯한 기색으로 아무 말 없이 첫 몇
모금을 음미했다. 그런 후 이야기를 계속했다.

• 그는 레바니도보에 도착했을 때를 묘사했다. '찬란한 종착역'
콜호스는 그에게 괴상해 보였지만, 환대하는 분위기였다.

　　"어떻게 생긴 곳이지?" 일류센코가 물었다.

　　"제2소비에트연방의 마을 같다고 할까요." 슐로프가
말했다. "숲으로 둘러싸인 작은 골짜기에 여기저기 흩어진 작은
농가들, 모조 고전주의 양식의 소비에트 건물이 있는 중심 도로,
언덕 위에는 방사능에 오염된 물건들을 보관하는 무서운 창고,
그리고 한 손에 꼽을 정도의 질긴 사람들을 제외하면 아무도
살아남지 못했다는 인상. 대부분의 집에 사람이 살지 않는다는

인상. 게다가 그건 인상에 불과한 게 아니었습니다. 내가 본 바로는 아직 살아 있는 콜호스 주민은 열두 명도 안 되더군요. 어쩌면 중간적인 인간들, 살지도 죽지도 않았고 일어서서 몇 걸음은 뗄 수 있지만, 생각하고 말하는 건 못 하는 이들이 더 있었을지 모르지만, 그들은 집 안에만 머물렀습니다. 모습이 보이지 않았어요. 그런 자들이 몇 명이나 있었는지는 말할 수 없습니다. 어쩌면 존재하지조차 않았을지 모르죠. 어쨌든 그 못지않게 괴상한 전체 콜호스 주민 중에는 삶과 죽음 중간에 있는 엔지니어, 그보다 별로 나을 게 없는 농부들, 영웅적인 처리자였기 때문에 메달을 주렁주렁 단 몇백 살 먹은 노파, 그리고 콜호스 수장의 세 딸이 있었습니다. 딸들은 셋 다 역력하게 미치광이에 돌연변이였어요. 그들은 대머리였지만 함께 밤을 보내지 않고서는 그걸 알아챌 도리가 없었죠. 몹시 정교하게 잘 만든 가발을 썼기 때문에, 긴 머리가 곱고 새카만 정상적이고 매력적인 모습으로 보였어요. 뭐, 정상이라는 건 그렇기도 하고 아니기도 합니다. 아마 첫눈에는 그렇게 보이겠지만, 곧 뭔가 어긋났다는 걸 알게 되거든요. 그들의 눈과 행동 방식에서 말입니다. 느긋해 보였지만 뭔가가 이상했어요. 이내 그들이 초자연적인 존재를 영위하고 있다는 게 틀림없어졌죠. 방사능에 영향을 받지 않는 유전적 성향을 타고났건, 주변에서 마법의 도움을 받고 있건 말입니다. 처음에 난 마법의 도움이 마을 높은 곳에 있는 핵폐기물 보관 창고에 사는 노파에게서 오는 줄 알았습니다. 그녀는 발전소가 통제 불능이 되었을 때 원자로가 깊이 파고 들어간 수직갱 근처에서 시간을 보냈습니다. 그러니까 어쩌면 그녀가 콜호스 돌아가는 데 약간의 마법을 부리는 게 아닐까 했죠. 그런데 사실 마술의 힘으로 그 모든 걸 지배하는 건 콜호스의 수장이었습니다. 솔로비예이라는 자요. 콜호스가 세상의 다른 부분으로부터 고립되게 유지하는 것도, 주민들이 무에 빠져들지 않게 막는 것도 그자입니다. 그에겐 그런 힘이 있었어요. 그가 자신의 꿈의 비전 하나를 구체화시켜 전부터 존재하던 마을에 이식한 게 분명한데, 아니면 혹시 마을 전부가 한 조각 한 조각 그에 의해 창조되었을지도 모르죠. 그건 나도 모르겠습니다. 그의 딸들 중 하나, 막내딸이 주장하길, 그는 불꽃의 둥지 안에 거하며 거기에서 마을과 주변 세계를 조종한다더군요. 그녀는 그를 싫어했습니다. 확실한 건, 그가 '찬란한 종착역'의 절대적 지배자였단 겁니다. 꿈의 골수까지 그의 손아귀에 들어가지 않으면 누구도 콜호스에 존재할 수 없었습니다. 그가 그 안에 들어가 대신 방향을 결정하지 않으면 누구도 자신의 운명과 싸울 수 없었지요. 그는 모두를 일종의 꼭두각시로 변신시키고, 지루함을 덜기 위해 그에게 저항하거나 그를 속이거나 귀찮게 할 수 있는 꼭두각시들도 만들었지만, 결국 모두 그의 손바닥 안이었습니다. '찬란한 종착역'은 사실 콜호스가 아니라, 그가 세상이 무너지는 것을 기다리는 동안 하품만 하며 영원을 보내지 않기 위한 극장이었고, 마을에 사는 이들에게는 결코 벗어날 수 없는 더러운 꿈이었죠. 하지만 내가 그걸 깨닫기까지는 한참 걸렸습니다. 나는 나중에야 깨달았습니다. 한참 후에요. 거기서 난 그의 딸 하나와 만났습니다. 딸들이 셋 다 미치광이에 돌연변이라는 말은 했었죠. 또한 무척 아름답기도 했습니다. 내가 만났던 딸은 한쪽 눈은 아버지처럼 반짝이는 노란색이고, 다른 쪽 눈은 깊은 검은색으로, 황홀할 정도로 깊었습니다. 나는 그 눈빛에 매혹되었는데, 그녀는 신중하고, 조금 내성적이고, 처음 보기에는 좀 차가웠지만, 알고 보면 관능적인, 친밀한 관대함이 있는 사람이었습니다. 우리는 서로의 품에 안겼고 결혼했습니다. 하지만 그녀의 아버지는 승낙하지 않았어요. 그녀의 아버지는 질투심 많고, 소유욕 강하고, 그녀를 독점하려 들었습니다. 그런 이유로 모든 게 악몽으로 변한 겁니다."

"그 여자 이름이 뭐였지?" 일류셴코가 물었다.

슐로프는 고개를 떨구고 한탄했다.

"모릅니다. 이젠 모르겠어요. 그녀의 아버지가 내 머릿속에서 그녀의 이름을 지웠습니다. 나를 레바니도보에서 내쫓기 직전, 내 여행의 시작에 말입니다. 내가 여행하는 동안 기억 속에서 위안을 얻지 못하도록 내 기억을 더럽힌 겁니다."

"무슨 말이야, 머릿속에서 이름을 지우다니?" 움루그 바튜신이 끼어들었다.

"그 얘기를 하지요." 슐로프가 말했다.

정적이 찾아들었다.

군인들과 죄수들은 그를 바라보았다. 어떤 이들은
무심하게, 어떤 이들은 그를 동정하며.

슐로프는 더 이상 아무 말 하지 않았다.

그는 지저분하고 너덜너덜한, 어딘지 인간 같지 않은
몰골로, 여위고 더러운 얼굴로 앉은 채, 마치 울먹이는 것처럼
불규칙하게 숨을 들이켜며 거친 호흡을 했다.

• 일류센코는 손을 목덜미로 가져가 오르비즈에 대한 충성을
표현하는 문신을 거칠게 쓰다듬었다. 이 부적을 만져도 그리
신통치 않았다. 그는 주의 깊게 슐로프의 말을 들었지만, 그의
진실성과 이야기에 스며들었을지 모를 날조와 책략이 어느
정도인지 판단하기 힘들었고, 그가 적이 보낸 생물, 수송대가
목적지를 향해 전진하는 것을 방해할 목적의 인간이나 인간에
가까운 미끼일지 모른다는 가능성을 완전히 저버린 게 아니었다.

땅거미가 스텝에 내려앉았다.

까마귀 서너 마리가 전나무 가지에 도사리고 앉아,
불신 어린 곁눈질로 페드론 다르다프, 바부르 말론, 더글러스
플래너건의 시체를 살펴보았다. 울음소리는 내지 않았다. 다음
날, 조장의 진행을 완전히 맡게 되면 어떻게 할까 생각하는 게
분명했다.

하늘은 이미 회색도 검은색도 아니었다.

일류센코는 무리에게 선로에서 20미터 떨어진, 모닥불을
피우기로 정한 곳으로 이동하라고 명했다. 그는 슐로프의 어깨를
건드리며 일어서라고 청했고, 그때까지 선로를 떠나지 않으려
고집을 부리던 슐로프는 반대하지 않고 일류센코를 따라 면담이
계속될 풀이 돋은 움푹한 곳으로 갔다. 그가 머뭇거리며 중병
환자처럼 일직선으로 걷지 못해, 두 걸음마다 일류센코가 그를
붙들어 균형을 되찾도록 도와야 했다. 그는 쇠똥, 썩은 건초,
방사능에 오염된 말, 주워 온 천들, 죽음을 기다리며 보낸 밤들,
돌 제단, 고독의 냄새가 났다.

• 처음 불타는 판자들의 연기.

불쏘시개로는 작은 나뭇조각 몇 개가 쓰였지만, 대부분은 죄수들이 순회도서관에서 골라 온 것들이었다. 잘 타는 포스트엑조티시즘 로망스들의 책장, 알타이어들에 대한 논고, 극단적인 시베리아 기후에서의 위생, 노동계급이 완전히 사라졌을 경우 프롤레타리아 독재의 양상들, 음악과 예술과 종교적이고 마술적인 믿음들의 사후 지속에 대한 선전 책자들. 그 책들이 불타는 새콤달콤한 냄새.

그리고 첫 번째 판자들의 불안한 연기.

어느 폐허에서 가져왔는지 모를 널빤지에서 캐러멜화되는 니스 얼룩.

껍질 밑에 숨겨진 수포에서 발생하는 가스.

불이 옮겨 붙어 겉으로 보이는 불꽃 없이 타지만, 이내 연기를 흩뜨리는 열기의 장막이 보이는 섬유들.

그리고 불은 탁탁 소리 내며 붉은빛을 띤다.

마침내 불은 화려한 붉은색으로 물들고, 이미 그 기적적인 탄생에 대해서는 아무도 생각하지 않는다.

• 불가에 가까이 앉아, 우리 군인과 죄수들은 불길의 금빛 도는 노란색을 응시했다. 우리는 거의 움직이지 않았고, 밤이 스텝 위와 우리 몸속에서 번지게 두었다. 마비된 듯 우리는 덧없는 소용돌이들, 하늘로 올라가는 나선들에 감탄했다. 매우 짧은 한순간 구릿빛 도는 붉은색 줄무늬를 떠었다가 곧 스러지고, 뒤이어 같은 장소에, 완전히 똑같지는 않게, 경이롭도록 다르게 다시 생겨나며, 한없이 생기 넘치고 아름다운. 언제나 그렇듯 그 춤은 반복적이면서도 놀라웠고, 언제나 그러듯 우리는 그것이 우리에게, 그보다는 우리들 각자에게 개별적으로, 신비스레 말을 건다는 기분이 들었고, 말을 필요로 하지 않는 언어로 그것은 우리 안에서 오래된 이미지들, 우리의 동물성 안에 파묻힌 이미지들, 우리로 하여금 불에 충성을 맹세하게 하는 복종과 두려움과 경탄의 이미지들을 일깨우는 것 같았다. 우리는 눈을 별로 깜빡이지 않았고, 좀 지나면 우리의 눈알이 따끔거리고 붉어졌다. 사실 불과의 개인적 교류를 통해 꿈속에서 규합되면서도 우리는 우리 지휘관과 무모한 거지 사이에서

이어지는 대화를 한 마디도 놓치지 않았다. 때때로 우리는 담배에 불을 붙이기 위해 불에 손을 뻗었다. 우리의 얼굴은 익고 등은 얼어붙었다. 졸음이 근육에 번졌다. 우리의 지성 역시 잠들기 직전이었다.

"콜호스에서 쫓겨났다는 데까지 얘기했지." 일류셴코가 말했다. "그 딸의 아버지가 자네를 쫓아낸 후 기억을 제거했다고."

"기억 전부는 아닙니다." 슐로프가 정정했다. "일부만이죠."

그는 옛 '개척자의 집'에서 공연을 했었다. 연회실은 음향효과가 좋았다. 레바니도보의 몸 성한 주민 대부분이 공연을 들으러 왔고 그의 노래와 이야기에 감동을 받은 듯했다. 콜호스의 수장조차 공연에 관심을 보였고 요란한 박수를 쳤다. 그 후, 모두가 돌아가고 그가 담배에 불을 붙였을 때, 콜호스 주민 하나가 그에게 길을 건너 소비에트 건물로 들어오라고 했다. 그의 말로는 '보상을 받으러' 오라는 것이었다. 그는 아무 의심 없이 들어갔다. 문턱을 넘자마자 그는 자신이 이미 솔로비예이의 지배하에 들었음을 깨달았다. 그의 뒤에서 문이 소리도 없이, 나무로 된 문이 아니라 부드러운 천을 댄 틀에 딱 들어맞는 매트리스인 것처럼 닫혔다. 현관홀의 어둠 속을 세 걸음 내디뎠을 때 그는 이미 벽이 없는 다른 곳을 걷고 있었고, 솔로비예이의 지옥 같은 영토로 이어지는 캄캄한 복도를 이동하고 있었다. 불안이 그를 사로잡았다. 그는 되돌아가려 했지만, 길에는 이제 아무런 표지도 없었고, 어느 방향으로 나아가든 암흑의 함정 속으로 더 깊숙이 들어갈 뿐이었다. 걸으면 걸을수록 그는 '찬란한 종착역'의 수장에게 가까워졌다. 그는 길 끝에서 기다리고 있었다. 그는 침착하고 거대했으며, 도끼를 들고 있었다. 그의 머리칼은 전기가 통하는 듯 솟구치고, 수염은 털북숭이 용암으로 된 주름 목깃 같았다. 그는 미소 짓지 않고 슐로프를 맞이했으나, 소름 끼치는 노란 맹금의 눈빛은 만족스러운 냉혹함으로 빛났다. 그들은 결투를 벌일 만한 거리에서 서로를 마주했고, 그 장소를 밝히는 스포트라이트 불빛은 슐로프가 눈을 감거나 빛을 피하려고 몸을 틀어도 눈을 멀게 했다. "너에게 눈꺼풀이 있거나 없거나," 솔로비예이가 근엄하고 조롱기 어린 목소리로 말했다. "너는 앞으로 결코 네 눈을 통해 독립적으로 보지 못할 것이다. 너는 내가 네가 보길 원하는 것을 볼 것이며, 종말까지 오직 그러할 것이다." 그들은 한참 동안 아무 말 없이 그대로 있었다. 솔로비예이는 느긋하게 즐겼고 슐로프는 자신이 망했음을 알았다. 그 장소는 달의 크레이터, 혹은 때가 덕지덕지한 거대한 솥 내부, 혹은 인으로 폭격당한 주유소 같았다. 잡다한 물건들, 불탄 농기계와 작은 수반, 대야, 통들이 가득했고 그 안에서는 숯불이 줄곧 탁탁거리며 타올랐다. 위에서 검은 기름방울이 뚝뚝 떨어졌다. 슐로프는 우드굴 할머니 창고의 꿈속 변종이라고, 또 솔로비예이가 지하로, 원자로가 그것을 얽매던 사슬을 끊고 멍청하게 난동을 부리며 파고 들어갔던 갱 밑바닥으로 끌어들였다고 생각했다. "아주 틀리지는 않았어." 슐로프가 소리 내어 말하지도 않았는데 솔로비예이가 대답했다. "사실 우리는 내 집에 있다, 다시 말해 모든 곳이지. 우리는 오래된 숲속에, 내 연인들의 꿈속과 불꽃 한가운데 있지. 우리는 이전과 이후에 있지만, 이전도 이후도 없고 시작도 끝도 없는 현재만 있을 뿐이야. 우린 내 둥지에 있다. 너는 이해할 수 없고 상상조차 하지 못해, 편재와 역설적 시간이 어떤지 너는 전혀 모르니까. 하지만 이해하지 못해도, 넌 겪을 것이다. 네가 절대 익숙해지지 못할 수수께끼. 그리고 그게 괴로우리라는 걸 숨기지 않겠다, 슐로프. 너는 결코 익숙해지지 못할 거다. 49년이 49번 지난다 해도 넌 여전히 거기에 익숙해지지 않을 거야. 내 계산이 맞는다면 2천 401년 동안 말이야. 긴 세월일 거야, 슐로프. 아무것도 이해하지 못한다는 건 매우, 매우 힘들지. 네겐 고통스럽고 끝없는 시간일 거다." 이렇게 소름 끼치는 투로 말하면서, 솔로비예이는 슐로프에게서 몇 미터 떨어졌다가 축음기와 실린더 몇 개를 갖고 그의 곁으로 왔다. 그는 불에 타 다리가 휘어진 기우뚱한 탁자에 그것을 전부 늘어놓았다.

　"빨리 좀 하게, 슐로프" 일류셴코가 끼어들었다. "장황한 얘기로 우릴 지긋지긋하게 하고 있잖아. 우린 노래와 음악 반주가 있는 축제의 밤을 보내는 게 아니야. 우린 심문 중이라고. 수식어는 필요 없어. 우리가 자네 말을 듣는 건, 수면 시간을 빼앗겨 가며 자네의 객설을 듣는 건 어디까지나 자네를 총살시킬지 말지 알아보기 위해서야."

"압니다." 슐로프가 말했다.

"그래서 그가 어떻게 자네의 기억을 빼앗았다는 거지?" 일류셴코가 물었다.

"일부분만요." 슐로프가 또 정정했다.

"알았어." 일류셴코가 짜증을 냈다. "그 말은 이미 했잖나."

"축음기와 도끼로 그렇게 했지요." 슐로프가 중얼거렸다. "하지만 우선 내가 어떤 일을 당하게 될지 말해 주더군요. 영원히 죽지 못한 채로 스텝과 타이가를 떠돌 거라고. '결코 죽을 수 없고, 결코 더 나은 미래라는 생각으로 위안받을 수도 없고, 결코 과거의 보물들을 기억할 수도 없을 것'이라고 그는 강조했습니다. 혼란스럽고, 단조롭고, 낙도 없는 수천 년간의 방황. 흐릿하고 멍청한 영원. 그는 내가 다시는 그의 딸을 만나지 못할 거라고, 꿈에서도 기억 속에서도 보지 못할 거라고 예고했습니다. 그녀를 생각해도 그녀와 함께 누린 행복의 순간들을 기억해 내지 못하고, 이름조차 잊을 거라고요. 그는 또 졸음이 오거나 쉬고 있을 때, 내가 망각에 들 때면, 자신의 시들이나 휘파람 소리를 듣게 하겠다고도 말했습니다. 그 소리는 내가 전혀 이해할 수 없이 내 안에 나타날 것이며, 그건 내가 그에게 해를 끼쳤다는 사실을 일깨워 주기 위해서라고요. '내가 당신에게 무슨 해를 끼쳤다는 겁니까?' 나는 물었습니다. '내 딸들은 내 것이다.' 솔로비예이가 말했습니다. '넌 그 애들에게 해코지를 했어. 넌 나와 그 애들 사이에 끼어들었어. 넌 내 딸 하나와 결혼했지. 결혼하거나 하지 않는 건 네 자유였어. 이제부터는 대가를 치를 거다. 내 것을 소유하고도 무사히 넘어갈 거라는 생각은 마라. 넌 내 딸 하나를 취했어. 네 더러운 좆을 내 딸의 배에 넣었고, 그 애가 불평하지 않았더라도 넌 그 애를 해친 거야. 오늘은 네 속죄의 첫날이다. 이런 날이 수만 번은 있을 것이고, 그 뒤로도 수십만 번은 계속될 거야. 비참한 날들. 공포와 권태의 밤들. 알겠나, 슐로프? 오늘로 네 지옥이 시작된다. 너는 죽을 때까지 거기 있겠지만, 결코 죽을 수 없지.'"

• 슐로프는 솔로비예이가 자신에게 저지른 짓을 묘사하느라 좀 시간을 끌었다. '찬란한 종착역'의 수장은 그에게 특별한

육체적 고통을 가하지는 않았으나, 경고의 말을 마치자 그를 굳어지게, 더 정확히 말하면 피부에서 뼛속까지 돌덩이가 되게 했다. 순식간에 슐로프는 단단한 왁스 덩어리가 되었다. 솔로비예이는 축음기의 구부러지는 팔을 분리해 바늘로 그의 이마에, 입에, 눈에 시들을 썼다. 간혹 그는 도끼를 쥐고 도끼날의 무딘 부분으로 새긴 것을 지웠다. 방금 깎아 낸 표면을 매끄럽게 다듬고, 또 다른 시나 마술적 설명을 적는 데 몰두했다. 불가사의한 문장들은 하나하나 슐로프에게 홈을 파고, 앞으로 몇 세기나 그의 여행을 이끌고 오염시킬 마법의 이정표들을 세웠다. "한참이었습니다." 슐로프가 설명했다. "그 일은 시간의 흐름이 없는 검은 공간에서 일어났지만, 한참 길었어요." 솔로비예이는 때로는 쓰고, 때로는 귀가 먹먹해지는 혐오스러운 휘파람을 불었으며, 때로는 같은 박자를 계속 유지하며 조용히 몸을 앞뒤로 끄덕이기도 했다. 축음기의 침과 진동판을 제자리에 돌려놓고 실린더를 삽입하기도 했다. 축음기 나팔에서 자기 작품인 기묘한 언어적 구성물이 나오면, 그는 사악하게 슐로프를 관찰하며 거대한 발로 박자를 맞췄다. 시간은 유연하여 끔찍하도록 길게 늘어났고, 더 이상 빛도 어둠도 없었고, 온 사방에서, 각양각색의 용기 속에서, 불꽃들이 직직대며 불똥을 날리고, 불길은 치솟아 오렌지색 커튼이 되었다가, 으르렁대며 꺼졌다가, 되살아났다. 그것들은 분명 연기와 방사능과 유독가스를 내뿜었지만, 슐로프는 더 이상 숨을 쉬지 않아 독한 냄새가 거슬리지는 않았다. 이미 그는 치명적인 것들에 면역된 것이다. 어디인지 모를 둥근 천장에서 검은 기름이 방울방울 떨어져 바닥에 끈끈한 진창을 이루었다. 축음기는 때로는 간살스러운, 때로는 견딜 수 없게 현학적이고 독선적인 소리로 독백을 계속했다. 솔로비예이는 종종 실린더가 재생하는 텍스트에 개입했다. 추가 음절이나 찬성 어린 감탄으로 수식하거나, 무속 노래의 근본적 특성을 강조하는 저음으로 보강하기도 했다. 스포트라이트 빛은 계속해서 슐로프의 눈을 부시게 했지만, 한참 전부터 그는 더 이상 눈을 깜빡이지 않았다. 솔로비예이가 그의 각막에 직접 단어와 문장들을 새겨 넣을 때조차 그랬다. 그것은 시술의 맨 처음부터 그의 의식 속에 고정되었고, 무엇으로도 변하지 않을 이미지의 일부가 되었다. 그럼에도 이 이미지 속에서, 주로 그 전경에서, 솔로비예이는 움직였고, 오고 가며 빈번하게 모습이 바뀌었다. 때로는 텁수룩하고 거무스름한 그림자였다가, 때로는 불에 조각된 실루엣으로, 때로는 축제 의복을 차려입은 부유한 농부로.

"좋아." 일류센코가 말했다. "그다음에는?"

"그다음에는 나를 혼자 내버려 두었고 나는 걷기 시작했습니다." 슐로프가 말했다. "나는 움직이지 못하는 상태에서 벗어났어요. 어느 외딴 지방의 아침이었고, 풀이 무성한 초원에 멀리에는 산들이 있고, 중간에는 회청색으로 비치는 작은 호수가 있었습니다. 나는 무턱대고 호수 쪽으로 향했습니다. 다시 내 몸과 눈을 마음껏 놀릴 수 있었습니다. 그가 내 피부에 새긴 글귀들 때문에 고통스럽지는 않았어요. 아무런 흔적도 남지 않았죠. 나는 좀 전에 일어났던 일을, 그전 며칠 동안 겪었던 일들을 기억하려고 애썼습니다. 내 머리는 텅 비었어요. 아무것도 기억나지 않았죠. 여섯 달 내지 여덟 달 동안 나는 완전한 기억상실을 겪었고, 그 후 기억을 약간 되찾았습니다. 그다음엔 좀 더. 세월이 흐름에 따라 기억은 조각조각 되돌아왔습니다. 그리고 마침내 전부 되돌아왔죠, 내가 레바니도보에서 결혼했던 여자의 이름만 빼고요. 그녀의 이름 없이는 내 추억을 되살릴 수 없습니다. 내겐 그녀에 대한 뚜렷한 이미지도 없어요. 우리가 서로의 곁에 있을 때 그녀에게 떠오른 눈빛, 짙은 노란색인 동시에 새카만 눈빛, 내가 그 시선을 그녀 아버지의 끔찍한 시선과 혼동하는 건지 아닌지조차 모르겠습니다. 그녀의 이름 없이, 이미지 없이는, 내가 정말로 그녀를 기억하는 건 불가능합니다."

슐로프는 깊은 한숨을 쉬었다.

"난 그녀를 잃었습니다. 이렇게 24세기 반 동안, 그러고도 더, 그녀의 이름도 이미지도 모른 채 떠돌면서 영원히 그녀를 찾겠죠."

"저런." 불에 손을 쬐고 있던 죄수 하나가 철학적으로 말했다. "지나갈 거야. 누군가를 잃는 것도, 지나면 괜찮아져."

"아니에요." 슐로프가 애석한 듯 고개를 저으며 말했다. "솔로비예이가 그냥 지나갈 수 없도록 손을 써요. 그는 내가

숲에서 숲으로, 호수에서 호수로 가게 하고, 사랑하는 여자의
부재가 조금은 견딜 만해지면, 상실의 괴로움이 덜해지면,
그는 내 안에 들어와 기억하고자 하는 내 욕망을 되살립니다.
내가 무너질 때까지 머릿속에서 휘파람을 불어요. 계속해서
휘파람을 불고, 그 나름의 시들을 노래하죠. 그건 며칠 밤낮으로
계속됩니다. 나는 도저히 벗어날 수 없어요. 나는 죽지도
못합니다. 난 그의 손아귀에 있어요. 그의 꿈들 속에. 어쩌면
내가 바로 그의 꿈속에 있는 건 아닐까 하는 생각도 듭니다.
지나가지도 않고 벗어나지도 못하죠."

　　"그럼 24세기하고도 반이 지난 다음에는?" 하드조빌
뮌츠베르크가 물었다.

　　"다음에도 똑같죠." 슐로프가 말했다.

　　"끝장내고 싶다는 욕망," 별안간 마티아스 부아욜이 한마디
했다. "그건 정말이지 줄어드는 게 아니야."

　　"맞는 말이야." 죄수 하나가 덧붙였다. "살아 있든 죽었든,
그건 줄지 않지."

• 밤이 끝나자, 일류셴코는 기관사에게 기관차 엔진을 켜라고
명했다. 다들 모닥불의 마지막 남은 숯불을 밟아 끄고 기차로
돌아가 자리를 잡았다. 보초들이 대열 주변을 마지막으로 한
바퀴 돌고 지휘관에게 특기할 사항은 없으며, 다만 조장이
새벽녘에 시작되어 시체들의 손에 까마귀에게 쪼인 자국이 몇
군데 났다가 중단되었는데, 분명 새들이 보는 이가 없는 가운데
작업을 마무리하고 싶기 때문일 거라고 보고했다. 까마귀들은
북쪽으로 날아갔고 잠시 쥐와 시체를 먹는 곤충에게 자리를
내주었다. 일류셴코는 페드론 다르다프, 바부르 말론, 더글러스
플래너건에게 작별 인사를 하려고 전나무들 뒤로 갔다. 세 사람은
풀밭에 누워 있었다. 눈을 감았고 손등이나 이마에 창백한
찰과상이 몇 군데 났는데도, 그들은 일행의 동료 대부분, 즉 남은
우리들에 비해 더 죽은 것 같지도 산 것 같지도 않았다.

　　일류셴코는 그들 곁에 1분간 가만히 있다가, 자신이 혼자가
아니라는 것을 느끼고 돌아섰다. 일고여덟 걸음 떨어진 곳에서
슐로프가 작은 흙 둔덕에 죽치고 기다리고 있었다. 일류셴코가

자신을 바라보는 것을 보자, 그는 악취 나는 넝마 속에서 어깨를 움직였다.

"이제 날 총살하라는 명을 내려도 됩니다." 그가 말했다.

"자네를 총살시킬 이유가 전혀 없네." 일류센코가 말했다.

"내가 선로에 있었잖아요." 슐로프가 간청했다. "난 기차를 강제로 멈췄어요. 사보타주나 불법 침략 행위로 볼 수 있는 거죠. 그보다 사소한 일로도 사람을 잡는데요."

"말도 안 돼." 일류센코가 말했다.

"그럼 이건 어떻습니까?" 슐로프가 주장했다. "난 질문에 성실히 대답하지 않고 헛소리를 늘어놓았습니다. 조사관의 호의를 악용했어요. 지어낸 말로 모두를 속였죠."

"그럼 거짓말이었단 말인가?" 일류센코가 물었다.

"그래요." 슐로프가 거짓말을 했다.

거기서, 선로 위에서, 디젤엔진이 부르릉거렸다.

우린 한 번도 연료를 채운 적이 없어, 문득 일류센코는 생각했다. 보급을 받은 적도 없어. 우린 마치 현실 아닌 다른 곳에 있는 것처럼 나아가지. 기관차는 몇 넌이고 이렇게 계속 갈 수 있을 거야. 24세기 반하고도 더 가지 못할 것도 없지. 우리 역시, 솔로비예이의 꿈의 일부인 거다.

"게다가," 슐로프가 자기 고발을 계속했다. "내 소지품 중에, 내 몸에 새겨진 거지만, 반혁명적인 시선집이 잔뜩 있습니다. 사상적 교란에 해당하죠. 사형감입니다."

"말도 안 돼." 일류센코가 다시 말했다. 그는 어떤 결정을 내릴지 심히 망설이고 있었다.

"알잖아요." 슐로프가 고집을 부렸다. "명령만 내리면 됩니다. 게다가 그 편이 날 도와주는 건데요. 내 고통을 단축시켜 주는 거라고요."

"자네는 개가 아니야." 일류센코가 대꾸했다. "자네가 동물이라면 가엾게 여겼겠지. 하지만 자네는 개가 아니야. 그런 식으로 끝장낼 수는 없어."

"말도 안 돼." 슐로프가 아쉬워했다.

15

• '그'이건 '나'이건 상관없다. 그나 나나 똑같다. 그는 거기,
전나무들 근처에 있고, 언뜻 보기에 특이한 점은 아무것도 없다.
세계의 이 지방에서 볼 수 있는 수까마귀들과 똑같이 생겼다.
조금 살지고, 어쩌면 기묘할 정도로 눈빛이 깊긴 하지만, 그래도
그는 그들과 닮았다. 그는 시체들에게 접근해 느긋하게 살펴본다.
시체들 사이를 까닥거리고 겅중대며 돌아다니고, 생각에 잠긴다.
그는 반응을 시험해 보기라도 하듯 페드론 다르다프의 차가운
손을 쫀다. 그리고 갑자기, 무슨 소리나 적대적인 존재의 예감에
불안해진 듯, 날개를 펴고 힘차게 날갯짓하여 풀밭과 땅의 발판을
떠난다. 2초 동안 그는 비스듬히 올라간다. 땅에서 조금 떨어져
가뿐히 떠 있는 것처럼 보이다가, 공기를 치며 위로 밀고 다시
밀어내며, 투명한 공간을, 유동적인 공간을 때리고, 그에게 제
날갯짓 소리가 들리는데 그것이 그에게 말로 표현할 수 없는
만족스러움을 선사하고, 나는 기쁘게 내 날갯짓 소리를, 내가
여기, 단단하고 검게, 완전히 살아 있는 것처럼 존재한다는 것을
명확하게 알려 주는 그 소리를 듣고, 그는 두 차례 우는데, 그것은
순수한 만족의 울음소리, 기쁨 아닌 만족의 울음소리이며, 첫
번째는 그저 본능에 의한 것, 두 번째는 이유를 아는 울음소리다.
그것은 자아 확인이지만, 부르는 소리이기도 하다. 딱히 누구를
향한 것은 아니며, 어쨌거나 마지못해 그의 존재를 인정하는
동족들을 향한 것은 아니다. 그것은 그를 둘러싸서 품은 힘들을
향한 부름이라고 하는 편이 맞는다. 기도는 아니고 탄원은
더더욱 아니며, 그가 던지는 인사, 애정의 표현, 소리로 된
어루만짐에 가깝다. 회색의 제1천국과 회색의 제3천국에, 죽은
좌파 부인에게, 매우 뜨거운 진동의 성모마리아에게, 매우 차가운
진동의 귀부인에게, 기이한 일곱 흐름에게, 다섯 주둥이에게,
이상한 침묵의 불꽃들과 원자력의 침묵의 불꽃들에게, 무한한
미로들에게, 언제나 그의 가슴에 살아 있었고 앞으로도 그럴
우드굴 할머니에게, 그리고 이 목록에서 제2소비에트연방과
오르비즈의 불멸의 시인들도 빼놓을 수 없다. 계속 올라가며
그는 전나무 한 그루, 모여 선 전나무들 중 가장 높은 한 그루의

꼭대기에 내려앉는다. 딱한 멍청이들이 자기들 중 셋을 조장이 치러지도록 아래에 늘어놓은 전나무다.

• 나무 위에서는 모든 게 보이고, 아주 조금만 노력하면, 거의 모든 것이 보인다.

• 그는 새카만 까마귀 머리를, 왼쪽으로 한 번 오른쪽으로 한 번 기웃한다. 살짝 오톨도톨하고 회색인 눈꺼풀을 반쯤 연다. 그 뒤에는 반투명한 순막이 감춰져 있고, 형언할 수 없는 노란 호박빛 시선이 있는데, 그가 동료 까마귀들로부터 배척당하는 이유를 설명해 준다. 그의 금빛 시선, 온기 없는 불 같은 시선. 눈꺼풀이 닫혀 있든 열려 있든 그는 모든 것을 보며, 잠을 자건 자지 않건 꿈꾸지 않건 모든 것을 본다. 머리를 뒤로 젖히고 그는 부리 끝으로 가장 중요한 날개깃 하나를 훑는다. 그는 제 깃털 냄새, 밤이 끝날 때 구름의 구역질 나는 냄새, 어둠에 젖은 나무들 냄새, 스텝의 생쥐들이 오줌을 싼, 습기 때문에 썩은 풀 냄새, 얼간이들이 죽은 자들을 눕혀 두기로 한 얼어붙은 땅의 냄새를 들이마신다. 그는 왼쪽 날개를 폈다가 접고, 오른쪽 날개를 움직일 듯하다가 머리를 가장 익숙한 자세로, 바람이 불 때 바람을 마주하는 자세로 돌린다. 그의 온몸의 관절은 잘 작동하고, 검은 공간의 긴 터널들을 지나면서 불운한 만남들을 겪었음에도 아무 데도 아프지 않다. 검처럼 베는 날개를 지닌 회피적이지만 호전적인 새들, 그리고 방사능과 원자력 역병을 품은 지독하게 무취인 바람들. 그는 1분을 흘려보내고, 깃털을 입고 있을 때면 종종 그러듯 되풀이한다. "'그'이건 '나'이건 상관없다." 정말이지 나는 어떤 대명사를 사용하는가에 대해서는 그리 예민하지 않은데, 어쨌거나 말하는 건 항상 나이기 때문이고, 그는 눈을 뜨고, 이 노란 맑음이 세상의 맑음에 더해지면서 풍경은 감지할 수 없을 만큼 변하고, 풍경은 얼간이들이 그물에 걸린 듯 안으로 들어가 꿈에서조차 빠져나갈 수 없는 이미지가 되고, 여기는 약간 기복이 지고 멀리서는 마치 사라지는 것이 가능한 것처럼 지평선으로 사라지려는 음울한 스텝을 지나는, 철도의 긴 이중선을 그는 눈으로 좇다가, 무한히

반복되는 방랑을 계속하는 그 얼간이들의 수송대를 놓치지 않고 발견한다. 그리고 나는 울음소리를 낸다.

• 기차는 덜컹거리며 천천히 제 길을 나아간다. 승객들은 어둑한 차량 안에 널브러져 있다. 그들 모두가 죽은 것은 아니지만, 살아 있다고 하는 건 지나치리라. 기관사와 보조 운전사만이 종종 고문 같은 수마(睡魔)에 사로잡히면서도 의식 비슷한 것을 유지하고 있다. 그들 역시 지휘관처럼 교대로 그 자리에 임명되고, 기계학에 대한 기초 지식이 있기는 하지만, 최선을 다하기는 하지만, 남들이 자는 동안 어떻게든 각성을 유지하는 것 외에 대단한 업적을 이루진 못한다. 어쨌거나 모든 게 제대로 돌아가도록 하기 위해 크게 애쓸 건 없다. 기관차는 마치 엔진이 내가 부여하는 기적이 아닌 다른 것에 복종하는 듯 부르릉거리며 전진한다. 연료와 가솔린 탱크는 텅 빈 지 오래인데도. 기차는 나아간다. 덜컹덜컹, 덜컹덜컹, 덜컹덜컹. 밤이 오고, 만물 위에 어둠이 퍼진다. 기관사 중 하나, 가령 하드조빌 뮌츠베르크가 전조등을 켜지만 이따금 깜빡 잊고, 그러면 기차는 앞길을 밝히지 않은 채 밤을 횡단한다. 어차피 철도에 덫 같은 건 없고 텅 비어 있다. 수천 킬로미터 반경에 다른 기차는 없다. 먼동이 트고, 화창하지만 쌀쌀한 날이 밝고, 밤이 오고, 하늘에 별이 빛난다. 아침에 한 차례 소나기. 날씨가 정말로 흐려지고, 저녁이 짙어져 잉크 빛이 된다. 밤에는 멈추지 않는 비의 일제사격 소리가 들린다. 아침, 비는 진눈깨비로 변한다. 몇 시간 동안 날이 갠다. 뒤이어 서리의 밤이 온다. 여기서 이등 기관사를 맡은 누마크 아샤리예프가 기관실의 난방장치를 가동시키려 애쓰지만, 설비는 지난겨울부터 결함이 있다. 난방장치가 전면 유리에 눈이 쌓이는 것을 막아 주지만 그게 다이며, 그 이상을 기대해선 안 된다. 하드조빌 뮌츠베르크와 누마크 아샤리예프는 몸이 굳는다. 때때로 그들은 토요일의 정차가 다가온다는 생각을 하며, 페미컨 배급과 불가에서의 모임 생각에 몇 초 동안 활기를 얻지만, 나머지 시간 동안은 흔들리며 잠에 빠진다. 밤이 가고 낮이 온다. 스텝은 겨울의 색을 띠었다. 덜컹덜컹, 덜컹덜컹, 덜컹덜컹. 한 주가 반쯤 갔을 때 눈발이 기관차 창에 부딪친다.

215

그 통에 두 사람이 깬다. 아침이 어쨌거나 벌써 오고 있고 충분히 밝으므로, 흩날리는 눈송이 장막 너머로 그들이 갑자기 수용소를, 그 수용소를 볼 것을 나는 알며, 그들의 놀라움을 예상하고, 그들에게 들리지 않는 까옥 소리를 지른다.

• 하드조빌 뮌츠베르크가 먼저 깨어나, 팔꿈치로 계속 졸고 있는 누마크 아샤리예프를 깨웠다. 이제 두 운전사는 계기판 위로 몸을 숙이고, 걱정스러운 기색으로 그들 앞에 불쑥 나타난, 혹은 눈발 너머에 희부옇게 보이는 형상이 무엇인지 알아보려 애썼다. 눈은 더럽고 황갈색이었다. 눈은 불규칙한 덩어리로 유리창에 달라붙었다. 와이퍼가 눈을 쓸어 냈지만, 가끔가다 와이퍼는 힘겨워하며 멈추고, 2초간 고통스러워하다 끽끽대면서야 다시 작동했다. 운전사들은 이마가 유리에 스칠 정도로 머리를 내밀고 있었다. 그들은 아무 말도 하지 않았지만 속으로 날씨와 와이퍼의 고무와 로드와 변덕스러운 링크에 저주와 복수의 말을 중얼댔다. 기관실에 차가운 횅횅 소리가 지나갔다. 기관실은 엔진의 덜덜거림 때문에 진동했다. 기관차 앞쪽에 위치한 배장기가 선로 사이에 쌓인 눈더미를 계속해서 갈랐다. 눈더미에 생긴 자국에서 소음이 나고 눈이 흩날렸다. 이러한 상황이다 보니 바퀴의 덜컹덜컹 소리가 잘 들리지 않았다.

　　누마크 아샤리예프는 얼굴을 차창에 바싹 갖다 대고 있었다. 그 투명한 보호막을 유감스럽게 여기는 듯했고, 마치 유리에 부딪치는 눈덩이들을 정면으로 맞고 싶은 사람처럼 보였다. 그는 몇 분간 그렇게 있다가, 돌연 흥분한 말을 내뱉었다. 전방 우현에서 감시탑과 3미터 높이의 철조망 담장이 보인다고 주장했고, 거의 즉시 소용돌이치는 눈 속에 다른 감시탑 두 채와 긴 방벽이 나타났다.

　　"수용소다!" 그는 요란한 흥분을 감추지 않고 고함쳤다.
　　나는 그와 같은 순간에 까옥 울었다.
　　하드조빌 뮌츠베르크는 당장 브레이크 손잡이를 내렸고, 기차가 서자 옆 창을 열고 고개를 내밀었다. 누마크 아샤리예프는 계기판 위에 몸을 구부리고 있었다. 와이퍼는 계속 왔다 갔다 했고 기차가 움직일 때보다 앞이 더 똑똑히 보였다. 눈발은 거세고 평온한 폭포처럼 내렸다. 시야에 들어오는 풍경 전체가 똑같아졌다. 평평하고, 타이가의 경계선인 멀리 보이는 시커먼 낙엽송 줄까지 나무 없이 헐벗은 풍경. 선로 오른쪽에는 공백을 깨는 다른 장애물이 있었는데, 높고 날카로운 담장으로 이루어진 덜 자연스러운 장애물이었다. 그 뒤에는 나무로 된 부벽들, 감시탑들, 두 번째 담장이 서 있었다. 순찰로였다. 그쪽에, 깊숙한 곳에, 막사들이, 목조 주택들이 늘어서 있었다.

• "그토록 오랜 시간 끝에." 누마크 아샤리예프가 말했다.

하드조벨 뮌츠베르크가 고개를 기관실 안으로 집어넣었다. 그의 모자에는 눈송이가 흩뿌려지고, 주름과 없다시피 한 눈썹에는 눈이 쌓였다.

"악착같이 버틴 보람이 있었어." 그가 말했다.

"그래." 누마크 아샤리예프가 말했다. "의심했던 때도 있었지."

"나도 그래. 버텨 봐야 무슨 소용인가 의문을 품곤 했어."

"그랬지, 하지만 우린 포기하지 않았어. 우린 끝까지 왔어."

"정말이지 그렇게 한 보람이 있었어." 하드조벨 뮌츠베르크가 되풀이했다.

• 수용소는 선로에서 150미터 떨어진 곳에 있었다. 보조 선로가 주선로에서 정문 입구로 이어졌다. 보조 선로는 갓 내린 눈에 덮여 있었지만, 윤곽이 뚜렷이 보였다. 기관차가 멈춘 곳에서 몇십 미터 앞에서 분기가 시작되었다.

"가서 선로 전환기를 열겠어." 하드조벨 뮌츠베르크가 예고했다.

그는 이미 기관실 뒤에서 긴 양가죽 재킷을 내리고 있었다. 재킷은 찢어지고 기름때가 묻었다. 오래전, 방사능에 오염된 작은 마을에 정차했을 때 생명 없는 몸에서 벗긴 것이었다. 그는 옷을 입고 나갈 채비를 했다.

"지휘관의 명령을 기다려야지." 누마크 아샤리예프가 만류했다.

"체, 뭐 하러? 일어날 때까지 기다리려면…"

"알겠어." 기관사가 동의했다. "장치가 얼어붙지 않았는지 확인하면, 손을 들어. 천천히 나아갈게."

하드조빌 뮌츠베르크는 문을 열고 측면 발판에 내려섰다.

"믿을 수 없을 지경이야." 그가 말했다.

"그러게 말이야, 우리가 도착했다니." 누마크 아샤리예프가 거들었다. "믿기 힘든 일이야."

아침나절은 어둑어둑했다. 하드조빌 뮌츠베르크는 곧바로 추위에 엄습당했고, 바닥에 발을 디디자 재킷의 모피 옷깃을 목둘레에 세웠다.

그의 뒤로 눈에 묻힌 기차는 이제 화물만 실려 있고 살아 있는 것은 아무것도 없는 것처럼 보였다. 아직 아무도 기차가 멈춘 데 반응하지 않았다. 지휘관은 아직 충분한 힘을 회복하지 못해 코끝을 내밀고 이렇게 계획 없이 급정차한 이유를 알아보지 않았다. 미닫이문들은 닫힌 채였다. 하드조빌 뮌츠베르크는 아직 조금 헐떡이는, 꿈꾸는 듯한, 여행의 수고 후에 명상에 잠긴 듯한 기관차를 지나쳐 갔다. 눈이 내렸다.

하드조빌 뮌츠베르크는 기관차 위에서 자신을 지켜보는 동료 쪽을 돌아보지 않고, 선로를 따라 분기점까지 갔다. 바닥이 사각거렸다. 그는 발끝으로 선로에서 바퀴들이 보조 선로로 접어들어야 하는 장소를 대강 쓸었다. 배장기는 상태가 좋았고, 견인 케이블이 얼어붙은 흙에 싸여 있었지만 작동에 방해가 될 굳은 눈 뭉치는 없었다. 수송대가 곧 들어설 길을 시험이라도 하듯, 그는 이제 천천히 커브가 시작되는 곳을 걸었다. 선로 전환기 레버는 실제 분기점에서 15미터 떨어진 곳에 있었다. 그는 바로 눈앞이 아닌 먼 곳을 쳐다보며 그 거리를 걸었다. 그는 수용소를 바라보았다. 보조 선로는 커브 다음에 직각으로 꺾여 외부 담장 정문으로 통했다. 내부 담장 정문 너머 눈발 사이로 하역 플랫폼이 보이고, 선로는 건물들 사이로 이어졌는데, 그 광경은 이미 몹시 흐릿해져 더는 보이지 않았다.

수용소에서는, 어쨌거나 수용소의 이 구역에서는 활기의 그림자도 보이지 않았다. 벌써 수감자와 관리자와 군인 들이 어디 다른 곳으로 파견되는 시간이 되었거나, 악천후 때문에 다들 막사에 틀어박혀 있거나, 이 구역의 건물들이 폐쇄되었거나,

전원이 골수까지 파괴적인 핵폭발에 노출되어 버티고 살아남을 방법도 이유도 없었거나. 계속해서 내리는 눈 때문에 흐릿하고 고요해진 수용소는 그럼에도 그 수용소라는 본성에 아무런 의심의 여지가 없었다. 문에는 금속판이 덧대어지고, 철조망 울타리와 감시탑은 세월에도 손상되지 않았다.

수용소 위로, 낮게 드리운 하늘이 멈추지 않고 잿빛 솜털을 뱉어 냈다.

하드조빌 뮌츠베르그의 가슴은 기쁨으로 벅찼다. 방황은 끝났다. 입환 작업과 행정 수속의 몇 시간만 더 있으면, 방황은 끝날 것이다.

• 그는 얼굴에 얼어붙은 눈을 닦고 선로 전환기 레버를 돌리기 전에 점검하려고 살펴보았다.

그 순간, 배 속에서 뭔가 잘못됐다는 느낌이 들었다.

그는 내리는 눈을 올려다보았고, 눈송이 한 줌이 자신의 눈 속으로 곧장 떨어지는 것을 보았고, 다음으로 그의 뒤에 50미터 떨어져 서 있는 기차를 돌아보았다. 누마크 아샤리에프가 기관차 창에 붙어 서서, 기관실에서 열차를 재출발시켜 보조 선로로 들어서도 좋다는 신호를 기다리고 있었다.

모든 것이 땅바닥의 백색과 공중의 누르스름한 회색 속에 얼어붙어 있었다. 이상해 보이는 것은 아무것도 없었다. 아니, 어쩌면 갑작스러운 모든 것의 부동 상태의 어떤 점이. 와이퍼가 더 이상 기관사의 얼굴 앞에서 움직이지 않았다. 눈송이는 여전히 떨어지지만, 너무나 느릿해서 떨어지다가 멈춘 것 같았다. 하드조빌 뮌츠베르크는 선로 전환기 레버 쪽으로 몸을 돌렸다. 레버의 불룩한 균형추는 스텝 말벌의 기본색을 재현하려는 듯 노란색과 검은색으로 칠해져 있었다. 그는 아직 아무것도 건드리지 않았는데, 균형추가 흔들리더니 하늘을 향해 거대하게 둥실 기울어졌다. 그러고는, 아니, 균형추가 기울어진 게 아니라, 그가, 하드조빌 뮌츠베르크가 하늘을 보고 넘어지며 균형을 잃기 시작한 것이었다. 그 순간에야 그는 발사음을 들었다. 1초가 더 지나고서야 그는 가장 가까운 감시탑에서 총이 발사되었으며 자기가 배에 맞았다는 사실을 알아차렸다. 그는 한 발을 맞았다.

분명 간이나 심장에.

그는 양팔을 뻗고 빙글 돌았고, 이내 선로 전환기 레버 발치에 쓰러져 더는 움직이지 않았다.

총성의 메아리가 늘어선 낙엽송들에 부딪쳤다가, 매우 약하게 돌아와 여전히 문이 굳게 닫힌 낡은 열차 칸들에 닿아 스러졌다. 그리고 장면은 고요해졌다.

• 겨울 풍경의 정적.

빛나는 하얀 땅. 땅바닥을 제외하면 모든 게 어둡다.

회색 줄무늬들, 셀 수 없이 많은 회색 얼룩들.

보이지 않는 하늘.

소리 죽여 헐떡이는 디젤기관차, 눈 덮인 측면 난간.

움직이지 않는 기차, 문이 닫힌 객차 넷, 첫눈에 봐서는 실린 것이 화물인지, 유형수인지, 그보다 더 심한 것인지 알 수 없는.

왼쪽으로 멀리, 풍경을 죽 따라가는, 타이가의 뚫을 수 없는 검은 경계선.

오른쪽으로, 철길에서 숲만큼 멀지는 않은 곳에, 순찰로, 목조 감시탑들, 금속 가시철망.

그리고 눈에 감싸인 선로들, 미지의 장소로 이어지는 것과 수용소 정문 쪽으로 향하는 것. 땅 위의 하얗게 부푼 흔적. 튀어나온 주름들.

정문을 에워싼 감시탑들.

정문 위에는 엄숙한 문구도, 요란한 환영의 구호도, 이름도, 숫자도 없다.

감시탑에 군인들이 있다면, 그들은 눈에 띄지 않으려 주의를 기울이고 있다.

선로 전환기 레버 옆에 누워 있는 하드조빌 뮌츠베르크, 이미 눈투성이가 된, 아직 그럴 시간이 아님에도 경직된 듯한, 더 이상 숨 쉬지 않고, 무엇에도 반응하지 않는.

길 잃은 까마귀 한 마리가 그의 머리 근처에 앉았다가 까옥 하고 울고는 바로 날갯짓하며 떠나, 수용소 위편으로 사라진다.

그러고는 아무것도 없다.

몇 분 동안 아무것도 없다.

220

내리는 눈.

부동 상태.

새하얀 정적. 기관차 엔진이 그 뒤쪽에서 계속
그르릉거리는지 아닌지도 알 수 없다.

• 얼마 뒤 누마크 아샤리예프는 자신을 사로잡은 마비 상태에서
깨어나 하드조뵐 뮌츠베르크의 뻗은 몸을 주시하던 눈길을
거두었다. 이제는 희끄무레해진 그 형체는 1분마다 점점 더
하얘지고 있었다. 그는 구석에서 펠트 모자를 집어 들고, 모직
장갑을 끼고 수용소 반대쪽의 발판으로 나갔다. 그는 연기도,
군인도 전혀 보지 못했지만, 발포가 정문 근처에 선 감시탑들 중
하나에서 일어났다고 확신했다. 숲은 너무 멀었고 나무들 사이에
저격수가 숨어 있다는 건 터무니없는 생각이었다.

그는 사다리를 내려가 눈 위로 뛰어내렸다. 그는
미끄러졌고, 기관차 벽을 붙잡았다. 엔진을 끄지 않았으므로 벽은
충분히 따뜻해서 눈이 달라붙지 않았다. 가솔린 냄새가 공기에
배어 있었다. 왠지 모르게 그 냄새가 그에게 용기를 주었는데,
동료의 죽음을 목격한 후 그에겐 용기가 필요했다.

그는 기관차를 지나쳐 몸을 앞으로 숙이고 발걸음을 재촉해
견인차와 첫 번째 객차 사이의 빈 공간을 지났다. 사격에 몸을
노출시키지 않는 게 좋았다. 멀리 떨어져 있고, 갈 길이 짧은
데다가 눈의 장막이 상당히 믿음직한 보호막이 되어 주었지만.

첫 번째 객차의 문이 50센티미터 열리고, 숨이 가쁘고 두
눈을 감고 무릎걸음인 채로, 왜냐하면 그때까지 누워 있던 짚
위에서 일어날 도리가 달리 없었으므로, 일류센코가 문틈으로
모습을 드러냈다. 어디로 보나 중병 환자 같은 몰골이었다. 그는
무슨 일이 있었느냐고 물었다. 누마크 아샤리예프가 상황을
설명했다.

지휘관의 얼굴에 못 믿겠다는 기색이 떠올랐다.

"우리를 다른 자들로 착각한 거야." 그가 추측해 보았다.

그의 목소리에는 확신이 없었다.

"오해를 바로잡아야겠어." 그가 말을 맺었다.

• 오전에는 별 진전이 없었다. 기온이 낮았기 때문에 기차 승객들은 기력과 언어를 이해할 만한 정신 상태를 회복하는 데 시간이 걸렸다. 운전사와 지휘관이 번갈아 가며 그들에게 같은 메시지를 전달했다. 우리는 마침내 수용소에 도달했지만 철조망 안에 받아들여지기 전에 아직 해결해야 할 문제가 있다, 어쩌면 오해를 해소하기 위해 강제 진입을 해야 할지 모른다, 때로는 일이 잘되어 나가 만사가 지장 없이 풀리고 때로는 일이 잘못되기도 한다, 하드조빌 뮌츠베르크는 경비병의 총을 맞고 죽었다, 전투 준비에 들어가라, 전원이 일어설 수 있게 되는 즉시 소총이 분배될 것이다, 오늘 밤이나 내일 따뜻한 막사에서 자고 싶다면 우리는 행정적 입소 절차 대신 군사적 절차를 동원해야 할 것이다. 죄수와 군인들은 고갯짓과 눈짓으로 찬성했다. 그들 몸의 다른 부분은 아직 경직 상태여서 윽박질러 봐야 소용없었다.

오후 시작 무렵, 일류셴코는 두 번째 객차에 사람들을 집합시켰다. 그들 중 세 명은 어둑어둑한 가운데 뻣뻣하고 평온하게 여전히 누워 있었다. 여행의 일정한 덜컹거림과 추위 때문에 바르도에 빠졌다가 헤어나지 못한 것이다. 슐리프코 아르마나지, 트리스트람 보카노프스키, 올판 누네스였다. 지휘관은 일행 모두가, 산 자는 물론 죽은 자도 자신의 지시를 듣길 바랐고, 그 셋을 부당하게 빼놓고 싶지 않았다. 그 용감한 자들이 하찮은 신체적 이유로 집단에서 배제되었다고 느끼길 원치 않았다. 상세한 지시가 내려지자, 사람들은 각자의 칸으로 돌아갔고 죽은 자들을 맨 끝 차량으로 옮겼다. 그곳은 여행 시작 때부터 줄곧 창고이자 결국은 시체 안치소로 이용되었던 차량이고, 알돌라이 슐로프가 그들 곁을 지킬 것이었다. 그의 정신적 혼란을 감안했을 때 당연히 그에게 소총을 쥐어 줄 수는 없는 노릇이었다. 하지만 고인들에게 정신적 지지를 해 주고, 이야기를 중얼거리고, 일행의 나머지가 할 수 없을 때 곁을 지켜주는 일은 그에게 딱 어울렸다.

일류셴코는 각자에게 전투 위치를 배정하면서 오직 수용소 당국자들과의 대화가 돌이킬 수 없을 정도로 악화되었을 때만 일제사격을 개시하라고 당부했다. 일제사격이 돌격으로 이어져서는 안 되는데, 우리가 장소들을 잘 모르는 만큼 파국으로

치달을 것이 분명하기 때문이었다. 사격은 들어 달라는 우리의
의지를 알릴 것이며, 우리의 결의를 보이는 증거, 외침이 될
것이다. 일제사격 후에는 잠시 기다려야 했다. 적당한 기간,
최소한 하루를. 그리고 불행히도 절망 가득한 그 총소리가
이해받지 못한다면, 우리는 더 환대하는 수용소를 찾아 다시 길에
오를 것이다.

마티아스 부아율을 거느리고 협상하러 가기 직전,
일류센코는 자신이 수용소 정문 앞에서 필연적으로 죽을 것처럼
신변을 정리했다. 그의 부재중에 작전을 지휘하도록, 그는
사람들에게 샴노 드리프를 임명하게 했다. 그는 협상이 이뤄지는
동안 대열에 남아 있다가, 협상이 잘못될 경우 일류센코의 권한과
직위를 이어받을 것이었다.

• 마티아스 부아율이 뽑힌 것은 말재간이 뛰어나기 때문이었다.
일류센코와 그는 기관차 앞까지 기차를 따라 걷다가,
심호흡을 한 후 노출된 지역을 걷기 시작했다.

그들은 언제라도 저격수의 표적이 될 수 있음을 알고서
천천히 조용히 나아갔다. 저마다 죽기까지의 인생을 되돌아보고
그 이후에 일어난 일들, 침울한 여행, 몇 주, 몇 달, 몇 년에 걸친
덜컹거림, 모닥불을 둘러싼 우울한 동지애, 끝없는 기다림을
회상했다. 가슴이 짓눌리고 숨이 가빴다. 과거를 회상하는 동시에
그들은 매 순간을 최대한 강렬하게 사는 데 전념했다. 쌀쌀한
공기. 서로 부딪치며 떨어지거나 두텁게 쌓인 눈 위에 으스러지는
눈송이들의 사락거림, 변함없이 계속되는 그 수정 같은 나직한
울림. 밑창 아래 눈의 서걱거림. 풍경을 물들이는 어슴푸레한 빛.
조금 뿌옇지만 아주 깨끗하게 보이는, 철조망 담장과 목조 탑의
윤곽. 세상 끝에 도달했다는 느낌.

그들은 분기점까지 가서 보조 선로로 접어들었다. 이제는
형체가 불분명한 덩어리가 되어 버린 하드조뵐 뮌츠베르크의
시신 곁에서 멈추지 않고, 그들은 수용소 정문을 향했다.
미끄러지지 않으려고 선로는 밟지 않았다. 선로의 자갈은
매끈했고, 대부분이 석탄 찌꺼기였다. 침목이 일정하고 예상
가능한 간격으로 놓여 있었으므로 그들은 발이 걸리는 일 없이 타

넘었다. 일류센코는 찌푸린 얼굴로 이를 악물고 있었다. 마티아스 부아욜은 머리를 똑바로 들고 있을 수 없었다. 그는 하얀 평원도, 가까워지는 담장도 쳐다보지 않았다. 그는 숨을 헐떡였고 마치 앞에 쌓인 높이 50센티미터의 눈을, 선로가 있음을 드러내는 두 줄의 긴 눈 더미를, 자기 구두코를 대단히 관심 있게 관찰하는 것 같았다.

정문에서 10미터 거리에서 그들은 멈췄다. 선로는 계속 이어져 위장용 초록색으로 칠해진 금속 패널들 아래로 들어갔다. 두 담장 사이의 공간에는 아무도 없고, 입구에는 경비병 하나 없고, 두 번째 철조망 담장 뒤에도, 방벽들과 가시철망 너머로 보이는 하역 플랫폼에도 그림자 하나 없었으며, 감시탑에서 망을 보는 군인들이 있다고 해도 모습을 감추고 있었다. 전부 텅 비고 닫혀 있었다.

일류센코는 겸허하고 전적인 항복의 자세로 양팔을 머리 위로 쳐들었다. 마티아스 부아욜도 따라 했다.

"일류센코 지휘관이 정문 앞에 왔다." 일류센코는 갑자기 고함쳤다. "당국과의 접견을 청한다!"

그의 주머니 속엔 장갑이 한 짝밖에 없었다. 드러난 맨손이 눈송이의 얼음 가지들에 미세하게 찔렸다. 다른 손의 손가락은 흥분으로 피가 도는 탓에 욱신거렸다.

마티아스 부아욜은 자기도 뭔가 외치는 게 좋겠다고 판단했다.

"죄수 마티아스 부아욜이 지휘관을 보좌하여 함께 수용소 지도부의 명을 기다린다!" 그가 소리쳤다.

• '그'이건 '나'이건 상관없다. 눈[雪]이든 눈의 부재든 전적으로 동일하다. 불꽃의 터널, 타이가, 콜호스, 스텝의 풍경은 모두 똑같다. 여기든 다른 곳이든, 똑같은 꿈의 반죽이다. 빽빽하든 묽든 상관없다. 부동과 동요, 가까운 현재와 먼 현재도 마찬가지다. 죽음 뒤의 삶이나 꿈속에서 살아 낸 죽음, 혹은 별안간 끝나는 삶과 별안간 끝나는 죽음도 물론 똑같다. 단 하나의 동일한 화염. 그것이 빠르게 집어삼키든 아니든 상관없다. 불꽃들이 태우든 떨게 하든 상관없다. 어느 경우든

동일한 이야기의 재다. 풍경이 밝아지거나 어두워지려면 말로 표현하기만 하면 된다. 산 자들이나 죽은 자들이나 똑같이 연극의 등장인물이다. 연극이든 서툴게 연출된 꿈이든 상관없다. 살아남은 자들의 연극이든 이상한 아지프로 회합이든 상관없다. 내가 가거나 오거나, 내 구두 밑창이나 발톱이 닿는 장소는 변하지 않는다. 말하는 이가 입을 다물든 시끄럽게 떠들든, 관객이 존재하지 않든 존재하든 똑같다. 사악한 수수께끼를 늘어놓든 유치한 장난을 늘어놓은 듣는 건 본인뿐이다. 때때로 그는 불가능한 현재를 보다 잘 말하기 위해 석탄 가면을 쓴다. 때때로 그는 산 자들, 죽은 자들, 꿈꾸는 자들을 되살리기 위해 불타는 원자로 노심에 고함을 지른다. 남자든 여자든. 모든 힘을 지녔으면서도, 그는 언제나 자신의 목적들을 이루지는 못하고 가슴 아파한다. 그가 가슴 아파하든 기뻐하든 상관없다. 한동안, 오직 그의 딸들만이 중요하고, 그는 간다. 이따금 그는 불 깊은 곳에서 산 여자들, 죽은 여자들, 꿈꾸는 여자들을 되살리기 위해 노호한다. 그리고 그는 떠난다. 그의 딸들은 헤아릴 수 없고, 그는 그들을 내면에서 찾아가고 종종 수 세기 동안 그들의 이름을 잊는다. 딸이나 아내 들은 그의 몸이나 그의 가면을 만족시키기 위한 동일한 꿈의 재료다. 그의 몸이 깃털로 덮여 있든 비늘이나 인간의 피부로 덮여 있든 상관없다. 그가 악마적인 바람을 닮았든, 새나 험상궂은 무지크를 닮았든 상관없다. 불꽃들이 나를 파괴하든 구축하든 상관없다.

• 죄수 마티아스 부아욜은 정문 앞에서 기다린다. 양손을 쳐들고 임박한 죽음의 생각으로 가슴 졸이며. 내 딸들은 레바니도보에서 자기들 일에 열중하면서도, 어리석게도 그 얼간이 크로나우에르 주변을 맴돈다. 그자는 언제고 대가를 치르게 될 것이다. 그의 죽음은 1천 747년 동안 혹은 내가 인내심을 발휘한다면 그 두 배 지속될 듯한 감이 온다. 레바니도보도 이곳처럼 눈에 대비하고 있지만, 첫 눈송이는 아직이다. 바람은 서리에 젖은 낙엽송 냄새가 난다. 그 멍청한 군인 크로나우에르는 제가 이미 죽었고 시체가 스텝 풀밭의 덤불 속에서 방사능과 개미 떼로 가득 차 몇 주째 썩고 있다는 것도 모른다. 그는 앞서 왔었던 알돌라이 슐르프라는

천치처럼, 콜호스 주민들에게 아주 입양되기라도 한 양 으스대며
'찬란한 종착역'을 누빈다. 모든 일이 동시에 일어나는 것처럼,
내가 세상일들을 더 잘 보고 심지어 당신까지 보기 위해 올라앉은
전나무 꼭대기에서는 그것이 보인다. 그들을 보기 위해서든
그들을 상상하기 위해서든 당신을 상상하기 위해서든, 그들에게
말하기 위해서든 상관없다. 기차가 지평선으로 사라진 후 1분도
흐르지 않았는데 이미 시체가 여러 구다.

모여 선 전나무들에서 몇 미터 떨어진 곳에 있는 페드론
다르다프, 바부르 말론, 더글러스 플래너건, 이미 구름 아래
맴도는 맹금 몇 마리와, 마치 그들도 해체 작업에 참가하려고
지시를 기다리는 듯 풀밭에서 깡충거리며 내 곁에서 시끄럽게
서로 불러 대는 여남은 마리 까마귀의 관심의 대상이다.

두 번째 객차에 누운 슐리프코 아르마나지, 트리스트람
보카노프스키, 올판 누네스, 그들의 위에는 말없이 긴장한
군인들이 잔뜩 경계한 채, 객차의 나무판들 틈과 눈밭 너머로
정문 앞에 멈춰 선 두 형체가 무엇을 하는지 알아보려고 애쓴다.
그들 동료의 형체인지, 우리 동료의 형체인지, 우리 혹은 그들의
형체인지는 상관없다.

선로 전환기 근처, 이미 하얀 층 아래로 사라진 하드조빌
뮌츠베르크.

그들 모두건 다른 이들 모두건, 죄수건, 군인이건 상관없다.
그럴 필요가 있을 때면 내가 그들을 살려 낼 수 있음을 안다.
그들이 살아 있건 죽었건 그 밖이건 상관없다. 그것들은 내
극장의 텅 빈 몸들이다. 내 요구에 따라 그들은 내가 원한다면
살아나거나 입을 다물거나, 2천 603년하고도 더 오래, 내가
지겨워질 때까지 나무 밑을 기어 다닐 수 있다.

나는 까악 소리를 내고 그도 동시에, 1천분의 1초까지
똑같이 그렇게 한다. 그는 까마귀 떼 가운데서 운다. 그는 잠시
그들 틈에 끼어, 페드론 다르다프의 이마, 눈가를 몇 번 쫀다.
그자는 나중에 필요할 것이다. 그는 그자를 되살릴 것이다.
새들이 지금 그의 살을 대신하는 부분을 쫀았든 아니든 상관없다.
그런 다음 그는 까욱거리며 앉아 있던 곳으로 돌아간다. 그는
거의 모든 것을 보기 위해 높은 곳에 있기를 좋아한다. 수용소든

오래된 숲이든 레바니도보든 상관없다. 그리고 사실상 모두 똑같다. 모두 같은 장소에 있다. 굳이 생각해 보고 싶다면, 일종의 책 속과 같다. 바로 그것이 편재와 비시성(非時性)의 모호함이다.

• 크로나우에르를 예로 들어 보자. 또 한 차례 그는 소화전 누수 수리를 시도했고 기분이 좋지 않았는데, 연결부에서 계속 물이 똑똑 샜기 때문이다. 추위가 닥치면서 중앙로의 물웅덩이는 살얼음에 덮이는 일이 점점 잦아져 진흙탕은 아니었지만, 그 크기는 줄지 않았다. 이제는 그 혼자 소화전 고장을 책임지고 있었으므로, 그의 서투름과 연이은 수리 실패가 마을 주민들의 농담거리가 되기 시작했고, 그는 창피를 당했으면서도 솔로비에이의 딸들과 함께 웃었다. 그는 연장들을 모아 헝겊에 싸서 바르구진과 미리암 우마리크의 집 문턱에 놓고, 길을 건너 구치소로 들어가 자기 방에 돌아갔다.

　　문을 연 순간, 그는 사미야 슈미트가 '개척자의 집' 도서관에서 그에게 골라 준 책들 중 한 권을 미리암 우마리크가 흔들고 뒤적거리는 장면을 목격했다. 그녀는 책장 사이에서 편지나 사진, 주석이 달린 종이 따위를 찾는 게 분명했다.

　　"대체 뭡니까?" 크로나우에르가 외쳤다. "이젠 정보국 직원 노릇을 하나요?"

　　현장을 적발당한 미리암 우마리크는 아양 섞인 미소를 지으며 돌아섰다. 그녀는 전혀 당황한 기색이 아니었다. 그녀는 우아하게, 손등으로 책 표지를 어루만지다 책을 탁자에 내려놓았다. 마치 그 책과 내밀한 대화를 나누고 있다가 크로나우에르에게 방해받았고, 염탐 행위와는 관련이 없다는 듯이.

　　"참," 그녀가 말했다. "정말 그래요. 한때 바르구진과 나는 지원서를 보낼까 생각했었죠. 우린 레바니도보에서 나가고 싶었거든요. 하지만 결국은 남았죠."

　　"'기관'에 들어가려는 지원서 말입니까?"

　　"네. '기관'에 들어가서 여길 뜨려고요."

　　크로나우에르는 고개를 끄덕였다. 대꾸할 말이 아무것도 떠오르지 않았다. 그 자신이 한동안 '기관'에서 일한 적이 있었다.

누구도, 그가 감추는 것이 거의 없었던 이리나 에첸구엔조차 그 사실을 몰랐다. 그는 간부들에게 절대로, 죽은 뒤에라도 그 얘기를 입에 올리지 않겠다고 맹세했고, 그는 무해한 대화의 함정에 빠져 어리석게 비밀을 누설하는 부류가 아니었다. 적어도 그 주제에서는 말이다. '기관'과 협력했던 기억은 깊숙이 묻혀 파낼 수 없었다.

미리암 우마리크는 작은 책 더미로 돌아와, 크로나우에르가 안에 끼워 두었을 서류보다 그의 독서에 진심으로 관심이 있다는 듯 한 권을 더 펼쳤다. 마리아 크월의 로망스 중 하나인 『포크로우스크의 거지 여인』으로, 저자의 다른 저작들처럼 온통 과격하고 반(反)남성적이었으며, 그 안에서 그려지는 성생활, 혹은 적어도 인간끼리의 성생활에는 외설적인 재만 남아 있었다.

"이걸 읽어요?" 미리암 우마리크가 물었다.

"예." 크로나우에르가 대답했다. "어제 '개척자의 집'에서 대출했습니다. 사미야 슈미트가 추천해 주었죠."

"남자들이 볼 책은 아닌데." 미리암 우마리크가 애교 있게 말했다.

크로나우에르는 입을 삐죽 내밀며 어깨를 으쓱했다.

"여자들이 볼 책도 아니죠." 그가 투덜거렸다.

그들은 몇 초간 아무 말 없이 마주 보았다. 미리암 우마리크는 크로나우에르의 기분이 좋지 않은 것을 보고 화제를 돌렸다.

"당신은 다른 곳으로 옮겨질 거예요." 그녀가 말했다.

"압니다." 크로나우에르가 말했다. "난방 문제죠."

• 그는 고분고분하게 미리암 우마리크가 알려 준 새 방으로 소지품을 옮겼다. 그녀는 방의 좋은 점들을 자랑스레 늘어놓고는 그를 혼자 두고 나갔다. 방은 샤워실과 아주 가까웠고 확실히 처음 방보다 따뜻했지만, 중앙로로 창문이 나 있지 않은 만큼 빛이 잘 들지는 않았다. 이 방 창문 역시 이중이라, 앞으로 닥칠 겨울의 영하 기온을 잘 막아 줄 것이 틀림없었고, 탈출을 아예 막지는 못하겠지만 저지할 창살이 달려 있었다. 바깥에는 마른 풀 — 새빨강이, 도랑의목쉰소리, 솔프부트, 가비앙트 — 로 뒤덮인

6미터가량의 빈터 건너편에 벽이 보였다. 한코 보굴리안이 사는 집이었다. 그쪽 벽에는 사실상 열린 부분이 전혀 없었다. 지붕 가까이 천창이 하나 있고 폐쇄된 듯한 뒷문이 있을 뿐이었다.

방은 깨끗하고, 이전 방보다 작았으며 가구로는 책상과 좁은 침대가 있고 날씨에 비해 너무 세게 가동되는 라디에이터가 있었다. 전부 회색으로 칠해져 있었다. 침대의 금속 밑판과 돌돌 말리는 얄팍한 매트리스는 안락할 것 같지는 않았다. 하지만 시트는 리넨이고 좋은 향이 났다. 내 새 감방이군, 크로나우에르는 그것들을 펴서 한 장을 이불 속통에 씌우며 생각했다. 어쩌면 한때 여기는 노선 이탈 혐의의 콜호스 주민들, 프롤레타리아 윤리 지령을 잘못 해석한 농학자들, 무정부주의에 이끌린 양봉가들, 남녀 동거의 기초 원칙을 너무 열심히 적용한 소치기들, 일을 그르친 '기관'의 동조자들, 그들과 함께 일하지 않은 자들, 지나치게 열정적으로 일했던 자들을 심문하던 곳이었을지 몰라.

그는 창문에서 멀어졌고, 황혼이 다가오고 있었으므로 전등을 켰다. 스위치를 누르자 전구가 깜빡거리고, 숨을 두세 번 쉴 동안 붉어졌다가 제구실을 했다. 왠지 모르게, 아마 조금 전 배관 수리에 대한 자신의 능력 부족 때문에 느꼈던 좌절감을 보상하기 위해서인지, 그는 몇 초간 마을의 전기에 대해 곰곰이 생각했다. 거의 사고 직후, 첫 처리 작업 때, 엔지니어들은 '붉은 별' 소프호스 탱크에서 회수한 연료봉들을 이용해 소비에트 건물 지하에 작은 대체 발전소를 되는대로 제작했다. 이 임시변통의 발전소에서도 역시 방사능이 유출되었으나, 바르구진의 말에 따르면 발전소는 적어도 100년은 레바니도보에 전력을 공급할 수 있고, 그 후에는 폭주하며 마을을 잿더미로 만든 후, 땅속으로 뚫고 들어갈 것이었다. 그 정도면 어떻게든 손을 써 볼 시간이 충분하다고, 바르구진은 말했다. 뭔가 손을 쓰고 늙어 갈 시간이. 아니면 다른 수가 있거나. 다른 수라니, 뭔가요? 크로나우에르는 물었다. 뭐, 있잖소. 바르구진은 에둘러 답하고, 퉁명스러운 표정으로 그렇게 대화를 끝냈다.

크로나우에르가 바르구진의 지겹다는 표정을 되새기고 있던 차에, 미리암 우마리크가 문을 두드리고는 대꾸를 기다리지도 않고 곧장 문을 열었다. 불빛을 받아 그녀는 다시금 그을린 오렌지빛으로 활짝 피어났다. 매 순간 보이는 쉽고, 놀리는 듯하고, 관대한 미소, 눈꼬리가 기름한 새카만 눈, 길게 빠진 눈썹, 매끄러운 움직임.

"이걸 갖다준다는 걸 잊었어요." 그녀가 말했다.

둘은 창가에 서서 한코 보굴리안의 집 벽으로 날이 저무는 것에 신경 쓰지 않고 잡담을 시작했다.

미리암 우마리크가 가져온 것은 바르구진의 셔츠며, 우드굴 할머니의 창고를 뒤져 찾아온 속옷 등 깨끗한 옷이 담긴 바구니였다. 확실히 그녀는 30분 전 허락도 없이 그의 방을 수색하다 발각되었던 일을 잊게 하려 애쓰고 있었다. 사실 그녀가 방을 뒤진 이유는 크로나우에르가 무슨 스파이 조직과 연관이 있다는 증거를 찾으려는 게 아니라, 그가 자매들 중 하나와 연애편지를 주고받지는 않았는지 확인하려는 것이었다. 그날 오후, 크로나우에르가 자신에게 상대적으로 무관심하다는 점을 생각하다가, 그녀는 별안간 그와 한코 보굴리안이나 심지어 사미야 슈미트 사이에 은밀한 관계가 시작되었을지 모른다는 가슴 찢어지는 예감이 들었다. 그녀는 주의 깊게 크로나우에르 방의 있을 만한 비밀 장소를 모조리 조사했고, 운 나쁘게도 마지막까지 남겨 두었던 책 속을 뒤지던 바로 그 순간 그가 돌아왔던 것이다.

잠깐 동안 그들은 레바니도보의 방사능 이야기를 했다. 방사능 수준은 원자로가 미쳐 날뛰던 동안 정점에 달했었고, 그 이후로는 과학적 연구 결과와 달리 낮아지지 않았다. 처음에는 주민들이 모두 죽었고, 조금 뒤에는 영웅적인 구조대와 처리반원들이 죽었다. 종합병원이 시체 안치소가 되었고, 입원하는 환자들은 시체용 냉장고로 곧장 가서 누워, 시트가 있다면 머리까지 덮어썼고, 조용해지기 시작했다. 단련이 가장 덜 된 주민들은 일주일도 버티지 못했다. 신속하게, 원자로가 파고든 수직갱의 상징적 덮개 역할을 할 창고 건설을 마쳤을 즈음에는, '찬란한 종착역' 콜호스에 살아 있는 존재는 하나도 남지 않게 되었다.

• "하, 그럼 당신은요, 평생 여기서 살았잖습니까?" 크로나우에르가 반박한다. "또 콜호스의 다른 주민들, 당신 자매들, 남편은요?"

"우리는 단련되어 있어요. 경우가 다르죠."

"나는요? 보통대로라면 나는 이미 녹아내리고 있어야 할 겁니다."

"당신도 단련되었어요." 미리암 우마리크가 단언한다.

그러고는 웃음을 터뜨린다. 도톰한 입술 사이로 그녀의 치아가 드러난다. 음탕한 사내라면 아마 거기서, 자기 혀로 그 하얀 법랑질을 훑고, 그 반짝이는 입에 자기를 으스러져라 눌러 대는 상상을 하리라. 마리아 크월의 이론대로라면, 남자는 누구도 끝없는 음탕함의 충동을 피할 수 없다. 마리아 크월에 따르면, 수컷의 생각은 그녀가 '좆의 언어'라 부르는 것에 전적으로 지배되고 젖어 있다. 그들의 말이나 신념이 어떻든, 의식하든 의식하지 않든, 수컷들은 1초도 좆의 언어에서 벗어나지 못한다.

크로나우에르는 그 자극적인 입을 계속 쳐다보지 않는다. 그는 시선을 돌린다.

그들은 10초나 12초간 침묵을 지킨다. 그들은 방사능에 대해, 죽은 콜호스 주민들에 대해, 처리사들에 대해, 음탕한 남자들에 대해 생각한다. 어쩌면, 그렇다, 둘 다 적어도 조금은 음탕한 남자들 생각을 한다. 어쨌거나 미리암 우마리크는 그런 생각을 떠올리고, 그에 수반되는 이미지도 떠올린다.

"알겠지만," 그녀가 갑자기 지극히 진지해져서 말한다. "만일 당신이 우리 중 한 사람에게 조금이라도 해코지를 하면, 우리 중 누구에게든 접근해서 키스하거나 삽입하면, 솔로비예이가 알아차리고 무시무시한 처벌을 내릴 거예요."

"당신 남편은요?" 그는 끝내 묻고야 만다.

"내 남편이 뭐요?" 미리암 우마리크가 묻는다.

"바르구진."

"바르구진이 뭐요?"

"당신 일이라면, 그도 할 말이 있지 않겠어요?"

"무슨 일요?"

"만일 내가 당신에게 해를 끼친다면."

231

"농담이죠, 크로나우에르?" 미리암 우마리크가 묻는다.

"아니, 난 질문하는 겁니다."

"어떤 해요?" 미리암 우마리크가 갑자기 몸을 비비 꼰다.

"뭐, 예를 들어, 내가 당신에게 접근해 키스하거나 삽입하면."

"당신이 내게 하려는 짓은, 바르구진과는 상관없어요." 미리암 우마리크가 말한다. "그건 나와 내 아버지의 문제죠."

"잊지 말아요, 당신에게 그런 짓을 하려는 의도로 한 말이 절대 아니라는 걸요." 크로나우에르가 자기방어를 한다. "그저 그렇게 가정해 본 거죠, 말하자면."

하지만 그는 침을 삼키고, 시선이 흔들리고, 속눈썹이 떨리는데, 미리암 우마리크가 이를 알아챈다. 그녀는 놀리는 듯한 미소를 짓는다. 아무 말 하지 않지만, 그녀의 엉덩이가 왠지 모르게 살짝 살랑이고, 한마디로, 그녀의 온몸이 장난스러운 미소 속에 활짝 피어난다.

밖에서, 까마귀들이 운다. 그들은 구치소 지붕 위에 앉아 다가오는 황혼을 논평한다.

• 혹은 다른 예로, 거의 동시에, 수용소 정문 앞의 일류셴코를 들자면.

"일류셴코 지휘관은 본인이 지휘를 맡은 유형수 수송단의 입소를 청한다!" 일류셴코가 한 번 더 고함을 질렀다.

대답 없음이 다시금 정적을, 솜털에 뒤덮인 배경을, 온통 철조망과 차디찬 솜털로 된 배경을 짓눌렀다. 일류셴코와 마티아스 부아욜은 종아리 중간까지 눈에 파묻혀 있었다. 발이 얼까 봐 그들은 때때로 발을 굴렀다. 그들은 그렇게 하라는 명령이라도 받은 것처럼 계속 두 손을 들고 있었다.

"우리는 수천 킬로미터를 거쳐 왔다." 갑자기 마티아스 부아욜이 혼잣말처럼 낮은 소리로, 하지만 정문 저편에서도 들리도록 똑똑하게 말했다. "우리는 수용소에 도착해, 수용 대상자로 등록되고, 물품 운반이나 청소 작업반에 배치되고, 정치적이고 사회적인 불량품으로서 우리의 신분을 확인받고, 총살 대상자 등록부에 기재되는 행복한 장면을 줄곧 머릿속에 그려 왔다. 우리는 우리 존재를 완벽하게 할 그 순간만을 기다리며 떠돌았다. 우리는 수용소 입소에 전부를 걸었다. 우리는 수용소 문턱에, 죽음의 문턱에, 지옥의 문턱에 서 있다. 우리는 입장을 요청한다."

그러더니 그는 배우다운 능숙함으로 소리치기 시작했다.

"죄수 마티아스 부아욜은 수용소 문턱에, 죽음의 문턱에, 지옥의 문턱에 서 있다! 본인과 동료들의 입장을 요청한다!"

그때 좀 전에 치명적인 총탄이 날아왔던 감시탑 뒤에서 보이지 않는 소란이 일어났다. 앰프의 전원이 막 연결되었다. 하사관의 투박한 목소리가 전기회로를 타고 수용소 문턱, 정문, 우리의 지휘관과 마티아스 부아욜이 파묻혀 기다리고 있는 갓 내린 눈 위로 토사물처럼 요란하게 터져 나왔다.

"너희들이 온 곳으로 돌아가라…! 여긴 꽉 찼다…! 모두 끝장내기 전에 썩 꺼져라…!"

"일류셴코 지휘관은 그 말을 믿을 수 없다!" 일류셴코가 즉시 울부짖었다.

그가 조리 있게 항의할 말을 찾는 동안, 마티아스 부아욜이 끼어들었다. 그들은 그런 식으로 행동하기로 합의했었고, 뛰어난 언변 덕분에 다른 이들 가운데 마티아스 부아욜이 뽑혔으며 일류셴코는 계급 서열과 상관없이 당국자들과의 대화 중 망설임이 느껴지면 언제든 발언하라고 일러둔 터였다.

"일류셴코 지휘관은 간청하는 바이다." 그가 일류셴코보다 더 세련되게 외쳤다. "그는 건강한 죄수와 군인들, 평등주의적이고 우애 있는 사회의 건설을 쇠창살 안에서 헌신적으로 추구할 각오가 된 노동자들을 수용소에 받아들여 줄 것을 제안한다!"

스피커는 몇 초간 잠잠했다. 마티아스 부아욜은 그들이 자신의 말을 들었다고 짐작하고, 그 틈을 타 그의 익살스러운 찬가 하나의 한 대목, 아니면 희비극적인 애가 한 편의 짧은 발췌문을 글자 그대로 되풀이했다.

"수용소가 자유로운 남녀들의, 혹은 적어도 그들의 동물적인 조건으로부터 충분히 자유로워져 해방, 윤리적 진보, 역사를 구축하고자 하는 남녀들의 사회가 염원할 수 있는 최고 등급의 존엄함이자 조직이라는 사실은 누구도 부인할 수 없다. 뭐라 말하거나 비난하든, 그 무엇도 결코 수용소에 필적할 수는 없을 것이니, 인류 혹은 그 유사한 것의 어떠한 집합 건축물도 수용소가 그 안에서 살고 죽는 이들에게 제공하는 운명에 비할 만한 수준의 일관성과 완벽과 평온에 결코 도달할 수 없으리라."

눈이 내렸다. 문 반대편에서, 스피커를 통해 하사관이 취한 사람 같은 얼빠진 침묵의 잡음을 냈다. 마티아스 부아욜의 연설은 몇 미터 가다가 이내 계속되는 눈송이의 폭포에 흡수되었다.

"그런 이유로," 그는 말을 이었다. "우리는 수용소 당국이 우리의 요청에 긍정적인 답변을 내줄 것을 요구한다."

"불결한 떠돌이들은 여기도 넘친다…!" 스피커가 토해 냈다. "다른 데 가서 뒈져…! 여긴 자선 시설이 아니다…! 사격 개시 전 최후의 경고다!"

● 대화가 이렇게, 확실히 나쁜 쪽이지만 아직 불확실한 상태로 진행되던 중, 모든 일을 망치는 사고가 일어났다.

알돌라이 슐로프는 그럭저럭 수송대의 일원이라고 할 수 있었지만, 그럭저럭 그런 이유로 소총을 지급받지 못했었다. 그는 네 번째 객차에서 나와 있었다. 네 번째 객차에서 그는 거기로 옮겨 놓은 죽은 자들과, 나중에 정말로 필요해질 때를 위해 항상 아껴 둔 예비용 모포, 탄약, 겨울용 털외투 등의 군용 잡동사니 가운데서 지루하게 기다렸었다. 다들 그의 구시렁거림도, 누더기 옷과 피부와, 심지어 정신 나간 생각들에서조차 풍기는 땀과 동물 오줌의 강렬한 악취도 고려하지 않고 그를 한구석에 밀어 두었었다. 군인들은 그에 대해서는 지시를 받은 바 없었고 눈 덮인 들판과 멈추지 않고 쏟아지는 회색 너풀거림 뒤로 수용소 당국자들과 협상을 진행하는 두 동료의 영웅적인 윤곽을 지켜보는 데만 열중했다. 그들은 귀를 쫑긋 세웠지만 아무것도 들리지 않았고, 총안 구실을 하는 나무 틈새에 소총 끝을 겨누고 있다가, 상황이 아직은 위급하지 않아 총을 거두어 발치에 내려놓은 채, 사실은 그렇지 않은데도 확연히 무기력한 모습으로 되돌아갔다.

기차 승객들에게 내려졌던 인내와 부동이라는 전략적 명령을 전혀 알지 못했기에, 알돌라이 슐로프는 객차에서 뛰어내리기로 결심했다. 그는 눈 속에 넘어졌지만 곧장 일어나,

기차를 따라 기관차까지 걸어갔다. 임시 지휘관 샴노 드리프는 그가 지나가는 것을 보았지만, 넝마를 걸친 미치광이 걱정을 하는 것보다 더 중요한 일이 있었고, 알돌라이 슐로프가 선로 전환기 쪽으로 향했을 때에야 그가 아직 무해한 상태일 때 때려눕히지 않은 것을 후회했다. 알돌라이 슐로프가 논의 중에 나타나면 협상이 위태로워질 위험이 있음을 그제야 깨달은 것이다.

알돌라이 슐로프는 하드조벨 뮌츠베르크의 시신을 지나, 보조 선로를 따라 아직 그가 오는 것을 보지 못한 마티아스 부아율과 일류센코 곁으로 가는 대신, 뚜렷한 방향 없이 비틀거리며 눈밭을 걷기 시작했다. 그는 눈 속에 꽤 깊이 파묻혀, 힘겹게 걸었으며 보기 흉한 너절한 샤먼 옷 때문에 망설이는 발걸음과 길고 더러운 비늘을 지닌 상상 속 짐승 같았다. 1분간 그는 그렇게 조용히 나아갔고, 경악하여 그를 관찰하는 샴노 드리프가 그를 조준했지만 차마 쏘지 못했으며, 그가 알아들을 수 없는 비난의 말을 읊조리기 시작하자 두 교섭단은 그의 존재를 알아차리고 돌아보았고, 그가 30미터 떨어진 곳에 있는 것을 보았으나 어떻게 해야 할지 알 수 없었다.

알돌라이 슐로프는 무릎까지 눈에 파묻혀 있었다. 그가 앞으로 나아가는 데 방해가 되는 눈을 없애고 싶은 건지, 아니면 대자연의 하얀 현현(顯現) 속에 붙박인 그 상태가 편안한 건지, 또 그의 출현으로 중단된 대화에 자기도 한마디 끼어들려는 건지 아닌지 잘 알 수 없었다.

"고문당하는 알돌라이 슐로프가 당신을 알아보았다." 그가 돌연 소리쳤다. "고문당하는 알돌라이 슐로프는 당신이 그의 고문을 끝낼 것을 요구한다!"

정적이 흘렀다. 알돌라이 슐로프는 미친 듯이 몸을 나부대어, 주변의 눈을 흩날려 멀리 떨어져서 닿을 수 없는 철조망 쪽으로 어린애처럼 던졌다. 그가 입은 옷의 찢어진 자락들이 10여 초 동안 펄럭이자, 그는 육중하고 자리를 많이 차지하는 것처럼 보였는데, 그것들이 도로 내려앉자 그는 처음 모습대로, 1천 년 혹은 그보다 더 오래 죽음을 스쳐 지나가며 결코 거기서 휴식할 수 없는 운명을 지닌 탈진하고 허약한 생물로 돌아왔다.

"일류센코 지휘관은 고문당하는 알돌라이 슐로프가 군인

신분도, 수감자 신분도 아님을 수용소 당국에 밝힌다!" 협상의 주도권을 빼앗겼다고 느낀 일류셴코가 외쳤다.

정문 뒤, 감시탑 위에서는 대답이 아직 오지 않았다. 스피커가 지지직거리고, 아무 소리도, 심지어 할 말 없음을 뜻하는 거슬리는 잡음조차 나지 않았다.

"난 당신을 알아보았다!" 알돌라이 슐로프가 또 외쳤다.

• 커다란 눈송이들로, 바람 한 점 없이, 수직으로 떨어지는 눈.

정적은 아닌, 얼마나 중요하게 여기느냐에 따라 들리지 않기도 하고, 들리기도 하는 엄청난 바스락거림.

수백만 개의 보풀보풀한 선 때문에 약해진 빛.

감시탑들, 철조망, 정문 쪽으로 고함을 친 뒤 움직이지 않는 수용소 입구의 세 사람, 그리고 시간은 흐른다.

17초, 어쩌면 18초.

스피커에선 말이 없다, 마치 반대쪽, 소음과 전기적 광란의 근원지에서, 하사관이나 지상 혹은 다른 곳의 그 대리인이 알돌라이 슐로프의 대담함에 얼이 빠져 즉각적인 대답을 떠올리지 못하는 것처럼. 그러다 연결이 복구된다. 앰프가 깨어난다. 스피커가 트림을 하고 끔찍한 휘파람 소리를 내기 시작한다. 소리가 너무 날카로운 나머지 일류셴코는 팔을 내리고 얼어붙은 손바닥을 얼어붙은 귀에 갖다 댄다. 마티아스 부아욜도 똑같이 한다.

휘파람 소리의 강도가 올라간다. 정문 양쪽의 감시탑이 바람에 흔들리는 나무처럼 움직인다. 모든 것이 떨리는 가운데, 눈만이 평온하게 전혀 동요 없이, 다른 층위의 현실에 속하는 것처럼 내린다. 멀리, 예를 들어 기차의 총안에서는 무슨 일이 일어나는지 잘 보이지 않는다. 다들 귀를 막지만, 특별한 것, 새로운 것은 아무것도 보이지 않는다. 임시 지휘관은 수용소 당국에서 일종의 위험 사이렌을 발동했다는 느낌을 받지만 그것을 어떻게 해석해야 할지, 협상의 행복한 결말인지 거절인지 알지 못한다.

19초. 20.

그때 두 사건이 동시에 일어난다.

236

한편으로, 감시탑에서 여러 차례 총이 발포된다. 발사한 군인들의 모습은 보이지 않는다. 두 협상자, 일류센코와 마티아스 부아욜은 각자 세 발씩 맞고 휘청거리다, 몸부림치지도 않고 눈 속에 쓰러진다. 일류센코는 뒤로 넘어지고, 마티아스 부아욜은 머리부터 앞으로 고꾸라진다. 그들은 더 이상 귀를 막고 있지 않다. 그들은 더 이상 움직이지 않는다. 매우 부차적이며 정통적이지 않은 방식으로만 협상에 참여했던 알돌라이 슐로프로 말하자면, 몸 주변으로 그의 옷에서 나온 듯하지만 몸에서 나온 것 같기도 한 다양한 찢어진 조직들을 흩날린다. 마치 탄환들이 그에게 과잉 에너지를 공급한 것 같고, 몇 번 숨 쉴 동안 그는 쓰러지지 않고 천천히 제자리에서 돈다. 생명을 통해 꿈속 춤의 형상들을 실현하기라도 바라는 듯이. 그는 총탄에 관통당해 부상으로 괴로워하지만, 즉각 의식을 잃지는 않는다. 그는 수용소 쪽으로 뭔가 소리치지만 기차의 누구도 모르는 언어, 아마 아메리카 고어나 올로트어[29]로 된 외침이었고, 어쨌거나 그의 목소리는 분노와 피로 탁해져 있었다. 제법 강하게 외치기에 그의 목소리가 철조망과 선로 너머까지 전달되지만, 그의 문장에는 자음보다 기포가 더 많다.

그리고 다른 한편.

• 다른 한편, 나는 누군가가 이 진부한 장면에 약간의 기묘한 입체감을 부여하려 노력하는 것을 확인하니 흡족하다. 추가적인 꿈의 장식물 약간. 누군가인지 나인지, 상관없다. 나는 까옥거리기를 자제하고 일이 일어나는 대로 놓아둔다. 스피커의 휘파람 소리가 일시적으로 멈추고, 실린더의 왁스에 바늘이 놓이는 소리, 말소리가 나오기 전의 찍찍대는 잡음이 들린다. 시가 나오기 전의 긁는 소리가 들린다.

갑자기 알돌라이 슐로프가 몸을 추스르고 수용소 러시아어로 몇 문장을 외친다 — 마침내 알아들을 수 있는 방언으로.

---

29. 몽골어족에 속하는 오이라트어의 한 방언. 이리 카자흐 자치주에서 주로 쓰인다.

"우리는 당신의 꿈들 중 하나에 있다!" 그가 외친다. "고문당하는 알돌라이 슐로프가 모두를 대신하여 말한다…! 우리는 죽을 수 없다…! 총알은 우리를 죽이지만 우리는 죽지 못한다…!"

새로운 일제사격에 그가 조용해진다.

눈 덮인 평원에 스피커는 이제 말을 쏟아 낸다. 귀를 기울이거나 말거나, 말은 풍경을 지배한다. 누구도 거기서 분리될 수 없다. 이미 하얀 층에 덮인 시체들에게조차 똑똑히 들린다. 어떤 면에서는 그들 역시 편재의 고통을 느낀다. 그들은 동시에 수용소 앞에, 죽음 뒤에 이어지는 부유하는 세상 속에, 솔로비예이의 꿈들 중 하나 속에 있으며, 스피커에서 나오는 소리에 집중하든 안 하든 그들을 감싼 소리의 층에서 벗어날 방도가 전혀 없다. 더 멀리, 기차에서 불안해하거나 겁에 질린 사람들도 같은 형편이다. 그들은 정문 앞에 쓰러진 시체들과 완전히 똑같은 처지는 아니지만, 그들 사이에 놓인 여백의 폭은 미소(微小)하고, 막말로 하자면 하나로 퉁칠 수 있다. 전혀 이해할 수 없게 들리는 시가 그들에게 강요된다. 그것은 아주 깊숙이 그들의 안에 침투하며, 곧 외부에서 오는 것이 아닌 게 되고, 더 이상 그들의 고막을 통해 들리는 것이 아니라 그들의 안에서 분출하며 그들의 골수와 숨어 있는 은밀한 속골수, 모습을 드러내기 위해 이 마술적 순간을 기다렸던, 그들이 태어난 순간부터 이 순간만을 기다렸던 속골수에서부터 그들을 사로잡는다. 군인과 죄수들은 비틀거리고, 자신이 탈진했는지, 저주에 걸렸는지, 아픈지, 혹은 이미 죽었는지 돌연 알 수가 없다. 그들은 눈 덮인 들판을 뚫어져라 쳐다보며, 사격 명령을 기다리고, 밖에서 오고 그들의 심장 한복판에서 솟아나거나 다시 솟아나는 그 목소리에 겁에 질려 있다. 그들은 얼어붙은 손으로 고요한 소총을 꽉 쥔다. 목덜미가 뻣뻣해진다. 입술이 떨리고, 눈꺼풀이 실룩거린다. 군은 얼굴임에도 그들은 전부 울기 직전처럼 보인다. 어떤 이들은 몸을 떠는데, 추위보다 혐오와 압박감 탓이 훨씬 크다. 그들 안에서 너무나 어둡고 너무나 철저히 낯선 이미지들을 펼쳐 내는 목소리가 있어 그들에게 이해할 수 있는 것은 아무것도 들리지 않고 아무 이미지도 보이지 않는다.

이미지들. 그들은 울기 직전이다. 그들에겐 아무것도 보이지 않는다.

• 그리하여 그의 수하들과 그의 딸들이 그에게서 벗어나려는, 그를 배반하려는, 심지어 그에게 상처 입히려는 참이었음을 생각하고, 그는 불꽃의 진동하는 심장 속에 뼛속까지 잠겨서 다른 것들, 다른 심복들, 다른 딸들, 다른 아내들, 다른 불꽃들을 만들어 냈고, 먼저 27까지 세었으며, 암흑이 만들어지자 그는 비스듬히 걸어, 거기서 또 27까지 혹은 2만 7천 783까지 센 다음, 남아 있는 발을 이용해 수고를 아끼지 않고 골수에서 골수로 갔고, 여기저기 방들과 터널들을 더하고, 탁탁거림에 탁탁거림을 더하고, 축축한 화염을 축축한 화염에 더하고, 일곱 천국에 천국들을 더한 후, 갑작스러운 발열을 구실 삼아 몸을 웅크렸고, 그의 찬가들 중 몇 개를 휘파람으로 불며, 여러 차례 "하데프, 데레크! 하데프, 즈웨크! 하데프 카카인!"이라 반복했고, 자신의 외침의 메아리를 기다리지 않고, 불가능한 그을음들과 불가능한 장막들로부터 자기 외침의 메아리가 돌아오길 기다리지 않고, 그는 서둘러 그의 곁에서 구렁 쪽으로 굴러가는 그의 배우자들과 암컷 피조물들과 교미했고, 그들 중 몇몇이 그의 꿈의 폭언에 불평하며 저항했으므로, 그는 후손 생각을 접고 큰 걸음으로 큰 소리를 내며 그의 하룻밤 상대들의 항의가 더 이상 들리지 않는 꿈을 향해 나아가며, 힘차게 마법의 무훈시들을 말하며 "이것은 숲이다, 이것은 마을이다, 이것은 버려진 지 1천 113년이 넘은 노동 수용소다, 이것은 최후의 거지들이 죽어 가는 방사능에 오염된 땅이다, 이것은 여행 가방이며 무한이 내게 아직 놀랄 일을 남겨 두도록 나는 여기 머리를 처박는다." 그런 후 그는 잘못된 움직임을 하여 틈새 없는 여섯 개의 벽돌벽 사이에, 문도 굴뚝도 없는 화덕에 놓이고, 거기에 놓이자 그는 수하들을 부르는 외침들을 내고, 그들이 곧 오리라 확신하며, 그는 핥아서 굳힌 나프타기름으로 의자를 만든 후 침착하게 잠시 앉아 있었다. 그를 가둔 벽돌들은 때로는 액화될 정도의 온도로 불타고, 때로는 깊은 공간, 검은 공간과 은하계를 나누는 제로 공간의 온도에 가깝게 차디찼다. 살지도 죽지도 않은 그의 수하들이 그를 둘러쌌다. 다들 못에 매달린 꼭두각시처럼 흔들거렸고 핵분열과 침묵 때문에 흔들려

서로 부딪치기도 했다. 시간은 멎어 있었다. 그는 그 기회에 그의
딸들과 그 어머니들을, 그의 정부들을, 그의 배우자들과 자식들을
다시 생각했는데, 기억과 환상 속에서 그는 쉽게 그들을 혼동하곤
했다. 그 후, 음탕함과 범죄 속을 오래도록 거친 후, 그는 자신으로
되돌아왔다. 수하들은 걸인 노동자나 걸인 군인의 옷차림을 하고
암흑 속에서 기다리고 있었다. 그는 그들에게 이름을 취하고, 그
주변의 어둠을 한층 강화시키고, 그가 상상해서 그들에게 불러 주는
이야기와 촌극들의 짜임에 맞춰 춤추라고 명령했다. 그리하여 그가
유일한 관객인 눈먼 연극이 탄생했다. 그는 인물들의 등장과 퇴장에
따라 박자를 맞췄고 그렇게 기분 전환을 하며, 살되 죽지 않는
운명에 수반되는 무한한 고통과 무한한 걱정들을 떨쳤다. 어둠은
타르처럼 짙었고 오랫동안 그는 거기 머물기로 결심하여, 시간의
흐름 전체를 손으로 허벅지를 내려치는 박자들로 축소시켰다. 고독
속에서 그는 소설들의 시작과 끝을, 때로는 새되고 때로는 거칠고
때로는 부드러운 목소리로, 간간이 비웃음을 섞어 가며 말했다.
"이것은 눈이다, 이것은 죽음이다, 이것은 낮이고 밤이다, 이자는
내 딸이다, 이자는 2천 33년 동안 그만의 지옥으로 보내질 것이다."
그렇게 그는 타르 속에서 오랫동안 까옥거렸고, 27이나 112하고도
나머지의 단위로 10년들을 헤아렸으며, 그 후 싫증이 밀려와 그는
조용해졌다.

• 그 알아들을 수 없는 말의 홍수가 끝나자, 임시 지휘관 샴노
드리프는 부하들의 영혼에 쌓인 긴장을 조금이나마 해소시키기
위해 감시탑을 향해 사격 개시를 명했고, 1분간 마음껏 사격하고
나자 그는 사격 중지 명령을 내렸다. 일제사격은 별 의미가
없었다. 수용소는 응사하지 않았고 아무런 손실도 입지 않았다.
엄격하게 군사적인 관점에서 보면, 상황에는 진전이 없었다.
기차에서는 가스와 연기와 화약 냄새 한가운데서 전사들이
아무 말 없이 탄약통을 수거하기 시작했다. 지휘관은 누마크
아샤리예프와 상의하러 갔다. 그는 선로 전환기 상태가 어떠냐고
물었다.

　　"하드조빌 뮌츠베르크가 레버를 조작할 시간이 있었던가,
아닌가?"

"모르겠습니다." 누마크 아샤리예프가 말했다. "그가 저격수의 사격에 쓰러지는 것을 보았습니다. 그 밖에는 아무것도 기억나지 않습니다."

"기관차로 돌아가서 아주 느리게 분기점까지 가게." 샴노 드리프가 강권했다. "만일 우리가 수용소 쪽으로 접어들면, 가속하게. 전속력으로 정문을 뚫을 거야. 버티면 기적이지. 통과하는 동안, 우리는 사방으로 발포하겠네. 일단 장벽을 넘어가면 제동을 걸지 말게. 선로가 더 이어지지 않을 때까지 전진해. 어쩌면 그렇게 해서 수용소 한복판에 도달하게 되겠지. 그들은 우릴 받아 줘야만 할 거야. 입소하면서 피해를 냈다고 우릴 처벌해도 어쩔 수 없지."

"만일 수용소로 이어지는 길로 가지 않으면요?" 누마크 아샤리예프가 반박했다. "전환기가 작동하지 않아 주선로로 계속 가면 어떻게 되는 겁니까?"

"그럼 떠나는 거지." 지휘관이 어쩔 도리가 없다는 몸짓을 하며 말했다. "더 멀리까지, 여기보다 좀 덜 완고한 관계자들이 있는 수용소를 찾을 때까지."

침묵이 흘렀다.

"그럼 사망자들은요?" 누군가 끼어들었다.

다시금 침묵이 흘렀다.

"해결책이 있나?" 지휘관이 마침내 물었다.

● 객차는 어스름에 잠겼다. 밖에서는 황혼이 짙어졌다. 뜨거운 금속, 기름, 화약 냄새가 여전히 사람들 가운데 떠돌았다. 미닫이문은 반쯤 열려 있었지만, 전투의 냄새는 흩어지지 않았다. 오후가 끝나 가고, 회색 눈이 내리고, 하얀 눈이 낙엽송의 검은 벽이 있는 곳까지 시야에 들어오는 세상을 뒤덮은 광경이 보였다. 바람 한 점 없었으므로 추위는 견딜 만했고, 어쨌거나 전투의 흥분 때문에 추위는 그리 중요하지 않은 여러 인상 중 하나로 격하되었다. 이웃한 차량들에서, 죄수와 군인들이 담배에 대해, 사회적 기생충 박멸에 대해, 돌격하여 수용소를 탈취하고 감시탑의 발포를 피하는 최고의 전술에 대해 두런두런 이야기를 나누는 소리가 들렸다. 우리는 소총을 발치에 두고 명령을

기다리고 있었다.

"죽은 사람들은요?" 누군가 물었다. "저기 두고 갑니까?"

"좋은 해결책이 있나?" 지휘관이 물었다.

"우리가 떠나면, 누가 그들을 수습합니까?" 내가 물었다.

"나중에 수용소 관계자들이 회수하러 오겠지." 누군가 추측했다.

"기차가 사라지면 그들은 저대로 눈 속에 누워 있진 않을 거야." 누군가 헛소리를 했다. "일어서서 철도를 따라 계속 걷겠지. 그들은 알돌라이 슐로프에게 의지하면 돼. 그 녀석은 이 지방을 손바닥 보듯 훤히 아니까. 길을 잃진 않을 거야. 결국은 가던 길에서 다시 만나게 될걸."

"그럴 것 같진 않은데." 누마크 아샤리에프가 말했다.

"겨울이니까." 한 죄수가 말했다. "여기 오래 그대로 있진 않을 거야. 늑대들이 숲에서 나오겠지. 늑대들이 그 자리에서 그들을 처리하거나 숲속 은신처로 끌고 갈 테지."

"무슨 일이 일어날지 어떻게 알겠나?" 지휘관이 철학적으로 말했다.

"그렇습니다." 다른 누군가가 말했다. "그건 그들에게 달려 있지도, 우리에게 달려 있지도 않죠."

"그렇지." 누군가가 결론을 내렸다.

3부
아모크

• 그러는 동안, 레바니도보에는 밤이 내렸다. 중앙로는 비어 있고, 아직은 눈송이 하나 공중에 날리지 않았지만 빙판과 겨울 냄새가 났다. 미리암 우마리크는 다음 날 눈이 올 거라고 예고했었고, 사미야 슈미트는 도서관에서 기상학적 명백함을 확인하는 데는 언니의 예언도, 엉덩이를 흔드는 짓도 필요 없다고 크로나우에르에게 건조하게 대꾸했었다. 크로나우에르가 수컷의 혐오스러운 성적 특성에 대한 새로운 강의보다 모험담 책을 빌리고 싶다고 말하자, 그녀는 갑자기 그에게서 등을 돌렸었다. "제임스 올리버 커우드[30]나 잭 런던의 책." 그는 사미야 슈미트의 검은 양 갈래 머리를 보며 제안했고, 그가 마리아 크월과 그 계승자들의 유익한 이론들을 회피하려 든다는 생각에 그녀의 등은 분노로 떨렸다. 아담하고, 엄격하고, 머리 모양이 단정한 그녀는 여전히 언제 보아도 문화혁명 때의 중국 여자 모습을 닮았다. "숲속 모피 사냥꾼들 이야기요." 크로나우에르가 졸랐다. "그런 건 없어요." 사미야 슈미트가 도서 카드를 찾아보지도 않고 잘라 말했다. "이제는 없어요. 입자들로 너무 오염돼서 구덩이에 던져 버렸어요."

여느 날 밤과 다를 것 없는 밤이었다.

식사 시간에, 크로나우에르는 새 방을 나와 식당으로 갔다. 구치소에서 고작 30미터 거리였다.

식당에서 그는 밀가루 네 숟갈을 물과 버터에 풀어 익혔고, 언제나처럼 버터가 부족하지 않고 밀가루 저장량이 한도 끝도 없다는 데 놀라워했으며, 레인지에서 조용히 익어 가는 수프를 한 그릇 따랐다. 그는 혼자였다. 음식은 그리 다양하지 않아도 재료는 결코 부족하지 않았는데, 규칙적으로 그가 요리할 차례가 돌아왔기 때문에 알 수 있었다. 하루는 그가 외팔이 아바자예프에게 콜호스에서 생산이 불가능해진 지가 몇십 년이 되었는데 레바니도보에 식료품이 상대적으로 풍부하게

---

30. 미국의 모험소설 작가(James Oliver Curwood, 1878-1927).

넘쳐 나는 건 어떻게 된 일이냐고 물었고, 아바자예프는 성한
팔 쪽으로 돌아보며 아무도 듣는 이가 없음을 확인한 후 훔쳐
온 것들이라고 속삭였다. "누구한테 훔쳐요?" 크로나우에르가
흥미를 느끼고 역시 속삭여 물었다. "상인들한테." 아바자예프가
말했다. "오래된 숲에서 길을 잃은 대상들한테." 크로나우에르는
타이가를 지나가는 대상들이 사라진 지 몇 세기나 되었다고
반박했고, 아바자예프는 성이 났다. 그는 크로나우에르의 불신이
무례하다고 여기기도 했지만, 무엇보다도 너무 많이 말한 것을
두려워했고, 그때부터 그는 그 문제에는 결코 입을 열지 않았다.
"약탈을 꾀하는 이는 지도자입니까?" 크로나우에르는 대화를
이어 가려고 물었다. "솔로비예이인가요? 단독으로 행동하나요?"
하지만 아바자예프는 아무 대꾸도 하지 않았고 넋이 나간
사람처럼 보였다. "그럼 상인들은요?" 크로나우에르는 대답이
오지 않는 질문을 계속했다. "그들은 어떻게 됩니까? 강탈당한
다음에는 어떻게 되죠? 솔로비예이가 죽이나요?"

• 크로나우에르는 식사를 마치고, 설거지를 하고 나왔다. 길에는
가로등이 켜져 있었고, 한코 보굴리안이 어디서인지 모르게
나타난 그림자처럼 제 집으로 들어가는 것이 보였으며, 이어서
모르고비안, 바르구진, 미리암 우마리크가 사이좋게 얘기를
나누며 소비에트 건물에서 나오는 것이 보였다. 그들은 동시에
웃음을 터뜨린 것으로 보아 재미있어 보이는 이야기를 마저 하기
위해 건물 입구 계단 앞에 서 있었다. 그러다 그들은 다시 걷기
시작했다. 그들 뒤로 300미터에 걸쳐 집들이 드문드문해지는
데까지 가로등이 빛났고, 그 뒤부터는 검은 길이 더더욱
검은 숲까지 이어졌다. 그 명랑한 목소리의 울림을 제외하면
마을은 고요했다. 크로나우에르는 몸을 떨었다. 솔로비예이의
딸과 두 사위는 이제 식당으로 향했다. 웃음은 멈춰 있었다.
크로나우에르는 먼발치에서 그들에게 손을 흔들고, 그들이
가까이 오기까지 기다리지 않고 구치소 문을 열고 자기 방으로
돌아왔다.
　　　그는 『포크로우스크의 거지 여인』을 몇 쪽 읽고, 잘 짜인
줄거리에 사로잡혔으나, 마리아 크월이 남자들과 그들의 좆의

언어와 좆의 생각과 좆의 세계에 대해 신랄한 열변을 토하기
시작하자, 책을 삐걱이는 침상 옆 바닥에 내려놓고 불을 끄고
잠이 들었다.

• 자정이 지난 지 얼마 안 되어, 그는 소스라치게 놀라 깨어났다.
그는 바실리사 마라시빌리의 꿈을 꾸었다. 그녀가 병원에서
나오고 있었는데, 다른 모든 건물이 파괴와 방화를 겪은 반면
그 건물만은 개의 머리를 한 자들로부터 무사했다. 그녀는
몹시 허약했지만 나아졌다. 그는 강렬한 행복을 느끼며 그녀를
껴안았다. 그들은 집으로 돌아가는 버스가 서는 정류장에서
서로 끌어안고 있었다. 깨어나기 직전에 그는 그녀를 이리나
에첸구엔과 혼동했음을 알아차렸다.

　　방 안에서 희미한 연기 냄새가 났다. 그는 상반신을 일으켜
주변의 어두운 공기 냄새를 맡아 보았다. 라디에이터에서 먼지가
타는 냄새겠지, 그는 생각했다. 마을의 누군가가 장작불을 지필
이유는 전혀 없어. 여기선 아무도 그러지 않으니까.

　　다른 방으로 옮겼기에, 바깥 경치도 달라졌다. 길은 이제
보이지 않았다. 이중창 창틀 안으로 한코 보굴리안의 집 벽 말고는
아무것도 보이지 않았다. 그 침침한 살풍경한 화면에, 그는 남아
있는 꿈을 다시금 투사했다. 클로즈업한 바실리사 마라시빌리와
이리나 에첸구엔의 뒤섞인 얼굴. 하지만 무엇보다도 그는 긴
시련 끝에 동반자를 다시 만난 감동, 그들을 하나로 묶는 말 없는
공모, 거리에서, 폐허가 된 병원 앞에서의 도취된 포옹의 감정을
몸속에 간직하려 노력했다. 이미지와 인상은 빠르게 흐려졌지만
다정한 애수는 남았다. 그는 그 애수를 흩뜨리지 않으려 노력하며
1-2분간 가만히 있었지만, 그 역시 그저 추억의 흔적, 정취가 거의
사라진 뭔가 닿을 수 없고 슬픈 것이 되었다.

　　그때 그는 마을 안이나 위쪽 어딘가에서 나는 웅성거림,
아득한 외침을 들었다. 몸을 일으켜 창가로 가자, 중앙로의
스피커들이 하울링 소리를 내기 시작했고, 느닷없이 끔찍하고
날카로운 아우성을 내보내기 시작했으며, 견디기 힘든 나머지
크로나우에르는 얼어붙었다가 신음하며 뒷걸음쳤다. 그는
공황에 사로잡힌 동물처럼 방 안을 왔다 갔다 하기 시작했다.

247

귀를 막았지만, 손은 음향의 공격을 막는 데 아무 소용 없었다.
그는 소리가 좀 약하게 들리는 장소를 찾으려 애썼다. 창에서
가깝거나 멀거나 간에 방 안 구석구석에서 휘파람 소리는 똑같이
그의 고막을 꿰뚫고 망가뜨렸다. 소리는 동시에 여러 곳에서
들려왔고, 심지어 그의 머릿속에도 중계기가 있는 게 분명했다.
그는 캄캄한 복도로 나가, 세면장으로 가서 공동 샤워실의
철문을 열었다. 더 심했다. 휘파람 소리는 밤을 잠식하고,
구치소를 울림통으로 삼고 각종 배관을 진동관으로 삼는 등 빈
공간들을 이용해 증폭되었다. 크로나우에르는 방으로 돌아와
침대에 앉았다가, 다시 방 안을 이쪽저쪽으로 뛰어다녔다.
혹시나 싶어 그는 옷을 차려입었다. 중대 사건, 화재나 새로운
핵 경보나 뭔지는 몰라도 자연적이거나 초자연적인 적의 습격
등이 레바니도보에서 벌어지고 있으며, 급하게 집을 떠나야 하는
일일지도 몰랐다. 공기에서는 계속 장작불 냄새가 나고, 어둠은
진동하고, 새된 소리는 지속되었는데, 음조와 리듬이 변화하는
것으로 보아 듣는 이에게 가해지는 그 찌르는 고통 뒤에는 어떤
언어가, 아마 경고나 부름이 있는 것 같았다.

갑자기 휘파람 소리가 멎었다. 1분간 스피커에서는 전기적
침묵과 지직거림만 흘러나왔다. 이윽고 솔로비예이의 녹음된
목소리가 마을을 에워쌌다. 천둥 같고 과장이 가득하며, 진동관과
튀는 바늘에 의해, 베이클라이트의 홈집에 의해, 구리에 의해,
콜호스의 압도된 정적에 의해, 밤에 의해 변조되고 변형된
목소리가.

• 그들은 처음에는 그의 윤곽을 알아보지 못했는데, 불이 거세서
불꽃 너머를 보기가 어려웠기 때문이고, 또 다른 이유로는 그가 벽돌
구석에 웅크리고서, 극도로 동물적이며 지상의 것 같지 않은 자세를,
그의 골격의 원래 구조와는 거의 닮지 않고 척추동물의 미학적
규범에 모조리 어긋나며 그의 살과 뼈의 관계가 어느 정도까지
느슨해질 수 있는지 강조하는 자세를 취하고 있었기 때문이고,
그들이 그를 알아보았을 때 한 줄기 웅성거림이 지나갔는데, 그것은
필시 그들이 무엇이 되었든 경이를 목도하길 좋아하지 않기
때문이며, 또 그토록 공공연히 마술적 트랜스 상태를 이용하는

248

자가 자기들 중 하나이고, 발언권이 주어질 때면 그들이 스스로를 묘사하는 대로 죽었거나 살아 있고, 그때까지 사뭇 평범하고 심지어 그들보다 열등하다고 여기며 자신의 동족이나 스스로의 배설물을 대할 때 늘 그러듯 너그럽게 무시했던 자였고, 알고 보니 전혀 다른 본성을 지닌 매우 낯선 자였다는 생각에 커다란 불만을 느꼈기 때문이기도 하며, 계속되는 그 웅성거림 속에서 두려움과 혐오와 분함을 들을 수 있었고, 한편 그는, 화덕의 바깥으로부터 그리고 불 외부의 시간과 공간으로부터 와서 그에게 부딪치는 그 물결을 예민하게 느끼고, 한층 더 벽에 바싹 붙어 웅크리고, 거기 있는 이들에게 자신이 불타는 광경을 선사하고 싶지 않았으므로, 머리를 안쪽으로 돌려 입과 언어를 흐릿하게 하여 쩌렁쩌렁한 질책의 말들보다는 내밀한 속삭임에 몰두하고, 그때부터는 점점 더 검고 알아볼 수 없게 되는 자기 자신만을 향하여, 그는 불의 심장부로의 여행에 대해 스스로에게 지시를 내리고 잉걸불 가운데 머무르기 위한 조언을 하기 시작했고, 앞으로 스스로의 숨소리에만 귀 기울이기로 결심했고, 잠시 동안 그는 몹시 고분고분하지 않고 긴급한 상황임에도 순종적이지 않을 때가 잦은 그의 신체 기관들을 향해 헐떡이며 명령을 내뱉기만 했는데, 그것은 그가 평생 동안 끊임없이 설파했던 무정부주의적 원칙들을 스스로의 몸속 깊은 곳에서도 꽃피게 놔두었기 때문이며, 다음으로 그는 또 한 번 수축하고 입술에서 수수께끼 같은 이미지들이 휘파람으로 흘러나오게 했고, 그러자 청중은 그에게서 상스러운 메아리와 연기밖에 받지 못해 화가 나서, 불평을 늘어놓으며 드물어지기 시작했고, 그가 계속해서 수수께끼 같은 언어로 중얼거리며, 청중이 기꺼이 즐기고 심지어 열광적으로 따라 하기까지 했을 장광설을 늘어놓길 거부했으므로, 그들은 물러남의 움직임을 한층 강화해 자리를 떴고, 그런 이유에서 그가 이후 몇 시간 동안, 어쨌든 몇 세기 동안 공연했던 느린 춤, 따닥거리는 소리와 붉은 구름들 가운데 고요히 이뤄진 장중한 춤을 목격한 이는 아무도 없었다.

• 그날 밤에는 실린더 세 개가 있었다. 그것들은 차례로 방송되었으나, 세 번째 실린더가 끝나자 직직거리는 짧은 전환 이후 첫 번째 것이 반복되었고, 중앙로는 물론 샛길에도

길을 따라 설치된 마을 내부 방송 회선을 타고 솔로비예이의
의미를 알기 어려운 문장이 다시금 전력으로 밤 속에 울려
퍼졌고, 숲 경계에서 맞은편 경계까지, 오래된 숲으로 이어지는
도로에서 우드굴 할머니가 담당하는 창고까지, 골짜기 전체에
솔로비예이의 난해한 시 세 편이 다시금 휘몰아쳤고, 다시 그것을
고스란히 다 들어야 했다. 크로나우에르는 이제 바닥에, 전나무와
먼지와 올리브 비누 냄새를 풍기는 마룻널 위에 앉아, 침대의
금속 뼈대에 등을 기대고, 최면에 걸린 것처럼, 존재를 계속
이어 나가고자 하는 의지를 완전히 빼앗긴 사람 혹은 망자처럼
도리질하고 있었다.

• 이어서, 오렌지색 길을 163걸음 나아간 다음, 그는 3만 9천
224걸음 더 갔고, 거기서 또 163걸음을 더 간 후, 22걸음 물러나
자기 위치를 확인하기 위해 휴식을 취했는데, 그를 둘러싼 모든
것이 일렁이고 요란스러웠기 때문이고, 또 불꽃 너머로는 아무것도
차분하게 보이지가 않았고, 얼굴과 가슴에 쏟아지는 불타는 우박의
장막을 헤치며 그는 부르기 시작했는데, 처음에는 목소리를 가다듬기
위해서인 양 발음이 불분명한 말들이었고, 그 뒤에는 그의 딸들의
이름과 그 자신의 이름을 박자에 맞춰 외쳤으며, 그런 식으로 그는
불과 바람 한가운데서 제 존재를 내세웠는데, 그러다가 불꽃들이
멈추지 않고 그러기는커녕 더 심해졌으므로, 그는 무거운 발걸음을
다시 놀려, 그때부터는 입의 웅성거림과 혀의 소음과 폐의 풀무질을
결코 중단하지 않으며, 무릎까지 잉걸불에 빠져야만 했을 때조차
직진하여, 종종 지독할 정도인 장애물의 온도에 상관하지 않고
직진하여, 목구멍이 따가워도 기침을 거부하고 14걸음마다 한 번
이상 비틀거리길 거부하고 눈의 지글거림을 믿길 거부하거나 혹은
적어도 중요시하지 않으려 하고 숨 가빠 하길 거부하고 넘어졌을
때 바닥에 누워 있거나 웅크리길 거부하고 침으로 고통이나
당황의 말을 빚어내길 거부하며, 마음 깊은 곳으로부터 유일하며
그렇기에 최고임을 아는 방향으로, 낮도 밤도 황혼도 아닌 방향으로
계속해서 확고하게 나아갔고, 그 후 발도 다리도 움직이지 않고
38걸음 나아갔고, 그 후 추가로 1천 307걸음을, 둔하게 폭풍우에
떠밀리는 듯 몸을 앞으로 수그리고 나아갔고, 그 후 찬가들을

부르겠다는 의도를 표명했고, 그 후 목청껏 선언하기를, 불 속에서
너무나 편안하고 불의 질감에 너무나 잘 동화되었기에 곧 그는
동일한 장소에 꼼짝 않고 있으면서도 먼 거리를 날아다닐 수 있을
거라고, 또 그의 입에서 나온 역설들이 곧 상쇄될 거라고 했는데,
그때 그 주변의 공간이 아우성치며 노란 불꽃들로 소용돌이치자,
그는 그을음으로 된 가면을 쓰고 온몸에 그을음을 뒤집어쓰고
누구에게인지 모르게 자신이 간다고, 갈 것이라고 말했으나, 그
문장은 예고라기보다 위협처럼 들렸다.

• 이따금 크로나우에르는 창밖에 눈길을 주었다. 한코
보굴리안의 집 벽에 반사광이 비쳐, 마치 마을 어딘가에서,
중심부에서 꽤 먼, 소비에트 건물에서 꽤 먼 곳에서 농장이
불타고 있는 것 같았다. 이 콜호스에서 뭘 하는 거냐,
크로나우에르는 스스로에게 되풀이해 물었다. 무엇 때문에 여기
붙들려 있는 거야, 크로나우에르? 넌 이 사람들을 전혀 이해하지
못하고, 무슨 일이 일어나는지 전혀 이해하지 못하고, 여기
죽치고 있다가는 끝이 좋지 않을 거야, 그 솔로비예이가 마술적
휘파람 소리로 널 가두고 주술을 걸고 있어, 할 일은 하나뿐이야,
크로나우에르, 딸들 중 하나를 데리고 떠나, 딸들 중 하나를
구해서 같이 달아나, 그리고 그다음에는, 될 대로 되라지! 사미야
슈미트 아니면 한코 보굴리안 아니면 미리암 우마리크라도,
아무라도 상관없으니 구출해서, 도주해서, 그녀와 함께 숲을
지나고, 몸을 숨기고, '찬란한 종착역'과 몇십, 몇백 킬로미터
떨어진 곳에서, 절대 뒤돌아보지 않는 거다, 아직 시간이 있을 때
전속력으로 달아나!
　　　그러나 그의 결심은 아무런 결과로도 이어지지 않았다.
그는 반송장처럼 바닥에 늘어져, 간간이 웅얼거리거나 몸을 떨고,
돌고 돌며 되풀이되는 세 개의 실린더를 다섯 번째, 일곱 번째,
열한 번째로 들으면서도 익숙한 말이라곤 한 마디도 알아듣지
못하며 계속 들을 뿐이었다. 그는 계속해서 그것들을 들었고,
아무 소용 없는 충고를 듣는 빈사의 병자처럼, 부들부들 떨며
웅얼거렸다.

• 그는 목소리를 가다듬었고, 사물을 지각하기 어려운 완전한 암흑 때문에, 그를 계속 지켜보던 몇 안 남은 관중은 그가 칼 삼키는 사람처럼 부지깽이로 목구멍을 긁으며 소리를 가다듬었다는 인상을 받았고, 여럿은 그 마술이 모욕적이고 부적당하며 흉하다고 여겨 흥분했다. 그럼에도 그는 불타는 잔해와 가루를 따라, 아직 남아 있는 그의 살을 잔혹하게 핥는 빛 없는 불꽃의 난폭함에 무감각한 채 나아갔고, 그의 뒤에서 솟는 비난도 논평자들의 신랄한 말도 듣지 않았다. 그는 갑자기 그들에게 최악은 아직 오지 않았다고 경고했고 원한다면 걸음을 돌이켜 외부 세상으로 돌아가거나 적어도 시도는 해 볼 수 있다고 말했다. 그것은 사실이 아니었다. 그의 추종자 중 하나인 크로나우에르라는 자 — 사실은 멍청한 군인인데 — 가 혹독한 대가를 치르고 거의 즉시 그 사실을 알아냈다. 온 길을 되짚어 가기 시작하자마자 그는 심한 허약함에 휩싸였고, 뒤로 네 발짝 떼자마자 그의 안에서 쓰라림이 솟구치고, 피부가 온몸에서, 그의 다리는 물론, 불의 시작부터 그가 꾸고 있던 손과 얼굴의 꿈에서도 갈라졌다. 그의 뼈는 휙휙거리고, 그의 연골은 이미 재와 증기에 지나지 않았다. 그는 초라한 부류의 군인이었고, 좋은 공산주의자였지만 마술적 가치는 전혀 없는 것이, 수용소의 공동 묘혈에서 쓸어 모아 오는 자들과 마찬가지였다. 그는 동료들에게 구조를 청하고 싶었겠지만 목소리는 전달되지 않았고, 그의 생각은 아무리 애써 짜내려 해도 말이 되어 나오지 못했다. 그리하여 그는 잉걸불 속에 어떻게든 앉아, 흐느끼며, 보기 흉한 들썩임으로 폐를 움직이며, 그를 감싼 타르 같은 어둠의 무게를 떨치려고 여전히 노력했다. 그에게서 몇 미터 떨어진 곳에서, 그러나 이미 그와 영원히 분리되어, 다른 이들은 휴식을 취했고 그를 모른 체했다. "최악은 아직까지 우리에게 닥치지 않았다." 우리의 조타수가 쇠막대를 발치에 떨구고 낮은 소리로 말했다. "하지만 지금은 상황이 달라졌다. 돌아서는 자들은 무리 전체를 위험에 처하게 하리라." 그의 모음들은 삐걱거렸고, 그의 자음들은 현실과 혹은 발산물과 거의 접촉하지 않으며 갈라졌다. "그런 자들은," 그가 말을 이었다. "우리에게 해를 끼치기 전에 죽여야 할 것이다." 그 순간, 그의 담화는 해체되고, 그의 말은 무너졌다. 그러나 크로나우에르의 이름은 발음되었고, 다들 들었다. 그러나 그는 이미 손 닿지 않는

곳에, 고독 속에 소진되어 가고 있었으며, 누구도 그를 어둠에서 거둬와 최악이 닥치기 전에 죽이려고 나서지 않았다.

• 그날은 악몽의 밤이었다. 그러나 크로나우에르에게만 그런 것은 아니었다.

17

• 밤 열 시경, 구치소에서 크로나우에르가 책을 바닥에 내려놓고, 불을 끄고 잘 준비를 하던 거의 그 순간, 사미야 슈미트는 모르고비안이 몸단장을 하고 옷을 차려입는 소리를 들었다. 그의 일과와도 습관과도 맞지 않는 행동이었다. 그녀는 의아해져 무슨 일인지 보러 가기로 마음먹었다.

그녀는 일찍 잠자리에 들었었다. 발작이 일어난 후면 늘 그랬듯, 몇 주 전부터 그녀는 이 방에서 은둔하다시피 지내고 있었다. 최근의 발작은 그녀가 숲에서 크로나우에르를 만나고 함께 '찬란한 종착역' 콜호스에 도착했을 때였는데, 그 이후로는 마을에 거의 나가지 않았고, 언니들과 주민들과 아버지와의 대화를 피했고, 크로나우에르와는 '개척자의 집' 도서관에서만 마주쳤는데, 단음절로 된 대화를 나눌 뿐이었다.

머리맡 램프의 따스하고 평온한 불빛은 방의 대부분을 어둑한 채로 두면서 침대에 사미야 슈미트가 푹신하게 파묻혀 때때로 책장을 넘기는 부분은 밝게 비췄다. 『늑대개 바리』라는 책으로, 제임스 올리버 커우드의 작품 중 '개척자의 집' 책장에서 처리사들의 손을 피한 유일한 작품이었다. 북극에 대한 그 소설은 그날 낮에 크로나우에르가 언급했던 책이고, 그녀는 손상된 책들이 든 상자에서 잊혔던 한 권을 마침내 찾아냈다고 알리기 전에 읽어 볼 생각이었다. 그녀는 즐겁게 빠져들었다. 자연의 숨결이 가득한 이 비옥한 산문은 마리아 크월, 로자 울프, 타티아나 다미아노풀로스의 저주로부터 그녀를 변화시켰다. 그들은 '사랑을 나누다'라는 표현 대신 '성교를 하다' 혹은 '발정하다'라는 말을 썼으며 이야기의 주제가 무엇이든 언제나 육체, 용납할 수 없는 육체의 생리적 메커니즘, 남자들의 생각을 좀먹는 성적 충동과 좆의 언어에 대한 완강한 의견을 표출했다. 몇 년 전부터 사미야 슈미트는 이러한 성찰의 영향을 받은 로망스나 앙트르부트[31] 모음집 외엔 읽지 않았다. 『늑대개

---

31. 볼로딘이 만든 포스트엑조티시즘 문학 장르의 하나. 「옮긴이의 글」 참조.

바리』는 한 줄기 신선한 바람 같았다.

독서를 그만두어야 하는 것이 아쉬우면서도, 그녀는 이불을 밀치고 일어섰다. 구겨진 파자마와 완전히 맨송맨송한 머리가 거울에 비쳤다. 반사적으로 그녀는 오른손으로 매끈한 피부를 쓸며, 머리가 다시 자라는 기미를 찾으려 했지만 헛일이었다. 그러고는 가발을 고정시켰다. 숱 많고 윤기 흐르는 검은 머리는 소녀처럼 양쪽으로 땋아 끝을 빨간 천으로 두 군데 묶어 두었다. 지나치게 크다고 여기는 가슴은 유니섹스의 두꺼운 흰 셔츠로 감추고, 카키색 바지와, 어떤 날씨라도 밖에 나설 수 있는, 특히 쌀쌀한 가을밤에 어울리는 누비 윗옷을 꿰어 입었다. 다시 한번 그녀는 도시에서 무정부주의를 전파했다가 시골로 보내어져 재교육받는 지식인 처녀처럼 보였다. 별 모양 배지가 달린 군모를 머리에 눌러쓰자 닮음이 한층 더 강조되었다.

그다음에 그녀는 방문을 열었다.

• 모르고비안과 결혼한 뒤로, 사미야 슈미트는 집 안 대부분을 혼자서만 독차지하고 살았다. 모르고비안은 아내로서 그녀를 두려워했고 솔로비예이의 딸로서는 더욱 두려워했다. 그는 무슨 일이 있어도 그녀가 틀어박혀 있는 보이지 않는 경계선을 넘지 않으려 했다. 그에게 그녀는 이론상의 배우자, 겉보기로만 배우자였고 그는 그녀에게 애정도 애정 없음도 표현하지 않았으나, 그와 대조적으로 그녀는 서슴지 않고 그를 푸대접하거나 노골적으로 멸시했다. 그녀는 그와 아무것도 공유하지 않았고 고집스레 자기만의 세상 속에 머물며, 페미니스트적 노호(怒號)[32]에 대한 몽상에 잠기거나 사상 혹은 농학 소책자에 빠져들거나, 라디오의 추상적인 소음에 열렬히 귀를 기울였다. 라디오는 이제 음악도 이야기도 내보내지 않았지만 어쩌다 창공을 향해 미스터리한 잡음을 쏘아 보냈고, 그녀는 어린 소녀처럼 언제나 그 속에서 자기 이름이 똑똑히 들려오길 고대했다. 그녀의 개인적 영역으로 들어오려는 이는

---

32. 볼로딘이 만든 포스트엑조티시즘 문학 장르의 하나. 「옮긴이의 글」참조.

사실 아무도 없었고, 예외로 분통 터지게도 솔로비예이가 있을 뿐이었는데, 그는 경계 따위는 전혀 존중하지 않고, 자기가 그러고 싶을 때면 그녀의 생각은 묻지도 않은 채 그녀의 방어를 모두 무너뜨리고, 그녀가 얼마나 거세게 저항하든 그녀의 내부로 들어와 제집인 양 누비고 다니면서, 그녀 내면의 꿈들을 관찰하고 그녀를 완전히 소유하고 전적으로 지배하며, 육체적인 면과 정신적인 면의 구분 따위 전혀 없이 전부를 점령한 후, 경고도 설명도 없이, 원하던 것을 얻고 나면 그녀를 두고 떠났다.

• 집에서는 주철 라디에이터 위에서 데워지는 페인트 냄새가 났고, 그녀는 겨울이 오기 전의 먼지 냄새, 얼마 전 문질러 닦은 마룻바닥의 올리브 비누 냄새, 모르고비안이 방금 샤워하면서 쓴 히스 화장비누 냄새를 맡았다. 사미야 슈미트는 욕실과 모르고비안이 비참한 결혼 생활의 고독 속에 거하는 방을 지나쳤다. 그 방을 흘끗 보았지만 들어가지는 않았다. 벽에는 '모범 트랙터 운전사' 표창장과 방사능에 오염된 농장들에서 가져온, 아프타열에 대비한 양의 백신 접종과 붉은군대 의용군 입대를 권장하는 포스터가 장식되어 있었다. 가구는 투박했지만 스파르타풍이라고 할 수는 없었다. 개중에는 작은 서랍장이 있었는데, 사미야 슈미트는 모르고비안이 숲으로 원정 나갔을 때 어느 행상인의 시체에서 징발한 포르노그래피 이미지들을 거기에 숨겨 둔다는 것을 알았다. 그런 원정은 전설에 불과한 게 아니었다. '찬란한 종착역'의 완전한 일원이 아닌 크로나우에르에게는 그 문제에 대한 자세한 설명을 최대한 피했지만, 원정은 정말로 일어났었던 일이었다. 원정은 정기적으로, 1년에 한두 번, 봄에 이뤄졌다. 식량 짐을 진 상인들은 중세 때부터 다녔고, 그들은 솔로비예이가 그들이 갈 길에 설치한 형이상학적 덫 속에서 지름길을 찾았으며, 불행하게도 오래된 숲에서 길을 잃은 그들을 기다리는 건 갈고리와 밧줄과 도끼로 무장한 콜호스 수장과 주민 몇 명이었다. 그러니까 외설적인 사진들은, 엄밀히 말하면 전리품에 속하지는 않았으므로, 솔로비예이가 모르고비안에게 맡겼는데 주민들에게 유포해선 안 된다는 엄명이 따라붙었다. 그것들은 상인 집단의

부도덕성에 대한 강연에서 예시로 쓰기로 결정했으나, 강연은
열리지 않았고, 확실히 부도덕했으며 아무튼 대단히 음란했던
그 그림들은 열쇠로 잠긴 서랍에 들어가, 볼트와 송곳과 나사
로드 따위의 순진한 더미 아래 파묻혀 동물적인 고뇌의 밤이
되찾아오기를 기다렸다.

주방과 거실은 비어 있었다. 복도의 전구가 지하로
내려가는 계단을 비췄다. 모르고비안은 이미 집을 떠났다. 그는
앞문이 아닌 그쪽으로 나갔다.

오래전, 눈과 살을 에는 바람과 겨울 기온 때문에 야외로
다닐 수 없을 때도 콜호스 내에서 이동할 수 있도록 지하
통로망이 파였다. 통로는 온수 배관이 지나는 길을 따라갔고,
특정 부분들에는 충분한 조명이 비추고 벌레나 습기가 침투하지
않아 지하인데도 전혀 음산하지 않았다. 작업이 이뤄진 때는
제2소비에트연방 초기였으며, 작업을 실행한 엔지니어, 공병,
군인 들은 완벽하게 지어진 작품, 훈장이나 형기 단축을
얻어 낼 만한 작품, 뿐만 아니라 세월과 혹시 모를 핵전쟁과
뻔히 내다보이는 미래 세대들의 태만함에도 버텨 낼 작품을
남기겠노라고 굳게 마음먹었다.

• 사미야 슈미트는 계단을 내려가 소비에트 건물로 통하는
터널에 이르렀다. 기껏해야 70미터만 걸어가면 되었다. 끝까지
가자 드넓은 옛 시립 세탁장이 나왔는데, 앞서도 말했듯 그곳은
폐기물 처리 작업의 처음 몇 주를 버티고 살아남은 기술자들이
대체 핵 발전소를 구상한 곳이었다. 온몸의 뼈가 질퍽해져
탄화된 신체 안팎으로 흩뿌려지기 전까지, 그들은 '붉은 별'
소프호스의 끓는 수조에서 회수한 연료봉들을 공급하고,
발전소를 가동시켰다. 옛 세탁장은 그러니까 몇십 년 전부터
레바니도보를 돌아가게 하는 에너지, 그곳의 온수기, 보일러,
조명과 다양한 공동 혹은 개인 시설들, 튼튼한 세탁기, 식료품
저장고, 전기 교유기, 밀가루 조리기, 버너, 발신자가 없기에
침묵하는 라디오와 수다스러운 스피커를 작동시키는 에너지의
원천이었다.

그것은 또한 정신없는 배관들, 구리, 납, 내열 벽돌, 전기

패널이 뒤죽박죽된 거대한 뭉치였다. 처음에는 산업폐기물 하치장이나 재난이 휩쓸고 간 후의 공장 지하에 들어온 기분이 들었다. 하지만 이윽고 엉뚱해 보이는 조각들이 서로 연결되어 있으며 총체적인 계획을 따르고 있음을, 그래서 전체라기엔 뭐하지만, 적어도 그 전체의 일부는 통일성을 띤다는 것을 인정할 수밖에 없었다. 혹은 미술관에 온 듯한, 유별나게 공격적이고 복잡하며 파괴주의 예술이나 다른 전위적인 기행을 주창하는 조각 작품 회고전에 본의 아니게 들어온 관객이 된 기분이 들 수도 있었다. 깊이와 그 혼란, 덧붙임은 더해 가지만, 사실은 역사상 어떤 예술가도 아름답거나 뒤틀린 콘셉트의 작품을 구성하겠다는 의도로 여기 손대지 않았다. 이처럼 난잡한 금속 더미가 된 것은 극도의 비상 상황, 엔지니어들의 몰살, 그리고 끊임없는 중성자 홍수를 뒤집어쓴 노동자들의 환각 때문이었다. 기술자들은 동료의 시체를 치울 시간도, 조립품의 구조를 설계하고 최적화할 시간도 없이 서로의 뒤를 이었다. 어떤 이들은 죽었으면서도 수조와 펌프, 터빈 주변에 꼬박꼬박 나타나 일했는데, 더 이상 끔찍한 화상으로 신음하지는 않았으나 살아 있는 자들에게 방해가 되었다. 현장 작업은 사전 계획 없이, 임시변통과 헐떡이는 숨소리 속에 진척되었고, 대담한 처리사 몇 명이 맨손으로 다뤄서 등에 짊어지고 온 연료봉들을 한구석에 쌓아 놓는 동안, 용감한 잡역부들은 먼젓번 작업반의 인부들이 왜 여기로 배관과 전선을 연결하고, 여기에 철판을 용접하고, 저기에 출구 없는 방을 만들었는지 기억해 내려고 애썼다. 그들의 의문은 답을 얻지 못했다. 공포와 끔찍한 두통, 녹아 가는 간, 시력과 균형 감각의 급격한 상실과 사투를 벌이면서, 그들은 새로운 우회로와 새로운 분기들을 구축했다. 많은 필수 부품이 이중, 다중으로 중복되거나 이상한 장소에 매달려 불필요하고, 심지어 기괴하게까지 보이는 것은 그런 이유에서였다.

바르구진이 작업장에 배치되었을 때, 보조 발전소는 가동을 시작한 후였고 유출과 중대한 안전상의 결함들이 있었지만 앞으로 몇 세기는 작동할 전망이었다. 엉망으로 뒤엉킨 전선과 배관과 가압기들 앞에서, 그는 조금이라도 수습해 보려는 노력을 포기했다. 그는 손상만 일으킬 뿐인 회로들을 끊고, 아직도 약간 몸을 움직일 수 있는 망자 몇 명의 도움을 받아 원자로의 중심 격실을 봉인하려 노력하는 선에 그쳤다. 모르고비안, 아바자에프, 그리고 콜호스 수장의 딸들이 그를 도왔고, 과업의 위험성과 막중함 앞에서도 누구도 머뭇거리지 않았으나, 보일러가 어떻게 돌아가는지 정확한 정보가 없었기에 작업은 완수되지 못했고, 대체로 그 상태 그대로 남았다. 솔로비예이는 빈번하게 보일러에 드나들었으나, 자신은 개인적인 이유로 들어가는 것이지 기술적인 이유에서가 아니라고 말했고, 아무 말 없이, 그을리고 탁탁 소리를 내며, 방사능과 난해한 시들을 가득 품고 나왔다. '찬란한 종착역'에 일상의 루틴이 확립되자 콜호스 주민들은 옛 세탁장을 찾지 않게 되었고, 아직도 거기 내려가는 이는 유지 보수를 담당하는 바르구진과, 마술 행위에 몰두하는 솔로비예이뿐이었다.

• 콜호스의 수장은 이 장소에 애착을 느껴 이곳에서 마법을 부리는 것은 물론, 그에게는 수면 대신인 짧은 선잠에 빠져 쉬기도 했다. 그는 소비에트 건물 위층을 떠나, 따뜻한 바닥에서 웅웅대는 배관과 펌프들을 넘어 원자로의 노심이 있는 격실에 잠입했다. 한구석에는 매트리스를 놓아두었다. 그는 쇠빗자루나 손으로 벽을 타고 번지는 과도한 잔 불꽃들을 쓸어 내거나, 훅훅 불어 없앴다. 그런 다음 잠재우는 듯한 규칙적인 우르릉거림 한가운데 쭉 뻗고 누웠다. 매트리스는 내화성이었지만 자주 갈아야 했는데, 불연 처리가 되었음에도 얼마 못 가 딱딱해지고 그을음과 카드뮴 증기 냄새를 풍겼기 때문이다. 졸음이 오지 않고 딱히 할 일이 없으면, 솔로비예이는 콘크리트에 등을 기대고 수조와 연료봉의 열기가 척추에 전달하는 떨림의 리듬에 맞춰 콧노래를 불렀다. 그곳은 그가 레바니도보에서 제일 좋아하는 은신처에 속했고, 다른 곳에서 활약하며 맹위를 떨치고 있을 때도, 거기가 숲이든 스텝이든 아니면 그가 사로잡거나 들러붙은 이들의 영혼 속이든, 그는 편재의 능력을 이용해 그곳에 계속해서 머물렀다. 그가 평행 우주로, 기묘한 불꽃으로, 텅 빈 공간과 꿈으로 도약하여, 때로는 무시무시한 복수심을 품은 무적의 샤먼이, 때로는 근사한 연인이, 때로는 검은 세상의 여행자가,

때로는 처벌과 수용소 전문 주술사가, 때로는 죽은 자와 산 자와 개들에게 금지된, 비견할 바 없는 문체를 지닌 잊을 수 없는 비밀스러운 시인이 되는 것은 종종 거기서부터였다.

• 그날 밤 모르고비안은 장례식이나 결혼식에 참석하는 농부 옷차림이었는데, 세련된 구두에 소매가 지나치게 긴 재킷을 차려입은 모습이 우스꽝스러운 동시에 애처롭고 겸손해 보였다. 그는 아무것도 켜지지 않은 전기 모니터링 설비를 빙 돌아, 거대한 수도관 하나를 넘어서 원자로의 입구이자 솔로비예이의 성역의 문턱임을 아는 곳으로 다가갔다.

그늘 속에 있던 솔로비예이가 움직였다.

"부를 때까지 기다리라고 했잖아." 그가 말했다.

"보기만이라도 하고 싶었습니다." 모르고비안이 유순한 목소리로 변명했다. "그저 한 번만이라도요."

"오늘은 아직 그녀와 결혼할 수 없어." 솔로비예이가 말했다. "여기 온 후 그녀는 상태가 나빠졌을 뿐이야. 난 그녀를 회복시키지 못하고 있어."

"하지만 잘되어 가고 있겠지요?" 모르고비안이 멍청하게 물었다.

"잘되어 가기는 무슨." 솔로비예이가 이를 갈았다. "회복시키지 못했다니까, 그게 현 상태라고."

"상황이 나쁜 건가요, 그럼?" 모르고비안이 한숨을 쉬었다.

"그런 셈이지." 솔로비예이가 못을 박았다.

모르고비안은 뭐라고 불분명하게 웅얼거렸다. 그는 재킷 아래쪽을 끌어내렸다.

"뭐?" 솔로비예이가 물었다.

"제가 그녀를 봐도 되지 않을까요?" 모르고비안이 더듬거렸다.

"안 그러는 게 좋겠는데." 콜호스의 수장이 말했다. "그녀는 좋은 쪽으로 변화하지 않았거든."

그 순간, 사미야 슈미트가 다가왔다.

"무슨 얘길 하는 거죠?" 그녀가 물었다.

• 솔로비예이에게, 바실리사 마라시빌리를 소생시키는 작업은
크게 까다로울 것 없이 여러 단계로 진행하기만 하면 되었다.
첫 번째 단계는 바실리사 마라시빌리를 레바니도보까지 운반해
소비에트 건물 지하 임시 원자로 옆에 비밀리에 안치하는
것이었다. 솔로비예이와 모르고비안이 '붉은 별' 원정에서
돌아온 것이 새벽 세 시였으므로, 이 첫 단계는 성공리에 끝났다.
누구도 젊은 여인의 밤늦은 도착을 보지 못했다. 두 번째 단계는
바실리사 마라시빌리를 살지도 죽지도 않은 피조물 형태의
존재로 데려오겠다는 일념을 품고 그녀를 마술적으로 들여다보는
것이었다. 바실리사 마라시빌리가 깨어난 다음인 세 번째 단계는,
그녀를 모르고비안과 결혼시켜, 새 부부가 밀월을 보내도록
마을의 버려진 농가 중 하나로 데려가고, 모르고비안과 사미야
슈미트의 이혼 절차에 즉시 착수하는 것이었다. 솔로비예이의
생각엔, 그렇게 하면 그가 보기엔 비교적 온화하고 거칠 것 없는
방법으로 딸을 파탄 난 결혼 생활에서 해방시켜 다시 자유의
몸으로 되돌릴 수 있고, 따라서 자기가 독점하기도 편해질
것이었다. 두 번째 단계가 한창일 때, 바실리사 마라시빌리를
소생시키려는 그의 노력이 기대대로의 결과를 맺지 못하던 중에
사미야 슈미트가 난입한 것은 그의 예상 밖이었다.

• 몇 초 동안, 배경에서 나는 소리만 들렸다. 뒤엉킨 전선
뭉치에서 나는 규칙적인 지직거림. 오일 체임버에서 기름방울이
터지는 소리. 벽과 제멋대로 연결된 도관과 배관을 타고 잔
불꽃이 탁탁 튀는 소리. 기계들의 일정한 웅웅거림. 연료봉들이
몇 도 더 올라가려고 규칙적으로 타닥대는 소리. 뜨거운 증기와
물이 회로와 펌프를 타고 흐르는 소리. 몇 방울이 떨어져, 그림자
속이나 흰한 곳에서 몇 개의 웅덩이를 이루는 소리. 최대치로
뿜어져 나오는 거의 소리 없는 방사능의 숨결.
　　　솔로비예이는 어둑한 자기 은신처, 원자로 입구에 서 있고,
발치에는 바실리사 마라시빌리의 시체가 놓여 있었다. 젊은
여인은 반쯤 타르화된 매트리스에 누워, 더러운 누더기를 걸친 채
그녀에게 권장된 치료의 결과를 헛되이 기다리고 있었다. 그녀는
콜호스의 수장이 방사능과 자신의 마술적 수법들에 노출시키기

시작했을 때에 비해 악화된 상태는 아니었다. 그럼에도 첫눈에 보기에 그녀의 상태는 처참했다. 어슴푸레함 속에 이따금 층층이 겹친 작은 불길들이 비쳤다. 그 빛들은 천천히 바실리사 마라시빌리 위로 퍼졌다가 사라졌다.

우스꽝스러운 촌뜨기의 나들이옷 차림을 한 모르고비안은 자신이 빼도 박도 못하게 걸렸다는 사실을 알았다. 그는 사미야 슈미트를 쳐다보지 못하고 압도당해 벌벌 떨었다. 그는 뚫어져라 바닥만 내려다보았고 화장비누 냄새는 이미 희미해지는 중이었다. 방에서는 플루토늄과 끓는 물과 과열된 금속 냄새가 났지만, 트랙터 운전사의 주변에서는 이미 완전한 낭패와 공포의 시큼한 냄새가 났다.

사미야 슈미트는 격분으로 변신하기 시작했다. 그녀의 몸은 응축되고, 근육은 긴장되고, 눈은 크게 떴다. 인민의 적 두 사람을 마주하고 아연실색해진 홍위병. 인민의 적들의 악랄한 범죄를 목도하고, 믿을 수 없다는 듯 그 범죄의 희생자를 응시하는, 완전히 이해할 수는 없지만 그들이 구역질 나는 혐오스러움을 부정할 수는 없으리라는 것을 아는 그 비열함을 응시하는 문화혁명의 작은 피조물. 매우 작고, 돌연 매우 화가 났으며 발작 직전인.

돌연 완전히 통제 불능이 된.

돌연 정말로 완전히 통제 불능이 된.

• 콜호스의 수장은 양팔을 쳐들었다가 그대로 옆구리에 늘어뜨렸는데, 마치 상황이 매우 곤란하지만 동시에 할 수 있는 것은 아무것도 없으며, 받아들이는 것뿐이라고 말하는 듯했다. 그는 즉각 진실이나 거짓말을 늘어놓기 위해 할 말을 찾았다. 그의 수염이 전기를 띠고 머리카락도 마찬가지여서, 그의 머리는 사방으로 날아가려는 듯한 검은 털과 수염에 둘러싸이고, 얼굴에는 검은 광선의 후광이 드리운 듯했다. 그의 금빛 눈은 새로운 불꽃의 물결이 빛을 비춘 매트리스와 거기 누운 불운한 여인 위에서 빛났다.

"그건 누구예요? 왜 여기 있는 거죠?" 사미야 슈미트가 캐러멜화된 누더기를 걸친 바실리사 마라시빌리의 몸을, 그리고 죽음으로 인해 모든 것에 무심해진, 시커멓게 그을린 드러난 어깨와 마술과 방사능의 영향으로 뒤틀린 듯한 몸과는 대조적인 얼굴을 집게손가락으로 가리키며 고함쳤다.

평소 나서지 않는 편이며, 솔로비예이가 있는 자리에서는 그의 멸시를 느껴 거의 말을 하려 들지 않는 모르고비안이, 잘못된 영감에 사로잡혀 바로 맞받아치기로 결심했다.

"그녀를 되살리려고 하는 거야." 그가 말했다.

"대체 왜?" 사미야 슈미트가 소리쳤다.

그녀는 다가섰다. 모르고비안을 밀치고 솔로비예이에게서 1미터 떨어진 곳에 섰다.

"이 여자에게 무슨 짓을 하는 거죠?" 그녀가 물었다.

다시 한번, 솔로비예이는 양팔을 쳐들었다가 털썩 늘어뜨렸다.

"이 여자는 크로나우에르의 아내였어." 그는 한숨을 쉬었다. "바실리사 마라시빌리. 그녀는 검은 터널에 들어갔어. 죽은 것도 산 것도 아니다. 아직 그녀를 암흑에서 꺼내 올 수 있지만, 그것도 한계가 있어."

사미야 슈미트는 경련으로 뒤틀렸다. 그녀는 닥쳐올 발작의 첫 번째 큰 물결이 몸속에서 솟아나는 것을 느꼈고 곧 광란과 흥분이 자신을 집어삼킬 것임을 알았다. 피부가 변하는 소리와 안에서부터 비늘이 돋아나는 바삭거림이 그녀에게 들리기 시작했다.

그녀는 손으로 가압기 하나를 쳤다. 그냥 철썩 때린 것 이상의 엄청난 소리가 울렸다. 그녀의 살갗은 이미 딱딱해졌다. 그녀는 솔로비예이 쪽으로 가는 배관 하나를 치고, 모르고비안 쪽으로 돌아서서 그를 난폭하게 뒤로 밀쳤다.

"당신들은 이 여자에게 해코지를 하려는 거야." 그녀가 고함쳤다.

"그렇지 않아." 솔로비예이가 해명하려고 했다.

그는 그녀의 어깨를 붙들려고 팔을 벌리고 손을 펼친 채 그녀에게 갔다. 그녀가 시설에 덤벼드는 것을 막고 싶었다.

"당신들은 괴물이야." 그녀가 또 한 번 가압기를 내리치며 외쳤다. "저 여자와 발정 나려는 거지!"

• 밤은 길다. 몹시 부산스럽고, 몹시 기묘하며 몹시 길다. 몇 분 만에 사미야 슈미트는 격노의 형상이 된다. 그러다 정상 상태를 완전히 벗어난다. 대단한 힘을 지닌 솔로비에이도, 당연히 모르고비안도 그녀를 진정시킬 수 없다.

그녀는 매우 딱딱한 비늘로 덮인다.

그녀는 무시무시한 타격을 가한다.

그녀는 거짓말 같은 속도로 움직인다.

그녀는 비명을 에너지로 변화시킨다.

그녀에겐 이제 피가 없다, 아니 피도 피의 부재도 없다는 편이 맞는다.

그녀는 죽은 것도 산 것도 아니고, 꿈속에 있는 것도 현실에 있는 것도 아니며, 공간에 있는 것도 공간의 부재에 있는 것도 아니다. 그녀는 연극을 만든다.

그녀는 연료와 결합한다.

그녀는 차가운 불길의 화염을 일으킨다.

그녀는 빈 공간과 결합하고, 통제된 연료와, 수상한 연료와, 광란에 휩싸이고 통제 불능인 연료와 결합한다.

그녀는 두 원자로 사이, 우드굴 할머니가 감시하는 수직갱과 소비에트 건물 지하에 급조된 임시 원자로 사이를 전속력으로 오간다.

그녀는 저주의 말들을 내뱉고, 힘들에게, 그녀가 아는 힘들, 들어 본 힘들, 존재하지 않는 힘들에게 기원한다.

그녀는 어둠 속을 총알보다 더 빨리 달린다. 밤의 숲을 달린다. 낙엽송 속으로 들어가 오래된 숲까지 갔다가 되돌아온다. 검은 나무들의 언저리를 따라 레바니도보를 몇 바퀴 돈다.

그녀는 타닥타닥 소리 나는 원자로로 돌아와, 노심 둘레를 펌프의 오일에 불이 붙을 때까지 빙빙 돌고, 얼어붙은 불꽃들이 연료봉 주위에서 천둥소리를 내며 소용돌이칠 때까지 돈다.

그녀는 아버지의 죄상을 열거하고 초자연적 힘들에게 아버지를 수용소들이 있는 지역으로 도로 데려가라고, 철조망이 둘러쳐진 은신처에, 규율이 엄격한 격리소에 구속하라고 명한다.

그녀는 누구와도 만나지 않는다, 보다 정확히 말하자면 도중에 마주친 이들을 보길 거부한다, 그들이 산 자들의 집단에 속하든, 개떼에 속하든, 죽은 자들의 무한한 무리에 속하든, 혹은 속하지 않든.

그녀는 딱딱하고 바스락대는 비늘로 덮인다.

그녀는 검은 방울방울로 덮인다.

그녀는 불똥으로 뒤덮인다.

그녀의 머리칼이 삽시간에 다시 자라나 발목까지 늘어졌다가, 다시 대머리가 된다.

그녀는 바람이 되고, 연극이 되고, 검은 하늘이 되고, 네 개의 검은 천국이 된다.

그녀는 숲가에 있을 때 힘들을 부르고, 주변에 터널들이 있는 땅이 보일 때 힘들을 부르고, 연료봉 가까이 있을 때 힘들을 부른다.

그녀는 시간의 기원까지 거슬러 올라가 고함을 지르며 입김을 불고, 시간의 종말에 도달하여 입김을 분다.

그녀는 세계혁명의 옛 지도자들에게 기원하고, 위인들에게, 무명의 대중에게, 사라진 인민에게 기원한다.

새된 소리의 중얼거림 한마디로 빽빽한 목록을 축약하여 읊으며, 그녀는 제1·2소비에트연방의 영웅들, 그녀가 아는 영웅들과 방금 지어낸 영웅들에게, 대학자들과 소학자들에게, 불굴의 노동자들, 엔지니어들, 수의사들, 기록 보관자들, 세상이 돌아가는 데 공헌한 이들에게, 발전소 사고 현장에서 목숨을 바친 희생적인 처리대원들에게, 영웅적인 군인들과 죄수들에게, 영웅적인 음악가들에게, 우주비행사들에게 기원한다.

보일러실로 돌아와 솔로비예이를 마주하자, 그녀는 솔로비예이를 거꾸러뜨리고 두들겨 패며, 왜 여태껏 죽지 않느냐고 묻고, 그가 자기방어를 하자 강철보다 더 견고한 손으로 그의 따귀를 갈기고는 생각 없는 물건 안에 드나들듯 자기 안에 들어오는 짓을 그만두라고 요구하며, 격분하여 그를 구타한다.

그녀는 또 생각 없고 뜨거움도 차가움도 느끼지 못하는 생기 없는 살덩이의 영역에 드나들듯 언니들에게 들어가는 짓도 그만두라고 요구한다.

그녀는 손이 닿을 때마다 솔로비예이의 몸에서 찬 불길과 뜨거운 불길이 솟구치게 한다.

그녀는 그를 때리고, 조악한 불멸 따위는 끝장내고 그의 주변 사람들에게도 조악한 불멸을 강제하는 일을 집어치우라고 요구한다.

아버지를 모욕하기 위해 그녀는 그가 자신이 퍼붓는 몰매에 응수하지 못하도록 한다.

그녀는 레바니도보를 사방팔방 누비고, 아무렇지 않게 벽들을 통과한다, 마치 중성미자들이 지구도 그 자체도 손상을 입히지 않고 지구를 관통해 반대편으로 빠져나가는 것처럼.

그녀가 마을 전체에 불을 지르는 것을 막고 그녀가 일으키는 불길들을 끄게 하기 위해 그녀는 솔로비예이가 자신을 뒤따라 뛰어다니게 하고, 그가 자기 뒤에서 헐떡이는 소리를 듣고 가끔 돌연 획 돌아서서 그와 부딪쳐 그를 쓰러뜨리고 저주한다.

그녀는 지워지지도 갈라지지도 않는 그을음으로 덮이고, 갑자기 찬란하게 아름다웠다가, 다시 흘러내리는 어두운 생물처럼 보인다.

그녀는 소비에트 건물의 보일러실에서 우드굴 할머니의 창고로 가고, 수직갱을 미끄러져 내려가 어둡고 깊숙한 곳의 노심까지 도달해, 노심을 만진 후 다시 올라와, 다시 엄청난 속도로 마을 중심을 향해 달려가고, 자기 집을, 자기 방을 지나, 거울을 들여다보지 않고, 계단을 내려가, 보일러실로 돌아와, 배관들, 펌프들, 뒤죽박죽된 뜨거운 배관들 이곳저곳에 아무렇게나 흩어진 문들에 부딪치며, 솔로비예이의 은신처까지 가고, 그가 앞길을 막아설 때면 그를 구타한다.

그녀는 지상에서는 물론 지하에서도 뛰고 날아다니며 때로는 너무나 빨라 여기에도 저기에도 있지 않다.

그녀는 결코 바실리사 마라시빌리의 유해를 건드리지 않는다.

그녀는 결코 바실리사 마라시빌리의 시신을 바라보지도 살펴보지도 않는다.

그녀는 원자로 벽에서 흔들리는 불꽃의 장막을 건너고, 바실리사 마라시빌리의 시신을 타 넘지만, 지나가면서 결코 바라보거나 살펴보지 않는다.

그녀는 우드굴 할머니의 불평은 들은 척도 하지 않는다,

우드굴 할머니는 그녀에게 진정하고 운명을 받아들이라고, 그녀를 사로잡았지만 레바니도보 안에서 영속하도록 보장해 주는 돌연변이를 감수하라고 종용하며, 아버지가 선사한 죽음 없는 삶을 받아들이라고, 아버지의 괴물성을 받아들이라고, 아버지를 있는 그대로 인정하라고 거듭 권한다.

그녀는 날카로운 얼음 조각들로 덮인다.

그녀는 밤으로 덮인다.

그녀는 눈부신 밤이 되고, 미동 없는 폭풍우가 되고, 연극이 되고, 숨결이 되고, 하늘이 되고, 열두 개의 검은 천국이 된다.

그녀는 솔로비예이를 심판하기 위해 특별재판을 소집한다.

그녀는 윤기 없는 깃털로 덮인다.

그녀는 따끔거리고 검은 솜털로 덮인다.

그녀는 잉크처럼 검은 밤이 되고, 연극이 되고, 눈보라가 되고, 타르 같은 밤이 되고, 천 번째 구린내 나는 부류가 된다.

솔로비예이가 딸의 입에서 나오는 아우성을 덮기 위해 스피커로 그의 소름 끼치는 두서 없는 시들을 내보내자, 그녀는 자기가 외우는 서사문학의 인용문이나 아버지에 대한 철저한 고발을 중얼거리며 스피커 둘레를 소용돌이처럼 돈다.

그녀는 인민재판을 소집하고, 부패를 모르는 체키스트들,[33] 붉은군대의 병사들, 제2소비에트연방의 복수자들, 귀감이 되는 제크들, 모범수들로 배심원단을 꾸린다.

그녀는 죽은 인간에게 마술을 부려 조종하고 그것을 자랑스러워한 죄로 아버지를 고발한다.

그녀는 상상의 딸들과의, 실재하거나 죽었거나 상상의 배우자들과의 근친상간적 관계와 추잡한 행위로 그를 고발하고, 자발적 피해자들에게 저지른 난봉 행위와 우드굴 할머니와의 간음으로 그를 고발하고, 친딸들과, 그녀가 마을의 길들과 지하를 쉴 새 없이 오고 가면서 이름을 하나하나 늘어놓는 소녀들과, 그녀가 어둠 속에서 되는대로 이름을 내뱉는 소녀들과, 그녀가

---

33. 1917년 10월혁명 뒤에 소비에트 정부가 설치한 러시아 반혁명·사보타주 단속 비상 위원회인 '체카'의 요원들을 일컫는 용어.

이름을 지어내는 미지의 여인들과, 솔라이안 메르쿠린, 이미리야 굿, 나디얀 벡, 케티 비로비잔, 마리아 지빌, 마리아 동팡, 룰리 그뤼네발트, 바버라 록 같은 소녀들과, 기억에서 잊힌 콜호스 여인들과, 후대에 이름도 얼굴도 시도 남지 않은 여성 시인들과, 그와 함께 수용소에 갇혔던 공산주의자 죄수들과, 반혁명주의 여성들과 첫 번째, 두 번째, 세 번째 구린내 나는 부류의 대표자들과 발정이 난 죄로 그를 고발하고, 목록의 마지막으로, 그녀는 친딸들과 치욕스러운 관계를 가졌던 죄로 다시 한번 그를 고발한다.

그녀는 유전적 범죄들로 그를 고발한다.

그녀는 정신 나간 소문과 어린 시절의 고통스러운 기억을 퍼뜨리며 레바니도보를 누빈다.

그녀는 자신이 누구인지 모르는 어머니에게서 나지도 않았다고 주장하고, 자신이 태어나지 않았다고 말하며, 타르 같은 증기로 덮인다.

그녀는 빛나는 먼지로 덮이고, 진동하는 침들로 덮인다.

그녀는 가죽끈들로 덮이고, 성에로 덮이고, 레바니도보의 길들과 지하를 누구도 그녀가 지나가는 것을 목격하지 못할 정도의 속도로 계속해서 질주한다.

그녀는 독이 되고, 폭풍우가 되고, 연극이 된다.

갑자기 그녀는 아찔하게 꽃피고, 갑자기 그녀는 번쩍이며, 거의 즉시 한 줌의 마술적인 살덩이가 되어 들판을 달리고 또 달리며 나무줄기들을 들이받고, 동물이 모두 죽은 농장들의 벽을 들이받고, 멍청하게 그녀의 앞길에 나타난 모르고비안을 들이받는다.

그녀는 모르고비안을 찢고, 그의 오래된 시골 신랑 의복을 찢고, 모르고비안을 난도질하고, 솔로비예이의 마법에 의해 눈속임으로 생명을 유지하는 그의 덜떨어진 몸을 파괴하고, 그의 몸에서 솔로비예이의 마법을 빼내고, 그가 소비에트 건물의 원자로와 그녀 사이에 끼어들 때면 모르고비안을 죽이려 하며, 매번 마주칠 때마다 그를 죽이려 든다.

그녀는 금속이 울릴 때까지 배관을 때린다.

그녀는 흰 암늑대 털로 덮이고, 순식간에 다시 문화혁명

때의 갈피를 잃은 소녀처럼, 연약한 몸에 유니섹스 군복을
입고 멋 부린 데라곤 양 갈래로 땋은 머리끝에 단 붉은 리본과
찌그러진 녹색 군모에 단 붉은 배지뿐인 소녀처럼 보이다가, 곧
밤의 불꽃들 한복판을 달리는 광란의 질주를 계속한다.

그녀는 연료봉들을 치고, 그것들을 다루고, 냉각수를
흔들고, 절망으로 어찌할 수가 없고, 고요한 벽에 몸을 던져
그을음과 절망의 흔적을 남기며, 냉각수를 치고, 배관에서
배관으로 팅기고, 살점 부딪치는 소리와 고철 소리와 눈사태
소리를 내며 벽들에 되팅긴다.

그녀는 복수하고, 깊이가 되고, 어둠이 되고, 연극이 된다.

그녀는 한없이 긴 고발장을 읽고, 솔로비예이를 반혁명적인
불멸로 고발하고, 불법으로 딸들의 꿈과 딸들 안으로 뚫고 들어와
그들 모르게 원치 않는 과도한 불멸을 전파하는 습관을 비난한다.

그녀는 아버지를 때리고, 그의 기억을 두들기고, 그가
속임수의 상태, 삶과 죽음 사이의 상태로 부지시키기 위해
안으로 뚫고 들어가 더럽혔던 모든 이들의 기억처럼 그의 기억을
더럽히고, 레바니도보를 역겨운 꿈처럼 조종하고, 숲을 조종하고,
스텝과 저세상 수용소들을 조종한 죄로 아버지를 고발하고,
레바니도보와 저세상의 산 자와 죽은 자 전부를 그의 안에 가둔
죄로 고발한다.

그녀는 인민 법정 앞에서 솔로비예이의 수상쩍은 편재를,
여러 구린내 나는 부류의 동시 연루를, '찬란한 종착역' 콜호스의
불량 경영을, 범죄적인 식량 조달 방식을 규탄하고, 숲에서
상인들을 살해한 죄로 고발하고, 대상들을 약탈한 죄로 고발하고,
솔로비예이의 무시무시한 키를, 의기양양한 쿨라크 같은 외모를,
마법의 도끼를, 그의 호색을 규탄한다.

그녀는 연극을 하고, 오페라를 하고, 칸토페라[34]를 한다.

그녀는 지나가는 장소들과 난타하는 몸들에 심한 손상을
가한다.

쏟아져 나오는 말을 최대한 압축하여, 그녀는 세계혁명과
역사의 종말과 도래할 세대들을 기다리는 행복을 이야기하는

---

34. 포스트엑조티시즘의 한 형식. 「옮긴이의 글」 참조.

마르크스·레닌주의 책자들, 연료전지 사용 설명서들, 콜호스 주민들을 위한 위생 안내서들, 어린 시절의 포스트엑조티시즘 로망스들, 살지도 죽지도 않은 여성들을 위한 페미니스트 선언문들, 실용 종양학 개론들, 돼지 사육자와 야크 사육자와 꿀벌 사육자와 극한 교육 환경에 처한 교사들을 위한 소책자들, 북극 모험소설들을 통째로 암송한다.

그녀는 가압 증기가 쉭쉭거리는 배관에 매달리고, 문들을 부수고, 판자와 나무 부스러기들을 뒤로 던지고, 철판과 여전히 문짝에 끼어 있는 자물쇠들을 어깨 너머로 던지고, 밤을 가로지르고 벽과 수조와 끓는 회로들을 관통하여 질주하다가, 모르고비안에게 돌아와 그를 구타하고, 다시 솔로비예이에게 가서 그를 난타한다.

그녀는 무력한 분노에 이미지와 속도를 공급할 뿐이다.

그녀는 살점 조각들로, 금속성의 혹들로, 생체 증기로 덮이고, 1초 후 벌써 믿기 어려울 정도로 단단하고 바스락대는 비늘 갑옷을 새롭게 입고 있다.

그녀는 계속해서 레바니도보의 지면과 지하를 질주하여 오간다.

그녀는 번개치고, 그녀는 벼락치고, 그녀는 달리고, 자신이 모든 것을 초토화시킨다고 상상한다.

그러다 갑자기 그녀가 어디 있는지 알 수 없다.

그녀는 침묵한다.

그녀는 갑작스레 돌아온 정적 속에 연극을 한다.

그녀는 부재한다.

그녀는 사라졌고 침묵한다.

18

• 몇 시간쯤 차이 나지만 거의 같은 무렵, 밤이 이울고 이울다가
불쾌한 날로 변했다. 첫 여명이 비칠 때부터 레바니도보에는
눈이 내리기 시작했다. 크로나우에르에게, 아침은 화염의
반사광들, 최면을 거는 휘파람 소리, 스피커에서 나오는 주술,
뇌에 직접 받은 소작 치료, 거듭된 기절, 실신, 긴장증의 밤에
뒤이어 찾아왔다. 그는 새 방의 바닥에 늘어져 있었는데 악몽에서
벗어났다는 것을 도저히 믿기 어려웠다. 그는 무기력하게 이중창
너머로 한코 보굴리안 집의 살풍경한 벽을 보았고, 그 위로
평면적인 회색 개미집으로 변한 하늘 한 자락이 보였다. 그 기운
빠지는 배경막에서 역시 회색이고 더러워 보이는 눈송이들이
날렸다. 밖에서는 아무 소리도 들리지 않았다. 솔로비예이의
언어적 설사를 되풀이해 방송하고 난 후, 스피커는 입을
다물었다. 지금은 온 마을이 완벽하게 고요했다. 중앙로에는
아무도 걸어 다니지 않았다. 구치소는 조용했다. 크로나우에르는
멍청해진, 눈처럼 푹신해진 기분이었다. 그의 안에서는
솔로비예이의 말들이 계속 맴돌았다. 그의 정신에는 시커먼
진흙탕이 튀고 구역질이 났으며, 어젯밤 일에서 무엇보다도
기억나는 것은 1분간의 소강상태 이후 스피커가 그의 머릿속으로
날카로운 신호음을, 현실을 훼손하고 독으로 물들이는 문장들을
다시 보내기 시작했을 때의 자기 몸의 뒤틀림과 절망이었다. 그는
몇 시간 동안 창가에 있었는데, 솔로비예이의 휘파람 소리와
난해한 시들이 더 견딜 수 없어지자 침대로 피신하려 했으나,
침대까지 가지 못하고, 귀를 틀어막지도 이불 속에 숨지도 못하고
옆에 쓰러졌고, 그 후로 시간은 물론 공간 감각까지 전부 잃었다.

　　그는 자세를 바꿨는데, 순간 미리암 우마리크가 곁에 누워
자기를 쳐다보고 있음을 알았다. 그녀는 다정하지만 포식자 같은
관심을 갖고 그를 보고 있었다. 아주 가까이에서 보니 그녀의
관능적인 검은 눈 속에 자그마한 은색과 금색 점들이 빛나는
것이 보였다. 그녀가 너무나 바싹 붙어 바닥에 누워 있었기에
그는 갑자기 그녀의 숨결을 느꼈다. 뜨겁고, 어제저녁 그가
공동 주방에서 조리한 구운 밀가루 냄새가 나는 듯한. 그리고

그에게 제일 처음으로 든 생각은 꿈을 꾸고 있다는, 에로틱한 꿈으로 스스로를 달래 어젯밤으로부터 자신을 치유하려 시도 중이라는 것이었다. 하지만 그렇지 않았다. 전부 현실이었다. 한순간 현실은 그를 불안하게 했고, 불안은 곧 공포로 바뀌었다. 이 여자가 언제부터 여기 있었지? 그는 생각했다. 뭘 원하는 거야? 어젯밤 우리가 뭘 한 거지…? 크로나우에르, 좆의 언어를 지닌 짐승 놈아, 적어도 그녀에게 해를 입히진 않았기를 바란다, 그랬다면 넌 끝장이니까…! 크로나우에르, 그녀에게 키스하지도 삽입하지도 않았길 바란다…! 둘이서 발정이 났다면, 넌 영원히 솔로비예이에게서 벗어나지 못할 거야…! 그 작자는 네게 1천 년간의 지옥을 안겨 줄 거라고…! 계산 잘했어, 1천 년이든 3천 년이든, 어느 선을 넘으면 차이가 없으니 말이야…!

그 여자와의 사이에 무슨 일이 있었을지 그는 전혀 기억나지 않았다. 좆의 언어와 좆의 사고를 지닌 동물로서, 하지만 그뿐 아니라 그냥 동물로서, 그는 미리암 우마리크의 곁에 있으니 영향이 오는 것을 깨달았다. 다리 사이에서 그의 불운한 성기가 부풀고 그는 자기 몸에 감기다시피 한 그 몸을 열렬히 욕망하기 시작했으나, 동시에 그 욕망을 새벽에도 그전에도 충족시키지 못했다는 기분이 들었다. 방 안에 성교의 냄새는 전혀 떠돌지 않는 데다, 미리암 우마리크와 그의 옷매무새는 최근에 난잡한 성적 행위가 있었던 것 같지는 않았다.

그가 뭐라고 물어야 할지 몰라 머뭇거리는 사이, 그녀가 먼저 말을 꺼냈다.

"움직이지 말아요, 크로나우에르. 아무 말 말아요."

이 이중의 금지는 그를 좀 더 흥분시켰을 뿐이다. 솔로비예이의 세 딸 중 미리암 우마리크는 유일하게 남자에게 관심이 있고 수컷의 추악함에 대한 마리아 크월의 이론에 거의 신경 쓰지 않는 것처럼 보였다. 셋 중 유일하게 언젠가 그의 의사를 묻지 않고 침대에 기어 들어와 놓고, 항거 불능을 이용한 준강간이나 글자 그대로의 강간으로 그를 고발할 각오를 할 수 있는 인물. 그녀는 항상 유혹적인 태도를 보였지만, 그가 처음부터 가장 경계했고 그런 태도가 꺾이길 바라며 가능한 한 차갑게 대했던 것도 그녀였다. 그는 항상, 그녀가 자신을 덫으로 끌어들이려 하며, 종종 지나치게 과장된 그 유혹적인 행동 뒤에는 솔로비예이가 개입하여 엄벌을 내리려는 것을 보려는 못된 의도가 숨어 있을 거라고 여겼다. 심지어 그녀가 아버지와 한통속이 되어, 그를 희생양으로 삼아 비밀리에 아주 상세한 부분까지 계획한 지독한 함정을 꾸미고 있는 게 아닌가 하는 생각까지 들었다. 그의 몰락과 처벌, 천 년짜리 벌의 시작을 구경하는 즐거움을 위해, 마을 일상생활의 지루함을 타파하기 위해, '찬란한 종착역'의 5개년 탄압 계획 할당량을 채우기 위해, 혹은 그냥 패잔병이라는 그의 존재가 처음부터 콜호스의 지도자에게 거슬렸다는 이유로.

"내가 여기 있다는 게 알려져선 안 돼요." 그녀가 말을 맺었다. "어젯밤에 일이 있었어요. 내가 당신 방에 숨어 있는 게 알려져선 안 돼요."

"무슨 일 말입니까?" 크로나우에르가 물었다.

"조용히 해요." 미리암 우마리크가 말했다. "죽은 듯 있어요."

• 미리암 우마리크는 낮은 소리로 지난밤에 있었던 일을 간추려 설명했다. 사미야 슈미트가 지금까지 일으켰던 발작 중 가장 심한 발작을 일으켰다. 그녀는 전속력으로 레바니도보를 돌며 몇천 킬로미터를 질주했다. 시설 여러 개를 파괴하고 콜호스 안 여기저기, 소비에트 건물 지하, 숲가 등지에 불을 질렀다. 그녀는 우드굴 할머니 창고의 수직갱을 열고, 구렁 위로 몸을 굽히고 미친 소리와 솔로비예이에 대한 너무나 난폭한 비난을 퍼부었기에, 2천 미터 깊이에 있던 원자로가 졸음에서 깨어나 분노하며 용암을 토했다. 우드굴 할머니가 나서서 안을 들여다보며 원자로에게 말을 걸어 달래야 했다. 사미야 슈미트는 할머니를 밀치고, 입구 덮개를 도로 닫고 보일러실로 되돌아가, 모르고비안에게 덤벼들어 그를 구역질하지 않고선 차마 바라볼 수 없는 욕지기나는 곤죽으로 만들어 버렸다. 그녀는 솔로비예이를 공격해 그의 오른쪽 눈에 구리 관을 쑤셔 박았으며, 관은 왼쪽 귀로 나왔다. 그녀는 미쳐 날뛰다가 지금은 사라졌다.

"그 얘기는 믿기 어려운데요." 크로나우에르가 대꾸했다.

"그건 당신이 콜호스에 온 지 얼마 안 됐기 때문이에요."

273

미리암 우마리크가 속삭였다. "이곳은 평범한 장소처럼 보이지만, 그렇지 않아요."

"결코 여기가 평범한 장소라고 생각한 적은 없습니다." 크로나우에르가 말을 받았다.

• 미리암 우마리크는 다시 크로나우에르에게 입을 다물라고 했다. 평소에는 관능적인 광채 같은 것을 발하는 그녀가, 그토록 쉽게 미소 짓고 다정한 농지거리에 목말라 하던 그녀가, 지금은 겁에 질리고 옆에서도 느껴지는 조심성을 보이고 있었다. 크로나우에르에게 딱 붙어 누운 그녀의 자세에 선정적인 분방함이나 애정 어린 공모, 애무를 기대하는 듯한 구석은 전혀 없었다. 난처함과 혼란스러움, 매초 커져만 가는 불안이 엿보일 뿐이었다. 그녀의 얼굴은 딱딱하게 찡그린 채 굳어 있고 눈은 이리저리 움직였다. 이마는 평소보다 넓었고 크로나우에르는 순간 그 아름다운 머리칼이 가짜였고, 간밤의 혼란 중에 가발이 뒤쪽으로 흘러내렸다는 사실을 눈치챘다. 그녀의 머리는 달걀 껍데기처럼 민둥민둥했다. 그는 그녀가 돌연 암원숭이로 변신하기라도 한 듯 즉각적인 혐오감이 들었지만, 동시에 이성적으로 스스로를 억눌렀다. 무슨 짓이야, 크로나우에르, 꼭 가축 상인이 암소에게서 숨겨진 흠을 발견한 듯한 반응이잖아, 사려고 했던 거야…? 네가 그녀를 손에 넣을 수 있는데 그녀가 널 속였다고 생각했어…? 이 여잔 장터에 나온 상품이 아니야, 그녀에 대해, 그녀의 외모에 대해 지적하다니, 어떻게 돼먹은 거야, 마치 마리아 크월이 묘사하는 남성우월주의자 쓰레기 같잖아…?

하지만 그는 환멸을 느꼈고, 좀 거칠게 그녀가 방금 내린 침묵하라는 명령에 반발했다.

"왜 내 방에 들어왔습니까?" 그가 물었다. "여기서 뭘 하는 거죠?"

미리암 우마리크는 어찌할 바를 모르겠다는 듯 그를 쳐다보더니 갑자기 그에게 달라붙어 몸을 비벼댔고, 그러다 즉시, 아마 자신을 향한 그의 흥분이나 서로를 향한 둘의 흥분을 느꼈는지, 어쨌거나 그가 엄청나게 발기했다는 사실을 깨닫고, 그의 품에서 빠져나오더니 마치 그가 먼저 덤벼들어서 충격을 받았다는 듯 그를 밀쳐 냈다. 그들은 키스하지 않았다.

"좆의 언어로 생각하지 말아요." 그녀가 쏘아붙였다.

크로나우에르는 어깨를 으쓱했다. 그 하다 만 포옹 이후 그가 좆의 언어로 생각하지 않았다고 주장하기는 어려우리라. 그는 미리암 우마리크와 그녀에게 느끼는 욕망을 경계했고, 그녀의 아버지가 꾸미는 악마적인 음모에 조종당할까 두려웠으며, 보다 일반적인 견지에서, 마리아 크월이 뭐라든, 페미니즘이 어쨌든, 그는 육욕을 경멸하도록 교육받아 왔다. 하지만 그가 좆의 언어로 생각하기 시작한 것은 부인할 수 없는 사실이었다.

"난 목석이 아니거든요." 그가 말했다.

미리암 우마리크의 복부가 잔물결 치며 오르내리다가, 잠잠해졌다.

"물론 아니죠." 그녀가 갑자기 지금껏 보이지 않던 미소를 지었다. "당신은 강철처럼 단단하다는 말이 어울려요."

유혹의 기미라곤 없는, 솔직한 미소였다. 어떻게 보면 우정 어린 미소이기도 했다. 그러다 이런 다정한 기색이 사라졌다. 미리암 우마리크의 입매는 다시 심각해졌다.

크로나우에르는 몸을 일으켜 앉아, 침대 틀에 기대고 창문 쪽을 보았다.

유리창 너머로 눈발이 날렸다. 하늘은 보이지 않았다.

• 그들은 1분 동안 그렇게 있었다. 그는 눈을 바라보는 데 몰두해서, 그녀는 그의 바로 곁에 기묘한 자세로 누운 채, 움직이지 않고 말없이. 사진이었다면 그들은 연인 간의 불화를 보여 주는 완벽한 예시이리라.

"당신이 우릴 도와줘야 해요." 그녀가 마침내 입을 열었다.

"우리라니, 누구 말입니까?"

"바르구진과 나요. 당신이 우릴 도와야 해요. 우린 레바니도보에 있는 게 지긋지긋해요. 달아나고 싶어요. 이곳 생활은 삶도 죽음도 아녜요. 우린 이 모든 것과 작별하고 싶어요."

"저런." 크로나우에르가 말했다.

"우린 처음부터 다시 시작하고 싶어요." 미리암 우마리크가 말했다.

"그럼 대체 나한테 몸은 왜 비벼 대는 겁니까?"
크로나우에르가 창문에 시선을 고정한 채, 그녀를 쳐다보지 않고
물었다. "바르구진에게 부끄럽지도 않아요?"

"네, 부끄러워요. 하지만 어떻게 해야 당신이 승낙할지
몰라서요."

"뭘 승낙해요?"

"우릴 도와주겠다고요."

크로나우에르는 일어서서 창가로 갔다. 눈 때문에 모든
게 흐릿했고, 어쨌거나 날씨가 맑은 날에도 보이는 건 한코
보굴리안의 집 벽으로 바로 가로막힌 텅 빈 막다른 골목뿐이었다.
음침한 외관, 계단 두 개, 아무리 봐도 결코 열린 적이 없는 듯한
검은 문. 전망이라곤 전혀 없고 중앙로로 난 출입문을 보려면
그는 몸을 숙이고 내려다보아야 했다. 땅에는 눈이 쌓였다. 이미
6센티미터 두께는 되었다. 쌓인 눈의 완벽함을 방해한 흔적은
아무것도 없었다. 잠시, 크로나우에르는 두 건물 사이에서 한코
보굴리안이 밤중에 구치소 쪽으로 왔다면 남았을 발자국이
보이지 않아 아쉬워했다. 대부분 진심이 아닌 듯한 미리암
우마리크의 지나친 활발함보다, 그는 언니 쪽의 언제나 약간
쌀쌀맞은 진지함이 좋았다. 한코 보굴리안, 한코 보굴리안,
그는 남몰래 좆의 언어로 생각했다. 풍만한 미리암 우마리크가
아닌 그녀가 곁에 누워 있는 걸 발견했다면 그로서는 더 편했을
것이다. 그녀가 무엇을 원하는지 훨씬 분명히 이해할 수 있을
것이다.

"무슨 말인지 모르겠는데요." 그가 말했다.

그는 여전히 방문자에게 등을 돌리고 있었다.

그녀가 일어났다. 그에겐 그녀가 침대에 앉아 가발을
민머리에 고쳐 쓰고, 손바닥으로 치마 주름을 펴는 소리가
들렸다.

"그렇게 크게 말하지 말아요." 그녀가 속삭였다. "내가 여기
있다는 걸 그가 알면 안 되고 우리 얘길 들어서도 안 돼요."

"누구 말입니까? 바르구진?"

"당연히 아니죠, 크로나우에르, 당신 바보예요? 솔로비예이
말이에요."

"방금 사미야 슈미트가 금속 관으로 그의 눈과 귀를 찔렀다면서요. 뇌를 쇠막대로 관통당한 사람은 보통 남들의 대화를 엿들을 형편이 아니죠. 어쩌면 이미 죽었을 수도 있고요."

"그렇게 크게 말하지 말라니까요." 미리암 우마리크가 애원했다.

그녀는 정말로 겁먹은 것 같았다. 그는 그녀에게 다가가 목소리를 낮췄다.

"그는 뇌가 박살 났어요." 그가 말했다. "무사하기 어려울 겁니다."

이제 그들은 침대 가에 나란히 앉아 있었다. 그는 그녀의 떨리는 불안을 짐작할 수 있었다. 그녀의 어깨를 감싸 안고 그녀가 자기 뺨에 머리를 기대길 기다리고 싶었지만, 그는 참았다. 그녀에겐 형제처럼 굴 수가 없었다. 욕망이 그를 사로잡았고, 모든 것이 성기와 결부되며 발정 난 생각이 들었다. 위로하는 몸짓의 이미지 위로 피부, 알몸, 애무, 수컷의 덮침, 어쩌면 뒤섞여 있을 헐떡임, 침대로 쓰러지고 다급히 삽입하는 음란한 이미지들과 감각이 더해졌다. 2억 년이라는 동물의 세월만큼 오래된, 교미에 대한 육체적 향수. 그는 최선을 다해 그 솟구치는 음란한 구정물을 억눌렀다. 그러나 그의 의식과 그 아래에서는 구정물이 넘쳐흐르고 있었다.

"그는 아주 멀쩡하게 회복할 거예요." 그녀가 중얼거렸다. "이런 일을 당한 게 처음도 아닌걸요. 그는 언제나 회복해요. 그는 태어났을 때부터 죽은 것도 산 것도 아니에요. 방사능은 그에게 아무것도 아니죠. 두개골에 쇠막대가 박혀도 마찬가지로 그는 아무렇지 않아요."

"아무리 그래도, 머리가 관통당했는데." 크로나우에르가 낮은 소리로 반박했다.

"그건 연극에 불과해요." 미리암 우마리크가 말했다. "꿈에 불과해요. 머리가 관통당하거나 말거나 똑같아요. '찬란한 종착역'에서 우린 모두 죽은 것도 산 것도 아니에요. 우린 모두 솔로비예이의 꿈들의 조각이죠. 우린 모두 그의 머릿속 시나 꿈의 부분적 조각이에요. 우리가 그에게 하는 일은 그에게 영향을 주지 않아요. 사미야 슈미트가 어젯밤에 한 짓은, 책 속의 에피소드 같은 거예요. 전혀 의미가 없어요. 아무것도 아니죠. 지워질 일이에요. 그다음엔 모든 게 전처럼 다시 시작되겠죠. 그는 다른 세상들에서는 모험을 즐기는 것 같지만, 여기 레바니도보에서는 빙빙 도는 걸 즐기거든요. 그는 불꽃들 속에 들어가서 다른 곳들로 모험을 떠나요. 하지만 여기, 레바니도보에서는 나름대로 즐기는 방식이 있고, 우리는 그의 장난감이에요. 때때로 그는 우릴 없애고, 때때로 우릴 되살려요. 그는 우릴 가지고 그저 같은 상황을 되풀이하는 거예요. 그는 축음기와 스피커로 우리에게 같은 실린더들을 틀어 주죠. 모든 건 그가 결정해요. 이따금 그는 자신의 연극에 새로운 발명품들을, 그에게 위험하거나 의외인 잡동사니를 들이기도 하죠, 당신처럼. 하지만 끝에 가서는, 이기는 건 언제나 그예요."

그녀는 숨이 차서 속삭임을 멈추었다. 그녀의 눈길이 창문의 음울한 회색 장방형을 향했다. 눈이 점점 더 거세게 내렸다.

"더 이상 참을 수 없어요." 그녀가 말했다.

"난 잡동사니가 아닙니다." 크로나우에르가 짚고 넘어갔다. "내가 그런 유의 발명품이라는 느낌은 안 드는데요."

"당신이 정말로 무엇인지 어떻게 알겠어요." 미리암 우마리크가 몸을 떨었다.

그들은 몇 초간 말없이 그대로 있었다. 바깥은 완전한 정적이었다.

"내가 뭘 어떻게 도와줄 수 있을지 모르겠군요." 크로나우에르가 말했다.

"그렇다면 우릴 도와주고 싶다는 거죠?" 그녀가 물었다.

"물론이죠, 하지만 방법을 모릅니다."

"내가 당신과 발정 나지 않아도 우릴 도와주겠다는 거죠?"

크로나우에르는 생각에 잠겨 우물거렸다. 좆의 언어와 사고를 거부하려고 그토록 노력을 해낸 뒤인지라, 미리암 우마리크의 그런 질문이 특히 어이없고 멍청하게 느껴졌다.

• 언뜻 보고 들 짐작과 달리, 미리암 우마리크는 엔지니어 바르구진을 사랑했고 그를 배반하고 다른 누군가와 발정 나려는 생각은 추호도 없었다. 분명 몇 주 전부터 크로나우에르 앞에서

도발적으로 몸을 흔들었고, 걸핏하면 눈짓과 모호한 발언을 했지만, 그녀는 수도에서 온 이 군인에게 무관심했다. 그와 섹스를 하거나, 발정이 나거나 끈끈한 짓거리를 한다는 생각은 전혀 내키지 않았고, 그런 화제로 서슴지 않고 농담을 하긴 했지만, 그것이 정말로 구체적인 일이 되어 갑자기 그가 그녀를 끌어안고, 여기저기 주무르고, 그녀를 뚫고 들어와 기름기와 끈적거리는 배출물을 쏟아 내는 상황을 받아들여야 한다면 질겁했을 것이다.

크로나우에르는 그녀에게 아무것도 아니었다. 그녀가 알아낸 것은, 사미야 슈미트와 함께 오래된 숲을 지나온 다음 그가 솔로비예이의 손바닥 안에 들어왔으나, 그럼에도 몇십 년 동안 레바니도보를 지배하는 삶도 죽음도 아닌 상태와는 다른, 중간적인 생체적 위상을 지니고 있다는 점이었다. 금지 구역들, 돌연변이 메뚜기와 플루토늄이 따닥따닥 소리를 내는 스텝에 며칠 이상 머물렀던 이들이 모두 그렇듯, 크로나우에르도 죽음의 저편, 죽은 자들의 바르도에서 불귀의 지점에 도달한 것이 확실했던 것이다. 솔로비예이는 그가 사미야 슈미트와 함께 레바니도보로 오는 것을 보았고, 오래된 숲에서 휘파람 소리를 한바탕 듣게 했으며, 그를 침입자나 들개처럼 제거하는 대신 마을에 받아들이기로 했다. 그에게서 죽음을 빼앗지도 않고, 바르도에서 걸어 다니는 사자(死者)로서의 삶을 앗아 가지도 않고, 그렇다고 자신의 꿈과 불꽃의 세상들에 완전히 예속시키지도 않은 채. 할 일이 없어 그랬는지 소홀했던 탓인지, 그는 크로나우에르를 철저하게 지성이 와해된 꼭두각시로 삼지는 않았다. 레바니도보의 다른 주민들과 달리, 솔로비예이의 세 딸과 달리, 크로나우에르에겐 아직 독립적인 여력이 있었다. 그러면 아직 쉽게 솔로비예이 몰래 행동할 수 있다고 미리암 우마리크는 생각했으며, 그건 콜호스 주민들과 그녀에게는 그야말로 도저히 해낼 수 없는 엄청난 일이었다.

"바르구진에게 내 방에 온다고 말했습니까?" 크로나우에르가 물었다.

"난 간밤의 난리를 기회로 삼았어요." 미리암 우마리크는 곧바로 대답하지 않고 속삭였다. "사미야 슈미트에게 눈과 뇌를 관통당하자, 아버지는 능력을 잃었어요. 일시적인 거지만, 잃은 건 확실해요. 그는 우리 집에 와서 바르구진에게 우드굴 할머니의 창고까지 데려다 달라고 청했어요. 그런 경우 아버지를 치료할 수 있는 사람이 있다면, 우드굴 할머니뿐이죠. 바르구진은 그를 부축해 언덕을 올라 창고까지 데려갔어요. 그리고 난 옷을 차려입고 당신 방으로 들어왔죠. 아직 캄캄한 밤이었어요. 당신은 바닥에 누워 있었죠. 난 당신을 흔들고 또 흔들었어요. 완전히 죽은 게 아니란 건 잘 알았지만, 꼼짝도 않더군요."

"그게," 크로나우에르가 대꾸했다. "어느 순간엔가 머리가 빙빙 돌더군요. 아무것도 이해할 수 없는 악몽 속에 있는 기분이었습니다."

"꼭 생존이 완전히 멎어 버린 것 같았어요." 미리암 우마리크가 말했다. "난 당신 옆에 누웠어요. 기다려야 한다고 생각했죠. 달리 뭘 해야 할지 몰랐거든요."

"뭐, 잘 아네요." 크로나우에르가 가련하게 말했다.

그들은 반 분 동안 말없이 있었고, 그러다가 미리암 우마리크가 입을 열었다.

"솔로비예이를 죽일 수 있는 건 당신밖에 없어요."

• 크로나우에르는 솔로비예이를 살해하기에는 아마도 자신이 마을의 다른 이들보다 나은 입장이라는 점을 인정했고, 군인으로서 인민의 적에게 죽음을 안기는 일은 자신에게 적합하다는 것도 인정했으며, 게다가 '찬란한 종착역' 콜호스를 마법으로 주무르는 그 샤먼 같은 폭한을 개인적으로 미워한다는 점도 있었지만, 행동으로 옮길 만한 객관적인 이유는 없다는 사실을 지적했다. 그는 개인이나 단독으로 처벌하기보다 특별위원회에서 결정되는 편이 좋다고 보았다. 개인이라면 나중에 프롤레타리아혁명에 어울리지 않는 개인적인 동기로 행동했다는 비난을 받을 수 있었다. 그런 이유로 그는 인민 법정을 개설해 솔로비예이의 딸과 사위 들이 판사를 맡고, 우드굴 할머니는 변호사나 피고의 공범 역을 맡고, 가령 외팔이 아바자예프 같은 이가 가난하고 분개한 민중 역을 맡을 것을 권했다. 나아가 그는 솔로비예이가 만만치 않은 체격이며, 마법의 힘은 말할 것도 없고 감춰진 신체 능력도 분명 대단하리라는

점, 그를 처단하는 일이 유혈 사태로 번질 위험이 있고 실패할 가능성조차 있음을 지적했다.

"죽인다기보다 전투가 될 겁니다." 그가 말했다. "급습을 한다 쳐도 승산이 그렇게 높지는 않아요."

미리암 우마리크의 얼굴에 그늘이 스쳤다.

"무엇을 원하는지를 알아야 해요." 그녀가 평소답지 않게 예리하게 말했다. "해 보지 않고는 아무것도 알 수 없어요."

• 미리암 우마리크는 크로나우에르로부터 반 발짝 떨어져 창문 앞에 서서, 내리는 눈을 바라보고 있었다. 그녀 쪽으로 고개를 돌리지 않고도, 크로나우에르는 보일락 말락 하게 자주 물결치는 그녀의 매력적인 몸매를 회색 배경에서 분간할 수 있었다. 그녀는 가발을 제대로 쓰고 있었고, 검고 숱 많고 윤기 흐르는 비단 같은 머리칼은 다시 자연스러운 매력을 발하며 허리까지 늘어졌다. 크로나우에르의 양손은 그 머리칼을 만지고, 가볍게 살랑이는 그 머리 타래 속에서 움직이고, 어루만지는 가운데 그 숱 많은 머리를 장난스레 흩뜨리는 상상을 했으며, 애무가 머리칼에서 그치지 않고 피부를, 맨살을, 이 여인의 육체를 점령하는 데까지 이어지고, 좆의 언어가 일러 주는 대로, 좆의 언어가 태곳적부터 명령해 온 대로 수컷다운 성취로 이어지는 상상을 했다. 그는 7-8초 동안 그런 생각에 정신이 팔려 있다가, 몽상을 접었다. 혹은 적어도 머릿속에 침범한 동물적인 암시들과, 머리 밖에서 만지고 더듬고 비비기를 고대하는 근섬유와 신경 말단들을 금지하고, 저지하고, 거부하려는 노력을 했다.

"가야겠어요." 미리암 우마리크가 돌아보지 않고 말했다. "길을 건널 거예요. 누가 날 보거나 내 발자국을 보더라도 어쩔 수 없죠. 당신에게 깨끗한 수건을 갖다주러 구치소에 들렀다고 말할게요."

"뭐, 아무도 캐묻지 않을 겁니다." 크로나우에르가 그녀를 안심시켰다.

미리암 우마리크는 몸을 흔들었다.

"물어보지야 않겠죠, 내 속을 파헤치기는 하겠지만." 그녀가 말했다.

그녀는 창문 앞에서 머뭇거렸다. 마치 그의 화끈한 행동, 장난스럽거나 음탕한 몸짓을 기대하고 있는데 오지 않는 것처럼. 바깥은 고요했다. 솜 같은 눈의 층은 두터워져 갔다. 콜호스 내에서 아무런 활동도 일어나지 않는 것 같았다.

"마을이 잠잠하네요." 크로나우에르가 미리암 우마리크와의 성교 외의 다른 것으로 생각을 돌리려고 말했다.

"하지만 곧 들썩일 거예요." 미리암 우마리크가 장담했다. "그것도 꽤나. 오늘은 우드굴 할머니가 구덩이를 열고 직접 선별한 폐기물들을 원자로에 던지게 하는 날이에요. 몇 주 전부터 계획되었죠. 취소될 이유가 없어요. 우린 모두 그 작업을 도우러 가요. 당신도 마찬가지고요. 당신도 우드굴 할머니의 창고에 가는 거예요."

"아무도 그런 말은 안 해 줬는데요." 크로나우에르가 항의했다. "난 전해 듣지 못했습니다. 난 소집되지 않았다고요."

"지금 들었으니 됐잖아요." 미리암 우마리크가 말했다.

19

• 미리암 우마리크가 방에서 나가자, 크로나우에르는 페미컨을 얹은 비스킷을 깔작거리며 옷을 차려입은 채 침대에 누워 '찬란한 종착역'에서 계속 살아야 할 합당한 이유들을 찾으려 해 보았고, 이유를 찾지 못하자 솔로비예이의 딸과 나누었던 아침나절의 대화를 처음부터 끝까지 검토했다. 그가 놓치고 있는 요소들이 너무 많았다. 분명 그런 대화를 나눈 적 없는 척하는 게 이로우리라. 그들은 아무런 약속도 하지 않고 헤어졌고, 이를테면 크로나우에르는 콜호스의 수장을 살해하겠다고 약속한 것은 아니었다. 착상은 주어졌지만, 실행 계획의 형태로 구체화시킬 초안이 잡힌 것은 아니었다. 크로나우에르는 잠시 솔로비예이와의 전투와, 아무리 봐도 불가피하고 거의 즉각적인 자신의 패배를 상상하고는 어깨를 으쓱했다. 따지고 보면 그가 그토록 실패가 자명한 무모한 시도에 나설 이유는 없었다. 그가 조만간 해야 할 일이 있다면, 그건 레바니도보를 떠나, 주민들 모두를 지도자이자 창시자인 솔로비예이의 더럽고 미친 손에 남겨 두고, 다른 곳에서 피신처를 찾아 죽거나, 살아가는 척하거나, 생존과 사존과 생망의 어느 한 변종을 영위해 나가는 것이었다. 성찰의 시간이 흘러가고, 그는 밤의 피로를 풀기 위해 조금 잤다. 오전이 끝날 무렵 그는 구치소를 나섰다.

하늘은 검고, 추위에서는 늑대 냄새가 났다. 잠시 동안 눈은 간간이 흩날리는 눈꽃뿐이었고 바람이 없어 눈 결정은 빙글빙글 도는 커다란 별로 변했다. 보도는 눈이 20–30센티미터나 쌓여 간신히 구분될 정도였고, 50년간 아무도 맞아들이지 않은 중앙로에 있는 마지막 건물인 '퇴역 군인 회관'을 지나자, 우드굴 할머니의 창고로 이어지는 도로는 눈 더미가 되어 도랑과 구분이 가지 않았다. 크로나우에르는 언덕 쪽으로 수렴되는 마을 주민들의 발자국을 길잡이 삼아 따라갔다. 모피 안감의 장화, 여우 모피 샤프카, 겨울 외투로 무장한 그는 그 순간을 즐겼다. 그것은 몇 주 전부터 내면에 쌓인 감정들을 뒤흔들지 않기 위해 그가 택한 철학이었다. 불만족과 이해할 수 없음과 불편함에서 비롯된 답답한 생각들, 레바니도보를 떠나 스텝에서 방랑을 계속하라고 그를 부추기는 이유들. 그는 갓 내린 눈이 신발 밑창에 밟히는 소리에 즐거움을 느꼈다. 조금 후면 창고의 따뜻한 벽 안에, 방사능에 오염된 잡동사니 소굴 한가운데 있게 되겠지, 그는 생각했다. 그는 아직 수직갱이 열리는 것을 한 번도 본 적 없었고, 덮개가 벗겨지고 원자로에서 불어오는 뜨뜻한 숨결을 받으면 어떤 기분이 들까 궁금했다. 그 생각을 해도 그는 무섭지 않았고 오히려 걷는 감각, 뽀드득대는 음악, 입술까지 날아와 혀로 받아먹는 눈송이의 맛에 경쾌함이 더해질 뿐이었다. 한두 시간의 수면으로 그는 기운을 차렸다. 그는 부루퉁한 곰처럼 눈 속을 나아갔지만, 기분이 좋았다.

• 창고에 들어섰을 때, 그는 사람들이 그를 기다리고 있었으며 그의 지각에 단단히 벼르고 있음을 알게 되었다. 모두가 말없이 그가 수직갱으로 향하는 통로를 나아가는 것을 지켜보았다. 덮개의 테를 벗기고 나사를 푸는 작업은 그가 없는 동안 시작되지 않았다. 그는 창고 한가운데로 가서 외투와 샤프카를 벗어 우드굴 할머니의 개인 공간 옆에 있는 고철 더미에 걸어 두었다. 바깥 공기와 달리 안은 따뜻했다. 폐기물 더미에서 나는 미세한 지지직거림과, 파리들이 무모하게 써레인지 갈퀴인지의 전기를 띤 이빨 사이에 들어갔다가 즉각 동결건조되면서 나는 한두 차례의 짧은 쉭 소리에 그의 발소리가 반주를 넣었다. 겨울인데 아직도 파리가 있군, 크로나우에르는 생각했다. 그는 머릿속에서 그 이상 현상, 순식간에 숯덩이가 된 파리들의 이미지, 불덩이로 변하기 직전 곤충들의 돌연변이 외관을 쫓아 버렸다.

수직갱 가장자리에서 3-4미터 떨어진 곳에, 곧 구렁텅이로 떨어질 운명인 게 분명한 착유기 모터에 우드굴 할머니가 앉아 심술궂은 얼굴로 담배를 피우고 있었다. 그녀는 입에서 파이프를 떼고 물부리로 크로나우에르를 겨냥했다.

"어디 말 좀 해 보게, 군인." 그녀가 아직 남은 이를 움직이지도 않고 말했다.

"뭘 말입니까?" 크로나우에르가 물었다.

"자네가 농땡이나 치려고 콜호스에 있는 건 줄은 몰랐네." 노파가 툴툴거렸다. "한 시간이나 자넬 기다렸어."

"몇 시에 나오라는 말은 못 들었는데요." 크로나우에르가 말대꾸했다.

우드굴 할머니는 침을 튀기며 두 음절로 분통을 터뜨리고 입술 사이 어딘가에 다시 물부리를 끼웠다. 그녀는 착유기 중심부에 당당히 버티고 있었다. 주변을 둘러싼 착유 호스들이 마치 그녀의 엉덩이에서 뻗어 나온 촉수들 같았다.

"다른 사람들과 함께 일을 시작하게." 그녀가 중얼거렸다. "우리는 자네 부하가 아니야."

"저를 그렇게 질책하실 건 없습니다." 크로나우에르가 반항했다. "왜 제가 무슨 게으름뱅이인 것처럼 말씀하시는지 모르겠군요."

수직갱 둘레에는 트랙터 운전사 모르고비안,[35] 엔지니어 바르구진, 미리암 우마리크, 한코 보굴리안, 외팔이 아바자예프와 크로나우에르가 그때까지 한 번도 본 적 없는 콜호스 주민 세 명이 있었다. 그들은 텅 빈 눈빛에 동작이 느리고 확연히 활기가 없었으며, 처리사들이 입는 작업복을 입었는데도 농업 노동자라기보다 자살 임무에 파견된 죄수에 훨씬 가까워 보였다. 크로나우에르는 그들이 '찬란한 종착역'의 완전한 일원이 아니라는 의심을 즉시 품었고, 정확히 누구라고 규정할 수는 없지만 틀림없이 솔로비에이가 몇십 년 전 좀비로 만든 옛날 일꾼들 예비분에 속할 거라고 생각했다. 그가 필요에 따라 꺼내서 다시 움직이도록 했고, 그만이 갈 수 있는 꿈의 세계 어딘가나 지하 묘소에 들어 있던 죽은 자들.

아바자예프가 담배를 피웠다. 크로나우에르는 그의 곁으로 가서 이 사람들이 누구냐고 물었다. 질문은 직선적이었고 상대는 회피할 수 없었지만, 대답할 마음이 전혀 없는 게 분명했다.

"이름을 알고 싶은가?" 그가 속삭였다.

"물론이죠."

"페드론 다르다프, 이드푸크 소비비안, 하드조빌

---

35. 모르고비안은 죽었기에 여기 있을 수 없다. 저자가 착각했거나, 꿈과 현실을 오가는 상황을 담보하는 장치일 수 있다.

뮌츠베르크." 아바자예프가 줄줄 외웠다.

"한 번도 들은 적 없는데요." 크로나우에르가 대꾸했다.
"여기 사는지도 몰랐습니다."

"당신은 많은 걸 모르네요, 딱한 크로나우에르." 아바자예프
바로 옆에 있던 한코 보굴리안이 끼어들었다.

크로나우에르가 한쪽은 호랑이 눈 같고 다른 쪽은 검은
오닉스 같은 그녀의 이중적이고 마음을 휘젓는 시선과 막
마주쳤을 때, 우드굴 할머니가 끼어들었다.

"잡담이나 할 거야, 아니면 덮개 여는 일을 드디어 시작할
거야?" 그녀가 작업반장 같은 말투로 소리쳤다.

곧바로 굽실대는 반응이 나오지는 않았지만, 대화는
바로 중단되고 각자 작업 위치로 갔다. 아바자예프는 뒤꿈치로
담배를 짓이기고는 한 손으로 수직갱을 단단히 밀폐하는 핸들
하나에 서서히 힘을 주기 시작했다. 크로나우에르도 핸들 하나에
달라붙어 그것을 풀었다. 덮개의 납 봉인이 충분히 두껍지
않아 방사능의 바람이 모두의 얼굴에 훅 끼쳤는데, 유독한
기운이면서도 따뜻하고 어루만지는 듯했다. 바르구진이 때때로
기침을 했다. 어딘가에서 감기에 걸린 것이다, 아마 솔로비예이를
창고까지 모셔 갔던 그날 밤에.

• 만일 이 자리에 포스트엑조티시즘 작가가 있었다면, 그는 분명
마술적 사회주의리얼리즘 기법으로 장면을 묘사했을 것이다.
서정시적 비약과, 장르의 특성인 땀방울과 프롤레타리아적
고양을 곁들여서. 선전적인 서사시와 집단에 봉사하는 개인의
노고에 대한 성찰들이 탄생해 마땅했으리라. 배경음으로는
게오르기 스비리도프나 칸토 드질라스[36]의 행진곡이, 전염성
있고 사상적으로 흠잡을 데 없는 도취감을 싣고 리드미컬하게

---

36. 게오르기 스비리도프(Georgy Sviridov, 1915-98)는
소련의 국민적 작곡가로 쇼스타코비치를 사사했고, '소련
인민 예술가', '사회주의 노동자 영웅' 등 여러 칭호를
받았다. 칸토 드질라스는 볼로딘의 『비올라 솔로』, 『미미한
천사들』에 이름이 등장하는 음악가다.

286

들려올 것이다. 하지만 우드굴 할머니 창고 안의 누구도 문학적
포부는 조금도 없었고, 음악적 포부는 말할 나위도 없고 그런
것은 완전히 돌아 버린 짓으로 여겨질 것이다. 시인임을
자부하는 '찬란한 종착역'의 수장으로 말할 것 같으면, 그는
그날 아침 출석하지 않았고, 어쨌거나 그는 생의 상당 부분을
철조망 안에 갇혀 보낸 많은 마법사와 마녀들이 그렇듯 마술적
사회주의리얼리즘을 질색했다. 따라서 장면은 부각되는
영웅들도 없고 미소 띤 광부들 얼굴의 영화적 참여도, 헬멧
쓴 철강 노동자들의 익명 파견대도 없이, 콜호스 주민들 위로
자랑스레 펄럭이는 노동계급의 깃발 없이, 더 많은 헌신에 대한
호소도, 전선에서 다리 하나를 잃고 훈장을 받고 돌아온 당
간부의 빼놓을 수 없는 마무리 연설도 없이 진행되었다. 이 점,
우리는 미리 사과드린다.

　　첫 번째 할 일은 수직갱을 여는 것이었다. 금속 덮개는
강철 받침에 나사로 고정되고 받침은 입구 테두리에 시멘트로
발려 있었다. 덮개를 움직이려면 우선 그 위에 바른 납
타일들을 벗겨야 했고, 그런 후 폐기물들을 구덩으로 가져올 때
걸리적거리지 않도록 타일들을 멀찍이 옮겨서 쌓아 둬야 했다.
전부가 무거웠다. 타일을 쌓아 두기로 한 장소는 우드굴 할머니가
거하는 사적인 장소를 지나친 곳에 있었고 15분간 모두들 한
마디도 하지 않고, 무겁고 윤기 없고 서로 부딪치거나 더미에
안착할 때 아무런 소리도 울리지 않는 장방형 타일들을 잔뜩
들고 왔다 갔다 했다. 타일 표면에는 기름기 있는 그을음 같은 게
들러붙어 있었다. 세 번째로 왕복할 때 크로나우에르는 손으로
얼굴을 닦았고 즉시 그의 피부에 시커먼 줄무늬가 생겼다. 다른
이들도 뺨이나 이마의 땀방울을 아무 생각 없이 닦다가 비슷한
짓을 저질러, 지금은 갱에서 일하던 광부 같은 얼굴들이었다.
땋은 머리 가발을 소중히 여기는 한코 보굴리안은 가발을 벗어서
한구석에, 올 때 입었던 겨울 모피 외투 위에 놓아두었다. 그녀는
솜털 하나 없이 완전히 벗겨진 머리를 부끄럼 없이 내보이고
다녔다. 미리암 우마리크는 가발을 벗지 않았지만, 그녀의 셔츠와
원피스는 이미 더러웠고, 평소와 달리 갑자기 볼썽사납고 이상한
하녀처럼 보였다. 아무도 입을 열지 않았고, 지적도 눈짓도

오가지 않았다. 일단 납을 치우자, 크로나우에르를 포함한 남자 넷이 덮개를 빼내 바닥에 내리는 일을 마쳤고, 다음으로 다들 허리를 굽히고, 유일하게 처리 작업복을 갖춰 입은 페드론 다르다프, 이드푸크 소비비안, 하드조빌 뮌츠베르크 셋이서 이른 아침에 잡동사니들을 치우고 만들어 둔 장소로 그것을 옮겨 갔다.

그 후 작업반은 잠시 쉬었다. 바르구진은 비틀거렸고, 옛날에는 대형 쓰레기통이었지만 지금은 의류, 가재도구, 책, 신발 따위가 가득 담긴 컨테이너로 가서 기댔다. 아바자예프도 그를 따라갔고 둘은 담배 한 대를 나눠 피웠다. 우드굴 할머니는 착유기에서 내려와 있었고, 자기 개인 공간에 들어가 생각 있는 이들에게 차를 내놓으려고 주전자와 짝이 맞지 않는 잔들을 모아 두었다. 한코 보굴리안은 물을 끓이려고 작은 전기 버너를 켜 놓았다. 미리암 우마리크 역시 가발을 막 벗은 참이었다. 두 자매는 민머리 때문에 기묘해 보이긴 했지만 여전히 아름다웠는데, 아마도 눈썹은 지워지지 않고 여전히 경이로운 눈매를 강조해 주기 때문일 터였다. 그들의 얼굴 피부와 두피 색은 전혀 차이가 없었다. 미리암 우마리크는 오렌지빛 도는 청동색 피부였고, 한코 보굴리안은 아주 밝은 색 상아를 조각한 듯했다. 둘 다 방금 마친 일을 하느라 뺨이 더러워졌지만, 얼굴을 씻지 않았다. 그들은 이제 외모에 전혀 신경 쓰지 않았다.

페드론 다르다프와 하드조빌 뮌츠베르크는 통로에 앉아, 무릎을 껴안고 표정 없는 눈으로 가쁜 숨을 쉬고 있었다. 크로나우에르는 그들을 지나쳐 이드푸크 소비비안 옆에 가서 팔꿈치를 괴었다. 그는 수직갱 테두리 위로 몸을 구부리고 아래를 바라보고 있었다. 그들은 대화하기 좋은 그 자세로 묵묵히 있었다. 캄캄하고 깊은 곳에서 바람이 윙윙댔다. 테두리가 있는 곳에서는 바람이 매우 약했다. 가장자리 근처와 크로나우에르의 팔꿈치 밑에서 일종의 지의류가 부드러운 빛을 발했고, 손으로 쓸면 으깨지고 찢어지는 소리를 내며 사라졌다가 10초쯤 지나 다시 생겨났다.

"2천 미터, 그다음은 지옥이겠군." 크로나우에르가 침묵을 깨려고 말했다.

"그렇지 않아." 이드푸크 소비비안이 말했다.

크로나우에르는 의아하게 그를 쳐다보았다.

"지옥은 표면에 있지, 여기야." 이드푸크 소비비안이 말했다. "원자로까지 뛰어들 필요도 없어."

• 제3부대에 들어가 사병으로 오르비즈를 방어하러 나서기 전, 이드푸크 소비비안은 꽤 불안정한 인생을 살았다. 그의 가족은 개 사육하는 일을 했는데, 그는 18개월 때 가족과 헤어졌으므로 그게 어떤 개였는지, 투견인지 썰매 개인지 아니면 금지되어 있음에도 시장에서 한국인과 중국인에게 가죽을 팔던 개였는지 알 도리가 없었고, 부모가 그에게 다정했었는지, 아니면 악독하게도 그를 동물들과 함께 먹이고 재웠는지도 알지 못했다. 이따금 그는 어둠 속에 누워 암캐의 젖꼭지를 오물거리는 꿈을 꾸었지만, 그건 어린 시절의 기억이 아니라고 생각하는 쪽을 택했고, 입안에 허스키 젖의 시큼한 맛을 느끼며 깨어나면 울화통 터지는 한숨을 쉬고 그 문제를 더 파고들지 않고 다시 잠을 청했다.

그의 어린 시절엔 끊임없는 운명의 굴곡이 가득했다. 개 사육자들은 그를 유목민들에게 주거나 팔아넘겼고 그들은 즉시 그를 부족 노파에게 맡겼다. 말카 모혼이라는 이름의 그 노파는 부족과 함께 떠돌아다니지 않고 부이르코트 교외의 천막촌에 살았는데, 당시 그곳은 발전 전망이 밝은 주거 밀집 지역이었다. 그녀는 생선을 훈제하고 극좌파적으로도 반혁명적으로도 똑같이 들릴 수 있는 한탄과 외설이 주를 이루는 자기만의 방언으로 이드푸크 소비비안에게 말을 걸며 시간을 보냈다. 그녀는 이드푸크 소비비안을 좋아했고 그를 부적과 방울들로 감싸 운명의 시련과 굶주림과 질병으로부터 보호해 주었다. 어린 소년이 겨우 제 발로 서게 되고 언어적 지식이라곤 기껏해야 열두 개의 체키스트 욕설을 익혔을 때, 노파는 천막에 불이 나서 죽었다. 더 늙었지만 입이 덜 험한 이웃 노파가 이드푸크 소비비안을 거두어, 2년 동안 헌신적이고 다정하게 돌보았다. 그녀의 이름은 모나 하이페츠였고 꿋꿋하게 할머니 역할을 맡아, 교외에서 구할 수 있는 식료품으로 힘닿는 데까지 아이를 먹이고, 언어의 기초와 극한 환경에서의 위생을 가르쳤으며,

밤이면 신문 잡보와 '공공 보건을 위한 인민위원회' 공보를 읽어
주었는데, 발전소 인근의 주민들에게 중대 사고가 일어났을
때의 대비 조처들을 알리는 내용이었다. 그리고 마침, 그녀가
이드푸크 소비비안에게 집단 소개 때 보여야 할 질서와 침착함을
설명하고 있을 때, 부이르코트 원자력발전소의 사이렌이 어둠을
찢고 울려 퍼지며 집단 탈출이 시작되었으나, 지독한 혼란 속에서
이내 이드푸크 소비비안은 자신이 길에 혼자 남아 겁에 질려
미친 듯한 거지들에 둘러싸여 있음을 알게 되었다. 그중 몇몇은
녹아내리는 발전소에 너무 가까이 다가갔다가, 벌써부터 자기
내장이 종양으로 뒤덮이면서 풍기는 숯 냄새가 난다고 주장했다.
긴장과 공격적인 분위기는 시간이 갈수록 심해졌다. 누구도
그에게 관심이 없었다. 연기와 피 냄새를 풍기는 사람들이 정치적
책임자들과 여러 소수민족에 대한 보복 강령을 외치며 그의 옆을
지나갔는데, 그중에는 어린 소년이 한 번도 들어 본 적 없었지만
그가 속하는 민족도 있었다. 그의 존재를 눈여겨보는 어른들은
마치 그가 가죽을 벗겨 굽기 좋은 개라도 되는 것처럼 집요하고
기묘한 시선으로 그를 뚫어져라 보았다. 먼동이 텄고 이드푸크
소비비안은 두려워졌다. 그는 이동하는 군중으로부터 떨어져서,
겁에 질렸으면서도 혼자서 숲의 오솔길로 접어들어 길고 무서운
한나절 동안 숲속을 걸었다. 잘한 행동이었다. 오솔길은 거의 텅
빈 도로로 통했고 그 도로는 '적색구호대'의 구조 차량이 다니는
곳이었다. 이드푸크 소비비안은 차에 타라는 권유를 받았고,
이따금 얼음이 남아 위험한 파인 곳투성이인 도로를 먹지도
마시지도 않고 거의 1천 800킬로미터나 달린 후, 사람들은 그를
내리고, 신원을 묻고, 담요로 감싸더니 기다리라고 했다. 그는
우르두리야의 어느 고아원 어두운 안뜰에 서 있었다. 그의 나이
다섯 살이었다. 이제 정부 기관에 맡겨졌으니, 그에겐 정상적인
인생을 살, 혹은 적어도 죽을 때까지 무사히 몸을 보전할 길이
열렸다. 그리고 그가 6년간 보호소에서 제공하는 온갖 혜택을
누렸던 것은 사실이다. 물질적인 부족함 없이, 40대 어른들의
지도를 받으며, 집단 교육을 받고, 형제애를 경험하고, 기초
지식 교육과 특히 넝마주이 일과 장님이나 심한 피폭자들의
안내인 직업교육을 받았는데, 미래에 대한 전망이 현실주의적

빛을 띠기 시작한 당시에는 그런 직업이 유행이었다. 불행히도 고아원은 위험지역에 위치하여, 제국주의 군대의 침입과 파괴 행위에 끝없이 시달렸고, 그 지방에 전기를 공급하던 발전소들이 연쇄 폭발을 일으키면서 고아들이 누리던 평온함도, 물론 그들의 직업 수련도 갑작스레 끝나고 말았다. 부이르코트에서 겪었던 히스테릭한 첫 번째 대피의 기억을 교훈 삼아 이드푸크 소비비안은 제정신이 아닌 흐름에 끼지 않았고, 교사들이 복도를 뛰어다니며 뒤처진 사람이 아무도 없는지 확인하는 동안, 그는 숨었다.

이드푸크 소비비안의 독립적인 삶은 우르두리야에서 시작되었다. 4월이었고, 봄이 이르게 와서 따스했다. 어린 소년은 자급자족하는 사내아이와 계집아이 무리에 끼어 있었다. 그들은 피난민들이 남겨 둔 동나지 않는 비축 물품을 이용하고, 다른 무리들, 약탈을 막는 임무의 민병대, 진짜 약탈자 집단들, 그리고 도시의 죽음 같은 침묵이 종종 일으키는 심한 공포로부터 똘똘 뭉쳐 스스로를 보호했다. 딱히 할 일이 없었으므로, 첫 한 달간 그들은 발전소 근처에서 활동하는 처리 작업자들을 도왔으나, 이후 그들은 목표를 포기하고 사라졌고, 그보다 앞서 민병대원들과 구급 위생반의 최후의 의사와 간호사들도 사라졌다. 원자로 너무 가까이까지 습격하러 가는 일은 피했음에도, 우르두리야에 남은 거주자 대부분은 젊든 늙었든 비참하고 빠른 최후를 맞았다. 이드푸크 소비비안은 자연으로부터 방사능에 저항하는 신체를 선사받은 드문 이들 중 하나였다. 곧 그는 혼자가 되어, 미치광이처럼 말 상대도 없이 큰 소리로 말하며 목적 없이 거리를 오갔다. 고기가 먹고 싶어 견딜 수 없어지면 먹으려고 계획했던 떠돌이 개들도 이제 아무 데도 보이지 않았다. 대부분의 구역에 시체 안치소의 악취가 떠돌았다. 매일 밤 발전소의 자동 사이렌이 울렸다. 소년은 자신에겐 이 음울한 장소에서 성장하고, 고독을 견디고, 겨울을 맞이할 힘이 없으리라는 것을 깨달을 만큼 총명했다. 떠나지 않으면 말라 죽을 것이었다. 때는 여름이었다. 그는 자전거 짐받이에 식량, 비누, 두꺼운 옷가지, 신발, 예비 타이어를 싣고, 자전거 여행자처럼 서두르지 않고 페달을 밟으며 우르두리야를 떠났다.

도로는 황량했다. 곧게 뻗어 있고, 자전거로 다니기에
불편하고 끝없이 길었다. 들판과 숲은 텅 비어 있었다.
방사능오염 지역에서는 인간 존재로부터 해방된 동물들이
자연의 영역을 되찾아 줄곧 나타난다고들 한다, 새, 순록, 곰,
늑대 등이. 하지만 그는 단 한 번, 죽어 가는 암여우와 마주쳤을
뿐이었다. 여우는 움푹 팬 땅에 누워 있었고 그는 살펴보려고
멈춰 섰다. 고개를 돌리지도 않고, 여우는 주둥이 바로 앞에 놓인
새끼 여우의 시체를 물더니, 유리 같은 눈을 깜빡이고, 다시
한번 죽은 제 새끼를 물었다. 그것이 여행을 통틀어 유일하게 본
동물이 존재한다는 증거였다. 나흘이 지나서야 그는 트럭 한 대를
만났고 닷새가 지나 난민 수용소에 도착할 수 있었다.

제3부대에 지원할 때까지 그는 여러 수용소를 전전했다.
가르강, 뷔를뤼크, 차몰진, 바다람바자, 그리고 그가 청소년기를
보낸 토초도르. 그는 글을 완전히 익혔고, 콤소몰에 들어가라는
제안을 받자 수락했다. 수용소에서 그는 정치 회합에 참여하고,
국제 정세에 대한 지식을 향상시키고, 당의 시인들이 하는 강연을
듣고, 중거리 경주 훈련을 했으며, 매주 병영에 가서 무기 다루는
법의 기초 교육을 완수했다. 열여덟 살에는 징병 사무소에
찾아갔고, 수업을 받은 후 수도로 보내졌다. 거기서 다섯
달간 자위 중대에 있다가, 오르비즈의 숨통이 조여 오자 그는
제3부대에 가겠다고 요청했다. 그는 골다노브카 근처 남동쪽
전선으로 가게 되었다. 그는 오염 제거 부대에 배속되었다.
마흔여 명의 동료와 함께, 그는 위험 구역에 진입했던 군인들의
옷을 벗기고 샤워를 시키며 한 달을 보냈다. 적은 나타나지
않았다. 비할 바 없이 좋은 날씨였고, 밤은 짧고 하늘은 화창했다.
새로운 여름이 시작된 참이었다. 오염 제거용 풀장과 시설에서
멀어지기만 하면, 야영지를 벗어나기만 하면, 타이가에서 따스한
바람이 향을 실어 와 공기는 향긋했다. 골다노브카 교외를 벗어나
저녁 산책을 하던 중, 이드푸크 소비비안은 완전히 예측 불능인
궤멸적인 기관총 사격에 당했다. 그의 뺨에 닿은 땅은 주위의
따스함에도 불구하고 얼어붙어 있었다. 그에겐 그 점을 알아챌
시간이 있었고, 그 후 마지막 거친 숨을 내쉬고는 몸을 웅크리고
죽었다. 골다노브카 주변에서 전투가 재개되었으므로, 아무도

그의 시신을 수습하러 오지 않았다.

그 이후 49일 동안, 그는 홀로 골다노브카에서 버려진 음울한 촌락인 진도로 가는 길을 걸었다. 그는 거기 잠시 머물며 생각에 잠기고 기운을 회복했다. 둔해진 기분, 동면 비슷한 상태에 빠진 느낌이 들었다. 기억을 하나로 정리하기가 힘들었다. 몇 주 후, 그는 자신이 우르두리야 시에 있던 고독한 시기의 변종 같은 꿈이나 바르도 속을 떠도는 중이 아닌가 자문했다. 그러다 뭔가가 그를 막연히 떠밀며 출발하라고 해서 북쪽으로 길을 떠났으며 이후 동쪽으로 향했다. 그는 무거운 걸음으로 장애물에 신경 쓰지 않고 걸었다. 그 지역은 숲과 잡석 더미로 덮여 있고, 골짜기와 산이 이어졌다. 주거 밀집 지역은 전혀 없었고, 가는 길에 발견했더라도 그는 빙 돌아 피해 갔을 텐데, 거기서 멈추고 싶은 유혹이 들리라는 것을 알았기 때문이었다. 그리고 그는 갈 수 있는 한 멀리까지 가고 싶었다. 강렬한 고독의 욕구와, 산 것, 인간, 짐승, 죽은 것 모두에 대한 깊은 불신이 들었다. 처음으로 큰 추위가 닥치기 전 그는 쿠날레이에 도달했고, 그만하면 충분히 걸었다고, 혹은 더 이상은 갈 수 없다고 여겨 거기로 들어갔다. 그곳은 작은 도시였다. 그는 겨울을 보낼 거처를 찾았다. 가장 먼저 어느 과부의 집을 찾았는데, 그녀는 사라진 옛 애인을 다시 만난 듯 그를 열렬히 환영하다가, 며칠 후 그를 욕하기 시작했고, 욕설을 퍼부으며 때리기 시작했다. 늙은 여인에게선 오드콜로뉴 냄새가 지독하게 났는데 그녀는 그걸로 플루토늄과 썩은 뼈 냄새를 가릴 수 있다고 생각했다. 이드푸크 소비비안은 그 집에 보름밖에 머물지 않았지만, 그가 떠날 때는 눈이 내렸다. 뭐 좋은 일이 없을까 싶어, 5년 전 폭격당했거나 화재가 일어났던 역을 지나가던 중, 그는 화물차와 말이나 군인용 차량으로 이루어진 수송대를 발견했고, 기차가 출발해 그를 다른 곳으로 데려갈 거라는 생각은 하지도 않고 올라탔다. 그런데 그렇게 되었다. 24시간쯤 지났을 때 죄수들이 승차해, 그의 곁에 털썩 쓰러져 탈진하여 잠들었다. 잠시 후 기관차가 기적을 울리고 수송대는 출발하여, 이내 쿠날레이를 떠나 미지의 목적지로 향했다.

기차는 천천히 달리기 시작했다. 끊임없이 헐떡이는 디젤기관차는 때때로 증기기관차가 내는 소리 같은 날카로운

기적을 울리거나 두 음으로 된 경고음을 냈는데, 그 음산한
음조는 모두에게 밤과 고뇌의 기억을 퍼뜩 일깨우곤 했다. 문들은
닫혀 있고, 밖에서 무슨 일이 일어나는지는 보이지 않았다.
이드푸크 소비비안 옆의 판자 몇 개가 헐거워서 틈새에 눈을
대면 풍경을 관찰할 수 있었지만, 그는 그럴 마음이 없었다. 그도
그의 여행 동지들도 그런 수고를 하지 않았다. 차량 안에는 여덟
명이 있었고 바닥에 뒹굴거나 벽에 등을 기대고 아무렇게나
앉아, 담요나 짚으로 샛바람으로부터 몸을 가렸다. 아무도 말을
하지 않았고, 정확히 말하면 오가는 말이라곤 감탄사뿐이었으나,
이따금 자조와 체념에 젖은 탄식조의 독백이 나오기도 했다.
누군가 자기 이야기를 마치면 그 후로 침묵이 며칠이나 갔는데,
이야기의 정보와 타르 같은 농담을 집단적으로 소화하는 데
걸리는 시간이었다. 기차는 결코 멈추지 않았다. 누군가 두
차례의 덜컹거림 사이에 어떤 때는 3초, 어떤 때는 세 시간, 어떤
때는 3주가 흐른다고 지적했다. 세 계절은 아니고? 마티아스
부아욜이라는 이름의 죄수가 끼어들었다. 그런 식으로 소소한
대화가 시작되고, 차 안의 승객들은 점차 서로를 알아 갔다.
죄수나 군인이나, 대체로 보면 같은 운명, 제2소비에트연방과
오르비즈의 평등주의 사상에 대한 같은 충성을 공유했다. 그들이
언제나 같은 선택을 하는 것은 아니었고, 개중엔 구린내 나는
부류에 속하는 이들도 있었지만, 결국 그들은 모두 전우였고, 이
기차에 오른 뒤부터 그들 사이의 차이는 줄어들 뿐이었다.

　　　기차가 마침내 제동을 걸고 멈췄으며, 승객들의 기진맥진한
몸뚱이는 며칠씩 혹은 몇 달씩 혹은 어쩌면 그보다 더 오래
계속해서 그들을 흔들었던 요동을 잊느라 좀 시간이 걸렸다.
지휘관직을 맡은 사내가 잠긴 문들을 열자, 이드푸크 소비비안은
자갈길 위로 내려섰다. 수송대는 '붉은 별'이라는 폐허가 된
소프호스 근처에 서 있었다. 눈은 내리지 않았다. 반대로
평온하고 여름 같은 곳에 도달한 느낌이었다. 소프호스 쪽으로
무한히 펼쳐져 있고, 반대편으로는 숲의 어두운 선에 가로막힌
것처럼 보이는 녹색, 은색, 금색의 거의 굴곡 없는 스텝 한복판에.

　　　지휘관은 점호를 하고, 그의 말로는 교대, 즉 그의 뒤를
이어 명령을 내리고 수송대의 안전을 책임질 군인이나 죄수를

선출하는 일을 준비하느라 오후를 보냈다. 그는 불가에서 저녁 모임을 할 때 모두에게 페미컨을 배급하겠다고 약속했다. 담배 몇 대에 불이 붙었다. 이드푸크 소비비안은 여행 내내 그의 머리 위에 걸려 있던 가방에서 담배 몇 갑을 찾았지만 손대지 않았는데, 미신 때문이기도 했고 의욕이 아예 없기 때문이기도 했다. 그는 연기도 음식 조각도 삼키고 싶은 욕구가 없었지만, 그래도 남들이 하는 대로 따랐고, 모두가 모닥불 둘레에 모였을 때 손바닥에 들어온 것을 씹는 기회를 마다하지 않았다. 유목민과 죽은 자들이 그들의 개인적 모험 끝까지 버티길 바랄 때 먹는 에너지 가득한 혼합물 몇 그램이었다. 그리고 모임에서 수다에 귀를 기울이며, 그는 이 기묘한 집단의 운영과 목적에 대해 더 알게 되었다. 그는 신참, 여정 도중에 모집된 이들에 속했다. 동료 대부분은 반대로 고참이었고, 이미 '붉은 별' 소프호스 앞에 한 차례 이상 정차한 적이 있었다.

"우린 빙빙 도는 거야." 오후 끝 무렵 선출된 지휘관 줄리어스 토그뵈드가 설명했다. "무한한 시간이 걸리지만, 우린 빙빙 도는 걸세. 우리가 가고 싶은 곳엔 도착하지 못하지."

"견딜 수 없는 반복일 뿐이야." 밤낮으로 교대하는, 디젤기관차 운전 정비 팀 일원인 누마크 아샤리예프가 지적했다. "시간도 없고 끝도 없어."

"뭐, 그렇게까지 못 견딜 건 아니지." 다른 기관사 하드조뵐 뮌츠베르크가 진정시켰다.

"반복일 뿐이야." 누마크 아샤리예프가 고집했다. "지옥이야."

"그냥 지옥이 아니야." 마티아스 부아율이 정정했다. "어떻게 돌아가는지 알 수 없는 꿈속에 갇혔다는 데 가깝지. 우린 그 안에 붙잡혀 있고 나갈 방법이 전혀 없어."

"정차했을 때 도망가도 아무도 안 말려." 죄수 하나가 권했다.

"자넨 달아난 사람 본 적 있나?" 누군가가 물었다.

"도주를 시도하는 자는 무자비하게 처단할 것이다." 줄리어스 토그뵈드가 끼어들었다. "붙잡아서 탈영죄로 총살시킬 거야. 우린 언제나 그렇게 해 왔고 지휘관이 바뀌었다고 관용주의가 고개를 쳐들 이유는 없다. 우리에겐 전투부대와

총탄이 있다. 적과 싸우기 위해서지만 정의를 실행하기
위해서이기도 하지."

"쳇." 마티아스 부아욜이 토를 달았다. "총살하거나 옷깃에
손도 못 대고 사라지게 놔두거나 하지. 그리고 언제인가 싶게
그들이 수송대에 돌아와 있는 걸 알게 되고."

"객차에서 죽어서 선로에 남겨 두고 온 이들도 마찬가지야."
한 군인이 말했다.

"그렇다니까, 우리의 머릿수는 언제나 대강 비슷해."
마티아스 부아욜이 말했다.

"견딜 수 없는 반복일 뿐이야." 누마크 아샤리에프가
되풀이했다.

"우린 꿈속에 있어." 마티아스 부아욜이 결론지었다. "그는
우리를 저 하고 싶은 대로 다루고."

"그라니, 누구?" 이드푸크 소비비안이 물었다.

"모르지." 누마크 아샤리에프가 말했다. "하지만 우리가
아는 건, 그가 우리를 저 하고 싶은 대로 한다는 거야. 우린 그의
지옥에 있어. 우린 그 안에 갇혀 있고 나갈 방도가 전혀 없어."

● 이드푸크 소비비안이 크로나우에르에게 담배 하나 있냐고
물어보려던 순간, 우드굴 할머니의 강압적인 목소리가 휴식
시간을 끝냈다. 솔로비예이의 딸들은 차를 다 마셨다. 그들은
벌써 수직갱 쪽으로 돌아오고 있었다. 한코 보굴리안은 단호하고
거의 군인 같은 걸음으로, 미리암 우마리크는 엉덩이를 흔들며.
크로나우에르에게는 갑자기 그것이 억지로 하는 짓처럼 보였고
어딘지 딱하기까지 했다. 우드굴 할머니가 즉각 처리하려고
선별한 폐기물이 담긴 컨테이너에 기대 있던 아바자예프와
바르구진은 몸을 떼고 컨테이너의 움직이는 벽의 잠금장치를
풀고 있었다. 그들은 벽을 여는 레버를 내려쳤다. 페드론
다르다프와 하드조볼 뮌츠베르크는 짐꾼처럼 쭈그린 자세를
그만둔 참이었다. 그들은 몸을 일으켰고, 헐떡이며 선 채로
명령을 기다렸다.

아바자예프와 바르구진이 컨테이너를 열자, 쌓여 있던
내용물 일부가 짧은 산사태 소리를 내며 쏟아졌다.

크로나우에르와 이드푸크 소비비안은 여전히 테두리에 앉아 있었다. 우드굴 할머니가 그들에게 덤벼들어 뭐라는지 모를 잔소리를 중얼거리며 비키게 한 다음, 구렁 위로 몸을 굽히고 원자로에 말을 걸었다. 좌중을 사로잡은 거의 종교적인 부동 상태를 보며, 크로나우에르는 그것이 처리 작업이 원활히 진행되는 데 필수적인 시작 의례라고 생각하고, 그 역시 노파에게 시선을 고정하고 꼼짝하지 않았다. 참석자 전원 중 머리카락이 남아 있는 이는 그녀뿐이었다. 흐트러지고 듬성듬성했지만, 그래도 천연 모발이었다. 다른 이들은 남녀 할 것 없이 머리카락을 싹 밀었거나, 벗겨졌거나, 완전히 대머리였다.

우드굴 할머니는 원자로에게 기다리던 먹이가, 몇 주 전부터 기다렸던 먹이가 곧 들어갈 거라고 알리고, 그것을 봉헌물이 아니라 제2소비에트연방이 앞으로도 계속 책임을 다하고 영웅들과 열정적이고 사심 없는 새로운 세대의 처리자들을 동원하겠다는 증표로 받아 달라고 청했다. 그녀는 원자로에게 이 성대한 청소 기획에서 맡은 역할을 다하고 지상에 남은 이들과의 협력을 계속해 달라고 간청했다. 그 굳건한 동맹 덕분에, 언젠가 지상은 다시금 깨끗해질 것이며, 다시금 더 공정한 사회 건설과 도시와 시골의 집단 재산업화를 이룰 준비가 될 거라고, 우드굴 할머니는 설명했다. 이번에는 핵폐기물이 쌓이는 일이 없도록 최선을 다하고, 무엇보다도 문명을 훼손한 학자들의 고삐를 단단히 틀어쥐겠다고 우드굴 할머니는 약속했다. 그건 아마도 사람들이 그들의 오차 범위도 그렇고 그들이 적의 선동적 헛소리, 적의 마르크스주의 아닌 이론들, 적의 달러 지폐에 끌리는 경향을 너무 너그럽게 봐준 탓이라고. 다음으로 그녀는 부끄러워하지도 않고 원자로를 침이 마르게 찬양했다. 땅속으로 충분히 깊이 물러나, 레바니도보의 생활이 그 치명적인 광휘와 예측 불가능한 변덕에서 멀리 떨어져 평온히 지속될 수 있게 해 주었음에 감사했다. 그녀는 콜호스 전원, 이미 명예롭게 순직한 이들까지 포함한 일동의 사랑과 존경을 확신시켰다. 우드굴 할머니의 목소리는, 본인은 힘차게 들리길 바랐지만 조금 떨렸고, 크로나우에르는 목소리가 정말로 저 밑에 있는 형체 없이 액화된, 게다가 분명 귀도 어두울 존재에게 도달할까 의문스러웠는데, 연설이 심연의 첫 몇 미터에서 반향되는 소리로 증폭되기는 했지만, 수직갱의 불타는 밑바닥에서 불어오는 바람에 의해 창고 천장으로 밀려 올라갔기 때문이었다.

레바니도보와 이웃 지역들의 노동자 대중을 향한 동원 호소로 담화를 마무리하자, 우드굴 할머니는 허리를 폈다. 그녀는 듬성듬성한 회색 머리 타래를 똑같이 회색인 미라 같은 손으로 쓸어 올리며 자랑스럽게 출석자 모두를 한 명 한 명 바라보았고, 크로나우에르와 이드푸크 소비비안에게 그날 처리 작업의 구체적인 첫 번째 행위를 이행하라고 명령했다. 그녀가 좀 아까 앉아 있던 착유기를 허공으로 던지는 일이었다. 크로나우에르는 착유기의 몸통을 붙들고 테두리 너머로 굴려 넘겼다. 그동안 이드푸크 소비비안은 호스와 유축기를 그럭저럭 끌어모았다. 그 물건은 뭐라 설명할 수 없으나, 거대한 오징어와 닮은 구석이 있었고, 허공으로 떨어지는 순간 이드푸크 소비비안이 놓은 호스들이 공기를 후려쳤다. 10분의 3–4초 동안 거대한 연체동물의 이미지는 한층 강해지더니, 심해 괴물은 사라졌다. 떨어지는 처음 100미터 동안은 수직갱 내벽에 시끄럽게 여기저기 부딪치더니, 이윽고 아무 소리도 들리지 않았다. 추락은 계속되겠지만, 충돌의 울림은 표면까지 도달하지 않았다.

곧장 모두가 작업에 착수했다. 주요 임무는 컨테이너를 비우는 것이었다. 처리 작업자들은 한 아름씩 물건을 안고 20여 미터를 운반해 기계적으로, 하지만 가끔은 즐거워하며 난폭하게, 수직갱의 어둠 속으로 던졌다. 그들은 통로에서 서로 스쳐 지나가며 작업 일정이나 휴식 시간의 부재에 대한 생각을 주고받았다. 오고 가는 흐름은 끊이지 않았지만, 지칠 줄 모르는 개미들의 올라가는 줄과 내려가는 줄에 비교하기엔 사람이 그렇게까지 많지 않았다. 폐기물은 온갖 잡다한 종류였지만 대개 크기가 작았다. 의자, 곡괭이, 짚단, 포크와 식기 일체, 침구와 식탁보류, 전자레인지, 컴퓨터, 털외투, 딱딱해진 고깃덩이, 근원을 알 수 없는 끈적끈적한 덩어리, 매트리스, 수감자용 잠옷, 냉장고 모터, 벽장 문짝, 토끼장의 일부, 인터넷의 종말 이후 종이로 재판(再版)된 백과사전, 아동도서, 통조림, 연장,

박쥐 시체, 소방관들의 시신에서 벗긴 방사능 방호복, 개 시체, 파티용 식기, 지도자들의 초상화. 폐기물의 부피가 너무 커서 혼자 옮길 수 없으면, 크로나우에르는 가장 가까이 있는 작업자를 불렀다. 아바자예프는 팔이 한 쪽뿐이라 균형을 잃고 비틀거리기 십상이었으므로 피했다. 종종 그는 한코 보굴리안과 짝을 이뤘다. 둘 다 헐떡거리며, 엉덩이를 낮추고, 등을 굽히고, 말없이, 혹은 짐을 목적지까지, 즉 구렁까지 무사히 옮기기 위해 필요한 간단한 지시를 하며 마주 보았다. 크로나우에르는 한코 보굴리안의 눈을 감탄하며 바라보았고, 수행 중인 임무에 동작과 노력의 조화가 필요하다는 것을 구실 삼아 그 속에 빠져들었다.

• 우드굴 할머니는 수직갱 테두리에 솔로비예이의 실린더가 가득한 상자를 올려놓고 망설이다가, 안락의자 옆에 도로 내려놓았다. 그녀는 숨을 헐떡였다.

　　"이걸 버릴 순 없어." 그녀는 중얼거렸다. "이건 정말 버릴 수 없어."

　　처리 작업자들의 발레가 단조롭게 진행되고, 피로한 기색을 보이는 이가 여럿 나왔으므로 우드굴 할머니는 축음기를 들여다보며 실린더 하나를 삽입하고, 핸들을 돌리고 바늘을 검은 표면에 놓았다. 활기를 불러일으키는 멜로디가 창고의 둥근 천장 아래 울려 퍼지자, 그때까지 자못 우중충하던 분위기가 바뀌었다. 그 곡은 제1소비에트연방 때, 내전 시기의 행진곡이었다. 음악은 붉은군대들에게 인민의 학대자들을 쳐부수고 구세계의 저주들을 끝장내자고 호소했다. 거기에는 모두가 이해할 수 있는 최소한의 주제가 있었다. 참석자 모두 낙관주의가 끓어오르는 것을 느끼며 음악을 받아들였고, 작업 리듬은 빨라졌다. 우드굴 할머니는 손발로 박자를 맞췄고, 실린더가 끝나면 바늘을 처음으로 되돌렸다.

　　한 시간 동안 이렇다 할 일은 일어나지 않았다. 원자로의 먹이가 줄지어 깊은 곳으로 들어갔다. 너나 할 것 없이 피부가 방사능 먼지로 거무스름해졌다. 붉은군대의 행진곡은 창고 안에서 반복되었다. 컨테이너는 조금씩 비어 갔다. 페드론 다르다프와 하드조뵐 뮌츠베르크는 휘청거렸고, 갈수록 가벼운 짐조차 옮기지 못했다. 이드푸크 소비비안은 수명이 다해 가는 자동인형처럼 통로에서 꾸물거렸다. 광채를 완전히 잃지는 않았지만, 솔로비에이의 두 딸은 지저분한 대머리 부랑자처럼 보였다. 아바자예프는 금속 조각에 팔을 다쳤고, 그가 테두리 너머로 뭔가를 넘길 때면 하나뿐인 손에서 핏방울이 흘러 처음에는 사방으로 날리다가, 원자로로 떨어졌다. 바르구진은 컨테이너와 수직갱 사이를 몽유병 상태로 걸으며, 가끔 뭐가 뭔지 모르고 목표점을 지나쳤다가 반 분쯤 지나서야 온 길을 되돌아갔다. 크로나우에르는 되도록 거추장스러운 폐기물을 고르려 했고, 때로는 한코 보굴리안과 짝을 지어 그 기묘한 시선을 게걸스레 탐닉했으며, 때로는 이드푸크 소비비안과 짝을 지었는데, 그의 조용한 침울함이 마음에 들었기 때문이었다. 우연처럼 보이지만 사실 신중하게 계산해서 움직인 덕에, 그는 미리암 우마리크와는 결코 직접 같이 일하지 않았다.

• 오후 세 시경, 컨테이너 비우기가 완료되었다. 우드굴 할머니를 포함한 모두가 차르와 기생충 같은 착취자를 소탕하라는 붉은군대 군사들을 향한 호소에 질려, 이제는 정적이 깔렸으며, 거친 숨소리, 피로한 신음, 땅속 깊은 곳에서 나는 희미한 원자의 노호가 섞였다. 빛이 약해졌는데, 밖에서 눈이 다시 내리기 시작했기 때문이었다. 우리 중 여럿은 쓰레기 더미 위에 앉아 천천히 종아리를 주무르거나 눈을 감고 있었다. 자는 척이라도 하면 몸에 기력이 약간 회복되는 것처럼.

우드굴 할머니가 차를 권했다. 일어서서 한 잔 마시러 간 이는 크로나우에르뿐이었다.

"아직 끝이 아니야." 우드굴 할머니가 말했다. "동물 시체와 시신이 남았어."

"어디에 있나요?" 크로나우에르가 물었다.

우드굴 할머니는 창고 한구석을 가리켰다.

"많지는 않아." 우드굴 할머니가 말했다. "5분이면 될걸. 그러고 나서 덮개를 도로 덮지."

"알겠습니다." 크로나우에르가 말했다.

그는 차를 마시고 양동이에 잔을 헹궜다. 탁자 옆에 바로 그럴 용도로 찬물이 마련되어 있었다. 물은 출렁이다 잠잠해졌다.

크로나우에르는 한코 보굴리안에게 갔다. 그녀는 창고 지붕을 지탱하는 기둥 하나에 기대어 있었다. 그녀는 축 늘어지지 않았는데, 그러기는커녕 평소보다 더 꼿꼿하고 엄격하게 보이려고 척추를 곧게 펴고 있는 것 같았다.

"아직 수직갱에 던질 동물과 사람 시체가 남았답니다." 크로나우에르가 말했다.

한코 보굴리안은 왼쪽 눈을 감았는데, 야금류가 그러듯 다른 쪽 눈은 가만히 둔 채 완전히 감았다. 이제 그녀는 오른쪽 눈을 대신하는 흑요석만을 보이며 크로나우에르를 바라보았다. 크로나우에르는 숨이 턱 막혔다. 그 눈빛의 빛나는 아름다움에 현기증이 났다.

솔로비예이의 딸은 고개를 갸웃했다.

"도와주겠어요?" 크로나우에르가 물었다.

"음," 한코 보굴리안이 말했다. "유쾌하지 않을 텐데요."

"유쾌하고말고의 문제가 아닙니다." 크로나우에르가 대꾸했다. "아직 할 일이 남아 있고, 그걸 마쳐야 끝난다는 게 중요하죠."

"알겠어요." 한코 보굴리안이 지친 소리로 말하고 그를 뒤따랐다.

• 대충 콤바인 한 대의 분해된 부품이 쌓인 더미 뒤에, 치워진 공간이 있었다. 누군가 밤새 거기에 사각형 펠트 천으로 덮인 시신 두 구를 늘어놓았고, 늑대 사체 두 구도 있었다. 짐승들은 레바니도보 구내에 들어왔다가 즉시 방사능의 직격타를 뼛속 깊이 받은 것이 분명했다. 동물들은 수의 없이 바닥에 누워 있었다. 크로나우에르는 한 놈의 발을 모아 잡고 수직갱까지 끌고 갔다. 한코도 다른 늑대를 똑같이 했다. 둘은 동시에 수직의 어둠 속으로 짐을 던지고 트랙터 쪽으로 돌아갔다. 다른 작업자들은 일어나서 도와줄 힘이 없어, 수동적인 관찰자로 앉은 자리에서 그들을 구경했다. 바르구진은 신문 더미 위에 하늘을 보고 쓰러져 있었다. 그는 아무런 움직임이 없었다. 또 한 차례 그의 삶 비슷한 것과 죽음 비슷한 것을 가르는 경계선을 넘어간 게 분명했고,

되살리려면 우드굴 할머니가 밤이 오기 전에 그에게 세 가지 물 치료법을 써야 했다. 매우 무거운 물과 매우 죽은 물로 문지르고, 마지막으로 매우 살아 있는 물을 붓는 비법을.

이제 크로나우에르와 한코 보굴리안은 잠시 묵념했다. 그들은 천에 싸인 유해들을 내려다보고 있었다. 담요 아래의 시신들을.

"둘이서 같이 옮겨요." 한코 보굴리안이 제안했다.

"이건 누굽니까?" 크로나우에르가 물었다.

한코 보굴리안은 대답하지 않았다. 크로나우에르는 첫 번째 시신을 가린 담요를 끌어당기려고 몸을 굽혔다.

"내가 당신이라면 안 그러겠어요." 한코 보굴리안이 말했다.

"왜요?" 크로나우에르가 동작을 멈추며 물었다.

"모르는 게 나으니까요." 한코 보굴리안이 말했다. "언제나 모르는 편이 낫죠."

크로나우에르는 망설이다가 한코 보굴리안의 충고를 무시하기로 결심했다. 그는 팔을 쭉 뻗어, 조심스럽게 발치에 누워 있는 자의 얼굴을 드러냈다. 머리의 반이 손상되고, 목 아랫부분부터 몸이 끔찍하게 훼손된 것이 보였다. 부패한 고기 냄새가, 지독한 악취가 났다.

"모르고비안." 크로나우에르가 중얼거렸다.

그는 담요를 도로 덮었다. 7-8초 동안 그는 모르고비안을 생각했다. 그와의 힘겨운 논쟁, 콜호스가 식료품과 그 외의 물자를 공급받게 해 주는 상인 무리에 대한 그의 당황한 대답을 기억했다. 그는 소심한 트랙터 운전사의 모습을 되새겼다. 내면의 비밀들, 솔로비에이에게 지나치게 순종한다는 자각, 무능함, 사미야 슈미트와의 실패한 결혼 생활로 침울했던. 다음으로 그는 다른 시신을 눈여겨보았다. 천 밑으로 보이는 몸은 체구가 크지 않았다. 아무래도 신원을 확인하기 전에 한코 보굴리안의 한마디를 들어야겠다고 여긴 듯, 그는 또 잠시 머뭇거렸다.

"그럼 이쪽은, 솔로비에이인가요?" 그가 물었다.

"솔로비에이?" 한코 보굴리안이 깜짝 놀랐다. "머리가 어떻게 됐어요, 군인?"

크로나우에르는 몸을 숙여 묵직한 수의의 한 귀퉁이를

움켜쥐었다. 들어 올리자마자 손에 힘이 빠져 놓치고 말았다.
그는 더 꼭 붙잡고 동작을 반복했다. 그는 눈에 보인 것을 믿을 수
없었다. 충격적이었지만, 그보다도 황당했다. 천을 치우고 드러난
것은 바실리사 마라시빌리의 얼굴이었다. 초췌하고 상했지만,
몰라볼 수 없는, 바실리사 마라시빌리의 얼굴.

처음에 그는 굳어 있었다. 8초, 9초. 엄청난 피로를 느꼈다.
그는 죽은 여인의 얼굴을 살펴보지 않았다. 이해하지 못한 채
보고만 있었다. 어쩌면 다른 여자, 바실리사 마라시빌리를 닮은
여자일지 모른다거나, 어쩌면 백일몽을 꾸는 중이고 환각은 곧
사라질 거라 애써 생각하지도 않은 채. 그는 반응 없이 그녀를
굽어보며 서 있었다. 마비 상태에서 벗어날 수가 없었다. 이
시체는 그에게 말하지 않았고, 그에게 말을 걸기 거부했고,
너무나 오래 떨어져 있었던 터라, 그 윤곽에는 살아 있는 얼굴이
일깨울 법한 추억들이 들어갈 자리가 없었다. 그는 아직 발치에
누운 그것을, '붉은 별' 소프호스와 철길이 내려다보이는 언덕에
매우 나쁜 상태로, 죽어 가는 채로 두고 왔던 용감한 아가씨와
결부시킬 수 없었다. 그는 바실리사 마라시빌리를, 패배 이후
그들의 도주, 시련, 방사능에 오염된 스텝에서의 끝없는 행군을
잊지 않았고, 그들을 묶어 주었던 가벼운 스침을, 마지막 날들에
일류셴코와 그가 번갈아 가며 업었던 그녀의 약해진 몸의 무게를
기억했다. 그러나 그는 기억 속의 살아 있는 그녀와 우드굴
할머니의 창고에 누워 있는 죽은 이를 하나로 연결할 수가 없었다.

그러다 그의 안에서 뭔가가 딱 소리를 내며 연결되었다.

그리고 즉시, 격류가 그를 휩쓸었다.

그는 펠트 천을 바실리사 마라시빌리의 어깨까지 내려,
머리를 드러냈다. 그녀는 머리카락이 남아 있었다. 입에는 지친
샐쭉함이, 미소였을지 모를 것의 그림자가 떠올라 있었지만,
그것은 최후의 기력이 다한 희미한 미소였고, 그녀 내면의 일부를
이루었으며 함께 재난에 처한 두 친구를 위해 최대한 오래,
여정의 마지막 순간까지 간직하려 애썼던, 마음을 움직이는
명랑한 아름다움은 그 외의 부분엔 전혀 남아 있지 않았다.

한코 보굴리안이 침묵을 깨야겠다고 마음먹었다.

"솔로비예이가 그녀를 '붉은 별'에서 데려왔어요." 그녀가

말했다. "그는 그녀를 되살리려 애썼어요. 정말로 그녀를 살려내고 싶어 했지만, 그럴 수 없었어요."

크로나우에르는 그녀 쪽으로 돌아섰다. 그는 더 이상 레바니도보를, 그 주민들을, 잇달아 일어나는 끔찍한 일들과 꿈의 광태들을 참을 수 없었다. 솔로비에이의 음모들, 상황과 영혼의 배경에 항시 도사린 그의 존재가 지긋지긋했다. 의식 아래에서 거대한 분노가 급속도로 커졌다. 레바니도보에 도착한 이후, 죽음기 바늘에 손을 찔린 이후 쌓여 온 그 모든 좌절과 암묵과 거짓말, 깬 채로 겪는 이 악몽을 이루는 모든 것이 그의 생각 아래에서 부풀어 오르고 빙빙 돌며, 억누를 수 없이 솟구쳐 나와 외부의 모든 것을 파괴하기 직전이었다. 그는 한코 보굴리안의 어느 특정한 부분을 응시하고 있지 않았다, 몸도, 윤곽도, 시선도. 그러나 그는 떨고 있었고 자신이 증오로 폭발하기 직전이라는 사실을 숨길 생각조차 없었다. 그녀에게 달려들어 죽이려는 그를 막을 수 있는 것은 거의 아무것도 없었고, 게다가 그에겐 그녀의 이름이 아주 희미하게만 기억났을 뿐 아니라 그 이름이 일깨우는 것은 아무것도, 혹은 거의, 정말로 거의 없었으며, 어쨌거나 아는 여자가 아니었다. 그의 기억과 눈에는 빛 없는 밤만 보였고, 그의 의식적 생각은 바실리사 마라시빌리의 조작당한 시신의 이미지에만 고정되어 있었다. 그의 떨리는 손의 목적은 단 하나, 남자건 여자건 가까이 있는 자를 목 졸라 죽이겠다는 것뿐이었고, 그것으로도 충분히 진정되지 않는다면 닥치는 대로, 레바니도보에 사는 솔로비에이의 피조물들을 차례차례, 공범이든 자발적 피해자든 낯선 살아 있는 사자(死者)든, 모조리 목 졸라 죽일 참이었다. 그들의 목을 조르고, 고통을 가하고, 없애고, 그다음에는, 어떤 식으로든, 솔로비에이와 '찬란한 종착역'을 끝장내는 것. 그것이 몇 초 만에 크로나우에르가 변한 모습이었다. 온통 증오에, 범죄적인 보복의 염원에, 밤에 사로잡힌, 돌처럼 굳은 사내.

• 그에 더해, 우드굴 할머니는 방금 장치한 죽음기에 실린더 하나를 넣었다. 그녀만이 아는 이유, 하지만 분위기를 풀어 주려는 목적은 아닌 이유로, 그녀는 처리 작업자들에게

붉은군대의 행진곡을 더 들으라고 권하지는 않았다. 그녀는
차마 심연에 던져 넣지 못한 상자를 뒤적여 아무 실린더나
하나 꺼낸 참이었다. 그녀는 축음기의 훅을 도로 걸고 바늘을
왁스 위에 얹었다. 솔로비예이의 목소리가 창고에 솟았다. 그
난해한 횡설수설을 제외하고, 크로나우에르와 한코 보굴리안의
주위에선 바스락 소리도 나지 않았다.

• 돌연 그는 말을 솟아나게 하려고 힘을 모았고, 거울을 등지고서,
열한 개의 초를 입에 갖다 대어 연달아 불을 붙였다. 거의 움직이지
않으며, 그는 그의 바로 뒤에 누군가가 있는 것처럼 행동하며 두
꿈 사이에서 귀를 기울였다. 반영된 상은 실로 그에게 복종했고
모든 점에서 그의 바람에 순응했으며, 그는 그의 관객 쪽에서는
모든 게 잘되어 가고 있다는 생각으로 위안을 얻었는데, 관객은
끈질기게 그에게 등을 돌리고 있으면서도 무례한 지적들을 퍼붓지는
않았다. 그는 그 장치를 시험하려 기침을 했다. 반영된 상의 허파가
흔들렸으나, 불편함을 표하지는 않았다. 이미 그는 바로 다음
말만 생각했고, 연설과 음악을 준비했다. 그의 혀 뒤에 생각들을
흘려보내는 기억은 상처 입고 고통스러웠다. 고통의 근원은 그가
얼마 전, 새의 내장으로 점을 쳐 보고 얻어 낸 정보를 방에서 그의
주위에 아우성치는 불꽃의 형상으로 검증했을 때 얻은 지식이었는데,
그는 자기 딸, 그의 여러 외동딸들과 유일한 배우자들 중 하나이며,
미지의 어머니들에게서 태어났고 그에게 복종해야 하는 딸이
세계의 어느 곳에선가 위험에 처해 있다고 짐작했었다. 그리하여
그는 어두운 거울 뒷면 앞에 서서 기다렸고, 두개골의 상처가
아물지 않았고 종말이 거의 가까워졌다는 기분이 들었음에도,
그는 내면에서 힘의 흐름을 증가시켜 말 한마디 한마디로 세상의
악한 미로들을 뒤바꾸는 일종의 우주 창조신 이미지로 자신을
투사했다. 멀리서, 그의 딸 한코가 죽어 가거나, 이미 죽어 누워
있거나, 태어나거나 다시 태어나는 중이었고, 그는 말했다. "내가
분들을 반대로 세기만 하면 된다, 내가 시간을 시간에 거슬러, 반대
방향으로 돌릴 것이며, 1분씩 네 죽음의 이미지를 파괴하겠다, 네
죽음을 거슬러 올라가고 네 적들이 하나씩 쓰러질 때까지, 내가
거꾸로 그들에게 상처를 입힐 것이고 그들은 쓰러져 조용히 입을

다물 것이다." 그의 이 말은 실제로 암중모색 중에 나왔다. 초들은 아무것도 비추지 않고, 지방 찌꺼기 속에서 탁탁 튀다 불이 꺼졌으며, 입으로 가져가 다시 불을 붙였음에도 초들은 초의 냄새보다는 그의 냄새, 구운 돼지 껍질과 어둠의 강렬한 악취를 풍겼다. 방 안에서는 단 한 사람만 불타오르며 타르로 덮였는데, 그것은 그였다. 그는 거울에 세상일에 대한, 세상사의 임박한 미래와 그 역(逆)에 대한 의견을 물었다. 반영된 상은 쓰러지고 말 없는 적대적인 괴물처럼, 역시 말이 없었다. 그는 화를 내며 그것을 지웠다. 그는 그 이미지를 누군가와 공유하려 했으나, 이미지는 생겨나지 않았고 누구도 대답하지 않았다. 있을 수 있는 수천 명의 딸들 중, 한코가 나오지 않았다. 다른 딸들은 그녀의 곁에서, 그녀와 닮은꼴로, 파괴되고, 그녀들 역시 적대적이고, 쓰러지고 말없이 방황했다. 그는 눈을, 수용소들을, 무시무시한 고독을, 해결되지 않는 혼란으로 계속되는 숲속에서의 여러 세기를 보았으나, 한코는 그를 향해 곧장 오거나 그가 그녀를 위해 내어 둔 역행의 길로 오지 않았다. 그는 멀리서 그녀를 알아보았으나, 다른 이들 한가운데서 그는 그녀가 자신의 누이동생인지 애인인지, 혹은 동물인지, 혹은 그의 피에서 났으나 그를 향해 광적인 원한을 품은 선조 때의 어느 어머니인지조차 알 수 없었다. 그는 그들이 서로 어떤 관계로 연결되어 있는지 확언할 수 없었을 것이다. 끊임없이 캄캄해지는 거울 앞에서 눈을 찡그리며, 그는 마치 혼미한 정신이 유혹하거나 즉시 학살하라고 명령하는 수수께끼의 낯선 여인을 보듯 멀리에서 한코를 살펴보았다. 때로 그녀는 의식을 잃고 타이가에 누워 있고, 암늑대들이 둘러싸고 그녀를 지키거나 먹고 있었다. 때로 그녀는 용해하는 노심 주위를 돌며, 그녀의 아버지가 존재하고 그녀가 스스로를 그에게 바치기만 한다면 그녀를 되살릴 수 있다는 사실을 인정하지 않으려 들었다. 때로 그녀는 고요하고 속을 알 수 없게, 몇백 년 묵은 나무들과, 세월이 흐르며 그녀가 읽고 쓰는 법을 배운 책들에 둘러싸여 있었다. 그리고 그는 갑자기 화를 내며 외쳤다. "한코, 누이동생이여, 딸 한코여, 나오너라! 아내 한코여, 네 증오를 잊어라, 모든 걸 잊어라! 내가 분을 거꾸로 세고 있다! 오너라! 오늘이든 1천 699년 뒤든 그 이상이든, 상관없다!"

306

20

• 솔로비예이의 목소리가 금속 골조를 따라가며 창고 안의
폐기물 산들 사이에서 울려 퍼졌다. 무더기 꼭대기에서 물건들이
마치 특정 모음의 새된 소리에 감응하는 듯 이따금 진동했다.
철사 뭉치, 타르트 굽는 판, 철망 조각, 마구(馬具) 들이.

크로나우에르는 아무런 소리도 내지 않았다. 정신적 긴장이
근육으로 흘러들었다. 몸은 천근같고, 두뇌는 억제되었다. 혼란한
생각들이 슬로모션으로 머릿속에 떠돌았다. 그녀일 리가 없어.
하지만 그녀가 맞는다. 아니, 그럴 수는 없어. 이제까지 줄곧
나 모르게 그녀를 숨겨 두었을 수는 없어. 솔로비예이가 줄곧
그녀의 시신에 일을 벌이고 있었을 수는 없어. 뭐라도 밖으로
새어 나갔겠지. 몇 주나. 솔로비예이의 딸들이 그 사실을 비밀로
지키고 있었을 리는 없어. 미리암 우마리크는 너무 수다스럽다.
사미야 슈미트는 그렇게 파렴치하게 굴지는 못할 거야. 한코
보굴리안은 올바른 성품이다. 아니면 그녀도 몰랐거나. 바실리사
마라시빌리가 이때껏 계속 마을에 있었다니, 몇 주나, 아무도
모르는 채. 바시아.

아니야.

나는 믿을 수 없어, 그가 생각했다.

그는 떨고 있었다. 그 사실을 그는 의식하지 못했다.
그는 단순한 생각의 단편들을 곱씹었다. 아주 멀리서, 이리나
에첸구엔의 이름이 이따금 바실리사 마라시빌리의 이름과
겹쳐졌다. 그가 잃은 사랑하는 두 여인, 두 번 다 추악한
상황에서. 그가 같은 방식으로 사랑하지는 않았으나 지키지
못했던 두 여인. 둘 다 학대자의 손아귀에 들어간. 이리나
에첸구엔. 개의 머리를 한 적들. 바실리사 마라시빌리. 시골
마술사의 상판을 한 솔로비예이라는 작자.

죽음기는 여전히 그의 미친 소리를 지껄였다. 한코
보굴리안 앞에서, 크로나우에르의 상반신이 흔들렸다. 그는 눈물
없이 흐느끼고 있었다. 그의 눈은 바실리사 마라시빌리의 시신에
머물러 있었고 그는 보지 않으려고 노력하지 않았다. 그의 귀에는
아무것도 들리지 않았다. 솔로비예이의 변태적인 연설은 그에게

들리지도 머무르지도 않았다.

그러다 실린더가 끝났다. 바늘이 다시 5초간 기분 나쁜 침묵을 토해 내다가, 우드굴 할머니가 장치를 멈추자 모든 것이 조용해졌다. 창고 안에서 더 이상 아무것도 진동하지 않았다.

크로나우에르는 움직였다. 그는 마비 상태에서 벗어났다. 떨림도 멈추었다.

그는 몸을 숙이고, 펠트로 된 수의를 들어 올려 조심스레 바실리사 마라시빌리의 얼굴을 덮었다. 바시아, 누이동생, 그는 생각했다. 너는 끝났어. 드디어 끝났어. 나머지는, 내게 달렸어.

다시금 죽은 여인은 시선들로부터 가려졌다. 칙칙한 회색 덮개 아래, 그녀는 이미 죽은 자들의 무한한 무리에 섞여 들었고, 이미 크로나우에르보다 그녀 옆에 누운 트랙터 운전사 모르고비안과 더 가까워졌다. 여기서 유일하게 그녀의 추억을 지닌 것은 그였음에도. 그 후 크로나우에르는 누워 있는 시신들에게 작별을 고하느라 머뭇거리지 않고 이미 멀어졌다. 한코 보굴리안이 통로 가운데, 그의 앞길에 서 있었다. 그는 그녀를 비껴갔다. 아버지가 저지른 비열한 짓에 자신은 전혀 끼어들지 않았음을 말없이 전하기라도 하려는 듯, 한코 보굴리안이 그와 눈을 마주치려 했지만 헛일이었다. 그는 고개조차 그쪽으로 돌리지 않고 그녀를 스쳐 지나갔고, 조금도 멈추려는 기색 없이 그녀를 지나쳐, 두 쓰레기 절벽 사이를, 트럭 바퀴, 대충 접은 방수포, 궤짝, 아무렇게나 집어던진 파이프, 냄비와 아직도 고기와 버섯 냄새를 풍기는 프라이팬들이 양쪽으로 쌓인 통로를 걸어갔다.

그는 잘 다니지 않는 좁은 통로들로 우회했다. 컨테이너 근처에서 기다리는 콜호스 주민들 앞도, 우드굴 할머니 앞도 다시 지나가지 않고 출구로 가고 싶었다. 그는 그 사람들과의 접촉을 더 이상 견딜 수 없었고 어떻게 매일같이 그들과 친하게 지내며 그들의 관습을 따를 수 있었는지, 어떻게 그들만큼 비겁하고 수동적으로 레바니도보에서 일상적으로 일어나는 마술적이고 어둡고 근친상간적인 행위들을 참아 줄 수 있었는지 자문했다.

걸으면서도 그는 눈으로 쓰레기 더미를 뒤졌다. 그는 무기를 찾고 있었다. 뭔가 솔로비예이의 몸뚱이에 찔러 넣거나

308

꽂을 수 있는 것, 뭔가 해롭고 뾰족하고 날 선 것. 출입문 가까이에서 그는 공사장 안내판 말뚝 하나를 발견하고 주변의 고철 더미에서 끌어냈다. 그것은 견고한 막대였는데, 끝이 뾰족하며, 손에 쥐니 균형이 안정적이고, 약간 녹이 슨 것이 투창만 한 위력이 있었다. 그는 10초간 그것을 쥐고 가늠해 보았다. 그러다가 잡동사니 한복판에 내던져 버렸다.

아냐, 이건 안 돼, 그는 생각했다. 부득이한 경우 늑대나 곰을 물리치는 데는 좋겠지. 하지만 이걸로 솔로비예이를 상대한다는 건 생각할 수 없어.

게다가, 그는 계속 생각했다. 그 일에 어울리는 무기가 있을지조차 모르겠군.

• 이제 그는 창고 문턱에, 안쪽의 따스함과 바깥쪽의 얼음 같은 공기의 경계에 서 있었다. 창고는 계속해서 열을 발했고, 우드굴 할머니가 오늘은 외풍에 대해 불평하지 않았으므로 아무도 문을 닫는 데 신경 쓰지 않았다. 눈이 다시 내리기 시작했고, 진한 회색의 무척 폭신폭신한 큰 눈송이로 세차게 쏟아졌다. 매우 어둑해진 빛이 곧 저녁임을 알렸다. 어스름과 눈의 장막 때문에 언덕 아래 콜호스의 첫 번째 집들이 잘 보이지 않았다. 연기도 움직임도 없었다. 중앙로는 백설 속에 사라졌다. 눈에 보이는 어디에도 아무런 흔적이 없었다.

크로나우에르는 그 죽은 마을을 바라보며 망설였다. 따뜻한 옷 없이는 창고를 떠날 수 없었다. 그의 외투는 수직갱 근처에 걸려 있는데 제 발로 돌아가 우드굴 할머니의 소굴에, 그녀의 작은 주방, 안락의자, 신문 더미, 축음기와 노파의 정돈된 어수선함이 있는 그곳에 가까이 가기는 무엇보다 싫었다. 다른 이들, 콜호스 주민들, 솔로비예이의 좀비들, 솔로비예이의 딸들을 다시 한번 마주하기도 싫었다.

그가 떠나도 아무런 동요가 일지 않았는지, 창고 안은 다시 부산스러워졌다. 신발 밑창이 바닥을 긁는 소리, 수직갱 테두리 돌에 부딪치는 충격음이 들렸다. 아직 힘이 남은 이들이 휴식을 마쳤다. 우드굴 할머니가 지시하는 대로 보충 작업을 하고 있군, 크로나우에르는 생각했다. 빠뜨린 물건 몇 개, 그리고 물론,

모르고비안과 바실리사 마라시빌리의 시체. 그들은 의문을
품지 않고 그 모든 것을 원자로에 던진다. 그는 그들 모두에게
격분했다. 바실리사 마라시빌리의 죽음을 직접 공모했다고
그들을 비난하기까지는 않겠지만, 그는 그들이 그녀의 시체가
여기 있는 것을 알고 있었다고, 아무것도 모르지 않았다고,
솔로비예이가 밤낮으로 가증스러운 행위에 몰두해 있음을
모르지 않았다고 의심했다. 다 함께 짠 것이다. 그리고 그는,
가을의 그 몇 주 동안, 얼간이였다. 솔로비예이의 딸들과 가까이
있다는 데 도취되어, 윤리를 전부 접어 두었다. 멍청하게 좆의
꿈이 실현되길 기다리며. 존엄성도 미래도 전혀 없이. 바시아가
그렇게 될 동안. 바시아를 마법으로 주물럭대는 동안.

그는 거기에, 방사능 물결 덕분에 당장은 추위로부터
보호받으며, 출입문의 미닫이가 닫히는 물홈에서 반 미터 떨어져
서 있었다. 2미터 앞에서 눈발이 거세지는 것이 보였고, 처리
작업자들이 수직갱 옆에서 내는 소음이 간간이 멎을 때면, 그는
얼어붙은 별들이 이미 땅에 떨어진 자매들과 부딪쳐 부서지거나
그 위에 내려앉는 단조로운 울림을 감지했다. 압도된 기분, 아주
사소한 행동도 취할 수 없는 기분이었다. 혼란스럽고 거의 넋이
나갔으면서도, 그는 가벼운 옷차림으로는 바깥의 기상 환경과
맞설 수 없으리라는 것을 알고 있었다.

얼마쯤 시간이 지나, 정신병자처럼 물홈 바로 앞에서 몸을
앞뒤로 건들거리던 중, 그는 뒤에서 존재감을 느꼈다.

존재감. 그는 어떻게 반응해야 할지 모른 채 그것을 느꼈다.

몇 초. 그 후, 누군가 부드럽게 그의 어깨에 털외투를 걸쳐
주었다. 그는 돌아섰다. 한코 보굴리안이었다.

• 그는 한코 보굴리안의 아름답고 기묘한 이중의 시선과
마주쳤고, 곧바로 뜻밖의 일이 일어났다. 역전, 그의 감정의
완전한 전도. 조금 전, 바실리사 마라시빌리의 시체 앞에 있을
때만 해도, 그는 하마터면 이 여자에게 달려들어 때려죽일
뻔했다. 그들은 둘만 있었고, 그에게 살해 욕구가 든 그 순간,
'찬란한 종착역'의 다른 대표자는 없었다. 그는 자칫하면 실행에
옮길 뻔했다. 그런데 찰나의 순간 그 살인의 격정은 사라지고,

대신 애정이 들어섰다. 그 아름답고 기묘한 시선의 영향. 다시금, 가을 내내 그랬던 것처럼, 한코 보굴리안은 그를 매혹시켰다. 지난 여러 주 동안, 그는 자주 그녀의 눈에 넋을 잃고 빠져들고자 했으며, 그녀가 자신에게 불러일으키는 감정을 모르길 바라며, 그는 자석에 이끌린 것처럼 그녀에게 헤엄쳐 갔다. 가끔 그는 그녀도 그러길 기다리고 있다는, 그가 부드럽게 다가와 주길 기다린다는 인상을 받기까지 했다. 그리고 지금, 상황은 적절치 않지만, 가까워지고 일치되고 싶다는 그 육체적 욕망, 그 충동이 모두 돌아왔다. 그녀의 품속으로 도피하면 어떨까, 그는 생각했다. 그녀에게 기대 운다면?

입술이 떨렸지만, 그는 자기 안에서 솟아난 감정을 어떻게 표현해야 할지 몰랐다. 그것은 빛나는 한순간이었으나, 흘러갔고 다시 모든 것이 혼란스러워졌다. 둘 사이에 놓인 짧은 거리를 뛰어넘는다는 생각, 팔을 벌리고 그녀에게 안긴다는 생각은 점점 덜 분명해졌다. 사랑의 충동은, 그것이 사랑의 충동이라고 한다면, 덜 명확해지고 변호의 여지도 덜해 갔다. 한편 한코 보굴리안은 아무런 감정도 내보이지 않았다. 그녀는 그와 아주 가까이 서서, 그 독특한 시선으로 그를 보고 있었지만, 아무것도 넌지시 유도하지 않았다.

그는 미끄러지는 털외투를 붙잡아, 솔로비예이의 딸의 눈을 계속 응시하지 않고 시간을 들여 가며 입었다. 젠장, 크로나우에르, 그는 스스로를 꾸짖었다. 방금 바실리사 마라시빌리와 작별했잖아, 그런데 이 솔로비예이의 딸이 나타났다고 넌 그녀에게 몸을 비비적거릴 생각이나 하고 있는 거야? 그런 충동은 모두 감정과는 아무 관련 없다는 것을 모르는 것처럼…. 그건 발정 욕구일 뿐이라고!

한코 보굴리안은 외투와 마찬가지로, 방사능에 오염된 의류 더미에서 가져온 갈색 모피로 된 커다란 샤프카를 건넸고, 그는 퉁명스럽지 않게 그것을 붙들었으며, 자기 동작의 평온한 정상성을 애석하게 여겼다. 그녀는 반걸음 물러나 있었다. 그녀는 금속 부스러기와 그을음과 먼지로 더러워진 작업복 차림에, 축치족인지 야쿠트족인지의 공주 가발을 아직 쓰지 않은, 달걀처럼 매끄러운 민머리로 얼굴에 기름때를 묻힌 채, 곧고 뻣뻣하게 서 있었다. 그녀의 눈은 깜빡이지 않았다. 크로나우에르는 아주 짧은 순간 그 눈과 마주쳤다가 이내 눈길을 돌렸다. 기이하게 서로 다른, 아름답고 기묘한 두 눈. 그 눈은 깜빡이지 않았다.

"솔로비예이에게 가나요?" 그녀가 물었다.

그는 고갯짓으로 슬쩍 수긍한 다음 샤프카를 쓰고, 외투의 단추를 다 채우고 문턱으로 향했다. 출입문의 물홈에는 몇 센티미터 되는 폭신한 눈의 층이 얼어붙어 가고 있었다. 그는 눈을 들어 풍경의 대부분을 지우는 어스름의 가리개를 올려보았다. 이제 그는 추위와 대면할 수 있었다. 이제 그는 마을로 내려가 콜호스의 수장과 싸울 수 있었다. 한코 보굴리안에 대한 환상을 품느라 바실리사 마라시빌리를 뒷전에 두었던 약해진 순간도 있었지만, 그 순간은 지나가고 있었다. 이미 그는 앞으로 할 행동을 생각하는 데 사로잡혀 있었다.

그럼에도, 눈 속으로 들어가는 순간 그는 잠시 머뭇거렸다. 1초, 2초. 그는 흐려진 풍경을 주시하며 결정적인 걸음을 떼지 않았다. 그는 기다렸다.

3초.

한코 보굴리안이 그의 등 뒤에 방금 뭔가를 속삭였다. 모피 귀덮개가 뺨까지 내려와 있어, 그녀가 한 말을 알아듣기 어려웠다. 그는 집중했다. 방해물 때문에 변형되거나 지워진 음절들을 재구성하려고 노력했다.

"내 말 들려요, 크로나우에르?" 한코 보굴리안이 다시, 이번에는 좀 더 크게 말했다. "난 당신과 함께예요."

그녀는 팔을 뻗어 그의 어깨를 살짝 건드렸다. 그는 손길을 느꼈지만 반응하지 않았고, 그녀 쪽으로 돌아서지 않았다.

"나중에 그걸 잘 기억해 둬요, 내가 당신과 함께라는 걸." 그가 문턱을 넘을 때 그녀가 말했다. "나중에도 한참 후에도."

21

• 그는 눈 속으로 첫 발을 내딛고, 또 한 발을 내딛으며, 우드굴 할머니의 끔찍한 창고와 그녀의 끔찍한 폐기물과 각양각색의 끔찍한 피조물들을 뒤로하고 언덕을 내려왔다. 눈송이들이 그의 얼굴에 달라붙었다. 그는 계속 속눈썹을 깜빡거리거나 입김을 불어 눈송이를 입술에서 떨어내야 했다. 눈송이는 바삭거렸다. 녹지 않았다. 밑창 아래서 눈이 끽끽 갈렸다. 낮에 눈이 소강상태였을 때, 바람에 얼어 생긴 딱딱한 층이 지금은 몇 센티미터 깊이에 숨어 있었고, 간혹 뭔가 부서지기 쉬운 것이 그의 몸무게에 부서졌다. 경사가 급해지면 얼음은 버텼고, 그러면 그는 미끄러졌다. 장갑이 없었으므로 그는 주머니에 손을 넣고, 두 팔로 균형을 잡는 대신 균형을 잃지 않도록 속도를 늦추었다. 빛은 점점 회색을 띠었다. 외로운 까마귀 한 마리가 난데없이 그와 몇 미터 떨어진 곳에 나타나, 까옥 하고 울고는 날갯짓하여 길 왼쪽으로 사라졌다. 저무는 밤과 눈에 잠겨 이미 보이지 않는 숲으로 은신처를 찾아간 게 분명했다.

오후가 끝나 갔다. 그는 마을에 들어가려고 서둘렀다. 중앙로는 매우 하얗고 흠 하나 없는 균일한 층으로 덮여 있었다. 몇 시간 동안 아무도 밟지 않았다. 왼쪽, 오른쪽에서 '찬란한 종착역' 콜호스의 첫 건물들이 모서리가 사라진 둥글둥글하고 부드러운 형태로 변해 가고 있었다. 레바니도보의 나머지는 유령 같았다. 마을을 둘러싼 숲은 이제 분간이 되지 않았다.

어쩔 계획이지, 크로나우에르, 이 엉터리 군인? 그는 문득 생각했다. 뭘 하려는 작정이었지, 형편없는 싸움꾼아, 네가 솔로비예이를 죽인다고? 어떻게, 왜? 실패할 경우 후퇴할 방법은…? 그리고 실패하지 않는다면 그다음엔 누구와 함께 떠날 거지…? 어디로 가게…? 미리암 우마리크와 바르구진, 색정광과 빈사자의 모범적 부부? 사미야 슈미트와 그녀의 반남성주의 책자들? 그것도 그녀가 아직 살아 있을 때 얘기지만. 얼음 공주 한코 보굴리안…? 어디로 가나? 무엇을 하러…? 그건 생각해 본 거야…?

• '개척자의 집' 근처까지 갔을 때, 한 줄기 돌풍이 길의 눈을
날려 그의 눈을 멀게 했다. 그는 팔을 구부려 얼굴을 막았다.
장갑을 끼지 않은 두 손이 서리로 덮였다. 그는 걸음을 멈추었다.
그때까지는 눈이 비교적 곧게 조용히 내렸었다. 설상가상이군,
이제 바람까지 불다니, 그는 생각했다. 눈은 그의 외투를 때리고,
팔꿈치와 머리에 따닥따닥 부딪쳤다. 샤프카 아래 가장자리와
눈썹 사이에 얼음 층이 쌓였다. 혀에서 눈 결정 몇 개가 녹아,
겨울의 맛을 남겼다.

눈이 횡횡 소리를 냈다.

날이 저물고, 거리는 이미 캄캄했다.

그는 몸을 앞으로 숙이고 계속 나아갔다. 손을 주머니에
도로 넣고 공격적인 눈송이, 반쪽 눈송이, 자그마한 바늘 들이
얼굴을 콕콕 찌르는 것을 견디려고 눈을 가늘게 떴다. 그는 눈을
감다시피 하고 아무것도 보이지 않는 채로 50미터쯤 나아갔고,
미리암 우마리크의 집 앞에 선 소화전에 부딪치기 전, 비켜서서
소비에트 건물 쪽으로 틀었다. 기둥과 현관 앞 낮은 층계까지
아직 마흔 걸음이 남았다. 그는 아무것도 생각하지 않고 그
거리를 마저 갔다. 뺨에 닿는 추위와, 때로는 정면에서, 때로는
측면에서 음흉하게 공격해 그를 비틀거리게 하거나 방향을
바꾸도록 떠미는 바람 말고는 아무것도 안중에 없이. 마흔 걸음,
그리고 나서 열둘이나 열다섯 걸음. 그는 더 이상 멈춰 서지 않고
흠 하나 없는 눈의 층 밑에 숨은 계단을 올라 출입문을 밀었다.

홀에는 거리에서 들어오는 빈약한 빛만 비쳤다.
크로나우에르는 조명 걱정은 하지 않고 일단 부츠를 벽에 대고
구르고 문질러 발밑에 미끄러운 덩어리가 남지 않도록 했다.
솔로비예이와의 싸움이 여기서 당장 일어난다면 타일 위에서
미끄러져서는 안 될 일이었다. 조금만 격하게 움직여도 자세가
흐트러질 위험이 없어진 게 확실해지자, 그는 뒤에서 문을
닫았다. 문이 쿵 하며 닫히고, 바깥의 횡횡대는 소리가 멎었다.
바람 소리 이후, 갑작스러운 적막이 그를 감쌌다.

그가 이곳에 들어와 본 것은 딱 한 번, 콜호스 명부에 임시
거주민으로 등록할 때뿐이었다. 엄밀한 의미에서 솔로비예이의
거처 — 건물 어딘가의 당연히 그가 발을 들인 적 없는 곳이다

— 가 어디인지는 전혀 몰랐지만 행정구역은 어떻게 생겼는지 대략 알고 있었다. 솔로비예이가 있는 곳으로 이어지는 측면 복도 하나 외에, 사무실로 통하는 패드를 댄 문이 두 개 있고, 잡동사니 저장실로 난 입구 하나가 있는데 그곳은 옛날에 처리 작업자들이 소형 오염물들을 치워 두었고, 지금까지도 우드굴 할머니의 흉측한 무더기로 가기 전 분류를 거쳐야 할 까다로운 물건들을 놓아두는 곳이었다. 크로나우에르는 홀을 가로질렀고, 혹시나 하고 저장실 문을 열려고 해 보았다.

문은 잠겨 있지 않았다.

그는 들어갔다.

그는 스위치를 찾아 팔을 뻗어 천장 등을 켰다.

• 마치 운명이 지금부터는 그에게 모든 일이 간단하리라고 정해 놓기라도 한 듯, 방 끝에는 자물쇠 없는 총대가 있고, 사냥용 소총 두 자루와 전투용 총기 세 자루가 걸려 있었다. 그는 거기서 제1소비에트연방 때의 시모노프 소총, 개머리판에 흠집이 났지만 그렇게 고물 같지 않은 SKS를 꺼냈다. 탄약과 탄창은 총대 옆에 놓인 상자 속에서 뒤죽박죽 뒹굴고 있었다. 지체 없이 그는 탄창 하나를 낚아채 소총에 밀어 넣고, 주머니에 하나를 넣었다. 하나 더 가져갈 수 있을지 모른다고 생각하고 탄약상자를 뒤지려던 차에, 그는 복도에서 소리를 들었다. 누군가가 다가오고 있었다, 제법 차분한 걸음걸이로. 신중한 군인답게 크로나우에르는 첫 번째 탄약을 약실에 장전하고 총신을 문 쪽으로 겨누었다. 그 순간 상당히 위압적인 형체가 방 문턱에 버티고 섰다. 그 형체는 여행 가방 안에 머리를 숨기고 있었다. 그것은 자신을 겨냥한 위협에 당황하지 않는 것 같았고 그것이 처음으로 취한 행동은 천장 등을 끄는 것이었다. 에너지를 절약하라는 공문을 충실히 따르거나, 아니면 대화, 혹은 대결이 캄캄한 어둠 속에서 일어나는 게 좋다고 여기는 듯.

뭔가가 크로나우에르의 배 속을 뒤틀었다. 불안, 불확실함. 어둠은 너무 빨리 왔다. 그에겐 그 형상이 솔로비예이라고 확신할 만한 시간이 없었다. 상대의 머리는 그로테스크한 카니발 가면보다는 짐 가방과 훨씬 비슷한, 크고 흐물흐물한 반쯤 휘어지는 재질의 덮개에 가려져 있었다. 직사각형 비슷한 그 갈색 가죽 덮개에는 앞을 보기 위한 구멍 두 개가 뚫려 있었지만, 거리에서 들어오는 아주 희미한 빛으로 그것의 눈빛을 전혀 포착하지 못했고, 크로나우에르는 솔로비예이의 특징인 야수 같은 불길도 확인하지 못했다. 어쩌면 콜호스의 수장이 사미야 슈미트가 전날 밤에 입힌 부상을 감추기 위해 이 엉뚱하고 기이한 차림새를 선택한 것일까? 금속 막대가 오른쪽 눈에서 왼쪽 귀까지 두개골을 관통했었다. 가면은 거대한 붕대나 흉측한 상처를 보호하기 위한 것일까? 그리고 만일, 가죽 뒤에 숨은 인물이 솔로비예이와 아무런 관련 없는, 미지의 인물이라면? 저장실 문턱에 서 있던 자는 형태가 반듯하지 않은 가방 때문에 더 커 보였으므로 키가 확실치 않았다. 체격에 대해서도 뭐라 말할 수 없었는데, 크로나우에르가 레바니도보의 누구도 입은 것을 본 적 없는 묵직한 개털 외투를 걸치고 있기 때문이었다. 그런 모피 뭉치를 걸쳤다면 그야말로 마을의 누구라도 솔로비예이만큼 당당한 풍채로 보일 수 있을 것이었다.

스위치를 끄는 소리 이후, 무거운 정적이 남았다. 두 적수는 서로 도전하지 않았고, 기다리는 듯했다. 개털 외투는 문틀 안의 공간을 거의 다 차지했고 크로나우에르의 위협 앞에 물러서지 않았다. 크로나우에르는 소총을 겨누고 내리지 않았다.

거리에서 홀 창문으로 눈을 흩뿌리는 바람 소리가 들렸다.

텅 빈 홀.

저녁의 그림자들과 폭풍이 색채를 지워, 대결은 흑백의 이미지가 되었다.

문 앞에서 꼼짝 않는 형체, 반인반수, 여행 가방을 뒤집어써 마치 초현실주의 콜라주 작품집에서 나온 듯 엉뚱하고 불안한 면모를 한.

크로나우에르의 손에 쥐인 시모노프 소총. 중국제 SKS, 아마 옛날 중국에서 '56식'이라 불렸던 바로 그 모델, 혹은 아니거나.

불어닥치는 바람 사이의 정적.

소총에서 나는 희미한 공업용 윤활유 냄새.

저장실에 감도는 곰팡이와 종이 상자와 방사능을 띤

베이클라이트 냄새.

바로 그때 수수께끼의 형체가 숨을, 힘센 짐승의 한숨을 내쉬었다. 그리고 가죽 덮개 뒤에 입이 어딘지, 종교적인 단순한 음악성을 띤 중얼거리는 콧노래를 하기 시작했다. 텅 빈 홀에서 그 소리는 단어가 분명히 들릴 정도로 증폭되었다. 2초, 어쩌면 3초 동안, 크로나우에르는 그것이 제정신 아닌 영혼에서 나오는 저주라고 생각했다. 그러다가….

크로나우에르의 머리털은 남아 있지 않았지만, 아직 있었다면 정수리에서 쭈뼛 섰을 것이다. 샤프카의 면 안감 아래에서 그의 두피가 오그라들었다.

"어쩔 계획이지, 크로나우에르, 이 엉터리 군인?" 가면을 쓴 형체가 웅얼거렸다.

한마디 한마디가 그가 중앙로에 들어서면서 불어닥치는 바람을 맞으며 아직 갈 길을 망설이던 순간 떠올렸던 생각 그대로였다.

"뭘 하려는 작정이었지, 형편없는 싸움꾼아, 네가 솔로비예이를 죽인다고?" 가면을 쓴 형체가 계속해서 말했다. "어떻게, 왜? 실패할 경우 후퇴할 방법은…? 그리고 실패하지 않는다면 그다음엔 누구와 함께 떠날 거지…? 어디로 가게…? 미리암 우마리크와 바르구진, 색정광과 빈사자의 모범적 부부? 사미야 슈미트와 그녀의 반남성주의 책자들? 그것도 그녀가 아직 살아 있을 때 얘기지만. 얼음 공주 한코 보굴리안…? 어디로 가나? 무엇을 하러…? 그건 생각해 본 거야…?"

목소리는 두터운 가죽 막을 거쳐 나오느라 변형되었는데 크로나우에르가 길에서 제기했던 의문들을 똑같이 따라 했다. 내 목소리 같아, 그는 절망을 느끼며 생각했다. 아주 똑같지는 않지만, 그렇게 들리기도 해. 하지만 아니야, 그는 여전히 생각했다. 말하는 건 내가 아니야.

가면을 쓴 생물은 말에 가락을 붙이고 리듬의 변화를 주었는데, 불안한 성찰들이라기보다 어설픈 노래를 기억해 내려는 것 같았고, 게다가 말하는 내용에는 아무런 중요성을 두지 않는 것 같았다. 암송을 마치자 그것은 처음부터 끝까지 되풀이했는데, 이번에는 목소리를 높이고 문장 여기저기에 투덜대거나 조롱하는 어조를 넣었다. 그 결과물은 끔찍했다.
그러다 그것은 조용해졌다.

이건 그 더러운 마술사 놈의 요술일 수밖에 없어,
크로나우에르는 생각했다. 그자다운 방식이야. 진동 막을 통해
녹음이 들려오고, 끝나면 그걸 되풀이하지. 게다가 저 분장 속에
숨은 게 그가 아니더라도, 그의 피조물 중 하나인 건 틀림없어.

그는 소총을 굳게 쥐고서 집게손가락으로 방아쇠에 힘을
줄 준비가 되어 있었지만, 목표물의 정체에 여전히 의심이
들었으므로 좀 더 기다렸다.

발사한다면, 총알이 상대의 가슴팍에 명중되리라는 것을
그는 알았다.

시간 끌어 봐야 소용없어, 그는 생각했다.

해치워 버려. 어쨌거나 난 망했으니까.

그리고 그는 쐈다.

• 상대는 타격을 입고는 총알이라기보다 샌드백에 복부를
맞은 것처럼 앞으로 몸을 굽히더니, 물러나서 갑자기 왼쪽으로
사라졌고, 그제야 날카로운 소리를 내기 시작했는데, 고통의
비명보다는 서커스 공연에서 심한 장난을 당한 광대들이
내는 기이한 신음과 비슷했다. 신음 소리가 홀에 울려 퍼졌고,
아드레날린이 솟구쳐 흥분한 크로나우에르는 부상당한 것의
상태를 보고 필요하다면 숨통을 끊을 작정으로 급히 문으로
향했다. 저장실 바닥은 난잡하고 어두웠는데, 그는 텔레비전이나
컴퓨터 모니터가 든 상자들에 걸려 비틀거리느라 시간을
빼앗았다. 그의 심장은 빠르게 뛰고, 관자놀이는 부풀어 올라
팔딱거렸다. 그가 홀로 나왔을 때, 부상을 입은 생물은 밖으로
빠져나가는 중이었다. 그것은 재빨리 홀을 지나 문을 연 후였고,
이미 밖으로 사라졌다.

홀의 타일 바닥에는 핏자국이 하나도 없었다.

내가 놈을 맞혔어, 크로나우에르는 생각했다. 하지만
출혈이 아직 옷을 적실 만한 시간은 안 됐어. 곧 피가 배와 다리를
타고 흐르겠지.

희생자가 아직 건물을 빠져나갈 정도로 멀쩡하다는 걸

확인하자 좀 언짢았다.

하지만 치명상이었어, 그는 생각했다. 가슴 한복판에 맞았는걸. 놈은 거리에서 죽을 거야.

사냥의 살인적인 흥분에 사로잡혀 뛰다시피 하며 그도 홀을 건넜고, 무엇보다도 먹잇감을 놓치지 않았다는 것을 확인하고 싶었다. 먹잇감이 외투 틈으로 상처가 쩍 벌어진 채로 눈 속에 누워 있는 꼴을 보고 싶었고, 그것에게 다가가, 몸을 굽히고 들여다보며 죽어 가는 헐떡임을 듣고, 그 더러운 머리 덮개를 벗겨 내고 싶었다.

• 중앙로에서, 낮은 하나의 기억에 지나지 않았다. 마지막 남은 희미한 빛이 바닥에서 비쳤다. 크로나우에르가 주변을 훑어보아도 아무것도 보이지 않았다. 눈은 좀 전과 똑같은 세기로 계속 내렸다. 바람은 불규칙하게, 정해진 방향 없이, 거세게 휘몰아쳤다가 예측할 수 없이 잠잠해지기를 반복했다.

놈이 어디로 갔지? 크로나우에르는 의아했다.

계단에는 그가 소비에트 건물에 들어가기 직전에 남긴 발자국만 보였다. 최근에 계단을 내려온 이는 아무도 없었다. 부상당한 것이 유령이 아니라면, 아직 문턱에 있어야 했다.

긴장하여, 두 번째로 발사할 태세를 갖추고, 크로나우에르는 포석을 살펴보고, 파사드를 장식하는 기둥들 뒤를 조사했다. 숨을 만한 장소는 전혀 없고 눈에는 흔적 하나 없었다.

다시 한번, 크로나우에르는 두피가 샤프카 밑에서 오그라드는 것을 느꼈다. 그는 몸을 숙이고 한층 꼼꼼하게 바닥의 흔적을 확인했다. 그 자신을 제외하고는 아무도 계단을 밟지 않았다. 그를 건물 밖으로 내몰았던, 제 행동에 확신이 있는 포식자처럼 앞으로 나아가게 했던 아드레날린은 이제 너무나 희미해져 아무 효과도 내지 못했다. 그는 다리가 초조하게 떨리는 것을 느꼈다.

솔로비예이, 그는 생각했다. 내가 당신 마법의 술수에 겁먹을 거란 생각은 마. 당신의 나타남, 사라짐, 그게 나를 어쩔 거라고는 1초라도 생각하지 마. 그건 마술사의 쇼에 불과해. 난 속지 않아.

하지만 그의 허벅지와 종아리 뒤에는 쇠약해진 기미가
역력했고 그는 기둥 하나에 기댔다. 피부에 소름이 돋아 있었다.

잠잠해졌던 바람이 다시 일어 그의 주위에서 소용돌이쳤다.
눈송이들이 별무리가 되어 그의 눈꺼풀을 때렸다. 그는 손에서도
눈이 때리는 것을 느꼈다. 아직은 손가락이 얼어붙지 않았지만
얼마 지나지 않아 집게손가락이 곱아 제때에 방아쇠를 당기지
못하게 되리라는 것을 그는 알았다. 그는 소총을 둘러메고
주머니에 손을 찔러 넣었다.

이제 밤이었다. 레바니도보의 가로등에는 불이 들어오지
않았다. 사미야 슈미트가 전날 밤 공공 조명을 고장 낸 탓인지,
솔로비예이가 어둠을 유리하게 이용하기 위해 고의로 끊었는지
모를 일이지만. 마을은 죽은 듯했다. 창고에서 낮에 작업한 이후
아무도 언덕에서 내려오지 않았다. 콜호스 주민들, 저세상에서
모집된 보충 인력, 솔로비예이의 딸들은 저 위, 따스한 곳에
이온화 광선과 우드굴 할머니와 함께 남아 있었다. 그들은 당분간
눈 폭풍의 위험을 무릅쓰지 않겠다고 현명한 판단을 내렸을지도
모르고, 아니면 마을에서 폭력 사태가 벌어질 것을 예상하고
평온을 되찾기까지 기다리기로 했는지도 모른다. 거기서는
수직갱 옆에서 다 같이 하룻밤을 보낼 준비를 하고 있겠지,
크로나우에르는 생각했다.

그는 레바니도보 한복판에 혼자 남아 솔로비예이와 결투를
벌이는 기분이었다. 그 첫 단계는 지금 이해할 수 없게 끝이 났다.
이해할 수 없고 소름 끼치게.

그는 거리를 훑으며, 눈이 발하는 천연 조명 덕분에 보이는
것들을 살펴보았다. 어둠 속의 명암. 검은 덩어리들. 쉼 없이,
회오리치거나 수직으로 움직이는 줄무늬들. 습관처럼 하얗다고
말하게 되는 밝은 공간들.

불 켜진 창문 하나 없었다.

마을은 소멸했다.

눈이 횡횡대며 휘몰아쳐 그의 얼굴을 후려갈겼다.

바람이 거세지자, 눈송이들은 거의 금속적인 날카로운
소리를 다발적으로 내며 소비에트 건물의 기둥들을 때렸다.

살아 있는 것은 아무것도 나타나지 않았다.

여기서 잠시 기다리겠어, 그는 생각했다. 무슨 일이
일어날지 지켜보고 무엇을 해야 할지 생각해야지.

눈이 그의 눈꺼풀에, 입에 와 부딪쳤다. 그는 귀덮개의
면줄을 꽉 죄고 소총을 어깨에 거는 벨트를 반듯하게 폈다.
얼어붙은 손을 재빠르게 모피 외투 안에 도로 넣었다.

관절이 말을 안 듣게 될 지경까지 그럴 건 없지, 그는
생각했다.

• 그는 기대고 있던 기둥에서 몸을 떼고 계단을 내려가, 바람을
거슬러 20미터쯤 걷기 시작했다. 거리는 어두웠지만 길잡이가 될
만한 것들이 충분해 헤매지 않고 나아갈 수 있었다. 눈과 바람이
그를 괴롭혔다. 그는 한코 보굴리안의 집까지 가서 문을 열려
해 보았다. 마을의 법칙이나 다름없는 관습과 달리, 문은 열쇠로
잠겨 있었다. 그는 거기 기대어 총을 소비에트 건물 쪽으로
겨누었다. 누군가 그 순간 거기서 나왔다면, 그는 목표물의
정체에 의문을 품지 않고, 콜호스 수장의 윤곽과 닮았거나
말거나 쐈을 것이다. 그는 1분간 그렇게 있었다. 칼 같은
바람과 외투에, 샤프카에, 거기 달린 귀덮개에 딱딱 소리를 내며
부딪치는 얼음 결정들에 시달리며. 그는 소비에트 건물 계단에
어떤 생물이 나타나든 충분히 맞히도록 즉각, 직감적으로 발사할
수 있게 소총을 들었다. 그러나 아무도 나오지 않았다. 소총을
도로 어깨에 걸지 않고, 그는 그 위의 눈을 치우고, 손에 덮인
눈의 층을 떨어내고 손을 덥히기 위해 다시 주머니에 넣었다.

주머니에 들어온 눈이 마지못한 듯 녹았다.

그는 정확한 행동 계획을 세우는 데 집중할 수 없었다.

지금 당장 아예 떠나 버리면 어떨까? 그는 생각했다. 숲까지
간다면? 숲 초입에 오두막이 하나 있다, 거기서 밤을 보낼 수 있을
거야, 그다음에는… 다음에는, '찬란한 종착역'이여, 안녕이다….

안 될 말이야, 그는 마음을 다잡았다. 우선 바실리사
마라시빌리의 원수를 갚아야지. 그 괴물을 끝장내야 한다. 게다가
그 오두막을 찾긴 힘들 거야, 어둡고 바람 부는 가운데서는.

그러고 나서 그는 다시 바실리사 마라시빌리를 생각했다.
그녀와 함께했던 짧은 시간의 이미지들을 불러일으키려고 애를

썼다. 이미지들은 빈약하고, 반복적이고 생명이 없었다. 시간을 초월한 미소 짓는 얼굴, 언제나 같은 각도로 그를 향한. 그가 떠나던 순간 풀밭에 누워 있던 그녀의 몸. 해 질 녘 일류셴코 모르게 나눈 키스, 그의 입술을 누르던 그녀의 입술, 그를 감싸고 등 뒤에서 깍지 낀 두 손, 하지만, 결국, 그건 이름 없는 감각, 다른 여자들과도 겪었던 듯한 감각이었다. 그는 자신이 그녀에게 느끼는 애착이 지금은 현실적이기보다는 추상적이라는 것을 인정해야 했다. 사실은 오직 이리나 에첸구옌만이 그의 기억에 영원히 새겨져 있으며, 바실리사 마라시빌리의 시신, 솔로비예이가 생명 혹은 그 유사한 것을 되돌리느라 마법을 부린, 마법으로 더럽혀진 시신을 발견했을 때 그가 받은 충격을 넘어, 그것을 발견하고 그가 느낀 혐오와 격노를 넘어, 콜호스의 수장을 죽이려는 그의 의지에는 덜 명백하고 솔직히 털어놓기 더 어려운 뿌리가 있음을 그는 깨달았다.

둘러대려 해 봐야 소용없어, 크로나우에르, 그는 입술에 내려앉는 눈송이들을 불어내려 입술을 반쯤 열고 소리 없이 중얼거렸다. 너는 솔로비예이가 지배적 수컷이기에 죽이고 싶기도 한 거야, 그는 '찬란한 종착역' 무리를 지배하는 늙은 수컷이니까. 그건 제2기나 제3기[37] 시대의 이유야. 태곳적부터 유래된 거고 네게 그건 자랑이 아니야.

그는 입을 달싹였다. 그는 말만큼이나 많은 눈송이를 씹고 있었고, 문장의 절 하나가 끝날 때마다 매번 한숨을 쉬었다.

이 모든 일 뒤에 좆의 언어가 있어, 그는 말없이 생각을 계속했다. 너는 콜호스 주민들이 태양 둘레를 도는 행성처럼 그들의 지도자 주위에 맴도는 걸 못 견디고, 네가 얼간이처럼 레바니도보를 오가는 동안 세 딸이 저희 아버지와 공모했다고 심하게 원망하고 있어. 너는 바실리사 마라시빌리가 겪어야 했던 혐오스러운 짓 때문에 솔로비예이를 처벌하길 원해. 넌 소총이 있고 움직이는 것이라면 뭐든 쏘고 싶지. 하지만 이 모든 것 아래, 살인과 복수의 더러운 진창 아래에는 불만족스러운 수컷

---

37. 옛날식 지질시대 구분 용어로 제2기는 중생대, 제3기는 신생대의 팔레오기와 네오기에 해당한다.

322

기계로서의 너의 발작이 있고, 1억 년 된 동물적 좆이 너의 좆의 행동과 좆의 생각을 네게 지시하는 거야. 바로 그게 요점이야.

• 생각에 잠겨 있던 그 순간 누군가가 중앙로를 걸어오는 것 같았다. 한복판, '개척자의 집' 부근에서.

돌풍과 돌풍 사이의 한결 잠잠한 때였고, 눈은 곧게 내렸다. 눈발은 세차고 검었으며, 눈송이들이 점점 묵직하고 단단해져, 두껍고 몹시 짙은 회색 커튼에 모든 전경이 온통 차단되었다.

크로나우에르가 본 듯한 '개척자의 집' 근처를 걷는 형체는 어둠 속으로 사라졌다가 다시 나타났는데, 여전히 움직이고 있었지만 사라졌을 때 이후로 진전이 없었다. 사실, 팔을 움직이며 허리를 흔들고는 있지만 그것은 눈 속에 무릎까지 파묻혀 제자리걸음만 하고 있었다. 그것은 나아가는 것처럼 보였다. 연극적으로 기이하게 나아가는 것처럼 보였다. 그것을 감싼 거대한 검은 털외투 때문에 남자인지 여자인지 확실히 분간하기가 힘들었다. 얼굴은 스카프로 가리고 머리에는 거대한 두건, 터무니없이 복슬복슬한 털로 된 투르크메니스탄의 파파카 같은 것을 썼는데, 좀 전에 솔로비예이의 첫 번째 피조물이 가면으로 썼던 여행 가방만큼이나 커다랬다. 불길 없이 타오르는 구체, 사방으로 광선 대신 얼어붙은 긴 촉수를 발사하는 꺼진 태양이 연상되었다.

크로나우에르는 거총하고 조준했다. 검은 털외투는 50-60미터 거리에 있었다. 그는 들고 있는 총에 대해 잘 몰랐고 그게 저격용 총은 아니었지만, 총알이 목표물을 향해 날아가 가슴 한복판에 틀림없이 명중하리라는 감이 왔다.

그런데 저게 솔로비예이의 딸 중 하나라면 어쩌지? 그는 불쑥 생각했다. 만일 미리암 우마리크라면?

상대가 허리를 흔드는 양이 확실히 미리암 우마리크의 복부와 엉덩이를 흔드는 관능적인 살랑임을 연상시켰다. 하지만 털외투가 체형을 완전히 지워 버렸고, 눈이 이미지를 흐렸으며, 밤은 모든 확신을 불가능하게 했다. 이 거리에서 어둠 속에, 크로나우에르는 정체도 의도도 확실히 알지 못하는 누군가를 쏠 태세가 되어 있었다.

난 할 수 없어, 그는 혼잣말했다. 이건 말도 안 되는 짓이야.

그의 조준선에서, 검은 외투가 움직임을 멈추었다. 이제 그것은 불 꺼진 검은 천체 같은 것이 얹힌 검은 건초 더미가 되었다. 그것은 '개척자의 집'과 공산주의 협동조합 사이의 눈밭 한가운데 갇혀 있었다. 그 완전한 부동 상태 때문에 그것을 겨냥해서 쏜다는 것이 한층 부조리하게 느껴졌다.

『방어 체계로서 검토한 석화(石化)에 대하여』, 그는 기억해 냈다. 그가 이리나 에첸구옌과 막 알게 되었을 때 재판이 나온 포스트엑조티시즘 작품으로, 재출간과 더불어 논란이 일고 몇이 체포되었다. 유머를 빙자한 반혁명적 입장들로 장난을 치는 책이었다. 이리나 에첸구옌은 그 책을 끝까지 읽지도 않고 욕설을 퍼부었다.

그는 슬며시, 그녀의 불행한 최후는 애써 생각지 않으며 이리나 에첸구옌 생각을 했고, 그러다가 집게손가락을 방아쇠에 구부려 댄 채 다시 돌처럼 굳은 형체를 관찰하는 일에 집중했다. 그는 반 분간 그대로 있었다. 방아쇠에 댄 손가락을 아주 조금만 움직여도 목표물에게 탄두를 날려 보낼 수 있고 한복판에 명중하리라고 여전히 확신하며. 바람은 다시 일지 않았다. 눈이 그의 외투 깃에, 팔에, 시모노프의 폐쇄기에 쏟아졌다. 총알의 잠재적인 탄도 반대편 끝에서, 검은 외투는 길 한복판에 버티고 선 채, 조금씩 얼음을 뒤집어써서 어둠 속에 하얗게 변하기 시작했다.

크로나우에르는 총신을 내렸다. 그는 움직이지 않는 형체의 몇 미터 앞에 발사하여, 그것의 반응을 시험한 후 그것이 맞이할 운명을 결정할 생각이었으나, 그가 움직임을 시작해 조준선을 변경한 순간, 집게손가락이 참지 못하고 방아쇠를 눌러 총이 발사되고 말았다. 폭발음에 귀가 먹먹했고, 그는 눈을 감았다. 곧장 눈을 떴으나, 바로 그 순간 그의 시야 맨 끝에서 빛이 포착되었다. 왼쪽에서 빛의 번쩍임이. 검은 외투가 맞았는지 아닌지 확인할 겨를 없이, 그는 소비에트 건물 쪽으로 고개를 돌렸다.

문턱에 누군가가 막 나타나, 불빛이 약한 손전등을 들고 크로나우에르가 눈 속에 남긴 발자국을 조사하는 것처럼 빛줄기로 계단을 비추고 있었다. 전구에서 나오는 밝은 노란색 원뿔 속에 수백만 개의 눈송이가 날리는 것이 보였다. 손전등을 든 인물은 개나 늑대 털로 된 외투를 입었고, 어깨에는 터무니없는 크기의 가죽 손가방 같은 것을 머리부터 뒤집어쓰고 있었다.

크로나우에르는 재빨리 소총의 방향을 바꿔 적의 머리 부분을 차지한 여행 가방 같은 것을 겨냥해 쏘았다. 상대는 날카로운 소리를 지르고, 손전등을 끄고 소비에트 건물 홀 쪽으로 물러나 사라졌다. 8초에서 10초간, 가짜 같고 괴상한 신음이 계속 이어졌다. 비명은 홀에서 세차게 울렸다. 그러다 모든 것이 조용해졌다.

그 순간, 바람이 다시 거세졌다.

눈이 크로나우에르의 얼굴을 후려쳤고, 문득 그는 자신이 격한 수고를 한 다음처럼 헐떡이기 시작했음을 깨달았다.

거리는 소용돌이쳤다.

바람이 레바니도보 위에서 울부짖기 시작했다. 크로나우에르의 주변에서, 그의 옆과 외투 위의 모든 수직 표면에서 얼음덩어리들이 부서졌다.

점점 앞을 보기가 힘들었다. '개척자의 집' 근처에 검은 외투가 여전히 그 자리에 있다 해도, 이제는 보이지 않았다.

긴 밤이 될 것 같았다.

• 소총을 전방으로 겨눈 채, 크로나우에르는 길을 건너 소비에트 건물에 다가갔다. 조명은 신통치 않았다. 바람이 그에게 울부짖는 눈을 흩뿌리고 그를 거세게 옆으로 밀쳐, 그는 아예 넘어지지는 않았지만 비틀대야 했다. 추위에 손끝이 에였다. 방아쇠울과 방아쇠 사이에서 망설이는 집게손가락이 감각을 잃어 가고 있었다. 그는 손가락을 떼어 실수로 발포하지 않도록 나무로 된 뼈대에 갖다 댔다. 나무도 금속만큼 차가웠다. 계단을 오르기 전, 그는 주변을 살폈다. 눈이 눈꺼풀을 때렸고, 바로 앞 몇 미터 너머로는 회색 아우성만 보였다. 어둠 속에서 그 자신도 뭔지 모를 형체, 반쯤 동물이고 위험한 존재가 되었다.

그는 조심스레, 어둠 속에 가해질 공격보다 미끄러질

위험을 더 걱정하며 계단을 올랐다. 온갖 종류의 공격이 가능했다. 총격, 단검으로 찌르기, 도끼로 치기, 그보다 몸무게가 두 배는 나가며, 맞붙자마자 소총을 빼앗는 동시에 그의 손 반쪽도 뜯어낼 만한 상대와의 백병전. 온갖 종류의 공격. 하지만 지금의 대결에서, 그는 여전히 스스로를 사냥감 아닌 사냥꾼으로 여겼다. 그는 바닥을 주의했지만 잘해 나가고 있다는 확신이 있었다. 얇은 눈의 층에 덮인 얼음은 위험했다. 얼음은 충분히 두꺼웠고 발을 디뎌도 깨지지 않았다.

미끄러지지 않고 별일 없이 그는 홀의 캄캄한 공간 속으로 들어가 문을 닫았다. 눈보라의 불규칙적인 신음은 여전히 들렸지만, 너무나 약해져 1층과 건물 전체를 지배하는 정적을 깨기보다 오히려 강조했다.

크로나우에르는 경계 태세로 문 근처에 오랫동안 움직이지 않고 있었다. 족히 1분간. 집게손가락은 다시 방아쇠 위로 돌아가 있었다. 그는 가까이서나 건물 안 멀리 떨어진 곳에서 나는 움직임이나 숨소리를 포착하려 했지만, 아무것도 잡아내지 못했다. 경계의 시간이 지나자, 그는 몸과 총에 붙어 온 큰 눈덩이를 털고, 아까 했던 것처럼 부츠로 벽을 차고 흔들었다. 텅 빈 홀에서 소리가 반향되었다. 그는 자신이 들어왔음을 들키지 않을 수 없음을 알았고, 적수가 만약 아직 근처에서 어둠 속에 그를 감시하고 있다면 그의 위치를 몇 센티미터까지 자세히 알리라는 것을 알았다.

주변에서 일어나는 소리를 잘 듣기 위해, 그는 샤프카의 귀덮개를 뺨 위로 내리는 끈을 풀어 두었다. 어디에 숨어 있든, 적의 모습은 보이지 않았다. 역설적이게도 홀 내부가 거리에 있을 때보다 밝았다. 눈이 발하는 빛이 여기서는 소용돌이에 방해받지 않았다. 빛은 창문을 거쳐 희미하게 들어왔지만, 크로나우에르가 자기 위치를 파악하고 회를 바른 벽과 맞은편의 검은 틈새들을 분간하기에는 충분했다. 솔로비예이의 거처로 이어지는 복도, 사무실로 향하는 패드를 댄 문들, 저장실 입구였다. 손가락이 따뜻해지고, 무기의 눈이 녹고 눈이 어둠에 완전히 익숙해지기까지 그는 15분가량 더 기다렸다. 그런 후, 여전히 앞에서 수상한 소리는 전혀 들리지 않았으므로 그는 움직였다.

소총을 줄곧 때로는 복도로, 때로는 1층의 다양한 문들로 겨눈 채, 그는 저장실로 향했다. 아까는 세 개째의 탄창을 집어 들 시간이 없었지만, 그는 탄약을 넉넉히 챙겨 두고 싶었다. 또 한편으로 저장실은 이제 그가 아는 장소였으므로 다른 곳보다 더 안전하게 느껴졌다. 새 탄약을 찾고, 잠시 쉬며 생각하려고 그는 안으로 들어갔다.

• 저장실 문턱에 도달했을 때, 맹렬한 기시감에 그는 마비되었다. 난 이미 이 순간을 경험했어, 불안이 치솟는 와중에 그는 생각했다. 그는 문틀에 떡 버티고 곰처럼 육중하게 서서 그 앞의 그림자를 위협하고 있었다. 나는 이 문턱에 이렇게 서 있던 적이 있어, 그는 생각했다. 그는 1초간 머뭇거렸고 그러다 근육에 힘이 되돌아왔다. 그는 자제력을 발휘했다. 소총을 놓지 않은 채, 왼팔을 스위치로 뻗었다. 스위치는 기계가 뒤집히는 익숙한 소리를 냈지만, 천장 등은 메마른 딱 소리에 이어 눈부신 섬광으로 크로나우에르의 눈을 멀게 하더니 불이 들어오지 않았다. 전구가 타 버린 것이다. 잠시 동안, 타오르는 퓨즈가 새하얗다가 이내 붉어지는 잔상이 크로나우에르의 망막에 남았고, 그의 눈앞에는 명암이 전혀 없는 완전히 시커먼 장면만 보였다. 탄약이 든 상자를 찾으려면 힘들겠어, 그는 반쯤은 속으로, 반쯤은 한숨을 내쉬며 투덜거렸다. 손으로 더듬어 제대로 된 탄약을 찾기엔 너무 엉망진창인걸. 그의 입이 움직였고, 희미한 투덜거림이 입 밖으로 새어 나왔다. 그러다가, 목소리를 내거나 스스로의 목소리를 듣고 싶다는 알 수 없는 충동에 휩싸여, 그는 주정뱅이나 기도 전 감정을 고조시키는 샤먼처럼 분명한 소리로 중얼거리기 시작했다.

"무슨 생각이지, 크로나우에르?" 그는 주절거렸다. "탄약이 필요하다고…? 누구를 상대로 싸운다고 생각하는 거야, 딱한 바보 같으니…? 포위 공격에 버티려는 거야…? 대학살이라도 계획했어…? 계획이 있긴 한 거야, 크로나우에르, 이 엉터리 군인…?"

이 마지막 질문을 하던 중, 그는 복부에 뭔가 묵직한 타격을 받아 숨이 턱 막혔고, 몸이 앞으로 꺾였다. 뭐라 말할 수 없는 덩어리가 어둠 속에서 나타나 그에게 달려들어 흉골과 허리 사이를 후려친 것이다. 외투의 모피와 가죽이 충격을 어느 정도 흡수했다. 타격을 입고 그는 허리를 구부리며 뒷걸음쳤다. 그에게 부딪친 것은 덩치가 크고, 뒤틀리고, 물렁물렁했다. 그는 발사음이 들리지 않는 무기가 발사되었을 가능성은 즉시 접어 두었다. 저장실의 정적은 강렬했다. 샌드백이나 죽은 동물이 그를 향해 곧장 전속력으로 날아온 것에 가까웠다. 마술적인 발사체거나 솔로비예이가 고안한 더러운 술수겠지, 그는 생각했고, 균형을 잃어 한 발짝 더 뒤로 물러섰다.

그는 타일 바닥에 미끄러지며 1미터 더 물러났다. 놀라움과 아픔으로 신음을 내뱉었으나, 이제는 조용해졌다. 그에게 던져진 샌드백인지 시체인지는 어둠 속 어딘가에서 튀어 올랐다가 둔탁하니 움직임이 없어졌는데, 문턱을 넘어간 게 분명했다. 커다란 개나 사람의 시체겠지, 그는 생각했다.

저장실에 살아 있는 기척을 내는 것은 아무도 없었다. 하지만 그쪽에서 왔어, 그는 생각했다. 그는 천천히 몸을 추스르는 중이었다. 위(胃)에 여전히 난폭하게 짓눌린 느낌이 남아 있었다. 죽은 동물, 큰 개나 늑대, 그는 또 생각했다. 그런 게 던져진 거야. 아니면 누군가의 시체거나.

쳇, 이건 말이 안 돼, 그는 계속 생각했다. 그는 상황을 자세히 그려 보지 않으려고 애썼다. 공포가 그의 배 속에 맴돌고 그는 어떻게 해서든 그것을 부인하고 싶었다.

이제 그는 곧게 선 자세를 되찾았다. 오른발 밑창에 작은 얼음덩이가 박혀 그가 힘주어 디디면 부츠가 한쪽으로 밀렸다. 배와 허리가 아팠다. 내가 아는 건, 누군가 날 공격했다는 거야, 그는 생각했다. 그는 SKS를 저장실 안쪽 깊이 겨누고 두 차례 발사했다. 총알들은 고철 더미로 날아가 튀었다. 뭔가가, 금속 상자가 떨어지고, 안에 든 것이, 아마 동전이나 메달 같은 것이 잠깐 쏟아지고는, 끝이었다. 홀에서는 발사음의 반향이 명백히 즐거운 기색으로 이 구석에서 저 구석으로 내달리며 악의를 가라앉혔다. 소음은 요란했다. 그러다가 사격은 완전한 과거의 일이 되고 크로나우에르는 다시 심장이 목구멍과 옆구리 사이에서 뛰는 것을 느꼈다.

그는 이제 저장실의 어두운 문틀 앞에, 화약과 뜨거운

기름 냄새가 피어오르는 가운데 서 있었다. 그리고 어둠 속에는 살아 있는 기미도 죽음의 기미도 전혀 없었으므로, 그는 어둠을 마주하고서, 연달아 일어나는 마술에 대하여, 그리고 계속해서 떨치려 해도 따라붙고야 마는 공포에 대하여 어떤 태도를 취해야 할지 모르게 되었다.

공포. 공포는 배회하다, 사라졌고, 그는 그것을 물리쳤다. 그러나 공포는 거기 있었다.

• 그는 저장실에 들어갈 생각을 접었다. 무턱대고 쏜 두 발이 방에 숨어 있는 누군가에게 맞았는지는 알 길이 없었다. 그 안에 도사리고 있는 것은, 미동도 없이 고요하게, 분명 다치지도 죽지도 않고, 숨죽인 채 역습하기 가장 좋은 기회를 노리고 있었다. 콜호스의 수장이거나, 그의 추악한 시들 속에서 그 주변에 비굴하게 얼쩡대는 피조물 중 하나. 어쨌든 인간이나 반인이나 동물의 시체, 아니면 단순히 장기와 살점이 든 자루를 날릴 정도의 마술적 힘이 있는 누군가. 어쩌면 그것은 내가 공포로 죽기를 노리는지 모른다, 크로나우에르는 생각했다. 그는 한 번 더 쏠 준비가 되어 있었고 소리나 움직임을 감지하려고 집중했다. 그러나 그가 감지한 것은 부재뿐이었다.

저장실의 검은 입구에서 눈을 떼지 않은 채, 그는 뒷걸음질로 홀을 지났다. 빛은 형편없었지만, 일단 등이 벽에 닿아 기댈 수 있게 되자 그는 작전 구역을 감시하기에는 그 정도면 충분하다고 여기고 구석으로 가 자리를 잡았다. 그는 창문에서 떨어져 있었다. 밖에서 빛줄기가 비쳐 들더라도 그에게 바로 닿을 수 없었다. 그는 악의적인 시선이 도달하기 어려운 장소를 찾았다는 기분이었다. 그건 터무니없는 기분이었고, 그가 상대하는 적이 어떤지를 고려하면 더더욱 그랬다. 하지만 그런 기분이 들었다. SKS를 발사 자세로 쳐든 채, 그는 조준선을 때로는 저장실 입구로, 때로는 솔로비예이의 거처로 가는 복도 입구로, 때로는 거리로 난 문으로 잡았다.

계속해서 소총을 움직이는 동안 그는 전혀 소리에 주의하지 않았고, 어쨌거나 적에게 발각되리라는 것을 받아들인 후 몸을 덥히기 위해 좀 움직이기로 마음먹었다. 더 이상 차디찬 바람에 노출되어 있지는 않았고, 한코 보굴리안이 골라 준 털외투는 따뜻했고, 모피 안감의 부츠는 바닥에서 올라오는 냉기를 막아 주었지만, 그의 몸은 불안으로 약해져 부들부들 떨렸다. 손에는 온기가 돌아오지 않았다. 그는 손에 입김을 불고 굳은 온몸을 풀기 위해 좀 움직였다. 배에는 어둠 속에서 그에게 날아온 큼직한 덩어리와 접촉했던 감각이 아직 남아 있었고, 곰곰이 생각하면 할수록 배에 역겨운 것을 맞았다는 확신이 깊어 갔다. 시체 아니면 지방과 고기가 가득 든 커다란 보따리야, 그는 되뇌며 타일 바닥에 발을 굴렀다. 다리의 혈액순환을 촉진시키기 위해서이기도 하지만, 소리를 내서 파고드는 혐오감과 두려움을 몸이 잊도록 하기 위해서이기도 했다.

저장실로 소총을 겨눌 때면, 그는 짙은 어둠을 분간하려고 애쓰면서 그 속에서 그에게 난폭하게 부딪쳤다가 문턱에 나가떨어진 그 덩어리를 알아보려고 했다. 그것은 입구를 넘어갔거나 문 바로 앞 타일 바닥에 있어야 옳았다. 그런데 타일 바닥에는 아무것도 없었다. 하지만 내가 꿈을 꾼 게 아니란 건 확실해, 그는 생각했다. 그건 수평으로 내게 처박혔고, 묵직했고, 전속력으로 내게 날아왔고 그 후에 땅에 떨어지는 소리를 들었어. 그건 딱 문턱에 걸쳐져 있어야 해. 아니면 내가 눈치채지 못하게 뒤로 기어갔거나. 그놈이 뒤로 기어갔다, 소리 없이 움직인다, 온 곳으로 돌아갔다.

그 순간 쏘아 버려야 했어, 그는 자책했다.

내가 어쩌지도 못하는 새에 그것이 내게 다시 달려들지 누가 알겠어, 그는 생각했다. 첫 번째만큼 혹은 그보다 더 빠르게. 총알처럼 빠르게.

그는 몇 분간 가만히 있었다. 그는 저장실 입구를, 검은 바탕 위의 검은 직사각형을 조준했다. 거기서는 치명적인 탄환이 날아올 수도 있었고, 제대로 겨냥해서 쏜 거라면 그는 대응할 수 없으리라. 총알을 맞는다는 생각은 마음에 걸리지 않았다. 죽음이 소원까지는 아니어도, 그는 죽음의 가능성을 당연하게 받아들였는데, 한편으로는 그가 군인이기 때문이었고 다른 한편으로는 그것이 레바니도보와 그 해로운 분위기, 죽지도 살지도 않은 존재들과 꿈의 덫들을 떠나는 빠른 방법일 터이기 때문이었다. 그리고 적어도 죽음은 이 추격의 아모크,[38] 분노의 아모크, 공포의 아모크와 거기에 수반되는 모든 것을 끝내 줄 것이었다. 원시적 사냥꾼 상태로의 흉포한 퇴행, 본능에 우선하는 지성의 등한시, 그리고 무엇보다, 깊은 곳에 깔린, 죽이고, 쓰러뜨리고, 상처 입히고자 하는 억누를 수 없는 욕구, 이 악몽을 유발한 것이 누구인지 더 이상 기억나지조차 않는데도.

이젠 내가 마르크스주의 원칙에서 일탈했는지 아닌지도 모르겠군, 그는 생각했다. 그리고 더 이상 생각하지 않았다.

반 시간이 흘렀다. 크로나우에르는 다시 조금 몸을 움직이기 시작했다. 때로는 섰다가, 때로는 쭈그리고 앉았다. 거의 내내 SKS를 저장실 입구로 겨누고 있었지만, 거기서 움직이는 것은 아무것도 없었고 발포할 이유도 전혀 없었다.

• 소비에트 건물에 초자연적인 평화가 깃들었다. 크로나우에르의 몇 차례의 몸동작을 제외하면 아무런 일도 일어나지 않았다. 바깥의 소음만이 공간을 채웠다. 밖에서 오는 소음과 어둠만이.

거리를 습격하는 눈보라.

창문에 부딪쳐 거세게 흩어지는 눈 더미들.

거리에 연속해서 울리는 바람의 울부짖음.

그리고 벽 안쪽은, 이상 무.

기다림. 한없는 감시. 이따금 조금 거친 숨소리, 크로나우에르가 참지 못하고 흘리는 불안한 딸꾹질.

어둠. 어두운 기다림. 시간이 흐른다, 매분 중압감이 더해 가며. 내가 싸우고 있는 거야, 자고 있는 거야? 크로나우에르는 생각했다. 어두운 불확실함.

반 시간이 또 흘렀다.

더 이상 참을 수 없어지자, 크로나우에르는 힘차게 홀을 가로질러 가 저장실 입구에 서서, 누군가가 누워 있거나 서 있다고 생각되는 방향들을 향해 세 발을 연속으로 발사했다. 총알들은 단단한 장애물들, 벽에 부딪쳤다. 금속으로 된 물건들이 날아올랐다가 요란하게 바닥에 떨어지는 소리가 들렸다. 살점과

---

38. 급격한 흥분으로 살인 등을 범하게도 하는 급성 착란증.

331

기름으로 이루어진, 살았거나 죽은 어떠한 적도 탄환에 전혀 맞지 않은 것이 분명했다. 빈 약협들이 크로나우에르 발치의 타일 바닥에서 튀어 올랐다. 그는 발사음의 반향과 화약내가 사라지게 두었다. 총격의 짧은 순간이 조금 연장되었다가 이내 사라졌다. 아무런 결과도 나오지 않았다. 크로나우에르는 비명이나 한숨, 아니면 적어도 강철이 적의 신체를 꿰뚫는 소리를 기대했었다. 하지만 그런 것은 전혀 없었다. 그는 소총을 움직이지 않고, 문 앞에 버티고 서 있었다. 공격의 결과가 없어 아연한 듯하기도 하고, 어찌 보면 일제사격을 받기 전 사색에 잠긴 듯하기도 했는데, 자신이 그 어느 때보다도 응사에 취약한 위치임을 잘 알기 때문이었다. 그는 위험을 마주한 곰처럼, 혹은 스스로를 마주한 정신병자처럼 몸을 좌우로 흔들고 싶은 마음이었으나, 꾹 참았다. 주위를 둘러싸고 점점 더 인간적이지 않은 형상을 띠어 가는 위협들에 말을 거는 한편, 스스로에게서 나오는 살아 있다는 증거를 듣기 위해, 뭔가 말해야 하지 않나 하는 생각이 찰나적으로 스쳤다. 그러다 그 생각은 사라졌다. 그의 나머지 생각들은 혼란스러웠다. 그는 그렇게 1분간, 어쩌면 2분간, 굳어진 채 마음을 정하지 못하고 서 있었다. 그러다가, 아무 일도 일어나지 않았으므로, 그는 떠났다.

• 그는 행정 사무실로 통하는 패드를 댄 문들을 지나, 텅 빈 홀을 마지막으로 둘러본 다음, 솔로비예이의 사적인 영역으로 이어지는 복도로 들어섰다. 이제 그는 건물의 알지 못하는 구역에 진입했고 천천히 나아갔다. 왠지 모를 불가해한 이유로, 그 층에서는 아무런 함정과도 마주치지 않을 듯한 느낌이 들었지만, 그래도 그는 어둠의 밀도가 조금만 달라져도, 수상한 존재감이 조금만 느껴져도 발포할 태세를 늦추지 않았다. 그는 복도를 우선 1미터 반, 이어서 2미터 나아갔다. 바닥은 마루가 깔려 있어, 마룻장이 삐걱거렸다. 그 소리가 줄곧 그의 위치를 알렸다. 그는 갑자기 몸을 수그리고 꼼짝하지 않았다. 웅크리고 있어 봐야 무슨 소용이지, 크로나우에르? 그는 생각했다. 넌 너무 소리를 많이 내, 네 외투마저 바닥을 스치면서 소리를 내고 있잖아. 스스로에게 주목을 끌고 있다고. 네가 원하는 게 그거야…? 네가 '찬란한

종착역'을 소탕하기도 전에 개자식이 널 거꾸러뜨리길 바라는 거야?

잠시 생각해 본 후 그는 어둠이 자신에게 불리하며 조명을 켜 보아서 손해 볼 것은 없다는 결론을 내렸다. 그는 일어서서 복도 초입까지 물러났다. 발밑에서 마룻장이 거세게 삐걱거렸다. 계속해서 무기를 어둠을 향해 겨눈 채, 그는 이제 왼손을 벽에 대고 걸었다. 오래지 않아 손가락에 돌출된 스위치가 만져졌다. 그는 즉시 눌렀다. 콜호스의 수장은 전기를 끊을 생각을 하지 못했거나, 그럴 필요는 없다고 여긴 듯했다. 크로나우에르는 느닷없이 복도를 끝까지 비추는 세 개의 천장 등 빛 아래 놓였다. 복도는 비어 있었다. 소총을 발사할 상대는 아무도 없었다.

실내장식에 특별한 점은 전혀 없고, 지난 몇 시간의 행동 이후, 그리고 이런 강한 빛에서 보니 어이없을 정도로 평범하다고도 할 수 있었다. 모든 것이 밀짚 같은 노란색이나 사무적인 녹색 같은 밝은 색으로 칠해져 있었다. 따뜻한 공기에서 뜨거운 라디에이터와 니스 냄새가 났다. 크로나우에르의 오른쪽에 올라가는 계단이 있었다. 크로나우에르는 SKS를 계단으로 향했다가 다시 복도로 조준했다. 위층을 찾아 봐야 소용없다는 확신이 있었다. 아무런 근거는 없지만, 매우 굳은 확신이었다. 맞은편 끝에 아래로 내려가는 계단이 있었다. 저쪽이다, 그는 생각했다. 그는 거의 논리적으로 사고하지 못해, 무미건조하고 빈약한 문장들이 머릿속을 스쳐 갔을 뿐이었다.

복도에는 방 두 칸이 있었다. 사무용 가구, 짝이 맞지 않거나 망가진 의자가 있는 삭막한 방들이었다. 거실이나 침실보다는 대기실에 가까웠다. 첫 번째 방에는 긴 의자와 낮은 탁자가 있고 그 위에는 깨진 물병과 먼지가 까맣게 앉은 잔이 딱한 꼴로 기다리고 있었다. 크로나우에르는 소총을 앞으로 향한 채 발로 문을 걸어차고, 불을 켜고, 눈으로 안을 훑어본 다음 복도로 나왔다. 그리하여 폐쇄된 환경에서의 특공대 개입 현장을 존중한 것이었다. 그럼에도, 솔로비에이는 거기에 숨어 있지 않으며, 다른 곳, 건물 지하에서 그를 기다리고 있고, 자신은 목표물을 찾아 지하로 들어가야만 하는 순간을 늦추고 있을 뿐임을 그는 줄곧 확신했다. 두 번째 방에서 나오자, 그는 더 이상 다음

에피소드를 미룰 수 없음을 알았다. 복도 끝의 계단을 내려가야만
했다.

• 그는 계단 수를 세지 않았다. 아마 스물이나 스물다섯 개였다.
마지막 칸에 왔을 때, 그는 위에서 나는 소리에 위험을 느꼈다.
계단 통로에 눈구멍 두 개가 뚫린 플라스틱 통에 머리가 가려진
윤곽이 나타났다. 통은 어깨 위에 오도록 잘려 있어 괴상한
크기의 우주비행사 헬멧과 매우 흡사했다. 그와 대조적으로, 여우
꼬리로 만든 외투 때문에 크게 부풀어 있었음에도, 침입자의 몸은
자그마한 체구였다.
　　여자일지도 몰라, 크로나우에르는 생각했다.
　　그래, 뭐, 여자일지 모르지, 하지만 뭐가 됐든 솔로비에이의
피조물이야, 그는 결론지었다.
　　그는 총을 복도로 겨누고 쏘았다. 첫 발은 보나마나 너무
높았고, 즉시 두 번째 총알이 목표물에 적중했다.
　　남자인지 여자인지 다른 것인지, 그 윤곽은 뒤로 펄쩍
뛰더니, 보이지 않게 되자 음산하고 새되고 불명확한 비명을
질렀다. 고통인지, 절망인지, 분노인지 모를 비명을.
　　크로나우에르는 표적을 놓치지 않았다는 것이 기뻤다.
비명에 놀라고 가슴이 아팠지만, 사냥꾼의 어리석은 기쁨,
포식자가 죽일 때 느끼는 신체적 만족감이 더 컸다. 바로 이거야,
그는 더 깊이 들어가지 않고 생각했다.
　　그는 몇 초간 위를 바라보았다. 그의 손이 떨렸다.
　　아모크 살해자의 손, 마주치는 모든 이에게 죽음을 가하는
미친 손. 그 손이 떨렸다.
　　비명이 별안간 멎었다. 그는 계단 마지막 칸에 서 있었고
몸속에서 살해 후의 미친 듯한 떨림을 느꼈다.
　　위에서 조명이 꺼졌다.
　　꺼졌나 보군, 그는 굳이 따지려 들지 않고 생각했다.

• 계단 마지막 칸을 내려가자 보일러실이고, 그는 즉시 기운이
좀 돌아왔다. 이제 그는 솔로비에이의 둥지 아주 가까이 있었다.
이제 그는 전혀 알지 못하고 그에게 가해지는 아주 사소한

334

공격이라도 치명적일 수 있는 영역으로 나아갔다. 몸을 지키기가
어려울 거야, 그는 생각했다. 보일러실에는 조명이 밝혀져 있고,
튜브, 전선, 배관과 기계 따위가 뒤죽박죽 엉켜 있었음에도
딱 보기에 숨을 곳이 거의 없어 보였다. 크로나우에르는 이를
악물고, 몇 걸음 걸어가 콘크리트 받침 위에 놓인 탱크 뒤로
들어갔다. 그렇게 하면 적어도 정면에서 오는 사격은 막을 수
있을 터였고, 또 지금 전투가 벌어지려는 공간에 익숙해지기 위해
관찰하기 좋은 지점이었다.

지하실 표면을 가득 메우고 펼쳐진 설비들 너머에는
터널들로 통하는 입구들이 있었다. 크로나우에르는 그것들을
발견하고도 안에 들어갈 생각은 추호도 없었다. 저 통로들이
어디로 통하는지 넌 전혀 모르잖아, 그는 생각했다. 들어가지
않는 게 좋아, 첫 커브를 돌자마자 끝장일걸. 우리가 익히 알듯,
기온이 너무 낮고 눈이 높이 쌓였을 때 마을 주민들이 돌아다닐
수 있도록 하는 이 지하 터널망의 존재에 대해, 그는 한 번도
들은 적이 없었다. 그들은 내게 이런 얘긴 전혀 하지 않았어,
그는 생각했다. 바실리사 마라시빌리의 일도 마찬가지야, 나만
빼놓았어. 그들은 내게 뭐에 대해서든 아무런 정보도 알려
주지 않았어. 그는 다시 분노로 숨이 막혔다. 그는 레바니도보
주민들에게, 솔로비예이에게, 러시아어와 수용소 몽골어와
공동묘지 독일어로 낮게 저주를 퍼부었다. 그들은 더러운
축음기 바늘로 나를 찔렀어, 그는 투덜거렸다. 내 지성을 완전히
마비시켰고, 언제나 내가 멍청하고 무디게 사고하도록, 그들의
음모를 전혀 이해하지 못하도록 일을 꾸몄어!

그는 스스로를 다잡았다. 손에 쥔 소총이 다시 떨렸는데,
이번에는 살인의 흥분의 영향보다는 불안 때문이었다. 그는 벽에
기댔다. 집중해야 해, 크로나우에르, 이건 전쟁이야. 불평하느라
에너지를 낭비하지 마. 어쩌면 적은 이미 널 조준하고 있을지
모르고, 지금은 주춤할 때가 아니야. 그는 용기를 얻기 위해
몽골어 욕설을 몇 마디 더 중얼거렸다. 잠시 후 손의 떨림이
잦아들었다. 그는 공격하고 죽이려 들기 위해 필요한 평정을
적어도 어느 정도는 되찾는 데 성공했다.

그의 앞에, 10여 미터에 걸쳐, 죽어 가는 엔지니어들이

레바니도보의 영원한 전력을 보장하기 위해 구상했던 복잡하고 뒤죽박죽이며 터무니없는 집합체가 펼쳐져 있었다. 장소의 배치를 가늠하는 동시에, 크로나우에르는 불가능한 일을 해내고 주민을 구하기 위해, 혹은 적어도 생존자들에게 최소한의 안락을 보장하기 위해 수도에서 파견된 그 독보적인 기술자들, 남녀 영웅들을 생각했다. 우리들의 영웅이다, 그는 생각했다. 그 용감한 남녀들, 희생의 시간이 왔을 때 망설이지 않고, 오래전부터 강경한 평등주의자들, 회개하지 않는 자들, 파르티잔의 특성이었던 헌신을 다해 휴식과 잠에 작별을 고했던 이들. 3주도 안 되는 기간에, 창자와 소뇌가 시커멓게 타 너덜너덜해지는 동안, 그들은 터빈이 돌아가고 전기 흐름이 복구되는 데 필수적인 회로를 가동시켰다. 그런 후에 그들은 마침내 고통스러운 육체에서, 혐오스러운 살덩이에서 분리되었다.

크로나우에르는 동지애 어린 경의를 표하는 걸 마치고 다음 순간에는 군사적 정찰에 완전히 몰입했다. 원자로에 다가가기 위해서는 복잡하게 얽힌 파이프와 튜브들을 넘어가고, 펌프, 탱크, 증기보일러로 변형시킨 중유보일러, 유지용 저장지를 대신하는 컨테이너들은 물론, 어디로도 통하지 않는, 아마 밀폐 공간이 될 계획이었겠지만 완성될 시간이 없었던 타르에 뒤덮인 문들을 이리저리 누비며 가야 했다. 사방으로 구불구불 이어지고 매달린 수많은 접속 배선함과 전선 망이 이 빽빽한 세계에서 움직임을 한층 더 어렵게 했다. 거기다가 전날 밤 사미야 슈미트가 저지른 파괴로 벽을 타고 증기가 새거나 기름이나 뜨거운 물이 흘렀다. 크로나우에르가 나아가려고 하는 시멘트 바닥은 검은 웅덩이들로 더러웠다. 저게 무거운 물, 생명과 죽음의 물일지도 모르지, 아니면 타르거나, 그는 생각했다. 그는 빛나는 것처럼 보이는 표면에서 거품 몇 개가 이따금 커지다가 터진다는 것을 알아냈다. 모를 일이지, 그는 생각했다.

• 그는 원자로로 접근하기 시작했다. 그는 콜호스의 많은 비밀을 몰랐지만, 이 사람 저 사람의 가벼운 입놀림으로 솔로비예이가 소비에트 건물 보일러실, 노심 근처에서 자거나 휴식을 취하는 습관이 있음을 알았다. 그걸 알고 나서, 일주일 전 그는

솔로비예이의 뒤를 따라 염탐할 작정으로 작은 원자력발전소에
들어가는 꿈을 꾸었다. 그때 그는 솔로비예이가 요란한 소리를
내는 물질이 가득 찬 튜브들이 붉은빛을 내는 격실에 들어가,
농부의 가죽 윗옷을 흔들며 불꽃들 앞에서 불꽃들에게 정신 나간,
근친상간적인 시를 낭송하는 모습을 보았다. 그 꿈의 이미지에
깨어나서 깜짝 놀랐지만 잊고 있었는데, 지금 그것이 강렬히
되살아나, 큰 차이 없이 현실 세계에 입혀졌다. 다시금 그는
작은 원자력발전소에 있었고, 솔로비예이에게 향하는 동시에
방사능의 잉걸불과 어둠과 마술의 공간으로 향하는 길에 있었다.
콜호스의 수장이 사미야 슈미트가 입힌 부상이 회복되기를
기다리며 피신할 만한 장소가 있다면, 바로 거기였다.

• 지하실 전체가 열기에 잠겨 있었다. 보잘것없는 차폐막 뒤에서
핵분열물질들이 방출되었다. 배관들은 타는 듯 뜨거웠다. 어떤
것들은 불똥으로 뒤덮여 있었는데, 줄지어 기어가는 곤충을
닮은 불똥은 몇 초간 지글거리다가 사라졌다. 섬광이 연이어
일어나, 전기 조명 빛에 약해지긴 했어도 흰색, 푸른색, 가끔은
번쩍이는 칠흑 같은 검은색을 발했다. 콘크리트 벽은 화덕 같은
진동을 발산하여 접근하기가 거의 불가능했다. 터널 입구 한
곳에 터빈이 뿜어내는 구름을 빨아들여 숲에 배출하는 배출관이
있었지만, 위쪽에 있는 거대한 연결부들에서부터 증기가 샜다.
계속해서 새어 나오는 증기는 온도를 올리는 데 일조했다. 두툼한
모피 외투를 입은 크로나우에르는 지금 숨이 막혔다. 온몸에서
땀이 흘렀다. 그는 이마에서 샤프카의 젖은 가장자리가 이루고
있는 둑이 무너지는 것을 느꼈다. 이미 땀방울들이 관자놀이로
흘러내리고, 눈꺼풀 위로 배어 나와 눈이 따끔거렸다. 소총에서
그가 쥐고 있는 부분이 축축했다. 그는 오른손을 외투에 닦았다.
모피는 녹은 눈을 흠뻑 품고 있었다. 그는 손을 다시 방아쇠울에
갖다 댔다. 손은 아까보다 더 축축해져 있었다.

• 내가 몇 발이나 쐈더라? 그는 불현듯 스스로에게 물었다. 몇
발이나 남았지?
　　　그는 건물 안이나 거리에서 발포했던 횟수를 세어 보려

337

했지만, 셈은 도중에 막혔고 그 문제는 그대로 놔두기로 했다. SKS를 내려 탄창을 점검하거나 암산 연습을 다시 하기엔 솔로비예이의 은신처에 너무 가까이 와 있었다. 게다가 오른손을 총에서 떼고 저장실에서 챙긴 탄 클립을 찾아 주머니를 뒤질 만한 때도 아니었다. 약실에 탄약이 아직 하나 남아 있는지 별로 확실하지 않았다. 그러길 바랐지만, 그리 확신이 들지 않았다.

이제 그는 기술자와 영웅들이 되는대로 꿰맞추어 둔 원자로가 안에서 웅웅 울리는 콘크리트 큐브의 벽을 따라 1센티미터씩 나아갔다. 솔로비예이의 은신처에 도달한 것이다. 벽에서는 탄화된 고기 냄새와 악티나이드[39] 냄새가 났다. 바닥에는 배관들이 지그재그로 누비고, 꺼졌다가 거의 즉시 되살아나는 잔 불꽃의 물결들이 줄곧 그 위를 지나갔다. 떨림처럼, 바람에 날리는 솜털처럼, 생명과 산 것 혹은 그와 비슷한 일종의 죽음과 연관된 현상처럼. 잔 불꽃들은 회색, 때로는 오렌지색이었다. 크로나우에르가 그런 튜브 하나를 밟으면 탁탁거리는 소리는 멎었지만, 그것이 몸에 전달되어 뼈를 타고 퍼지는 게 느껴졌고, 그 직후 SKS의 총신이 덩달아 자그만 불꽃들로 뒤덮였다. 바닥에는 기름기 있는 웅덩이들이 퍼져 있는데, 잔물결이 일며 흔들리고 이상할 정도로 광채가 났다. 크로나우에르는 그것들을 피했지만, 어쩔 수 없을 때면 진저리 치며 그 속에 발을 디뎠다.

다음으로 그는 방금 빙 둘러 돌아 온 콘크리트 큐브의 입구까지 접근했다. 타르가 묻은 전선들과 뜨거운 배관들로 이루어진 바리케이드 같은 구조를 넘어서야 엄밀한 의미의 입구에 도달할 수 있었다. 이제 그의 앞에는 나프타성 물과 희미한 어둠에 둘러싸인, 때가 탔는지 그을음을 뒤집어썼는지 모를 딱딱해진 매트리스가 나타났다. 검은 공간에서 숨 막힐 듯한 녹아내리는 베이클라이트 냄새가 흘러나왔다. 크로나우에르가 예상했고 두려워했던 대로, 솔로비예이는 그의 둥지에 있었다. 그는 다리를 구부리고 매트리스에 앉아 있었으며, 장화는

---

39. 악티늄족 원소 중에서 89번 원소 악티늄을 제외한 14원소를 통틀어 이르는 말.

아무렇게나 잠자리에 놓여 더러움에 한층 일조했다.

왠지 모르게, 그 하찮은 사소함이 크로나우에르에게는 충격이었다. 저것 좀 보게, 저 무식한 놈, 그는 순간적으로 생각했다. 저 짐승 같은 놈, 누워 자는 곳에 발을 올리고 있잖아.

• 콜호스의 수장은 머리에 끔찍한 부상을 입었다. 확실히 벌써 회복되는 중이기는 했다. 전날 밤이 지나고 우드굴 할머니가 치료에 쓴 연고와 살아 있는 물 덕분이었고, 또 솔로비예이가 얼마나 심한 육체적 손상을 입었든 빠르게 재생되는 부류의 생물에 속하기 때문이기도 했지만, 상처는 아직도 몹시 흉측했다. 사미야 슈미트가 그의 눈에 처박은 쇠막대는 여전히 꽂혀 있었다. 분명 솔로비예이는 누군가에게 그것을 빼 달라고 했거나, 어쩌면 직접 그 일을 맡겠지만, 고통 때문에 해내지 못했고 쇠막대는 엉겨 붙은 뇌와 뼛조각이 묻은 채 왼쪽 귀에서 더더욱 튀어나와 있었다. 솔로비예이의 더부룩한 머리에서 그쪽은 진흙이 달라붙은 듯 끈적끈적했다. 쇠막대가 왼쪽 귀까지 뚫고 나온 자리는 피범벅으로 곤죽이 된 빈 공간에 지나지 않았다. 콜호스 수장의 얼굴은 사자 같은 위엄을 잃었고 그 얼굴에서 훼손과 고통 이외의 것을 알아보려면 노력을 기울여야 했다. 그의 성한 쪽 눈은 감겨 있었다. 그는 눈을 반쯤 떴고 크로나우에르는 반 초 만에 솔로비예이가 품을 수 있는 모든 경멸 어린 냉혹함을, 그의 사악한 조롱과 분노를 고스란히 받았다.

매트리스에는 풀어진 붕대, 갈색 액체에 젖은 습포, 소똥 같은 고약으로 더러워진 내의 들이 널려 있었다. 그리고 거대한 가면이 되도록 잘라 내고 개조한, 반쯤 휘어지는 재질의 가죽 가방도.

그가 가면을 벗었어, 크로나우에르는 생각했다. 그러고는, 직전에 자신을 꿰뚫은 시선의 영향으로, 그게 무엇이었는지 결론을 내릴 수가 없었다. 나는 전쟁에 나갔었어, 그는 생각했다. 부서진 얼굴이라면 많이 봤어. 그건 언제나 충격이지.

그래, 그는 무거운 머리로 생각했다. 그건 늘 엄청난 충격이야.

그는 검은 액체의 못 속에 서 있었다.

• 솔로비예이의 가슴 윗부분, 목이 시작되는 부위를 똑바로 겨눈 크로나우에르의 소총.

터빈의 조용한 웅웅거림.

녹은 베이클라이트의 메슥거리는 악취.

다른 냄새들, 뜨거운 금속과 격노한 플루토늄의 냄새.

더러운 매트리스에 앉은 솔로비예이, 지하실 깊숙한 곳에서 발각당한 노숙자 같은.

매트리스 주변으로, 잉크처럼 걸쭉한, 거품 나는 물이 고인 바닥.

솔로비예이의 다친 머리.

갑자기 크게 뜨인 그의 오른쪽 눈, 냉혹하고 황금빛인.

장면의 중경을 무질서하게 가로지르는 도관들, 앞에서, 뒤에서, 옆에서, 정신분열증에 걸린 배관공들이 설계한 도면을 따라 작은 미로들을 이루는.

한증막 같은 열기.

이따금 보일러실에서 터지는 짧고 강렬한 섬광들, 마그네슘이 타오르는 불길 같은.

용접 부위들에서, 매트리스에서, 크로나우에르의 외투와 소총에서, 솔로비예이의 상처에서 날아오르는 불똥들.

움직이지 않는 작은 불꽃들이 벨벳처럼 뒤덮은 문 하나.

때때로 시커먼 물의 출렁임, 저 혼자 성을 내는.

문 뒤의 핵 지옥.

땀에 절고, 땀으로 눈이 멀고, 자기 주위에서 스스로의 공포의 냄새가 피어오르는 것을 느끼는 크로나우에르.

가끔 솔로비예이가 내는 쿵쿵거림, 그리고 그뿐.

어둑함.

기다림.

• 솔로비예이는 움직이지 않고, 최면을 거는 눈으로 자신을 위협하는 상대를 응시할 뿐이었다.

상대를 쏘기 전 몇 마디 할 수 있는 입장인 크로나우에르는 몇 초 동안 무슨 말을 할지 생각했다. 아무것도 떠오르지 않았다. 복수의 선언도, 곧 실행할 처형을 정당화하는 근거도 전혀.

340

그래도 뭔가 있을 테지, 그는 생각했다. 아무런 이미지도 그의 눈앞에 불타오르지 않고, 그가 콜호스의 수장을 고발한 만한 악행의 표상도 떠오르지 않았다. 자신이 거기, 지하실에서, 말 없는 부상자에게 전쟁용 소총을 들이대고 있는 이유가 그에게는 아주 희미하게 기억날 뿐이었다. 의식에 한 여자가 떠올랐으나, 그는 그녀를 아예 혹은 제대로 알아볼 수 없었기에 그녀는 상투적인 그림자에 지나지 않았다. 솔로비예이가 마술적으로 조작하기 이전에, 도중에, 이후에 바실리사 마라시빌리가 어떻게 생겼었는지 그는 잊어버렸다. 그는 자기 품에 안긴 행복하고 젊은 이리나 에첸구엔을, 이후 병원에서 죽어 가는 그녀를, 이후 죽은, 학살당한 그녀를 다시 보았다. 누군가 최근에 그에게 "난 당신과 함께예요."라고 말한 것이 떠올랐고, 분명히 여자였지만, 그 문장이 현실에서 말해졌는지 꿈에서였는지 의문이었다. 그렇게 확고한 공감을 표했던 그 여자의 이름이 무엇이었는지, 자신과 어떤 관계였는지, 그는 전혀 기억할 수 없었다. 아마 그것도 이리나 에첸구엔이었을 거야, 아니면 바실리사 마라시빌리거나, 아니면 솔로비예이의 딸들 중 하나, 막내딸, 대담하게도 솔로비예이를 때려눕히고 뇌에 구리 파이프를 박았던 딸. 그는 더 이상 그 여자의 이름이나 얼굴을 떠올리려는 노력조차 하지 않았다. 그는 기진맥진해 있었다. 아모크적 폭력의 발작은 끝나 갔고, 간질 발작처럼 그의 의식을 미완성의 이미지와 찢어진 조각들로 이루어진 뿌연 반죽으로 뒤바꾸며 물러나기 시작했다. 피로한, 극도로 피로한 기분이었다. 굳이 말을 늘어놓을 필요 없어, 그는 생각했다. 기억 속의 진창을 온통 헤집을 것까진 없어, 크로나우에르, 그는 생각했다. 견딜 수 없는 피곤이 그를 덮쳤다. 그의 뇌는 이제 사소한 일에만 집착했다. 그의 땀 냄새, 매트리스의 더러움, 마르크스·레닌주의의 앞날.

그는 무기를 꼭 쥐었다. 할 말은 아무것도 없어, 그는 생각했다. 그냥 일을 해치우면 돼.

그렇게 그는 방아쇠를 당겼다. 공이치기가 허공을 울렸다.

"저런, 난 자네가 뛰어난 군인인 줄 알았는데." 솔로비예이가 부어오른 입 때문에 변형된, 조소가 가득 담긴 목소리로 말했다.

"탄창을 다 썼거든요." 크로나우에르가 설명했다.

그는 어쩔 줄 모르고, 땀과 더위로 얼이 빠져, 손은 마비된 채 서 있었다.

3초가 지났다.

"저것 좀 보게, 저 무식한 놈." 솔로비예이가 심술궂게 말했다. "저 짐승 같은 놈, 누워 죽는 곳에 발을 대고 있잖아."

"그게 대체 무슨…." 크로나우에르는 더듬거렸다.

그는 시선을 떨구고 이어 고개도 떨구었다. 그의 부츠 바닥은 검은 물의 연못에 잠겨 있었다. 밑에서 뭔가 불타는 것이 떨렸다. 방사능에 오염된 시멘트, 혹은 이미, 적어도 그럴 용기나 운이 있다면 죽음 이후 49일 동안 밟고 다니는, 뭐라 말할 수 없는 물질.

"뭐야, 그냥 검은 물이잖아." 그는 말했다.

그것은 실로 검은 물, 혹은 기름이었고, 거울 같은 특성이 있었으므로 그는 자신의 모습이 비치는 것을 보았다. 모피 모자 너머로 그는 야만적인 살인자의 모습을, 그의 빛 없는 시선을 보았고, 거의 즉시, 삽인지 가래인지가 자신을 내리치는 것을 보았다. 누군가 뒤에서 다가와, 경고도 없이 자신을 날뛰지 못할 상태로 만들었다.

끝났군, 그는 생각했다, 누군가 내 머리를 깨부수었어.

그리고 그는 쓰러져 솔로비예이가 예고했던 곳에, 검은 물속에 누웠다.

22

• 총알이 비 오듯 날아다니는 동안 그는 강력하게 어두운 그의
진로를 틀었고, 잉걸불에서 잉걸불로 뛰어다니기를 멈추지 않으면서,
그의 뒤에 자신을 닮은 미끼들을 던지고, 그의 적들의 기억과 그
자신의 검은 주형들에서 동시에 뽑아낸 추억들로 그들에게 생명과
움직임을 부여했다. 미끼들은 그 대신 그를 향한 화살이나 구리
발사체들을 맞았고, 때로 그는 그들에게 목소리를 주어 가장된
고통과 분노를 표하게 했고, 때로는 그들이 맞자마자 현실을 마주한
사임(辭任) 같은 거대한 침묵 속으로 녹아들거나 사라지도록
손을 썼다. 우리는 우리의 은신처에서 그것을 목격했으며, 말없이
우리는 나쁜 꿈이나 나쁜 책 속에 있는 것처럼 그 안에 있었다.
우리는 예민한 감각을 부여받지 못했고, 지성이라는 면에서
우리는 거칠게 다듬어졌다. 우리가 이해하는 것은 거의 없었고
우리의 공포는 줄어들지 않았다. 오히려 공포는 계속해서 부풀어
올라, 우리의 은밀한 관(管)들과 우리의 꿈의 분비샘들을 긁어
대고 괴롭히며 구역질 나게 우리의 안에서 순환했다. 군인들 역시
겁을 먹고 무분별하게 사격했는데, 자기들이 낯선 공간들에서
허우적대고 있으며 거기서 나가지 못하리라는 것을, 혹은 부득이한
경우 나가기야 하겠지만 살지도 죽지도 않은 채, 이기지 못하고
나가리라는 것을 알았기 때문이리라. 반대로 그는, 종종 그러듯
자신을 상대로 벌어지는, 실패할 운명임을 아는 그 추격을 즐겼고,
군인들의 영혼에 개입하고, 스스로 피해자라 자칭하는 살육의
에피소드들을 손수 구성함으로써 우리가 구역질할 때까지, 하지만
환희하며, 그가 높이 평가한 변덕스러운 전개의 장면들을 반복하고,
군인들을 그들의 어리석음과 악몽의 심연 가장자리로 몰고 가며
즐거워했다. 열기는 강렬했다. 그는 타오르는 벽에 기댔고, 진행 중인
사건들에 갑자기 흥미를 잃어, 젊은 시절 배웠던 옛날 죄수 노래들을
불렀고, 잠시 후, 자기 과거의 존재에 향수를 느껴, 그가 검은 공간에,
우리의 현실에, 조심스레 열쇠들을 간직하고 있는 다른 많은 중간적
공간들에 들어간 이후로 누리는 출구 없는 영원과 그것을 비교했다.
화염은 통주저음의 형태로 그와 함께 웅웅거렸다. 그는 13세기를
더 지나 보낸 다음, 그의 아내들의 이름과, 그들과의 사이에서

가졌으며 그가 권태로 죽거나 자신의 꿈들 속에서 말라죽지 않도록 모두가 도왔던 수없이 많은 딸들의 이름을 중얼거리기 시작했고, 이어서 그가 자신의 누더기와 뼈를 끌고 다녔던 역시 수없이 많은 수용소들의 이름을 열거하기 시작했고, 다음으로 기회가 닿으면, 그의 복수를 피하기 위해 몸을 숨겼을 어딘가의 세계에서 벌하려고 결심했던 적들의 정체를 낭독하기에 이르렀다. 그는 계속해서 골렘 까마귀들을 만들어 타이가의 사소한 세계들로 정찰을 보냈다. 시간이 그의 주위에서 밀랍이나 액체 상태의 현무암을 연상시키는 작은 덩어리들로 뚝뚝 떨어졌다. 열기가 지나치게 고통스러워지자, 그는 다시 장갑을 끼고 가면을 썼는데, 가면에서도 역시 용암이 줄줄 흘렀고, 그런 다음 그는 습관처럼 몸을 웅크려, 궁금해 하는 이들에게 자신이 무엇보다도 재로 돌아가기를 바란다는 것을 보였다. 그의 주위에서 주들이 흘러갔고, 해들이 흘러갔고, 그 후 그는 침묵을 떨치고, 다시 일어서서 갑작스레, 냉소를 섞어, 여러 편의 긴 시를 낭독하기 시작했다. 군인들은 이제 멀리 있었고 그들은 먼지였다. 우리들 자신은 그와의 동행과 그의 담화의 만나(manna)를 포기했고, 흩어지거나 죽은 자들 사이에서 다른 곳들을 떠돌며, 우리는 더 이상 그의 목소리가 들리지 않는 곳에 있었다.

344

4부
타이가

나라(narrats)

23

• 나는 나중에 깨어났다. 한참 후에. 내게서 지독한 냄새가 났다, 폐유, 썩은 고기, 오줌, 세상의 피로의 냄새. 지독한 기름, 지독한 고기, 총살당한 자나 총살 집행자의 오줌, 매우 지독한 피로. 끔찍한 악취. 내가 조금 움직이자 악취가 심해졌다. 악화될 뿐이야, 나는 생각했다. 그러니까 가만히 있으라고.

온몸의 관절이 아팠다. 흉곽 아랫부분에 근육통이 극심했다. 심장이 뛸 때마다 머리에 두통의 물결이 일었다. 그것은 뒷골에 주저앉아 턱까지 퍼졌다. 그것은 부서지고, 흩어졌지만, 사라질 틈도 없이 다음번 물결이 밀어닥쳤다.

눈을 뜨고 싶지 않았다. 우선 고통과 냄새에 익숙해져, 나는 생각했다. 우선 머릿속의 두들김에 익숙해지는 거야. 그건 네 안와를 넘어 흘러가서, 안구의 지방층에서 유리체의 위쪽 반을 지나 광대뼈에 도달하지, 어떻게든 그걸 견뎌 보라고. 그러고 나서 눈을 뜨거나 토하거나, 둘 다 하는 거야.

5분이 지났다. 나는 1밀리미터도 움직이지 않았다. 나는 벽 옆에 누워 있었다. 등과 몸 아래서 오물과 말라붙은 진흙으로 뒤덮인 마감이 거친 판자들이 느껴졌다. 그것들은 흙과 나무의 냄새를 풍겼고, 그건 관의 냄새이기도 하지만 나는 언제나 그 냄새를 좋아했다. 악취는 바닥에서 나는 게 아니야, 나는 생각했다. 너에게서 나는 거지.

눈꺼풀은 눈물과 피의 찌꺼기로 들러붙어 떼기 힘들었기에 포기했다. 나도 모르는 새 울었던 모양이군, 나는 생각했다.

두개골에 계속해서 끔찍한 파도가 밀려들었고 나는 되밀려 오는 파도에 내가 있는 장소의 깜짝 놀랄 수밖에 없는 이미지들을 더하기 전에 뜸을 들였다. 맞아, 나는 되뇌었다. 울었던 게 틀림없어. 고통 때문이었는지 슬픔 때문이었는지 모르지만.

몇 초가 이어졌다.

아니면 수치 때문이었거나, 나는 생각했다.

• 무슨 일이 일어났었지? 전에? 오늘 밤, 그 전날들? 내가 정신을 잃기 전?

기억들이 두통의 물결과 같은 리듬으로 내 눈 뒤를 때려 댔다. 거품이 이는 이미지의 조각들. 나타났다, 사라졌다.

아무것도 기억나지 않아, 나는 생각했다.

그건 사실의 보고로서는 과장된 말이었다. 하지만 일단 나는 거기까지였다.

• 얼어붙을 정도의 기온은 아니었지만 털외투에 싸여 있는 것이 나쁘지는 않았다. 내 몸과 이 외투 사이에는 회색에, 형체 없는, 뭐라 말할 수 없는 누더기, 공동 묘혈 속 죽은 자들 주위에 있는 넝마뿐이었다. 내 몸에서 냄새가 나고, 옷가지에서 때에 전 냄새가 올라왔지만, 가장 심한 악취를 풍기는 것은 털외투였다. 모피는 기름때와 절망과 피에 젖고, 털은 끈끈하게 들러붙은 덩어리가 되어 있었다. 추위를 막기 위해서라면 더 나은 게 있을 텐데.

나는 여러 차례 숨을 깊이 들이켰다, 사실은 내가 많은 공기를 원하지도 필요로 하지도 않는다는 것을 잘 알면서도. 곰팡내가 강렬했지만, 이미지들이 빠져 있었다. 띄엄띄엄 이어진 몇 개의 기억이 그 자리를 차지했다. 그것은 혼란스럽게 스쳐 지나갔다. 추적과 살인의 밤. 정보들은 똑똑 떨어졌다. 나는 우드굴 할머니의 창고를 떠났었다. 눈 속에서 마을까지 내려왔다. 바람, 얼음 바늘들, 거칠게 닥친 밤. 그다음 느닷없이 기이한 어둠과 폭력이 가득한 일종의 장송의 춤. 일종의 장송의 춤이었어, 나는 생각했다. 어느 순간 넌 소총을 들고 있었지. 어느 순간 솔로비예이와 이야기를 했어. 그렇지만 무슨 얘기였는지, 그 소총으로 네가 뭘 했는지는 전혀 모르겠어, 나는 생각했다.

• 감방 자체에 특별한 점은 전혀 없었다. 사슬 두 줄에 걸린 좁은 목재 간이침대, 그리고 외부 배출구로 연결되어 있을 오줌 구멍. 창문이 없었으므로, 문에 난 격자 달린 쪽문이 통풍과 조명을 담당했고, 오줌 싸는 구멍도 그 역할을 했다.

내가 또 옮겨진 게로군, 나는 생각했다.

눈을 뜰 수 있으면 좋을 텐데, 나는 생각했다. 하지만 벌써 뜨여 있잖아, 나는 차근히 따져 보려 애쓰며 생각했다. 그렇지 않다면 격자 쪽문, 판자 침대가 걸린 사슬, 구멍 따위를 알 리 없지.

그래도 눈을 뜨려고 애라도 써 봐, 나는 고집했다.

1–2분 전부터 두통이 덜했다. 나는 여전히 바닥에 누워 있었고, 거의 움직이지 않았고, 숨을 쉬는 것 같지 않았지만, 모를 일이다. 새로운 냄새들이 계속해서 밀려왔다, 내 점막을 더럽히는 지독한 냄새들, 내 털외투에서, 외부 공기나 간, 위, 비장, 골수를 포함해 내 몸뚱이의 공동(空洞)과 제대로 닫히지 않은 내부에서 피어오르는 냄새, 내부와 외부 악취들의 불쾌하고 미묘한 차이들. 지금쯤 눈을 뜨는 게 좋을 거야, 나는 생각했다. 왜 그렇지? 내가 끼어들었다. 왜냐하면 이렇게 유독가스 속에 늘어진 채로 있다간, 넌 더 이상 아무것도 알 수 없게 되어, 다시 기절하거나 맥이 빠지고 말 테니까. 특별히 알아야 할 건 없어, 나는 반박했다. 난 이동되었어. 전에도 있었던 일이고 누구에게나 있는 일이야. 뭐, 나는 생각했다. 사실이야, 그건 네가 이미 겪었던 일이고 1천 47번 더 일어나겠지, 1만 111번이라도.

나는 어깨를 으쓱했다. 1천 47번과 심지어 1만 111번은 내가 입에 자주 담는 숫자는 아니었고 솔로비에이가 쓰는 말에, 그의 저주와 협박에 속했다. 더더욱 눈을 떠야 할 이유지, 나는 또 생각했다. 이유 없이.

나는 눈을 떴다. 두통은 이제 거의 없었다. 내 주변은 완전한 어둠이었다. 격자 쪽문, 소변 구멍과 판자 침대는 어쩌면 가까이 있었겠지만, 눈을 뜨든 감든 어둠은 완전했다. 어둠은 완전하고, 묵직하고, 기름기가 있었다.

내가 검은 기름 속에 있나 봐, 나는 생각했다. 무거운 기름 속에, 매우 무거운 기름, 매우 검은 기름 속에.

• 빌어먹을, 나는 러시아어로, 투바어로, 수용소 독일어로 욕했다. 이렇게 검은 기름 속에 있다니, 게다가 이제 시작되었으니 1천 47년, 혹은 심지어 1만 110년하고도 꽉 찬 1년을 더 있어야 하잖아!

24

• 그의 유혈 낭자한 광분이 끝나자마자 나는 내 수하 중 하나인
뮌츠베르크라는 자에게 그를 때려눕히게 했고, 그가 이미 검고
끔찍한 죽음의 기름에 젖어 들자, 그를 불꽃들 한복판으로 옮겨
거기에 두고, 그가 연료봉들 옆에서 잘 말라붙도록 해 두고, 그의
뼈들 사이로 그의 영원한 불행에, 내가 그에게 경고했던 처벌에,
결과적으로 그의 정신적이고 육체적인 활동들을 유지하는 데
필수적인 주문들을 흘려 넣어, 끊임없는 환생의 파도가 그를 밀어
대고, 그에게 일종의 활기 같은 것을 부여하고, 그를 부숴 버릴
현실과 상상의 세계들 속에서 그가 활동할 수 있도록 하였다.
시계로 여덟 시간 정도가 지나자 그는 다시 신음하기 시작했고,
그 후 13년이 지나갔다. 나는 할 일이 있어 그에게 거의 신경
쓰지 않았으며, 이따금 그의 영혼을 들쑤셔 기억의 혼란과 고통을
유지시키기는 했지만, 그가 확실한 것이라고는 아무것도 붙잡지 못한
채 이미지에서 이미지로 끝없이 떠돌도록 놔두는 편을 더 즐겼다.
대개는 그를 뮌츠베르크와 내 수하들에게 맡겨 두었고, 물론 검은
공간의 잔인한 소용돌이에도 내맡겼다. 나는 그가 하찮은 일로
자주 불평했다는 것을, 본질을 등한시하고, 어떤 미래가 자신을
기다리고 있을지 자문해 보길 피하고, 그가 알았던 이들을 똑같은
누런 어리석음의 늪에 빠뜨리고, 자신이 얼마나 하급의 비존재에
이르렀는지 헤아려 보길 고집스레 거부하고, 자신이 앞으로 영원히
죽어 있으며 무와 우연의 변덕에 내맡겨져 있으리라는 사실을
알려 들지 않는다는 것을 안다. 그의 맑은 정신은 어쩌다 한 번씩,
매우 서툴게 작동했다. 그의 동물적 우둔함은 명백했다. 군사적,
사상적, 성적 관점에서, 그는 다소간 탄화된 부스러기와 조각들로
구성되어 있었고 그것들은 그의 각성의 세월 동안에는 저희들끼리
아무렇게나 응집했고 그의 수면의 세월 동안에는 무참히 무너졌다.
크로나우에르라는 작자의 매우 보잘것없는 운명은 우리의 첫
만남부터 내게 거슬렸지만, 나는 특히 그의 인물 됨이 싫었다. 이
지역에 나타나자마자 그는 내 배우자들 주변을 맴돌기 시작했다.
배우자인지 딸인지는 상관없다. 머지않아, 그가 내 손아귀에
들어오자, 나는 그를 가죽과 모피로 싸서 처박아 놓은 검은 원자로의

독기를 강화시켰다. 그리하여 내가 개입하든 하지 않든 그는 적어도 1천 407세기 혹은 태음력의 반기(半期) 동안 악몽을 꾸리라. 그의 두개골 속에서 빛이 약해졌다. 그의 모든 것이 혼란해졌다. 나는 잠시 그것을 즐겼고, 이후로 404년이 지나갔다. 열기는 줄어들지 않았고, 나는 그동안 내내 벽돌에 달라붙어, 때로는 어떤 꿈속에서, 때로는 다른 꿈속에서 노래하고 속삭였다. 뮌츠베르크와 다른 이들은 재 밑에서 잊힌 지 오래였다. 나는 가장 완전한 부동 상태로 몇십 년을 더 있다가, 새로운 수하들이 생겨나도록, 그리고 딸들과 배우자들과 미녀들이 무른 구렁들, 타르에 덮인 스텝들, 불길에 휩싸인 숲들에서 다시 한번 나타나도록 휘파람을 불기 시작했다. 내 주변의 터널들이 울부짖다가 잠잠해졌다. 곤충들이 움직이는 잉걸불처럼 벽과 나 사이를 떠다녔다. 나는 휘파람 불기와 날아다니기를 멈추지 않았다. 가끔은 내 깃털들에 불이 붙고, 가끔은 그러지 않았다. 나는 벽돌 옆에 있었고 멀리 떨어진, 다른 곳에 있었다. 군인은 연료봉들 사이에서 다시 신음을 시작했다. 다시 한번 나는 그를 흔들고 부지깽이로 괴롭혔다. 이 필수적인 루틴은 싫증 나는 법이 없었다. 하지만 그의 머릿속 지옥이 벌겋게 타오르는 것을 본 후, 나는 날개를 펼치고 그곳을 떠났다.

25

• 뒤이어, 좋든 싫든 간에, 7세기의 공백.

• 철도는 사용되지 않은 지 700년이 되었고, 수킬로미터에
걸쳐 선로는 땅에 파묻혀 있었다. 혹은 풀밭 속으로 사라졌다.
목재 침목은 썩고, 노동자와 죄수들이 시멘트로 만든 침목은
풍화되었다. 때로 뜻밖의 장소에, 협곡 바닥이나 낙엽송이 이루는
두 장벽 사이에 선로의 온전한 부분이 남아 있었다. 밟으면
금속이 부서졌다. 노선은 이제 존재하지 않고 중단된 지 너무
오래라서 혹시 모를 방랑자들의 길잡이 역할도 더 이상 하지
못했다. 스텝에서든 숲에서든 마찬가지였고, 그 둘은 계속 서로를
잠식해 들어갔다. 사실 이제 아무도 이 지역을, 심지어 대륙을
지나다니지 않았기에 여행자들에게 유용한 표지들에 신경을
쓰는 이는 많지 않았다.

　　　인구는 엄청나게 줄었다. 부상자와 사망자 들은 모험의
기분이나 망명의 필요성에 들뜨지 않았다. 생활 조건이 변했다.
아직 다소나마 존재를 영위할 수 있는 이들은 대개 그들의
개인적인 영역에서, 소멸이 오기 전까지 그럭저럭 확보한
은신처에서 멀어지려 하지 않았다. 채소밭과 닭 몇 마리가 있는
오두막, 옛 콜호스, 노동 수용소의 잔해, 곡물 사일로, 버려진
원자력발전소 등.

• 한코 보굴리안이 거처로 택한 곳은 철도의 잔해가 보이는
긴 도랑에서 몇 킬로미터 떨어진 타이가의 빈터였다. 이미
상상하기조차 어려운 제2소비에트연방 시대에는 거기에 벌목꾼
마을이 들어섰던 것이 분명하나, 당시의 주민도 도로도 흔적조차
남지 않았다. 마을에는 자치적인 에너지 체계가 갖춰져 있었고
한코 보굴리안의 작은 집은 자그마한 노심의 잔해 위에 지어진
집이었다. 누가 지었는지 알 수 없지만, 어느 엉뚱한 엔지니어
팀이 원자의 광란이 누그러들 때까지 거기 머물려 했거나,
처리 작업자들이 근육에서 타는 냄새가 나기 전 마지막으로
유용한 일을 하고 싶었는지 모른다. 튼튼한 통나무들은 세월을

버텼다. 건물은 조금 기울어졌지만, 몇백 년 전부터 제 역할을 완벽하게 수행해 왔다. 한코 보굴리안을 악천후로부터 보호하는 일, 겨울에는 눈 섞인 바람으로부터, 멸종해 가고 있긴 하지만 여름에는 파리 떼로부터, 그리고 길 잃은 군인들, 정신병자들, 늑대들로부터는 1년 내내. 자그마한 창문들이 난 이 이즈바의 건축에 특별한 점은 없었지만, 하나 있다면 옛날 우드굴 할머니의 창고가 그랬듯 수직갱을 둘러싸고 그 위에 세워졌다는 것이었다. 한코 보굴리안은 레바니도보에 향수를 느끼지는 않았지만, 그래도 익숙한 특징이 있는 장소에 자리 잡게 된 건 기뻤는데, 거기에 연결된 구렁에서는 보이지 않는 방사성핵종의 안개가 계속 솟았기 때문이었다. 수직갱은 우드굴 할머니가 관리했던 것처럼 대단한 규모는 아니었고, 부글대는 마그마도 놀랄 만한 깊이까지 내려가지는 않았다. 게다가 원자로의 방사능 대부분은 상당히 빨리 사라졌는데, 그래도 눈보라와 얼음의 계절을 버틸 만하게 해 주는 기분 좋은 따스함 정도는 발산했다. 이 장점 외에도, 한코 보굴리안은 원자로를 일종의 동반자로, 묵묵한 말 상대로 여겼으며, 몇십 년 동안 그러지 않으려 했지만 — 늙은 마녀 우드굴 할머니의 행동을 따라 한다는 게 혐오스러웠기 때문이다 — 지금은 때때로 테두리에 몸을 굽히고 원자로에게 자신의 일상이나 기억에 떠오르는 과거의 일화들을 이야기했고, 지쳐서 목소리가 나오지 않을 때면 오랫동안 가만히 같은 자리에 머물렀다. 노심 용융물의 용해가 어디까지 진행되었는지 보려 하거나, 혹은 대구를 기다리는 것처럼.

• 한코 보굴리안은 나이 들었고, 지금은 매우 나이가 들어 은둔해서 살고 있었다. 처음에는 솔로비에이가 계속 그녀를 찾아왔고, 그녀의 꿈들을 발판 삼아 그녀를 꿰뚫고 침입해, 그녀와 그녀의 공간을 완전히 장악하고 집 안을 돌아다니며 우드굴 할머니의 추억을 찾아 수직갱 근처를 뒤졌다. 그는 대략 3세기 동안 그렇게 그녀를 괴롭혔으나, 그 후로는 뚜렷한 이유도 작별 인사도 없이 더 이상 나타나지 않았다.

　　그녀는 완전히 자급자족해서 살았다. 집안일을 마치고, 토끼 덫들을 돌아보고 나면, 그리고 12년이나 15년마다 한두 번 있는 일이지만 그녀를 괴롭히는 방랑자를 죽여서 묻고 나면, 그녀는 집에 틀어박혀 소총들을 점검하고 바리케이드를 쳤다. 그런 후, 저녁을 침울하게 풀이 죽어 보내지 않으려고 글을 썼다.

우드굴 할머니의 창고에서 그녀는 새 학용품과 잉크를 건져 왔다. 그것으로 그녀는 일지를 적었는데, 가끔은 몇 년씩 방치하다가 마음이 내키면 굳이 이유를 찾으려 들지 않고 갑자기 다시 시작했다. 그녀는 종이에 나날에 대한 가벼운 기록을 남겼다. 그러나 가장 몰두한 것은 '산문 부활시키기'라 부르는 글쓰기였다. 그녀는 작은 공책들에 오래전 '찬란한 종착역' 콜호스에서의 독서의 기억을 재구성하는 데 열중했다. 그녀는 동생 사미야 슈미트보다 훨씬 책을 덜 읽었지만, 이제 작은 도서관조차 접할 수 없게 되니 밤의 지루함을 깨고, 모든 것으로부터의 고립감과 유일한 생존자라는 자각과 싸우게 해 줄 작품이 하나도 없는 게 아쉬웠다. 그리하여 노르스름한 초등학생용 종이에 자기 안에 남아 있는 사라진 문학을 재생시키려고 노력했다.

그런데 그녀는 결코 주의 깊은 독자, 모범적인 독자, 뛰어난 독자는 아니었고, 옛날에 대충 훑어보았던 소설들의 내용은 기억에서 사라졌으며, 형식은 말할 것도 없었는데, 그녀에게 형식은 항상 전혀 중요치 않은 요소였기 때문이다. 제목을 제외하면, 그나마도 정확히 기억해 내기 어렵긴 했지만, 텍스트는 그녀에게 난관이었다. 포스트엑조티시즘 픽션이나 사회주의리얼리즘 대작들은, 처음에는 장대했으나, 그녀의 펜 아래서 모호한 몇 페이지에 불과한, 멀리 동떨어진 원작보다 훨씬 실망스러운 진창이 되었다. 대개 그녀는 결과물에 불쾌해졌고, 한 권을 끝내면 이즈바의 한구석에 보관해 두고 다시 읽지 않았다. 기억에 더 많이 남아 있는 것을 적을 때는 스스로가 보다 자랑스러웠다. 서정시 모음집과 농업기술, 돼지우리 위생, 교유기·크림 분리기·살균기 등 낙농업 설비 정비, 경영 회계, 발전소 안전 등을 주제로 한 소책자들. 그 모든 주제에 대한 상세한 정보가 기억났고, 차차 그녀는 그 소책자들의 요점을, 문맹인 농부들을 위한 도해와 가장 인상적인 삽화들까지 곁들여 재구성하는 데 성공했다.

그러나 그녀의 펜 끝에서 다른 글보다 더 잘 솟아나는 것은 마리아 크월, 로자 울프, 소니아 벨라스케스나 루나 갈리아니의 반(反)남성적 풍자문이었다. 그것들은 그녀의 기억에 다른 글들보다 더 명확한 흔적을 남겼다. 그 작은 책들의 내용은 젊은 여성으로서의 그녀의 고뇌와 의문에 언제나 답해 주었고, 이는 마르크스주의 고전이나 오르비즈에서 보내온 예의범절 교본이 해내지 못한 일이었다. 그녀는 등불을 켜고 글쓰기를 시작했고, 소니아 벨라스케스나 로자 울프가 자기 손을 잡고 인도하며, 그녀 자신이 직접 발언권을 갖고 고생대 중반부터 우리 시대 가깝게는 최근 2만 년의 인류 역사 동안 암컷들이 당했던 폭력에 대해 열변을 토하도록 너그럽게 허해 준다고 여겼다. 그런 식으로 그녀는 벌써 제2소비에트연방 때의 선동적인 페미니즘 저작을 실수로 수정한 흔적도 거의 없이 족히 열다섯 권이나 다시 만들어 냈다.

• 그러나 그녀가 부활시킨 산문에는 일반 문학과는 관련 없고 오직 '찬란한 종착역' 콜호스에서의 문화생활과 연관된 부문이 있었다. 엄밀한 의미에서 그 부문의 원전은 책이 아니었는데, 레바니도보에서 위기의 순간들, 일상, 범죄와 근친상간의 밤들, 우드굴 할머니의 창고에 쌓인 폐기물 속에서의 노동의 날들에 박자를 맞췄던 솔로비예이의 왁스 실린더들이 출처였기 때문이다. 음향 실린더에 새겨진 솔로비예이의 목소리는 중앙로의 스피커를 타고 울려 퍼졌으나, 콜호스의 수장이 불법 침입하여 제 호색적인 혹은 알 수 없는 일에 몰두하는 딸들의 꿈속, 따라서 한코 보굴리안의 꿈속에도 울렸다.

솔로비예이가 밤의 방문을 계속하는 동안, 한코 보굴리안은 그 쏟아지는 문장들을 받아 적겠다는 생각은 꿈에도 하지 않았고 침입 자체만큼이나 그것을 늘 질색하고 혐오했다. 그러나 이후 솔로비예이는 그녀 안에 나타나지 않게 되었고, 한두 세기가 지나자 그녀는 향수를 느끼기 시작했다. 그 잔학무도한 짓에 여전히 증오를 느끼는 아버지에 대해서가 아닌, 그의 노호 창작물들에 대한 향수였다. 솔로비예이의 어두운 시들은 그녀의 기억 은밀한 부분에 숨었고, 그녀는 의식 아래 가능한 한 깊이 파묻었으나, 그럼에도 지금 그녀가 불러내자 그것들은 거의 훼손되지 않은 채 쉽사리 되살아났다. 다시금 그것들은 힘찬 발성의 주술적이고 장중한 시가, 다시금 이해하기 어렵고 마음을 불안케 하는 시가 되었다. 한코 보굴리안은 받아쓰기를 하듯 빠르게 베껴 적었다. 그녀는 문체의 특성 하나 빠뜨리지 않았고 이따금 바늘이 밀랍 긁는 소리와 아버지가 낭송할 때 넣는 음조의 변화를 글로는 담아낼 수 없음을 애석해했는데, 그러한 점들이 듣는 이를 최면에 걸거나 겁에 질리게 했기 때문이었다.

• 이렇게 필경사 임무에 사로잡혀 있을 때면, 그녀는 눈앞에서 오가는 줄지은 단어들을 읊조리거나 흥얼거리게 되었고, 그럴 때면 머릿속에, 막연하거나 순간적이긴 하지만, 자신과 솔로비예이의 근접함은 진정으로 끊어진 적이 없고, 분리된 적이 결코 없었으며, 그녀는 솔로비예이가 상상해 내고, 소유하고, 사랑하는 피조물로 여전히 남아 있거나, 혹은 적어도 완전히 되돌아왔다는 생각이 떠올랐다. 솔로비예이의 딸, 솔로비예이를 위한 딸로.

　　솔로비예이의 운명의 암컷 부속물, 그뿐이었다.

26

• 그는 판자 침대에 의지해 일어섰다. 사슬이 삐그덕거렸다. 그는 소변 구멍까지 가서 방광에 있던 몇 방울을 배출하고 옷을 도로 입었다. 아주 조금만 움직여도 그의 몸과 옷에서 고약한 악취가 났다. 악취는 천천히 주변을 감돌며 그를 괴롭혔다.

이봐, 크로나우에르, 그는 얼굴을 찡그렸다. 다음번에 감옥에 올 때는 목욕부터 먼저 하라고, 안 그러면 따라가지 않을 거야!

그는 소변 구멍을 떠나, 감방이 좁았으므로 네 걸음 만에 문을 만졌다. 쪽문 너머로 복도의 짙은 그림자가 보였다. 그는 작은 격자에 코를 갖다 댔다. 그곳 공기는 감방 안보다 덜 구역질 났다.

그의 두통은 오락가락했다. 이마 뒤에서, 눈 안에서, 통증이 때려 댔고, 때로는 가라앉았다가 때로는 거센 물결로 부풀었다.

뭐, 그는 생각했다. 그래도 밖에 누워 까마귀와 시체를 먹는 동물들에게 쪼아 먹히는 것보다 낫지.

격자의 금속 냄새에는 콧김과 입김의 잔여물이 섞여 있었다. 그보다 앞서 다른 이들이, 분위기의 변화나, 시간이나 날이나 죽음이 가까웠는지 아닌지를 알아볼 기미를 복도에서 포착하려고 초조해하며 그 자리에 있었던 것이다.

다른 냄새들.

수감자들의 장화에 붙어 온 진흙투성이 눈의 냄새.

진흙투성이 눈, 감옥의 피, 탈진한 근육, 감옥의 추위와 오물에서 나는 냄새.

다른 방들의 소변 구멍 냄새, 그리고 그 자신이 격자에 내뿜은 냄새, 부숭부숭하고 굶주리고 더럽고 죽은 동물의 냄새.

그는 쪽문을 떠나 판자 침대로 돌아갔다.

이제 그는 고개를 숙이고, 양손으로 이마를 감싸고 판자에 앉아 있었다. 그는 느릿느릿 전에 무슨 일이 일어났는지를 알아내려 했다. 감옥에 들어오기 전의 낮과 밤의 전개를 거의 재구성할 수가 없었다. 파편들만 어지럽게 솟아났고 정돈되어 일화나 인생을 이루지 못했다.

어느 순간 그는 털외투를 벗어 옆에 쌓아 놓았는데, 어려운 행동을 해낸 듯한 기분이었다.

그의 의식은 거대한 공백투성이였다.

그는 그렇게 두세 시간 꼼짝 않고 있었다. 털외투를 벗은 그는 누더기 차림이었다. 문득문득 머릿속에 스스로의 모습이 스쳤고, 그는 자신이 평범한 수감자, 주로 남자이며, 강제 노동자, 걸인, 군인 혹은 묘혈에서 파낸 자의 찢어진 옷을 입은 죄수와 똑같다고 여겼다.

• 오전 열한 시경, 간수가 문을 열러 왔다. 자물쇠가 음울한 딸꾹질 소리를 몇 번 내더니 철문의 경첩이 흐느꼈고, 크로나우에르는 기계적으로 차려 자세를 취하며 판자 침대 옆에 섰다. 수용소 환경에서 규율 잡힌 평등주의자가 취해야 할 기본 태도가 태곳적부터 몸에 밴 것처럼.

간수의 이름은 하드조빌 뮌츠베르크였다. 크로나우에르는 쉽게 그를 알아보았다. 원자로에 먹이를 주던 날, 그들은 인형과 비디오게임기가 가득한 상자를 함께 컨테이너에서 꺼냈다. 그때 하드조빌 뮌츠베르크는 유리알 같은 눈으로 기력 없이 느릿하게 움직였고, 그것을 보고 크로나우에르는 그가 솔로비예이의 좀비일 거라 추론했다. 그는 또 한때 그 물건들을 가지고 놀았으나 방사능에 살아남지 못한 아이들을 생각했다. 하드조빌 뮌츠베르크와 그가 상자를 허공에 쏟아붓자, 인형들은 무심히 심연으로 떨어졌다. 관절이 빠진 꼭두각시들, 셀룰로이드로 된 아가씨들. "우린 정말 아무것도 아니야." 그때 하드조빌 뮌츠베르크가 한숨을 쉬며 말했었다.

그리고 지금 하드조빌 뮌츠베르크는 크로나우에르에게 방에서 나오라는 손짓을 했다.

크로나우에르는 외투를 보이며 입고 가야 하냐고 물었다.

"샤워장으로 가는 거야." 뮌츠베르크가 말했다.

"좋군." 크로나우에르가 그를 뒤따라가며 말했다.

"가끔 머리가 아프지 않아?" 뮌츠베르크가 불쑥 물었다.

"아파, 끔찍하게." 크로나우에르는 솔직히 말했다.

그들은 복도를 따라 걸었다. 격자가 쳐진 문이 여럿

있었지만, 크로나우에르는 그 너머에서 숨소리도 생명의 흔적도 찾아볼 수 없었다.

"자네를 때려눕힌 건 나야." 샤워장에 다 왔을 때 뮌츠베르크가 밝혔다.

"왜 그랬지?" 크로나우에르가 물었다.

"그래야만 했거든." 뮌츠베르크가 해명했다.

"저런." 크로나우에르가 반감을 표했다.

"정말이야."

"그래서 그렇게 날 때려눕혔던 거야?"

"그래." 하드조벨 뮌츠베르크가 말했다. "삽으로. 어쩔 수 없었어. 자네는 통제 불능이었거든."

27

• 샤워장에는 얼음 같은 외풍이 들었다. 크로나우에르는 털외투를 벗고 떨었다. 방을 나올 때 벗어 놓고 온 줄 알았는데, 그는 문득 생각했다. 맞아, 난 이 냄새나는 털외투를 가져오지 않았어. 뮌츠베르크가 샤워장에 간다고 했을 때 판자 침대 위에 두었거든. 그런데 왜 내가 이걸 입고 있는 거지? 그는 의아해했다.

방금 전 그는 복도를 걷고 있었다. 내가 입고 있었던가, 아닌가? 그는 1-2초 동안 되새겨 보았다. 아무런 결론에도 이르지 못했다. 고작 그 정도의 일이니까, 그는 생각했다.

그래도 그렇지, 크로나우에르, 그는 생각했다. 3분 전에 일어난 일도 기억하지 못한다면 머리통이 어떻게 돼먹은 거야. 머릿속에 대체 뭐가 들어 있는 거냐고. 혹시 알아, 넌 이미 죽어 있는지. 아니면 미쳤거나. 아니면 벗어날 수 없는 꿈속을 빙빙 돌고 있거나.

그는 옷을 벗었다. 누더기 옷은 하도 더러워서 탈의실 벤치 아래 바닥에 던져 두었다. 아마 씻고 나면 교도소에서 깨끗한 옷을 주겠지, 그는 생각했다.

알전구 하나가 탈의실을 비췄다. 환기구와 하드조벨 뮌츠베르크가 그의 손에 비누 하나를 쥐여 주고 사라진 문 하나를 제외하면 다른 틈새는 없었다. 전구가 있었음에도 그곳의 조명은 충분치 않았다. 모두 나무로 되어 있었다. 바닥, 벽, 천장은 통나무와 판자로, 배수구 위의 망까지. 숨이 막히는군, 그는 생각했다. 습기와 젖은 전나무와 더러운 세탁물의 꿉꿉한 냄새. 탈의실 너머에 실제 샤워 공간이 있었다. 길이 15미터쯤으로 그리 크지 않았다. 이상하게도 끝까지 들어가야 물이 나오는 곳이, 단 하나의 샤워기가 매달려 있었다.

• 내가 말해 볼까, 크로나우에르? 그는 맨발로 좀 눅눅한 검은 바닥의 격자망 위를 걸으며 생각했다. 공동 샤워장에 샤워기가 단 하나라니, 이건 말이 안 돼. 있을 수 없는 일이야.

넌 현실에 있는 게 아냐, 바로 그거야. 그는 생각했다.

• 그럼에도 그는 발밑에서 이끼가 돋고 미끄러운 각재를 느꼈고, 자신의 악취 말고도 주위에서 형편없는 비누와 더러운 물에 젖은 낙엽송의 강렬한 향과 분비물과 소변과 피의 잔향을 맡았다. 그것은 확고했고 꿈의 세계에 속하지 않았다. 자기가 있는 세계의 층위를 더 확실히 알 수 없어지자, 그는 앞의 수도꼭지를 틀고 샤워기 아래 웅크렸다. 몇 리터 정도 찬물이 나온 다음부터 물줄기는 매우 뜨겁지만 델 지경은 아닌 기분 좋은 정도가 되었다.

그는 움직이지 않고 물에 몸을 맡겼다. 물줄기가 머리를 때렸고 그는 하드조뷜 뮌츠베르크가 간 뒤로 두통을 잊고 있었다는 것을 깨달았다. 더더욱 일어나는 일을 완전히 믿어선 안 될 이유지, 그는 생각했다. 두통은 물러갔어, 그건 좋아. 하지만 자연스럽지가 않단 말이야. 물방울들이 그의 매끈한 머리를 때렸다. 그는 눈을 감았다. 즉각 그는 1분간의 평온한 방관에 이르렀다.

더없이 쾌적한 온도로 흘러내리는 물.

태아 자세에 가까운 자세.

약간의 어둑함.

고독.

아직 비누칠도 하지 않고 행복하게 꼼짝 않고 있다가 그는 누군가 샤워장 문을 여는 소리를 들었다. 좋아, 그는 눈꺼풀을 움찔하지도 않고 생각했다. 뮌츠베르크가 깨끗한 옷을 가지고 왔군. 날카로운 샛바람이 그의 종아리를 때렸다. 그는 물 밑에서 더 바싹 움츠렸다.

이보다 더 좋을 순 없어, 그는 생각했다. 이보다 기분 좋을 수는 없어.

거기서 그는 눈을 뜨는 실수를 저질렀다.

탈의실에는 여러 사람이 있었다. 하드조뷜 뮌츠베르크도 정말 있긴 했는데, 깨끗한 옷가지처럼 보이지는 않는 거대한 보따리를 끌고 있었다. 그와 함께 우드굴 할머니, 사미야 슈미트, 솔로비예이가 있었다.

크로나우에르는 급히 눈을 다시 감았다.

이제 보니 아니군, 그는 생각했다. 이보다 더 나쁠 순 없겠어.

361

• 뮌츠베르크는 왔다 갔다 했다. 그는 복도로 가서 방수포나 시트나 다양한 넝마에 싸인 보따리들을 가져왔다. 그는 그것들을 끌어다가 탈의실과 샤워장, 아니 샤워기가 하나뿐인 샤워장 사이의 공간에 놓았다. 가끔 보따리에 뭐가 들었는지 똑똑히 보였다. 겨울 재킷 소매에 든 팔 하나, 방설 부츠를 신은 발 하나. 그는 그 음침함이 아무렇지 않은 듯 감정을 드러내지 않고 짐을 내려놓고는, 하나 더 가지러 복도로 돌아갔다.

뮌츠베르크가 일을 끝내자, 솔로비예이는 벤치를 끌어다 늘어진 시체들의 바리케이드 바로 뒤에 앉았다. 우드굴 할머니가 옆에 앉았다. 그들은 시골 기차역 대합실의 농민 부부 같았고 둘 다 기분이 안 좋아 보였다. 사미야 슈미트는 잠시 사라졌다가 등받이가 없는 의자를 가지고 돌아왔다. 그녀는 멀찍이 떨어져, 크로나우에르의 불쾌한 누더기 옷 더미 근처에 앉았다. 이제 어느 모로 보아도 법정 같은 이 자리에서, 그녀가 세 번째 판사인지, 인민 대중의 대표 역할인지 검사측 증인인지 알 수 없었다. 그녀는 시무룩하고 기가 죽어 고개를 숙이고 있었다.

그 후 뮌츠베르크가 문을 닫고 보초를 섰다. 방 반대편 끝에서 크로나우에르는 두 손으로 성기를 가리고 질겁한 나체주의자 같은 자세로 쏟아지는 뜨거운 물줄기 속에 서 있었다. 그는 흐르는 물 밑에서 머뭇거렸다. 어떻게 해야 할지 알 수 없었다.

• 솔로비예이의 노란 눈이 광채를 발했다. 이전에 부상을 입었다고 해도, 그의 얼굴에는 흔적이 남지 않았다. 파열되었던 눈은 사악한 힘과 광채를 되찾았다. 머리에 났던 구멍은 아물었다.

"옷 좀 입게 해 줘요." 크로나우에르가 애걸했다.

"여기서 명령을 내리는 건 날세." 콜호스의 수장이 말했다.

나무로 된 샤워장은 음향효과가 좋아서 그의 목소리가 크로나우에르가 있는 곳까지 힘차게 울렸다.

우드굴 할머니는 파이프에 담배를 채웠다. 솔로비예이는 거대한 손을 거대한 허벅지에 얹고 판결하려는 사안의 큰 줄거리를 엄숙하게 기억해 내려는 표정을 지었다. 그의 긴 천연 모발은 험상궂은 무지크 같은 커다란 머리통 주변에 왕관처럼 뻗쳤다. 머리털은 불빛을 받아 기름진 광택이 났다. 그의 눈에서 귀까지 관통했던 쇠막대는 이제 희미한 기억의 영역에만 속했다.

콜호스의 수장은 눈을 들어 크로나우에르를 쏘아보았다. 흰자가 보이지 않는 금빛 눈, 농부가 아닌 이름 붙일 수조차 없는 생물을 연상시키는 야수의 눈, 그저 편의상 비유하는 것이지 농민은커녕 인간 종족과도 연관이 없는.

"그럼 샤워기에서 나가도 될까요?" 크로나우에르가 물었다.

"입 다물게." 우드굴 할머니가 끼어들었다.

• 솔로비예이는 피고를 당황케 하고 변호를 불가능하게 하기 위해 이 주제에서 저 주제로 건너뛰었다. 간간이 주된 혐의들을 전부 다시 늘어놓고, 그러다가는 유혈 범죄와 '찬란한 종착역'에서의 비루한 일상의 세세한 부분을 같은 선상에 놓았다. 그의 말에 따르면, 크로나우에르는 미리암 우마리크의 집 앞 소화전을 일부러 잘못 고쳤고 그 결과, 중앙로의 반이 진흙탕이 되었다. 그는 바르구진의 셔츠들을 부당하게 횡령했다. 주방에서 일할 차례가 돌아오자, 그는 상한 버터와 곡물 가루로 보리죽을 끓였고 분량을 지키지 않아, 여러 차례 형편없는 식사를 조리했다. 마을에 처음 온 날, 사미야 슈미트를 숲에서 데려왔을 때 그녀에게 해코지를 했다. 뒤이어 같이 자고 해를 끼치려는 명백한 의도를 품고 콜호스의 모든 여자 주변을 얼쩡거렸으며, 우드굴 할머니만은 예외였던 게 사실이지만, 그건 틀림없이 그가 붉은군대의 장교를 살해하는 데 가담했음을 그녀가 밝혀냈고, 탈영병이라는 그의 정체를 드러냈기 때문이었다. 그의 돈 후안 같은 술책 중에는, 사미야 슈미트를 부추겨 마리아 크월과 그 여전사 무리의 불건전한 풍자문들을 읽고 또 읽게 하여, 사미야 슈미트가 정신이 나가 아버지에게 미친 듯이 덤비게 한 것도 있었다. 그는 사상적 노선을 조금도 지키지 않고 콜호스에서 시간을 보냈으며, 오르비즈의 적이나 천치나 할 법하게 사건들을 쉽게 지나쳤다. 우드굴 할머니의 창고에서 그는 제2소비에트연방의 참사들에서 살아남은 희귀한 축음기 중 하나, 역사적이고 감성적으로 대단한 가치가 있는 장치를 망가뜨리려

했다. 게다가 눈보라 치던 밤에 그는 무고한 남녀 콜호스 주민들에게 총을 쏘아, 거의 매번 명중시켜 '찬란한 종착역'의 인원수에 막대한 손실을 초래했다.

• "난 아무에게도 총을 쏘지 않았습니다." 크로나우에르가 부르짖었다.

"반자동 전쟁용 소총이지." 솔로비예이가 말했다. "SKS 56식."

"난 아무도 쏘지 않았습니다." 크로나우에르가 되풀이했다.

"그럼 이건 뭔가, 아무도 아닌가?" 솔로비예이가 물었다.

그의 명에 따라 하드조뵐 뮌츠베르크가 문에 기대고 있다가 다가와 판사들의 발치에 누운 시체들의 덮개를 반쯤 벗겼다.

물 때문에 앞이 보이지 않는데도, 크로나우에르는 외팔이 아바자예프, 트랙터 운전사 모르고비안, 한코 보굴리안, 미리암 우마리크를 차례로 알아보았다. 얼굴에는 피도 상처도 보이지 않았지만, 그 아래, 몸통과 복부는 온통 피투성이였다.

하드조뵐 뮌츠베르크가 머뭇거리자, 콜호스의 수장은 마지막 남은 두 구를 덮은 시트를 벗기라고 몸짓으로 그를 재촉했다. 좀비다운 고분고분하고 느릿한 동작으로 뮌츠베르크는 시키는 대로 했다. 그러자 우드굴 할머니와 사미야 슈미트의 반쯤 박살 난 머리가 나왔다. 가까이, 각각 판사석과 작은 의자에 앉아 있는 두 당사자는 거기에 아무런 감정도 들지 않는 것 같았다. 그들은 반응하지 않았다. 뮌츠베르크는 다시 물러나 문에 기댔다. 한순간 정적.

크로나우에르의 피부에, 그 주변의 배수구 망에 뚝뚝 떨어지는 물방울들.

수증기.

그의 왼쪽 발목, 비누 조각을 놔두었던 곳의 약간 회색을 띠는 물. 비누가 계속 녹고 있었다, 금세 터지는 거품들이 간혹 섞인 자잘한 물결무늬를 배수구로 흘려보내며.

크로나우에르 주변의 어슴푸레함.

탈의실의 강렬한 전구 불빛.

판사들 앞에, 시체들 앞에, 의자에 앉은 사미야 슈미트 앞에,

머리가 터져 바닥에 누워 있는 사미야 슈미트 앞에 동물처럼 벌거벗고 있다는 수치심.

"어째서 내가 그들을 죽였다는 겁니까?" 크로나우에르가 자기변호를 했다.

"죽였다는 건 확실히 거창한 말이지." 솔로비예이가 인정했다. "하지만 자네는 하룻밤 내내 전쟁용 소총으로 그들을 쏘았어. 수습했을 때 그들은 상태가 좋지 않았지. 자네에게 다가가 진정시키려는 이가 있을 때마다, 자네는 쏘았어. 자네를 때려눕힐 때까지 밤새도록 지속되었지."

"난 아무것도 기억나지 않습니다." 크로나우에르가 말했다. "그들은 죽었습니까?"

"자네는 어떤가, 군인?" 솔로비예이가 화를 냈다. "자네는 어떻다고 생각하는가?"

365

• 사미야 슈미트는 약에 취하거나 탈진한 것 같았다. 그녀는 남의 일처럼 논쟁을 지켜보았고, 솔로비예이의 고발 중에 이름이 언급될 때, 콜호스의 수장이 성난 목소리로 이름을 말할 때도 그녀는 놀라지 않았다. 그녀는 다리에 손을 얹고 움직이지 않았으며, 이따금 팔을 들어 젊은 홍위병 같은 땋은 머리를 비비 꼴 뿐이었다.

이야기를 하던 중 지나가는 말처럼, 자신에겐 전혀 중요치 않다는 기색을 잔인하게 내비치면서, 솔로비예이는 사미야 슈미트가 재판이 끝난 후 '찬란한 종착역'의 안전한 세계에서 쫓겨나 1천 608년 혹은 2천 302년 혹은 그보다 더 오래 눈먼 방랑을 시작할 것임을 알렸다. 아무런 도움도 받을 수 없고, 그에 더해 산 자들의 세상에서든 죽은 자들의 세상에서든 휴식을 찾지 못한다는 형벌도 추가되어. 그러한 선고의 동기가 된 행위들은 주로 부친 살해의 공격, 꿈과 실제에서의 근친상간 음모, 프롤레타리아적 평등주의 이상과 대립되는 페미니스트적 탈선, 공공건물의 방화와 파괴, 집단 윤리의 거부, 적에게의 비밀 누설, 파괴 행위였다.

그러나 곧이어 솔로비예이는 다시 심술궂게 거들먹거리며 피고 크로나우에르를 목표로 삼았다. 그리고 심문이 재개되었다.

"자네는 내 딸들에게 해코지를 했어." 그가 주장했다. "그 애들에게 해를 끼치거나 그러려고 시도하지 않고 넘어간 날이 하루도 없었지. 마을에서 자네는 음탕한 개 같았어. 좆에 사로잡혀 제정신이 아니었지. 자네는 미리암 우마리크, 한코 보굴리안, 사미야 슈미트에게 나쁜 짓을 했어."

"난 누구에게도 해를 끼치지 않았습니다." 크로나우에르가 항변했다.

이따금 그는 눈을 들어 판사들 너머로 사미야 슈미트 쪽을 보았지만, 그녀는 그에게 눈길을 주지 않았다. 그는 샤워기에서 뺨으로 떨어지는 눈물을 떨구려고 눈을 깜빡이고 사미야 슈미트를 살펴보았다. 그는 그녀에 대한 솔로비예이의 위협을 들었고 그녀는 어떻게 될까 궁금했으며, 둘 모두를 기다리는 길고 고통스러운 노정에서, 그 한없는 세기들 동안, 그들이 헤어져 있을까 함께일까, 혹은 이따금 그들의 감시자의 실수로 우연히 마주칠 뿐일까 생각했다. 그리고 문득 그는 자신이 좆의 언어로 그녀를 생각하고 있으며, 물론 남몰래 그러는 것이긴 했지만, 그녀의 서글픈 사타구니를, 그녀의 옷만큼이나 군대풍이기는 해도 상상하지 않을 수 없음을 깨달았다.

"자네는 그들을 해하기 위해 스스로의 꿈에 들어갔어." 솔로비예이가 말했다.

"그건 성립할 수 없는 고발입니다." 크로나우에르가 말했다.

"나는 자네의 꿈들을 하나부터 끝까지 보았어. 내가 그 안에 들어갔네. 자네는 매일 밤 그 애들을 해쳤어."

"난 내 꿈들이 기억나지 않습니다." 크로나우에르가 주변의 폭포 소리에 지지 않으려고 목소리를 높이며 말했다.

"하지만 난 기억한다네. 내가 거기 있었거든. 자네는 음탕한 개처럼 오락가락했어. 자네는 전에 알았던 여자들과 알고 싶은 여자들을 혼동했지. 자네의 좆은 석기시대 괴물의 것처럼 떨렸어."

"무슨." 크로나우에르는 기가 눌려 항의했다.

"자네 곁엔 종종 죽어 가는 여자들이 있었지." 솔로비예이는 반박할 수 없는 논거를 들이대듯 의기양양한 목소리로 호통쳤다. "자네의 아내 이리나 에첸구엔. 자네의 아내 바실리사 마라시빌리."

"그녀는 결코 내 아내가 아니었습니다." 크로나우에르가 부르짖었다. "그녀는 내 동지 중 하나인 일류셴코의 아내였습니다. 우리는 오르비즈가 무너진 후 함께 스텝에 있었습니다. 우리는 금지 구역에서 함께 방사능에 오염되었습니다. 우린 모두 빈사 상태 그 이상이었습니다."

"그랬지, 그리고 바실리사 마라시빌리는 죽어 가고 있었지." 솔로비예이가 말했다. "자네 곁엔 항상 죽지도 살지도 않은 여자들이 있어. 자네는 내 딸들이 그렇게 되길 바랐어. 꿈속에서 자네는 그 애들에게 해코지를 했어. 그리고 현실에서는 56식 SKS로 그 애들을 쏘았고."

"난 마을의 누구도 쏘지 않았습니다." 크로나우에르가 부인했다. "말도 안 되는 고발입니다."

• 그는 날것의 감각들 속에 틀어박혔다. 샤워기 소리. 가슴에, 다리에 흘러내리는 물. 그의 머리는 더 이상 아프지 않았다. 그는 더 이상 판사들의 발치에 누운 시체들도, 판사들도 바라보지 않았다. 그는 사미야 슈미트도 바라보지 않았으나, 그의 사고의 배경에서는 그의 안에서 오르내리며 약간 남은 이성을 심하게 더럽히는 진흙을 막을 수 없었다. 소총을 들었던 건 기억나지 않고, 콜호스의 딸들을 살해했던 것도 기억나지 않으나, 솔로비에이의 고발은 결국 그의 안에 깊이 박혔고, 이제 그는 최근이든 아니든, 레바니도보에 머문 것과 관련이 있든 없든, 자신이 뭔가 파렴치한 것에 씌었던 게 아닌가 의문이 들었다. 그리고 깊은 곳에서 올라오는 것은 비난받을 만한 군사 행위와도, 마르크스·레닌주의 윤리를 저버린 것과도 관련이 없었으며, 수백만 년 동안 그의 안에 새겨진 교접의 이미지들과, 태곳적부터의 환상들, 강간과 동물적 흔들림과 보지를 더듬거나 강제로 취하고 싶다는 욕구와 훨씬 관련이 깊었다. 좆의 언어와 관련이 있었다.

물과 물방울들과 흐르는 물의 소리 한가운데서, 그는 본의 아니게 의자에 앉은 사미야 슈미트에게로 돌아왔고, 때때로 그녀의 옷을 벗기고 꿈꾸는 듯, 특정한 욕망은 없이, 그녀의 부드럽게 복슬복슬한 사타구니를 상상했다.

"난 아무도 쏘지 않았습니다." 그는 결국 다시 한번 말했다.

"그런 개소리만 늘어놓을 거라면," 우드굴 할머니가 갑자기 화를 냈다. "입을 다무는 게 낫겠네, 크로나우에르."

• 비눗물이 회색 도는 잔물결을 이루며 배수구 아래로 흩어지고 맑은 물이 그 자리에 밀려들었다.

이제 크로나우에르는 아무 생각도 하지 않고, 판사들의 말을 듣지도 않고, 기억을 의식에 떠올리려고 하지도 않았다. 그는 유치한 논거를, 듣는 이들에게라기보다 스스로에게 더듬더듬 늘어놓았고, 정신적 결함이 있는 사람처럼 손바닥으로 왼쪽 허벅지 옆의 바닥을 쳐서 물을 튀기고 거품을 냈다.

29

• 구역질 나는 어둠 속에 처박혀 있던 세월이 흐르고, 어느 날 아침 크로나우에르는 독방 문이 열려 있음을 깨달았다. 그 기회를 틈타 그는 나갔다.

걷지 않은 지 오래되었으므로, 그는 힘들게 복도를 지났다. 그는 휘청거렸다. 여러 차례 멈춰 서야 했다. 그가 지나치는 독방들은 비어 있는 것 같았고, 게다가 그는 거기서 나는 소리, 정확히 말하면 인간에게서 나는 듯한 소리를 한 번도 들은 적이 없었다. 그 점에서 그는 자신이 그 건물에 갇힌 유일한 죄수라는 결론을 내렸었다. 외부로 통하는 층계참에 다다르자, 그는 망설였다. 간수가 나를 본다면, 그는 생각했다. 즉각 쏠 테지. 그리고 그는 육중한 문짝을 밀었다. 자물쇠는 잠겨 있지 않았다.

갑자기 자연광을 접하자 눈이 부셨다. 날빛에 다시 익숙해지기까지 몇 분이 필요했다. 하지만 하늘은 빛나지 않았고, 낮고 청회색 구름만 깔려 있었다. 가을날이군, 크로나우에르는 생각했다.

아주 우울한 가을날이야, 그는 생각했다.

그는 동작을 낭비하지 않으며, 팔을 몸에서 떼고, 마치 서는 법을 갓 배워 익숙해지려면 아직도 먼 것처럼 나아갔다. 그는 눈을 깜빡여 눈물을 비워 보냈다. 추워서 흐르는 거야, 그는 생각했다. 그는 털외투를 가져오지 않았고, 쌀쌀한 공기가 불편하긴 했지만 되돌아갈 생각은 아예 없었다. 어쩔 수 없지, 그는 생각했다. 옷은 나중에 입지. 도중에 뭔가 찾게 될 거야. 담요나, 군용 외투나, 늑대 가죽이나.

• 수용소는 한없이 넓게 펼쳐졌으나 텅 비어 있었다. 경계를 표시하는 담장은 어디에도 없었다. 파손되었거나 폐허가 된 막사들이 단조롭게 줄지어 있었다. 막사는 2킬로미터에 걸쳐 이어지다가 차차 사이가 뜨고, 뚜렷한 구분이 점점 덜해지는 길들, 시커먼 진창, 웅덩이, 모여 있는 전나무들이 나타났으며 전나무에는 거대한 까마귀들이 앉아 있었다. 새들은 크로나우에르를 관찰했다. 이따금 날갯짓과 부릿짓을 하고

울음소리를 내지 않으며 가지에서 몸을 좌우로 까닥거렸다. 그것들은 고개를 갸웃하고, 관심 없는 척하면서도 그를 뜯어보았다.

건물들은 몇백 번의 모진 계절의 공격을 견뎠고, 대부분은 불결한 판자 더미에 지나지 않았다. 바람이 날카로워졌으므로 크로나우에르는 문지방 잔해를 넘어, 문의 잔해를 밀치고 창문 없는 공동 숙소의 잔해를 뒤지기 시작했다. 어쩌면 추위를 막아 줄 것이나 앞으로 버티는 데 도움이 될 만한 것을 찾을 수 있을 거라 여겼다. 공동 숙소에는 유용한 것이 아무것도 없었다. 침대 틀은 노후하여 주저앉았다. 바닥 널은 멀쩡한 곳이 하나도 없고, 무너지기 직전 같아 발이 빠지지 않도록 장선을 따라 걸어야 했다. 바닥과 벽은 여러 군데가 무너져, 빛이 들어오긴 했지만 불길하게 휙휙대는 바람도 들어왔다. 건물 끝에는 아마 저장실이나 부속 보건 시설인 듯한 방이 있었다. 의무실이군, 그는 생각했다.

의료용 침대가 하나 있고, 수납장은 썩고 비어 있었다. 하지만 마지막까지 있던 사람들이 대피 중의 혼란 때였는지, 설명할 수 없는 다른 이유에선지 구석에 놓고 간 궤짝이 하나 있었다. 궤짝은 먼지가 앉아 시커멨지만 견고했다. 크로나우에르는 그것을 열려고 반 시간이나 들였다. 그는 손재주와 젊음과 투사의 혈기를 잃은 데다, 쓸 만한 연장이 하나도 없었다. 어두웠다. 궤짝은 못질로 닫히고 금속 띠가 둘려 있었는데 금속 띠는 충분히 녹슬지 않아 크로나우에르가 비틀어도 — 끈질기게, 하지만 힘없이 — 말을 듣지 않았다.

한참을 저항한 끝에 궤짝이 마침내 열렸다. 가장 먼저 나온 것은 처리 작업자가 입는 하얀 작업복과 장갑, 필터 마스크, 단열 부츠였다. 쓸 일이 없을 게 분명한 엉뚱한 물건이었으나, 그 아래 있던 모든 것을 보호했다는 장점이 있었다. 깨끗한 옷가지, 누비 재킷, 군화, 죄수들이 쓰는 모피 모자. 크로나우에르는 즉시 누더기를 벗어던지고 완전히 새것인 제크의 제복을 입었다. 그다지 털어놓고 싶진 않았지만, 그는 그렇게 입은 자신이 근사하다는 것을 알았다.

의무실에서 나왔을 때, 숲에서 회색 바람이 불어왔다. 새

옷을 입은 그는 따뜻했고 수용소를 휩쓰는 강렬한 수지 냄새를 기쁘게 킁킁댔다. 내가 탈주 중인지 아닌지 모르겠지만, 그는 생각했다. 어쨌든 밤이 되기 전에 숲까지 가야 해. 수용소를 완전히 떠나 밤이 오기 전에 숲에 도달해야 해.

• 이따금 바닥에 검은 기름이 고여 있는 도랑들.
　　　한두 번, 북쪽으로 날아가는 까마귀들.
　　　이따금 원래는 트럭, 지프, 발전기였던 고철 더미.
　　　다시금 타이가에서 불어오는 향긋한 바람, 눈이나 싸락눈을 예고하는 매운 바람이 섞인.
　　　이따금 기울어진, 무너질 것 같은 감시탑, 이따금 똑바로 서 있지만 플랫폼까지 올라가는 사다리가 없는 감시탑.
　　　담장은 없다. 순찰로도 없다. 철조망도 없다. 연속되는 똑같은 세상.
　　　어쩌면 담장은 불필요했을 거야, 어느 순간 크로나우에르는 생각했다. 아무도 감옥 같은 내부와 수용소 같은 외부를 구분하지 않게 되었을지 모르지.
　　　몇 차례 돌풍, 휘파람 같은 소리, 그리고 정적.
　　　여기저기 전나무들, 작은 자작나무 숲들.
　　　수용소의 잔해 여기저기 아무 데서나 자라는 나무들.
　　　얼어붙은 듯 단단한 땅.
　　　타르 웅덩이들.
　　　샛노랗고, 때로 짙은 갈색인 키 작은 무더기를 이룬 풀.
　　　저 풀들의 이름조차 모르겠어, 크로나우에르는 갑자기 생각했다. 새로운 종들이군. 새로운 종들이지만, 죽었어.

• 까마귀들은 높은 가지에 앉아 있었다. 셋, 넷. 그들은 서로 이를 잡아 주며, 전혀 관심 없는 기색으로 오고 가는 이들 혹은 그 비슷한 것을 감시했다. 크로나우에르가 버려진 수용소의 막사들 사이를 걸어갔다. 그들은 그를 지켜보았다.
　　　그들인지 나인지는 상관없다.
　　　이따금 나는 날개를 펴며 까옥 소리를 내고 나 자신에게밖에 관심 없는 척했지만, 사실은 그렇지 않았다.

371

• 이렇게 걸어서는 영원히 숲에 도달하지 못할 거야, 크로나우에르는 생각했다.

지금까지 얼마나 왔는지 보려고 돌아섰을 때, 그와 같은 방향으로 걸어오는 인간의 형체가 눈에 들어왔다. 폐허가 된 건물이 그 형체를 가리고, 그다음에는 나무들이 크로나우에르의 시야를 가로막더니, 형체가 다시 나타났다. 그들은 이제 약 200미터 거리였고 크로나우에르는 여전히 그 얼굴 윤곽을 분간할 수 없었다. 어깨에 소총은 없고, 허리띠에 권총이 있는 것 같지는 않고, 전체적으로 회색인 모습이었다. 죄수겠지, 크로나우에르는 생각했다.

상대는 자그마한 체구였고, 두툼한 옷 때문에 커 보이는데도 어른보다는 청소년 같은 외모였다.

크로나우에르는 전나무 두 그루 사이에 가만히 서서 기다렸다.

사미야 슈미트일 리가 없어, 그는 생각했다.

그녀였다.

그녀는 다가와서, 그에게서 네 걸음 떨어진 곳에 멈춰 섰다. 그녀는 숨이 가빴고, 머리에 쓴 샤프카 밑의 얼굴은 흙투성이였다. 기진맥진해서 눈꺼풀이 부어 있었다. 중국 문화혁명 인형 같던 생김새는 이제 사구(四舊)[40] 파괴 운동을 향한 청춘의 열정과 연관 짓기 어려울 정도로 심하게 상해 있었다. 오직 토라진 기색만이, 크로나우에르가 수컷으로서 언제라도 뒤집어쓸 위험이 있는 억제된 페미니스트적 분노 같은 것만이 남아 있었다. 가까이서 보니 그녀가 지나치게 크고 형편없는 옷을 입었음을 알 수 있었다. 또한 그녀가 최대한 빨리 크로나우에르를 따라잡기 위해 기를 쓰느라, 지금 실신하기 직전이라는 것도 알 수 있었다.

그들은 1분 정도 아무 말 없이 서로를 뚫어지게 쳐다보았다.

뜻밖의 귀염성 있는 동작으로, 사미야 슈미트가 한 손을 들어 샤프카 안을 뒤적이더니 그 안에 넣어 두었던 가짜 양 갈래 머리를 꺼냈다. 땋은 머리채가 이제 그녀의 머리를 둘러쌌고,

---

40. 낡은 사상, 낡은 문화, 낡은 풍속, 낡은 습관.

끝에 심하게 구겨지지 않은 화사한 주홍색 리본 매듭이 달려 있어, 전체적으로 명랑한 애티가 조금 되살아났다.

"나를 알아보겠어요?" 사미야 슈미트가 떨리는 목소리로 대담하게 말을 꺼냈다.

"그럼요." 크로나우에르는 뭐라 말해야 할지 몰랐다. "우리 같은 콜호스에서 일했었죠."

• 이따금 나는 날개를 펴며 까옥 소리를 내고 나 자신에게밖에 관심 없는 척했지만, 사실은 그렇지 않았다.

예를 들어, 풀들. 죽은 풀들. 내게 물었다면, 이름 몇 개를 댈 수 있었을 것이다.

전부나무, 토르펠리안, 저주받은풀, 솔페부트, 가르브비앙드르, 헛회전, 울브바이안, 그랭두아제유, 우르퐁주, 영원한바보, 도랑의목쉰소리, 타타르처녀.

30

• 새벽은 반 시간 동안 계속되다가, 벌써부터 저녁 어스름을
알리는 집요한 회색 풍경에 자리를 내주고 물러났다. 한코
보굴리안은 소총이 장전되었음을 확인하고 집을 나섰다. 집
앞의 눈은 온전했다. 조금 더 가서 그녀는 늑대들의 흔적을
알아보았고, 일주일 전에 죽인 남자의 시체 둘레에는 포식조들이
새긴 흔적이 엄청나게 많았다. 새들은 내려앉아, 쪼아 대고,
쫓기고 서로 싸우고, 겅중겅중 뛰어 떨어진 곳으로 가서는
낚아챈 고기 조각을 잘게 찢고, 소화시킨 다음에는 오른쪽
왼쪽에 배설했다. 시체는 10여 미터 옮겨져 있었는데, 마치
동물들이 그것을 숲속으로 사라지게 하고 싶었던 것 같았다.
늑대들이 시체를 꽤 많이 찢어 놓았고 새들은 얼굴을 공격했다.
한코는 장기의 상태나 도살 솜씨를 평가하려고 들여다보는 건
아니었다. 그녀는 자신이 쏘았던 자가 누군지 알아볼 수 없었다.
다만 본능적으로, 모르는 사람이라는 것만 알았다. 또한 그녀는
겨울이 끝날 즈음이면 그가 흔적도 남지 않으리라는 것도
알았는데, 시체를 먹는 크고 작은 동물들이 청소를 계속할 것이기
때문이었다. 그리고 눈이 녹은 후에도 인간과 헝겊의 잔해가 남아
있으면, 그녀는 덤불 속에 흩어 버릴 것이었다. 아득한 옛날부터,
889년 혹은 그보다 더 이전부터 늘 했던 대로. 근방에는 그런
장소가 벌써 여러 곳 있었다. 방문자가 드물어 많지는 않았지만,
그래도 여러 곳이었다.

• 더 멀리서 한코 보굴리안은 야영지의 흔적과 마주쳤다. 그녀는
이 발견을 예상하고 있었다. 일주일 전, 나무가 타는 냄새를
맡았는데, 그녀의 겨울과 고독 한가운데서는 너무나 예외적인
일이기에 즉각 적의 공격에 대비했었다. 야영지는 집에서
1킬로미터 떨어진 어느 작은 협곡에, 옛 곰 굴 안에 있었다.
남자는 바람과 눈이 들이치지 못하도록 막대에 캔버스 천을
걸어 두었다. 바로 옆에 있는 평평한 장소에서 남자는 침엽과
솔방울과 잔가지로 불을 피웠다. 동물이 건드릴 수 없는 곳에
냄비, 일종의 주전자, 뭐라 말할 수 없는 누더기와 가방 하나를

걸어 두었다. 그러니까 남자는 돌아올 생각이었다. 틀림없이 주변 탐험을 마치고, 한코의 집을 차지해 집주인을 제거한 후 들어앉거나 무기와 식량을 빼앗을 행동 계획을 세워 둔 다음.

한코 보굴리안은 끈과 줄을 풀어 챙겼다. 그것들은 늘 부족했다. 조리 도구들은 혐오스러웠으므로 눈길도 주지 않고 눈 속에 떨어진 대로 내버려 두었다. 하지만 가방의 내용물을 보고는 그녀의 입술에 만족스러운 미소가 떠올랐다. 그 안에는 말린 순록 고기, 차 끓이는 베리 열매, 가위, 사냥감을 해체하는 도구, 타르를 먹인 끈 타래, 덫에 쓰는 철물이 들어 있었다. 가방 안에 붙은 주머니를 뒤지니 붉은군대의 정찰병들이 갖고 다니는 것과 같은 묵직하고 연료가 닳지 않는 모피 사냥꾼용 라이터에 손이 닿았고, 뜯긴 책에서 나온 낱장 묶음도 있었는데, 읽는 이에게 시적인 감정을 불러일으킨다기보다 불을 피우는 용도가 틀림없었다. 그녀는 전리품을 모아서 숲을 지나 고독한 거처로 돌아왔다.

"아슬아슬하게 피했어." 그녀는 서리 덮인 덤불들을 피하며 중얼거렸다. "그 녀석, 무지하게 약삭빠른 놈 같았거든."

그녀는 누군가가 자기 의견을 말하는 소리를 듣길 좋아했다. 몇 세기 전부터 그녀는 혼자 이야기하며 그것을 대화라고 여겼다.

"그 녀석에게 문을 열어 줬다면, 지독하게 애를 먹었을 거야." 그녀는 말을 이었다.

"정말 그렇다니까." 그녀는 인정했다.

빈터에 오자, 그녀는 빙 돌아서 처음에는 남자의 시체에서 남은 부분을 보지 않으려 했지만, 마음을 돌려 가까이 가서 피로 얼룩진 그의 상의 조각을 내려다보며 섰다. 추위 속에서도 폭행당한 몸뚱이와 배설물과 더러움의 냄새는 강렬했다. 천 아래로 부서진 흉곽이 뚜렷이 보이고, 안의 내용물은 아직 거의 청소되지 않은 채였다. 여러 밤 동안 포식 동물들의 분주한 움직임이 그치지 않으리라.

너무 가까이서 남자의 머리를 살피지 않으며, 그녀는 그에게 말을 걸었다.

"이 친구야," 그러면 자기가 하는 말이 얼어붙은 공기와 바르도의 검은 공간을 거쳐 그에게 도달하리라고 믿는 듯, 그녀는 힘 있게 말했다. "이 친구야, 살인자 놈들이 자네를 이런 꼴로 만들었군!"

• 밤에 그녀는 한 달 동안 손대지 않았던 일기를 꺼내, 글을 쓰기 시작했다. 날짜는 지어낸 것이었다. 그녀는 되는대로 날짜를 적었는데, 눈이 녹을 때까지 아직 15주나 16주가 남았다는 것만은 알았고, 그 어림짐작을 바탕 삼아 날짜를 진짜처럼 보이게 했다.

• 11월 2일 금요일. 동쪽에서 인간 냄새가 풍기는 것을 알아차림. 바리케이드를 치고 집에 틀어박혀 대기했다. 떠돌이 군인과 캠프파이어의 냄새. 밤에는 불을 켜지 않음. 밤새도록 사격 자세로 있었다.
　　11월 3일 토요일. 새벽에 부랑자가 나무들 뒤에 숨어 집을 살펴보는 것을 발견. 내 발자국은 바람에 지워졌고 그는 집이 빈집인지 아닌지 궁금했을 거다. 바람의 방향이 바뀌어 그자의 냄새가 내게 오지 않았다. 그 부랑자는 사냥꾼처럼 끈기 있었다. 탁 트인 곳으로 나오지 않았고 거의 움직이지 않았다. 쌍안경으로 얼굴을 확인했다. 생존자 혹은 사자(死者). 수염이 나고 더러웠다. 알돌라이 슐로프가 아니라는 것도 확인했다. 직감적으로 알았지만 그래도 확인했다. 오후 끝 무렵 부랑자는 잡목림에서 나가기로 결심했고, 내 조준선 안에 들어왔길래 놈을 쏘았다. 가슴 한복판을 겨냥했다. 그는 쓰러져서 움직이지 않았다. 그의 상태가 의문으로 남아 계속 찜찜한 것이 싫었고, 밤이 오기 직전이기도 해서 나는 먼젓번보다 더 주의해서 조준해 한 발 더 쏘았다. 목에서 어깨로 이어지는 부분에. 이후 며칠은 집 안에 틀어박혀 있기로 함. 시체에 동물들이 모여 들 것이다. 동물들을 피해 이후 며칠은 집에 틀어박혀 있기로 했다.
　　11월 8일 목요일. 밖에 나갔다. 황혼 녘이고 추웠다. 부랑자는 늑대들에게 상당히 많이 해체되었다. 까마귀들에게도 쪼아 먹혔다. 나머지는 봄에 처리해야지. 창문에서는 거의 보이지 않으니 굳이 치울 필요 없다. 남자가 집 쪽으로 원정을 온 근거지를 찾아 나섰다. 그의 야영지를 발견했고 쓸 만한 것들을 징발했다. 군용 라이터. 덫에 쓸 바늘들, 끈. 반쪽 난 책도. 표지도 제목도 없다. 포스트엑조티시즘 나라들. 두세 번 훑어보았다. 헛소리뿐이다. 불 피우기에나 좋을 듯.

31

• 불꽃들의 요란한 소리가 멎은 순간, 혹은 어쩌면 그 얼마 뒤,
몇 년 뒤에, 왜냐하면 이제 그리고 오래전부터 너는 시간을
옛날처럼 헤아리지 않고, 오래전부터 너는 시계와 달력을 무시하게
되었으므로, 그러니까 그 순간에 너는 타르와 나프타의 검은 연못
같은 장소에 들어가리라, 그리고 처음 얼마간 너는 선입견도 아예
생각 자체도 없이, 편안히 들어앉아 게으르게, 외부의 시간으로
두세 세대가 흘러갈 동안, 그다음을 기다리는 데 몰두하고, 너를
둘러싼 두터운 침묵에 만족하고, 그 두터움을 다른 무엇과도 비교할
수 없이 좋아하며, 이따금 깊은 곳에서 천천히 올라오는 거품의
미세한 잡음에 공격받으리라, 그리고 곧 너는 사실상 거의 감지할
수 없는 그 소리에 귀를 기울였고 그 소리를 긴 음악의 기본음으로
삼았으며, 거의 변화 없는 그 멜로디는 너를 매혹시키지 못했지만
너는 그 안에 몇 가지 춤추는 듯한 변화와 네 성문들과 네 다양한
횡격막들 혹은 그것을 대신하는 부위에서 나온 복음(複音)을
도입하여 네게 있는 여가를 즐기는 또 하나의 방도로 삼았는데, 여가
시간에 너는 네 과거 존재들의 영화를 천천히 혹은 계속 반복해서
보고, 필요하다면 가장 강렬한 이미지들에서 멈춰 거기에 연관된
그리고 더 이상 현실에 대한 추억과 구분할 수조차 없이 네 기억
속에서 구체화된 꿈들에 대해 명상했고, 거의 움직이지 않은 채 거기
머무르는 참이므로, 너는 하나하나가 네 삶을 구축했던 공적들과
수없이 많은 그 변종들을 가져다가 그것들을 이야기하고 따라서 그
순간들을 다시 살며, 그 영웅적인 순간들과 더불어 꿈속의 악행들과
수없이 거친 난관과 혼란도 빼놓지 않는데, 왜냐하면 사실, 너의
존재는, 강철 같은 사상으로 잘 정돈되어 있고 계속해서 흑마술의
샘에 다시 적셔지며, 그것은 그 자체로 방문했던 영역들을 늘리고,
죽은 인간들과 산 인간들과 개 혹은 유사한 것들이, 물론 죽은
여자들과 산 여자들과 암캐들도, 이해할 수 없는 물질들로 그것들을
장식했기에, 따라서 너의 존재는 명확하고 언제 일어났는지 분명한
사건들로 가득하지만, 또한 처참하게 혼란스럽기도 하여, 결국
너는 딸과 배우자와 애인 들을, 단순 범죄와 학살을, 프롤레타리아
윤리와 추잡한 몽상을, 간수와 죄수를, 출생과 죽음을 혼동하고야

378

말, 혹은 혼동하기 시작했을 정도였고, 또 한동안 너는 그 고통스러운 빛나감을 정당화하기 위해, 대립을 무효화하고, 대립되는 것들을 하나의 막연한, 그리고 사실 때로는 악몽 같고 때로는 아닌, 꿈의 덩어리로 용해시키는, 바르도적이고 모호한 이론에 의지했을 정도였으며, 그 모든 것에도 불구하고 너는 역사 앞에서 그 한없는 방황과 무의 여행을 보존하고 싶었고, 너의 말들을 너만이 일등을 독차지할 성인전의 이야기로 국한시키고 싶지 않았으므로, 너는 서사적 알곡들을 제멋대로인 독보리와 구별하는 방식을 거부하고 외치기 시작했는데, 처음에는 서두의 기도로써 네 비밀 부하들을 네게 불러냈고, 다음으로 네 길을 가로막았거나 부주의로 너와 같은 운명을 떠돈 이들의 그림자들을 네 입 가까이 만들어 낸 후, 기도를 말하고 그림자들이 빚어졌으므로, 너는 네 등장인물들 중 가장 명예롭지 않은 이의 옷을 입고, 솔로비예이라는 그리 호감 가지 않는 인물로 환생하여, 달 없는 꽉 찬 몇 년 동안, 왜냐하면 네가 잠겨 있는 타르와 나프타 속에는 하늘은 물론 하늘이라는 개념조차 없었으므로, 그 어둡고 무거운 몇 년 동안 너는 네 서술에만 몰두했고, 그러다가 일화들이 축적되어 너는 피로해졌고, 포만감을 느끼고 입을 다물 생각을 했다. 네 비밀 부하들은 네 부름에 나타나지 않았고, 혹은 네가 눈치채지 못할 정도로 너무나 조용하고 미미하게 있었다. 네 고독의 암흑은 너를 잠재우는 경향이 있었다. 너는 몇 개의 이름을 더 울부짖었고, 다른 부하들을, 알투판 주아예크, 되룀 뵈뢰크, 엘리 크로나우에르, 대(大)토그타가 외즈베그, 마리아 크월, 그리고 최근의 네 몇몇 모험에서 역할을 맡았던 그 밖의 몇백 명을 불러낸 후, 네 딸과 배우자와 애인 들을 열거했다. 나날이 지나가고, 아무도 나타나지 않았으며, 네 목소리가 너를 두렵게 했으므로, 너는 다시 입을 다물었다. 너의 찡그림을 대신하는 것이 불만스러움을 표현했다. 너의 토라짐이 얼마나 오래가든 우리에겐 상관없다. 네 토라짐이든 우리의 토라짐이든 상관없다. 그리고 불꽃들이 되살아났다.

32

• 천 년 동안 달이 없다. 익숙해진다. 그래, 익숙해지는 것이야말로 제일이다. 달빛도, 유르트 밖 연인들의 산책도, 기묘한 악몽들로 점철된 감옥의 불면도 이제는 없다. 더 이상 벨벳 같은 하늘을, 구름을 강조하는 푸른 구멍들을, 구름들의 변덕스러운 도주를, 별들을 올려다보지 않고, 스텝의 회색 광활함 앞에서 감동하지 않는다. 그 모든 것은 더 이상 존재하지 않는다. 오직 검디검은 어둠과 걷는 일만 있을 뿐. 그들은 읽을 수 없는 시들에서 그것을 호박(琥珀)이라 부른다. 호박 속의 천 년, 그다음은 니체보.[41] 그들인지 나인지는 상관없다. 그들은 쉰 혹은 낙심한 목소리로 그것을 주장하며, 그 후에는 이해할 수 없는 주제들로 노호한다. 호박, 아니다. 조금의 빛도 없는 그것은 오히려 검은 공간, 절대 고독, 그리고 무엇으로도 깨지지 않는, 다만 이따금 발밑에서 뭔가를, 흉한 그을음이나 가루가 된 납 찌꺼기 같은 것을 밟는 듯한 미세한 사태(沙汰), 미세한 사각거림이 날 뿐인 검은 정적에 가깝다. 그래, 이것은 검은 공간일 것이다. 다만, 여행의 길이는 예전에, 죽었거나 사망했거나 살아 있거나 뭐, 그런 상태였을 때 생각했던 것과는, 그리고 그 문제에 대한 승려들의 얘기에서 들었던 것과는 다르다. 여기서 여행의 지속 기간은 견딜 수 없으리만치 늘어난다. 49일이 지나고, 그 후 343, 그 후로는 몇 년씩을 단위로, 그러다가 세기로 헤아려야 한다. 발밑에서 재가 들릴 듯 말 듯 한 소리를 내지만, 의식을 잃고 악몽에 빠질 때만은 그렇지 않다. 알고 싶다면 말하겠는데, 의식을 잃는 일은 드물고, 거의 꿈꾸지 않으며, 당신을 움직이게 하는 것은 무엇보다 걷기다. 옛날, 전공(戰功)이나 이탈. 행위로 투옥되었을 때도 시간은 마찬가지로 한없이 늘어졌고, 단조롭고 진력났지만, 적어도 그 끝에는 죽음이 있다는 전망이 불안을 가라앉혔다. 해방은 헛된 약속이 아니었다. 게다가 언제나 불교도인 동료 수감자가 있어 그 뒤의 일을, 49일간의 과도기를 거쳐 거의 즉시 새로운 모습으로 들어간다고 설명해 주었다. 반면

---

41. nitchevo. 러시아어로 '아무것도 아님'을 뜻하며, 숙명 앞에서 아무래도 상관없다는 무심한 태도를 가리킨다.

여기서는 모든 전망이 사라졌다, 빛과 달처럼. 전망 없음에도
역시 익숙해지며, 쓰디쓴 체념으로든 자연스러운 수동성으로든
익숙해진다. 천 년. 그것은 확인 가능한 숫자보다는 생각의 차원에
가깝다. 물론 셈은 무척 어림잡은 것이며, 더 이상 날이나 해를
단위로 세지 않고, 이내 다음 세기로 넘어간다. 호박 속에서,
검디검은 어둠 속을 배회하며, 끝없이 그리고 거의 꿈꾸지 않으며
걷는 천 년, 그다음은 니체보. 때로는 뜻밖의 갈림길에 도달하고,
솔로비예나 누군지 모를 제크들이나 솔로비예이의 수하와
딸들에게 얻어맞는다. 때로는 밖으로 나가, 수용소의 낙원이나
죽어 가는 이들의 수송대 안에 있지만, 그것은 영원히 지속되지
않고, 거의 즉시 어둠이 돌아오며, 이어지는 203년 동안 아무런
말소리도 들리지 않고, 가까이서 아무런 목소리도 들리지 않아
공포로 울부짖지 않기 위해 정신적으로 웅크려야만 한다. 그런
에피소드들에도 역시 익숙해지며, 사실은 그것들을 순전히 지나가는
한순간의 망상 혹은 꿈이라 여긴다. 어떤 경우든, 달은 없다.
때로는 막다른 길에 도달하기도 하여, 사방에서 벽들에 부딪치며,
상상력 부족으로 혹은 싫증이 나서 그 벽은 화덕처럼 벽돌로 되어
있다고 우기고, 벽들이 불타고 있으므로 화덕 안에 들어온 거라고
여긴다. 빙빙 돌고 더듬으면서 고요한 진동과 열기로 가득한 그곳을
알아보려고 애쓴다. 돌연 출구가 없어진다. 사방에 물질의 최고
온도에 도달한 연료봉들이 있고, 가까이 가면 고통스러운 밀폐된
벽들이 있으며, 기름진 검은색의 게걸스러운 불길들 한가운데, 검은
화염의 물결들에 잠긴다. 그러면 공포로 울부짖고, 신음이나 까마귀
우는 소리로 시들을, 사실일 성싶지 않은 전기들을, 삶이나 추억의
찢어진 조각들을 읊조린다. 그 후, 이 n번째 감옥에도 익숙해지면,
아무 일 없었던 것처럼 굴고, 불운에 굴하지 않으며, 죽지도 살지도
않으려 최선을 다하고, 또다시 여러 세기가 흐른 후, 침묵한다.

33

• 서툰 필체로 "불운에 굴하지 않으며, 죽지도 살지도 않으려 최선을 다하고, 또다시 여러 세기가 흐른 후, 침묵한다."라 쓴 뒤, 한코 보굴리안은 여백에 정정문을 추가했다. "딸, 배우자, 혹은 과부라면, 죽지도 살지도 않으려 최선을 다했다." 그런 다음 그녀는 공책을 덮어 선반에 정리하는데, 동시에 누군가 자신을 관찰하고 있다는 강렬하고 육체적인 직감이 들었다.

"설마 돌아온 건 아니겠죠?" 그녀는 공격을 피하거나 견뎌 내려 몸을 긴장시키며 동물처럼 으르렁댔다.

그녀는 몸을 돌렸다. 암늑대 같은 몸놀림이었다.

등불이 그리는 노란 원뿔을 제외하면, 집은 안락한 어둠에 잠겨 있었다. 수직갱 덮개는 반쯤 열려 있어서 깊은 곳에 파묻힌 노심 용융물이 기분 좋은 따스함, 잔잔한 방사능을 발산해 집 안에는 바깥의 낮은 기온이 닿지 못했다. 주위에는 삼림 관리인의 가구, 모피, 화장실과 주방 용품, 수직갱에서 얻은 물을 식히는 양동이. 선반 역할을 하는 판자들 위에는 깨끗한 공책들과 이미 꽉 찬 공책들. 그리고 곰 가죽 옆에 걸린 소총 두 자루.

평소와 다른 것은 아무것도 눈에 띄지 않았다.

누군가 지켜보고 있다는 확신은 커질 뿐이었다.

오래전, 솔로비예이가 자기 마음대로 그녀의 세계와 평행 세계들에 드나들고 누구의 꿈에든 들어갈 때, 그 끔찍한 감각은 대개 그녀의 아버지가 침입하기 전에 왔다. 그것은 경보, 그녀가 전혀 어찌할 수 없는 위험을 알리는 경보였다. 그녀의 내면에서는 육체적이고 정신적으로 불안이 커졌다. 그 상태는 낮의 반, 밤의 반 동안 지속되고 심해졌다. 그 후에는 솔로비예이가 그녀에게 침입해 제멋대로 그녀의 안을, 그녀의 꿈들 속을, 내밀한 추억들 속을 정복한 영토처럼 돌아다녔고, 때로 관심을, 심지어 애정을 쏟아 마땅한 동반자로 그녀를 대하기도 했던 것은 사실이지만, 대개는 그녀의 행복과 불행에 전혀 개의치 않으며, 미친 듯이 오락가락하고, 그녀의 안에 그녀는 갈 수 없는 피난처들을 짓고, 난해한 시들을 독백했다. 뒤이어 모든 것이 그쳤지만, 그녀는 황폐해지고, 모욕당하고 지극히 슬픈 채로 잠에서 깼다.

그런데 그 끔찍한 느낌이 그녀의 안에서 막 일어난 것이다. 예고 없고, 기습적이기에 한층 더 거세게.

• 그녀는 문으로 가서 쇠막대로 잠금장치를 보강한 다음, 소총을 집어 들고 등불을 껐다.

창문 너머로 눈이 희미하게 빛났다.

"어쩌면 솔로비예이가 오고 있는 게 아닐지도 몰라." 그녀는 중얼거렸다. "어쩌면 그냥 부랑자가 집을 발견하고 내게 해코지를 하려는 걸 거야."

이제 그녀는 풍경을 살펴보기 위해 작은 창문 하나에서 다른 하나로 갔다. 바람에 실려 오는 냄새를, 기름기와 기름기의 흔적을 킁킁댔지만, 특별한 존재는 아무것도 알아내지 못했다. 그녀는 혹시 모를 저격을 대비해 몸을 노출시키지 않으려고 주의했다. 흑마노 같은 한쪽 눈으로 첫 번째 나무들의 방벽이 서 있는 곳에서 미세한 온도 변화를 포착하려 했고, 눈 더미와 나무줄기 사이의 덤불들을 훑으며, 흑마노 같은 눈으로 산 자의 흔적들을 찾았다. 호랑이 같은 노란 눈으로는 죽은 것을 적발해 내기 위해 무와 밤 속의 균열들을 조사했다. 어느 것도 발견하지 못했다. 빈터에는 눈 더미에 갇힌 잔광이 비쳤고, 그 밖의 나머지는 전부 캄캄했다. 별들과 달은 다른 세계에 속했다.

그러다가, 아주 뚜렷하게, 그녀는 저격수의 자세로 무릎 꿇은 형체가 덤불 뒤의 낙엽송 아래 숨어 있는 것을 발견했다. 형체는 그녀를 겨누고 있었다. 10분의 1초 후 그녀는 직전에 격발된 실탄의 불꽃을 보았고, 다시 10분의 1초 후, 그녀가 반사적으로 머리를 피한 곳에서, 창문 유리가 산산조각 났다.

그녀는 즉시 웅크렸다.

오리걸음으로 걸어, 이즈바의 바닥 멀리까지 날아간 유리 파편들을 밟으며, 그녀는 바깥에서 보이지 않는다는 것을 알아 둔 사격 위치인 통나무 사이에 뚫린 총안으로 갔다. 공책을 제자리에 넣어 둔 이후에 잃었던 침착함이 되돌아왔다. 대결의 시간이 된 지금, 그녀는 훨씬 스스로를 잘 다스릴 수 있었다. 한코 보굴리안은 전사였다. 그녀는 소총의 총신을 벽에 뚫린 작은 홈에 댈 생각이었다. 거기서라면 완전히 안전하게 치명적인 한 발을 조준할 수 있다고 확신했다. 여러 세기 동안, 그리고 동물종들이 쇠퇴하기 전, 그녀는 그 보이지 않는 틈새에서 늑대, 순록, 곰, 여러 부랑자를 쓰러뜨렸다.

그녀는 위치에 섰다. 적이 막 움직였고, 깊은 어둠 속에서 그녀는 사미야 슈미트의 교활하고 샐쭉한 모습을 의심의 여지 없이 알아보았다. 나이가 들었고, 세월과 광기의 영향으로 윤곽이 변했지만, 그녀는 여전히 소녀 같은 우스꽝스러운 양 갈래 머리를 얼굴 양쪽으로 늘어뜨리고 있었다. '찬란한 종착역'에서 보낸 세월 전체가 빠르게 눈앞을 스쳐 갔고, 한코 보굴리안은 사미야 슈미트가 언제나 재주 좋게 공동 작업에서 빠졌던 것을 기억했다. 발작과 발작 사이에 그녀는 치밀하게 아무것도 하지 않을 방도를 찾거나, '인민의 집' 도서관 운영과 관리도 힘에 부친다고 했다. 한코 보굴리안은 그녀를 늘 싫어했고, 미리암 우마리크에겐 이따금 마음이 통하기도 하는 애정을 느꼈던 반면, 사미야 슈미트는 자매로 여기지 않았다.

그녀는 신중하게 조준했다. 나뭇가지들과 짙은 어둠의 장막 뒤에 숨어 있음에도, 사미야 슈미트에게는 가망이 없었다. 왠지 모르게, 한코 보굴리안은 방아쇠를 당기기 전 잠깐 기다리기로 했다. 한편 상대방도 바로 다시 쏘지 않았다.

• 긴 몇 분 동안 두 여자는 어둠 속에서 말없이 꼼짝 않고 그렇게 서로를 지켜보았다. 그러다 갑자기 사미야 슈미트의 날카로운 목소리가 밤을 찢었다.

"한코 보굴리안!" 사미야 슈미트가 외쳤다. "잡년들의 공주님! 넌 솔로비예이와 잤어! 매일 밤 네 아비랑 잤다고!"

이게 무슨 헛소리야, 한코 보굴리안은 생각했다. 저 멍청한 년이 왜 저러는 걸까? 천치 같은 모르고비안이 두려움에 떠는 동안 솔로비예이를 침대에 받아들인 건 자기였으면서!

"넌 그가 네게 해코지하는 걸 좋아했지!" 사미야 슈미트가 계속 말했다.

어찌나 째지고 요란한 소리였는지, 거대한 새의 울부짖음을 듣는 느낌이었다.

이젠 더 이상 인간도 아니군, 한코 보굴리안은 생각했다.

384

원래도 아니었지만, 이젠 정말로 아니야. 벌써 등에 날개가 돋쳤는지도 모르지!

"넌 솔로비예이와 짜고 알돌라이 슐로프를 사라지게 했어!" 사미야 슈미트가 계속했다.

한코 보굴리안의 조준선에 사미야 슈미트의 목 아랫부분이 들어와 있었다. 그녀는 소총의 총신을 미세하게 내리고 발사했다.

잡목림에서 곧장 무시무시한 소동이 일어났다. 사미야 슈미트는 즉시 새된 소리를 내는 격분한 괴물이 되었다. 입고 있던 군복은 휘파람 소리를 내는 수천 개의 끈과 깃털로 변해 사방으로 휘날리며 엄청난 공간을 차지했고, 산 것이든 죽은 것이든 무엇과도 전혀 닮지 않았다. 그것은 골격이 없고, 물방울과 무겁고 검은 조각들로 이루어진 회오리바람처럼 수풀 속에서 움직이는 동시에 같은 자리에 머물러 있었다. 한코 보굴리안은 그 안으로 한 발을 더 발사했다.

"네가 온 곳으로 돌아가, 멍청한 계집애." 그녀는 중얼거렸다. "솔로비예이의 쇠똥 속으로 돌아가라고. 넌 거기서 아예 나오지 말았어야 했어."

• 한참 후 모든 것이 가라앉았다. 바닥에는 자그마한 유리 조각 하나도 없었다. 파열되었던 유리창은 다시금 온전했다. 그녀는 소총을 통나무 벽에 걸고, 등불을 켜고, 일기장으로 쓰는 공책을 가지러 갔다.

피곤했지만, 그녀는 탁자에 앉아 종이에 몸을 숙이고 글을 썼다.

12월 9일 일요일. 동생 사미야 슈미트의 꿈을 꾸었다. 거의 변한 게 없다. 그 애답게, 여전히 땋아 내린 머리에, 재교육 중인 중국 여자의 태도. 많은 얘기를 나눌 시간은 없었다. 콜호스에 자매들 모두 함께 있던 시절이 그립다. 여러 세기가 지났다. 7–8세기, 어쩌면 그보다 더. '찬란한 종착역'이나 제2소비에트연방을 기억하는 이는 이제 아무도 없다. 그 모든 것이 그립다.

34

● 마지막 감시탑들을 뒤로하고, 크로나우에르와 사미야 슈미트는 숲속으로 들어갔다. 그들은 100미터 정도 거리를 두었고 가끔 더 벌어지기도 했으나 너무 오래 서로의 시야를 벗어나지 않도록 신경을 썼다. 사미야 슈미트가 너무 뒤처지면, 크로나우에르는 속도를 줄였다. 둘 다 힘겹게 걸었다. 첫 1킬로미터를 지나자 수풀이 빽빽했다. 그들은 덤불이 무성한 길목을 건너거나, 여름에는 열매들이 무겁게 달렸다가 지금은 죽은 가지와 가시뿐인 키 작고 공격적인 가시덤불들을 뚫고 나가야 했다. 발이 진창에 빨려 들어가는 지면을 피해 에둘러 가야 할 때도 자주 있었다. 그들은 부주의하게 늪의 덫에 들어갔다가 빠져나오지 못할까 두려웠다. 부식토 아래 흙탕물이나 검은 기름이, 혹은 이 둘의 기분 나쁜 혼합물이 꾸루룩거리기도 했다. 기름은 지금은 숲에 뒤덮인 옛 도시나 옛 군사기지에서 왔다. 고작 몇 세기 만에 타이가가 그 잔해를 점령하고 말았으나, 산업 오염물은 유령처럼 도처에 남아, 아무리 보아도 사라지려면 수천 년은 걸릴 듯했다. 사미야 슈미트와 크로나우에르의 걸음은 점점 느려졌고, 하루가 저물어 그림자가 짙어지자 둘 사이의 거리는 줄어들어 결국은 숨을 헐떡이고 비틀거리며 나란히 걷게 되었다.

그들은 줄곧 한마디도 주고받지 않았다.

수용소를 떠난 이후. 그들은 줄곧 서로에게 말을 걸지 않았다.

● 사미야 슈미트는 나무줄기에 등을 기댔다. 크로나우에르도 그렇게 했다. 조금이라도 따스해지기 위해, 둘은 서로 바싹 달라붙었고, 나무 아래 앉았을 때도 어깨와 어깨, 허벅지와 허벅지를 맞댔다. 다리는 구부려 가슴에 붙이고, 손은 주머니에 넣고 있었다. 이제 완전히 어두워졌다.

숲은 바스락거렸고, 양치류의 살랑거림과 나무껍질의 딱딱거림 외에는 거의 아무것도 없었다. 근처에 동물은 없었다. 기온은 좀 더 내려가더니, 0도 위에서 안정되었다.

크로나우에르는 땅과 나무에서 나는 냄새를 들이마셨다.

곰들이 며칠 전 그곳을 지나갔는데, 겨울잠에 들기 전 베리 열매를 포식하려던 것이 틀림없었다. 곰 오줌의 강렬한 냄새가 이끼와 죽은 침엽에 스며 있었다. 무슨 소릴 하는 거야, 크로나우에르, 그는 생각했다. 네가 곰에 대해 뭘 안다고. 곰들은 그 이후 사라졌을지도 모르지. 넌 그들에 대해 아무것도 몰라. 네가 아는 건 수용소와 검은 기름뿐이야.

허튼 생각만 하고 있군, 그는 또 생각했다.

불현듯 그는 소스라쳤다. 솔로비예이는? 그는 지독한 자였어, 네가 영원히 고통받을 거라 장담했지. 만일 네가 아직도 솔로비예이의 꼭두각시이며, 죽지도 살지도 않은 채, 솔로비예이의 꿈속에 있는 거라면?

견딜 수 없는 생각이었다. 그는 코를 찡긋거려 그 생각을 물리치고, 주변에 감도는 냄새를 다시 한번 맡았다. 곰들이 남긴 흔적 말고도, 그는 콧구멍으로 들어오는 사미야 슈미트의 냄새를, 그녀의 몸과 두툼한 옷의 찢어진 부분들이, 812년하고도 조금 더 되는 괴로운 기억들이, 감옥의 오물이, 철도를 따라서나 낙엽송들 아래서 한뎃잠을 잔 밤들의 진흙이 내뿜는 모든 것을 느꼈다. 크로나우에르처럼, 그녀도 목욕을 하지 않은 지 한두 세대가 되었고 어쩌면 그보다 더 오래였다. 나와 같은 냄새가 나는군, 그는 생각했다.

• 밤이 몇 시간 지난 후, 가냘프고 맑은 소리가 들렸다. 멀리서 물방울들이, 이미 물이 가득한 수면에 떨어지고 있었다.

"들려요?" 사미야 슈미트가 물었다.

크로나우에르는 약간 움찔했다. 사미야 슈미트가 처음으로 침묵을 깬 것이다. 그리고 과연 그에게도 들렸다.

"바로 여기예요." 사미야 슈미트가 말을 이었다. "우리가 처음으로 만났을 때도 숲속이었고 샘 가까이였죠."

그녀는 속삭였다. 언어적 소통이 전혀 없던 이후인지라, 두세 문장만 이어져도 병적인 다변증처럼 여겨졌다.

"오래전이었죠." 크로나우에르가 끼어들었다. "당신은 죽어 가고 있었고요."

그 역시 이상하리만치 매끄럽게 말했다, 마치 살아 있거나 죽은 지 얼마 안 된 것처럼.

"내가 당신을 등에 업었죠." 그가 말을 이었다.

"네, 기억나요." 그녀가 말했다. "고마워요."

그들은 몇 분간 멀리서 들리는 샘물의 소리를 듣고 있었다. 크로나우에르는 그때까지 전혀 알아차리지 못했다는 데 놀랐다. 아마 물의 흐름이 약하고 불규칙했으리라.

"오늘도 별로 나아 보이지 않는데요." 크로나우에르가 말했다.

"급소를 맞아서 그래요." 사미야 슈미트가 말했다.

그러더니 그녀는 땋은 머리채를 뒤로 넘기고 누더기 옷 앞섶을 열어 목 아래 난 구멍과 오른쪽 가슴 바로 북서쪽의 다른 구멍을 보였다.

"누가 당신을 쏜 겁니까?" 크로나우에르가 물었다.

"한코 보굴리안, 그 망할 년이죠." 사미야 슈미트가 중얼거렸다.

그녀는 크로나우에르가 그 사실을 소화시키도록 놔두었다. 그녀 자신도 침묵이 필요했다. 그녀는 대결을 회상하려고, 혹은 그러려고 시도했다.

"그 여자의 눈은 아버지처럼 마법의 눈이에요." 그녀가 마침내 말했다.

목소리에서 혐오감이 배어 나왔다.

"저런." 크로나우에르는 그녀를 위로했다.

그는 한코 보굴리안의 기묘한 시선을 선명하게 기억했다. 결국 그가 감탄하게 되었던 경이롭고 기묘한 시선, 콜호스 시절, 레바니도보 시절, 몇 세기나 전인.

"그 여잔 어둠 속에서도 노리는 상대를 정확하게 맞혀요. 나쁜 년이죠. 제 아버지와 똑같은 복사본이에요. 그는 그녀 안에 살아요."

"그렇군요." 크로나우에르가 대화를 이어 가려고 말했다.

"그는 그녀를 방문해요. 그가 안에 있을 땐, 그와 그녀 사이에 차이가 없죠."

사미야 슈미트의 속내 이야기는 거기서 끝났다. 긴 몇 분이 흘러가고, 밤이 반 지났다. 둘 다 잠들지 않았다.

388

왠지 모르게, 크로나우에르는 가장 어둡고, 가장 춥고, 가장 음침한 시간에 대화를 계속하는 게 좋겠다고 판단했다.

"당신은요?" 그가 서툴게 물었다.

"내가 뭘요?" 사미야 슈미트는 즉시 화를 냈다.

그녀는 벌떡 일어섰다. 탈진하여 움직일 수 없는 상태로 보였는데도, 크로나우에르는 그녀가 그에게서 떨어져, 나무 사이로 걸어가, 줄기와 관목들을 때리고, 중얼거리고 날카롭게 외치는 소리를 들었다. 그녀는 미친 듯한 속도로 달리고 뛰어올랐다. 그녀는 샘을 발견하고, 때때로 근처의 고요한 웅덩이를 철썩 때렸다. 그녀는 새벽까지 날뛰다가 크로나우에르 옆으로 돌아와 앉았고, 이후 며칠 동안 더는 그에게 말을 걸지 않았다.

35

● 목적 없이 타이가를 나아가는 것은 크로나우에르에게 끝없는 시련이었다. 드러내지는 않았지만, 공포는 배고픔보다 더 자주 그의 배 속을 뒤틀었다. 영원히 길을 잃고 헤매는 지금, 길을 잘못 든다는 것은 아무런 의미도 없었지만, 가령 잠시 좋았다가 의식으로 떠오를 때면, 깨어날 때 맨 처음 드는 기분에는 태곳적부터의 숲에 대한 두려움이 섞여 있었다. 그 후 몇 시간 동안이나 그에겐 그 고통스러운 깨어남이 기억났다, 침묵과 소리, 그림자, 썩거나 썩을 운명인 식물 냄새, 동물들이 남긴 냄새, 하늘의 부재, 고독, 금세 도로 닫히는 틈새들, 이미 지나온 길과 끝없이 계속 가야 하는 길 사이의 혼란과 새롭게 마주해야 한다는 구역질 나는 감각이.

● 사계절 중 가을만 쾌적했다. 땅바닥은 단단해져 걷기 수월하고, 여름의 무성한 가시덤불과 미친 듯이 자란 풀들은 시들어 바닥에 주저앉고, 날벌레도 드물어졌다. 눈 속에서 살아남으려고 구석기시대 사람처럼 행동해야 하는 겨울이나, 진창과 새들의 소란과 다시 지방을 축적하려고 흥분한 육식동물을 상대해야 하는 봄보다 덜 힘들었다. 여름도 좋기는 했지만, 여름은 짧은 데다가 최후까지 살아남은 파리, 각다귀, 모기 들의 악몽 같은 존재로 괴로웠다.

● 사미야 슈미트가 완전히 사라진 지 여러 해가 되었다. 이를테면 어느 날 아침, 그녀는 명백한 이유도 없이 그 자리에 없었고, 부재는 한 달이 가기도 했으나, 3-4년 혹은 56년이 넘어갈 때도 있었다. 이런 이탈이 크로나우에르에겐 편했다. 그는 그녀에게 익숙해졌으나 그녀를 솔로비예이의 피조물로, 따라서 솔로비예이가 그에게 예정해 둔 천 년의 형벌에서 한몫을 담당하는 존재로 여기지 않을 수 없었다. 그와 사미야 슈미트의 관계는 약간은 형제 같았고, 오랜 공존으로 긴장이 누그러졌을 법도 하건만, 무엇보다도 그녀 편에서 근거 없는 불신을, 토라짐의 발작을, 분노에 찬 몸짓을 자주 보이는 것이

특징이었다. 그들은 서로 거의 말하지 않았고, 각자 고독한
명상에 틀어박혀 이따금 몇 주나 한마디도 주고받지 않는 때도
있었다. 신체적 접촉이 거북하지 않았음에도 그들은 서로 만지지
않았다. 위급한 경우라면 그들은 거부감 없이 서로를 움켜쥘
수 있었다. 둘 중 하나가 타르 웅덩이에 한쪽 다리가 빠지거나,
탈진해서 개미집 근처에 쓰러지는 등 위태로운 상황에 처했을
때가 그랬다. 그녀가 마지막 힘이 다하면 그는 그녀를 등에 업어
피난처까지 데려갔고, 정말로 너무 추울 때면 서로 꼭 붙어
있기도 했다. 그러나 대체로 그들은 서로 만지거나, 애무하거나,
더듬거나, 심지어 손을 잡고 서로 쓸어 줄 이유조차 전혀 없는
두 개인처럼 행동했다. 유일하게 그들이 지속적으로 함께하는
일은 아침부터 밤까지, 가을부터 가을까지, 10년이 지나고 다음
10년까지 숲속을 걸어가는 것뿐이었다.

      그랬기에, 사미야 슈미트가 곁에 없는 기간에
크로나우에르는 전혀 허전하지 않았다. 그의 일상에는 영향이
없었고 그는 그들의 말 없고 삐걱대며 덧없는 연합이 전혀 그립지
않았다. 그때그때 다르고 때로 터무니없이 길기도 했지만, 시간이
지나면 사미야 슈미트는 어느 날 갑자기 낙엽송 아래 나타났고,
그러면 그들은 딱히 설명도 없이, 부재에 대해 이야기하려는
생각도 없이, 공동의 전진을 계속했다.

      한마디로, 사미야 슈미트가 없는 세월 동안 크로나우에르는
당황하지도 불안정하지도 않았다.

• 타이가에 혼자 있을 때면, 크로나우에르는 종종 멈춰서
잔가지로 불을 피우고, 내적인 동시에 어설픈 말로 표현된,
똑똑히 발음하거나 신음처럼 흘리는 독백을 시작했다. 그는
제2소비에트연방에 대해, 오르비즈에 대해, 그리고 전쟁에서
죽은, 적의 손에 죽거나 유독한 도시나 시골에서 방사능에
피폭되어 죽은 동료들에 대해 이야기했다. 아직도 기억하는
마르크스·레닌주의 교본의 몇 구절을 암송했고, 밤이 되면
인생의 유일한 사랑 이리나 에첸구옌에게 말을 걸어, 괴로울
때면 고통을, 숲 한가운데서 겪은 사소한 모험들을, 꿈을 꾸었을
때는 꿈을 이야기했으며, 지금 이리나 에첸구옌과 그를 갈라놓는

광막한 시간을 숫자로 헤아려 보려 했다. 830년, 그는 끔찍한 두통으로 앞이 보이지 않는 가운데 투덜거렸다. 914년 5개월. 1천 977년 정도.

• 난 더 이상 아무것도 아니고 당신이 그리워.

• 타이가의 미로 속을 나는 사미야 슈미트라는 여자와 함께 걷고 있어. 당신이 그리워. 최근 200년 들어 전보다 당신을 자주 생각하고 있어. 사미야 슈미트는 예측할 수가 없어, 그녀에겐 제 아버지의 범죄적인 폭력이 내재되어 있고, 그가 나타나지 않은 지 반천 년이 되었는데도 그녀는 계속 그에게 사로잡혀 있어. 그녀는 아버지의 나쁜 꿈들을 물려받았지. 그녀는 자주 스스로에 대한 통제력을 완전히 잃어버려. 인간 형상과의 연결을 갈기갈기 찢어 버리지. 옛날에 그녀는 문화혁명 때의 여자 군인을 닮았었고, 수용소를 나와 다시 만났을 때는, 상당히 나이가 들었는데도 아직 그런 우스꽝스러운 면이 남아 있었지만, 지금은, 발작 중이면 그녀는 무엇과도 닮지 않았어. 그녀는 늘어나고, 커지고, 부풀고, 피곤하거나 신경질적이던 여자는 몇 초 만에 움직이는 덩어리, 검은 깃털들과 거무스름한 회오리바람과 귀를 찢는 휘파람 소리로 이루어진 형언할 수 없는 덩어리로 변하지. 나무들은 흔들리고, 어둠이 고동치고, 시간의 흐름은 급격히 빨라지거나 느려져. 무시무시한 광경이야. 그 광경을 보고 있자면 마음속 깊이 불안해져. 몸은 돌처럼 굳고, 기묘한 장면 속에 들어온, 적대적인 정신의 영역에서 길을 잃은 듯한 느낌, 어린 시절의 끔찍한 공포에 다시 빠진 듯한, 모르는 어른들에게 관찰당하는 느낌, 혹은 사악한 마법사의 손아귀가 주무르는 반죽이 된 느낌이기까지 해. 사미야 슈미트는 늘어나고, 그녀에겐 한계선이 없어지고, 몇백 미터에 걸쳐 소리를 지르며 분노를, 격분을 흘려보내고, 나무들을 흔들고, 몇백 미터에 걸쳐 밤과 숲이 귀가 먹먹해지는 소리를 지르고, 그 외침 사이사이로 흐느낌이 섞이거나 엄숙한 저주의 말들이 끼어들지. 나는 추억 속으로 도피하려 애쓰고, 떨리는 낙엽송 아래, 숨 막히게 소용돌이치며 날아오르는 눈 위에 웅크려. 어둠은 짙어지고, 하늘은 까마귀처럼

울고, 불길이 탁탁 타오르는 소리도 들리지만 어디에도 불은 없지. 나는 먼 과거로, 우리가 함께한 삶과 우리 사랑의 아직 남은 자취 속으로 도피해. 당신이 그리워.

• 개의 머리를 한 적들. 당신이 병원에서 살해당한 다음, 나는 그들을 몇 놈 죽였어. 일곱, 어쩌면 여덟. 잠복했다가, 물론 우리 최고의 동지들 도움을 받아서. 우린 놈들의 정체를 확인하고, 뚫어져라 바라보았지. 한 명 한 명, 열닷새에 걸쳐 우린 놈들을 죽였어. 어떤 상황에서였는지는 말하지 않을게, 한두 번은 정말로 지저분했거든. 여덟 번째 녀석은 확인할 겨를이 없었어, 사람들이 오고 있어서 중단해야 했거든. 우리가 죽인 녀석들은 개의 머리를 하고 있었지만, 그 아래로는 우리와 신체적 차이가 전혀 없었어. 그들이 어떻게 오르비즈에 대항해 무기를 들고 가학적이고 끔찍한 짓을 자행하는 괴물 집단이 될 정도로 적의 더러운 이론에 동조할 수 있었는지 이해하려고 우린 골머리를 싸맸어. 어쨌거나 그들은 학살과 강간을 저질렀어. 우리가 죽인 자들이 병원 습격에 가담했던 이들인지 아닌지는 몰라. 우린 놈들을 심문하지 않았어. 이야기하느라 시간을 낭비하지 않고 죽였지. 우리들끼리도 아무 말 하지 않았어. 우린 그들을 죽였고 헤어졌어. 난 우리 최고의 동지들 이름을 잊었어. 그 이름들은 오랫동안 내 기억 한구석에 남아 있었지만, 난 그들의 명단을 누구에게도 밝혀선 안 된다는 지시를 받았어. 몇 년 동안 나는 그 이름들을 다시는 떠올리지 않으려고 안간힘을 썼어. 우리는 독자적으로 행동한 거였고 그 활동을 영원히 비밀로 남겨 두기로 합의했어. 내전의 불길이 타올랐고, 수탈과 보복이 줄을 잇고, 오르비즈가 박살 났지만, 우린 그 연속 처형에 대해서만은 함구하고 있었어. 우정과 존중에서, 당신에 대한 추억에서, 잘은 모르겠지만. 그건 영웅적인 무훈은 아니었어. 우린 무덤처럼 입을 다물고 있었지. 그리고 지금 그 이름들을 기억해 내려 애써도, 떠오르지 않아. 난 당신을 향해 그 이름들을 부르고 싶어, 어떤 사람들이 개의 머리를 한 악당들을 살해하며 당신을 생각했는지 당신이 알 수 있도록, 만일 당신이 그들을 만난다면 정답게 이야기할 수 있도록, 그런데 그 이름들은 사라졌어. 내가 몇 개 지어내 보았어.

도브로니아 이자아엘, 루다 빌루곤, 야이르 크롬스, 솔라프 오네긴, 아나스타샤 비발디안. 아름다운 이름이지만, 맞는 이름은 아니야.

• 내가 병원에 도착했을 때, 그들이 파괴한 병동에서는 아무것도 닦이거나 치워지지 않았고, 아무것도 제자리에 정리되지 않았지만, 시신들은 치워져 있었어. 경비원들이 나를 살육이 일어났던 공동 병실에 들여보내 주었지. 링거병들이 바닥에 내동댕이쳐지고, 넘어지지 않은 기둥에 아직 걸려 있는 것들도 있었어. 수액은 피 웅덩이에 섞여 있었어. 시체 운반을 맡은 민병대원들은 바닥에 흐른 액체를 밟지 않으려 노력했지만, 그러지는 못해서 발자국과 처참한 얼룩이 너무 많아 병실에 들어갈 수 없을 정도였어. 나는 더러운 타일 바닥을 밟지 않았어. 네댓 걸음 가다가 멈춰 섰지. 병실에서는 질병과 의약품의 냄새와 동물의 썩은내가 났어. 벽의 총알 자국은 별로 없었어. 개의 머리를 한 자들은 권총으로 목숨을 끊지도 않고 희생자들을 괴롭혔던 거야. 난 그 참상의 상세한 면을, 어떻게 일이 벌어졌는지를 정확히 그려 볼 생각은 없었어. 나는 힘도 의지도 없이 거기 서 있었어. 어느 협탁 위에서, 치료실에 가지 않을 때면 당신이 늘 누워 있던 곳에서, 당신을 찾아온 문병객이 최근에 줬던 책을 보았어. 당신이 내게 마음에 들지 않는다고 했지만, 그래도 죽기 전에 끝까지 읽고 싶다고 했던 책, 마리아 크월의 로망스였어, 이번에도 역시 성이라는 것 전체의 야만적이고 기이하게 추악한 특성을 비난하는 내용이었지. 당신이 희생당하기 전 그 로망스를 다 읽을 시간이 있었는지 모르겠군. 나는 죽기 전까지 절대로 그 책을 읽지 않겠다고 결심했고, 이후에 '찬란한 종착역' 콜호스에 있을 때 도서관을 찾아보았지만 사미야 슈미트에겐 그 책이 없었지. 나는 잠시 그 자리에 움직이지 않고 서 있었어. 2분, 어쩌면 3분, 그 이상은 아니었어. 내 영혼은 텅 비어 있었어. 난 아무런 맹세도 하지 않았어. 난 당신을 보지 않으며 당신 생각을 했지. 범죄 현장은 거의 쳐다보지도 않았어. 내 눈은 그 책 표지에 못 박혀 있었어. 몇백 년 전부터 그 제목을 기억해 내려 하지만, 잊어버렸어.

394

• 피의 장막, 불꽃의 장막, 절대적 어둠, 절대적 망각, 절대적 지식,
더 이상 장소도 시간도 없고, 너는 네 손가락을 연장하는 줄들을
네 쪽으로 당기고, 네 날개를 연장하는 깃털들을 네 쪽으로 당기고,
방황하는 영혼들을 네 쪽으로 당기고, 네 안에서 울리는 북 그것은
심장 아닌 북이고, 그것은 북 아닌 세상과 지옥들의 무시무시한
절굿공이고, 더 이상 아무것도 존재하지 않고, 절대적인 부재, 그리고
너는 고함치며 네 손을 비틀고, 너는 휘파람을 불며 날개를 흔들고,
더 이상 장소는 없으나 너는 플루토늄이 흘러내리는 벽들 한가운데
있고, 너는 나무들 한가운데 있고, 너는 구름들 사이에, 스텝 위에
서 있고, 더 이상 장소는 없으나 너는 콜호스의 폐허 한복판에 있고
네 주변엔 불타는 죽음의 고요한 웅웅거림뿐이고, 북이 울리며
반향되고, 몇백 년 묵은 나무들은 너의 부하들이고, 북이 울리고
그것은 북 아닌 낙엽송들의 동맥과, 정맥의 수액의 느릿한 튐이고,
북은 너무 낮아서 들리지 않는 음들을 치지만 그 음들은 땅과 풀들을
뒤흔들고, 불꽃들을 뒤흔들고, 불꽃들의 안정을 완전히 앗아가
흐트러뜨리고, 그 북은 네 목소리고, 그것은 북 아닌 네 목소리고,
네가 휘파람을 불며 몸을 흔들 때 너의 으르렁거리는 소리, 네
까마귀 울음소리고, 그것은 네 목소리 아닌 어디서 나타났는지 모를
마술적인 생각이고, 네 둘레의 피의 장막 너는 태어나지 않았고
태어날 예정도 아니고, 불꽃의 장막이 너를 감싸고 너는 죽지도
않았고 다시 태어날 예정도 아니고, 너는 네 거대한 날개를 마주
치고 너는 죽은 개처럼 미동도 없고, 너는 끔찍하게 휘파람을 불고,
나무들은 어지럽게 구부러지고 일어나고, 아무것도 춤추지 않고,
아무것도 춤추지도 움직이지도 않고, 어떠한 떨림도, 어떠한 물결도
없고, 너는 날아오르려는 듯 날개를 펴지만 날지 않고, 너는 너 대신
날았던 까마귀들을 네 쪽으로 당기고, 거역하는 까마귀는 단 한
마리도 없고, 너는 살아남은 인간 꼭두각시 여자들이 연결된 줄들을
당기고 틀어쥐고, 죽지도 살지도 않은 채 그녀들은 살아남았고,
이따금 너는 까옥거리거나 까악거리며 그들에게 이름을 붙이고,
누구도 배운 적 없고 잊은 적 없는 암호화된 언어로 너는 그들에게
이름을 붙이고, 이따금 너는 몇 시간 동안 한 명씩 그들을 부르지만,

대개 너는 그들에게 하찮은 익명성만 부여하고 아무 데나 던져
놓고, 그들의 개인성을 존중한다는 구실로 그들이 네 도움 없이
미지를 헤매게 강제하고, 네 도움 없이 미지를 헤매게 하거나 그들을
토막 내고, 혹은 그들이 네 딸이나 아내라면 그들과 결혼하고,
북이 울리고 그것은 북 아닌 구렁 속의 바람이고, 구렁 속의
파도고, 북이 울리고 낙엽송들은 사방으로 내달리다가 누웠다가
일어서고, 누웠다가 일어서고, 어둠도 빛도 없고, 북 아닌 네 강철의
의지와 불꽃의 분노가 부재하는 것과 결코 존재한 적 없던 것에
발휘되고, 네 가차 없고 정신 나간 말이 난폭하게 무(無)와 없음을
주무르고, 너는 마치 폭풍인 양 깃털과 바늘들을 하늘까지 날려
보내지만, 하늘은 부재하고 결코 존재한 적 없으며, 오직 정신적으로
절룩거리고 무언증에 걸린 네 꼭두각시 여자들만, 분별없는 네
꼭두각시 여자들만 네가 만들어 낸 소용돌이의 목격자고, 너는
그녀들과 연결된 줄을 끌어당기고, 오직 그녀들만 네 말의 청중이고,
그 외에는 죽은 자들 가운데 아무도 없고 산 자들 가운데도 아무도
없고, 인류는 쓸려 나갔고, 인류는 무로 녹아들었고, 열광적으로
인류는 심연으로 가는 길로 접어들어 회수할 수 있는 생체 조각도
남기지 않았고, 피의 장막과 불꽃의 장막과 검은 기름 다음에는
절대적 망각, 절대적 부재, 절대적 어둠, 그리고 너는 영원의 잔재를
제조하며 몸을 앞뒤로 흔들고 양옆으로 흔들고, 남녀 배우들의
잔해를 네 연극에 이용하며 날개 끝에서 춤추고, 너는 여기에도
다른 곳에도 없고, 너는 나머지 노래와 나머지 연극의 날카로운
소리를 지르며 타이가를 누비고, 살아 있다면 너는 거대한 검은 새일
것이며, 오래된 숲의 광활한 부분을 차지할 것이며, 네 둥지나 너
혼자만을 위한 콜호스에 숨어 살 것이며, 끈기 있게 미친 거지들이나
여행자들이 지나가길 기다리고, 구조된 자가 숲속에 나타나길
20년간 기다리고, 149년, 11세기 동안 기진맥진하거나 이미 죽은
생존재의 존재를 기다리고, 태음력으로 꽉 찬 1만 2천 년 동안 끈기
있게 적어도 산 자 하나나 죽은 자 하나는 되살아나길 기다리고,
헛되이 그러기를 기다리고, 북이 끝없는 조종을 울리고, 북이 울리고
그것은 종말의 완전한 용해, 끝없는 흐름을 알리고, 만일 네가
죽었다면 너는 끝없는 동물일 것이며, 숲에서 바다까지, 숲과 더불어
네게 복종할 숲의 모든 동물들, 심술궂고 탐욕스럽고 음탕하고 악취

나는 숲의 동물들까지 너 혼자 소유할 것이며, 권태로움을 달래기 위해, 숲과 그 동물적인 혼잡함에서 벗어나기 위해 너는 무 속에 새로운 세계들로 이어지는 터널들을 팔 것이나, 더 이상 장소도 시간도 없고, 오직 멈추지 않고 치고 또 치는 북만 있을 뿐이고, 바닥을 치는 것은 네 날개들 아닌 북이고, 그것은 살아남아 네게 복종하는 이들의 날개 침도, 네가 마법의 줄들과 비단과 떨리는 검은 깃털들을 네게 끌어당겨 움직이게 하는 남녀 무용수들의 발소리도 아니고, 네 줄들 끝에는 아무도 없고, 남자 무용수들이라면 너는 질투로 그들을 제거하며 여자 무용수들이라면 너는 그들과 결혼하고, 그런 후 그들을 버리고, 그 후 그들을 잊고, 그 후 그들의 잔해로 다시 만들어 내고, 북은 멈추지 않고 치고, 절대적이고 결정적인 망각, 절대적 어둠, 희망도 절망도 아닌, 망각과 무의 방출, 그리고 너는 어딘지 모를 곳으로 날아오르고, 너는 불꽃들과 피 한가운데서 움직이지 않고, 너는 북의 리듬을 좋아하고, 네 처참한 꼭두각시들의 이름을 휘파람으로 불어 거기에 반주를 넣고, 너는 네 검은 연극 끝에 있고, 네 꼭두각시들마저, 그 비참한 꼭두각시들마저 부재하고, 북이 울리고, 꼭두각시들은 없고, 오직 그들의 비참함만, 그들의 혼란과 비참함만이 있다.

37

• 크로나우에르는 작은 모닥불을 피웠다. 가까이서, 열다섯 걸음이 안 되는 곳에서 늑대들이 킁킁거렸고, 이따금 고개를 들고 울부짖었다. 세 마리였다. 크로나우에르는 그들의 구지레한 털 냄새가 다가오는 것을 느꼈다. 더러운 털, 야위고 더러운 몸뚱이, 굶주린 야수의 입김. 그들은 불의 존재를 알아챘다. 세계의 초자연적인 일과 이상을 알아챌 수 있는 그들의 동물적 본능, 육감 덕분에, 그들은 죽지도 살지도 않은 피조물이 그들 곁에서 움직인다는 것을 알았으나, 명확한 것은 아무것도 보지 못했다. 그래서 그들은 초조해졌다. 그들은 눈과 어둠에 물었으나 답은 돌아오지 않았고, 이빨을 딱딱거리며 울부짖었다.

몇 시간 전부터 밤이었다. 크로나우에르는 주기적으로 불꽃에 나뭇조각을 더 넣었다. 불가의 눈은 녹았지만, 열기는 첫 번째 나뭇가지까지 올라가지 않아서 눈덩이가 떨어져 나와 바로 그 밑에 앉아 있는 형체에 흩뿌려지는 일은 없었다. 크로나우에르는 거의 움직이지 않았다. 그는 늑대들에게 자신은 기묘한 그림자에 지나지 않으며, 그가 피운 불조차 그들의 망막에는 비치지 않을 거라고, 근거 있게 추정했다. 어떻게 반응해야 할지 잠시 망설인 후, 그는 결국 긴장을 풀었다. 위험은 전혀 없었다. 그는 덤불들 뒤를 어슬렁거리는 저 대형 겨울 육식동물이 싫었고, 그들의 입김, 그들의 으르렁거림, 그들의 오줌내가 싫었다. 그들의 아름다운 살인적인 눈빛과 눈을 마주치고 싶지 않았다. 그는 전혀 겁낼 게 없었지만 내심으로는 그 사실이 아쉬웠는데, 정상적인 세계였더라면 늑대들이 그를 덮쳐 잡아먹음으로써 그의 악몽을 단축해 주었을 터이기 때문이다. 그런 식으로 죽음에서 벗어날 수 있다고 생각하지 마, 크로나우에르, 그는 생각했다. 이빨 사이에서 조용히 끝을 보겠다는 생각은 말라고. 솔로비예이가 아직 너에게 관심이 있든 널 잊었든, 넌 계속 기다려야 해. 1천 년이든 2천 년이든 똑같아. 계속될 거야. 다른 걸 기대해선 안 돼.

그는 극도로 피곤했다. 머릿속이 계속 멍했다. 이제 늑대들은 갔다. 잠들었던 게 분명했다. 그는 불에 장작을 하나 더 넣고 입에서 나오는 대로 웅얼거리기 시작했다.

• 당신이 그리워, 그는 웅얼거렸다.
  우리의 최고 동지들, 그는 웅얼거렸다.
  노동자들, 농민들, 군인들, 그는 되새김질했다.
  죄수들. 가수들. 위원들, 승려들.
  그는 떨리고 탁한 목소리로, 몇 분 혹은 몇 주씩 이어지는
간격을 두고, 몇 개의 이름을 늘어놓았다. 그의 기억력과
창의력은 점점 둔해졌다.

• 미키타 예루살림, 그는 힘겹게 중얼거렸다, 뷜뢰그다르
무르만스키, 간수르 야가코리안, 아나이스 압펠슈타인, 노리아
이즈마일베코프, 장 프티장, 돈되르 제크, 시렌 마브라니, 몰니아
크란, 베르너 외르괼다이.

• 그는 또 깜빡 잠들었다. 상체가 불꽃에 너무 가까이 기울었다.
윗옷 오른쪽 소매에 불이 붙었다. 자잘한 조용한 불꽃들,
메스꺼운 검은 연기가 나는. 다음으로 그의 옷 중앙 여밈 주변의
누더기, 다음에는 샤프카의 왼쪽 귀덮개. 타는 냄새에도 그는
깨어나지 않았다.

• 지나갈 거야, 나는 이어서 말한다. 그는 더한 일들도 겪었으니까.
  우리의 최고 꼭두각시들, 나는 말한다. 그인지 나인지는
상관없다. 그가 막히면 내가 그다음을 잇는다. 좀비들, 짙은
그림자들, 헌신적인 하녀들. 바르도에 영원히 갇힌 사자(死者)들.
죽은 여자들에게서 난 죽은 여자들. 알려지지 않은 어머니에게서
난 배우자들. 부하들. 최고의 허수아비와 최고의 인형들.
  "사미야 슈미트," 나는 담담하지만 힘찬 목소리로 열거하기
시작했다. "이리나 에첸구옌, 엘리 크로나우에르, 바실리사
마라시빌리, 바르구진, 한코 보굴리안, 일류센코, 미리암
우마리크…"
  바람이 한 줄기 불었다. 먼동이 텄고, 불은 사위었다.
늑대들이 울부짖었다. 나뭇가지들이 거세게 흔들렸다. 재가

날아올라, 진창과 잔해와 뒤섞인 눈 위에 흩뿌려진다. 까마귀 여러 마리가 그 자리에 있었고, 때때로 날개와 부리를 들썩이며 울었다. 나는 열거를 계속할 이유가 전혀 없었다. 주변의 소음이 너무 요란했다. 우리의 최고 꼭두각시들, 나는 억누른 소리로 다시 말했다.

목록은 끝나지 않았다.

그러다 나는 입을 다물었다.

38

• 동시에, 혹은 조금 전, 이를테면 태음력으로 1천 342개월 전, 미리암 우마리크는 멀리서 무슨 소리를 듣고 깨어났다. 그녀는 레바니도보에 있던 집에서 아버지가 자기를 찾아와, 잠시 유혹하더니, 가구와 창문을 전부 깨부수고 자신을 강간하는 꿈을 꾸고 있었다. 그녀는 행위가 최악에 달했을 때 눈을 떴는데, 두려움을 떨치고, 토하고 싶은 욕구를 이겨 내고, 자신이 솔로비예이에게서 벗어난 곳에, 악몽보다 덜 고통스러운 현실 속에 있다는 것을 깨닫기가 처음에는 어려웠다.

그녀는 일어섰다. 그녀는 거처로 삼은 건널목지기의 오두막을 증축한 작은 벤치에 앉은 채로 잠들었었다. 그녀는 67년 전에 남편 엔지니어 바르구진과 함께 이사 왔었다. 밤이 숨 막히게 더워 야외에서 잠을 청하러 나왔다. 가벼운 옷차림으로, 바깥만큼이나 오두막 안에도 많은 모기에는 신경 쓰지 않고.

해가 떠서 자작나무들 우듬지에 금빛을 뿌렸다. 벌써 따뜻했다. 7월 말, 폭염이 한창이었다. 그녀는 바로 뒤에 있는 목재 칸막이를 두들겨 바르구진이 밖에서 무슨 일이 있음을 알도록 했다. 순전히 예의상 하는 행동이었다. 사실 몇 년 전부터 바르구진은 움직이지 않고 말 없이 침대에 누워 있었는데, 그의 얼굴을 매우 무거운 물에 이어 매우 죽은 물로 문지른 후 매우 살아 있는 물을 미간에 부어 되살려 줄 우드굴 할머니가 없었으므로, 그의 상태는 나아지지 않았다.

"어이, 바르구진!" 그녀가 침입자들에게까지 닿지 않도록 그르릉대는 소리로 불렀다. "사람들이 왔나 봐!"

• 그들은 둘이서 레바니도보에서 도망쳤다. '찬란한 종착역'은 거주 불능이 되었다. 대학살 얼마 후, 임시 원자력발전소가 소비에트 건물 지하에서 폭발했고, 그 사고로 콜호스의 전기와 온수 공급이 전부 끊겼다. 지하 통로망을 따라 불타는 파도가 퍼져 나가 콜호스의 집 대부분에 불이 났다. 주민 대부분은 생사 불명이었다. 솔로비예이는 중앙로를 거닐며, 연기와 고요한 발산물을 들이마시고, 검게 타 버린 잔해 더미를 밟고, 시를

중얼거리거나 크게 낭송했다. 그는 아무 일도 없던 듯 느릿하고 거만하게 걸었고, 밤이 되어 마을의 다른 곳보다 피해가 덜한 창고로 우드굴 할머니를 만나러 갔을 때에야 진정되었다.

추위와 두려움으로 얼어붙고, 여전히 '기관'과 협력하겠다는 오래된 환상에 이끌려, 미리암 우마리크와 바르구진은 해빙 일주일 전 누구에게도 이별을 고하지 않고 '찬란한 종착역'을 떠났다. 그들은 봄까지 그리고 앞으로 닥칠 모든 겨울 동안 버티기에 충분할 만한 페미컨 덩어리를 챙겨 두었다. 몇십 년 동안 비와 눈에 버틸 비닐 코팅된 봉투에, 그들은 '기관'의 지역 채용 위원회로 보내는 편지를 넣어 두고, 모든 감사, 감시 업무 혹은 그들이 맡기에 적합하다고 판단되는 인민의 적 처형을 위해서까지도 봉사할 수 있다고 적었다. 우체국이 없었으므로 편지는 발송되지 않았고, 게다가 미리암 우마리크도 바르구진도 이제는 '기관'의 지역 채용 위원회도, '기관'도, 감시할 인구도 없으며, 수천 킬로미터에 걸쳐 그런 것은 하나도 없다는 것을 내심 알고 있었지만, 그래도 그들은 그렇게 해서 중대한 절차를 완수했다고 여겼다. 그들이 콜호스와 그 악마 같은 지도자와 결별했음을 기념하는 표지이자, 무엇보다도 그들이 일반 사회로, 산 자들 혹은 적어도 죽은 자들로 이루어진 사회로 돌아왔음을 알리는 징표였다. 그리고 몇 달의 방황 끝에 이 작은 건널목지기 집을 찾았을 때, 그들은 새로운 삶을 시작할 생각으로 거기에 정착했다. 그들은 기차들과 타이가에서 나와 어딘지 모를 곳으로 가는 부랑자들의 통행을 철저히 계산하는 일로 자신들의 쓸모를 찾을 수 있으리라. 그들은 경찰 권력이라 자칭해도 좋을 만큼 마르크스·레닌주의 교육을 충분히 받은 터였다.

철도 노선은 폐쇄되었고 근방에는 길 잃은 여행자 하나 없었다. 그럼에도 그들은 임무를 진지하게 받아들였고, 그 지역의 군사와 민간의 이동을 관리하는 것이 자신들의 임무라고 확신하며 항시 경계 태세로 있었다. 그리고 그런 정신으로 그들은 매달 완벽한 보고서를, 서면으로 작성할 종이가 없었으므로 구두로 준비했다.

• 미리암 우마리크는 벤치에서 떨어져 나와 잠을 깨운 소리가

나는 방향을 바라보았다. 사방에 나무와 가시덤불이 있었으므로, 아직 거의 아무것도 분명히 보이지 않았다.

집 앞 선로는 풀밭에 파묻혀 있고, 40미터 가서는 자작나무 숲으로 들어가 사라졌다. 두 침목 사이에 족히 30년은 된 전나무 한 그루가 뿌리를 내리고 득의양양한 식물들의 선봉 역할을 맡은 것 같았다. 반대쪽으로는 선로가 300미터 이어지다가 봉분 속으로 파고들었다. 타이가의 언저리가 종종 그렇듯, 사방에 여러 수종의 나무들이 뒤섞여 있었다. 옛날 이곳은 스텝이 우세했으나, 숲이 조금씩 스텝을 잠식했다.

전나무들의 작은 장막 너머로, 미리암 우마리크는 움직임과 숲의 것이 아닌 색채들을 알아보았고, 그것은 굴곡진 지형에 가려졌다가 다시 나타났다. 키 큰 나무들 아래 울리는 가지 부러지는 소리가 들렸다.

미리암 우마리크는 가슴이 뛰었다. 몇 년 동안 아무도 보지 못했기에 여행자들과의 만남에 어떻게 대처해야 할지 모르게 되었을까 봐 두려웠다. 갑자기 자신이 반쯤 벗고 있음을 깨달았다. 서둘러 오두막으로 들어가 급히 치마를 걸치고 숄을 둘렀다. 바르구진을 흔들었지만 반응이 없었고 곧 그녀는 문간으로 나갔다. 이제 벤치 옆에 서서 방문자들이 다가오길 기다렸다.

그들은 산업자본주의가 탄생하기 이전부터 마을에서 마을로 돌아다니던 행상인들의 작은 대상이었다. 남자 셋에, 그중 하나는 청년이었고, 과중한 짐을 진 짐바리 짐승 두 마리가 있었는데, 조상이 돌연변이 솟과 동물인 것 같았고, 한마디로 바닥에 질질 끌려서 정확한 다리 개수를 확인할 수 없는 긴 털의 고집스럽고 말 없는 덩어리 같았다. 모두가 숨 쉴 수 없게 지독한 기름내를 풍겼고, 그 냄새가 끔찍하게도 족히 20미터는 그들보다 앞서 퍼져 미리암 우마리크는 토할 것 같았다.

남자들은 양가죽 상의를 입고, 색깔 있는 셔츠에 상인용 모자를 썼지만, 전부 심하게 남루해진 상태라 전혀 우아함이 없었다. 그들의 얼굴은 때에 절어 거무스름하고, 수염을 무성하게 길렀는데, 레바니도보에서 플루토늄과 접촉하여 체모를 전부 잃어 가발에 만족해야 하는 미리암 우마리크로서는 기분 상하는 일이었다.

• 그녀는 오두막에서 몇 미터 떨어져 부동자세로 곧게 서서 그들이 다가오길 기다렸고, 가장 적절하게 여겨지는 알타이 몽골인들의 방식으로 인사를 하고, 그들을 환영하고 목을 축이라고 권했다. 그들은 셋 다 입을 삐죽거렸고 그녀가 냄비에 물을 채워 가져오자 게걸스레 나눠 마셨다.

두 남자는 40대였고, 건장하고 코에서 지독한 악취를 풍겼으며, 젊은이는 손윗사람들보다 훨씬 더 더러웠다. 미리암 우마리크는 혐오감을 감추기 어려웠지만 그들에게 미소를 보이며 귀엽게 한쪽 발에 다른 발을 얹고 몸을 흔들었는데, 마치 급하게 오줌이 마려운 사람처럼 보였다.

대화가 시작되었다. 그들은 행상이면서 폐품 회수업자이기도 했다. 그들은 폐허를 샅샅이 뒤지고 난민 수용소나 노동 수용소를 찾아가 발견한 것들과 제품을 팔았다. 그들은 미리암 우마리크에게 근방의 수용소들에 대해 묻고 그리로 가는 길을 물었다.

"여기에 그런 것은 전혀 없어요." 미리암 우마리크가 대답했다.

그녀는 그 사람들이 전혀 마음에 들지 않았고, 그들의 활동은 명백하게 인민의 적들이 할 짓에 해당했고, 그들의 역겨운 악취에 구역질이 났다.

그때 그들은 그녀에게 숲에서, 모든 것으로부터 멀리 떨어진 이 오두막에서 무엇을 하느냐고 물었다.

"나는 제2소비에트연방 출신이에요." 미리암 우마리크가 초조하게, 그러면서도 머리를 오만하게 뒤로 젖히며 선언했다. "남편과 나는 여기서 혹시 모를 사태에 대비하고 있죠. 가장 외진 장소에서도 프롤레타리아혁명의 최고법은 적용되거든요. 여기서 우리는 사람들에게 선로에 서 있지 말고, 주의해서 건너고, 공공재를 파손하지 말라고 주의를 줘요. 난폭하거나 수상한 자들, 자본주의 신봉자들은 당국에 알리죠."

세 남자는 회심의 미소를 지었다.

그 후 그들은 그녀를 묶었다. 한 명이 그녀가 말했던 남편이 방해가 될지 보러 오두막에 들어갔다가, 무해하다고 말하며 나왔다. 그러더니 그들은 돌아가며 그녀를 강간했다.

39

• 한코 보굴리안은 펜을 내려놓고 그때까지 쓴 페이지를 세어 보았다. 네 장. 일주일 동안 그녀는 스물두 페이지를 써냈다. 그녀는 자부심에 찬 엷은 미소를 지었다. 작업은 진척되고 있었다.

집 안과 주변이 모두 평온했다. 한파가 있었고 눈이 단단해졌다. 숲에서 나는 아주 작은 소리도 몇 킬로미터까지 울렸다. 밤이 저문 뒤로는 밖에서 불안한 소리가 전혀 나지 않았다. 창가로 가서 빈터와 근처를 감시할 필요조차 없었다. 귀를 기울이는 것으로 충분했다. 또한 틈새로 들어오는 공기를 분석할 수도 있었다. 눈과 동면 중인 낙엽송들의 냄새. 그녀는 더 알아보기 위해 여러 차례 심호흡을 했다. 밖에서, 여우 한 마리가 황혼 녘 전에 잠시 망을 보았었다. 여우는 월귤나무 화단에 자극적인 악취를 남겼다. 더 멀리서 아마도 암컷일 두 번째 여우가 까치 시체 하나를 파내어 가져갔다. 최근의 흔적으로는 그게 전부였다.

한코 보굴리안은 약간 낮아진 등불 빛을 조절하고 다시 펜을 쥐었다. 그녀는 천천히, 줄을 그어 정정하는 일 없이 썼다. 몇백 년 전 콜호스 도서관에서 읽었던 마리아 크월의 소설 소품 『타이가의 개들』의 원문을 한 문장씩 다시 쓰려 하는 중이었다. 기억이 불러 주는 대로 최선을 다해 베껴 적고 있었지만, 종종 그녀는 자신이 지어낸다는 것을 의식했고, 게다가 잊어버린 대목들을 선뜻 자기 마음대로의 종합이나 요약, 혹은 적절하다고 여기는 경구로 대체했다. 엄격하게 문학적인 관점에서 그녀가 하는 것은 일탈이었지만, 그녀는 상관하지 않았다. 나도 나 자신을 두고 그렇게 말할 수 있다. 그녀인지 나인지는 상관없다. 결국 중요한 것은, 그녀가 산문으로 공책을 검게 채운다는 것이었다.

• 여기에 강간 장면 하나, 한코 보굴리안은 필경사 임무를 계속하며 썼지만, 자신이 마리아 크월의 이름으로 말하고 있는지 자기 이름으로 말하고 있는지 잘 알 수 없었다.

여기에 새로운 강간 장면. 또 하나. 나는 강간 장면을 상세히 묘사하는 것을 일관되게 피했다. 언급하는 것으로 족하다. 피해자들에게 그것은 견딜 수 없는 일이다. 목격자들에게도 마찬가지로 견딜 수 없는 일이다. 우리는 좆의 언어의 추악함에 강제로 비비대야 하고, 언제가 됐든 좆의 언어의 입김과 동행해야 하며, 강간범과 뭔가를 공유한다는 느낌을 받는다. 모든 강간의 묘사에는 얼마간의 영합이 들어간다. 나는 늘 그것을 피해 왔고 그것은 내가 미리암 우마리크를 알아서 목격자로서 객관적으로 그 장면을 보게 되거나, 혹은 그녀에게 나를 이입해 주관적인 방식으로 그 참혹함에 빠져들게 되기 때문은 아니다.

악취 나는 기운에 둘러싸인 세 상인, 배설물도 먼지도 한 번도 씻지 않은 채 몇 주의 여행을 거쳐 숲에서 나온 남자들, 노고와 고독으로 인한 땀내를, 분비샘에서 발산되는 악취를 풍기는 세 야만인, 돈벌이에 탐욕스러운 세 남자, 폐기물 거래상들이자 강간범들.

나는 내 산문에 그들을 등장시킬 생각은 전혀 없다, 한코 보굴리안은 썼다. 죽이기 위해, 미리암 우마리크의 복수를 돕기 위해, 지저분하게 피를 쏟게 하고 죽이기 위해서가 아니라면.

• 한코 보굴리안은 한숨을 쉬었다. 그녀는 『타이가의 개들』의 불운한 여자 주인공의 이름을 바꾸고 여동생의 이름을 붙였다.

그만두었던 데에서 이야기를 이어 나가기가 내키지 않았다. 『타이가의 개들』에서, 여자 주인공의 복수는 결국 이뤄지긴 했지만, 적당한 기회를 찾기까지 적어도 30페이지는 걸렸고, 한코 보굴리안은 마리아 크윌의 글에 대한 혼란스럽고 토막 난 기억과 미리암 우마리크가 최대한 빨리 고문자들을 죽이는 것을 보고 싶다는 소망 사이에서 갈등했다.

그녀는 소설의 뒷이야기를 다음 날 저녁으로 미뤘다. 잠들기 전까지 아직 몇 시간 남아 있었으므로, 저자가 서술을 진행할 용기가 없는 순간들마다 언제나 끼워 넣는 풍경 묘사를 베껴 쓰는 대신 마리아 크윌의 경구와 성찰 몇 개를 삽입하기로 결심했다. 그 모든 자연의 이미지, 나무나 풀의 이미지들을 그녀는 등장인물들을 몰아넣은 지옥에서 자기가 빠져나오기 위해 사용했다.

• 그들 몸의 늪, 한코 보굴리안은 썼다. 그들 몸의 좆의 안개, 피와 좆의 언어, 제2기 때 형성된 사상, 그들 성기의 호르몬에 의한 딱한 욕구, 조상 전래의 그들의 강간 문화, 한쪽이 다른 한쪽에게 삽입하는 것에만 전적으로 치중한 그들의 성교육, 무엇으로도 바뀌지 않은 포식자의 행동, 음탕한 정상성, 발정에 대한 기대, 계속적이고 강압적인 조건화로 얻어진 암컷의 비위 맞춤, 좆의 언어에 대한 암컷의 복종, 재난과 강간의 지속적인 수련, 조상 전래의 암컷 강간 문화, 삽입을 혐오할 경우 암컷들이 낙인찍히는 수치심, 비정상성, 혹은 조롱. 신음과 움찔거림과 배출에 대한 기대. 모든 이들이, 산 자와 죽은 자를 가리지 않고, 동지와 적을 가리지 않고, 같은 진창에 뒤섞여, 발버둥 쳐 보지도 않고 빠지는 이 바닥 없는 성적인 참사, 모범적인 평등주의자나 자본주의와 노예제 신봉자나 똑같이, 발버둥 치지도 않고 빠지는 이 추악한 똥구덩이.

• 그 후 그녀는 공책을 덮고 선반에 도로 올려놓았다.
     "나중에 계속하지, 뭐." 그녀는 말했다.
     그녀는 등불을 껐다. 그녀는 흰 암늑대 털가죽을 가져다가 다리를 감싸고 창문 맞은편의 안락의자에 앉았다. 안락의자 옆에는 손이 닿는 곳에 장전된 소총을 세워 두었다.
     지금 — 그러니까 몇 세기 전부터 — 그녀는 옛날의 우드굴 할머니처럼, 결코 진짜 잠을 자지 않았다. 어둠 속에서 졸며, 꿈들을 무의식적으로 내면의 화면에 투사하기보다 입속에서 우물대는 것이 전부였다.
     그리고 기다렸다.

40

• 구름 아래 새 한 마리. 구름은 짙은 회색이고, 새는 짙은 검은색이며, 상승하기 위해 새가 날개를 딱딱거리면, 그것이 제법 크다는, 사람 크기나 그 정도, 혹은 시체 크기만 하다는 것을 알 수 있다. 그것은 바람 속에서, 운집한 구름 가까이서 힘차게 날개를 딱딱거리지만, 누구에게도 들리지 않고 보이지도 않는다. 여기는 타이가의 위쪽이고 땅에도 하늘에도 그것들은 많지 않다. 새는 같은 자리에 머무르며, 기류에 몸을 맡기고, 활강하고, 되돌아간다. 그의 아래로는 까마득히 멀리 보이는 연이은 작은 언덕들, 협곡 몇 개, 나무 수백만 그루, 길은 없고, 드물게 어두운 물빛의 호수나 넓게 퍼진 기름으로 뒤덮인 헐벗은 빈터들이 있다. 나뭇가지들이 앞을 가려 땅에서는 하늘이 보이지 않지만, 새는 나뭇잎들, 침엽들을 뚫고 마치 땅이 민숭민숭하고 황량한 것처럼 가장 상세한 점까지 알아본다. 그에겐 그런 재능이 있다. 그는 그런 시선을 지녔다. 그는 바람과 놀기 위해 날개를 딱딱거리고, 활공하고, 편류하고, 움직임 없이 떠다니는 물체인 척한다. 그인지 나인지는 상관없다. 그는 급강하지 않고, 높은 곳에 머무르나, 그가 내려다보는 나무들의 수종이 무엇이든, 우듬지들이 얼마나 무성하고 치밀한든, 그에게는 모든 것이 투명한 거나 마찬가지다. 그는 모든 것을 본다. 하지만 모든 것이 그의 흥미를 끌지는 않는다. 그가 지켜보는 것은 다가오는 대상, 과도하게 짐을 진 짐승 두 마리와 천박한 상인 셋과 그들의 포로 하나다.

• 미리암 우마리크는 짐바리 동물 한 마리의 양옆으로 심하게 요동친다. 손발목이 묶인 채 그녀는 상인들의 영업 재산인 옷 보따리들과 폐품 회수용 도구들 사이에 자루처럼 놓여 있다. 그녀의 아름다운 머리칼이 가짜라는 것을 알았을 때, 그들은 속았다고 느꼈고, 가장 젊은 녀석은 엄청나게 격분하여 칼을 뽑아 들고 그녀의 목을 베려 들었을 정도였다. 다른 이들이 아슬아슬하게 그를 말렸다. 저 여자를 데려가면 매일 우리에게 가랑이를 벌려 줄 거고, 나중에 싫증 나면 토막 내고 말려서

페미컨으로 만들 수 있잖아. 그런 식으로 그녀는 남편 바르구진을 떠나게 되었다. 성노예이자 에너지 보충 식품의 예비 재료 신세로.

그녀는 아프다, 음부에 염증이 생겨 고통스럽다. 납치범들은 그녀를 학대하고, 상스럽고 모욕적인 언동을 되풀이하며 그녀를 땅바닥에 내던지고 삽입하는 동안 욕설을 퍼붓는다. 그녀는 구토와 열에 들뜬 선잠과 허탈 사이를 번갈아 오간다. 그들이 강간할 때면, 그녀는 이제 완전히 무기력해 그들 중 하나가 움찔하며 그녀 안에 사정하는 동안 더는 나머지 둘이 그녀를 붙들고 있지도 않는다.

일주일 전부터 풍경은 거의 변화가 없다. 미리암 우마리크는 그 점을 확인하려고 굳이 눈을 뜨지조차 않는다. 검은 전나무, 낙엽송, 이따금 자작나무 숲. 그녀를 등에 실은 야크 같은 동물은 이끼 낀 줄기들, 가끔은 열매가 점점이 달린 덤불들, 유연하고 수액 가득한 줄기들 옆을 스치고 지나간다. 아직 가을이 되지 않았다. 타이가의 돌연변이 식물들이 미리암 우마리크의 따귀를 때리고, 진흙과 정액과 다양한 수액의 잔여물로 얼굴이 더러워진 채, 그녀는 짐승의 피부와 기름기와 털에서 나오는 발산물로 숨이 막힌다. 그녀는 인사불성 상태 비슷하게 반만 의식이 있다. 하지만 그 인사불성 상태에는 반복적인 꿈과 비전들이 가득하고, 그 꿈들 중, 새 한 마리가 나타나 그녀 대신 세상을 관찰하며 그녀에게 계속 살아 있다는 느낌을 준다.

• 왼쪽, 왼쪽, 새는 고요히 까악거리며, 미리암 우마리크에게 제 날개 부딪침을 설명해 준다. 오른쪽. 너는 앞서가는 동물 위에 누워 있어. 오른쪽. 오른쪽. 너희들은 자작나무 숲을 지나는 중이고, 나무 밑에는 아직 누구도 이름 붙인 적 없는 돌연변이 식물들이 자라. 내가 이름 붙여야지. 붉은과일발레리나, 깨진머리, 수망손푸아브레, 새잡이크론, 가시없는풀. 왼쪽, 왼쪽, 오른쪽. 숲은 고요해. 악당들과 동물들의 발소리, 숨소리뿐. 네가 탄 동물에겐 유용한 것이 하나도 없어. 옷가지, 보석이 가득한 주머니, 주방 도구, 탄약 없는 소총들. 뒤따라오는 동물에겐 물건이 산처럼 쌓여 있어. 왼쪽. 왼쪽, 왼쪽. 오른쪽, 오른쪽, 왼쪽. 컴퓨터 한 대. 흥미: 없음. 톱들. 훨씬 유용하지. 벌목용 도구들.

손 닿을 만한 곳에 박피기 하나. 네게 유용하게 쓰일 거야.
적절한 때가 오면 넌 그걸 써서 놈들을 죽일 거야. 내가 말해
줄게. 오른쪽, 왼쪽. 그들이 쉬어 갈 때. 그들은 피곤하거든. 왼쪽,
왼쪽. 급하게 네게 달려들진 않을 거야. 당장은 아니고 다 함께도
아니야. 내가 널 이끌어 줄게.

• 밤에 그들은 짐승들을 매어 놓고, 떨어진 곳에 불을 피우고
페미컨 한 줌을 나눠 먹는다. 그들은 미리암 우마리크를 내려
바닥에 던져두었고 지금으로서는 그녀에게 관심을 두지 않는다.
그녀는 그 틈을 타 벌목용 도구를 나르는 동물 쪽으로 있는 힘껏
기어간다. 그 옆에 눕자, 그녀는 가만히 있다. 검고 힘센 새 한
마리가 가까운 어둠 속에서 그녀의 머릿속에 말을 건다. 평소에는
무디던 동물들이 발굽으로 땅과 썩은 나뭇잎들을 구르며 약간
불안한 기색을 드러낸다. 그것은 신호다. 그 순간이 다가오면,
새가 그녀를 복수로 이끌 것이다.

　　가장 젊은 녀석이 불가를 떠나 그녀를 찾으러 온다. 그녀는
셋 중 그를 가장 증오하는데, 강간이 집단적으로 행해지지 않게
되자 그는 종종 그녀의 성기에 곧장 삽입하는 대신 그녀의 머리
위에 쭈그려 앉아 더러운 좆으로 얼굴을 때리고 문지르면서
음란한 잡소리를 중얼거리며 입술 사이에 좆을 밀어 넣기
때문이다. 그런데 그날 밤은, 발목의 구속을 풀어 준 뒤, 새가
텔레파시로 보내는 암시를 따르기 때문임이 틀림없는데, 그는
자기가 원하는 바를 알리면서 그녀의 손목을 결박하는 끈을
풀기 시작한다. 그는 그녀에게 욕설을 퍼붓는 동시에, 기분 전환
삼아 열정적으로 발정해 보자고 막무가내로 졸라 댄다. 무기력한
덩어리처럼 있지 말고. 섹스를 좋아하는 여자처럼.

　　오른쪽으로, 그 위에, 새가 말한다.

　　그때까지 그녀는 아무런 반응도 보이지 않고, 젊은
강간범의 끔찍한 입 냄새를 들이마시지 않으려 최대한 숨을
참고 있을 뿐이었다. 그녀는 찬성 같은 소리, 반토막 난 단어를
흘리고, 강간범은 그것을 끈적한 찬성으로 해석하며, 그녀는 그를
만족시킬 방법을 궁리하는 듯 천천히 일어서고, 그를 마주 보게
되자 새가 명령을 내리길 기다린다.

410

포옹을 시작하려는 듯이 팔을 쳐들어, 새가 조언한다.

자신이 했던 요구에 도취되어, 강간범은 아무것도 의심하지 않는다. 새가 그를 부추겨 긴장을 풀도록, 그를 기다리는 놀라움을 기대하며 눈까지 감도록 한다. 어쨌거나 어둠은 짙고, 모닥불의 불꽃은 장면을 아주 희미하게 비출 뿐이다.

박피기의 손잡이, 새가 미리암 우마리크에게 반복한다. 아직 조금 더 오른쪽으로 가야 해.

미리암 우마리크는 잠시 더듬거려 찾는다.

지금이야, 새가 명령한다.

미리암 우마리크가 찾아낸 박피기를 잡아당기자, 그것은 무엇에도 걸리지 않고 쉽게 빠져나오고, 그녀는 박피기 날로 강간범의 어깨 사이, 목 아래쪽을 수평으로 긋는다. 들은 대로, 후두 바로 아래를.

• 그녀는 새가 그녀의 손가락 안쪽에 투사한 이미지를 따라, 확고하고 가벼운 손놀림으로 그 일을 해치운다. 남자의 동맥과 정맥은 무사하지만, 기관은 버티지 못하고 연골로 이루어진 두 개의 관으로 절단된다. 그게 전부다.

이런 유의 절단에는 적이 즉각 비명을 지르지 못하게 된다는 이점이 있다. 꼬르륵대는 소리는 5미터까지밖에 닿지 않는다. 얼이 빠지고 손쓸 수 없는 부상을 입은 채, 그는 제 어리석음과 이제는 공기도, 강간도, 장기적인 전망도 빼앗긴 삶을 생각하며 쓰러진다. 처음에는 무릎을 꿇고, 생명에 필수적인 그 관을 긴급 보수할 수 있을 거라 생각하는지 양손으로 목을 움켜쥐고 있다가, 이내 바닥에 고꾸라지고, 다리는 무력하게 어둠을 걷어찬다. 그는 죽지 않았다. 미리암 우마리크는 굳이 그를 보려고 어둠 속을 살피지 않는다. 새가 날갯죽지로 그를 감싸, 몸부림치지 못하게 하고 멀리 끌고 가서 몇 그루 나무 뒤에 눕힌다. 헐떡임이 들리지만 무슨 뜻인지 알 수 없다.

• 그 후 미리암 우마리크는 다시 바닥에 눕는다. 필요한 도구를 제공해 준 짐승에게서 두 걸음 떨어진 곳이다. 짐승은 조금 움직이지만, 그래도 뒷발질하거나 불안해하며 끈을 물어뜯지는

않는다. 어쩌면 짐승다운 둔한 잠 속에서 녀석도 불쾌한 장면의 희생자인지 모른다.

미리암 우마리크는 기다린다.

반추동물들의 거친 호흡 소리.

모여 선 자작나무 뒤의 뜻을 알 수 없는 꼬르륵 소리.

매우 어둡다.

• 두 번째 상인이 와서는 특별한 요구 사항은 없이, 음탕한 욕설 몇 마디를 중얼거리며 바지 앞자락을 풀어헤친다. 그녀는 그가 자기 위에 눕기를 기다렸다가 목을 벤다. 4분의 1초마다 새의 지시를 받으면서도, 그녀는 칼날을 그을 때 목을 너무 세게 누른다. 도적은 쓰러지고, 소리를 지르지는 않지만, 그녀가 기관과 더불어 혈관 여러 개를 자른 탓에 부글대는 피가 그녀에게 분출된다. 상대는 고꾸라진다. 그녀를 타고 앉은 채로, 앞으로 고꾸라지며 분수 같은 피가 쏟아진다. 그녀는 무거운 남자가 쓰러지는 것을 피하려고 몸을 돌리고 그가 앞으로 쓰러지자 재빨리 몸을 뺀다. 어둠 속에서 새가 나와 그를 첫 번째 상인 옆으로 끌고 간다.

바로 옆에서 짐승이 똥을 떨구고 그것은 곧 더러운 털 속으로 사라질 것이다.

더 이상 아무런 소리도 없다.

한동안 아무 소리도 없다. 그러다 불 속에서 장작이 딱 하는 소리. 그다음에는 세 번째 남자가 미리암 우마리크에게 다가온다. 그는 두 동료가 없는 것을 걱정하지 않는다. 아마 걱정해야 마땅하겠지만, 좆의 언어가 그의 안에서 욕망을 울부짖으며 판단을 가리고 나중으로 미뤄 놓는다. 그는 음경을 어디에 삽입할지 보려고 몸을 굽힌다. 그런데 그가 바지 허리띠를 풀기 시작하여 두 손이 다 거기 가 있는 순간, 미리암 우마리크는 새로운 명령을 받고 박피기로 그의 턱 밑을 쓰다듬는다. 동작은 이번에도 완벽하고, 세 번째 강간범은 저항 불능 상태가 되어, 즉시 침묵과 공포에 처한다. 좆의 언어가 이제는 부차적이고 기생적인 역할밖에 하지 못할 혼란스러운 생각들 한가운데, 빨리 피를 다 흘리지도 못하고, 죽음의 고통으로 한없이 길어지는

412

아마도 몇 분간은 숨을 쉬어야 하는 공포에.

• 왼쪽. 더 왼쪽. 조금만 더.
　　새는 미리암 우마리크에게 자작나무 아래 누운 세 남자에
대한 복수를 계속하라고 부추긴다. 그녀는 그의 말을 따른다.
조금 더 왼쪽. 그 잡동사니 속에서 조금만 더 왼쪽으로.
　　그녀는 두 번째 짐승의 악취 나는 등에 실린 도구들 사이를
뒤진다. 도구들은 바구니, 상자, 봇짐들 속에 뒤죽박죽 나눠
담겨 있다. 박피기는 쉽게 손이 닿았었다. 다른 벌목 연장들은
꺼내기가 쉽지 않다. 어둠 속에서 그녀는 새의 안내에만 전적으로
따라야 한다. 이제 오른쪽으로. 더 왼쪽으로. 조금 왼쪽으로. 아래.
　　마침내 그녀의 손이 도끼에 닿고 그녀는 잡동사니 속에서
그것을 끌어낸다. 도끼를 쥐면서 그녀는 솔로비예이를, 그가 자주
허리띠에 달고 다니던 손도끼를 떠올린다. 그러다 그를 잊는다.
솔로비예이는 멀리, 과거의 심연 속에 있고, 몇 세기 전부터 닿을
수 없게 사라졌다.
　　그녀는 비틀대며 남자들 쪽으로 돌아간다. 도끼를 가지고
돌아간다. 박피기는 세 번째로 목을 벤 후 던져 버렸다. 그녀는
힘이 바닥난 느낌이다. 어둠 속에서 그녀는 세 남자를 향해,
어떻게 할지 잘 모르는 채로 걸어간다. 그녀에게 달린 일이지만,
무엇보다도 새에게 달려 있다.
　　자작나무들 아래로 오자, 그녀는 잠시 기다린다.
　　세 상인은 다리를 벌리고 나란히 누워 있다. 셋 다 목을
손으로 감싸고 있다. 둘은 거의 일정하게 걸걸한 그르릉 소리를
내는데, 검은 밤을 향해 기관을 내놓는 방법을, 호흡하고
살아남는 방법을 찾아내는 데 성공한 것이다. 일시적이기는
하지만 방법이기는 하다. 세 번째, 가운데 있는 남자는 죽었다.
　　나무들 반대편에서, 불이 탁탁거리는 소리와 짐승들이 똥을
누는 소리가 미리암 우마리크에게 들린다. 기온은 따스하다. 기분
좋은 여름밤이지만, 하늘은 완전히 까맣고, 어차피 나뭇가지들이
하늘을 가리고 있다. 타이가의 기분 좋은 여름밤이고 그것을
망치는 파리들조차 없다.
　　미리암 우마리크는 도끼를 치켜든다. 새의 말을 따른다.

413

왼쪽, 가운데, 오른쪽, 새가 명령한다.
다리 사이, 새가 명령한다. 왼쪽, 가운데, 오른쪽.

41

• "이제는?" 미리암 우마리크가 속삭였다. "이제는 어떻게 하지?"

"계속 가는 게 좋아." 새가 말했다.

새벽이 밝았다. 둘은 모닥불의 재 앞에 앉아 있었다. 잉걸불이 불그레하게 빛나던 것도 멎고 그들은 말없이, 세상사나 그 비슷한 주제에 대해 명상하며 앉아 있었다. 그리고 이제 파르스름한 빛이 나무줄기들 사이로 맴돌고, 그때까지 소음과 정적으로만 이뤄져 있던 숲은 이미지가 되었다.

미리암 우마리크는 동물들 쪽으로 고개를 돌리지 않았다. 조금 더 멀리, 색깔은 보이지 않는 붉은과일발레리나 덤불 뒤에 그녀가 정당한 복수를 한 작은 평지가 있었다. 정의는 비극적인 지루한 장광설 없이, 짧은 연설 초안조차 없이 이루어졌다. 어둠 한가운데서, 그녀는 도끼를 세 차례 내리쳤고 기다리지 않고 바로 그 자리를 떴다. 그녀를 고문한 이들의 골반 위, 사타구니에 가한 세 번의 도끼질, 살아 있는 둘과 죽은 하나를 끝장내기 위해.

"바르구진에게 돌아갈 수도 있어." 미리암 우마리크가 속삭였다. "길을 찾을 수 있을지는 모르겠지만, 해볼 수는 있지."

"글쎄," 새가 말했다. "숲은 미로인걸. 넌 길을 잃을 거야. 앞으로 나아가는 게 좋아."

"그래서 어디로 가라고?" 미리암 우마리크가 낮은 소리로 물었다.

"어쨌거나 바르구진은 죽은 상태인걸." 새가 과장되게 단정 짓더니, 까악 하고 울었다.

그가 날개 달린 인간인지, 판단력과 목소리를 부여받은 새인지, 아니면 마법의 생물이나 죽은 것인지는 결정하기 어려웠다. 확실한 것은, 까악거린다는 것이었다.

해가 뜨는 동안 둘 다 말없이 있었다. 여름의 열기가 마른 잎, 버섯, 블루베리, 블랙베리, 수망손푸아브레의 향을 싣고 그들에게 뻗어 왔다. 30미터 떨어진 곳에서 짐승 하나가 거대하고 북슬북슬한 머리를 흔들며 똥을 누었다. 다른 녀석도 똑같이 하여, 이제는 엉망진창으로 등에 실린 도구들이 딸그락거리더니, 조용해졌다. 모든 것이 고요했다.

• 그들은 전날 밤 있었던 일도, 그전의 끔찍한 한 주에 대해서도 이야기하지 않았다. 그녀는 더러움과 피로 뒤덮여 있었지만 그것을 소리 내어 지적받기는 싫었고, 그것이 자기 목소리라도 마찬가지였다. 기회가 생기면, 시냇물이나 호수에 몸을 담그고 씻으리라. 지금으로서는, 그녀는 더러움과 자신이 당한 범죄와 자신이 해낸 보복 범죄를 잊거나 잊는 척해야만 했다.

"옛날에, 내가 살던 곳에, 솔로비에이가 있었어." 그녀가 갑자기 말했다. "넌 그를 알았니?"

"한 번도 들은 적 없는데." 새는 거짓말을 했고, 떠나겠다는 뜻을 보였다.

그는 날개를 움직였다. 날개가 엄청나게 검었다.

• "그럼 동물들은 어쩌지?" 미리암 우마리크가 물었다.

"내가 너라면, 페미컨으로 만들겠어." 새가 조언했다.

42

• 거기서 멀지 않은 곳에, 만일 몇천 킬로미터를 셈에 넣지 않는다면, 또 몇백 년의 격차를 무시해야 하는 것은 사실이지만, 타이가에, 이미 끈끈한 물과 나프타가 충분히 들어찬 토탄 습지 가장자리를 따라 새로운 검은 늪이 생겼다.

알돌라이 슐로프는 전나무 줄기에 기대어 그 검은 웅덩이가 나타나는 것을 보았다. 그는 그것이 생겨나고, 솟아나고, 커지다가 성장을 멈추는 것을 지켜보았다. 전체 과정은 열한 달 이상 걸리지 않았고, 전부 끝나자 알돌라이 슐로프는 한숨을 쉬었다.

"파묻힌 도시들에서 온 거야." 그가 말했다.

그의 옆에서, 다른 전나무에 기대어, 크로나우에르가 툴툴대는 소리로 동의를 표했다. 그는 피곤했다. 그는 말하고 싶지 않았지만, 동료와 대화를 이어 가려고 분발했다.

"추억 같은 거지." 그가 힘겹게 중얼거렸다.

그의 생각도 목소리만큼 둔탁했다.

"추억 같은 거야." 그가 말했다. "그건 검은 기름이지. 파묻힌 생명들에서 솟아나고."

"그렇군." 알돌라이 슐로프가 납득했다.

• 그들은 지난봄에 서로 알게 되었다. 둘 다 나무들 틈으로 기차 차량의 잔해를 보고 자석처럼 이끌렸다. 둘은 이 뜻밖의 형체를 향해 걸어갔고, 그 둘레를 한 바퀴 돌던 중 글자 그대로 서로를 들이받았다. 그들의 관계는 맺어지기까지 시간이 걸렸는데, 동일한 언어로 이야기하는 데 어려움을 겪었기 때문이었다. 몇십 년 혹은 몇백 년씩 홀로 걸은 이후인지라, 어휘력이 현저히 줄었고 회복되는 데 시간이 걸렸다. 그러나 결국은 회복되었다. 두 남자 사이에는 무뚝뚝한 공모 관계가 맺어졌고, 어쨌거나 어느 쪽도 상대를 공격하지는 않았다. 인류가 더 이상 존재하지 않는 이 시대에, 그것은 우정이라 불러도 과하지 않았다.

객차는 땅에 반쯤 파묻히고 지붕은 뚫려 있었다. 가을이 오자, 알돌라이 슐로프는 크로나우에르를 상대로 객차 측면을 기어올라, 구멍이 난 데까지 기어가서 틈으로 떨어져 겨울 피난처를 확보한다는 계획을 오랫동안 늘어놓았으나, 첫눈이 올 때까지 이어진 논의 결과 그들은 그 무모한 원정을 포기했는데, 일단 객차의 어둠 속에 갇히면 빠져나가는 게 고생일 거라는, 아마도 당연한 결론을 내렸기 때문이었다. 그리하여 그들은 늘 그랬듯이, 바람의 방향을 따라 전나무 줄기 둘레에서 자리를 바뀌 가며 부들부들 떨면서 겨울을 보냈고, 이따금 불을 피우고 몇 마디 나누며 몸을 덥혔다.

"왠지는 모르겠지만, 이 객차를 이미 전에 본 듯한 기분이 들어." 크로나우에르가 긴 침묵 끝에 말했다.

"그래도 이 철도들은," 알돌라이 슐로프가 말했다. "선로가 어딘가로 이어졌었어."

"노선 끝에는 분명 수용소가 있었을 거야." 크로나우에르가 덧붙였다.

"맞아." 알돌라이 슐로프가 지쳐 빠진 목소리로 말했다. "노선 끝의 수용소라. 말이 되는걸."

"이 객차가 아니라도, 비슷한 다른 객차였어." 크로나우에르는 생각에 잠겼다.

그들은 잠시 말이 없었다. 황혼은 그들을 감싼 채 아무 변화가 없었다. 이미 오래전부터 낮도 밤도 없었다. 계절은 있지만, 밤낮은 없었다. 그들은 잠든 것처럼 잠시 그대로 있었다.

"기관차는 아래쪽에 있을 거야." 알돌라이 슐로프가 갑자기 말했다.

"얼마나 깊이 있을지 모르지." 크로나우에르가 말했다.

• 알돌라이 슐로프는, 그런 명칭으로 부를 수 있다면 뼈에 가죽만 남아 있었지만, 몸매를 평범한 죽은 자처럼 보이게 꾸며 주는 겹겹이 걸친 누더기 옷으로 깡마름을 벌충했다. 과거에 한참 동안 그는 샤먼들이 나무에 매달거나 바위에 둔 리본과 헝겊을 입었다. 그러나 그 후 여러 세기가 흘러 샤먼들과 샤머니즘 신봉자들이 사라지자, 그는 죽은 자나 그 비슷한 것들의 시체, 죽은 새나 동물이나 군인 시체에서 건져 낸 것에 만족했다. 그의 옷차림은 무엇을 발견하느냐에 따라 달라졌는데, 그런 발견은 극히

드물었다. 그 옷차림에 우아함은 없었지만, 추위와 바람과 어둠 속에서는 알돌라이 슐로프가 기대하는 역할을 톡톡히 해냈다.

복장 면에서, 크로나우에르는 이제 알돌라이 슐로프와 크게 다를 바 없었지만, 그래도 여전히 군인 출신의 죄수처럼 보였는데, 아마 샤프카를 쓰고 있었기 때문일 것이다. 그는 정기적으로, 죽은 간수나 무해해진 장교를 발견할 때마다 샤프카를 새것으로 바꿔 썼고, 정기적으로, 어쨌든 한 세기에 적어도 한 번은 제2소비에트연방에 대한 충성을 확인하는 붉은 별을 달았다. 그의 의복 나머지는 그다지 전형적이지 않았고 거지들이 쓰레기 하치장에서 되는대로 주워 모은 것에 가까웠다. 거지와 쓰레기 하치장이 아직 존재했던 시절의 얘기지만.

• 그들은 모닥불가에 모여 앉아 있었다. 으레 그렇듯, 둘 다 말이 없었다. 밤이 지나갔고, 다음에는 낮이, 또 한 밤이 지나갔다. 밤과 낮의 차이는 미미했다.

"그럴 것 같지 않겠지만, 난 사랑에 빠졌던 적이 있었어." 별안간 알돌라이 슐로프가 웅얼거렸다.

"나도 그런 적이 있었지." 크로나우에르가 털어놓았다.

"아," 알돌라이 슐로프가 말했다. "자네도 그랬군."

장작이 탁탁 소리를 냈다. 때때로 껍질 안의 기포가 터지며, 1–2초 동안 아름다운 금빛 잔 불꽃 무리가 확 퍼졌다. 그들은 불이 죽기 직전까지 멍하니 불을 바라보았다. 크로나우에르가 무거운 나무 하나를 넣었다.

"그 여자 이름이 이젠 기억나지 않아." 알돌라이 슐로프가 말했다. "콜호스에서였지. 그자가 내 기억을 망가뜨렸어."

"그게 누군데?" 크로나우에르가 관심을 보였다.

"모르겠어." 알돌라이 슐로프가 말했다. "오랫동안 알고 있었는데, 지금은 모르겠어."

나무가 다 타자, 크로나우에르는 나무를 하나 더 넣었다.

"나도 잠시 콜호스에 있었던 때가 있었지." 그가 말했다.

그들은 동틀 때까지 말이 없었다. 불이 죽었다. 어둑한 낮이 지나가고, 어스름에 싸인 저녁이 왔다. 둘 다 말없이 새 모닥불을 피우려고 분주히 움직였다. 가을이 와 있었고, 얼음이 얼기

419

직전이라 실한 모닥불이나 그 비슷한 것을 피우는 게 좋았다. 작은 나무가 직직대며 타고, 나뭇가지들이 다시 연기를 내며 타오르자, 그들은 느긋해져 황홀하게 소용돌이치는 불길 옆에서 사이좋게 졸거나 수다를 떨며 밤을 보낼 채비를 했다. 맹렬하게 타오르는 불길이 지척에 있는 객차 문에 비쳤다. 주변의 숲에는 미동도 없었다. 속마음을 털어놓거나 잡다한 이야기를 나누기에 이상적인 배경이었다.

"내가 가장 사랑했던 건 아내였지만," 크로나우에르가 말했다. "다른 여자들도 만났지."

"어떤 다른 여자들?" 알돌라이 슐로프가 물었다.

"몇 명은 이름이 기억나." 크로나우에르가 말했다.

"얘기해 봐." 알돌라이 슐로프가 말했다.

이제 불은 그르렁거렸다. 그들은 즐겁게 그 소리를 들었다. 음악 소리가 줄어들자, 알돌라이 슐로프는 불길 한복판에 나뭇가지 하나를 더 넣었다. 그 가지는 다른 것들처럼 순순히 불타기까지 시간이 걸렸다. 그러다가 체념하고 받아들였다. 나뭇가지는 모호한 색의 불꽃 몇 개를 발하다가, 낮은 쪽 절반에서 과도하게 생생하고 과도하게 뒤틀린 불길을 내뿜더니, 토라진 듯 도로 사그라들었다. 그것은 제게 요구되는 바를 정확히 알지 못하는 인상을 주었다. 타서 재가 되기 전까지 아직 배워야 할 게 많았다.

"그 여자들 이름을 말해 봐, 생각난 김에." 알돌라이 슐로프가 말했다.

크로나우에르는 자신의 기억들, 생각들, 호흡을 가다듬었다.

"바실리사 마라시빌리, 사미야 슈미트," 그는 늘어놓았다. "미리암 우마리크. 한코 보굴리안."

"들어 본 적 없는 이름인걸." 알돌라이 슐로프가 말했다.

"자네가 그들을 어떻게 알겠어?" 크로나우에르가 말했다.

"하긴 그래, 내가 그들을 어떻게 알겠어." 알돌라이 슐로프가 납득했다.

• "솔로비예이의 시절이었어." 크로나우에르가 말했다.

420

"그 사람도 한 번도 들어 본 적 없어." 알돌라이 슐로프가 말했다.

"콜호스의 지도자야." 크로나우에르가 설명했다.

"어떤 콜호스?" 알돌라이 슐로프가 막연히 물었다.

그들은 하루나 이틀 정도 말없이 있었다. 가끔 있는 일이었지만, 홀로 다니는 까마귀 한 마리가 전나무 가지에, 거의 그들 바로 위에 앉아, 마치 그들의 대화와 침묵을 듣는 양 자리 잡고 있었다. 그것은 괴물 같은 크기의 강력한 동물로, 강철처럼 단단한 검은 부리에 깃털은 이슬 맺힌 축축한 타르처럼 광채가 났다. 두 친구가 있는 곳에서는 까마귀와 눈을 마주할 수 없었으나, 그들에게 그런 일을 상상할 만한 힘이 있었다면, 버틸 수 없는 강렬한 황금빛의 노란 눈이라는 데 내기를 걸었을 것이다. 나뭇가지의 새는 편안해 보였고 거의 움직이지 않았다. 그것은 그들의 대화에 거의 끼어들지 않았다. 이따금은 잘 울리는 울음소리를 내거나, 딱 소리가 날 때까지 날개를 펴서 그 빈약한 대화에 강조점을 찍었고, 또 둘 중 누가 맞느냐에 신경 쓰지 않고 똥을 떨구는 일도 있었다. 하지만 어떻든, 그것은 거의 끼어들지 않았다.

• "그럼 자네 아내 이름은?" 알돌라이 슐로프가 불쑥 물었다.

"무슨 말이야, 내 아내 이름이라니?" 크로나우에르는 둔하게 당황했다.

"말하지 않았잖아." 슐로프가 말했다.

"안 했지." 크로나우에르가 인정했다.

어둠 속에서 그가 움직이는 소리가 들렸다. 갑자기 그는 숨을 더 크게 쉬었다. 그의 콧구멍이나 입이나 그것을 대신하는 곳에서, 공기가 휘파람 소리를 냈다.

"아내를 사랑했다고 했잖아." 슐로프가 고집했다. "이름 하나를 말해 봐, 그러면 기억하는 데 도움이 되니까."

"그러지." 크로나우에르가 말했다.

까마귀가 제 머리 위에서 날개를 맞부딪치고 울었다, 한 번, 두 번. 숲을 사로잡은 정적 속에, 그 울음소리는 영원히 지속되는 것 같았다. 메아리가 완전히 잦아들자, 크로나우에르는 한쪽 뺨에 눈물처럼 떨어진 똥을 처량하게 닦았다.

　　"그녀의 이름이 이젠 기억나지 않아." 그가 말했다.

"사랑했던 건 확실해. 하지만 이름은 더 이상 기억나지 않아."

43

• 알돌라이 슐로프가 자신이 사랑에 빠졌었고 사랑하는 이를
되찾으려 애쓴다는 것을 가슴 아리게 기억했던 날들이 있었고,
이유를 알 수 없이 내적으로 괴로워했던 몇 년 혹은 몇십 년의
심연이 있었다. 그의 기억은 아물지 않은 상처, 그가 익숙하게
알지만 그를 받아들이지 않는 세계들을 향해 난 창이었다.
그는 자신이 알아보는 윤곽들에 이름을 붙일 수 없었고, 과거의
이미지들은 그가 진정으로 간직하거나 소중히 여길 수 있는
무엇과도 일치하지 않았다. 추억들은 손에 잡힐 듯 가까이
있었으나 헛되었다. 그 닿을 수 없음이 그를 고문했다.

　　　그런데 이따금 그는 자신이 떠돌이 음악가였음을 기억해
냈으며, 조각조각이긴 해도 그의 머릿속엔 여전히 그가 공연하던
음악의 몇몇 순간이 남아 있었다. 그리고 그는 그 조각들, 그
순간들을 다시 한번 바깥으로 울리게 하고 싶었다. 그것은
죽어 가는 자의 기계적인 욕망과도 같았다. 긴 이야기들은
일관성을 잃었고, 영웅서사시 연작들은 아귀가 맞지 않는
단편적인 픽션들이 되고 말았다. 세월의 대규모 세정 작업을
버티고 살아남은 것은 많지 않았다. 그럼에도 어떤 해들은
노래 조각들이 그의 의식 표면으로 여전히 떠올랐고, 그는
음악을 공연하던 밤들에 향수를 느꼈다. 그와 청중 모두가 시에
올라타 드넓은 스텝으로, 무한한 숲으로, 혹은 찬란하던 시절
제2소비에트연방이나 수용소로 마술적인 여행을 했던 시간.

　　　그리고 봄의 끝인 그때, 나머지가 그의 입술까지 올라왔다.
그는 크로나우에르에게 그 사실을 알렸다. 그는 기력이 거의
전무한 상태로 근처에 있었는데, 조만간 있을 시와 노래의 공연
생각에 깨어났고, 이후 며칠 동안 다시 움직이기 시작했다.

• 노래의 잔해들. 그것들이 솟아났다. 파묻힌 도시들에서 나와
지상에 웅덩이와 못을 이루는 검은 기름처럼. 한 방울 한 방울,
그것들은 솟아났고, 어느 순간 다시금 노래가 되었다.

• 그들은 역할을 분담했다. 슐로프가 서사의 주요부를 맡는다.

그가 감정을 실어 낭독하는 동안, 크로나우에르는 통주저음을 내고, 최선을 다해 몇 문장을 이어받고, 숨이 차서 소리를 낼 수 없을 때는 장작개비나 죽은 나뭇가지로 객차 문을 박자 맞춰 두드리기로 했다.

임무 분담이 끝나자, 그들은 기차의 잔해에 기대러 가는 길에 나섰다. 이동에는 시간이 걸렸지만 그들은 아무리 힘들더라도 공연을 하기로 맹세했고 거리가 멀다고 겁먹지 않았다. 중화상을 입은 군인들이 포탄 구덩이에서 빠져나올 때 같은 느릿한 맹렬함으로, 그들은 도랑 꼭대기를 향해 전진했다. 그 후 그들은 객차 바로 옆까지 가서 거기에 기댔다.

그들 앞으로 경사진 풀밭이 몇 미터 정도 펼쳐지고, 그 뒤로는 숲의 첫 번째 나무들이 서 있었다. 그들이 있던 전나무들 아래에는 모닥불의 흔적, 그들의 모닥불 흔적과 가져가지 않은 물건 몇 가지, 이투성이 군용 담요 반쪽, 거의 텅 빈 손가방 두 개, 나중에 쓰려던 장작 몇 개가 있었다. 20여 미터의 수풀 다음부터는 어스름이 완전히 캄캄해졌다. 한마디로, 그들이 공연을 하려는 작은 공간만 약간의 빛을 받았다.

그들은 그 풍경을 마주 보고 가만히 있었다. 올라오고 기어오느라 힘이 다 빠진 기분이었다. 여러 계절 전부터 그들은 거의 운동을 하지 않았고, 도랑 위에서 기운을 회복해야 했다.

시간이 흘렀다, 마치 공연자들이 웅장한 노래에 완전히 몰입하기 전 청중이 불어나는 것을 보고 싶어 하는 것처럼. 사실 청중이라고는 낮은 가지에 앉아 낮에 한두 번, 밤에 두세 번, 살아 있는 것처럼 몸을 까닥거리는 까마귀 한 마리가 고작이었다.

"새 말인데." 크로나우에르가 말했다.

"새라니, 무슨 소리야." 알돌라이 슐로프가 중얼거렸다.

노래할 준비가 되어 있었음에도, 둘 다 아직 숨이 가빴다.

"같은 건가?" 잠시 후 크로나우에르가 말을 이었다.

"뭐랑 같아?" 슐로프가 중얼거렸다.

"아, 아무것도 아냐." 크로나우에르가 말했다.

• 그들은 몇 시간 더 그대로 있었고 그러고도 몇 주를 탈진한 채 객차 문에 기대 있었다. 그들 앞의 어스름은 변하지 않았다.

이따금 밤이 끝나고 새벽이 가까워져 오는 것처럼 습도가 높아졌고, 그러다가 이슬이 마르면 어떤 의미로는 낮이 그들을 둘러쌌다. 하지만 사실상 빛의 밝기도 분위기도 변하지 않았다. 시간은 정체되어 있었고, 어쨌거나 그다지 굳세지 않았다. 그래서 그들은 둘 다 쉬고, 슐로프는 서사시의 몇 대목을 추가로 기억해 내고, 크로나우에르는 그의 현재와, 소멸을 접하면 언젠가 잃어버릴 얼마 되지 않는 것들을 게으르게 생각할 수 있었다.

검은 기름 얼룩들이 풀밭 아래서 뚫고 나와 느리게 번졌다. 몇 개는 서로 합쳐졌다.

"노래하는 게 어때?" 크로나우에르가 제안했다.

"흠." 슐로프가 의기소침한 어조로 한숨을 쉬었다.

그는 이제 그리 확고한 기색이 아니었다.

"나중에 하지." 그가 말했다.

"눈이 내리기 전에 시작하는 게 좋을 거야." 크로나우에르가 지적했다.

그는 객차를 두드리려고 가져온 나뭇가지를 손에 들고 서투르게 머리 뒤의 나무 벽을 때렸다. 그가 맡은 타악기 연주를 하기에는 불편한 자세였다. 나무껍질 파편과 먼지가 그의 어깨에 갈색으로 내려앉았다.

맞은편에서, 그들의 소지품과 빈 가방과 장작들 위에 앉은 까마귀가 날개를 치며 울었다.

"청중이 안달 내고 있어." 크로나우에르가 또 말했다.

그는 나뭇가지로 객차를 한 번 더 때렸다.

가수로서의 명예를 공격받은 것처럼, 알돌라이 슐로프는 몸을 몇 센티미터 쭉 뻗었고, 갑자기 그의 베이스 목소리가 들리더니, 곧이어 흉내 낼 수 없고 몹시 아름다운 배음 창법의 고음으로 바뀌었다.

"아." 크로나우에르가 만족스러운 한숨을 쉬었다.

그는 또 한 번 뒤쪽의 차량을 때렸다.

"「수용소 습격」이야." 알돌라이 슐로프가 도입부를 마치고 알렸다.

"아, 그렇군." 크로나우에르가 이번에도 좋다는 듯 말했다.

정적이 찾아들었다. 숲은 컴컴했다. 아직 근처에 새나 동물,

혹은 시를 들을 수 있는 상태의 죽은 것들이 있다 해도, 알 길이 없었는데, 모두가 조용했기 때문이다.

그러다 크로나우에르는 통주저음을 내기 시작했고, 슐로프는 노래했다.

• 알돌라이 슐로프의 이야기는 혼란스럽고 뒤죽박죽이었으며, 전통 서사시의 어휘와 문체가 제거되었고, 게다가 너무나 오래 쓰지 않아 완전히 녹슬고 아름다움이 퇴색한 목소리로 노래되었지만, 이 최후의 배경 — 반쯤 파묻힌 객차, 시작도 끝도 없는 어스름 속에 졸고 있는 낙엽송과 전나무들, 도랑 바닥에 고인 검은 기름 웅덩이들 — 과 그만큼 빈약한 관객들 — 본인들을 넣는다면, 소멸되어 가는 누더기 차림의 방랑자 둘에, 때로는 사라졌다가 때로는 낮은 가지 위에 재림하는 거대하고 기분이 언짢은 새 — 사이, 거기에는 뭔가 기적적인 것이 있었다.

슐로프의 이야기. 그의 노래. 곁들여지는 크로나우에르의 반주. 최후의 숲에서. 그토록 길고 혼란스러운 방황 후. 그토록 오랜 세월 후. 시간을 넘어. 고요한 숲에서. 뭔가 기적적인 것.

• 기력이 다하거나, 거의 치명적인 호흡 정지 혹은 기억의 공백 때문에 여러 차례 중단해 가며 알돌라이 슐로프는 음악적 서술을 계속했고, 그가 중단했을 때는 크로나우에르가 교대하여 머릿속에 아직도 어느 정도 남아 있는 단 두 가지를 낭송했다. 하나는 천 년 전 이리나 에첸구엔이 작성하는 것을 도왔던 야생 곡류과 풀의 목록이고, 다른 하나는 우리의 최고 동지들 명단, 운명에 의해 쓰러진, 마르크스·레닌주의 고전을 잘못 해석해 총살당한, 적에 의해 재가 된, 혹은 문명 다음에는 전 지구를 쓸어 버린 플루토늄 기운과의 불공평한 싸움에서 쓰러진 남녀의 명단이었다.

알돌라이 슐로프는 그가 참여했던 수용소 습격을 이야기했다. 그는 웅장한 배경과 영웅적인 인물들을 덧붙였으나, 몇몇 에피소드 이후부터는 그가 상황을 뒤집어서 자신이 수용소 외부가 아닌 내부에 분명 있었던 것처럼 그려 냈음을 알게 되었다. 시선이 닿는 곳까지 수용소 시설들을 둘러싼, 철조망이

처진 이중의 담장은 그대로였으나, 시 속에서 슐로프와 그의
동료들은 수용소에 침입해 특권을 누리려는 침입자들과 맞서
싸웠다. 모두에게 소총이 분배되고 슐로프는 조준선에 목표물이
들어오자마자 총을 사용했다. 눈이 사방으로 날려, 전투는
불확실했다. 정문에서 200미터 떨어진 선로에 정차한 수송대를
겨냥하느라 애를 먹었고, 그럼에도 거기서 사격이 빗발쳤다.
도착한 이들은 그들이 보낸 협상자들이 받은 대접에 격분했고,
그들이 죽어 눈 속에 눕자 수용소 쪽으로 집중포화를 퍼부었다.
대표단은 정문 앞에서 정신 나간 연설을 했고, 막사에 빈자리가
더는 없다는 대답에, 화를 내며 목소리를 높였다. 그 달갑지 않은
교섭 사절단을 쫓아내야만 했으며, 그들이 밤까지 그리고 어쩌면
봄까지라도 버티고 있겠다는 의사를 내보이자, 그들을 죽이라는
명령이 내려왔다. 거기서부터 상황이 악화되었다. 거기까지
그들을 싣고 온 객차 혹은 디젤기관차에 몸을 숨긴 채, 죄수와
군인과 저격수들이 감시탑과 수용소 입구에 일제사격을 했다.
알돌라이 슐로프는 총알들이 귓전에서 쌩쌩대는 소리를 들었다.
몇 개는 그의 흉곽에 박혀, 그는 하늘을 보고 입을 벌린 채
누웠다. 마치 혀로 눈송이들을 받으려고 열심인 듯, 이후 일어난
일들에는 완전히 무심한 듯.

• 그는 멈췄다.
　　　"자네 차례야." 그가 크로나우에르 쪽을 보고 속삭였다.
　　　그의 입술에서는 더 이상 아무 말도 나올 수 없는 것 같았다.
머리가 가슴 위로 수그러들었다. 노래는 그 이상은 아무것도 귀에
들리지 않는 지점에 도달해 있었다.
　　　크로나우에르는 이어 나가려고 최선을 다했다. 그는 몇
시간 전부터 눈을 감고 있다가, 눈을 떴다. 슐로프가 낭송을
중단한 음이 지나치게 낮지는 않아, 청중이 무슨 일이 있었는지
눈치채지 못하게 그가 이어받을 수 있었다.
　　　그는 나뭇가지로 객차의 벽을 때렸다.
　　　"이제 모두가 하늘을 보고 입을 벌린 채 누워 있었다.
마치 혀로 눈송이들을 받으려고 열심인 듯, 그리고 나처럼,
슐로프처럼, 이후 일어난 일들에는 완전히 무심한 듯."

427

또 한 번 치기.
"이들이 우리의 최고 동지들이다." 그는 계속했다.
그는 서른 개 정도를 나열하고는 입을 다물었다.

44

• 몇천 번의 계절 전부터 매일 아침 그랬듯, 우드굴 할머니는 안락의자 옆에 놓인 라디오 수신기의 버튼을 돌렸다. 밤새 문명이 재건되었는지, 혹은 적어도 인류가 신체적 퇴화, 보편화된 방사능 피폭으로 인한 암, 생식불능, 자본주의 노선으로 접어들려는 유혹을 이기고 살아남았는지, 그녀는 알고 싶었다.

라디오는 잡음의 잔재를 내더니 조용해졌다.

"아직 어딘가에 저항 지역 하나쯤 남아 있을 거야." 그녀는 웅얼거렸다. "우리 젊은이들이 참패를 그렇게 그냥 받아들일 수야 없지."

그녀는 버튼을 다른 쪽으로 돌렸다. 모든 공급, 수신, 희망의 가능성이 단절되었음을 알리는 딸깍 소리가 날 때까지.

"선전 시설을 고치는 것보다 더 중요한 일에 열중해 있는 게지." 그녀는 중얼거렸다.

그녀 주변의 회색을 띤 잔해에서는 아무런 소리도 나지 않았다. 먼동이 갓 텄다.

"용감한 젊은이들." 그녀는 계속 중얼거렸다. "우리의 콤소몰들. 그들은 할 수 있는 일을 하고 있는 거야."

• 청력이 남아 있었기에 그녀에겐 자신의 말소리가 들렸으나, 입에서 나오는 말은 알아듣기 어려웠다.

처음으로 원자로 한복판에 들어갔을 때부터 불멸을 선고받은 그녀지만, 결국은 노화의 증상들에 영향을 받게 되었으며, 특히 최근 79세기에 들어서는 신체 상태가 쇠퇴했다. 정신적으로는 아직 기력이 남아 있었지만, 신체적인 면에서는, 그녀의 말을 빌리자면 그다지 신통치 않았다.

예를 들어 입이 그랬다. 그녀의 치아는 하나씩 빠지고 전혀 새로 나지 않았다. 입술은 변형되어, 딱딱해진 가죽끈 두 개에 지나지 않아, 뺨에서 부분적으로 떨어져 나와 메기수염처럼 턱에 매달려 있었다. 혀로 말할 것 같으면 유연함이 사라졌다. 발음기관이 그 모양이니, 외부에서 진동하는 소리는 더 이상 거의 언어라 할 수 없었다. 그녀 스스로도 자신이 내는 웅얼거림과 쯧쯧거림에 놀라 해석하기를 포기했다.

• '찬란한 종착역'의 영광의 시절은 지나갔고 우드굴 할머니의 창고는 수리 불가능한 피해를 입었다. 100년이나 150년 동안, 창고는 마을의 모든 건물을 파괴한 풍화와 무자비하게 밀고 들어오는 타이가로부터 무사했었다. 그러나 어느 날 소비에트 건물 지하 작은 발전소의 연료가 잠에서 깨어났고, 돌연 화가 나서 활동을 시작했는데, 그때부터, 이미 황폐해지고 버림받아 죽은 것 같던 콜호스는 새로운 수난의 시기를 거쳤다. 기묘한 원자력 사고가 연달아 일어나 콜호스의 쇠퇴를 가속화했다. 연료봉들이 연합했다. 그것들은 우드굴 할머니가 보물을 지키는 용처럼 수호하는 수직갱 바닥에 있는 원자로와 합쳐지고자 했다. 언덕의 지반이 허물어져, 언덕 전체가 무너져 내리고 높이가 사라졌으며, 그 서슬에 원래 약해졌던 우드굴 할머니의 창고 건물도 무너졌다. 창고는 옛날 초등학생들에게 핵전쟁, 적의 방화, 일반적인 아포칼립스의 위험을 경고하기 위해 보여 주던 사진 속 고철과 들보 더미처럼 되었다.

　　붕괴의 소음과 먼지가 가라앉자, 우드굴 할머니는 주위를 둘러보았다. 그녀의 개인 공간은 사라지고, 폐기물 산들은 흩어지고, 수직갱 덮개는 날아갔다. 그녀는 안락의자를 수직갱 테두리로 가져갔고, 크게 힘들이지 않고 잔해 한가운데 은신처를 재구축했다. 그녀는 라디오, 찻주전자, 도구 몇 개, 솔로비에이의 축음기 잔해와 재난에도 으깨지지 않은 왁스 실린더 일고여덟 개까지 되찾았다.

　　결국, 레바니도보에서 그녀의 존재에 진정으로 변한 점은 아무것도 없었다.

　　소규모의 기술적 변화들. 재검토해야 할 일상의 사소한 일들. 덜 안락한 편안함. 그리고 점점 말을 안 듣는 몸과 임무를 다하지 않는 장기들. 하지만 결국, 그녀의 존재에 변한 것은 아무것도 없었다.

• 예를 들어 지금은, 솔로비에이와 그의 난해한, 아마도 반혁명적인 시들이 애타게 그리워지면, 그녀는 손잡이로

축음기의 용수철을 올리고 실린더를 끼우기만 하면 되던 시절보다는 훨씬 복잡한 조작들을 거쳐야 했다.

솔로비예이의 저 유명한 기계에서 남은 부분은 나팔뿐이었다. 우드굴 할머니는 그것을 수직갱 테두리 돌 가장자리에 놓았는데, 수직갱 내벽의 반향을 이용하기 위해서였다. 그녀는 팔을 어깨까지 드러내고, 겨드랑이에 나팔의 깔때기 모양 끄트머리를 끼우고, 아래쪽 끝부분을 흉곽의 쪼그라든 피부 혹은 그것을 대신하는 것과 일치시키려고 노력했다. 그녀의 몸이 진동막 구실을 하고, 그녀는 왼손으로 실린더를 돌리면서 오른손 손톱으로 홈을 긁었다. 결과물은 열악했다.

이 힘겨운 과정 중 불시에 방문한 솔로비예이는 그녀에게 화를 냈다. 다정하게 화내긴 했지만, 그는 자신의 근사한 테너베이스 목소리를 망가뜨리고, 시들이 형편없게 들리게 했다고 그녀를 책망했다.

"한마디도 알아들을 수 없어." 그가 말했다. "그건 음악도 연설도 아니야. 꼭 누가 돼지 방광에 든 자갈을 흔드는 것 같잖아."

그는 마법의 손으로 우드굴 할머니의 목을 쓸고, 등을 어루만지며, 그녀를 계속 질책하면서도 달랬다. 여전히 그는 그녀에게 세월이 흘러도 변치 않는 애정을 느꼈다.

"진동막의 문제야." 우드굴 할머니가 변명했다. "바늘은 아직 쓸 만하거든, 진동막이 문제야. 내 피부는 너무 메말랐어."

그녀는 분명하게 말하려고 애썼지만 헛일이었다.

"뭐라고?" 솔로비예이가 다시 말해 달라고 했다.

우드굴 할머니는 과학적 설명을 되풀이하려고 노력했다.

"당신이 웅얼거리는 소리는 하나도 못 알아듣겠어." 솔로비예이가 농담했다.

이번에는 우드굴 할머니가 화를 냈다. 자기 말이 알아듣기 어렵다는 건 알았지만, 그래도 그녀는 솔로비예이가 악의를 드러낸 거라고 비난했다.

"피부의 반향이 문제야. 게다가 이 축음기는 애초부터 최고 품질은 아니었어."

"전혀 못 알아듣겠어." 솔로비예이가 우겼다. "당신 말은 꼭 불교의 기도 바퀴가 석유 양동이 속에서 돌아가는 소리처럼 분명한걸."

• "그것들은 수직갱에 던져 버리는 게 낫다고 벌써 말했잖아." 솔로비예이가 말한다.

"뭘?"

"실린더들. 그것들은 이제 아무짝에도 쓸모가 없어. 아무도 듣지 않는걸. 원자로에 던져야 해."

"내 마음대로 할 거야." 우드굴 할머니가 항의한다.

콜호스의 수장은 재차 요구한다.

"그것들은 수명을 다했어." 그가 말한다.

"무슨 소릴 하는 거야?" 우드굴 할머니가 묻는다.

솔로비예이는 어깨를 으쓱한다.

눈이 다시 내리기 시작한다. 옛 창고의 남은 부분, 불결한 고철 더미 몇 개, 이끼와 지의류와 나는씨앗, 아부피안, 될지네트, 아가지에, 제비꽃학대녀 같은 키 작은 풀들로 뒤덮인 잡석 더미에 어스름이 밀려들었다.

"나야말로 원자로에 던져야 해." 별안간 우드굴 할머니가 말한다. "나야말로 수명을 다했어."

"당신이 웅얼거리는 소리는 하나도 못 알아듣겠어." 솔로비예이가 말한다.

45

• 구렁으로 굴러떨어져 2킬로미터를 추락한 후 원자로에 집어삼켜져 소화된다는 생각은 그해 겨울부터 우드굴 할머니를 사로잡기 시작했다. 그녀는 불멸을 지겹도록 누렸고 점점 더 무력하고 사회적으로 쓸모없어지는 기분이었다. 그 지역의 처리 작업은 잘 이루어져, 프롤레타리아 윤리를 담당하는 당국에 알려야 할 수상한 요소들은 더 이상 없었고, 그 당국도 그들이 미래로, 혹은 적어도 공산주의를 향해 이끌어 가야 할 인류와 함께 와해되었다. 그 결과, 우드굴 할머니의 삶에서는 재밌거리가 대부분 사라졌다. 지속적으로 발산되는 방사성핵종의 영향으로 자연이 진화했다는 점도 거기에 일조했다. 살아 있는 생물종의 폭은 다시 닫혀 버렸고, 짧은 돌연변이 기간 동안 괴상하고 놀라운 존재들의 출현이 목격된 이후, 생식불능이 법칙으로 자리 잡아 지구는 식물이 주를 이루는 상태로 돌아갔다. 학자들의 예측과 달리, 언제나처럼 우연은 예측을 거역하여, 거미와 일반적인 거미류는 동물이 쇠퇴하며 남긴 빈자리를 차지하지 못했다. 810년 정도는 파리가 우세종이 될 것 같았으나, 이후 그것들도 후손을 남기지 못하고 소멸했다. 타이가에는 아직 깃털이나 털 달린 생존자들이 근근이 남아 있었으나 그 수는 무시해도 좋을 정도였고, 요컨대 우드굴 할머니는 뇌와 얼마간의 사지를 부여받은 최후의 지구 생물 중 하나였다. 만일 1천 977살만 젊었더라면 소규모로 제3소비에트연방을 건설하는 모험에 뛰어들었겠지만, 지금은 나이가 그녀를 짓누르는 악역을 하고 그녀는 더 이상 힘이 없다고 느꼈다.

• 그녀는 자살이라는 주제를 곱씹기 시작했고 수직갱 테두리 위에 몸을 숙이고 아래쪽을 향해 웅얼대며 매일 밤 원자로에게 그 얘기를 했다. 자기의 투신이 핵분열물질들 속에서 대단원의 막을 내리리라는 사실은 무엇보다 유혹적이었다. 그녀는 늘 원자로와 정다운 관계를 유지해 왔는데, 이는 인류의 위대한 발명들에 대한 경의에서였으며, 모든 것이 완전한 실패를 알릴지라도 변함없었고, 동시에 원자의 광란이 그녀에게 이례적인 장수를

선사했기 때문이기도 했다. 그녀는 모든 것을 버텨 냈고 그 점에서 고장 난 발전소들, 노심 용융물의 분출, 플루토늄이 흩뿌려진 구역들, 그리고 한마디로 인류의, 우리 적들과 우리 최고 동지들의, 동물 일반의 소멸을 가속화한 모든 것에 신세를 졌다고 느꼈다.

그녀는 원자로에게 자신에 대한 수많은 이야기를 늘어놓거나 그때까지 거의 다뤄지지 않은 마르크스·레닌주의의 논점들, 가령 꿈속에서 지속되는 현실, 사후 세계 속의 영원한 방랑, 페미컨 제조, 축음기의 작동 불량, 포스트엑조티시즘 시 등을 논했다. 원자로는 대답이 없었다. 수직갱에는 유독한 바람이 지나갔고 그 어둠은 가끔 검정보다 더 검은 불꽃이 배어든 것 같았으며, 또 때로는 격렬한 열기가 새어 나왔으나, 원자로는 늘 침묵을 지켰고, 대화는 이뤄지지 않았다.

• 우드굴 할머니는 쉽게 수직갱 테두리를 뛰어넘어 운명이 마감될 때까지 떨어질 수 있었을 것이다. 그럼에도 그녀는 망설였는데, 솔로비예이를 생각했고 그가 자살의 동반자가 되어 주길 바랐기 때문이었다. 그녀는 그가 자신과 함께 허공으로 뛰어내려 둘이서 손을 잡고 최후의 연인으로 심연에 빠지길 원했다.

"당신은 이 세상에서 더 이상 할 일이 없잖아." 우드굴 할머니가 주장했다. "나랑 같이 떠나는 일만 남았어. 우리가 천 년 동안 꿈꿨던 대로의 최후가 될 거야."

"뭐라고?" 솔로비예이가 그녀를 품에 안으며 물었다. "당신의 횡설수설은 한마디도 못 알아듣겠어."

"우리가 로미오와 줄리엣은 아니지만." 우드굴 할머니는 항의했다. "그래도 그들처럼 최후를 맞는 건 아름다울 거야. 게다가 사회주의 건설은 끝났어."

"뭐라고?" 솔로비예이가 그녀의 정수리와 견갑골을 어루만지며 말했다.

"끝장났다고." 우드굴 할머니가 말했다. "떠나야 해. 우린 너무 늙었어. 이제 여긴 재미있는 일도 더 없어."

"그런 식으로 주절거리지 마." 솔로비예이가 말했다.

434

"당신은 알아들을 수 없는 말만 내뱉고 있어. 죽은 올빼미가 타르 속에서 재잘대는 것 같아."

• 우드굴 할머니가 우울한 생각에 잠겨 있는 동안, 솔로비예이는 꿈들과 마법의 세계들과 죽음의 어둡거나 타오르는 터널들을 드나들기를 계속하고 있었다. 하지만 사실은 그 역시 자신이 생겨나게 하거나, 소생시키거나, 조종하거나, 사로잡거나, 기억까지, 무의식까지, 사후까지 뚫고 들어갔던 이들의 운명과 사건들에 이전보다 흥미가 훨씬 덜했다. 그의 연극에는 이제 뜻밖의 사건이 잘 일어나지 않았다.

• 그리하여 그날 밤, 그들은 종종 그러듯 테두리 돌에 앉아 있었다. 깊은 곳에서 약간 메스꺼운 열기가, 소비에트 건물 지하 발전소의 연료가 합세하여 기운을 차린 원자로의 숨결이 올라왔다.

레바니도보는 그림자에 덮여 있었다. 숲은 가까웠고, 가을은 겨울을 알렸다. 영원한 황혼의 혼탁함이 세상 만물을 감쌌다. 대체로 빛의 상태는 생존자들의 기분을 명랑하게 해 줄 만하지는 않았다.

우드굴 할머니는 차가운 차 반 주전자를 마시고 솔로비예이에게 한 잔을 따랐다.

"타타르처녀 풀을 달인 거야." 자기가 권한 액체를 그가 삼키자 그녀가 말했다.

"뭐라고?" 솔로비예이가 되물었다. "당신 발음은 점점 더 나빠져. 한 음절도 못 알아듣겠어."

"타타르처녀 풀이라고." 우드굴 할머니가 되풀이했다. "나른해질 거야. 다른 독은 찾을 수가 없었어. 이걸 마시면 뛰어내리기 전에 몸이 풀릴 거야."

솔로비예이는 동반자가 웅얼거리는 말을 알아듣길 포기한다는 뜻으로 얼굴을 찡그렸다. 그런 후 주전자로 손을 뻗어 한 잔 더 따랐다.

"이게 뭐지?" 그가 물었다. "맛이 기막히게 좋은데. 독은 아니었으면 좋겠군."

"타타르처녀 풀이야." 우드굴 할머니가 말했다. "우리가 수직갱에 몸을 던지기 전에 취하려는 거야."

"맛있군." 솔로비예이가 말했다. "옛날의 까치밥나무 열매, 우리가 옛날에 오래된 숲에서 따던 스마로디나 향이 나. 당신 기억나?"

우드굴 할머니는 대꾸하지 않았고 그들은 몇 분간 아무 말 없이 있었다. 그러다가 우드굴 할머니는 테두리 돌 위에서 자세를 바꿨다. 이제 그녀는 허공에 다리를 늘어뜨리고 있었다. 엉덩이, 아니 한 세기 전부터 엉덩이를 대신하던 부위를 조금만 자극하면 그녀는 순식간에 심연으로 떨어질 것이었다.

"손 이리 줘." 그녀가 청했다. "같이 뛰어내리자."

"조심해." 솔로비예이가 말했다.

그는 그녀의 손을 잡았다. 다른 손으로는 그녀의 등을 어루만졌다. 우드굴 할머니의 옷은 먼지투성이 섬유에 지나지 않았고, 그 안의 피부도 그리 나을 것이 없었다.

"조심해." 솔로비예이가 다시 말했다. "떨어지겠어."

그는 어두운 구렁을 들여다보았다. 흙으로 된 내벽이 몇 미터 보이고, 그다음엔 아무것도 없었다. 2천 미터 아래에서 타르 같고 무시무시한 마그마가 불타며, 지상에서 오는 것을 무엇이든 집어삼킬 채비를 하고 있었다. 물건이든, 죽거나 산 동물이든, 불멸의 늙은 생명체든 가리지 않고.

"우리가 함께여서 기뻐." 우드굴 할머니가 말했다.

그런 후, 질질 끌 이유가 없었으므로, 그녀는 엉덩이와 왼손에 힘을 주어 몸을 밀어내, 앞으로 고꾸라졌다.

솔로비예이는 즉시 손을 놓았다. 그는 눈을 크게 뜨고 첫 20미터 동안 그녀의 추락을 좇았다. 그녀는 수척한 작은 동물 같았다. 그 뒤로는, 소리 없이, 그녀는 사라졌다.

• 솔로비예이는 망연자실했다. 그는 우드굴 할머니의 자살 타령을 결코 믿지 않았고, 좀 전에 그가 그녀의 이야기도 의도도 알아듣지 못하겠다고 거듭 말했던 것은 진심이었다. 그는 자기가 보는 앞에서 우드굴 할머니가 방금 원자로에 몸을 던졌다는 것을 받아들일 수 없었다. 하지만 그 일은 실제로 일어났고, 돌이킬

수 없었다. 꿈의 세계의 마법을 전부 동원해도 자살한 여인을
지상으로 다시 돌아오게 할 수는 없을 터였다. 수직갱 바닥에서
노호하는 것과 접촉한 순간, 우드굴 할머니는 소멸했을 테니.

솔로비예이는 테두리 돌에 기대, 자기도 대지의 배 속으로
뛰어들어 1분간 자유낙하의 감각을 맛본 후 맨 아래에서 즉시
사라질까 하고 생각해 보았다.

그는 간절히 우드굴 할머니를 생각하기 시작했다. 모든
것의 끝이, 돌이킬 수 없는 소멸이 그를 유혹했다.

그럼에도, 어쩌면 타타르처녀 달인 물의 효과 때문인지,
그는 우드굴 할머니와의 사랑의 결합이 되었을 그 행동의 순간을
그냥 흘려보냈고, 차차 기운을 차렸다.

• 폐허가 된 창고 터에 밤이, 혹은 밤 구실을 하는, 달도 없고,
별도 없고, 낮의 지속적인 회색조도 없는, 무드 조명 빛이 약해진
듯한 상태가 찾아왔다.

솔로비예이는 일어서서 기지개를 켰다.

"아니야." 그는 큰 소리로 말했다.

그의 헤라클레스 같은 윤곽이 잘 보이지 않았다. 그가
돌연변이 새인지, 거구의 마법사인지, 아니면 소비에트 시대나
톨스토이 시대 배경에서 솟아난 부농인지 분간하기 어려웠다.

"아니야." 그가 다시 말했다. "오늘 그녀 곁으로 가지는
않겠어."

그는 몸을 구부리지 않고 수직갱 위에서 까악 울었다. 그의
울음소리는 수직갱을 지나, 잔해들을 지나, 고요한 타이가 속으로
사라졌다.

"역시, 조금 더 장난을 쳐야겠어." 그가 말했다.

그리고 다시 한번 그는 까악댔다.

46

• 그는 우드굴 할머니가 구해 낸 실린더 여섯 개를 수직갱에
던져 넣고, 주전자와 축음기 나팔도 아낌없이 던졌다. 그 자리에
목격자들이 있었다면, 그들은 그의 얼굴이 눈물에 젖어 있었으나
딱히 낙담한 기색은 없었고 오히려 에너지가 넘쳐, 군중을
상대하는 축제 마당의 떠버리 흥행사처럼 과장된 몸동작을
하더라고 전했을 것이다. 사실 그의 심장에선 피가 흘렀다.
사랑하는 이가 영원히 날아가 버려, 더 이상 무엇도 그의 흥미를
끌지 못했으며 그의 모든 것이 고통이었다. 그러나 그는 요란하게
계속 살아갈 수 있는 척했다. 그건 나건 상관없다.
　　이제 그는 기계를 거치지 않고 직접 시를 낭송하기 위해
심호흡을 했다.
　　목소리가 증폭되도록 그는 테두리 돌 위에 몸을 기울였다.
　　원자로를 향해 노래하는 최후의 낭독이 될 것이었다. 그는
아침 일찍 떠나, 정해지지 않은 기간 동안 — 몇 초 혹은 몇
세기 — 조금 더 장난을 치고, 무슨 일이 있더라도 결코 다시는
레바니도보에 발을 디디지 않을 예정이었기 때문이다.

• 그 후 그는 그의 가장 고통스러운 날개를 뻗고, 날개가 완전히
펼쳐지자 더욱 뻗었고, 가장 큰 날개 깃 끝이 하늘에 닿자,
컴컴해졌고, 거의 즉시 그는 죽은 수하들에게 도움을 요청했는데,
약간의 존재를 되찾기 위해, 어둠과 다시 맺어지기 위해, 타르의
기쁨을 다시금 알기 위해 맺어야 하는 노예 계약의 종종 지독한
조건들이 어떠하든 간에 너무나 기쁘게 재빨리 그에게 충성을
맹세할 죽은 자들 몇이 언제나 가까이 있으리라는 것을 알기
때문이었고, 과연 여러 남녀가 그의 함성에 응답하여, 우선 힘닿는
대로 누구는 촛불을, 누구는 화재를, 누구는 수풀의 불이나 덤불의
불이나 숲의 불을 불붙였는데, 그것은 그들 주인의 세계가 여전히
빛이 깃들고 빛들로 아름다운 것처럼 보이게 하기 위해서였고,
그들이 또한 노래나 동물적인 끙끙댐을 통해서도 존재를 드러내던
와중에, 불꽃 앞에서 취해야 할 기본적인 몸짓을 잊었거나, 혹은
쇠약해져서 그들의 육신을 대신하는 가짜를 더 이상 제대로 다룰

수 없던 몇몇은 불이 붙었고, 이 서투른 자들이 횃불로 변하자 그는 그들을 열거했는데, 때로는 막사 앞에서 경찰이 검사하는 동안 명단을 읽듯 급하게 그들의 이름을 불렀고, 때로는 적과의 전투나 동족상잔의 전투나 전반적인 인간의 어리석음과의 싸움에서 목숨을 잃은 자들을 회상하듯 천천히 경의를 담아 이름을 불렀고, 그렇게 하여 재가 되어 사라진 종복들을 기린 후, 그는 대단한 인내심으로 여전히 빛나는 모든 것과 모든 잉걸불이 꺼지기를 기다렸고, 이제 다시 한번 어둠에 익숙해져, 처음에는 부를 때 썼던 것과 같은 우렁찬 목소리로, 다음에는 바람처럼 신음하는 마술적인 목소리로, 그는 세계의 부재, 현재의 부재, 그리고 그의 딸들과 배우자들, 수없이 많고 그녀들과 함께 했던 일에 차이가 거의 없었기에 평생 혼동했던 모든 피조물들의 부재를 한탄했고, 그 후 갑자기, 성간(星間) 얼음 같은 추위가 그의 혀를 둔하게 했으므로, 그는 전날 밤 꿈속에서 점찍어 두었던 근처 여관으로 가서 몸을 덥혔고, 거기서, 부리를 딱딱거리며, 떳떳하게 드러내기 어려운 그의 형체들을 가리는 외투에 감싸여, 엄청난 소란을 피우며, 자신이 두 현실 사이를 여행하고 죽었든 죽지 않았든 유인원들의 후손 모두가 복종해야 하는 거지 왕자라고 주장했고, 몇천 년 전부터 그 인근에서 아무도 태어나거나 죽지 않았기 때문인지, 혹은 거기 있는 자들이 그의 허풍에 무관심하거나 그가 우월하지 않은 꿈에 속하기 때문인지, 아무도 그의 객설에 반응하지 않았으므로, 그는 연기 가득한 방에서 망설였고, 이리저리 돌아다니며 받침대에서 초롱과 등불들을 내렸고, 아무 곳으로도 통하지 않는 뚜껑 문 몇 개의 사슬을 잡아당겼고, 기분이 몹시 언짢은 채, 그는 세계를 바꾸기보다 여관의 안뜰로 나가 별채로 들어갔는데, 그곳에는 여관 주인들과 그들이 밤 동안 숙박시킬 혹시 모를 배낭여행객, 트럭 운전사, 혹은 신사들의 일상적인 필요성을 위해, 그리고 필시 그들을 강탈하고 굽기 위해, 엔지니어들이 건설한 작은 시골 원자력발전소가 있었고, 방사능물질이 유출되는 냄새를 맡자마자, 그는 다시 한번 연료봉의 검은 불꽃들과 접촉하게 되리라는 생각에 기뻐했고, 머지않아 통로를 발견했고, 곧 그는 시멘트 너머, 미탐험의 세계들로 이어지는 터널들이 시작된다는 것을 아는 곳에 쭈그리고 앉았고, 오랫동안 원자로를 껴안은 후, 그는 자신의 일탈적인 서술적 구성물들의 페이지를 넘겼고, 귀천상혼적이거나 간통이거나 근친상간적인 그의 사랑의 급류를 독백 한가운데 위치시키길 자제했고, 소멸 전 마음을 달래기 위해 그것들을 자세히 되풀이하는 대신, 그는 여자들 이름의 목록, 풀의 목록, 동지들의 목록, 암묵적인 것들의 목록을 끝없이 중얼거리는 것으로 그쳤고, 그 후, 이미 둔해지고, 이미 졸음에 빠져, 그는 중얼거림을 멈추었다.

47

• 여러 세기가 흐르면서, 한코 보굴리안은 글로 쓰인 것을 대하는 태도를 확연히 바꾸었고, 오랫동안 자신의 임무는 마르크스·레닌주의의 고전들부터 페미니즘이나 포스트엑조티시즘 산문의 고전에 이르기까지 읽었던 책들을 최대한 재현해 내는 것에 국한된다고 여긴 이후, 더 정성 들여 일기를 쓰는 데 익숙해졌고, 이야기를 창작하고 평범한 이들과 특별한 이들을 묘사하는 데서 기쁨을 느꼈으며, 자기 기분에 따라 그들을 기묘하거나 절망적인 상황에 처하게 하고, 마음대로 죽이거나 어떤 죽음으로도 진정, 어쨌거나 영원히 벗어날 수 없는 바르도적인 세계들을 영원히 헤매도록 했다. 그녀는 자신의 문학적 세계를 창조해 냈는데, 처음에 그것은 옛날 그녀가 콜호스에서, 레바니도보의 근친상간적이지만 평화로운 핵 참사 이후의 지옥에서 알았던 것의 영향을 받았지만, 이후에는 예기치 못한 방향으로 나아가, 그녀는 그 논리나 존재 이유를 정당화시키느라 크게 고생했다. 어차피 결국은 잊어버린 소설과 소책자들을 정신적으로 복제하는 고된 작업을 그만두고, 아버지의 난해한 시들을 흉내 내지 않으려고 항상 애쓰면서, 그녀는 현실이 그녀의 뜻에 따라 형태가 달라지는 반죽으로 변하도록 그녀를 인도하는 목소리들에 귀를 기울이기 시작했고, 결국은 영감을 마술적으로 지배하기에 이르러, 자신만의 책들을 쓰게 되었다. 그녀의 철자법은 이제 처참했고, 구문론에는 그다지 자신이 없었으며, 잉크와 종이는 없었지만, 그래도 그녀는 책들을 썼다. 우리가 관심을 갖는 시기고, 인류가 생명의 조짐을 보이지 않은 지 오래된 시기에, 그녀는 그런 수고를 감수하는 유일한 생존자였으니, 우리가 그녀의 결점들, 서사 흐름의 일탈과 난관들, 지루한 길이, 그리고 가끔은 반대로 난해한 압축적 표현, 혹은 더 발전시키거나 충실하게 쓸 수 있는 장면들을 그렇게 하지 않거나 서술을 중단한 일 등을 용서하려는 것은 그런 이유에서다. 굳이 어떤 장르에 편입시킨다면, 그녀의 산문은 강렬한 몽환적 내용의 작품들 목록에 들어가야 하며, 정치적인 관점에서는 제2소비에트연방과 환멸의 관계에 놓여 있다. 처음에, 즉 초기의

개인적 작품들에서는 그녀 자신의 체험의 흔적들을 확실히 알아볼 수 있겠지만, 그다음부터는 그러한 흔적들이 매우 희미해져 예리한 비평가만이 그것들을 지적하고, 입증하고, 거기에 대해 이해할 수 없거나 악의적인 해설을 달 수 있을 것이다.

• 그녀는 찬찬히 시간을 들여 글을 썼고, 고생해서 쓴 작품의 내용을 새길 구체적인 재료가 전혀 없었으므로, 음절을 하나하나 똑똑히 발음하며 힘찬 소리로 텍스트를 읽었고, 낭독하면서 휴지(休止)나 문단 혹은 분위기의 변화를 나타내기 위해 나무를 두드렸다. 하나의 나라(narrat) 혹은 한 장을 끝내면 그녀는 잠시 멈췄다가, 모든 것이 지워지지 않게 기억에 새겨지도록 노래로 부르며 처음부터 다시 시작했다.

• 그녀의 작품들은 원칙적으로 서로 별개였고 그녀는 완성한 후에 제목을 붙였으나, 특수성이 포함되어 있고 동일한 등장인물들이 재등장하지 않음에도, 그것들은 한없이 긴 한 권의 책으로 묶일 수도 있었다. 사실 그것들은 모든 남녀 등장인물의 똑같은 황혼 녘의 괴로움, 마술적이지만 희망 없는 일상, 정치적이고 신체적인 쇠퇴, 죽음에 대한 무한하지만 원치 않는 저항, 현실에 대한 끝없는 의혹, 혹은 생각의 감옥 같은 진행, 감옥 같고 상처 받고 정신 나간 진행을 묘사했다. 다른 한편으로는, 저자로서 한코 보굴리안의 강박관념들이 처음에는 매우 상이했던 소설 줄거리들의 유사성을 강화했음을 짚고 넘어가야겠다.

• 한코 보굴리안은 포스트엑조티시즘에 대해 잘 알지는 못했지만, 특히 그 형식주의적 제약만은 취했는데, 그런 이유로 그녀는 책들을 49개의 장 혹은 343개 부(部)로 나누는 데 집착했으며, 때때로 자신의 창작물을 세어 보며, 작품들에 번호를 붙여 여러 세기 후에 7의 배수나 111이나 1111처럼 똑같은 숫자들로 이루어진 조화로운 전체를 이룩하도록 하는 게 좋겠다고 생각했다.

442

• 모두의 죽음 이후, 우리의 최고 남녀 동지들의 죽음 이후로는 날짜를 셈하기가 매우 어렵다. 하지만 대략, 오르비즈의 함락과 제2소비에트연방의 종말 이후 몇천 번의 계절이 지난 후, 한코 보굴리안이 은신처로 삼았던 오두막은 확연히 손상되었다. 벽을 이루던 통나무들은 썩어서 갑자기 급속도로 해체되었고, 벽과 바닥은 무너졌으며, 집은 순식간에 거주 불가능 상태가 되었다. 잔해들 한가운데서 수직갱은 2–3년 더 버티다가 땅속으로 꺼져서 사라졌다. 모든 것이 풍화되고, 부식토와 축축한 톱밥의 혼합물로 변했다. 한코 보굴리안이 꽉 채웠던 공책들은 하나도 존속하지 못하고, 그루터기 버섯들이 특히 좋아하는 장소인 노르스름한 뭉치로만 남았다. 한코 보굴리안이 진정으로 소설 창작에 뛰어든 것은 그 순간, 더 이상 글을 쓸 재료도 없고 거처를 포기해야만 했던 그때부터였다.

• 그녀는 집의 잔해나 낙엽송 줄기를 치고, 정신 나간 사람처럼 큰 소리로 산문을 이야기하고, 방금 작문한 것을 노래로 부르고 치는 소리로 텍스트에 새로운 박자를 부여해 가며 되풀이했다. 그녀의 등장인물들이 이따금 웅장한 낭독과 노래라는 생각에 이끌리는 이유를, 그리고 그들이 그때 음악적 반주나 적어도 저음이나 즉흥적이든 아니든 타악기 소리가 깔리길 바라는 이유를 보다 잘 이해할 수 있다.

• 어떤 이야기를 깊이 생각할 때, 그녀는 새카만 오닉스의 색, 까마귀 날개의 색, 에보나이트의 색, 흑마노의 색, 검은 전기석의 색, 흑요석의 색, 나프타성 죽음의 색인 검은 눈으로 세상을 주의 깊게 검토했다. 그런 후 호랑이 눈의 색, 유황 결정의 색, 노란 호박의 색, 구릿빛 번개의 색인 금빛 눈으로 소설을 보았다. 그러고는 눈을 감았다. 그러고는 공기와 단어들을 배출하기 시작하고 쓰기 시작했다.

• 여러 세기가 흐르면서 한코 보굴리안은 숙련된 작가이자 시적인 혹은 그 유사한 활동을 하는 최후의 살아 있는 존재가 되었지만, 자신의 문체적 실수나 잘못된 서사적 선택에 대해서는

자각하지 못했고, 작품의 비판적 평가에 몰두한 적이 한 번도 없으며, 일단 노래로 부르고 기억하고 나면 텍스트를 결코 재검토하지 않았다. 만일 누군가 그녀 앞에 서서 소설적 전통의 원칙들에 대해 설교를 늘어놓고, 그것들을 지키지 않았다고 질책한다면, 그녀는 틀림없이 냉정하게 그것을 받아들이고, 틀림없이 그를 조준한 다음 부식되지 않고 무사한 최후의 소총 방아쇠를 당길 것이다. 중국제 SKS, 어쩌면 옛날에 중국인들이 56식이라 불렀던 바로 그 모델이고, 어쩌면 아닌. 누구보다도 충직한 친구.

• 한코 보굴리안의 소설들은 오늘날에는 그 수가 상당하며 한코 보굴리안의 기억 속에 탁월한 상태로 보존되어 있지만, 그것들을 참조하려면 한코 보굴리안의 내면으로 뚫고 들어가야 하며, 지극히 오래전부터 그녀는 그 가증스러운 불법 침입을 누구에게도 허용하지 않는다.

• 그녀는 특정 표현의 지나친 반복을 피할 수 없었다. 그녀인지 나인지는 상관없다. 근본적인 장면들과 상황들로, 잃어버렸던 남녀 주인공들, 주로 우리 최고의 남녀 동지들을 되찾는 이미지들로, 검은 공간이나 불 속을 방랑하는 이미지들, 나무 아래나 물이나 타르 웅덩이 가장자리에서의 기진맥진한 대화의 이미지들, 다시 만날 수 없는 영원한 사랑의 이미지들, 심연 앞 기다림의 이미지들, 광활한 스텝과 광활한 하늘의 이미지들로, 규칙적으로는 아니라 해도, 적어도 어느 정도는 한결같이 돌아오는 것을 그녀는 피하지 못했다.

• 우리들만이 그녀와 함께 있었고 우리 중 누구도 결코 그것을 후회하지 않았다. 우리들 남녀 중 누구도 오르비즈와 제2소비에트연방에 대한 자신의 충성을 결코 의문시하지 않았던 것과 마찬가지다. 수용소들에 대해 어떤 입장이든, 안에 있든 밖에 있든 간에 말이다.

• 한코 보굴리안의 소설과 로망스에는 평범하다고 할 수 있는

444

부분과 환각에 사로잡힌 듯한 부분이 있는데, 그중 몇 페이지에는
한코와 자매들의 죽음이 묘사된다. 모두가 알려지지 않은
어머니들에게서 태어났기에 자매애라는 개념은 넓은 의미로
받아들여졌는데, 아마 이들 여성 인물 대부분이, 명랑하든
불행하든 간에, 때로는 바르도에서 나타난 마술사, 때로는
새, 때로는 거지 왕자, 때로는 폭군 같은 샤먼인 아버지 혹은
배우자인 남성 인물과 동반자적이고 마술적인 폭력의 관계를
맺기 때문일 것이다. 자매들은 평생 동안 서로를 갈라놓은
모험들 이후에 다시 만나 함께 죽는다, 혹은 함께 죽을 준비를
한다. 이 도식에서 소설의 마지막 호흡에 속하는 것이 분명한
꿈의 이미지가 탄생한다. 그 이미지는 종종 격렬한 불안에 젖어
있으나, 최후적이기는 해도 항상 재앙 같지는 않고, 오히려 주로
어둠과 기다림으로 이루어져 있다. 하늘은 어두워지고, 한코
보굴리안이 거의 묘사를 시도하지 않는 기괴한 유기적 물질로
변한다. 상상조차 할 수 없는 하늘 아래 이 집단적 죽음, 이 역시
한코 보굴리안의 작가적 반복 중 하나다.

• 이따금, 다른 곳의 우리들, 우리 최고의 남녀 동지들처럼,
그녀는 검은 공간과 검은 희망을 혼동했다.

48

• 미리암 우마리크가 첫 번째로 빈터에 도착한다. 그녀는 숲을 연장하는 잡목림을 지나고 숨을 쉰다. 폐를 일하게 하지 않은 지 오래, 어쩌면 몇 년이 되었다. 신선한 공기가 그녀의 기관지를 따라 휘파람 같은 소리를 내는데, 그것이 너무나 생소하여 그녀는 목쉰 소리와 날카로운 소리가 들리는 기분이지만, 사실 노화로 인해 그녀는 몸 외부에서 나는 소리든 내부에서 나는 소리든 완전히 귀가 먹었다. 그녀의 나날은 이제 흐릿하고, 그녀는 깊은 물 밑바닥을 나아가듯 침묵 속을 나아간다. 어쨌거나, 휘파람 소리든 아니든, 갑작스러운 산소의 유입으로 그녀는 기력이 솟는다. 피가 다시 순환하기 시작하고, 그때까지 마비된 듯 아무 생각도 하지 않고 나아갔던 것과 달리 머릿속에서 뭔가 깨어난다. 그러더니 이미지 하나가 드리운다.

레바니도보의 추억이다. 그것은 파묻힌 도시들에서 솟아나는 방사능에 오염된 기름 얼룩 같고, 몇 세기 동안 지하를 걸어온 이후 이유 없이 나타났다. 그것은 다른 존재에 속하는 추억이고, 수풀 속의 검은 기름 웅덩이처럼, 미리암 우마리크는 그것을 피해 가지만, 한순간 그것을 바라본다.

미소를 짓고, 피부에서 광채를 발하며 크로나우에르라는 군인을 만나러 콜호스의 중앙로를 걸어가는 자신의 모습이 보인다. 붉은영웅인 줄로만 알았으나, 곧 정신 나간 범죄자임이 드러난 작자다. 그녀는 그 남자 쪽으로 가고, 그는 지금 소화전의 너트를 푸는 데 몰두해 있다. 배관이 새어, 물이 그녀의 집 앞에 진흙투성이 웅덩이를 이룬다. 모든 것이 반짝인다. 콜호스의 집들, 웅덩이 가장자리의 서리 파편, 미리암 우마리크의 눈, 붉은 구리로 된 카자흐인의 귀고리, 블라우스를 장식하는 금실 자수, 허리띠. 그녀는 군인 크로나우에르와 농담을 주고받으려고 다가가는데 그는 그녀와 함께 웃는 대신 피가 흐르는 손을 보이고, 우드굴 할머니의 창고에서 바늘에 찔렸다고 주장하며, 콜호스의 수장이 자신에게 마법을 걸었다고 비난한다.

그 후 이미지가 가물거린다. 그러더니 꺼진다.

• 이제 미리암 우마리크는 붉은 월귤나무, 시베리아 까치밥나무, 블루베리 덤불 틈새의, 빈터에 돋은 이름 모를 풀들을 밟는다. 그녀는 나뭇가지들을 부러뜨리지만, 귀가 먹었기 때문에 눈치채지 못하고 신경 쓰지 않는다.

곧 밤이 올 것처럼 빛이 매우 어둡지만, 나무들 밑보다는 덜 갑갑하다.

빈터는 몇백 미터 반경에 걸쳐 넓게 펼쳐져 있다. 땅바닥은 울퉁불퉁하고, 어쩌면 도시, 수용소, 마을의 최후의 잔해일지 모를 이끼 덮인 구릉들이 있다. 여기저기 검은 기름이 넓게 퍼져 있다. 하늘과 똑같은 색이다.

• 애, 몸을 너무 노출시켜선 안 돼, 내면의 목소리가 충고한다.

그녀는 땅바닥에 바싹 엎드린다.

깔고 엎드린 배에 맨 가방에서, 마지막 남은 탄약 두 개를 꺼낸다. 처음 것은 화약 냄새보다는 곰팡내를 풍기며 손가락 사이에서 바스라진다. 두 번째 것은 훼손이 덜한 것 같다. 그것을 충실하게 곁을 지켜 온 소총 총신에 넣는다. 쓸 일이 없어진 지 오래긴 했지만.

주변에서 떨리는 잔가지와 풀 냄새를 맡고, 타이가의 강렬한 냄새, 포유류와 대부분의 조류가 사라진 지금은 강렬하게 식물적인 냄새를 맡는다. 다시는 일어나지 못하리라는 예감이 든다. 그녀는 누워 있고, 풍경은 황량하고, 특별한 것은 아무것도 눈치채지 못했지만 내면의 목소리가 가능한 한 몸을 낮추라고 충고했다. 뭔가 진정으로 최종적인 일이 닥칠 것이다. 그것은 그리 불안하지 않다. 하지만 그녀는 힘차게 호흡한다, 마치 완전한 암흑 전에 마지막 빛을 모으는 일인 듯이.

머리에 두른 띠 하나가 타타르처녀의 가시 돋친 잔가지에 걸렸다. 그녀의 피부만큼 미라화된 천이 찢어진다. 그녀는 자신의 옷, 몸, 소총, 점점 검어지는 하늘을 향해 알 수 없는 말을 웅얼거린다. 그녀의 머리는 더러운 천과 스카프들로 감싸여 있는데, 추위를 막기 위해서이지만, 겉치레를 위해, 양어깨 사이에 솟아 있으며 수세기가 흐르는 동안 흉하게 쪼그라들어 머리라고 부르기 뭣한 것을 약간 부풀리고 싶기 때문이기도 하다.

447

그녀는 고독 속에서 자신이 만들어 냈으며 반쯤 동물적인 재잘거림 같은 언어로 말한다. 스스로의 말이 들리지도 않고 듣지도 않지만 자신이 무슨 말을 하는지 안다. 비난과 기본적인 부름이다. 그녀는 자신의 스카프들에게, 얼어붙은 땅에게, 약간 적대적인 크리조브니크 줄기들에게 조금 더 말을 건다. 그러더니 입술을 다물고 움직임을 완전히 멈춘다.

• 그녀가 든 소총은 슐츠 73, 제2소비에트연방 조병창에서 제작된 무기다. 여러 사반세기 전부터 그녀는 소총에 정성 들여 기름을 먹였는데, 숲에는 검은 기름이 넘쳐났으므로 어렵잖은 일이었다. 그 총은 버려진 수용소의 전초에서, 그 총으로 자살한 경비병의 시신에서 회수했다. 전초는 사실 아직 완전히 땅속에 처박히지 않은 감시탑의 꼭대기였다. 그녀는 습기에 심하게 상하지 않은 탄약들을 징발했으나, 세월이 흐르면서 다 떨어졌고, 오늘 그녀에겐 단 한 발만 남았다.

• 사미야 슈미트가 두 번째로 나타난다. 옛날 아버지 솔로비예이가 마술적으로 검은 공간을 거닐 때 그랬듯, 그녀는 형언할 수 없는 모습이다. 그녀는 숲 언저리의 한 자리를 차지하고, 휘파람을 불 때면 나무줄기와 가지들을 움직이게 한다. 몇십 미터에 걸쳐 공간이 그녀의 존재로 동요하며, 덤불들은 짓눌린 듯하고, 풀들은 눕고, 공기는 불투명한 왕복운동으로 둔해진다. 뭔가 눈에 들어오기는 하지만, 무엇인지는 알 수 없다. 가끔은 뿔뿔이 분해된 거대한 새 한 마리를 스치듯 본 느낌이다. 혹은 중국의 홍위병 처녀를. 또 가끔은 조상 대대로의 공포, 미지의 것을 직면한, 거기에 있으나 머릿속에 떠올릴 수조차 없고, 만일 날뛰기라도 하면 어떻게 상대하거나 진정시켜야 할지 모를 마법의 힘을 직면한, 온몸을 집어삼킬 듯한 공포의 감각이 솟아난다.

• 사미야 슈미트는 빈터 맞은편 끝에서 길게 누운 미리암 우마리크의 형체를 발견하고, 풀밭에 반쯤 가려진 그녀의 소총을 알아보며, 레바니도보에서 함께 보낸 유년기와 청소년기를, 혹은

콜호스에서 평온했던 삶의 장면들을 회상하는 대신, 꿈의 이미지, 너무나 요원해서 지난 천 년의 먼지투성이 잔해에 속하는 한 순간을 떠올린다.

그녀는 기묘한 샤워실의 샤워기 아래서 벌거벗은 군인 크로나우에르의 굴욕당한 얼굴을, 판사들의 시선과 그가 소총으로 죽인, 그리고 그에게 수치를 주기 위해 그의 앞에 쌓아 놓은 콜호스 주민들의 시선으로부터 무익하게 아랫도리를 가린 크로나우에르를 떠올린다. 크로나우에르는 끊임없이 뜨거운 물을 맞고 있으며, 그는 부인하고, 전혀 이해하지 못하는 그의 운명 앞에 무력하고, 이따금 눈을 들어 그녀 사미야 슈미트를 바라보거나, 그녀의 자매들과 다른 피해자들의 시신 쪽으로 시선을 떨군다. 그는 우드굴 할머니와 솔로비예이의 질문들에 대답하려고 애쓴다. 그는 헛소리를 횡설수설 늘어놓는다. 그는 총명하지 못하고, 능숙한 말솜씨가 없고, 대단한 일은 해내지 못하는 사병이고, 그가 한 짓이라곤 상관들을 총살하고, 탈영하고, 사후에 그를 환영하는 마을에 일단 자리를 잡더니 무의미한 구실로 마을 주민들을 학살한 것뿐이다. 그가 벌거벗고, 물에 젖은 기괴한 꼴이었던 그 심문 중에, 그녀는 일종의 성적인 동요를 느낀 적이 있었다. 자신이 느낀 감정이 당시 여전히 그녀 안에서 요동치던 호르몬에 의한 혹은 조상 전래의 동물성의 잔해에서 기인했는지, 그녀는 기억나지 않는다. 아니면 그 감정은 솔로비예이에 대한 증오 때문이었을 수도 있다. 콜호스의 수장은 심문을 진행하며 마치 그들이 살인을 저지른 간통 커플이라도 되는 듯 징그럽게도 그녀를 크로나우에르와 엮었다. 논고에서, 솔로비예이는 악의적이고 잔혹하게 그녀를 그 외설적이고 물이 줄줄 흐르는 남자와, 당시에는 거의 알지 못했고 이후에, 한참 후에, 매력이나 특별한 호감은 느끼지 않고 타이가에서 붙어 다닌 그 수컷과 연관 지었다.

그녀는 언니 미리암 우마리크와 가깝게 지내는 이미지들, 혹은 그래도 숲의 바르도 속을 한두 세기 동안 함께 방황했던 크로나우에르의 다른 이미지들을 떠올릴 수도 있지만, 뚜렷하게 생각나는 것은 그 악몽의 기억, 콜호스의 죽은 남녀들 앞에서 샤워기 아래 심문받는 크로나우에르뿐이다. 그녀는 무덤덤하게

449

그것을 되새긴다. 그녀는 나무들의 장막 바로 앞에 있고, 형언할 수 없는 몸을 낙엽송들 줄기에 기대고서, 첫 번째 가지들과, 까치밥나무들과, 월귤나무들과, 보라색 크리조브니크들과, 축축한 땅의 표층과, 검은 기름 웅덩이들에 반영된 하늘과 몸을 뒤섞고, 움직이지 않는다.

그녀는 움직이지 않고, 그녀는 되새기고, 그녀는 기다린다.

• 타이가 위에서 하늘이 움직이고, 하늘이 더욱 검어지고, 낮의 부재와 밤의 부재보다 한층 더 이상한 구름 떼로 뒤덮인다.

하늘이 움직이고, 북동쪽에서 검은 얼룩, 까마귀 한 마리가 나타나고, 이어서 한 무리의, 이어서 일치된 집단의, 수십 마리 까마귀가 나타나고, 그 수는 늘어나고, 또 늘어나고, 끊임없이 불어나, 수백 마리, 수천 마리, 그 이후 새들의 양은 숫자의 한계를 넘어선다. 그들의 비행은 서로 겹쳐지고, 날개들은 서로 닿고, 뒤섞이고, 검은 가슴팍이 검은 등을 짓누르고, 깃털과 깃털이 서로 맞비벼진다. 그 마찰의 소리 이외에는 정적뿐이다. 까악 소리도 까옥 소리도 없다. 조화롭게 날갯짓하고 있음에도, 마치 죽은 까마귀들 같다. 온갖 크기의 떼까마귀, 몹시 새카만 작은까마귀, 각양각색의 까마귓과, 모두 죽었다. 층들이 서로 겹쳐지고, 뒤섞이고, 이내 검은색의 두께는 상상을 초월하여, 313미터, 542미터의 치밀한 높이가 된다. 북동쪽에서부터 하늘이 조금씩 닫힌다. 하늘은 북동쪽에서 몰려와 모든 빛을 끄는 까마귀들의 거대한 물결에 다름 아니다. 이미 타이가는 어둠에 잠겼다. 이미 잔광으로만 빈터를 볼 수 있다.

• 이제는 천공을 온통 점령한 무리에서 앞장선 새 한 마리가 이윽고 떨어져 나온다. 그것은 한동안 방향을 정하지 않고 떠 있다가, 가볍게 땅으로 날아온다. 한 바퀴 돈다. 그것은 서두르지 않고 지면과의 사이에 놓인 길을 나아간다. 사뿐하게 전나무 우듬지에 날아들어 거기 붙어 있다. 그것이 첫 번째다. 다른 까마귀들이 뒤따를 것이다.

• 같은 순간, 한코 보굴리안이 남동쪽으로 빈터에 도착한다.

450

걸어오느라, 그리고 몇십 년간의 중단 없는 단식 탓에 그녀는 기진맥진한다. 그녀는 나무들이 이룬 지붕에서 빠져나와 비틀거린다. 동작에서 확고함이 완전히 사라진 지 여러 해가 되었다. 타이가 한복판에서 그녀는 낙엽송 한 그루에서 다음 그루로 지그재그로, 다음 단계로 가기 전에 숨을 고르느라 나무껍질에 등을 기대고 한참 쉬어 가며 움직일 수밖에 없다.

그녀는 왼쪽에 마지막 나무를 남겨 두고 풀밭에 엎드린다. 일단 근처에 더 이상 기댈 만한 것이 없기 때문이지만, 풍경에 뭔가 적대적인 것이 숨어 있음을 즉시 느낀 것이 더 큰 이유다. 빈터는 500-600미터 길이이며, 여기저기 키 작은 덤불들이 있고, 잉크빛 하늘 아래 몹시 어둡다. 요컨대 이상한 점은 아무것도 없다. 그럼에도 한코 보굴리안은 이 숲속 틈새의 평온함은 겉보기뿐이라고 확신한다. 그녀는 머리를 더 숙인 후, 눈에 띠지 않기 위해 눕는다. 몇 분 후, 최대한 움직임을 아껴 가며, 그녀는 아주 오래전 오두막의 폐허를 떠났을 때 어깨에 메고 온, 살아남고 영원히 살아가기 위하여 의지하는 무기를 꺼낸다.

어둠은 치밀하다. 나무들의 한계가 그리는 거의 완벽한 원을 주의 깊게 살펴보면서, 그녀는 자신이 소총 두 자루의 사격 범위 내에 들어 있음을 확인한다. 나프타성 죽음의 색깔인 흑마노의 눈으로, 그녀는 멀리서 미리암 우마리크를 알아보았다. 그녀의 때가 타고 헝클어진 터번은 풀려, 얼굴이라기보단 버섯을 닮았고, 피부의 어렴풋한 흔적과 멍청하면서도 못된 표정의 자취가 남은 쭈그러진 얼굴을 드러냈다. 다음으로 그녀는 호박색의 구릿빛 노란 눈을 왼쪽으로 향하고, 사미야 슈미트의 존재를 알리는 공간의 왜곡과 날카로운 소리를 즉시 알아차린다. 그녀는 주의 깊게 살펴본다. 마침내 식물들의 그림자보다 조금 더 불투명한 그림자 하나를 분간해 낸다. 그녀는 지성이 있는 존재가 자신을 관찰한다는 느낌을 받는다. 그 순간, 사미야 슈미트와 그녀 둘 다 시선에 해당하는 것을 주고받는다. 거기서 가지들이 흔들리고, 덤불 몇 개가 뒤틀린다. 두 자매는 몇 초 동안 거리를 두고 서로를 훑어본다. 끔찍한 휘파람 소리가 공기를 찢더니 돌연 중단된다.

• 이상하게도, 경우에 따라서는 적절한 순간 자매들을 쓰기 위해 기억 깊숙이에서 그들에 대한 단편적인 정보를 끌어내던 중, 한코 보굴리안은 찾던 것과 전혀 관계없는 광경을 먼저 건져 낸다. 기생적인 광경이다.

그녀는 우드굴 할머니의 창고에, 군인 크로나우에르 옆에 서 있다. 그는 조금 전 바실리사 마라시빌리의 검게 그을린 시체를 발견하고 공포와 슬픔으로 마비되어 숨을 헐떡이고 있다. 그녀는 그에게 약간의 연민을 표하고 싶지만, 그는 과묵한 광기 속에 갇혀 있다. 곧 그는 마을에서 학살을 저지를 것이다.

그녀는 그 장면을, 우드굴 할머니의 창고의 양말과 금속 냄새를, 크로나우에르의 땀 냄새를, 그녀 자신의 땀 냄새를 기억한다. 그들은 하루 종일 원자로에 먹이를 주기 위해 수직갱에 폐기물들을 던졌다. 그녀의 가발이 흘러내렸는데, 그리 높이 평가하지 않는 이 남자 앞이라 그녀는 상관하지 않는다.

그 후 이미지는 흔들리다, 사라진다.

다시금, 한코 보굴리안은 빈터 입구에, 좋은 일이라곤 일어날 수 없는 어둠 속에, 그녀 쪽으로 공격성이나 무기를 겨누고 있는 두 동생과 함께 있고, 그녀는 기진맥진해 있다.

• 정확히 그 순간, 매우 작은 까마귀 한 마리가 그녀 곁에 내려앉고, 뒤이어 다른 한 마리가 오른쪽 소매에, 또 한 마리가 목에 앉는다. 세 마리 다 몹시 새카맣다. 네 번째 까마귀는 소총 방아쇠울에 닿은 손 위에 앉는다. 그것은 얼음처럼 차갑다. 그녀는 쏠어 버리지 않고, 녹는지 보려고 기다린다. 녹지 않는다. 다른 까마귀들이 벌써 주위 풀밭과 그녀가 숨어 있는 알무롤 덤불에 점점이 흩어져 있다. 그녀는 손을 흔들고 깡마른 집게손가락을 방아쇠 끄트머리에서 1밀리미터 떨어진 곳에 다시 넣는다. 까마귀들이 하늘에서 내려온다, 계속 수가 늘어나고 까맣다. 그것들은 천천히 맴돌고, 이따금 힘이 느껴지지 않고 아우성도 들리지 않는 바람에 비스듬히 실려 간다. 그것들은 낮은 곳에서 오거나 간다. 대부분은 곧게 떨어지는데, 속도는 물방울만큼 빠르지 않지만 맹목적인 확고함은 물방울과 똑같다. 이제 빈터 지면 전체에서 아주 희미한 후두둑거림이 들린다.

그 규칙적인 후두둑거림을 제외하면, 아무런 소리도 없다.
최후의 잔광이 죽어 간다.
점점 농밀하게 캄캄해진다.

• 까마귀들이 떨어진다.
그것들은 크기가 작고, 조용하고, 냄새가 없다.
빈터에 펼쳐지는 검은 수의의 셀 수 없이 많은 한 코 한 코다.
공기 중에는 검은 가벼움의 느낌, 그리고 땅바닥에는 점점
더 조밀해지는 층, 남아 있을 것이고, 모든 것을 뒤덮을 것이며
녹지 않을.
세 자매는 지금 서로에게 소총을 겨눈 채 굳어져 있다.
그들은 적의를 띠고 조금도 접촉하지 않으려 하며 멀리서
서로를 지켜본다. 그들은 여정의 끝에 도달했다는 것을 알며,
그들이 천 년 동안 희생자였던 잔학무도한 짓들을 떠올림으로써,
스스로의 불멸이라는 저주를 그들에게 물려준 저주받은 아버지
솔로비예이를 되살림으로써 남은 시간을 더럽히길 거부한다.
결코 솔로비예이를 기억하지 말 것, 그것이 셋 모두 공동으로
품은 생각이었다. 그들은 사소한 이미지들 속에서 확고해지는
편을 택했고, 자신들이 정신적으로 그 하찮은 크로나우에르 곁에
있음을 깨닫는다. 세 자매 중 누구도 사랑하지 않았고 그들이
부르지 않았는데도 마음속에 나타난 크로나우에르.
그리고 깃털들의 층이 두터워지며, 이 세계 최후의
죽어 가는 풀들을 어둠으로 덮는 동안, 그들은 근접한 미래를
준비한다.
근접하건 멀건. 미래. 무슨 일이 일어나든, 아무것도 없을.

49

• 알돌라이 슐로프는 노래를 마쳤고, 호흡이 부재하고 빛이
부재하는 규정하기 어려운 시간 동안 크로나우에르는 마지막
음을 유지했고, 그러다 음을 계속 낼 수 없게 되자 여전히 팔을
조금 움직이고 뒤통수를 객차 벽에 부딪쳐 몇 차례 타격음을 내며
버텼다.

　이미 둘 중 누구도 자기들이 무슨 이야기를 했는지, 특히
쓸 만한 주인공이 없어 자신들이 직접 등장하거나 스스로의
과거를 뒤적였는지, 아니면 반대로 인물들과 사건들을 만들어
냈는지, 혹은 시베리아나 포스트엑조티시즘이나 몽골 전승의
서사시 주제들을 차용했는지, 혹은 오르비즈의 무훈시에 시와
서술을 결부시켰는지, 그리고 그들이 내면의 절망을 드러내지
않기 위해 재난 유머나 수용소 유머나 환상 쪽으로 흘러갔는지
아닌지 기억나지 않았고, 원칙적으로는 그들을 벗어나며 여러
버전의 현실들과, 완전히 무작위적이고 그들의 인물들과 그들의
목소리는 아무것도 아닌 꿈들을 제시하도록 강제하는 평행
세계들이나 터널들이나 상상계들에 들어갔었던 것은 아닌지도
기억나지 않았다. 그들은 이제 타이가의 짙은 그림자에 둘러싸인,
기차의 높이 올라간 잔해에 기대고 있었다.

　관객의 부재는 어떤 의미로는 그들에게 아무렇지 않았었고,
공연을 마친 지금은 덕분에 관객에게 인사하기 위해 일어설
필요가 없었다. 그것은 그들에게 더 이상 여력이 없는 노고를
요구하는 일이 되었으리라. 그들은 그냥 그대로, 다리를 벌리고
목을 앞으로 수그린 캐리커처 같은 탈진의 자세로, 할 말도 할
일도 더 이상 없이 있고 싶었다.

• 그들이 마비되고 정신적이고 신체적인 거의 모든 기능이
쇠퇴한 상태로 늘어져 있을 때, 마치 공연을 마친 후 기운을
차리고 기력을 회복하려는 것 같았지만 사실은 몰락하는 것이
나쁘지 않았기 때문인데, 그때까지 줄곧 공연을 들었던 까마귀가
날개와 부리를 딱딱 부딪치고, 도랑 높은 곳, 알돌라이 슐로프
바로 옆에 내려앉았으며, 그는 까마귀가 그의 이마 바로 아래의

뭔가를 긁는 느낌이 어렴풋이 들었다.

몇 시간이 지나가고, 까마귀는 날아올라 사라졌다.

이제 알돌라이 슐로프와 크로나우에르는 저녁을, 혹은 겨울을 기다렸다. 저녁도 겨울도 오지 않았다.

"그게 자네 눈을 후벼 팠어." 크로나우에르가 말했다.

"누가?"

"까마귀 말이야." 크로나우에르가 말했다.

"아, 그거였어?" 슐로프가 말했다. "난 자네가 그런 줄 알았지."

"아니야." 크로나우에르가 부인했다.

그의 목소리에는 확신이 없었다. 그는 알 수 없었다. 그는 부정의 말을 한 번 더 중얼거렸다.

"그놈이든 자네든 상관없어." 슐로프가 말했다. "이제 와서는."

"자네가 내가 그랬다고 믿는다면 내 마음이 편치 않을 거야." 크로나우에르가 말했다.

"난 아무것도 믿지 않아." 슐로프가 말했다. "끝을 기다리고 있어."

『찬란한 종착역』은 국내 독자들에게 세 번째로 소개되는
앙투안 볼로딘의 작품이며 『미미한 천사들』(1999), 『메블리도의
꿈』(2007)에 비해 상대적으로 최근인 2014년에 발표되었다.
"'다른 곳'에서 '다른 곳'으로 향하는 '다른 곳'의 문학"이라 요약할
수 있는, 볼로딘 스스로 자기 작품들이 해당한다고 말했던 유파
'포스트엑조티시즘(post-exotisme)'에 대한 자세한 설명은 『미미한
천사들』의 「해설」을 참조하는 편이 가장 상세하고 정확할 것이다.
　　『찬란한 종착역』을 한 문장으로 소개하자면 "프랑스 작가
앙투안 볼로딘이 쓴, 인류와 문명이 종말을 맞은 어느 먼 미래
시베리아를 배경으로 하는 소설"이라 할 수 있을 텐데, 번역을
진행하는 (지나치게 오랜) 기간 동안 지인들에게 어떤 작업을
하고 있느냐는 질문을 들을 때마다 나는 포스트엑조티시즘이라는
문학 용어 설명부터 시작할 수가 없어 "러시아식 이름을 가진
인물들이 등장하는 디스토피아 SF 비슷한 것"이라는 대단히
부정확하고, 본인의 작품이 SF로 분류되는 것을 단호히 거부한 바
있는 작가에게 대단히 실례되는 설명으로 얼버무리곤 했다. 후에
지인들은 '그 러시아 소설'의 진행 상황을 묻곤 했는데, 볼로딘이
포스트엑조티시즘을 "프랑스어로 쓰인 외국 문학"이자 "서술자와
픽션 사이의 국가적 연관이 모조리 사라지는 것을 지향하는
문학"으로 규정했다는 점에서 이러한 그릇된 인상이 뜻밖에
적절하게 맞아떨어진다는 것이 흥미로웠다.
　　실제로, 앞서 소개된 두 전작과 구분되는 『찬란한 종착역』의
특성을 꼽자면 볼로딘의 작품치고는 (어디까지나 상대적으로)
일관적인 플롯을 중심으로 서사가 진행된다는 점과, 작품의
배경과 문학적 특징에서 (역시 상대적으로) '러시아적임'이
강하게 느껴진다는 점을 들 수 있다. 가령 시베리아와
전체주의 체제에 대한 묘사에서는 솔제니친의 소설을 읽는
듯한 느낌이 들고, 솔로비예라는 무시무시한 인물은 러시아
구전 영웅서사시 빌리나(bylina)를 모티브로 하고 있으며,

솔로비예이의 세 딸들에서는 체호프의 「세 자매」가 연상되고, 드넓은 스텝과 광활하고 불길한 타이가에 대한 사람을 홀리는 듯한 묘사가 작품의 중요한 배경을 형성한다.

물론 작가 자신이 여러 차례 강조했다시피 책 속에서 그려지는 세계는 독자적인 세계관을 지닌 일종의 평행 우주이며, 그것이 우리가 알고 있는 경험적 지식과 일대일로 대응하리라고 가정한다면 자칫 작품을 지나치게 단순하게 받아들이거나 오독할 수 있는 위험이 있을 것이다. 그러나 포스트엑조티시즘이 또한 "20세기의 전쟁, 혁명, 인종 청소, 패배에 기억의 뿌리를 두고 있는" 장르인 만큼, 『찬란한 종착역』의 세계관에 빈번하게 등장하는 용어 중 소비에트연방과 밀접하게 관련이 있으며 독자들에게 낯설 수 있을 용어들, 그리고 등장인물들의 독서 장면에서 종종 등장하는 포스트엑조티시즘의 장르와 관련된 용어들에 대해 기초적인 설명을 제시하는 정도는 책 속에서 경험할 여행에 크게 해롭지 않으리라고 판단했다. 모쪼록 독자 여러분의 즐거운 악몽에 도움이 되길 바란다.

『찬란한 종착역』의 세계관과 관련된 용어들

제2소비에트연방

『찬란한 종착역』은 구소련의 붕괴 이후 공산주의에 대한 재시도로서 '제2소비에트연방'이 수립되고 재차, 더 파국적인 종말을 맞은 이후의 미래를 배경으로 한다. 제2소비에트연방은 구소련보다 훨씬 더 넓은 영토를 장악했던 것으로 보이고(작품 속에서는 한국도 그 일부임이 암시된다.), 자본주의는 한때 완전히 사라진 듯했으나 결국 제2소비에트연방이 무너진 여러 이유 중 하나는 자본주의자 '적들'과의 전쟁이었다.

오르비즈

작중 제2소비에트연방의 수도. 실제 오르비즈(Orbise)라는 명칭은 프랑스 손에루아르 주의 강 이름이기도 하나, 도시로서의 오르비즈는 허구적 지명이다. 볼로딘의 다른 작품 『뼈 무덤이 보이는 풍경』(1994)에서도 언급된다.

콜호스

소련의 집단농장 체계. 소프호스와 대조적으로 반관반민
형식이었다. 토지, 농기구, 농업시설 등의 생산수단을 공유하고
공동노동에 의한 생산을 하며, 생산물은 국가에 매각되고 수익은
노동량에 따라 분배되었다. 각 개인의 주택에 부속된 소규모
농지에서 채소를 재배하거나 가축을 사육할 수 있었고, 개인이
생산한 생산물은 자유롭게 판매할 수 있었다.

본문에서 '콜호스 주민'이라 옮긴 'kolkhoznik'는 엄밀히
말하면 단순 거주자 이상인 '콜호스의 구성원·소속원'에 가깝지만
'찬란한 종착역' 콜호스가 본래의 의미와는 많이 달라진, 생산
활동이 불가능해진 환경 속의 공동체임을 고려해, 또 문맥상의
자연스러움을 위해 부득이하게 '주민'이라 옮겼다.

소프호스

'소비에트 농장'의 러시아어 약칭으로 소련의 국영농장 체계.
국가 계획에 따라 농업 생산이 이루어졌다. 콜호스의 일원들이
농민에 가까웠던 반면, 소프호스에서 일하는 이들은 봉급을 받는
노동자로 간주되었다.

콤소몰

공산주의 교육과 적극적인 공산당 참여를 목적으로 하는 소련의
공산주의 청년 정치조직. 대상은 주로 20–39세 남녀이며 가입
시에는 학업 성적과 규율 등 엄격한 심사를 받았으므로, 작품
속 등장인물들이 콤소몰에 입회했다는 것은 공산주의적 이상에
상당히 투철했다는 증거다.

소비에트

원래 러시아어로 '평의회'를 뜻하며, 러시아혁명 때 노동자·농민
대표 소비에트가 자주적으로 설립된 이후 그 연합 세력이 실권을
잡으면서 러시아 제국은 소비에트러시아가 되었다. 마을이나
시 같은 각 단계의 자치단체에도 선출된 대표들로 이루어진

하급 소비에트가 있어 상급 소비에트에 종속되어 상부로부터의 지도에 따랐다. 본문에서 레바니도보 마을에 등장하는 소비에트도 그것이며, 평의회 기구 자체 혹은 그것이 입주한 건물을 가리킨다.

엘리 크로나우에르

엘리 크로나우에르는 1장 첫 페이지에서 제일 처음 불리는 이름이며, 작품 초반의 세 주요 인물 중 하나이자 마지막까지 등장하는 인물이다. 이는 또한 볼로딘이 대표하는 일군의 포스트엑조티시즘 작가들 중 하나의 이름이기도 하며, 그가 프랑스에서 출간한 책으로는『일리야 무로메츠와 나이팅게일 강도』(2001),『알료샤 포포비치와 사프라트 강』(2000)등 작중에도 언급되는 러시아 영웅서사시를 어린이 대상으로 쓴 이야기들이 있다. 볼로딘 자신은 영어 번역자와의 대화에서 "물론 같은 인물이 아니다."라고 밝혔다고 한다.

앙투안 볼로딘을 비롯해 8인의 공동 명의로 출간된 『10강으로 익히는 포스트엑조티시즘, 제11강』(1998)에 따르면, 공동 저자이기도 한 엘리 크로나우에르는 감옥에서 사망했는데, 이 책의 '사망한 반체제 인사 명단 일부'에는 흥미롭게도『찬란한 종착역』의 등장인물 혹은 책에서 언급되는 작가들과 동성동명 혹은 동성의 인물들이 다수 등장한다. 엘렌 도크스(1990, 이하 괄호 안의 숫자는 특별 보안동에 수감된 연도를 가리킨다.), 이레나 에첸구엔(1981,『찬란한 종착역』의 이리나 에첸구엔과 철자 하나만 다르다.), 마리아 에첸구엔(1976), 페트라 킴(1992), 엘리 크로나우에르(1999), 소니아 벨라스케스(2000), 마리아 크월(1975), 튀르칸 마라시빌리(1992, 바실리사 마라시빌리와 성이 같다.) 등이다.

포스트엑조티시즘의 장르들

나라(narrat)

'서술하다, 이야기하다'라는 의미의 프랑스어 동사 'narrer'와

같은 어근을 갖는 명사로,『찬란한 종착역』의 4부에는 '나라'라는
부제가 달려 있으며『미미한 천사들』은 전체가 49편의 '나라'로
이루어져 있다. '나라'라는 장르에 대한 설명은『미미한 천사들』
9쪽에 자세히 나와 있으며, 그 일부를 인용하자면 "어떤 상황,
감정을 포착해서 고정해 주는, 기억과 현실 사이, 상상과 추억
사이의 흔들림을 포착해서 고정해 주는 소설적 스냅사진들"이다.

로망스(románce)
프랑스어로 로망스(romance)는 8음절로 된 스페인 서사시,
혹은 감상적인 시나 노래를 가리키는데, 볼로딘의 로망스는
이와 표기가 다르다. 로망스 장르의『뼈 무덤이 보이는 풍경』에
달린 설명에 의하면, "로망스는 소설적 형식들의 일파에 속하며,
음악적 구조 덕분에 인물들의 고뇌와 아름다움을 향한 동경을
동시에 다룰 수 있다".『10강으로 익히는 포스트엑조티시즘,
제11강』에 로망스 장르에 대한 자세히 설명이 실려 있는데,
일부분을 옮기자면 "극단주의적 절망, 극단적인 것과 연관된
호전적 원칙, 회귀 불가능에 대한 가설들" 같은 테마들을
환기시키는 것이 특성 중 하나다.

앙트르부트(entrevoûtes)
이 단어는 '벽토를 바르다'라는 의미의 동사 'entrevoûter'에서
파생되었다고 볼 수도, '-사이의'라는 뜻의 전치사 'entre'와
'궁륭'이라는 뜻의 'voûte'의 합성어로 볼 수도 있다.『마녀
형제들』의 이탈리아어 번역가 안나 델리아는 후자의 뜻으로 보고
이를 'intracane (inter + arcane)'라 옮겼다. 앙트르부트는 서로
다른 성격의 두 텍스트로 구성되며, 이들은 중심축을 이루는
일종의 '궁륭'에 의해 서로 연결되어, 순환의 구조, 메아리와
반복의 분위기를 형성한다.

노호(怒號 / vocifération)
'분노에 차 외치다'라는 동사 'vociférer'의 명사형으로, 구호
형태를 띠며 종종 여러 쪽에 걸쳐 나열되기도 한다.

칸토페라(cantopéra)

볼로딘은 2004년 음악가 드니 프라제르만(Denis Frajerman)과 함께 음반 『노호: 칸토페라』를 냈는데, 광둥성의 대중음악에서 영감을 얻었다는 그의 설명으로 미루어 보아 광둥의 영어식 표기 'canton'과 오페라의 합성어로 짐작된다. 유튜브의 드니 프라제르만 채널에서 『찬란한 종착역』의 칸토페라 버전 일부를 들어 볼 수 있다.

김희진

작품 목록

앙투안 볼로딘의 이름으로 발표된 장편소설들

『조리앙 뮈르그라브의 비교 전기(傳記)(Biographie comparée de
　　Jorian Murgrave)』, 파리: 드노엘(Denoël), 1985.
『그 어디서도 오지 않은 배(Un Navire de nulle part)』, 드노엘,
　　1986.
『무시 절차(Rituel du mépris)』, 드노엘, 1986.
『환상적인 지옥들(Des enfers fabuleux)』, 드노엘, 1988.
『리스본, 더 물러날 곳 없는 종경(終境)(Lisbonne, dernière
　　marge)』, 파리: 미뉘(Minuit), 1990.
『비올라 솔로(Alto Solo)』, 미뉘, 1991.
『원숭이들의 이름(Le Nom des singes)』, 미뉘, 1994.
『내항(內港)(Le Port intérieur)』, 미뉘, 1996.
『발키리에서의 잠 못 이룬 밤(Nuit blanche en Balkhyrie)』, 파리:
　　갈리마르(Gallimard), 1997.
『뼈 무덤이 보이는 풍경(Vue sur l'ossuaire)』, 갈리마르, 1998.
『10강으로 익히는 포스트엑조티시즘, 제11강(Le Post-exotisme
　　en dix leçons, leçon onze)』, 갈리마르, 1998.
★『미미한 천사들(Des anges mineurs)』, 파리: 쇠유(Seuil), 1999.
『돈도그(Dondog)』, 쇠유, 2002.
『바르도 오어 낫 바르도(Bardo or not Bardo)』, 쇠유, 2004.
『우리가 좋아하는 짐승들(Nos animaux préférés)』, 쇠유, 2006.
★『메블리도의 꿈(Songes de Mevlido)』, 쇠유, 2007.
『마카오(Macau)』, 쇠유, 2009.
『작가들(Écrivains)』, 쇠유, 2010.
★『찬란한 종착역(Terminus radieux)』, 쇠유, 2014.
『마녀 형제들(Frères sorcières)』, 쇠유, 2019.
『먼로의 딸들(Les Filles de Monroe)』, 쇠유, 2022.

★ 한국어판 출간

앙투안 볼로딘
찬란한 종착역

초판 1쇄 발행. 2022년 5월 19일

번역. 김희진
편집. 김뉘연, 신선영
제작. 세걸음
발행. 워크룸 프레스
03035 서울시 종로구 자하문로19길 25, 3층
전화. 02-6013-3246 / 팩스. 02-725-3248
메일. wpress@wkrm.kr
www.workroompress.kr / www.workroom.kr

ISBN 979-11-89356-74-3 04860 / 979-11-89356-07-1 (세트)
23,000원

김희진
성균관대학교에서 프랑스어문학과 영어영문학을 전공하고
프랑스어문학 박사과정을 수료했으며 출판 기획 번역 네트워크
'사이에'의 위원으로 활동한다.『곰』,『초속 5000킬로미터』,
『뱀파이어의 매혹』,『송라인』,『고양이의 기묘한 역사』,『바스티앙
비베스 블로그』,『대면』,『시간의 밤』,『우연히, 웨스 앤더슨』,『7월
14일』,『쿠사마 야요이』등을 한국어로 옮겼다.